滑稽联话（四种）上

传统文化修养丛书

最新点校本

（民国）丁楚孙　崔人元—撰

乔继堂—整理

上海科学技术文献出版社
Shanghai Scientific and Technological Literature Press

图书在版编目（CIP）数据

滑稽联话（四种）最新点校本／丁楚孙，崔人元撰；乔继堂整理．—上海：上海科学技术文献出版社，2023
（传统文化修养丛书）
ISBN 978-7-5439-8851-4

Ⅰ．①滑⋯　Ⅱ．①丁⋯②崔⋯③乔⋯　Ⅲ．①对联—作品集—中国　Ⅳ．①I269

中国国家版本馆CIP数据核字（2023）第100640号

组稿编辑：张　树
责任编辑：王　珺
封面设计：留白文化

滑稽联话（四种）最新点校本
HUAJILIANHUA (SIZHONG) ZUIXIN DIANJIAOBEN
［民国］丁楚孙　崔人元　撰　乔继堂　整理
出版发行：上海科学技术文献出版社
地　　址：上海市长乐路746号
邮政编码：200040
经　　销：全国新华书店
印　　刷：商务印书馆上海印刷有限公司
开　　本：889mm×1194mm　1/32
印　　张：17.875
字　　数：480 000
版　　次：2023年8月第1版　2023年8月第1次印刷
书　　号：ISBN 978-7-5439-8851-4
定　　价：178.00元（上下册）

http://www.sstlp.com

目 录

古今滑稽联话大观……………………………………………… 1
  自序……………………………………………………………… 3
  上编……………………………………………………………… 5
    姓氏/5　幼慧/35　朋友/56　妇女/65　职官/73
    科举/100　方技/116　鬼神/130
  下编……………………………………………………………… 140
    庆吊/140　饮食/167　屋宇/174　商肆/207
    误谬/216　杂联/225
  补遗……………………………………………………………… 249
以上上册

文苑滑稽联话………………………………………………… 297
  卷上……………………………………………………………… 299
  卷下……………………………………………………………… 347
古今滑稽联话………………………………………………… 393
新编绝妙滑稽联话…………………………………………… 489
整理后记……………………………………………………… 565
以上下册

古今滑稽联话大观

丁楚孙 / 撰

自 序

　　余自总角时，即嗜联对；迄长，嗜之尤笃。故凡坊肆书籍，无不罗致；即朋好之传述，与夫报章所登载者，亦记录焉。而尤嗜者，则为具滑稽性质之联文，每有见闻，辄另册录之。积之既久，裒然成帙。其初志在自娱，固无问世意也。

　　迨近数年间，鉴乎俗薄文驳，长此以往，势将颓波日下，挽救无从。彼庄言正论，则佶屈聱牙，不特新学之士视为陈腐，即笃旧者，亦望望然去之。时至今日，与古昔文化，几如霄壤之悬，不可以接；又如凿枘冰炭，无术调融。虽然，庄论固为时所弃，苟以谈笑出之，未始非投时利器也。滑稽联对者，具淳于、东方之面貌，而为古文法则之所寄。且笔端流利，推陈出新，尤能医人思路之窘滞，得三益于一举之中，岂不善哉！

　　复次，美文一道，各国所同，而联对则为我国所特有。今虽新文化特起于时，但社会庆吊，仍视此为万不可少之具。而能者又日见其少，每有撰述，倩人捉刀，终未能恰如己意，亦一憾事也。果有人能熟读此书，不特酒后茶馀，可资谈助，而熟能生巧，思路开展，操觚自作，绰乎有馀。语云："熟读唐诗三百首，不会作诗也会吟。"大可取验于是编焉。

　　丁楚孙序。

上 编

姓 氏

以人姓氏供我谐谑,使受之者遗留身后之污名,彼施之者亦毫无实益,徒亏私德。惟是此等联句,大都措词宛转流利,胳合无间。故论事固不足为训,而论文则颇有益于智慧,集之以启人愚蒙。

尤延之与杨诚斋为金石交。淳熙中,诚斋为祕书监,延之为太常卿,又同为青宫僚寀。二人常相谑,延之呼诚斋为"羊",诚斋呼延之为"尤物"。一日,延之谓诚斋曰:"有经传一句,请祕监属之:'杨氏为我。'[1]"诚斋应声曰:"尤物移人。"[2]

又,《金陵琐事》云:黄挥使六十诞日,白挥使戏之曰:"黄耇(音"狗"。)无疆。"[3]黄应曰:"正好对'白圭(音"龟")有玷'[4]。"

【1】语出《孟子·滕文公下》:"孟子曰:'杨氏为我,是无君也;墨氏兼爱,是无父也。无父无君,是禽兽也。'"杨氏,即杨朱,字子居,战国初期魏(或秦)国人,道家杨朱学派创始人,主张为我、贵己等。

【2】语本《左传·昭公二十八年》:"夫有尤物,足以移人。"

【3】语出《诗·商颂·烈祖》:"绥我眉寿,黄耇无疆。"

【4】语出《诗·大雅·抑》:"白圭之玷,尚可磨也;斯言之玷,不可为也。"

清宗室双富,别号士卿,官某省监使,以贪墨褫职。或赠以凤顶格联云:"士为知己;卿本佳人。"上句诅其死;下句《北史》"卿本佳人,奈何作贼",歇后语也。

至正初,张仲举为集庆路学训导。卢(盧)御史下学点视廪膳,邻斋出对曰:"豸冠点馔。"【1】是日,适用驴肉,仲举戏对以"驴(驢)肉作羹"。御史怒,拟捕之,仲举乃星夜逃扬州。
【1】豸冠:古代御史等执法官所戴帽子"獬豸冠"的省称,后也代指御史等执法官吏。豸冠又指猪肋肉、猪腿。

马、丁二人,各召妓。马妓先至,颇落落。丁曰:"此为'心勿在马'。"盖俗故以"焉"字误"马(馬)"字也。已而丁妓至,亦复如之。马笑曰:"是殆'目不识丁'者乎?"二人咸大笑。

嘉庆间礼部中,一为罗静贮志谦,一为唐修庭业谦,皆楚南人,时谓"谦谦君子"【1】。又是时,大宗伯为穆克登额,少宗伯为穆鹤舫彰阿、文远皋宁、王莲府宗诚,公牍中平列"穆穆文王"【2】。两者正好作对。
【1】语出《易·谦》:"谦谦君子,卑以自牧也。"
【2】语出《诗·大雅·文王之什》:"穆穆文王,于缉熙敬止。"

清高宗南巡,爱某寺小沙弥敏慧,因指壁上"伏虎禅师"画像令对,即应曰:"乾隆(音"铃龙"。楚孙按:"乾"当音"擒"为较妥。)皇帝。"

《诗话总龟》云:"蔡君谟与陈少卿亚相友善。一日,蔡谑陈曰:'陈亚有心终是恶。'陈曰:'蔡襄无口便成衰。'"

又，陈知岭南思州，到任后，作书与亲故曰："使君之五马双旌，名色而已；螃蟹之一文两个，真实不虚。"

有贾瑚者，字小乔[1]，官京师。或嘲以联云："姓名疑入《红楼梦》；夫婿曾鏖赤壁兵。"真奇事妙联也。

[1]《红楼梦》中人物贾瑚，贾琏之弟；小乔，周瑜之妻。

百文敏公号菊溪，屏藩滇中，眷一伶曰"荷花"。越数载，公总制两广，荷花适至，已马齿加增，顶发秃矣。公顾之，戏云："荷尽已无擎雨盖；菊残犹有傲霜枝。"[1]楚孙按：不仅荷、菊巧合，风趣中有无限感喟，正不宜以滑稽视之也。

[1] 苏轼《赠刘景文》诗句："荷尽已无擎雨盖，菊残犹有傲霜枝。"

清同治中，吴县周伯孙兰，督学陕甘，与伶人张天元狎，戏呼之为"天儿"。后因事有违言，适许仙屏振祎，亦督学归京，天元遂弃周而事许。周闻之，取《左氏》语以自嘲云："天而（谐"儿"）既厌周德矣；吾其能与许争乎。"

又，道光丁亥，富阳周芸皋凯，官闽之兴泉道，有政声。其属厦防同知许原清，恃上眷，多所侮狎，周不能堪。或即以此联赠之，亦至确切。

甲午春，阎文介丹初、张文达子青，同入军机，时年均已七十。未几，孙文恪公毓汶、字莱山，少司空乌拉布、字少云，奉命勘案江南，年馀始归。都人即以四人之字，集唐为联云："丹青不知老将至；云山况是客中过。"[1]

[1] 唐杜甫《丹青引赠曹将军霸》诗句："丹青不知老将至，富贵于我如浮云。"唐李颀《送魏万之京》诗句："鸿雁不堪愁里听，云山况是客中过。"

左文襄与曾文正论常不合，文正愤甚，出联云："季子敢言高，与余意见偏相左。"左应曰："藩臣徒误国，问伊经济有何曾。"左字季高，曾名国藩，嵌字颇允洽。

朱朵山殿撰昌颐，未第时，见叔父虹舫阁学侍儿名"多多"者，心悦之，未敢请也。会此婢索书楹帖，因信笔制一联云："一心只念波罗蜜；三祝毋忘福寿男。"为阁学所见，亟赏之，欲以此婢赐之。婢曰："九郎若中状元，吾当归焉。"明年，果大魁，阁学为成其美事。楚孙按：此殊不可及。

县令王寅，性贪鄙。有人夜题其门云："王好货，不论金银铜铁；寅属虎，全需鸡犬牛羊。"见者辊然。

董文恭公族人某，厅事悬一联云："贤者亦乐此；卓尔末由从。"字甚雄伟，宝之二十年矣。一日，为纪文达所见，诧曰："此联殆不可用。联首二字，非君家遥遥两华胄耶？"[1]某始爽然撤去。

一说，董相国诰生日，纪文达倩名手书一联为贺云："贤哉相国；卓尔名臣。"董亟赏其词旨冠冕，悬之中堂。座客皆赞其写、作俱佳，董意得甚。其门生私谓诰曰："纪公骂老师，何未之察耶？"诰恍然，亟命撤去，为之不怡者累日。楚孙按：此与前联，不知是一是二。窃意文达虽好戏，似不至戏及文恭。

【1】两华胄：指董贤、董卓。董贤，汉哀帝刘欣宠臣，后自杀；董卓，东汉末年权臣，祸乱国家，最后被杀。

正德中，江都赵鹤为山东按察提督学校副使，性尚严厉，搢绅厌苦之。因罢官，以贵溪江潮代之，亦风裁凛然。潮一日巡行至齐河，见壁间书一联云："赵鹤方翦羽翼；江潮又起风波。"江为鞅然。

清初有叶初春者，为粤令，所至掊克。值元夕张灯，花灯棚悬一联云："霜降遭风，四野难容老叶；元宵遇雨，万民皆怨初春。"

刘乃香，川人也，自视甚高；闻李文庆次青名，特至平江造之。相遇于家，刘突问次青姓，次青曰："骑青牛，过函谷，老子姓李。"因又转问刘姓，刘应曰："斩白蛇，入武关，高祖是刘。"于是握手畅谈，数日始散。楚孙曰：刘幸有此好姓，不然殆矣。而青牛、白蛇，则诚工稳无比。

清制，凡翰苑之科分较高者，人咸以"老先生"称之。曾有某甲入翰林院，见一童伏案观书，甲称以"先生"，不应。诘之，曰："翰林院无不'老先生'，我虽年轻，'老'字未可去也。"即此可以见矣。

道光时，有乌某为浙抚，某太史谒之，因出联以讽之曰："鼠无大小皆称老。"太史应声曰："龟有雌雄总姓乌。"又乌在任，颇留意于海塘、书院二事，或仿翰林口号嘲之曰："毕生事业三书院；盖世功名一海塘。"楚孙曾忆旧对有以"小老鼠"对"活死人"；又以"赤兔马"三字命对，盖兔、马为二动物也，或对以"黄鼠狼"，工矣。

张先郎中，字子野，能诗及乐府，居泉唐。东坡作倅时，先年已八十余，犹蓄声伎。坡公戏赠以联云："诗人老去莺莺在，公子归来燕燕忙。"[1]盖全用张姓故事也。先亦有一联云："愁似鳏鱼知夜永，懒同蝴蝶为春忙。"

【1】莺莺，《西厢记》中张生情侣；燕燕，唐代诗人张祜之妾。

同光间，宝鋆当国。内阁中书吴鋆，因改名"吴均金"。适吴婿捷礼闱，亦得入内阁中书。或为联云："女婿头衔新内阁；丈人腰斩老中堂。"

胡文忠林翼开府鄂州，有候补府续立人者，性严正。一日，于肩舆中得一联云："尊姓原来貂不足；大名倒转豕而啼。"[1]续见之，怒甚，即上院诉于文忠；文忠亦谓亟应查拿严惩。越数日，文忠见续，极口道歉。续愕然，文忠乃徐曰："向撰此联者，吾已致之幕下矣。"续乃不敢置词而退。

又一说云：于宴会中彼此互通姓名，至一客，钩磔久之，终不能达。后乃始知其为"续"姓。旁有一客，即高吟首联七字。嗣问其名，知为"立人"，又一客乃鼓掌而诵对句。两说不同，惟前说则确而有征；特按诸语气，则后说亦颇近似。

【1】《晋书·赵王伦传》："奴卒廝役亦加以爵位。每朝会，貂蝉盈坐，时人为之谚曰：'貂不足，狗尾续。'"成语谓"狗尾续貂"。《左传·庄公八年》："冬十二月，齐侯游于姑棼，遂田于贝丘。见大豕，从者曰：'公子彭生也。'公怒曰：'彭生敢见！'射之，豕人立而啼。公惧，队于车，伤足丧屦。"

医生杨葆春，字志廉，或戏赠以联云："尊字若忘廉，宛比当年青面兽；大名如不保，遂成今日白花蛇。"[1]以天罡对地煞，巧不可阶。

又有医生名"吉生"者，或赠以缩脚联云："到来未必逢凶化；此去应无起死回。"楚孙按：此联删去"未必""应无"四字，亦可改贬为褒。

【1】青面兽杨志，《水浒传》三十六天罡星之一，一百单八将中排位第十七；白花蛇杨春，《水浒传》七十二地煞星之一，总排位第七十三。

江阴陈某,一日在客座,与故交蔡泽三云:"汝名可对'马泊六'。"且据朱注"蔡,大龟"为解。蔡曰:"然则'从我于陈蔡'者,何不云'从我于陈大龟'耶?"应对捷给,合座大笑。喜侮人者,可以鉴矣。

又,道光季年,楚北马郁斋太守丽文,守高州;武林蔡麟洲太守振武,守肇庆。一日,偶言以姓名作对,或即以马、蔡二人为对。蔡曰:"文、武虽工,而姓终未对。"或曰:"君未读朱注耶?"

又,何淡如幼时,与蔡西湾业师,一日同往猪北窦,蔡即以"猪北窦"三字命对。何应声曰:"蔡西湾。"蔡哑然。蔡又以何之装饰为联云:"皮背心衬绣花雪帽。"何见蔡手持旱烟袋,即曰:"血牙嘴镶斑竹烟筒。"

甲午年,都门谐联云:"翁师傅两番访鹤;吴大澂一味吹牛。"又,德宗时,都下传二巧对曰:"宰相合肥天下瘦;司农常熟世间荒。"指李与翁也[1]。又,"杨三已死无苏丑;李二先生是汉奸。"[2]字字工整。

【1】李,指李鸿章,安徽合肥人,晚清重臣。翁,指翁同龢,江苏常熟人,晚清名臣。

【2】杨鸣玉,晚清艺人,有"昆丑表演之父"之誉,行三,故称"杨三"。李鸿章行二,故有"李二先生"之称。

光绪庚戌,湖南饥民聚众焚燬抚署。时湘抚为岑春蓂,藩司为阳湖庄赓良。当饥民为乱时,但闻庄至,皆让道欢呼。岑知民心有属,遂令庄摄抚篆。好事者为集《孟》一联云:"众楚人咻之,引而置之庄岳[1];一车载薪火,可使高于岑楼[2]。"

【1】语本《孟子·滕文公下》:"一齐人傅之,众楚人咻之,虽日挞而求齐也,不可得矣;引而置之庄岳之间数年,虽日挞而

求其楚，亦不可得矣。"

【2】语本《孟子·告子上》："仁之胜不仁也，犹水胜火。今之为仁者，犹以一杯水救一车薪之火也，不熄，则谓之水不能胜火。此又与于不仁之甚者也，亦终必亡而已矣！"《孟子·告子下》："不揣其本而齐其末，方寸之木，可使高于岑楼。"

左斗才署湘阴县，或为联云："斗筲何足算也[1]；才难不其然乎[2]。"额曰："所恶于左。"

【1】语出《论语·子路》："曰：'今之从政者何如？'子曰：'噫！斗筲之人，何足算也？'"

【2】语出《论语·泰伯》："舜有臣五人而天下治。武王曰：'予有乱臣十人。'孔子曰：'才难，不其然乎？唐虞之际，于斯为盛。……'"

刘位坦有三婿，均以"年"名。或出对曰："刘位坦三位令坦[1]，乔松年、吴福年、黄彭年，刘家女待年而字。"时值潘世恩为乾隆五十八年癸丑状元，咸丰三年癸丑，重宴琼林；其孙祖荫，同钦赐举人，是岁复以探花及第，亦癸丑也；而其弟世璜，以嘉庆十年乙丑登第；其子曾莹，为辛丑进士。乃为对云："潘世恩累世承恩，前癸丑、中乙丑、后辛丑，潘氏子逢丑成名。"巧合有如此者。

【1】令坦：敬称，指对方的女婿。《世说新语·雅量》："（太尉郗鉴）遣门生与王丞相书，求女婿。……门生归白郗曰：'王家诸郎，亦皆可嘉，闻来觅婿，咸自矜持，惟有一郎在床上坦腹卧，如不闻。'"坦腹东床者即王羲之，郗鉴选其为婿。

景星若者，天资过人，而行多不检，为事迫而入天主教，其师深惜之。一日，读《易》至《井》卦，感生之姓与同音，因出句云："井渫不食，犹为弃井也。"[1]黏诸壁上。生见之，援笔书其旁云："天且勿违，宜若登天然。"【2】备极自然，且切合教名。师见之，更为叹惋不置。

【1】语出《易·井》："井渫不食，为我心恻。"《孟子·尽心上》："有为者，辟若掘井，掘井九仞而不及泉，犹为弃井也。"

【2】语出《易·乾》："夫大人者，与天地合其德，与日月合其明，与四时合其序，与鬼神合其吉凶。先天而天弗违，后天而奉天时。天且弗违，而况于人乎？况于鬼神乎？"《孟子·公孙丑上》："公孙丑曰：'道则高矣、美矣，宜若登天然，似不可及也。……'"

《梨园梦影》云：前有"金钢钻失去金钢钻"一联，不得其对。乃有粤人梁鼎芬者，因妨碍治安，被判监禁，各报皆误为即清帝师傅，因均为粤人也。既知其详，因电京辩正，于是乃以"梁鼎芬误会梁鼎芬"对之。

樊樊山戏赠易实甫、戴修贞联云："使问廉颇遗矢否；（谐音"易实甫"。）妃惭杨广带羞蒸。（谐音"戴修贞"。）"易即答一联云："臭十馀年夫逐有；（谐音"富竹友"。）矢三遗后饭增强。（谐音"樊增祥"。）"

又，樊字云门，有友人致信，误以"云"为"荣"者。（楚按："荣"入庚韵，字音实近似者。）樊谢以一诗，中有一联云："君原惯卖风雷雨；我本无心富贵华。"

道光初，苏州赵礼甫孝廉，以"马宾王，骆宾王，马骆各宾王"征联，未有应者。至道光癸卯科，贵州正考官龙元僖，云南正主考龚宝莲，于是吴县叶调生孝廉为之对云："龙主考，龚主考，龙龚共主考。"

一说：《长沙日报》有马、骆二记者，遂出前联。适湖南《大公报》有龙、龚二记者，乃以"龙主笔，龚主笔，龙龚共主笔"对之云。楚孙按：是殊不及前说之信而有征。

有集男女伶名为联云："鲜灵芝，灵芝花，花文艳，艳妻扇方处；白芙蓉，芙蓉草，草上飞，飞燕倚新妆。"

王楷堂比部廷绍，一日进署，适无小马喝道。正查问间，忽报长麟至，因得句云："司中无小马，堂上有长麟。"不觉高声朗诵，为长所闻，唤王上堂，责以"何故呼我名"。王答以"无事在司中作对"。又诘以"何对"，曰："以中堂名对扁鹊。"又诘以"何以将我名对扁鹊"，曰："扁鹊名医，长麟名相也。"长为辴然。人均服其敏慧。

楚孙按：此联格调颇多。咸淳丁卯，贾似道平章军国重事，居西湖葛岭，五日一入朝，于湖上遥制朝政。时人曰："朝中无宰执，湖上有平章。"

吕原与谢一夔对酒听箫，谢出对曰："吕先生品箫，须添一口。"吕曰："谢状元射策，何各片言。"

《梁溪漫录》云：前人以"崔度崔公度，王韶王子韶"为的对。绍兴中，冯侍郎楫与罗侍御汝楫在朝，或命对曰："侍郎侍御楫汝楫。"适有范检字名同，陈检详名正同，俱为二府掾属，徐敦济乃以"检字检详同正同"为对。

又，咸丰中，杜莲衢侍郎名联，瑞牧庵尚书亦名联，杜鹤廷中丞则名瑞联。有集三公名为句云："杜联瑞联杜瑞联。"久未有对。会郎官中有"方钊恭钊方恭钊"三人，遂以为对。

昔有以"成也萧何，败也萧何"对"一则仲父，再则仲父"者。毛宏为给事中，奏疏无虚日，英宗苦之，有"昨日毛宏，今日毛宏"，以之对仲父句更妥。昔坡公曾以仲父句质刘贡夫，贡夫曰："可对'千不如人，万不如人。'"

沈石田与陈启东，会饮于吴太史家。时贺解元恩，字其荣；陈进士策，字嘉谟，同在座。沈不善饮，启东曰："吾有一对，君对之，当代君饮。'恩作解元，礼合贺其荣也。'"沈不假思索，即曰："策为进士，职当陈嘉谟焉。"

嘉靖间，胡少保宗宪，与巡盐御史周如斗，宴于舟中。二人素相谑，值侍者误倾壶酒，周即曰："瓶倒壶（音"胡"）撒尿。"适篙公捩柁，胡即曰："柁响舟（音"周"）放屁。"谑而俗矣。

贾宪使实斋，一日雪后披裘立门前。适邻人倪麻子着屐而过，贾呼之曰："我有一对：'钉鞋踏地泥麻子'。"倪曰："吾能对，但不敢耳。"贾曰："吾不罪汝。"倪笑曰："然则'皮袄披身假畜生'，可对乎？"贾面赤，咄嗟詈诟而入。

楚中耿天台定向，为南直提学御史，初到任，即遣牌往松江，云欲观海。盖时徐文贞居首揆，耿其讲学之交也，实借此往拜其先祠耳。松人为出联曰："名虽观海，实则望湖，（文贞旧号"少湖"。）耿学使初无定向。"而难其对。适湖南刘自强为应天尹，以户曹不逊，刘奋拳殴之，至吏折齿几死。乃得对曰："京卿攘臂，衙役折齿，刘府主果能自强。"

同时松江郡守潘大泉名仲骖，以名翰林谪外，傲睨侮人。华亭尹倪光荐者，谦和下士。松人又为之对曰："松江同知恣肆，合得重参（音"仲骖"）；华亭知县清廉，允宜光荐。"

有御史巡松江，郡守故人，留之饮。御史于席间出对曰："鲈鱼四鳃一尾，独占松江。"守对曰："螃蟹八足两螯，横行天下。"御史知其讽己，亦为一噱。楚按：一说此为卢、解二人相谑事，是则更为确切。

吴人马承学，喜驰马。其友钱同爱戏之曰："马承学，学乘马，得得而来。"马即于马上对曰："钱同爱，爱铜钱，孜孜为利。"且曰："非敢诮公，但图对稳。"楚孙按：妙在以"同、铜"对"承、乘"。

杨铁崖在金粟道人家，（一云为元张司令。）主人以芙蓉盘令美妓捧劝，名"金盘露"。杨出对曰："'芙蓉掌捧金盘露'，（一作"芙蓉掌上金盘露"。）能对者赠以此盘。"此妓应声曰："杨柳人吹（一作"楼头"。）铁笛风。"遂以此盘酬之。盖铁崖固别署"铁笛道人"也，此妓适知之耳。

郑洛书，莆田人，正德丁丑进士，为上海知县；同时永丰聂豹，为华亭知县。并有政声，而议论每不相下。一日同坐察院，适报上海秋试脱科。聂笑曰："上海秀才下第，只为落书（音"洛书"）。"郑应曰："华亭百姓当灾，皆因孽报（音"聂豹"）。"

石琢堂韫玉云：前明吾乡顾宗孟、文震孟、姚希孟，均有文名。而范允临字长白，陈元素字古白，及华亭董思白，皆工临池。崇祯间，惟范尚存，时有联云："顾宗孟、文震孟、姚希孟，三孟俱亡，莫非命也；董思白、范长白、陈古白，一白虽存，岂不殆哉。"

李西涯好谑。时庶吉士进见，公曰："今日试属一对，'庭前花始放'。"众哂其易，公曰："总不如对以'阁下李先生'为妙也。"

朱望之馆莳溪陆氏，后每往，陆必留饮。一日遇其友，问何来,曰:"陆家留酌归也。"问友何往,曰:"往舍甥处,为送亲耳。"朱曰:"然则我二人,可合《千家诗》一联矣。予则'一水护田将绿绕(陆扰)',君则'两山排闼送青(亲)来'。"

董文恭诰,曹文正振镛,嘉、道间名臣也。嘉庆十六年,林清为乱,帝幸热河,董力请回銮,至于涕泣;文正在京,镇之以静。时有联云:"庸庸碌碌曹丞相,哭哭啼啼董太师。"二公闻之,相谓曰:"此时之庸碌、啼哭,颇不容易。"文恭初加太子太师衔,曹亦位握中枢,人有以"丞相""太师"称之,均谢曰:"贱姓皆不佳。"

《琅环记》云:"绛树一声能歌两曲,二人细听,各闻一曲……黄华,双手能写二牍……""绛树双声,黄华二牍",的对也。楚孙曰:不奇于二牍、双声,却奇在黄华、绛树。

《猗觉寮杂记》云:有人云:"不逢韩玉汝。"有应声对云:"可怕李金吾。""金吾、玉汝",的对也。

明丘南镇岳,以黄金制联馈江陵云[1]:"日月并明,万国仰大明天子;丘山为岳,四方颂太岳相公。"盖欲以己名时蒙记忆也。江陵亦将擢之,未几均罢归。

【1】张居正,字叔大,号太岳,湖北江陵人,故称"张江陵",明朝内阁首辅。

嘉靖间,官南京城守门宦官高刚,于中堂书一联云:"海无波涛[1],海瑞之功不浅;林有梁栋[2],林润之泽居多。"盖指刚峰、念堂二公也。此珰[3]颇可爱。

【1】海无波涛,意同成语"海不扬波",喻太平无事。海瑞,字汝贤,号刚峰,明代著名清官。

【2】林有梁栋,意思是林中有栋梁之材,比喻有较多人才、物财。林润,字若雨,号念堂,明代官员,不畏权贵。

【3】珰,即内珰,宦官、太监。汉代高级宦官的帽子上饰有黄金珰,故称。

孟瓶庵妻何氏七旬寿,梁虚白际昌联云:"人间贤母曾推孟;天上仙姑本姓何。"何解翰墨,得之大喜。

中丞王某姬浦氏,一举两男。有贺联云:"三槐旧种自王;【1】双珠新出于浦。【2】"王大喜。

【1】北宋王祐为官正直,得罪皇帝而不得为相;后在庭院手植三株槐树,并说:"我的子孙将来必有位至三公的,三棵槐树作证。"数年后,王祐次子王旦成了宰相。王祐及其子孙后代,被称作"三槐堂"王氏。

【2】东汉时,合浦郡(今广东、广西交界一带)沿海盛产珍珠,又大又圆,色气纯正,称"合浦珠"。

善化俞敕华,以反对葬新化陈天华事【1】,被湘人去其衣,裹以草席。或赠联云:"其生也荣,其死也哀,【2】天华千古,敕华千古;载寝之地,载衣之裼,【3】新化一人,善化一人。"

【1】陈天华,湖南新化人,近代民主革命家,同盟会会员,清末革命烈士。

【2】语出《论语·子张》:"夫子之不可及也,犹天之不可阶而升也。……其生也荣,其死也哀,如之何其可及也?"

【3】语出《诗·小雅·斯干》:"乃生女子,载寝之地。载衣之裼,载弄之瓦。"底本误为"载寝之席",据联意、吴恭亨《对联话》,改正"席"为"裼"。

福藩当国【1】,有书联于长安东西门柱云:"福人沉醉未醒,全凭马上（士英）胡诌；幕府凯旋已休，犹听曲中阮变（大铖）。"又云："福业告终，只看马前（士英）卢后（卢九德）；崇（崇祯）基已毁，何劳东捷（张捷）西沽（李沽）。"又云："闯贼无门，匹马横行天下；元凶有耳，一兀直捣中原。"

【1】福藩，即福王朱由崧，南明首位皇帝，在位期间信用马士英、阮大铖等奸臣，政治腐败；清军攻入南京后，被捉至北京处死。

福建马尾创船政局，沈幼丹中丞主之。沈与吴仲宣制军不睦，自云："福省绅衿，若马尾公者，难与共事矣。"幕僚拈七字曰"福省绅衿一马尾"，以求对。适汀漳龙泉道朱某求见，遂得下联云："漳州道府两牛头。"盖郡守亦朱姓也。

潘男、何女，两姓为婚。何谓媒介曰："我愿到彼家有饭哄足矣。"潘则曰："我愿即得抱孙之喜。"某乃合之成联云："有水有田方（一作"兼"。）有米；添人添口便（一作"更"。）添丁。"

又，吕、徐二姓为婚，吕女不贞，而徐儿好比匪。某嘲以联云："吕氏姑娘，下口大于上口；徐家子弟，邪人多过正人。"

有嘲熊希龄、梁士诒、张謇等四联云："高阁漫夸熊入梦；空台无复凤来游。"盖熊为凤凰县人，人呼之为"熊凤凰"，此时方为内阁总理，而阁员则寥落不全。其二云："顶上贴封条，（希）笑他大政方针，布告张皇空际灭；背后掣旗号，（龄）嗟尔名流内阁，齿牙击落暗中吞。"楚孙按：此联"大政方针"四字，正指一"乂"字，以配下布告之"布"字。其三曰："能者果是多劳，风火轮边，撒开四蹄圆铁；（熊）木偶甘为傀儡，药葫芦内，放出三把飞刀。（梁）"其四云："长袖善回旋，养成海滋兼并，莫倚弓弯轻射羿；（张）寒门真显赫，只愁冰山倾倒，下言玷辱甚磨圭。（謇）"

又，滇抚卞宝弟，重用熊氏。或为联云："能者多劳，跑断四条狗腿；下流无耻，伸出一点龟头。"

又，熊氏与万某相嘲。万（萬）即举前句嘲之，熊应曰："苗而不秀，露出半截禽身。"

又，湘抚陈宝箴奉凤凰为军师。时有联云："四足横行，试问有何能干；一耳偏听，到底不是东西。"一说，某省抚幕内，有陈、熊二观察，熊以善奔走而红；陈长于刑名，廉洁自持，又且右耳重听，为胥吏所绐。人两轻之，为联曰："四足不停，毕竟有何能干；只耳重听，这算什么东西。"

松寿自尽，有与良奭合拟一联云："十八公不得其寿；二百大丧尽天良。"

胡廷幹抚赣，办理江召棠一案，颇不满人意。或为联云："孤负朝廷，纵粉骨碎身，莫报万分之一；有何才干，只无能媚外，酿成二月初三。"是日，江案发生日也。

孝廉汜上逸民，与桂抚段氏善。时段五十岁，尚无子，孝廉劝其纳妾。不意为段妻所闻，以扫帚痛击孝廉头，致头破血出。或为联云："娘子军耀武扬威，吓破广西巡抚胆；扫帚柄横冲直撞，打开汜上逸民头。"读之，令人大笑不止。

《烈皇小识》云：温体仁，归安人；王应熊，巴县人，同恶相济。吴竹达媚之，时曰"篾片"。适是科黄士俊、孔贞运、陈之壮为鼎甲。有联云："礼部重开天榜，状元榜眼探花有些惶恐（谐"黄孔"）；内阁翻成妓馆，乌龟（归）王巴篾片，总是遭瘟（温）。"

蒋藏园太史曾孙女马山女士，为汪勉斋继室。花烛之夕，蒋出对曰:"喜汪子非天壤王郎,泻来三峡水源,壮我大观抵湖海。"汪对曰:"呼蒋氏为吾家将伯,披得一帘草色,助余春梦入池塘。"

娄、薛二人友善,车笠盟言,订之已屡。会娄官于金陵,薛往依之。娄不纳,并示以七字曰:"南都(一作"江南"。)地煖难容雪。"薛衔之,励志上进,数年后,竟得官于辽北。是时娄已败,忘前隙,闻之,竟往投薛。薛大喜,亦示以七字曰:"北地(一作"塞北"。)风高不用楼。"此联大快人意,不仅"雪、薛""楼、娄"巧合,尤妙在"南、难""北、不",仍为借音叠韵也。

贾席珍,为陈家颜馆师,宾主均善谑。一日,陈出对曰:"贾席珍失去宝贝珍珠,方为西席。"贾对曰:"陈家颜割落耳朵颜面,才是东家。"巧矣!

国会议员尚镇圭,竭力反对贿选者。(时曹锟贿每议员以五千元,得任总统。议长吴景濂,为司其事,吴绰号"大头"。)尚死,或戏挽以联云:"贿以五千元,岂小胆不曾到手;没于重九日,令大头真个开心。"

楚孙任职昌化时,有知事钱某之弟亦棠,濡首腐胁,沉湎于酒,自号"老将",又倩人琢一章曰"醉僧"。余戏赠一联云:"老将足千秋,百年老,万年老,老到了缩头缩脚;醉僧浑一世,今日醉,明日醉,醉得来糊里糊涂。"

清咸丰时,穆章阿为相。有门生童某为翰林。穆丧妻,童拟祭文曰:"丧我师母,如丧我母。"或曰:"穆妻为母,则穆相当为穆考矣。"时师傅陈官俊,亦童之师。陈亦丧妻,孝子苦于灵次。童请曰:"天寒,世兄且处内,吾为兄任其劳。"闻者骇怪。

童师尚有许乃普者，许老病，童忽曰："老师夜起需人，门生媳妇，善于承应，今晚当令襆被来侍左右。"许愕然未及答，而夫人已在门矣。同官集上三事而为联额，额云"仰维穆考"，联云："昔年入陈，枕苫及块；昭兹来许，抱衾与裯。"楚孙则殊未敢信有此等人也。

清恭亲王奕訢死，适德亨利亲王来华；时翁常熟罢相，而夏同和适大魁。有人拈四事为一联云："恭亲王去，德亲王来，见新鬼应思故鬼；（时尚称洋人为"鬼子"，故云。）夏同和兴，翁同和败，愿贵人莫学常人。"按：夏为贵州人，故"贵、常"二字均双关。

清四川高树、高枏兄弟，并为御史，而其乡人乔树楠，则任左丞；时长白中堂为荣庆，而参议中则有孟庆荣。有人拈此两事为联云："乔左丞平吞两御史，孟参议颠倒一中堂。"

李秉衡字鉴堂，抚鲁时，声名狼藉。联云："秉节赴青齐，河汉盐漕，无一不稀糟稀烂；衡才悬黑镜，智愚贤否，全都是糊里糊涂。"又曰："有愧知人之鉴，难登大雅之堂。"

泗州杨四先生，亦鲁抚也，喜挥霍，嗜京剧，临卒犹高唱"先帝爷"而绝，卒谥"文敬"。或挽之曰："何为文？戏文曲文，声出金石；毋不敬！冰敬炭敬，用之泥沙。"

粤人嘲乌、恽两典史联云："乌不如人，只欠胸中一点墨；军无斗志，只缘身外有偏心。"

又乌达蓬尚书，与恽次樵学士，同典浙试。乌学浅，恽则嗜阿芙蓉。有联云："乌不如人，胸中只少一点墨；军无斗志，身边常倚一条枪。"楚孙按：是皆不免有因袭痕迹。

满人瑞麟,字清泉,为粤督。时张兆栋为粤抚,每事受制于瑞,郁郁不得志。粤人乃为联云:"瑞气千重,且看他立在王者旁边,头戴三梁冠,身穿四叉袍,威赫赫十载尚权,吁嗟麟兮,河清难俟;张公百忍,可怜尔屈成弓儿模样,睁开半双眼,跷起一只脚,颤巍巍几声长叹,为之兆也,栋折难支。"

李儒卿,贪酷吏也。或亦取其名为联云:"本非正人,装作雷公模样,却少三分面目;惯开私卯,会打银子主意,绝无一点良心。"楚孙按:上两联意义相似。"面"字去三画,即为"而"字。

乾隆时,南汇吴省钦为左都御史,七次典试浙江,声名狼藉。浙人有联云:"少目焉知文字;欠金那得功名。"额曰"倒口就吞"。

嘲叶名琛一联云[1]:"气慑蛮风,竟向天南吹叶去;名闻夷裔,争传楚北献琛来。"
【1】叶名琛,清末大臣。第二次鸦片战争时期,叶名琛时任两广总督兼通商大臣,在广州兵败被俘,被英国人押送印度加尔各答,后绝食殉国。

陈姓兄弟,与沈姓兄弟友善。一日,二陈遇雨,经沈门,造焉。二沈匿不出见,盖恐扰膳宿也。陈固知之。他日相见,陈出对曰:"大雨沉沉,二沈缩头不出。"沈答曰:"朔风阵阵,双陈拍脚难开。"楚孙按:此妙在"沈、沉"、"陈、阵",本通也。

贵州李菊圃中丞用清,不孚众望。或赠以联云:"行同木偶何堪用;心似泥团洗不清。"额曰"井上有李"。

光绪中叶，德晓峰为赣抚，雅好优伶，署中无日不笙歌聒耳。南昌首县汪蘅舫以诚，同具戏癖。各处伶人，闻风麇集，风气为之大变。有联云："以花（或作"色"。）为缘，以酒为缘，十二时伏枕长眠（一作"买笑追欢"。），无夜无明当醉梦（一作"永夕永朝酣大梦"。）；诚心看戏，诚意看戏，四九旦登场演唱，双麟双凤共销魂。"时有候补县张学源者，所居与伶人密迩。因失鸡口角，张子小和，竟被诸伶攒殴。诉诸汪，汪反庇伶斥张。一时舆论大哗。事为刘恩溥御史所知，竟登诸白简，饬江督曾忠襄查办，卒奉旨革职。后刘忠诚任江督，汪援例起复，忠诚为奏补南汇县。汪酣歌恒舞，一如在赣时，迨忠诚薨，仍罢官。

又，光绪乙酉科江西乡试，德晓峰充监临官，南昌府崔兰屿太史为内监试。围场例设供给所，由首县汪蘅舫督办。额定物品，虽随时送进，多不堪用；惟内帘各考房别有所需，尽可开条支取。某日，内监试处应进猪肉，缺少三斤，司事开条饬补，因市俗书猪肉为"亥肉"，遂从俗书"亥三斤"。汪乃作联云："大中丞遇事容包，见而未碰丁一个（借用"钉"，俗以受上司申饬为"碰钉"。）；内监试多方挑剔，关心惟在亥三斤。"观此联，又可测知汪、德之水乳，而汪之恃上眷，狎侮首府、克扣供给也。又，江西市俗以鸭为"甲"，则"亥三斤"又可对"甲一只"。楚孙按：吾杭讳狗腿为"戌腿"，与此可谓无独有偶矣。

昔汉口总稽查刘友才，小字贵狗，为黄陂所倚重，且为保荐。至民七，以肺病卒，吊者填门。有无名氏投一联云："出处本卑微，居然大贵大富；盖棺应论定，究是功狗功人。"又曰："不如己者毋与友[1]；其为人也小有才[2]。"

【1】语出《论语·子罕》："子曰：'君子……主忠信。无友不如己者。过则勿惮改。'"

【2】语出《孟子·尽心下》："盆成括见杀。门人问曰：'夫

子何以知其将见杀?'(孟子)曰:'其为人也小有才,未闻君子之大道也,则足以杀其躯而已矣。'"

明虞山钱牧斋,以"逸老"名堂。至清时,有人赠联云:"逸居无教则近;老而不死是为。"[1]清末,康南海有为,亦以遗老自居,有赠联云:"国家将亡必有;老而不死是为。"[2]是真无独有偶矣。或又谓康之名,意为"富有天下,贵为天子",当时实有不臣之心。此恐未尽然也。

又,《聊斋》中之"一二三四五六七,孝悌忠信礼义廉"一联,额曰"三朝元老",或云亦指虞山事。

又,虞山自制一杖,铭曰:"用之则行,舍之则藏,惟我与尔有是夫。"[3]后入清,此杖失去已久,一日忽得之,有人续其旁云:"危而不持,颠而不扶,则将焉用彼相矣。"[4]钱为惘然者久之。

又,明季某翁榜其门云:"君恩深似海;臣节重如山。"明亡,此联依然不去。或于首联下加一"矣"字,下联下加一"乎"字,见者大笑。

[1] 语本《孟子·滕文公上》:"人之有道也:饱食暖衣,逸居而无教,则近于禽兽。"及《论语·宪问》:"子曰:'幼而不孙弟,长而无述焉,老而不死是为贼。'"

[2] 语出《礼记·中庸》:"国家将兴必有祯祥,国家将亡必有妖孽。"后句亦本《论语·宪问》。

[3] 语出《论语·述而》:"子谓颜渊曰:'用之则行,舍之则藏,惟我与尔有是夫!'"

[4] 语出《论语·季氏》:"孔子曰:'求!周任有言曰:"陈力就列,不能者止。"危而不持,颠而不扶,则将焉用彼相矣?……'"

嘉靖己未,水荒田没。有劳半野为屯田郎中,与都水顾一江为同年。戏劳曰："半野屯其田，空劳碌碌。"劳应曰："一江都是水，回顾茫茫。"此联妙在无一剩字。

李方叔初名豸。从坡公游，坡曰："五经中无公名，不可用。宜易名'廌'。"李从之。秦少游戏之曰："昔为有角狐；今作无头箭。"[1]方叔仓卒无以应，终身恨之。

【1】《巧对续录》卷上谓："豸以况狐，廌以况箭。"

某太守妻何氏，颇贤。太守一日得美妾，名"来凤（鳳）"，连日谖客称贺。或为拟新房对曰："群将美色夸凡鸟。"众无以对。一人曰："如此美事，皆何夫人成之也。可对'谁识贤名有可人'。"

邹之麟与王象春友善，二人均与韩敬、汤霍林宾尹不协。一日，同游西山，邹得句云："敬字无文便是苟。"王对曰："林间有点不成材。"楚孙按：句既未工，况如此骂人，隔靴搔痒，亦落下下乘矣。

汪仲嘉谪南康，尝招友欢饮。妓有杨小玉及李娘者，李为理掾所眷，杨为房掾所眷。理顾谓房曰："尔爱其羊（杨）；我爱其礼（李）。"已而席散，敖麋与汪对弈，麋因争劫苦思，沈明府从旁教之，汪大笑曰："得一巧对矣。'当局者迷（麋）；旁观者审（沈）。'正好作对。"

"圣恩天广大；文治日光华"，为清时京师通用联。惟王梦楼以自名"文治"，故不用。纪文达遂戏呼梦楼夫人为"光华夫人"。人有称随园为"广大教主"者，恰好以为对。

杨畏字子安，工趋避，世号"杨三变"。薛昂，字肇明，和

《驾幸蔡京第》诗,有"拜赐应须更万回"之句,太学中遂号为"薛万回"。时薛守洛,杨亦在洛,一日府宴,惟杨一人。问:"何无他客?"曰:"客甚易得。惟难得此好对耳。"

绍兴初,张子韶有"桂子飘香"之句。赵明诚妻李易安,以对语嘲之曰:"露花倒影柳三变;桂子飘香张九成。"

《词话》:左誉,字与言,与钱塘名妓张秾善,如"帷云剪水,摘粉搓酥"等句,皆为秾作也。时人语曰:"晓风残月柳三变,摘粉搓酥左与言。"又,秦少游有"山抹微云,天黏衰草"之句,东坡戏云:"山抹微云秦学士,露花倒影柳屯田。"

番禺许筠庵尚书应骙,戊戌政变,初于康之奏多所裁抑。某年,某京官延乌程冯莲堂侍讲文蔚,与许同宴于湖广会馆。选事者揭一联于戏台云:"许应骙伐木许许[1];冯文蔚削屡冯冯[2]。"集《诗》如己出,而"许、冯"二字,又均妙在读别音。

[1] 语出《诗·小雅·伐木》:"伐木许许(hǔ hǔ),酾酒有藇。"

[2] 语出《诗·大雅·文王之什·緜》:"捄之陾陾,度之薨薨,筑之登登,削屡冯冯(píng píng)。"

四川江津县学款,年筹万金。丁未,小学校长夏与中学刘监督,各任私人,学生愤而去,因至各乡小学调取学生。各乡教员遂联名上禀,上官与刘有雅,置不问。或赠小学联云:"以其昏昏,设为庠序学校;[1]若彼濯濯,细论条目工夫。[2]"赠中学联云:"礼仪三百,威仪三千,待先生,于宋馈七十,于薛馈五十;[3]堂高数仞,榱题数尺,养弟子,冠者五六人,童子六七人。[4]"说者谓宋、薛皆有其人,一时遍传遐迩。

[1] 语本《孟子·尽心下》:"贤者以其昭昭,使人昭昭;今

以其昏昏，使人昭昭。"《孟子·滕文公上》："设为庠序学校以教之。……夏曰校，殷曰序，周曰庠；学则三代共之，皆所以明人伦也。"

【2】语本《孟子·告子上》："牛山之木尝美矣，以其郊于大国也，斧斤伐之，可以为美乎？是其日夜之所息，雨露之所润，非无萌蘖之生焉，牛羊又从而牧之，是以若彼濯濯也。"及朱熹《大学章句》："后六章细论条目工夫。"

【3】语本《中庸》："优优大哉！礼仪三百，威仪三千，待其人而后行。"《孟子·公孙丑下》："前日于齐，王馈兼金一百而不受；于宋，馈七十镒而受；于薛，馈五十镒而受。"

【4】语出《孟子·尽心下》："堂高数仞，榱题数尺，我得志弗为也。"《孟子·公孙丑下》："我欲中国而授孟子室，养弟子以万钟，使诸大夫国人皆有所矜式。子盍为我言之？"《论语·先进》："暮春者，春服既成，冠者五六人，童子六七人，浴乎沂，风乎舞雩，咏而归。"

钮福根者，榜人子也，为漱芳阁茶馆主曾锡光所见，悦之，乞为螟蛉焉。[1]会二十初度，余友陈守梅，袭冷泉亭联句以嘲之云："福自几时享起；根从何处生来。"切合螟蛉，豁刻已甚。又，有嘲民七时某总长云："根自那里种起；源从何处流来。"与此同意。

【1】榜人，即船夫、舟子。螟蛉，即养子、义子。《诗·小雅·小宛》："螟蛉有子，蜾蠃负之。"蜾蠃常捕捉螟蛉喂养护幼虫，古人误认为蜾蠃不产子，养螟蛉为子，因称养子为螟蛉。

商丘宋牧仲名荦，题苏州沧浪亭联云："共知心似水；安见我非鱼。"或改"水"为"火"，改"鱼"为"牛"，以暗合公名者。公见之大笑，亟命撤去。

天后时，童谣云："张公饮，李公醉。"张公指易之，李公言李氏太盛也。宋皇祐五年，狄青败侬智高于归仁铺，有童谣可与前谣作对者："农家种，籴家收。"

顺治乙未进士李立，由翰林迁御史，按湖北，杖毙汉阳大猾世昌。初世昌谓人曰："少时遇一道士，曾叩终身，则书一联曰：'非桃非杏木；不坐不行人。'见此一联，禄尽时也。"至是果验。

宋某，皖人也，官于浙，欲壑难填，人皆以"强盗"呼之。或人赠以一联云："大宋文章，小宋经济；之江循吏，皖江名儒。"额曰"公生明"。某得之大喜。识者曰："联、额俱藏五才盗魁名姓与字[1]，真强盗也。"
【1】五才，指《水浒传》，因金圣叹谓其为"第五才子书"；盗魁，《水浒传》中宋江，字公明。

朱绍雯锡祈，桂人也；分发江西，先补星子县，善于逢迎。时赣抚德晓峰方伯方佑民，特调朱为南昌首邑。有曾纪勋者，亦桂人，资格最深，历充发审局委员；因承审某案，未合朱意，乃挤去之。又有石某者，因附朱，得委优缺。赣人为联云："曾勿见憎，只为良心犹未昧；石将成跖，居然捷足许先登。"

《东轩笔录》云：陈绎晚年，伪为敦朴状，时号"热（爇）熟颜回"。熙宁中，台州推官孔文仲廷试，射（对）策言时事，有"可痛哭长太息"者。执政恶之，斥于众曰："文仲真'杜园贾谊'也。"王平甫曰："此八字，诚的对也。"合座大噱，绎有惭色。盖"杜园""热熟"，皆当时鄙谚也。[1]楚孙按：鄙谚何解，失注一语，致令后人耿耿。
【1】杜园：宋代俗语，意指无根据的。热熟：当为"爇熟"，宋代俗语，意指伪装的。

清某太守周翼庭，在祥符时，忠州李大令芋仙访之。一日，赴周宴，谈及商店、妓女联，率多分嵌名字、牌号者。太守曰："吾号殊不易对，请君成之。"李曰："是不难，但不敢耳。"周固言"不妨"。李笑曰："在天愿作比翼鸟；隔江犹唱后庭花。"盖周固有隐疾者。合座大笑，周独红涨于颊。后李行，周赠赆甚薄，盖衔之也。李以善哭闻，曾湘乡戏呼以"李文哀公"，文正卒后二年，李亦解职归。

洪承畴六十初度[1]，有门生麻衣来吊，并献一联，请洪立时悬挂。洪揭视之，则为"史鉴流传真可法；[2]洪恩未报反成仇。"上联嵌阁部姓名，下联以"成仇"谐"承畴"，洪赧颜久之。

又一说，黄石斋先生被拘禁中[3]，洪往视之，先生闭目不应。洪出，先生援笔疾书一联云："史笔流芳，虽未成名终可法；洪恩浩荡，不能报国反成仇。"两说未知孰是。

【1】洪承畴，字彦演，号亨九，本为明朝重臣，后变节降清，沦为贰臣。

【2】史可法，字宪之，号道邻，谥"忠靖"（清乾隆帝又追谥"忠正"），明末抗清名将，坚守扬州，以身殉国。因曾任南明礼部尚书兼东阁大学士，故人称"史阁部"。

【3】黄道周，字幼玄等，号石斋，谥"忠烈"，世称"石斋先生"，明末学者、抗清名臣。

有赠苏姓联云："人间化鹤三千岁；[1]海上看羊十九年。[2]"两切苏姓。余丁姓，曾思以"化鹤生松"四字，分作门联，惜化鹤非古典耳。又陆姓门联云："此是楚狂接舆之宅；[3]当如宋臣蹈海而传。[4]"

【1】晋葛洪《神仙传·苏仙公》载，西汉人苏耽，成仙化鹤。

【2】西汉苏武出使匈奴被扣留，在北海牧羊十九年，坚贞不屈，最终回到汉地。

【3】春秋时，楚昭王政令无常，楚人陆通佯狂不仕，人谓之"楚狂接舆"。《论语·微子》《庄子·人间世》有相关记载。

【4】宋元易代之际，蒙元大举南犯，宋左丞相陆秀夫（字君实），辅弼南宋年幼皇帝，驻军崖山，抵抗侵略，不幸战败，在驱家人入海后，怀揣玉玺，身负皇帝投海殉国。

人名为对，佳者不可胜数，偶忆数则，录如下："查初白；李次青"，"熊秉三；马泊六"，"李象寅；易猴子"等。

又，叶景葵者，杭州名士也。或以之对名妓"花香藕"。或曰："花香藕亦名惊鸿，以'花惊鸿'对'叶誉虎'亦佳。"又一人曰："叶誉虎有时自署'玉虎'，花亦名'金鸿'，仍的对也。"何花、叶二人之死不相舍耶？

古联有以"七松居士"对"五柳先生"，"大梅和尚"对"小李将军"，是诚天造地设矣。又吴毅人祭酒作《岳飞论》，通篇四六，末句尝以"东南山行者"对"大小眼将军"，尤工。（按：忠武两眼有大小，太后回国，不忆岳飞名，问左右曰："大小眼将军何在？"左右具告之，太后痛哭失声。）

道光中，卢同伯与桂文耀，同肄业于粤之粤秀书院。陈厚甫锺麟山长重之，为集一联，榜于院中云："卢橘夏熟；桂树冬荣。"[1]观者无不叹其工巧。

【1】语出司马相如《上林赋》："于是乎卢橘夏熟，黄甘橙楱，……"及曹植《朔风诗五章》："秋兰可喻，桂树冬荣。"

苏颋嘲尹姓曰："丑虽有足，甲不全身；见君无口，知伊少人。"又，刘贡夫嘲口吃者曰："本是昌家，又为非类；但有雄声，惟闻艾气。"或曰：此三十二字可为对。

又有"尹字谣"，颇妙："伊无人，羊口是其群。斩头笋，灭口君。缩尾便成丑，直脚半开门（門）。一根长轿杠，扛个死尸灵。"刻已。

莱阳姜如须吏部垓，南渡后，与吴郡徐昭法孝廉枋友善。一日，戏徐云："桓温一世雄，尚有枋头之败。"徐应曰："项羽万人敌，难逃垓下之诛。"相与大笑。

顺德举人欧芬，与御史梁元柱同舟。梁欲谋建屋，欧戏之曰："整大屋，拆深廊，算来算去留元柱。"梁对曰："千人米，万家粥，擂融擂烂逐瓯分。（谐"欧芬"。）"盖时值饥年也。

顾学士临好谈兵，人戏称之曰"将军"。一日，偕馆友林希，至景德寺鼓楼下丛木中。时鼓正鸣，又值大雨，二人候雨良久。顾戏曰："林密中淋林学士。"林触机曰："鼓响时雇顾将军。"[1]

又，鼓山瑶公和尚（一云"姚广孝"。），与林太史善。一日，林戏曰："风吹罗汉摇和尚。"瑶应曰："雨打金刚淋大人。"楚孙按：后联较前联为工。

【1】《渑水燕谈录》卷十："顾临学士，魁伟，好谈兵，馆中戏谓之'顾将军'。一日，同馆诸公游景德寺，至寺前柏林，雨暴作。顾戏同舍林希曰：'雨中林学士。'遽答曰：'柏下顾将军。'诸公大噱，以为精对。"

学士院旧有句题云："李阳生指李树为姓，生而知之。"多年无偶。杨大年为学士，乃对曰："马援死以马革裹尸（屍），死得其所。"楚孙按：妙在"姓、生""尸（屍）、死"四字。

《鹤林玉露》云：杜成己为相日，以见客为苦，乃设柜于门，欲言利害者投之；旬日，并柜亦撤去。有题一联于府门云："杜光范之门，人将望而去之；撤暗投之柜，我将卷而怀之。"

有贵州教谕官二人，一为冷超儒，一为钱登选。二人皆以贿得，士林鄙之。有人大书一联，张于文庙之大门云："不读书以超儒，士心皆冷；未通文而登选，人谓有钱。"见者大笑，二人遂托病遁去。是诚有驱降邪魅之能。

诚果泉都护名勋，官九江道。时有奸民盗卖庐山与外人，诚处理其事，颇不理于众口。或为联云："诚意卖庐山，这事如何结果；勋名付流水，此心哪可铭泉。"名、号双嵌，何等自然！按：吾杭江干张某，亦曾盗卖凤凰山与外人，惜当时无谐联以记之。

光绪乙未，马关中日条约成。时当局者为翁叔平与孙莱山两相国，朝野均深致不满；直督李少荃，尤为矢的。[1] 或为联云："台澎二百兆，一封薄礼；翁孙十八子，三世同堂。"
【1】翁同龢号叔平，孙毓汶字莱山，李鸿章号少荃（少泉）。

丹徒严问樵，文名满海内。值会试报罢，出都至山东，旅费告罄。时通州徐树人中丞守泰安，初未相识，严无奈，投以一联云："千里而来，徐孺子可容下榻；一寒至此，严先生尚未披裘。"徐亟款待，并厚赆而别。

东抚文格被劾，交夏某查办。或得一联云："天丧斯文[1]，齐鲁于今诚万幸；帝诚可格，游夏不能赞一词[2]。"
【1】语出《论语·子罕》："子畏于匡，曰：'文王既没，文不在兹乎？天之将丧斯文也，后死者，不得与于斯文也；天之未丧斯文也，匡人其如予何？'"

【2】语出《史记·孔子世家》:"至于为《春秋》,笔则笔,削则削,游夏之徒不能赞一辞。"游夏,指孔子弟子游、子夏,在孔门"四科十哲"中以"文学"见长。

余友陈君守梅,戏赠其友马君联云:"笑我牵牛当;欺君指鹿为。"运典自然。又赠石君云:"有恨便填海;无才去补天。"末句为《红楼梦》诗句化来。或以此为讥某名公者,真善于附会矣。又有三字联云:"道士羊;将军虎。"亦佳。

卢枏戏其同事王云凤曰:"鸟入风(風)中,衔出虫而作凤(鳳)。"王对云:"马来芦畔,吃尽草而成驴。"楚孙按:袁项城当国时,有征联云:"或入园(園)中,赶出老袁而建国(國)。"后闻未有妥对,与此格调正同。

狄仁杰为侍郎时,嘲其同僚卢(盧)献曰:"足下配马乃作驴(驢)。"对曰:"中劈明公成二犬。"狄曰:"狄乃火旁犬也。"卢曰:"犬傍有火,乃是煮熟狗。"

潘塾师与王元宾用友善。一日,潘出对曰:"王大夫昆季筑墙,一土蔽三人之体。"王对曰:"潘先生父子沐浴,翻水灌两牛之头。"【1】

【1】此联对句有误,《坚瓠集》作:"潘先生父子沐发,番水灌两牛之头。"雷瑨《文苑滑稽联话》等亦如是。

幼 慧

古昔神童，书不绝载，良以所禀之天资优越，故能触处皆成妙谛。今虽所学异乎古昔，何终未闻一特异之幼慧者，何耶？特集之，以为家庭间叙谈之余兴，或足以启发儿童求学之兴趣。

林聪幼时，客奇其目，出对曰："重瞳项羽重瞳舜，只有二人。"聪对曰："九尺曹交九尺汤，尚多四寸。"楚孙按：二人"二"字，有三层照应，对句则分量不称矣。又邑宰谒聪父，见白犬顾主，因命对云："白犬当门，两眼睁睁惟顾主。"聪即曰："黄蜂出洞，一心耿耿只从（一作"随"。）王。"

一童善对，客指知府冯驯曰："冯二马，驯三马，冯驯五马。"对曰："伊有人，尹无人，伊尹一人。"楚孙按：知府本称五马，故"五马"二字有两层照应。此与上联均未能铢锊悉称，对句惟以空灵见长而已，不足取也。

或有以"陈东"对"阮元"者，字面颇佳。一人云："不如对以'伊尹'，与'阮元'均为双声也。"芸台亦甚喜之。

施槃幼时，谒张都宪。张曰："新月如弓，残月如弓，上弦弓，下弦弓。"槃对曰："朝霞似锦，暮霞似锦，东川锦，西川锦。"张大喜，即招之入家塾。

吴幼之幼时，客至其家，值养蚕，客云："蚕作茧，茧抽丝，织就绫罗缎疋。"吴云："兔生毫，毫扎笔，写成锦绣文章。"

张适十八时，有客过其书馆。适方浴，客曰："书生沐浴，日新日新日日新。"张应云："学者工夫，时习时习时时习。"次年，师又出对曰："城中四境人家，鸡鸣犬吠。"张对云："朝内九重帝阙，虎踞龙蟠。"

向宝幼时，师出对云："日月两轮天地眼。"向曰："诗书万卷圣贤心。"

陈起东幼聪慧。师命对云："秋月似盘，人在冰壶影里。"陈对云："春山如画，鸟飞锦帐围（一作"图"。）中。"又一日，于星月下，与师同步园亭，命对云："小沼沉星，似仙人撒下金棋子。"即应云："枯松挂月，如老龙擎出夜明珠。"一本无"似、如"两字。又一日，同师出游，见岸上马行，出对云："马足踏开岸上沙，风来复合。"对云："橹梢（一作"声"。）拨破（一作"摇散"。）江心月，水定还（一作"仍"。）圆。"

顾鼎成幼时，师出对云："花坞春晴，鸟韵奏成无孔笛。"顾对曰："树庭日暮，蝉声弹出不弦琴。"又，其父出对曰："柳线莺梭，织就江南三月景。"顾对曰："云笺雁字，传来塞北九秋书。"上下联均空灵相匹。

塾师举"王瓜"使朱竹垞对，即应曰"后稷"。师阳怒其不伦，而阴服其巧。楚按：或以"王瓜"二字为谜面，打《四子》；对以"后稷"者，当本此。

又有学生入塾稍迟，师怒以"何晏也"三字命对。生战栗低声，对以"王勃然"。师不解，以为指其怒。生曰："难得'也、然'两虚字相对耳。"师恍然。

沈义甫八岁，师命对曰："绿水本无忧，因风皱面。"沈对曰："青山原不老，为雪白头。"楚孙按：联中分量相称、工力悉敌者，实不多觏。除此外，尚有"雪压竹枝头着地；风翻荷叶背朝天"一联，亦佳。

万安幼时，有客出对曰："日出东，月出西，天上生成明字。"万对曰："子居左，女居右，世间配定好人。"楚孙按："世间"二字落空。

又，唐六如闻友人徐贞卿夜半生子，出对曰："半夜生孩，亥子二时难定。"祝枝山对曰："百年匹配，己酉两姓相当。"楚孙按："半夜"二字，何等着力；下联之"百年"二字，毫无用处。

又按：上一联"好人"二字牵强；后一联，亦无姓"己、酉"者。此两联格调既同，而对句之疵颣亦同，亦一奇也。

林大钦好作大言。幼时，师出对曰："议论吞天口。"林对曰："功名志士心。"孙按：此看似不难，然欲另觅一对，亦殊不易；又妙在对句仍是大言。至七岁，应府试，交卷时，见府尊独不跪。知府曰："童子六七人，孰如汝狡。"林应曰："太守二千石，莫若公廉。"守首拔之，遂入泮。

又，常熟陈子忠，以义塾生员，求与科考。知府胡可泉乃命对曰："义塾生员，非廪非增非附。"即对曰："苏州太守，曰清曰慎曰勤。"是科中魁。此皆拍马中之佼佼者。

曾记一旧联云："鸡犬过霜桥，一路梅花竹叶；燕莺穿簾幙，半窗玉剪金梭。"楚孙又记得一下联云："猿马踏雪地，数行佛手香橼。"窃意此二句，以云空灵雅逸，则后不及前；若刻画质实，则前不及后。

又曾记与此联上对句意义相类者，尚有一联。郭希贤八岁，父命对云："燕入桃花，犹如铁剪裁红锦。"郭对曰："莺穿柳树，恰似金梭织翠丝。"与下对句同意义者，则有沈义甫与友坐草堂，出对曰："草堂中蛙唱蚓歌，和出鼓声笛韵。"友对云："雪地里鸡行犬走，踏成竹叶梅花。"

又，何孟春幼时，同父纳凉，父命对曰："蛙鼓萤灯蚯蚓笛，荒斋夜夜元宵。"对云："莺簧蝶板鹧鸪词，香陌年年上巳。"又值月夜，师命孟春对云："窗外一同风月，这般清趣少人知。"何对曰："架上几卷诗书，此处精微皆自得。"则又道学口吻矣。

又，陆天池幼时，随父游园，父命对曰："莺入榴花，似火炼黄金数点。"对曰："鹭栖荷叶，如盘堆白玉一团。"楚孙曰：鹭如何可栖入荷叶？此等联句，当时仓卒信口而成，故极多语病也。

蜀人李调元，以善属对名。后官江南，江南有某富翁，于街之东西，各设一当铺，并悬联征句云："东当典，西当典，东西当典当东西。"日久无人应征，翁颇以此自豪。一日，李经此见之，愤然曰："何物市侩，狂妄乃尔！"立下舆，援笔书其旁云："春读书，秋读书，春秋读书读《春秋》。"一市见之，尽皆赞叹。（楚孙又闻一对云："南通州，北通州，南北通州通南北。"两两相较，上联佳而未叶于平仄，下联俗而平仄叶。）李自是名更噪。

有傅姓童子，闻而哂之，因于李必经之地，磊三石为桥以待之。俄而李过，舆夫蹴而毁之，童佯怒责舆夫。李出而解之，童曰："既是李相公，吾有一对，请属之：'踢破磊桥三块石。'"李初以七字对颇易视之，乃久思不属，遂约以翌日对就，怅惘而归。李妻问知其故，曰："此亦不难！'剪开出字两重山'可对也。"李欣然往对，童笑曰："此似非相公所对，绝似出于闺中人者，何耶？"李请其说。童曰："丈夫英武，常用'劈、砍'等字；妇人柔弱，则使用'剪、针'等字。吾之所测，容不谬也。"李更为之棘然。楚按：又一说，谓对者因思尽而死，魂夜往童子窗外吟此七字，童测知其故，拍案厉声曰："放开出路两重山。"窗外魂遂长啸而逝。各有所长，因两存之。

陈守梅君传一则云：四川才士李调元，作宦江南，江南人士思戏弄之。一日，伺李出，以大旗书一"独（獨）"字，拦舆请对，盖以"蜀犬"戏之。李不假思索，脱口应以"鸿"字，闻者咸鼓掌而散。楚按：独本兽名，妙在禽、兽相对。

又一日，李遇一樵者，出一对云："山下石岩古木枯，此木为柴山山出。"李百思莫属，竟无以应云。楚按：此联并不见难处，况"此木为柴"七字，本有"因火成烟"之旧对。今为拟对句云："田上草苗少水沙，江鸟成鸿只只双（隻隻雙）。"惜终未见其工也。

又传李常夸于僚属曰："吾蜀虽三尺童子，亦善属对。"时适有同僚某，宦游至蜀，偶郊游，遇一牧童，因忆李言，即指一塔谓牧童曰："宝塔重重，七弯八角九转。"牧童闻言，摇手而去。某晤李，即责其言之诞，并述其事。李哂曰："若是，则彼固已对就，惟不宜于口，故尔不觉耳。"某请其说，李曰："彼盖对以'玉手摇摇，五指三长两短'。"此为本案事实，乃因此又误传二条，其一云："塔悬悬，七层四面八方；手摇摇，五指三长两短。"其二云：有某命徐青藤对云："一掌擎天，五指三长两短。"徐对曰："六和插地，七层四面八方。"此均以误传误者。一云为张南皮事，尤不足信。楚按：三联当以后联为较佳，盖多一"六'二字，与本体胭合。至首联则"玉手"二字，明明牵强。

吴县潘文恭公童试日，终日端坐，不离试席。县令李昶亭逢春异之，拔致前茅。因出对云："范文正以天下自任。"对曰："韩昌黎为百世之师。"李决其必贵，后果为相。

梁文康储七岁时，自塾中归，仆于地。父迟庵掖之起，曰："跌倒小书生。"公应声曰："扶起大学士。"迟庵一日与诸子浴于小沼中，出对曰："晚浴池塘，涌动一天星斗。"公对曰："早登台阁，挽回三代乾坤。"

杨升庵幼时，有某国公与某尚书在席，各赐以杯酒，升庵以两手接之。尚书出对曰："手执两杯文武酒，饮文乎，饮武乎？"升庵应曰："胸藏万卷圣贤书，希圣也，希贤也。"又有一学士出对曰："鸿是江边鸟。"升庵对曰："蚕为天下虫。"

升庵冬日气盛，而李西涯怯寒；二公并座，李屡以足顿地。升庵曰："地冻马蹄声得得。"李见其吐气如蒸，即曰："天寒驴嘴气腾腾。"驴嘴一作"象鼻"，云贵人本有象鼻之诮也。

解缙九岁，从父浴于江边，挂衣于树。出对曰："千年老树为衣架。"缙曰："万里长江作浴盘。"又一日，同父行，见一女子吹箫。父曰："仙子吹箫，枯竹节边生玉笋。"缙云："佳人撑伞，新荷叶底露金莲。"

项炯幼时，同师舟行。见云行雨起，师出对曰："密云无雨，通州水不通舟。"对曰："钜野有秋，即墨田多积麦。"楚孙按：一本"州"下有"无"字，"墨"下有"有"字。又，是联"即墨""积麦"谐音，上联两"通"字，则未为工也。

某童堆雪为佛。有父友见之，命对云："雪造观音，日出化身归南海。"童且弄且对云："云结罗汉，风吹移步上西天。"童后卒年未冠而没。楚孙忆有咏雪罗汉诗曰："日暮檐前聊借宿，明朝日出往西方。"出联或本此。

十二龄童赴考，官命对云："未有小人而仁者也。"[1]童应曰：

"然则夫子既圣矣乎。"【2】楚孙按：此不仅集句工稳，更妙在口吻恰合，如旗鼓之相当。

【1】语出《论语·宪问》"子曰：'君子而不仁者有矣夫，未有小人而仁者也。'"

【2】语出《孟子·公孙丑上》："宰我、子贡善为说辞，冉牛、闵子、颜渊善言德行。孔子兼之，曰：'我于辞命，则不能也。'然则夫子既圣矣乎？"

某童幼慧。一日，父与友正吸鸦片，童在侧。友出对曰："百丈河中千尺水。"童忽见烟盒，即曰："单钱盒内十分烟。"楚孙按："单钱"二字少见，不如直叫破"一钱"为妙。

法式善幼时，师以"马齿苋"命对，公即对以"鸡冠花"。此虽三字对，亦殊不易。

陈景若九岁时，师出对曰："杜诗汉名士【1】，非唐朝杜甫之杜诗。"陈对云："孟子吴淑姬【2】，岂邹国孟轲之孟子。"又有旧对曰："孟子庄子孟庄子，庄暴见孟子【3】；吴王越王吴越王，越女嫁吴王【4】。"亦佳。

又有一旧联云："邹孟子，吴孟子，寺人孟子【5】，一男一女，一不男不女；周宣王，齐宣王，司马宣王，【6】一君一臣，一不君不臣。"是诚只可有一、不能有二之奇联也。

【1】杜诗，字君公，东汉官员，水利学家、发明家。

【2】吴孟子，春秋时期鲁昭公夫人吴孟姬，本姬姓，吴国人，为避讳同姓（鲁国、吴国皆周朝王室分封后裔）通婚，而称"吴孟子"——"孟"指排行老大。

【3】孟庄子，春秋时期鲁国大夫仲孙速，谥"庄"。庄暴，战国时齐宣王近臣。《孟子·梁惠王下》记有"庄暴见孟子"之事。

【4】吴王、越王，先秦时期吴国、越国的君主。吴越王则是五代十国时期十国之一吴越国的君主。越女，当指西施。

【5】寺人孟子，即巷伯孟子，字孟子，西周幽王时期文人。寺人孟子因被谗言诬告而受宫刑，是现存历史记载中首位惨遭宫刑的文人，也是西周第一位留下名字的巷伯（巷伯又称"寺人"，西周设置的奄官名。）。《诗·小雅·巷伯》抒发作者被谗言陷害的满腔怨愤。

【6】周宣王，西周第十一代君主。齐宣王，战国时期齐国国君。司马宣王，即司马懿，三国时期曹魏权臣。其次子司马昭封晋王后，追谥司马懿为宣王；其孙司马炎称帝后，追尊其为"宣皇帝"。

王洪幼时，一友人息其家。家方建楼，命对云："地楼之上起楼，楼间无地。"王对曰："天井之中开井，井底有天。"又，王洪五岁时入塾，一日师他出，洪以巾掩目，与诸生摸盲为戏。师适至，见之，出对曰："藏形匿影。"即应曰："显姓扬名。"又一日，藏一鬼脸子为戏，师又出对曰："人头藏鬼脸。"即又应曰："虎榜跳龙门。"师大奇之。

王彝幼敏慧，客命对云："天上星，地下薪，人中心，字义各别。"王对曰："云间雁，檐前燕，篱边鹦，物类相同。"

何孟春幼称神童。随父往县学中，父命对曰："夫子之墙数仞高，得其门而入者，或寡矣。"【1】即应曰："文王之囿七十里，同于民而小之，不宜乎。"【2】楚孙按："不宜乎"三字句未稳。

【1】语本《论语·子张》："子贡曰：'譬之宫墙，赐之墙也及肩，窥见室家之好。夫子之墙数仞，不得其门而入，不见宗庙之美，百官之富。得其门者或寡矣。夫子之云，不亦宜乎？'"

【2】语本《孟子·梁惠王下》："文王之囿方七十里，刍荛者

往焉,雉兔者往焉,与民同之。民以为小,不亦宜乎?"

陆贞山七岁时,谢乐全见其目秀,赞曰:"聪明定在眼上。"陆应曰:"锦绣罗于胸中。"

洪客齐〔容斋〕幼时,汤丞相命对曰:"哀王孙进食,岂望报乎。"[1]洪应曰:"为长者折枝,非不能也。"[2]

【1】语出《史记·淮阴侯列传》:"大丈夫不能自食,吾哀王孙而进食,岂望报乎!"

【2】语出《孟子·梁惠王上》:"挟太山以超北海,语人曰:'我不能。'是诚不能也。为长者折枝,语人曰:'我不能。'是不为也,非不能也。"

归安闵峙庭鹗元中丞,九岁时,外舅尚书毛公,于元宵宴客。是夜无月,主人命多悬灯,并行击鼓催花之令。公作对属客曰:"元宵不见月,点几盏灯为山河生色。"中丞在座末应曰:"惊蛰未闻雷,击数声鼓代天地宣威。"盖是日适届惊蛰节也。公大喜,以女妻之。楚孙按:又妙在"月色""雷威",均为叠韵。

高安朱轼幼时,父曾携至某巨室家。巨室命作破题,应声立就。又携之登楼,以"小子登楼"命对,即应以"大人入阁"。巨室即以女妻之,后为相国。

德清蔡明经寿昌,少号神童。赵太守辙,以女妻之。同游碧浪湖,以"鱼蹩水纹圆到岸"命对,即应曰:"龙嘘云气直冲天。"

镇海陆生志道,少工属对,不假思索。尝九岁应童子试,邑侯令其属对曰:"镇海县童生九岁。"陆应曰:"大清国天子万年。"侯奇之,携入水阁面试,饮以茶曰:"入阁饮茶,连步可登麒麟阁。"复应声曰:"临池染翰,回头已到凤凰池。"年十二,补博士弟子员,卒年仅十五。或谓:"此儿早慧,宜不永年。"然史望之亦以九岁应县试,邑侯试以对云:"闲(閒)看门中月。"史应曰:"思畊心上田。"后位登正卿,寿逾八秩。是早慧岂不永年?然对句五字,实已俱有福寿之征矣。

王禹偁,字元之,济州人,官至知制诰。七八岁时,已能文。壮岁后,方板不谐俗。毕文简为郡从,访得其人;闻其家以磨面为生,因令作磨对。元之不思,以对云:"但取心中正;无愁眼下迟。"文简大奇之,留于子弟中讲学。同学中讥之为篦人子而少文采耳。一日,太守宴客,席上出对云:"鹦鹉能言难似凤。"座客均一一自居为凤,而并未有对;文简写之屏间促之。久之,元之书其下云:"蜘蛛虽巧不如蚕。"文简叹曰:"经纶之才也!"遂加以衣冠,呼为"小友"。至文简相,元之已掌书命矣。

于忠肃幼时自塾归,头梳三角髻。僧兰春见而嘲之曰:"三角如鼓架。"公应曰:"一秃似锣槌。"归以告母。明日易梳双丫,僧复嘲曰:"牛头且喜生龙角。"公又应曰:"狗嘴何曾出象牙。"

越南有某翁,年六十,孪生两子,以慧闻。国王召见,出对曰:"一胎双生,难为兄,难为弟。"兄应曰:"千秋奇遇,有是君,有是臣。"此为咸丰丁巳年,越南陪臣邓廷诚所云。

湘潭张紫岘大令九钺,七龄时,父挈之游毘卢洞。僧见而诧曰:"郎君何酷似吾师耶?"因出对曰:"心通白藕。"即应曰:"舌涌青莲。"僧大惊,鸣钟聚徒膜拜曰:"先师圆寂时,留此偶句云:'后有对者,即我后身。'今郎君非吾师而何?"后张病危,子士泽自外入,见父僧服而出,追之不及。入视,见父伏枕吟曰:"担柴运米百无能,自读《楞严》自剪灯。夜半万缘钟打尽,前生南岳一枯僧。"遂卒。

施伯雨幼从父赏月黄公墩,次晨入山,重雾未霁。父曰:"山径晓行,岚气似烟烟似雾。"施忆昨夕景,即曰:"江楼夜坐,月光如水水如天。"[1]楚孙按:对句为成句,真妙手偶得之者。

【1】唐赵嘏《江楼旧感》诗有句:"独上江楼思渺然,月光如水水如天。"

仁和陈瑶幼慧。宪官至学,出对曰:"笔底春风转转生。"时适雨,瑶对曰:"檐前晓溜漕漕泻。"楚孙按:此联惜虚实未称。又命对曰:"轻摇纨扇,清风透入人怀。"瑶又应曰:"高捧玉盘,明月飞来我手。"

余童字端蒙,鄱之乐平人,幼慧。有项氏欲妻之,因出对曰:"杜宇一声春昼永,午梦惊残。"应曰:"黄鹂百啭晓风清,宿酲消尽。"卒妻以女。又,徐贞卿同戴冠相叙,见燕语梁间,戴云:"梁上呢喃紫燕,说尽春愁。"徐对云:"枝头睍睆黄鹂,唤回午梦。"与此正同。

汪圣锡幼时,有客谒师。问:"有徒能对乎?"师指汪。客曰:"马蹄踏破青青草。"汪对云:"龙爪挐开淡淡云。"客惊曰:"此子已负魁天下之志矣。"年未冠,果廷试第一。

周甫八岁,亦以慧闻。曾传与师一对云:"五星聚东井;片月下长川。"

李自成闯十六岁时,师出对云:"雨过月明,顷刻呈来新境界。"时雨后忽又暴雨，自成对云："天昏云暗，须臾不见旧江山。"师决其必为乱臣贼子。

白圻幼时，师见雷电交作，出对云："电掣云端，火燄拽开金络索。"白对曰："月沉海底，碧波涌出水晶球。"楚孙按：对句"沉"字与"出"字意义相背，一疵也。

又，白与师玩月，师云："新月带星，银弹弓加金弹子。"白对曰："长虹贯日，绣球绦系锦球儿。"楚按：上下联均绝好形容。

王汝玉七岁，见日出化雪，因曰："日晒雪消，簷滴无云之雨。"对曰："风吹尘起，地生不火之烟。"亦佳。

赵宗文幼时口撮。一僧见而嘲之曰："胡孙献果，摘来尖嘴桃儿。"赵对云："和尚栽秧，种出光头谷子。"

陈洽八岁时，与父同行。见两舟一迟一速，父即命对曰："两船并行，橹速（鲁肃）不如帆快（樊哙）。"洽对曰："八音齐奏，笛清（狄青）难比（一作"胜似"。）箫和（萧何）。"

张大经师出联云："泾渭同流，清斯濯缨，浊斯濯足。"[1]对曰："炎凉异态，夏则饮水，冬则饮汤。"[2]

[1] 语出《孟子·离娄上》："孔子曰：小子听之：清斯濯缨，浊斯濯足矣，自取之也。夫人必自侮，然后人侮之；家必自毁，而后人毁之；国必自伐，而后人伐之。"

[2] 语出《孟子·告子上》："公都子曰：'冬日则饮汤，夏日则饮水。然则饮食亦在外也？'"

一塾师对云："《论语》二十篇，惟《乡党篇》无'子曰'。"

一童曰："《周易》六四卦，独《乾坤卦》有'文言'。"

杨升庵九岁时，有友人见杨花扑面，因出对云："杨花乱落，眼花错认雪花飞。"杨应曰："竹影徐摇，心影误疑云影过。"亦颇工稳。

《挑灯集异》云：蒋焘幼时，与父执某武官，同游佛寺。武官指殿上佛曰："三尊大佛，坐狮坐象坐莲花。"焘对曰："一介书生，攀凤攀龙攀桂子。"出寺后，武官之部卒问以何对，则又曰："我对'一个小军，偷狗偷猫偷芥菜'。"

一日，焘跳石阶。其祖云："三跳跳下地。"焘信口曰："一飞飞上天。"

又，一客出对曰："冻雨洒窗，东两点、西三点。"焘对以"切瓜分客，上七刀、下八刀"。楚孙按：对句惜"上、下"二字落空，然亦不易矣。

唐六如幼时，随父侍客食瓜及豆。客曰："炒豆撚开，抛下一双金圣筶。"唐云："甜瓜切破，分成两盏玉琉璃。（"盏"一作"片"。）"

又，唐之谐对颇多，附录于此。六如出对云："眼前一簇园林，谁家庄子。"陈白阳对云："壁上几行文字，哪个汉书。"唐与陈游行至一道院，道童以锅煮茶饷客。唐出对云："道童锅里煎茶，不知罐煮（音"观主"）。"陈对曰："和尚墙头递酒，必是私沽（音"师姑"）。"

又，祝枝山见师姑收稻自挑，出对曰："师姑田里担禾上（音"和尚"）。"沈石田曰："美女窗前抱绣裁（音"秀才"）。"

又，六如野外即景对云："嫂扫乱柴呼叔束；姨移（一作"婆搬"）破桶令姑箍。"

又，与张灵野行见游女。张云："绣鞋低罩绿罗裙，鸳鸯戏水。"唐对云："金钗斜插青丝鬓，鸾凤穿云。"

又："贾岛醉来非假倒；刘伶饮尽不留零。"或云为张日晋作。

又："池中荷叶鱼儿伞；梁上蛛丝燕子簾。"或云为枝山、石田事。楚孙尚闻有一乞丐对曰："被里棉花虱子窠。"

尤迥溪瑛八岁入塾，师其族兄也。吴海洲以"兄弟相师友"命对，尤应曰："君臣迭主宾。"

莫天祐，绰号"老虎"，守无锡，性嗜杀；每出，人皆避匿。有稚子沈龙入塾，误冲其道。莫执之曰："人有称我为'至勇至刚能文能武无上将军'者，汝能对，则赏；不则断汝头，勿悔。"龙毫不畏惧，从容对曰："大慈大悲救苦救难观音菩萨。"莫喜赏之，为之止杀者累月。

《金陵琐事》云：顾东桥巡抚湖广时，衙斋菊开，邀数门生赏之。一狂生拣好花两三枝簪于帽。东桥不悦，因命对云："赏菊客来，两手擘残彭泽景。"张太岳对云："卖花人过，一肩挑尽洛阳春。"东桥大喜。楚孙按：此似脱胎于旧联"沽酒客来风亦醉，卖花人去路犹香"者。

又，东桥镇楚时，太岳仅十余岁，应童子试。东桥曰："童子能属对乎？"因以"雏鹤学飞，万里风云从此始"命对。张即曰："潜龙奋起，九天雷雨及时来。"东桥大喜，解玉带赠之，曰："他日富贵，当过我也。"

尚书吴交石有二女，长已字周公金；又见金公清，童年不凡，与夫人言之。夫人即出一对曰："汗血名驹，起足已存千里志。"金曰："员吭仙鹤，抬头便彻九皋声。"夫人喜，即以次女字之。

明太祖幸马苑,建文、永乐均随侍。帝命对云:"风吹马尾千条线。"建文对云:"雨打羊毛一片(一作"饼"。)毡。"太祖不悦。永乐对以"日照龙鳞万点金"。其气象已不侔矣。

书至此,偶忆一则,附录于下。上海镜花园越戏园,在观音阁码头,地傍水月庵。适演《三凤缘》,至徐庭玉赴试时,试官命作对,陈句即"风吹马尾"一联。乃饰试官之老外,有意戏弄小生,竟以"镜花园镜花何在"一句命对。为伶人者,大都除戏词外,一无学识,至是窘甚,猝想及水月庵,即曰:"水月庵水月都明。"又,《钗钏记传奇》"观风"折,李若水命韩世忠对云:"尹公他他(音、义同"拖"。)孟姜女之女,入张子房之房,非奸即盗。"韩对曰:"闵子骞骞(音"牵"。)冉伯牛之牛,畔邓子产之产,为富不仁。"

某氏子,年方十岁,闻客言"劳于王事",即应声曰:"简在帝心。"客大奇之,又以"巷无服马"命对,则又对以"隰有游龙"。其兄对以"野有死麕",远不如矣。

金山有一小沙弥,善属对。润州守某命对曰:"史君子花,朝白午红暮紫。"应声曰:"虞美人草,春青夏绿秋黄。"楚孙曰:草所同也,花所独也,虽工亦不取。

常熟李文安公杰,五岁时,围柱为戏。或以"手攀庭柱团团转"命之对,应曰:"脚踏楼梯步步高。"后登第,赋《禁苑闻莺》,句云:"君王厌听如簧语,莫向金门弄晚声。"人多传之。

彭鲁溪、袁与山,社友也。与山子太冲,年八岁,尝自称"小相"。彭命对曰:"愿为小相。"即曰:"窃比老彭。"又令背书,见书面损落,诘以"何以至此",则曰:"已经年矣。"遂又命对曰："书面经年落叶，为怎风霜。"太冲曰："灯心彻夜开花，因何雨露。"彭即以女妻之，后翁婿同举嘉靖进士。

一老翁晚岁得孙，孙极慧，自课之。一日，以"帝乙归妹"令对，并戒以须按字对之，孙不假思索，即曰："君子抱孙。"翁大喜曰："我有孙矣！"一日授《出师表》，又以"纵成败利钝，未能逆睹也"命对，则遽应以"而艰难险阻，则已备尝之"。后成通品。

南昌徐孺子幼慧。师命对曰："冬至冬冬至，每冬先寒节而至。"对云："月明月月明，按月以圆时而明。"

又，祝枝山、沈石田月下饮酒。祝出对曰："月半月圆，世上同称月半。"沈对曰："日中日昃，人间尽道日中。"又云："天上月圆，地下人间月半，月圆偏在月明时；冬令日短，春来夏至日长，日短早为日长地。"又云："天上月圆，天下皆称月半；浙东潮去，浙西共话潮来。"又云："月半月不半；日中日正中。"又云："中秋八月半；半夜五更中。"将"半、中"二字易用，尤奇妙。

陆粲与弟采，月夜至院中，见短松。粲云："松矮墙高，来岁松高墙又矮。"采云："月明日暗，诘朝月暗日还明。"楚孙按："暗"字应改"隐"字为妥。

又有旧对曰："月月月明，八月月明越皎洁；更更更漏，五更更漏更凄凉。"楚按：最后之"更"字，虽音、义相异，究非合作也。

郑仲夔《研云甲录》云：贵溪吴氏有神童，一日正弄竹马，客呼曰："红孩儿骑马游街。"即应曰："赤帝子斩蛇当道。"后堕水几死，醒而灵性顿失，竟为耕夫以终。

《邱琼山逸事》云：邱文庄幼时读书，天雨，坐席当屋漏处，乃私与宦儿易席。宦儿诉诸师。师曰："能属对即为理直。"即曰："点雨滴肩头。"公曰："片云生足下。"宦儿归，哭告其父。父怒，召公试以对云："孰谓犬能欺得虎。"公笑应曰："安知鱼不化为龙。"宦知其非常人，好语遣之。

永乐中，溧阳彭邱山六岁，帝适观灯，召彭出对曰："灯明月明，大明一统。"彭曰："君乐臣乐，永乐万年。"帝大奇之。

又，成化初登极，一士人考选中书。上命对云："日又明，月又明，大明一统。"对云："华也化，夷也化，成化万年。"上亦大悦。

明太祖围集庆路，见一儿童守马驿，问其年，曰："七（一作"十"。）岁"。上曰："能作对否？"曰："能。"上曰："七（一作"十"。）岁儿童当马驿。"对曰："万年天子坐龙庭。"上大喜，蠲其役。

李东阳六岁，与程敏政同以神童被英宗召；过宫门，足不能度。帝笑曰："书生脚短。"李应曰："天子门高。"时御羞有蟹，上曰："螃蟹一身甲胄。"程曰："凤凰遍体文章。"李曰："蜘蛛满腹经纶。"帝又曰："鹏翅高飞，压风云于万里。"程对曰："鳌头独占，倚日月于九霄。"李对曰："龙颜端拱，位天地之两间。"上大悦曰："此安排他日一个宰相、一个状元也。"

神童程敏政至京，朝野均以为异事。宰相李贤欲妻以女，乃设宴以招之。席中指桌上果命对曰："因荷（音"何"。）而得藕（音"偶"。）。"程闻语，逆知其意，即应曰："有杏（音"幸"。）不须梅（音"媒"。）。"

又忆赵清献帅蜀日，席间有一妓簪杏花艳甚，公戏云："鬓上杏花真有幸。"盖已极其倾倒矣。妓即应曰："枝头梅子岂无媒。"赵益赏之。至晚，饬老兵速之，久不至。既而周行室中，曰："赵抃不得无礼！"即令止之。老兵自幕后出曰："某度公此念，不过一个时辰，实未尝往也。"楚孙曰：数十年光景，此老实大不值得。如此痛下克制，只博得身后两庑之冷猪肉。嘻嘻，冤矣！

刘昌八岁入庠。宗师出对曰："赤尔何如，典（点）尔何如，各言其志。"【1】刘对曰："回虽不敏，雍虽不敏，请事斯言。"【2】楚孙按：集《四子》无巧于此者，更妙在口吻恰合。

【1】语出《论语·先进》："子路、曾皙、冉有、公西华侍坐。子曰：……'赤，尔何如？'对曰：'非曰能之，愿学焉。宗庙之事，如会同，端章甫，愿为小相焉。''点，尔何如？'鼓瑟希，铿尔，舍瑟而作，对曰：'异乎三子者之撰。'子曰：'何伤乎？亦各言其志也！'……"

【2】语出《论语·颜渊》："颜渊问仁。……子曰：'非礼勿视，非礼勿听，非礼勿言，非礼勿动。'颜渊曰：'回虽不敏，请事斯语矣。'""仲弓问仁。子曰：'出门如见大宾，使民如承大祭。己所不欲，勿施于人。在邦无怨，在家无怨。'仲弓曰：'雍虽不敏，请事斯语矣。'"

孙诗樵幼时，命对曰："采茶歌里春光老。"对曰："布谷声中夏令新。"妙在以陆对陆。

孙渊如幼时，父留某广文斋中小饮。时先生甫九岁，往来行酒风雨中。广文笑曰："稚子无知走风雨。"先生应曰："先生有道出羲皇。"广文赏叹，即书为联，悬学斋中。

杨溥幼时，有司令其父充役，溥以父老，向有司求免，有司出对曰："四口同图（圖），内口皆归外口管。"溥答曰："五人共伞（傘），小人全仗大人遮。"

楚孙忆得一联，较此为佳。有姊妹三人，共私一士，事发到官。官出对云："三女成奸（姦），二女都从长女起。"盖欲按其长而宽其余。长女遽对曰："五人共伞（傘），四人全仗大人遮。"官笑而释之。或曰：妙在适有一"伞"字来配此事实。

曹大章，上元人。幼时与父元宵观灯，父曰："上元县里观上元灯。"对曰："端午门前赐端午粽。"又一联云："扬子云渡扬子江，到扬子县；端午桥逢端午日，过端午门。"

又，杨忠愍公渡江访唐荆川不值，因游焦山，戏作碍月亭一联云："扬子江头（一作"怀人"。）渡杨子；焦山洞里住（一作"无意合"。）椒山。"闻此联尚悬焦山忠愍祠。又，焦山彭来阁，因刚直而得名，有联云："彭郎之来自澎浪；焦先而后有椒山。"[1]

【1】杨继盛，字仲芳，号椒山，谥"忠愍"，明朝著名谏臣。唐顺之，字应德、义修，号荆川，明代儒学家、抗倭英雄。彭玉麟，字雪琴，号退省庵主人、吟香外史，谥"刚直"，人称"雪帅"，清朝晚期名将、湘军水师创建者。

某塾师欲难一神童，命对云："子为谁，自东自西，自南自北，奚自。"[1]应曰："吾语汝，如切如磋，如琢如磨，何如。"[2]

【1】语出《论语·微子》："长沮、桀溺耦而耕。孔子过之，使子路问津焉。……桀溺曰：'子为谁？'曰：'为仲由。'"《诗·大雅·文王有声》"镐京辟雍，自西自东，自南自北，无思不服。"《论语·宪问》："子路宿于石门。晨门曰：'奚自？'"

【2】语出《论语·阳货》："子曰：'由也！女闻六言六蔽矣乎？'对曰：'未也。''居！吾语女。'"《诗·卫风·淇奥》："瞻彼淇奥，绿竹猗猗。有匪君子，如切如磋，如琢如磨。"《论语·

学而》："子贡曰：'贫而无谄，富而无骄。何如？'子曰：'可也。未若贫而乐，富而好礼者也。'"

陆负山浚明七岁时，客命对曰："枣（棗）棘为薪，截断劈开成四束。"对曰："阊门起屋，搬上移下（一作"移多补少"。）作两间。"楚孙按：此类分字格联，颇不少，附载数联于下。

方凫宗、陈元孝、梁药亭夜饮，以"夕夕多良会"，对"人人从夜游"。又云："此木为柴山山出，因火成烟夕夕多。"又，某公为巡河道，即景题联云："少水沙即露；是土堤方成。"施愚山述古对曰："鉏麑触槐，甘作木边之鬼；豫让吞炭，终为山下之灰。"又："需人为儒、弗人为佛、曾人为僧，以及山人为仙、宾人为傧、立人为位，下至庸人为佣（傭）、童人为僮，人均有取义；老女曰姥、夭女曰妖、生女曰姓，推之因女曰姻、商女曰嫡、亚女曰娅、贱而立女曰妾、卑女曰婢，女各有专属。"又曰："女子双生好；山人半属仙。"又："因火成烟，若不撇开终是苦；欲心是欲（慾），各能捺住便成名。"

许思温幼时乡居，门首俱低田。客命对云："里中田上土何下。"许曰："岩畔山高石自低。"

又，张显中榜眼。上命对曰："张长弓，骑奇马，单（單）戈合战（戰）。"对曰："种（種）重禾，犁利牛，十口为田。"楚按："重禾"、"利牛"为何物耶？

马拯幼入泮，官尚不知，令当里长，拯辞以入泮。官曰："既在庠，当能对。'秀才里长，役里长不役秀才'。"拯对曰："父母大人，敬大人如敬父母。"

又云：虞山钱秀才，兄应粮役，偶点名不到，秀才遂易服往代。令欲鞭之，钱大惧，以实告。令曰："汝为秀才，我有一对：'秀才粮长，打粮长不打秀才。'"秀才以前对进，令笑而释之。

楚孙按：似后联较近情理。

有丐子颇聪慧，而不脱下流口吻。师出对曰："绣户春深莺学语。"对曰："蓬窗日暖虱成行。"师又曰："天上乘云攀桂子。"对曰："街头冒雨唱莲花。"师又曰："拟跨苍龙入云海。"对曰："偶携黄犬过花丛。"师怒甚，出一长联曰："古今来英雄豪杰、圣帝贤王，成就了惊天动地的功名，到那时垂拱九重，享受万方玉帛。"即对云："过往的老爷相公、夫人小姐，抄化点冷菜残羹之赏赐，这便是救人一命，胜造七级浮屠。"师闻之，无如之何，惟有浩叹而已。

又绍兴王某，设帐于家。有陈、徐二生最慧，陈父为衙役，徐父则为丐头。一日，陈叔至馆，手持羽扇。王命对曰："令叔手中摇羽扇。"陈对曰："家君头上插（一作"戴"。）鹅毛。"又一日，命徐对云："小子小子，但愿你五凤楼前骑白马，高中状元榜眼探花郎，击金钟三响，噹噹噹。"徐生不假思索，对云："先生先生，只怕我十字街头牵黄犬，多叫老爷相公店主们，敲铁砖数下，勃勃勃。"

某生幼慧，师极喜之。一日，命一长联云："半天微雨，千珠万点，细落长溪曲涧，即通江之广、湖之广、汉之广，历遍四渎，登凤楼五百名山，观天观地观日月，洪调宇宙。"某生略一沉思，即应声对云："一介书生，七魁八考，胸罗骏业宏图，始中解之元、会之元、状之元，连捷三科，赴瀛洲十八学士，安国安邦安社稷，世代功勋。"师为叹赏者久之。后此生终以不永年而逝。惜哉！

黄玘八岁，一御史招至舟中，出对曰："船载石头，石重船轻轻载重。"对云："丈量地面，地长丈短短量长。"

朋　友

坡公与山谷晚步。见明霞烂然，黄曰："晚霞映水，渔人争唱满江红。"苏曰："朔雪飞空，农人齐歌普天乐。"此叠曲牌为联也。

又，高季迪与姚广孝饮，一妓侑酒。姚出对曰："虞美人穿红绣鞋，月下行来步步娇。"高对曰："水仙子持碧玉箫，风前吹出声声慢。"此亦叠曲牌也。

《后山诗话》云：某太守与友行林下曰："柏花十字裂。"顾客作对。客曰："菱角两头尖。"皆宋俗谚也。

李东阳与友闻蝉声。友曰："蝉以翼鸣，不啻若自其口出。"[1]李曰："龙从角听，毋乃不足于耳欤。"[2]

【1】后句出《书·秦誓》："人之有技，若己有之；人之彦圣，其心好之，不啻若自其口出。"

【2】语本《孟子·梁惠王上》："王笑而不言。曰：'为肥甘不足于口与？轻暖不足于体与？抑为采色不足视于目与？声音不足听于耳与？便嬖不足使令于前与？'"

解缙与友饮，见水中蛙。友曰："出水蛙儿穿绿衣，美目盼兮。"解曰："落汤虾子着红袍，鞠躬如也。"

二士夜玩月。一士出对曰："移椅倚桐同玩月。"对曰："挑灯登阁各攻书。"

此类颇多。如：东坡与佛印游，佛印曰："无山得似巫山好。"坡曰："何叶能如荷叶圆。"子由曰："不如'何水能如河水清'。"楚孙亦以"山"对"水"似较工。

又如："秀才看禾禾乃秀；粗仆撤米米且粗。"此为拆字格。

又，"和尚渡河，手执荷花何处去；道人引导，身背稻草逃山来。""夜半思茶，半岭茶亭茶半冷；天空留月，空楼月夕月空留。"此均为叠韵格。

又，"童子打桐子，桐子落，童子乐；麻姑吃蘑菇，蘑菇鲜，麻姑仙。"又闻一联似较鄙，为："童子打桐子，桐子不落，童子不乐；阿婆赶鸭婆，鸭婆如河（"如"作"到"字解。），阿婆如何。"此可谓谐音格。

又，"画上荷花和尚画。"倒读之，音仍不变，惜无对句[1]。楚孙曾见一回文诗曰："处处飞花飞处处，潺潺碧水碧潺潺；树中云接云中树，山外楼遮楼外山。"因以"树外云遮云外树"对旧句"人中景与景中人"，上联"遮"字，或作"连"字。此则可谓回文格。

【1】或对："书临汉简翰林书。"

李西涯访友，见瓶被风吹倒。因曰："东风吹倒玉瓶梅，落花流水。"友曰："朔雪压翻苍径竹，带叶拖泥。"又，有一士人与僧游，见沟中有鳅。士人曰："十百游鱼沟内滚，泥拜千鳅（音"秋"。）。"僧曰："三双和尚灶前礤，灰泊六秃。"此俗语格也。

江西人讳"老表"，而以"腊鸡"之名为尤古。明李时珍尝以"腊鸡独擅江西味"七字戏夏贵溪，夏立应曰："响马能空冀北群。"盖李为平津籍也。

湖南李馥堂中丞少时，一友谓之曰："君善属对，有一成语，请属之：'春风风人，夏雨雨人。'[1]"李应曰："解衣衣我，推食食我。"[2]合座倾倒。又有集句联云："迅雷风烈，烈风雷雨；绝地天通，通天地人。"[3]均妙手偶得之联也。

【1】语出《说苑·贵德》："管仲上车曰：'嗟兹乎，我穷必矣！吾不能以春风风人，吾不能以夏雨雨人，吾穷必矣！'"

【2】语出《史记·淮阴侯列传》："汉王授我上将军印，予我数万众，解衣衣我，推食食我。"

【3】语分出《论语·乡党篇》："迅雷风烈必变。"《尚书·尧典》："纳于大麓，烈风雷雨弗迷。"《尚书·吕刑》："乃命重、黎，绝地天通，罔有降格。"《太平御览》卷四引《尸子》："通天地人，是为圣人。"

清初吴梅村过访某公，某因文未就而有愠色。笑曰："夫子若有不豫色然。"[1]某曰："先生何为出此言也。"[2]相与大笑。

【1】语出《孟子·公孙丑下》："孟子去齐。充虞路问曰：'夫子若有不豫色然。前日虞闻诸夫子曰："君子不怨天，不尤人。"'"

【2】语出《孟子·离娄上》："孟子曰：'子亦来见我乎？'（乐正子）曰：'先生何为出此言也？'"

寇莱公在中书时，与同列戏曰："水底日为天上日。"会杨大年至，闻之应曰："眼中人是面前人。"

陈启东之友，向陈曰："'拗颈葫芦'，以何为对？"陈思之不得。一日入浴，忽得"空心萝葡"四字，喜跃，盆破水流焉。

吴子孝与杨循吉夜饮。杨云："风送钟声花里过，又响又香。"吴曰："月映萤灯竹畔明，越光越亮。"楚按："竹畔"二字赘。

姚东石遣去一仆,仆父六十,哀求姚友为之说项,兼恐为他人得,愿代役以待子来。东石曰:"是所谓爱怜少子也。"[1]友曰:"惜不免牵率老夫耳。"[2]两人大笑,以为天生妙对。

[1] 语出《战国策·赵策四》:"太后曰:'丈夫亦爱怜其少子乎?'对曰:'甚于妇人。'"

[2] 句出宋范成大《喜收知旧书复畏答书二绝》诗:"牵率老夫令至此,门前犹说报书迟。"

甲、乙郊游,甲见景出对曰:"高塔直立,伸出老拳打白日。"乙无以对。久之,将入城,忽见城雉,得对曰:"长城横排,倒翻巨齿啃青天。"楚孙按:此诚异想天开,而工力又复匹敌。

陆孟昭黑面白齿,人皆以"象"呼之。尝往访友金文,投刺曰:"东海钓鳌客过。"金转投以刺曰:"西方进象人来。"又,金尝出对嘲陆云:"黑象口中含玉齿。"陆曰:"乌龟背上嵌金文。"

于式枚,字晦若,见人极足恭;同时汪药阶,举措迂迟。或为联曰:"于晦若作揖一百八十度;汪药阶转身三十六分钟。"

东坡谓鲁直曰:"公字虽清劲,而有时太瘦硬,几如'松梢挂蛇虺'。"山谷曰:"公字虽不敢轻议,然总觉褊些,亦甚似'石底压虾蟆'也。"二公大笑。或以谓二公互评之语,均甚切当。

许小憨示缪莲仙艮一对曰:"小暑小鼠。"时适有两羊交合,即应曰:"重阳重羊。"

刘士亨泰，诗人也；有问其姓氏，每答云"夏少卿之好友"，更不自言其姓。同时有沈循者，与都宪钱越有亲；人询姓氏，亦辄曰"钱员外是我外兄"。有人为联曰："沈循只说钱员外；刘泰常称夏少卿。"楚孙书及此，周身之肤为之棱棱起粟，每一读及，亦为之不怡者有顷。噫！毋怪乎潦倒一世也。

苏子容闻人说典故，必令检出何本，人颇以为苦。司马温公闻人言新闻，即便记录，且必记所言之人，止之不可。时有对曰："古事休语子容；新闻莫告君实。"楚孙按：最妙在同时。

刘峰石赠某塾师联云："最有趣时，听先生嚼之乎者也；极无用（一作"味"。）处，叫小子念周吴郑王。"可谓极风趣之致。又，按旧诗："一阵乌雅噪晚风，诸生齐唱好喉咙。赵钱孙李周吴郑，天地玄黄宇宙洪。《千字文》完翻《鉴略》，《百家姓》毕诵《神童》。就中有个超群者，一日三行读《大》《中》。"与此真异曲同工。

沈石田与邢鹿文赏桃花。邢曰："桃花映水，一枝分作两枝红。"沈云："荷叶贴波，数点散成千点绿。"

明末，倪鸿宝诣吕晚村。[1]吕揭一联云："囊无半卷书，惟有虞廷十六字；[2]目空天下士，只让尼山一个人。[3]"后吕诣倪，倪亦揭一联云："孝若曾子参，才足当一字可；才如周公旦，容不得半点骄。"两人之优劣见矣。

【1】倪元璐，字汝玉，号鸿宝，明代书法家。吕留良，字用晦等，号晚村等，明末清初学者，暮年为僧。清雍正时，因文字狱被剖棺戮尸，子孙及门人等皆罹难。

【2】《古文尚书·大禹谟》中，虞舜传大禹的"人心惟危，道心惟微，惟精惟一，允执厥中"十六字，被称为"尧舜心传"。

之前尧禅位给舜时，所传心法是"允执厥中"四字。

【3】尼山位于今山东省阜东南与泗水县、邹城市交界处的尼山镇，原名尼丘山，后世为避孔子名讳称为尼山，并以尼山代指孔子。

庄定山诗："赠我一壶陶靖节，还他两首邵尧夫。"有拟外官赠京官苞苴云："赠我两包陈福建，还他一匹好南京。"

罗隐傲睨一世。与顾云同谒淮南高相公，顾为高辟居门下，罗遂辞归。高饯之于海风亭。时有蝇入座，高命以扇驱之，顾谓罗曰："金蝇取嫌，被扇扇离座。"罗知旨，立应曰："粉蝶堪顽，遭钉钉在门。"

俞志韶赠吴仓石联云："聋两耳，跛一足；学三绝，人千秋。"吴自改之曰："龙两耳，夔一足；缶无咎（吴自号"老缶"。），石敢当。"举以告人，欣然自得。今缶老已于十六年作古，海内耆英，又弱一个矣。

有田叟携子耕作，值雨至，将释耜而归。途中命子属对曰："迷濛雨至，难耕南亩之田。"适有一客踯躅陇畔，闻之应声曰："泥泞途遥，谁作东道之主。"叟大喜，亟邀至家。因谓家人曰："客已至矣，堂前整备茶汤。"客遂曰："宾既来兮，厨下安排酒席。"叟曰："不嫌茅屋小，略坐片时。"客曰："且喜华堂宽，何妨数日。"既设座，饮至夜深，客兴益豪。叟厌苦之，乃曰："谯楼上鼕鼕鼕、叮叮叮，三点三更，正合三杯通大道。"客举觥狂笑曰："画堂前你你你、我我我，一人一盏，何妨一醉解千愁。"良久饮已，请客就寝，曰："匡床已设，今宵且可安身。"客曰："主意甚殷，明日定留早膳。"次晨，叟出，见客正操刀而磨，诘之曰："借问佳客，何故操刀而磨？"客曰："无故扰公，定当杀身以报。"叟大惊曰:"倘死我家,未免一场官府事。"客曰:"欲全我命,必须十两烧埋银。"叟无奈,为之摒挡成数,奉之曰:"首饰凑成十两。"客平之曰:"戥头尚短八钱。"因揖别。叟送之门曰:"千里送君终一别。"客曰:"八钱缺我必重来。"叟恨声曰:"恶客恶客,快去快去!"客且走且曰:"好东好东,再来再来。"

某甲嗜酒而厚颜,每效陶渊明之乞诸其邻。一日薄暮,酒兴忽至,而囊无半文,急访乙友。方叩门,主人问曰:"谁?"应曰:"我。"既迎入,主人问曰:"何来?"应曰:"特访。"主人曰:"君可安?"应曰:"弟托福。"主人呼仆曰:"两盏茶来。"甲急止之曰:"一壶酒好。"主人知其嗜此,笑而许之。沉酣直至午夜,甲饮愈豪,不言去。主人苦之,即曰:"夜深君可去。"客应曰:"天明我始归。"主人益不耐,曰:"盘中无菜无肴。"客曰:"厨内有鸡有肉。"主人又曰:"灶下僮仆皆已睡。"客曰:"房中老嫂未曾眠。"主人厌甚,曰:"主人已倦,恶客难留。"客腼颜曰:"绍酒既完,高粱亦可。"主人笑而嘲之:"落拓穷相公,专图白食。"客曰:"真正老吃客,最喜黄汤。"主人曰:"西洋自鸣钟,十二点三刻。"客曰:"东明老字号,廿八两一瓶。"主人愤极,曰:"有意抽丰,看我愿意不愿意。"客曰:"开心畅饮,管你舍得不舍得。"主人曰:"再过五分钟,关了房门君莫怪。"客曰:"连干十大椀,撑开海量我何妨。"楚孙按:此与前联意义仿佛,惟此则自一字增至十二字,次序不紊。两联词语均粗率,仅可资为谈笑资耳。

有和人狎伎诗曰:"但愿来生为结发。"而难其对。其友申屠君为之对曰:"不妨现世作乌龟。"

陈白沙宪章,与庄孔旸昶为友。陈诗多"日月"字,庄诗多

"乾坤"字。或曰："公甫朝朝吟日月，定山夜夜弄乾坤。"

甲、乙二友，于秋窗雨夕，剪烛闲谭。甲见油盏，出对曰："白蛇渡江，头顶一轮明月。"乙见壁间悬秤，即应曰："乌龙挂壁，身披万点金鳞。"上下联均酷肖事物。

东坡、少游同舟，见岸上醉汉骑驴。坡即曰："醉汉骑驴，步步颠头（一作"颠头播脑"。）算酒帐。"少游云："梢公摇橹，深深作揖（一作"打恭作揖"。）讨船钱。"

又，米元章与佛印观梅。米云："雪里白梅，雪映梅花梅映雪。"佛云："风中绿竹，风翻竹叶竹翻风。"

筵间有作对加字为令，初出曰"风"，对曰"雨"；又曰"花雨"，对曰"酒风"。一再增加，终成为"帝皇有道，筵前点点飞花雨；祖宗无德，席上回回发酒风。"

《独醒杂志》云：东坡、山谷同游凤凰池。坡举对云："张丞相之佳篇，昔曾三到。（张丞相诗云："八十老翁无品秩，昔曾三到凤凰池。"）"山谷应声云："柳屯田之妙句，那更重来。"时称名对。

伍文定与一知府出游，见墙头露一少艾。知府曰："墙内桃花，露出一枝难入手。"伍曰："园中梅子，不消几个便酸牙。"

郑板桥解组归田日，李啸村赠以联。板桥方宴客，曰："啸村韵士，必有佳作。"观出联云："三绝诗书画。"板桥曰："此难对也。昔契丹以'三才天地人'属坡公对，对以'四诗风雅颂'，称为绝对。吾辈且共思之。"限对就而后食。久之不属，启视之，则"一官归去来"也。合座叹服。

又，黄仲鸾观察，以同知任江宁厘务，为人所构。卸差日，自书一联于堂曰："伤心三字莫须有；回首一官归去来。"愤懑之意，溢于楮墨。

又，桐江徐瘦生茂才，于台州得嘉木，制为棺，自制一联；见后屋宇门，兹又得一对曰："一生悠忽少壮老；万事脱离归去来。"

甲、乙联步郊外，偶见二病马卧于城下。甲谓乙曰："闻兄工捷对，今以'城北两只病马'，请对之。"乙应曰："江南一个村牛。"盖甲籍江南也。又，一师以"隔江并马"四字为对，徒误以"并"为"病"，即对曰："过河瘟牛。"盖师亦居对河也。

妇 女

宋梅圣俞才长运蹇。晚年与修《新唐书》，受敕时，语妻刁氏曰："吾之修书，亦可云猢狲入布袋矣。"刁氏笑曰："君于仕宦，又何异鲇鱼上竹竿耶？"后书成未奏而卒。文人厄运，可叹也！

穆宗微行，遇一青楼女子，调之曰："好女真同李凤姐。"应曰："良臣未有包龙图。"帝为肃然。

《金台集》云：瀛岛中有一妆楼，为金明昌中李妃所建。一日，帝、妃并坐，章宗曰："二人土上坐。"妃应曰："一月日边明。"

世俗云：苏小妹以"闭门推出窗前月"难秦少游，秦窘甚。适东坡过，以小石投池，秦顿悟，乃对以"投石冲开水底天"。梁章钜以此并非难对。楚孙按：对固不难，惟彼时小妹闭门不纳，而少游必须入寝，上下联均适合情景，苟以他语易之，则泛矣，似未可轻议也。

又，苏小妹集卦名为对云："大畜革离（音"隔篱"。）观小畜。"因见篱边适有两犬相视，少游曰："家人临困涣（音"唤"。）同人。"又，陈大年题灶君联，亦集卦名为之，曰："朵颐咸大有；丰鼎益家人。"

又云：小妹与佛印同舟。小妹曰："和尚撑船，篙打江心罗汉。"佛印曰："佳人汲水，绳牵井底观音。"小妹又曰："五百罗汉渡河，岸畔波心千佛子。"佛印曰："一个美人对月，人间天上两婵娟。"小妹又曰："清水池边洗和尚，浪滚葫芦。"佛印曰："碧纱帐里坐佳人，烟笼芍药。"又，佛印眠琴操床，琴曰："僧眠锦被，万花丛里一葫芦。"佛印曰："女对青铜，半亩塘中双菡萏。"

又，东坡约山谷至家。适小妹在窗前扣虱，小妹曰："阿兄门外邀双月（"朋"字）。"东坡曰："小妹窗前提半风（風）（虱）字）。"又，东坡与山谷松下围棋，出对曰："松下围棋，松子每随棋子落。"山谷曰："柳边垂钓，柳丝常伴钓丝悬（或作"垂"）。"又，东坡有"栗破凤凰（缝黄）出；藕断鹭鸶（露丝）飞"之对。

边尚书贡继妻胡氏，通文翰。边多侍姬，与胡常反目。一日，得新姬，宴客。客得一对曰："讨小老嫂恼。"边不能对。胡以片纸传出，曰："想娘狂郎忙。"客大笑。

又，徐尚书晞，为郡吏，郡守偶见鹿伏地，得句云："屋角（或作"北"。）鹿独宿。"晞曰："溪西鸡齐啼。"此谓"一韵对"也。又有全平、全仄二联曰："日出众鸟绕屋语；山深幽花当门开。""饮酒恰好不使醉；栽花微开初闻香。"

又，以韵语为联者，如朱晦庵赠漳州士子联云："东墙倒，西墙倒，窥见室家之好；前巷深，后巷深，不闻车马之音。"又集词为联云："章台柳，章台柳，昔日青青今在否；【1】斑竹枝，斑竹枝，泪痕点点寄相思。【2】"

又，何淡腴题佛山赛会联云："新相识，旧相识，春宵有约期刚值，试问今夕何夕，一样月色灯色，来寻觅；这边游，那边游，风景如斯乐未休，况是前头后头，几度茶楼酒楼，尽勾留。"风情旖旎，令人荡魄消魂。

【1】句出唐韩翃《章台柳·寄柳氏》词："章台柳，章台柳！昔日青青今在否？纵使长条似旧垂，也应攀折他人手。"

【2】句出唐刘禹锡《潇湘神·斑竹枝》词："斑竹枝，斑竹枝，泪痕点点寄相思。楚客欲听瑶瑟怨，潇湘深夜月明时。"

俞宁世太史初不能文，夫人能文，督责之。一日，命跪作"无违夫子"文。俞得句云："丈夫意气自期，岂容久挫。"即跃起。夫人目笑之。俞思对不得，方惶急间，夫人捽令复跪曰："男子恩情最薄，何可不思。"

松江西门外，有某御医之徒杨某，回人也。私一汤姓闺秀，主人侦知之，以利刃割其胸，不中，仅截去右耳。或为联云："本习郎中，因三点水割去右耳，遂成浪子；素宗回教，为一美人窃其小口，顿作囚徒。"

学究某，困于场屋。其妻以抑郁亡，夫挽之曰："苦我半生，可怜举案荆妻，先归天上；祝卿来世，不遇登科夫婿，莫到人间。"此联脍炙人口。时喻采臣庶常，为汤敦甫相国之婿，夫人贤淑知书。喻新纳一姬颇有怨言，适诵此联，夫人曰："联固佳，若改'登科'二字为'多情'，则更胜。"庶常哑然曰："恐闺中人又怨不登科矣。"夫人面赪语塞。

《今古奇观》中《苏小妹三难新郎》一则中，有秦少游乔装道人，伺苏小妹入庙焚香时，秦即趋前云："小姐有福有寿，愿发慈悲。"小妹答云："道人何德何能，敢求布施。"少游又曰："愿小姐身如药树，百病不生。"小妹云："随道人口吐莲花，半文无舍。"少游又曰："小娘子一天欢喜，如何撒手宝山。"小妹云："风道人恁地贪痴，那得随身金穴。"楚按：此三联词句既不工，抑且以闺女与化缘道人在庙中属对，更属不成说话。此当为后人伪托无疑，以其与本集宗旨尚符，故录之。

某西席见主人婢美慧而文，惑之。一日，婢送食至，师见无人，遂执其手而挑之曰："丫头丫，嘴儿揸（一本作"笑口叉"，或"言且奢"，均不通。），嘴若是，其他。"婢应云："相公相，鼻子壮（一本作"貌亦扬"，非。），鼻如此，何况。"（一本无"嘴若是"、"鼻如此"六字，无转折拖沓之嫌，更觉简洁遒劲可喜。）盖俗以为凡人私处之大小，男可验之于鼻，女可验之于口，故虚字下之语言，不可推求也。事闻于主人，怒甚。亦出联责其师曰："奴手为拏，问先生（一作"以后"二字。）何（一作"莫"。）拏奴手。"师应曰："人言是信，劝东翁（一作"从今"二字。）莫（一作"休"。）信人言。"是真工力悉敌者。

黄某为七才子之一，有妻貌寝而颇爱好。署一联云："卿如常有酒；我亦爱无盐。"事妙，文更妙。

又，有王某经某甲门，见有联云："室雅何须大；花香不在多。"王知甲新娶妻颇丑，且所居只一室，乃乘醉为续其下云："茅屋只堪容膝，何雅之有；东施聊以自娱，奚香足述。"甲归，见而大怒，欲与为难，经人调解，事乃已。此可为好弄笔墨者戒也。

有士子寄宿某村，是家有女绝慧，出联难士子曰："闷阃闺门，闻斗（鬭）闹开（開）门阃问。"士对云："寂寞寒窗，窥窈窕寝窗寐寤。"楚孙按：上联第二"门"字，可改关（關）字；下联第二"窗"字，可改"安"字，庶无重字。又，下联首四字，当改"寒窗寂寞"，平仄少协。又按：是联颇牵强，且费解。

又，闻人传一事，情形相类。出联云："宦官寄宿穷家，寒窗寂寞。"士人思有顷，乃曰："请小姑娘借我一点。"女允之，对曰："冢宰安宁富宅，宇宙宽宏。"

县署联云："得半日闲，且耕尔地；不十分屈，莫入吾门。"

或戏改"屈"字为"直"字，以赠一淫妇者，令人绝倒。

游蓉裳太史偶作珠江游，尝出对曰："金屋贮娇，斜插金钗，金佩摇来金步软。"时有诗妓小苏者，应声曰："玉楼宴客，满斟玉盏，玉山倒处玉颜酡。"游厚赠之。

徐女美而才，居莆田北关，适鄂渚俞氏，非偶也。新婚夕，新郎一见魂消，已备入寝，而婢以朱墨、砚进，请催妆诗，否则属对。新郎茫然。女指砚曰："点点杨花入砚池，近朱者赤，近墨者黑。"思借此讽之，俞更窘甚。女知不可与言，即曰："何不对以'双双燕子趋帘幙'……"吟至此面赪，低声曰："同声相应，同气相求。"傅母挽两人入帐曰："请去对对。"

锡山陆尔熙之女，九岁时即熟读古诗。偶以"春风狂似虎"令对，对曰："秋水澹于鸥。"

倪女亦美而才。出对曰："妙人儿倪家少女。"能对者即偶之，而终无有对者。后不知作何结局。有对以"故言者诸子古文"，亦佳。

姑、嫂合私一士人。事发，二女同服水莽草死。士人哭以联云："风前水莽太无情，一霎时辛苦备尝，疾染河鱼，方穷扁鹊；月下瑶台曾有约，两三日后先同去，人间姑嫂，天上神仙。"楚孙曰：设我为士人，当以身殉，何需乎联哉？

父亡，子、妾相媾。或赠以联云："母爱儿娇，七尺躯依然在抱；子承父业，方寸地岂可荒芜。"

又，某翁以子愚、媳美，遂筑新台。或有讥之者。翁愤，自榜一联于门曰："我岂欲扒灰，只缘小子无知，恐其绝后；人谁不打算，端为老妻已过，省得重婚。"

又有某翁嗜饮，每饮必媳侍侧，饮乃甘。后翁妻死，或代翁拟一联曰："三十载夫妇齐眉，此后醉酒无人，幸留儿妇进玉斝；一霎时病魔解脱，自今扒灰由我，那怕劣子掷酸瓶。"

某校学生，均翩翩年少。东邻有姊妹二人，久与某生等目成，以无机可乘，女乃竟效匡衡故智，得遂鱼水。后卒事败，将有关之六人除名。或成一联云："一发能容，西墙不拓殖民地；六生被斥，东家应有堕楼人。"

有内畜嬖妾而外宠娈童者，妾喜为新妆，某惑之。童忿甚，一日，以刀刲其具。或为联云："爱妾新翻堕马髻；贤侯小试割鸡刀。"十四字典雅熨切。

某太守晚年得一婢，知文墨，拟收为小星。婢不允，谓："契上书婢不书妾。若为我觅一如意郎君，感且不朽；否则，惟一死耳。"守为动容，既而曰："能属一对，即允汝。'小婢何知，自负红颜违我命。'"婢应曰："大人容禀，恐防绿顶戴君头。"守大笑，即为遣嫁云。

又有一老翁，觊觎一女，女不从。一日，女适卧，翁迫之。女无奈曰："有一对，能属则允汝。'白纱帐外白头翁，咳嗽嗽，嗽嗽咳，啐，今生休想。'"翁曰："红锦被中红粉女，娇滴滴，滴滴娇，妙，前世修来。"

女史陈妙云，赠陈云伯联云："家住癸辛街畔，诗名丁卯桥边。"盖以云伯家近南宋周公谨故居，于诗嗜许丁卯也，措词工巧。[1]

【1】周密，字公谨，号草窗，南宋词人。入元隐居不仕，寓居杭州癸辛街，所著取名《癸辛杂识》。许浑，字用晦（仲晦），

晚唐诗人。移家京口（今江苏镇江）丁卯涧，其诗集名《丁卯集》，后人称"许丁卯"。

纪文达咏大脚京女曰："暮云朝雨连天暗，野草闲花满地愁。"[1]十四字，无一字不黏刻入骨。文人之笔，既能援引古句，又能变易其语意而为我用。可畏哉！可畏哉！

【1】句出唐张子容《巫山》诗："朝云暮雨连天暗，神女知来第几峰。"宋释慧远《颂古四十五首其一》诗："将军战马今何在，野草闲花满地愁。"

乡学究见一女子而艳之，曼吟曰："城中（一作"香橼"。）女子红菱脚。"女应声曰："乡下（一作"木瓜"。）先生青果头。"盖嘲以龟也。

《今古奇观》小说，载秦少游与苏小妹在寺中对对数则。兹闻有一事，与此相类。

书痴某，一日于某寺中忽睹一女携一婢，艳甚，大喜，以为遇仙。脱口吟曰："袅袅婷婷，今朝得遇茶花女。"女见其丑态可哂，即曰："摇摇摆摆，此地何来柳树精。"书痴喜甚，曰："琼瑶鼻子芙蓉面，这佳人敢是天仙女下凡。"女应曰："锥钻尾巴（楚按：彼时尚有辫发。）橄榄头，那恶少莫非元绪公转世。"书痴更追随不舍。女前行见一美鸟，顾婢曰："美哉此鸟。"书痴应声曰："美哉美哉，但看枝上相思鸟。"女唾曰："滚罢滚罢，莫做花间跟屁虫。"言已，挈婢至厨下，书痴仍追踪往，曰："行行且止，香积厨尽可谈心。"女厌苦之，即指厨下醋瓮笑语其婢曰："滚滚而来，酸醋瓮居然生脚。"语次疾行而去。书痴追至山门，闻莺声呖呖，盖女呼舆声也。书痴又曰："听来呖呖莺声，我又寻踪而至矣。"女以一手掩鼻、一手携婢上舆，曰："放出蓬蓬狗屁，侬将掩鼻以过之。"言已，车已去远。书痴怅望者久之。

某甲夫妇，均耽翰墨，而甲有挖脚丫之癖。一日，妻创增字为联，因出一字曰"曲"，甲对以"丫"。妻叠一字曰"心曲"，甲笑曰："妙哉！可对我'脚丫'矣。"妻曰："细谈心曲。"甲笑曰："我现身说法，'大扳脚丫'。"妻增"倚栏"二字，甲曰："挖脚快事也，可加'脱袜'二字于上。"妻叠四字曰："彼美人兮。"甲疾应曰："我丈夫也。"妻曰："上无可再叠矣，向下伸如何？"甲曰："可。"妻乃系四字曰："其情脉脉。"甲曰："扳脚莫快于以手拈之，吾对'把手拈拈'。"妻成全联曰："彼美人兮，倚栏细谈心曲，其情脉脉，其语喁喁。"甲大笑曰："我丈夫也，脱袜大扳脚丫，把手拈拈，把鼻嗅嗅。"妻掩鼻曰："臭臭臭。"甲曰："香香香。"

鲁人某甲，黑丑而麻。一日，与友出游，途遇一粲者。甲曰："江南闺中，红粉佳人，鬓边斜插一枝秋海棠。"友笑而应曰："山东道上，黑麻大汉，胯下倒垂半段老山药。"二人咸大笑。

某达官延师教其宠妾学诗，先学作对。适烹茶，因以"茶声"二字命对，应曰"酒色。"师为匿笑。

职　官

此类为余所独创，向来辑联者无有也。盖余之材料中，有不能归入别类，而联中语意，则又侧重于职官者，于是特列此为一类，并将其他类似者，亦纳入此中。所惜者，均为古昔事，而绝少民国事耳。

《桐江诗话》云：元祐东平王景亮，与诸仕族之无成者，结为一社，纯事嘲笑，当时号曰"猪嘴"。时吕惠卿察访东京，吕天资清瘦，语时双手指画，社人目之曰"说法马留"（楚孙按：猴别名"马留"。），又足成七字曰："说法马留为察访。"弥岁不能对。一日，邵篪上殿泄气，出知东平。邵高鼻卷须，社人目之曰"凑氛狮子"，乃对曰："凑氛狮子作知州。"惠卿闻而衔之，中以他事，举社齑粉矣。

《桐下闲露》云：嘉靖中，上召大学士严嵩、尚书熊浃，迟迟始至。世庙因出对戏之，曰："阁老心高高似阁。"二臣惶恐伏地。世庙好言慰之，云："是何难对？'天官胆大大如天。'"翌日，均令致仕。

项城当国时，王揖唐赴吉林履新，旧巡按孟宪彝宴之。酒酣，孟出一联云："湖北两段，奉天两张，吉林两孟，将军巡按两相当，文武同城复同姓。"王对曰："湘乡一曾，合肥一李，中州一袁，王道圣功一以贯，英雄有守更有为。"楚按：对句虽无出色，但能活用，仓卒中亦具见聪明，不可以力量不匹少之也。

清光绪廿五年己亥春,京都鼠疫,设防疫局,禄糈较丰,且可得优保。某甲营干,得局中一事,甚自喜。或调之曰:"俗语'寅吃卯粮',向未有对,今得之矣。"问其对,曰:"'亥交子运'也。今岁属亥,子将因鼠而交运,是非'亥交子运'乎?"

禁烟公所中人,以在所无事,竹战为戏,为所长所知,各被处分。或曰:"昔有'打鸭惊鸳'之说,今可以'用雀抵鸦'对之矣。"

季仙九探花,复试、殿试、朝考皆第三,时以为奇。传至杭,杭之胜流言于众曰:"今有一联颇难对:'复试第三,殿试第三,朝考第三,三三见九,季仙九九转成丹。'"时杭绅许子双之子,方营钱肆,时亦在座。即有人指许而言曰:"此何难对?'宝银几两,纹银几两,圆丝几两,两两成双,许子双双全如意。'顾不佳欤?"众大笑,许甚恨之。

某太守,清苑人,令泾县,以贪酷闻。一日晨起,见厅事悬一集《四子》联云:"彼哉彼哉,北方之学者,何足算也;[1]戒之戒之,南人有言曰,其无后乎。[2]"太守既惭且愤。

【1】语出《论语·宪问》:"问子西,曰:'彼哉彼哉!'"《孟子·滕文公上》:"陈良,楚产也,悦周公、仲尼之道,北学于中国。北方之学者,未能或之先也。彼所谓豪杰之士也。"《论语·子路》:"(子贡)曰:'今之从政者何如?'子曰:'噫!斗筲之人,何足算也?'"

【2】语出《孟子·梁惠王下》:"曾子曰:'戒之戒之!出乎尔者,反乎尔者也。'"《论语·子路》:"子曰:'南人有言曰:"人而无恒,不可以作巫医。"善夫!不恒其德,或承之羞。'"《孟子·梁惠王上》:"仲尼曰:'始作俑者,其无后乎!'"

某主事家失窃，鸣官控追，后悉为家丁作弊。或赠以联云："主事何堪作事主；人家切莫信家人。"

公牍中字义，多不可解。嘉应汤滋圃幕游南阳，戏作联云："劳形于详验关咨移檄牒；寓目在钦蒙奉准据为承。"亦所谓"不解解之"。又有赠刑幕一联云："律绳斩绞军流杖，案别谋诬串杀伤。"同一格调。

又，某君抄撮丛碎，疲剧不已，题联自嘲曰："畦治夏日人非病；吹皱春池事不干。"又有一春联云："等因奉此除旧岁；理合备文贺新年。"尤令人喷饭。

嘉庆时，浦田郭兰石尚先，官编修十二年而不迁秩，人呼为"金不换"，以翰林戴金顶也。又，天门蒋立镛修撰，在馆十年，不除一官，人号为"石敢当"，以修撰戴砗磲顶，俗名"白石顶"也。

纪文达行步最疾，而潘文勤则工于书。文勤曾出对曰："晓岚不过神行太保。"纪答曰："云楣确是圣手书生。"

又云：与文达同值朝房之某公，行疾而喜临古帖。文达戏赠以联云："足开五六尺，手写十三行。"彭文勤曰："何不云'圣手书生，神行太保'耶？"一事也而三歧其说，古事诚难征信也。

安徽无为州老诸生，得钦赐举人。自作一堂联云："并未出房，全亏得白头发秀士；何尝中式，倒做了黑耳朵举人。"盖俗以衙门中未上名而帮差者为"黑耳朵"。又，一廪膳生，得钦赐副榜者，亦自书一堂联云："说甚功名，只免得三年一考；有何体面，倒少了四两八钱。"末句盖言廪禄。两联均极嬉笑怒骂之致。

漳浦赵从谊，知独山县，极荒凉，衙署尤陋。赵自题楹柱云："茅屋三间，坐由我，卧由我；里长一个，左是他，右是他。"读之失笑，并可想见独山之"独"。

兵部侍郎杨文耀，每朝必附于忠肃耳密言，行坐不离，时目为"于谦妾"。户部侍郎王祐无须，谄事王振。一日，振问曰："侍郎何以无须？"祐曰："老爷所无，儿子焉敢有？"人即以"王振儿"为对云。

天顺间，锦衣门达有宠，有门客镌印曰"锦衣西席"。甘棠为洗马江朝宗之婿，亦有"翰苑东床"之印。

清初弥尔唯太守学曾，由部郎出守苏州。孙北海、曹倦圃、龚芝麓共饯之，各以书画相夸示。太守出江贯道《长江万里图》，三人叹为压卷，太守得甚。北海议裂分之，二人皆称善，呼侍者以刀、尺进。太守窘甚，长跽乞哀。北海大笑曰："今日得一集唐绝对矣：'剪取吴淞半江水；恼乱苏州刺史肠。'[1]"
【1】句出杜甫《戏题王宰画山水歌》诗"焉得并州快剪刀，剪取吴淞半江水"，及元陈均《寄题李苏州廷美》诗"当年试问凭何物，恼乱苏州刺史肠"。

工部新遭回禄，适有某中书签分工部，自夸南人北相。时吴江金文简士松，官工部，即为对云："水部火灾，金司空（一作"尚书"）大兴土木；南人北相，中书君什么东西（"君"一作"令"）。"

皖省毛某，夤缘署霍山县，肥缺也。毛诡称五旬初度，苛派勒索。好事者作联云："大老爷作生，银也要，钱也要，票钞也要（一作"票子"。），红白兼收（一作"一把抓"。霍有南北市，向庄盖戳者为红票，否则为白票。一云为汉阴县事，因汉有南北山。），无分南北；小百姓该死，麦未熟，稻未熟，杂粮未熟（一作"豆儿未收"，上二"熟"字均作"收"。），青黄（一本中有一"两"字。）不接，有（一作"送"。）甚东西。"

镇江赵某，以保举，将入都，谒常镇道。赵之先世微。观察因目之曰："之子骍且角。"【1】观察面赤而多须。赵应声对云："其人赤而毛。"【2】观察默然。

【1】语出《论语·雍也》："子谓仲弓曰：'犁牛之子骍且角，虽欲勿用，山川其舍诸？'"骍且角，指用以祭祀之牛毛色红、角端正。孔子弟子冉雍，字仲弓，家世微贱，人称"犁牛氏"。孔子鼓励他，谓杂毛的牛生下俊美的小牛，山川神灵也不会拒绝（即可以用于祭祀）。

【2】《左传·襄公二十六年》载："宋芮司徒生女子，赤而毛，弃诸堤下。"

李合肥在北洋大臣任时，凡求位置者，对之色霁言谦者，则无望；如加斥辱或大呼"滚"者，恒得优差。时人语曰："一字之滚，荣于华衮。"而难其对。会有某令私其佣妇，妇伪逃而令夫索人，令不为动，又勾刑幕胁之。令问："果有此事，当得何罪？"曰："当出口。"令乃以贿解。因得对曰："彼妇之走，可以出口。"

刚毅信义和团，实听戏误之也，事败后，狼狈出都。或拟联云："中军无复黄天霸；丞相空嗟白帝城。"【1】

【1】刚毅，字子良，晚清大臣。满州镶蓝旗人，笔帖式出身，累升高官。甲午战争爆发，刚毅主战，任军机大臣兼礼部侍郎。反对戊戌变法，升任兵部尚书、协办大学士（相当于丞相），

率领义和团同八国联军开战,死于山西侯马镇。刚毅爱看戏剧、听评书,不学无术,却经常自比于可以托孤辅国的诸葛亮。他曾向西太后举荐人才,说某人像黄天霸一样厉害。黄天霸,公案小说《施公案》中人物,史上实有其人,为十三省总镖头金镖黄三太之子。黄氏父子效力清廷,都因功受赐黄马褂,并得高官。

志锐将军为德宗珍、瑾二妃之兄;二妃无宠,故仅为乌里雅苏台将军。有人戏以联黏其门云:"可怜光彩生门户;未有涓埃答圣朝。"【1】

【1】句出白居易《长恨歌》诗:"姊妹弟兄皆列土,可怜光彩生门户。"及杜甫《野望》诗:"惟将迟暮供多病,未有涓埃答圣朝。"

民初王湘绮集成语为联曰:"民犹是也,国犹是也,何分南北;总而言之,统而言之,不是东西。"额曰:"旁观者清。"

有赠初选议员云:"惟酒食是议;毁方以为圆。"【1】又赠运动选举者云:"以言餂,以币交,无他,亦运而已矣;【2】有酒食,有盛馔,如此,则动心否乎。【3】"又某署顾问为联自嘲云:"顾我则笑;问道于盲。"【4】又有参谋联云:"夫何为哉,见其参于前也;【5】无非事者,欲有谋则就之。【6】"均极自然。

【1】语出《诗·小雅·斯干》:"无非无仪,唯酒食是议,无父母诒罹。"晋葛洪《抱朴子·汉过》:"毁方投圆、面从响应者,谓之'绝伦之秀'。"

【2】语本《孟子·尽心下》:"士未可以言而言,是以言餂;可以言而不言,是以不言餂之也。是皆穿逾(窬)之类也。"《孟子·告子下》:"孟子居邹,季任为任处守,以币交,受之而不报。处于平陆,储子为相,以币交,受之而不报。"《孟子·梁惠王下》:"以万乘之国伐万乘之国,箪食壶浆,以迎王师。岂有他

哉?避水火也。如水益深,如火益热,亦运而已矣。"

【3】语本《论语·为政》:"子夏问孝。子曰:'色难。有事弟子服其劳,有酒食先生馔,曾是以为孝乎?'"《论语·乡党》:"有盛馔,必变色而作。"《孟子·公孙丑上》:"公孙丑问曰:'夫子加齐之卿相,得行道焉,虽由此霸王不异矣。如此,则动心否乎?'"

【4】语本《诗·邶风·终风》:"终风且暴,顾我则笑,谑浪笑敖,中心是悼。"韩愈《答陈生书》:"足下求速化之术,不于其人,乃以访愈,是所谓借听于聋、求道于盲。"

【5】语本《论语·卫灵公》:"子曰:'无为而治者,其舜也与?夫何为哉?恭己正南面而已矣。'""子曰:'立则见其参于前也,在舆则见其倚于衡也,夫然后行。'"

【6】语本《孟子·梁惠王下》:"天子适诸侯曰巡狩,巡狩者巡所守也;诸侯朝于天子曰述职,述职者述所职也。无非事者。"《孟子·公孙丑下》:"故将大有为之君,必有所不召之臣;欲有谋焉,则就之。其尊德乐道不如是,不足与有为也。"

清末屠梅君守仁、朱蓉生一新两侍御,先后抗疏言事,均得左迁。丹徒赵曾望盘新,书一联云:"鸿儒白丁同陋室;狗屠朱亥共悲歌。"切姓奇而切。又按:此为昔时之借对格,极见巧思,以"鸿"音"红",以"朱"音"猪"。又如:"自朱耶之狼狈;致赤子之流离。"流离,鸟名也。又若:"厨人具鸡黍;稚子摘杨(音"羊"。)梅。""天子居丹(音"单"。)扆;廷臣献六(音"绿"。)箴。""白发;六幺""苍筤;诸姬""皇眷;紫宸"等均是。或云即三十四格中之假对格。

父子某先后中式,且均值戊子年。或以难纪文达云:"父戊子,子戊子,父子戊子。"时有师生同掌户部者,纪即取以为对云:"师司徒,徒司徒,师徒司徒。"

偶值其事，尚有两趣联，附录于下。有两生同谒纪，一额有黑瘢，一则左目为白果眼。纪见之大笑不止。两生请其故，曰："无他，吾偶集得杜句一联：'片云头上黑，孤月浪中翻'[1]耳。"又有叩纪为门生者，纪亦大笑。诘之，曰："吾适得一对：'今日门生头着地；昨宵师母脚朝天。'"

楚孙又记得一事：暑日雨过，师命一生然火吸烟，即景命对云："雨毕学生火至。"徒好嬉，已忘却。至次日入塾，师问昨对，适晓日方升，而师母以面水进师，即应曰："得之矣！'日出师母水来'。"师母愠曰："尔作何语！"

【1】句出杜甫《陪诸贵公子丈八沟携妓纳凉晚际遇雨二首》（之一）诗"片云头上黑，应是雨催诗"，及《宿江边阁》诗"薄云岩际宿，孤月浪中翻"。

赵某为郡守，有对句癖。一日，见有以命纸糊灯者，得句云："命纸糊灯笼，火星照命。"久思不属。至岁暮，见老人头顶历书献上，遽拍案大呼曰："头巾顶历日，太岁当头。"老翁几为之惊悸成疾。

湖南翁笠渔，由从九分发江苏，历任各县知县。或为出联云："昆山县，山阳县，阳湖县，湖南从九，做过四五年知县。"久无对者。后有人对以"铁宝臣，宝瑞臣，瑞鼎臣，鼎足而三，都是一二品大员"。此联尤妙在四五切九、一二切三也。

某县禁烟督办为清贡生，警佐为清监生，鱼肉乡民。联云："禁烟总局，警察分局，设此二大骗局，小民如何了局；督办贡生，警佐监生，有这两个畜生，大家安得聊生。"又有嘲新制一联云："币制局，清理财政局，此局无非骗局；留学生，法政毕业生，畜生藉此营生。"

光绪四年夏,奉化濠河厘局因苛积激成巨变,聚众万余,焚杀劫掠。调兵追捕,凡七十日,将首事惩治,事始已。联云:"奉化梗化,是局员司事丁役,每奉行不善,化导无方,酿成此患;宁波生波,凡提镇府道厅县,祝宁静长占,波澜永息,各保其官。"

工部有街道厅一差,出则前有二黑鞭,后一吏肩板。汪郎中玺,有对戏之曰:"双鞭前导,宛如两股虾须;独板后随,好似一条狗尾。"恨之者,竟以此联榜其门云。

京官向俱不敢用伞,其后南京官稍稍用之,(楚孙按:此为明制,明以南京作陪都。)特两簷青伞而已。有南北两京官相戏。北曰:"输我腰间三寸白。"言朝官有牙牌也。南曰:"多君头上两重青。"楚按:《笑林》中有一对云:"况腰三白假;肉顶一黄真。"或不解,曰:"况为二兄,腰间之玉以三两银得之,不意乃伪品也。肉为内人,有金钗一支,则固真品也。"或闻竟,大笑而去。

乌程闵鹗元抚皖,有政声;及抚苏,则一派作伪。后奉命议李昭信相国罪,闵探上意,以议贵议功[1]为言,李得末减。终以坐弟累,降为三品。吴人为联云:"议贵议功,一言活昭信中堂,难逃青史;伪仁伪义,三品留江苏巡抚,无补苍生。"

【1】皇权专制时代,刑律规定有"八议"特权制度,即对八种人犯罪须交皇帝裁决或依法减轻处罚。其中,"议功"指功勋卓著者;"议贵"指三品以上官员和有一品爵位者。

京师时事联云:"五日内三相沦亡,真假革殊途,一老一病一冤枉;两月间四夷宾服,战守和异议,半推半就半模糊。"三相者,一裕泰,薨于位;一杜文谔文正相国,父以子贵,假相也；一被人陷害、罪无名目之耆英相国也。

陈式斋大参，留滞郎署最久。及遴职方，李西涯戏之曰："先生少知几（音"机"。）乎，何为又入职方（音"织坊"。）也。"陈应曰："太史非附热者，奈何只管翰林（音"汗淋"。）耶。"

明例：翰林只一人或三四人。弘治壬戌，刘文靖健示德，乃多至十人。同时，礼部尚书有六人，中有崔志端者，初为神乐观道士。有对云："礼部六尚书，一员黄老。"崔疑此语出自翰林，乃以"翰林十学士，五个白丁"为报。盖倪进贤等，成化时万安以私进也。

兵部尚书夏原吉，治水江南，与某给事中善。一日，某如厕。夏戏曰："披衣鞭履而行，给事急事。"应曰："弃甲曳兵而走，[1]尚书常输。"盖夏固酷嗜六木者。

【1】语出《孟子·梁惠王上》："王好战，请以战喻。填然鼓之，兵刃既接，弃甲曳兵而走。或百步而后止，或五十步而后止。以五十步笑百步，则何如？"

正德时，武宗以"礼乐征伐自天子出"[1]，盖夸平宁王之功也。王文成（一说梁储。）对以"流连荒亡为诸侯忧"[2]。帝嘿然。[3]

【1】语出《论语·季氏》："孔子曰：'天下有道，则礼乐征伐自天子出；天下无道，则礼乐征伐自诸侯出。'"

【2】语出《孟子·梁惠王下》："流连荒亡，为诸侯忧。从流下而忘反谓之流，从流上而忘反谓之连，从兽无厌谓之荒，乐酒无厌谓之亡。"

【3】朱厚照（厚熜），别名寿，号锦堂老人，明朝第十位皇帝，年号正德，庙号武宗，陵号康陵。朱厚照从小喜欢骑射，即

位后信任宦官和奸臣,自己则寻欢作乐,荒嬉无度。宗室安化王朱寘鐇、宁王朱宸濠先后起兵夺位,朱厚照自任大将军讨伐,实际是王守仁等平定藩王之乱。王守仁,号阳明等,明朝官员、学者,阳明心学创立者,世称"王阳明""阳明先生"。

徐晞既贵而归,令率诸生郊迎。诸生以徐非科目,轻之。【1】郡守怒,出句云:"擘破石榴,红门中许多酸子。"诸生久思不属。徐代答云:"咬开银杏,白衣里一个大仁。"诸生惊服谢罪。

【1】徐晞,字孟晞,明朝大臣。明成祖永乐初年,以小吏入仕;以能力功勋而屡升,明英宗时任兵部尚书;致仕后病故,英宗为之辍朝一日。自科举兴起,大多数官员都以科举功名而入仕,人们对非科举出身的官员往往瞧不起。

明太祖微行入酒肆,遇一重庆监生。帝曰:"千里为重,重水重山重庆府。"对曰:"一人为大,大邦大国大明君。"

嘉靖时,一内珰衔命入浙,与司北关南户曹、司南关北工曹饮。珰欲侮搢绅,为对云:"南管北关,北管南关,一过手,再过手,受尽四方八面商商贾贾辛苦东西。"此珰故卑微,曾司内阁,因云:"我须相报,但勿瞋乃可。'前掌后门,后掌前门,千磕头,万磕头,叫了几声万岁爷爷娘娘站立左右。'"珰愤,攘臂欲自裁,力劝乃止。

同时高新郑与张江陵,并骑出朝。时朝日方升,高戏曰:"晓日斜曛学士头。"盖楚人俗称"干鱼头"也。张应曰:"秋风正贯先生耳。"中州人例称"偷驴贼",俗语有"西风贯驴耳"也。

襄阳知事郑寿彝,字仲常,贪黩残刻,惨用非刑,以火香烧背。劣绅徐四爷、张四爷护之。为朱道尹所知,革其职,又以亏欠巨款扣留之。襄人衔之深,为拟联十余则。兹择其佳者录下:"寿香一封,烧死许多无罪;彝德丧尽,求生只要有钱。""寿命难常,新鬼含冤旧鬼哭;[1]彝伦攸斁,他生未卜此生休。[2]""徐子常,(清襄阳酷吏。)郑仲常,事事反常,两个贪官,而今安在;张四爷,徐四爷,声声唤爷,一样拍马,比昔尤工。"

【1】语出杜甫《兵车行》诗:"新鬼烦冤旧鬼哭,天阴雨湿声啾啾。"

【2】语出《尚书·洪范》:"彝伦攸斁。"唐李商隐《马嵬二首》诗:"海外徒闻更九州,他生未卜此生休。"

清时官场三联,知县云:"下官拚万个头,向上司磕去;尔等把一生血,待本县绞来。"知府云:"见州县则吐气,见道臬则低眉,见督抚大人,茶话须臾,只解得说几个'是是是';有差役为爪牙,有书吏为羽翼,有地方绅董,袖金贿赠,不觉的一声笑(一作"笑一声"。)'呵呵呵'。"又普通者云:"大人大人大大人,大人一品高升,升三十六天宫,与玉皇大帝盖瓦;卑职卑职卑卑职,卑职万分该死,死落十八层地狱,为阎罗老子挖煤。"后联尤令人大笑。

南皮张之洞,一日集诸名士于陶然亭。南皮于席间创议,拟无情对为戏。客有以"树已半枯休纵斧"(一作"树已千寻难纵斧"。)命对,张对以"果然一点不相干",李莼客则对以"萧何三策定安刘"。又,"欲解牢愁须纵酒",对以"兴观群怨不离诗"。此联妙在嵌入卦名,而"牢、群"二字尤工。楚孙又拟以"纵"字易"晋"字,以对下之"离"字;又"须"字易为"需"字,"不"字易为"否"字,则全组织卦名矣。

此外,如"四面云山谁作主;一头雾水不知宗","春风未作花心动;夏礼能言杞足征","将军下笔开生面;狂士如琴张牧皮","而今未问和羹事；以上丁为释菜期","又要马儿不吃草；始知秦女善吹箫"等均是。

最后，张又以"陶然亭"三字即景征对，李苟农笑曰："若要无情，除非公名。"楚按：以"陶然亭"对"张之洞"，实属字字工稳，允称无情对中之杰构。

又，南皮晚年颇自负。易实甫口占嘲之曰："三十三天天上天，玉皇头戴平天冠。平天冠上竖旗杆，中堂乃在旗杆尖。"南皮不以为忤，反大乐。

又，合肥晚年亦自负，每以诸葛武侯自拟。一日，适测中一事，众谀之。合肥拍案大乐，曰："此诸葛之所以为亮也。"寻又谈及近日自命诸葛者之多，一狂士于座隅拍案曰："此葛亮之所以为诸也。"李大怒，逐之去。此与南皮又正同。

殷历城罢相在里，张江陵以宋诗为联寄之曰："山中宰相无官府；天上神仙有子孙。"[1]殷欣然悬挂。实则此联嘲与谀盖各半也。

【1】遍查文献，宋诗中无此二句；应是出自明初吴伯宗《挽上清张真人》诗："人间宰相无官府；天上神仙有子孙。"

前清官衙，有照例套语，可以留声机代之。有人合之为联曰："大人套车，中堂请轿；茶房开饭，苏拉倒茶。"

州县每出盗案，蠹役嗾盗供素封之家为同盗，率以贿免，谓之"开花"。四川某府署中，有自撰联云："若使子孙能结果；除非盗贼不开花。"楚孙按：此似同旧诗"若使琵琶能结果，笙箫管笛尽开花"也。

杨文贞有子士奇，横于乡，文贞戒之，不听。一日，书一联示之曰："不畏官词千状纸；只怕乡民三寸刀。"竟不知改，后卒以事伏法云。

甲午中日之役，吴大澂开府湖南，因李合肥不主战，愤甚，遂以一旅师请缨出关，闻者豪之。乃一战大败，几不获免，幸虞山为之缓颊，得仍回湘任。湘人怨之，为联云："一去本无奇，多少头颅抛塞北；再来真不值，有何面目见江东。"

萍乡文芸阁学士廷式，交通宫禁，事发，避申得免。时有寇太监，因上条陈违制，正法。或为联云："慷慨陈书，寇太监从容临菜市；驱逐回籍，文学士何而返萍乡。"

光绪中，山东尹琅若编修基琳，官词馆久，不开坊，乃纵酒自遣，醉辄骂座。以是与乡人郑侍御溥元不合，遂摭尹阴私事劾之，人皆不直郑。旨下，二人皆休致。宝文靖公语同列曰："'白日放歌须纵酒，青春作伴好还乡。'可移赠二人矣。"

丁未江浙路事，有许久香观察入都，张南皮乃以"烟惹御炉许久香"属对。阅数日，南皮忽得无名氏书对句云："图陈秘戏张之洞。"[1] 南皮大怒，掷之炉中。南皮死，京师有挽之者曰："毁誉由人，毕竟是晚近世重要人物；东南立约，也算得光绪朝汗马功劳。"褒贬得体。

【1】秘戏图，也称春宫图、春册，乃绘两性淫亵之图。

滇南杨汝虔，为湖州太守，贪婪而好饮，姬妾均通于仆隶。或张一联于署门云："日昃尚衔盃，惟酒政太守醉也；夜长不闭户，此淫风夫人启之。"

某令惧内。一日与一秀才饮，令曰："天不怕，地不怕，就是老婆也不怕。"对曰："杀何妨，剐何妨，即便岁考又何妨。"

相与大笑。

有联讥李合肥云:"黑头今日称公辅;[1]青史他年有定评。"李门下才士改"称"为"真",遂为颂扬语。文字之间,可不畏哉!

【1】典出宋程垓《喜迁莺·句寿薛枢密》词句:"今日都人,从头屈指,尽是黑头公辅。"此处"黑头"本指黑发,指人还年轻。戏剧中之包公均以黑脸出现;而包公、李鸿章均为安徽合肥人。

曹润之,湘人也,任贵州首府,红甚。丁忧留省,出入张蓝盖。联云:"张蓝盖以壮瞻观,尔小子何曾废礼;拖墨绖而供奔走,古大臣亦有从权。"[1]

【1】清代官场中,不同级别者出行,享受不同的交通工具待遇;张蓝盖即所乘官轿上用蓝色的伞盖。丁忧,又称丁艰,旧时的一种官场规矩,即官员在职期间,若父母去世,则从得知丧事的那天起,必须辞官回籍,为父母守制二十七个月;如无特殊原因,朝廷也不可强招丁忧者为官。但因特殊原因,朝廷也可强招丁忧者为官,称为"夺情"。

闽叶小庚司马申芗,由庶常官云南,自富民令而升巧家同知。联云:"富民正可容穷吏;拙宦何妨作巧家。"

三班院使臣,每岁醵钱饭僧进香,以祝圣寿,谓之"香钱";判院官利其余,以为餐钱。群牧司比他司俸给为优,又岁收粪壤钱以充公用。京师语曰:"三班餐香;群牧吃粪。"

医官奉敕而至,须奏服药,往往饵药至死。又敕葬之家,使副洗手帨巾,每人白罗三疋。故有语曰:"宣医丧命;敕葬破家。"

御史苏监察，检天下废寺，每见一尺下银佛，辄袖归。时人称之为"苏捏佛"，以对药名"密陀僧"云。

云间朱旅溪，久处比部。一太平府同年谑之曰："状如松江鲈。"应曰："宁作太平犬。"又某甲至武昌，适膳有鱼，甲吟曰："不食武昌鱼。"屡吟不已。旁有一人大声曰："宁作太平犬。"盖某亦太平人也。

东坡南迁渡岭，遇二道人，坡命使臣造之。道人曰："此何人？"曰："苏学士。"曰："得非子瞻乎？"曰："学士始以文章得，终以文章失也。"一道人笑曰："文章岂解能荣辱。"一道人续云："'富贵从来有盛衰。'敢以此二言，转奉学士。"坡追之，不及。

又，坡自海外归，人慰之。坡曰："此乃骨相所招。少时有相者曰：'一双学士眼，半个配军头。'"此联常悬诸楹。又弘治时，西曹有对曰："一双探花父；两个状元儿。"时张昇己丑元，子恩与辛丑元；王华子守仁，同官兵部主事、户部郎中；刘凤仪则己未探花，凤之父兵部员外郎；李实则壬戌探花，廷相之父也。

坡令门人作《不易物赋》。或为联云："伏其几而袭其裳，岂为孔子；学彼书而戴彼帽，未是苏公。"盖士大夫竞为高桶短檐帽，曰"子瞻帽"。一日，上观剧，优人自夸曰："吾之文章，汝辈莫及也。"众优曰："何也？"曰："汝不见吾头上子瞻乎？"上顾坡公而笑。

季时庵广文恩沛，教授苏州时，自署大堂联云："扫雪呼童，莫误今朝点卯；轰雷请客，都知昨日逢丁。"司铎者读之，莫不大笑。

又，常熟桑民悦怿，居成均时，为邱仲深所黜。后就教职，书联于明伦堂云："文章高似翰林院；法度严于按察司。"见者愕然。

归安凌厚堂堃，道光辛卯举人，以大挑选金华教谕。性怪僻，敢大言，联云："金匮万千言，孔子曰，孟子曰；华衮百千作，帝者师，王者师。"见者吐舌。

又，陈朝珍庭献，乾隆辛卯举人，官教谕三十年。八旬时，奉部推升国子监典籍。仁和沈秋河赠联云："不病故，不勒休，仙家亦称上等；又升官，又添寿，教官无此下台。"及道光辛卯，重赴鹿鸣。

又，镇平黄香铁钊，以大挑改授官潮州教谕，复升翰林院待诏，有《白华草堂》三集。或赠联云："七品八品九品，品愈趋而愈下；一集二集三集，集日积而日多。"

《坚瓠集》云：泉州府学某教授，南海人，颇立崖岸[1]。一日，设宴明伦堂，演《西厢》杂剧。有书联学门云："斯文不幸，明伦堂上，除来南海先生；学校无光，教授馆中，搬出西厢杂剧。"某见之赧然，故态顿除。

又，萧山傅芝堂学博，自嘲联云："百无一事可言教；十有九分不像官。"又屠筱园云："教无可（一作"所"。）教偏称（一作"如何"。）教；官不成官或是（一作"却是"，或作"总算"。）官。"又："漫道官闲，廿一史烦难频判案；谁云署冷，三五六经鼓自排衙。"楚按：此何异屠门大嚼耶？

又，仁和宋学博成勋，有联云："宦海风波，不到藻芹池上；圣朝雨露，微沾苜蓿盘中。"楚按：下联不无怨望之意。

又，孙学博学垣联云："冷署当春暖；闲官对酒忙。"楚按："忙"字使人失笑，然笑中有泪。

又，陈敏之木，天台人，任歙县训导。书一联云："四万八千丈山中仙客；三百六十重滩上闲官。"

又，某秀才与教官相狎，教官出对曰："老秀才，穷秀才，老当益壮，穷且益坚，老壮穷坚秀才。"时教官二子在侧，秀才曰："大儿子，小儿子，大则为王，小则为霸，大王小霸儿子。"

【1】立崖岸，立于险峻高崖之上。形容人的性情非常高傲倔强。

翰林院侍读学士王庆祺，直南书房，穆宗戏问"好马不吃回头草"以何对，曰："宫莺衔出上阳花。"楚孙按：此类为无情对，(即"参差对"。)甚多，附录于此。

如："龙养龙，凤养凤，马非马，驴非驴。""十年难逢金斗满；一生长对水晶盘。""吃了婆家饭，做与婆家看；甚愧丈人意，颇知丈人真。""但见新人笑，那闻旧人哭；没奈东瓜何，按着西瓜磨。""西厢记；东厨司。""三径渐荒鸿印雪；两江总督鹿传霖。""先立夏三日；既克商二年。""拳石淡描（一作"画临"。）黄子久；胆瓶斜（一作"花"。）插白（一作"紫"。）丁香。""东坡两游赤壁；南容三复白圭。""崇牙树羽；双眼花翎。""豫工二卯；巽命重申。""头名状元；势利和尚。""雅片烟鬼；燕窝糖精。""小花面；大蒜头。""虎骨酒；鸡丝汤。"又对"雅片烟"。"乌拉喜崇阿；于缉熙敬止。""苍蝇飞过蹩断脚；老虎拖去当点心。"

又，"岑春萱拜陆凤石"，太仓许弼臣对以"川冬菜炒山鸡丝"。"公门桃李争荣日；法国荷兰比利时。""荷兰水；李柳溪。""汤蛰仙；油炸鬼。"又对"酒醉鬼"。

又"黄膺白"，名郛，浙人也，或以之对"绿牡丹"。又同治间四川副都统名"铁尔克达春"者，或以对"金吾不禁夜"。以外名字无情对尚多，兹不备录。

道君逊位东幸，梁师成以扁舟出淮，李邦彦为相，时人欲击之，驰入西府，已失一履。联曰："太傅扁舟东下；丞相只履西归。"纪实也。

又开禧用兵，邓友龙等为宣抚、宣慰等职，统名之曰"宣干"，政府则惟有陈自强居相位。或为联云："天上台星少；人间宣干多。"

理宗绍定三年，上宴饮过度，史弥远卧病中书。时人云："阴阳眠燮理；天地醉经纶。"

明万安结诸阉为援，与刘珝、刘吉为党。吉为相十八年，屡攻不去，人目为"刘棉花"，以其耐弹也。诸尚书均默无一言。时有"绵编三阁老；泥塑六尚书"之语。

又《金史·佞幸》胥持国，乃经童出身，章宗时为相。时李妃家有罪，没入宫籍。大定末，以监户女子入宫，上纳之。明昌四年，由昭容封淑妃，旋为元妃。语云："经童作相；监婢为妃。"

成化戊戌，万安病萎，庶常倪进贤进药，为万洗之。又翼圣夫人侄季通，官中书，以箱寄友家。友疑之，命启视，勿许；强启之，则粪土也。大怒，命殴之，通跪请自愿挑去粪土。语曰："洗阴御史；挑粪中书。"同官为之丧气。

唐景龙中，宰相揽权，贤才裹足。人歌曰："招徕不解开东阁。"后霖雨百日，宰执令闭北门以禳之，滂沱更甚，乃得对曰："燮理只能闭北门。"

陈应求知福州，亲友干谒者众。公设宴，陈五百串于席，曰："能属联者得此。'三山出守，应求何以应其求。'"盖福州本有三山之名。一后生对曰："千里远来，公使尽由公所使。"盖公使钱供太守支用者也，此后生适知之。

定例：必贡生或廪生转贡者，得为教授；后渐滥，附生亦许得此。或为联云："贡生捐教，廪生捐教，附生亦捐教，儒士功名皆苟不。"（《三字经》"苟不教"。）及道光辛丑，英人滋事，羊城、厦门、定海，相继沦陷。或为前联作对云："粤人畏鬼，闽人畏鬼，浙人尤畏鬼，海疆世界尽非其。"（《论语》"非其鬼而祭之"。囊时呼外人为"鬼子"。）

成化间，汪直用事，朝官之谄，无与伦比。有语云："都宪叩头如捣蒜；侍郎曲膝似抽葱。"

常熟吴某，以三婿骄人。或赠联云："乾隆生，嘉庆廪，道光俊秀，此老是三朝元老；邹七富，潘八贵，贺九书香，众人叫一声丈人。"

《明良记》云：胡明善附张罗峰，张以彗见获罪，胡亦以石碑事谪戍。时人以春联揭诸明善之门云："白石出西山，胡明善灾从地起；彗星见东井，张孚敬祸自天来。"

张景修，字敏叔，得五品服，自为联云："白快近来逢素鬓；赤穷今日得朱袍。"

开封府值开印日，知府出联曰："开封府开印大吉，封印大吉。"或对曰："黄沁厅黄水安澜，沁水安澜。"方在叹赏间，乃阶下一候补县亦长叹作对曰："候补县候缺无期，补缺无期。"上下闻之，为之黯然。

座有四广文、二将军。一广文曰："四座八品广文。"一广文率尔对曰："二公一元大武。"二将军抚掌称善。

张姓以六百银捐衔。或赠联曰："六韬传世泽；百忍振家声。"[1]又嘲以六万银捐衔者曰："六宫粉黛无颜色；万古云霄一羽毛。"[2]又清初以六品得花翎者，人亦以后联嘲之。

【1】《史记·留侯世家》载，汉代张良年轻时曾获圯上老人赠送《太公兵法》（又称《六韬》），后辅佐刘邦建立汉朝。《旧唐书·孝友传·张公艺》载，唐朝人张公艺，九世同居。唐高宗祀泰山路过其宅，问他怎么处理家庭关系，张公请纸笔，但书"忍"字百个。

【2】句出白居易《长恨歌》诗："回眸一笑百媚生，六宫粉黛无颜色。"杜甫《咏怀古迹五首》诗之五："三分割据纡筹策，万古云霄一羽毛。"

闽法院违反众意，人民恨甚，至有祝祝融氏为之报仇者。有联云："三章汉法犹秦法；一炬闽人等楚人。"又："东庭西庭，庭庭独立；民事刑事，事事皆推。"

韩某屡试不售，援例为巡检司。署门曰："说什么无双国士；不过是从九官儿。"彭泽令曹姓，或赠联云："二分山色（或作"明月"，盖曹为邠人。）三分水；五斗功名八斗才。"楚意首句太空，不称。

乾隆间十全武功，烦兵力至再、至三。上出对曰："一之为甚岂可再。"[1]群臣愕眙，惟纪晓岚抗声应曰："天且不违而况人。"[2]

【1】语本《左传·僖公五年》："晋侯复假道于虞以伐虢。宫之奇谏曰：'虢，虞之表也；虢亡，虞必从之。晋不可启，寇不可玩，一之为甚，岂可再乎？谚所谓"辅车相依，唇亡齿寒"者，其虞、虢之谓也。'"

【2】语本《易·乾卦·文言》:"夫大人者,与天地合其德,与日月合其明,与四时合其序,与鬼神合其吉凶。先天而天弗违,后天而奉天时。天且弗违,而况于人乎?况于鬼神乎?"

学正与秀才讼。官出对曰:"学正不正,诸生皆以为歪。"秀才曰:"相公言公,百姓自然无讼。"

又,有讼案误拘士人者,呼屈不已。官曰:"一对试属之:'投水屈原真是屈。'"应曰:"杀人曾子又何曾。"官笑曰:"两'曾'字一音真、一音层,汝之不学明矣。"士人曰:"屈姓之屈,九勿切,亦两音也。"守笑而释之。

又,某年甲午科,有同年屈伸与曾应亨。二人相谑曰:"屈到屈原,都为他屈天屈地。"屈对曰:"曾参曾点,好似你曾祖曾孙。"【1】

又,程襄毅鞫狱,有士人被诬。公曰:"水面冻冰冰积雪,雪上加霜。"士人对曰:"空中腾雾雾成云,云开见日。"公为雪其诬。

【1】屈到,春秋时期楚国人,曾官莫敖(官名)。曾参,字子舆,春秋时期鲁国人,孔子晚年弟子之一,儒家学派重要代表人物。其父曾点,字皙,亦师孔子,为孔门七十二贤之一。

清制:下僚到处须站班。楚北许明府虎拜,尝改翰林口号(按:翰林口号"一生事业惟公会,半世功名只早朝"。):"终朝事业惟跑路;毕世功名只站班。"又曰:"寒城跑路,满面尖风;古庙站班,一身明月。"

四明丰南禺,性滑稽。有致仕驿丞绘像求联,丰题曰:"才全德备,浑然不见一善成名之迹;中正和乐,粹然无复偏倚驳杂之弊。"丞喜过望,识者曰:"则其为人也亦成(音"驿丞"。)矣。"【1】

【1】语本《论语·宪问》"成人"章朱熹《集注》:"成人,犹言全人。言兼此四子之长(臧武仲之知、公绰之不欲、卞庄子之勇、冉求之艺),则知足以穷理,廉足以养心,勇足以力行,艺足以泛应,而又节之以礼,和之以乐,使德成于内,而文见乎外。则材全德备,浑然不见一善成名之迹;中正和乐,粹然无复偏倚驳杂之蔽,而其为人也亦成矣。"

　　四品宗室中,有胸中不甚明白,而口才甚佳者。或为联云:"胸中乌黑嘴明白;腰际鹅黄顶亮蓝。"对仗工甚。
　　又,陆馀庆为洛州长史,善论事,而谬于判决。时人嘲曰:"说事则喙长三尺;判事则手重五斤(或云"千斤"。)。"其子亦嘲之曰:"陆馀庆,笔头无,嘴头硬,一朝受词讼,十日审不清(一作"竟")。"置于案褥下。陆见之曰:"必是那狗。"遂鞭之。

　　解某嘲一巡检曰:"磕头虫终居人下。"对曰:"没脚蟹不见天高。"此与"生计窘于无脚蟹;官阶卑似叩头虫"相类。

　　洪杨军陷杭时,有候补府被执,诡云能炊饭。后复杭州,得摄郡篆,时谓"炊饭太守"。又某观察被掳,为敌种菜,时谓"种菜观察",以对"炊饭太守"云。

　　嘉庆中,王畹馨绍兰为闽令,山左毕所绍为侯官令。毕长而王短。汪稼门中丞目而笑曰:"两首县如兄弟,仍不能无先后之分。我有一对:'兄长(上声)弟长,乍见都疑长是长(上声)。'"时方办清查,王、毕司局务。王应曰:"仓空库空(去声),从今但愿空(去声)无空。"中丞为之称善者久之。

　　绍兴乙卯大旱,谏议赵霈请禁屠鹅鸭。胡致堂笑曰:"'鹅鸭谏议',可对贼中之'龙虎大王'。"

又，沈德符《敝帚斋馀谈》云：胡似山以大旱请禁捕蛙。汤义仍谓："此'虾蟆给事'，可对南宋之赵氏，吾为似山图不朽也。"楚孙曰：果然不朽。

又，凤阁侍郎杜景俭，有文才，时曰"鹤鸣鸡树"。王及善才庸，为内史，时曰"鸠集凤池"。

《能改斋漫录》云：徽宗尝作诗句，命蔡少保以赐元长，云："相公公相子。"元长曰："人主主人翁。"

一县尉，为江南某显宦之胞兄。每语人曰："我在江南，人皆以'大大人'呼我，君辈休小视也。"方畅拿笑谓之曰："足下本身有一绝对，知之乎？"其人问之，曰："我辈见大府则称卑职，足下见我辈又称卑职，足下非'湖北卑卑职，江南大大人'乎？"

宋洪平斋新第后，上史卫王书，自宰相以下，无不指摘。大略云："昔之宰相，端委庙堂，今则招权纳贿、倚势作威而已。"每一联必如上式。时相怒之，十年不调。洪乃自署门联云："未得之无一字力；只因而已十年闲。"

《北梦琐言》：宣宗得"金步摇"三字，而难其对，遣未第进士对之。温八叉对以"玉条脱"，宣宗赏焉。

杨大年美须髯。丁晋公戏之曰："内翰拜时须拂地。"公应曰："相公座处幕遮天。"晋公大赏之。

宋、辽交欢。元祐间，苏文忠膺选。辽使思困之，其国旧有"三光日月星"一对，因以请焉。公唯唯，谓其介曰："我能而君不能，非所以全大国之体，盍先以'四诗风雅颂'复之？"介如言，方共叹愕，公徐曰："四德元亨利。"辽使逡巡欲起辩，公曰："止。两朝兄弟邦，卿为外臣，此为仁庙讳也。"辽使折服。旋令医官对云："六脉寸关尺。"辽使愈骇。既而请曰："学士前对，究欠一字，仍请另构。"时适雷雨，公曰："'一阵风雷雨'，即景可乎？"遂大敬服，尽欢而散。

又，荆公谓刘贡父曰："'三代夏商周'，可对乎？"曰："四诗风雅颂。"荆公抚掌曰："此天造地设也。"楚孙按：此对句非刘袭苏，即苏袭刘，必有一于此。又有对以"九赋上中下"者，荆公、辽使见之，当又如何？又对以"八旗蒙满汉"，此则非宋人所能知也。

此类联亦不少，如："五行金木水火土；四位公侯伯子男。"或对"七音齿腭唇舌喉"，又对以"六洲欧亚澳非美"。又"唐四杰，王杨卢骆；宋五子，周程张朱。""四声平上去入；八字年月日时。""八音金石丝竹匏土革木；九宫休生伤杜景死惊开。"此类联如好小菜，少吃有味，多吃则厌矣。

莆田陈师召，性宽坦。在翰林时，夫人尝试之。会客至呼茶，曰"未煮"，陈曰："也罢。"又呼"干茶"，曰"未买"，亦曰："也罢。"客为捧腹，致有"陈也罢"之目。后擢南京太常，门生饯之，有泣下者。大学士李西涯戏之曰："师弟重分离，不升他太常卿也罢。"师召应声曰："君臣隆（原作"盛"。）际会，即除我大学士何妨。"词固敏捷，语亦阔大。

熙宁初，有朝士知河中府，迁士也。有薛少卿者，告人盗砍坟松。乃判状云："周文王之园囿，犹得蒭荛；薛少卿之坟茔，乃禁樵采。"竟不准。闻者骇笑。

李西涯见一指挥祭神，因出对曰："指挥烧纸，纸灰飞上指挥头。"对曰："修撰进馔，羞馔饱充修撰腹。"

杨文公为众小所畏。有幸臣说公曰："君子知微知彰、知柔知刚。"公正色厉声曰："小人不耻不仁、不畏不义。"

弘治中，夷使入朝，携一对云："朝无相，边无将，玉帛相将。"典客不能对。李西涯教以对"天难度，地难量，乾坤度量"，夷使愧服。又传一联云："朝无相，边无将，尔国家玉帛相将，将来不免；地难度，天难量，我皇上河海度量，量也不妨。"云为曾惠敏事。

又，安南使入朝，出对曰："琴瑟琵琶八大王，一般面目。"程篁墩对云："魑魅魍魉四小鬼，各样肚肠。"又传一联云："琴瑟琵琶八大王，王王在上，单（單）戈是战（戰）；魑魅魍魉四小鬼，鬼鬼居边，合手成拿。"云为明唐皋状元出使朝鲜事。

秀水令初有循声，士民赠以"民之父母"额。后忽改操，或赠一联云："漫道此之谓；谁知恶在其。[1]"
【1】语本《礼记·大学》："《诗》云：'乐只君子，民之父母。'民之所好好之，民之所恶恶之。此之谓民之父母。"《孟子·梁惠王上》："兽相食，且人恶之。为民父母，行政，不免于率兽而食人。恶在其为民父母也？"

钦天监联云："夏至酉逢（俗误"有风"。）三伏热，重阳戊遇（俗误"无雨"。）一冬晴。"上句又作"夏至有雷三伏冷"。

嘉庆壬申、癸酉间，王文禧（懿修）与门人铁冶亭（保），同为礼尚；左右侍郎则英煦斋、胡西庚（长龄）、秀楚翘（堃）、汪瑟庵（廷珍）四人，皆出铁门，衣钵相承。时有"水部三堂三鼎甲；春官六座六门生"之对。

昔日英人扰边，政府中人均束手无策。或嘲以联云："头上有情飘翠羽；胸中无策退红毛。"俗以外人为"红毛鬼"。

湖南郭天民中丞致仕后，足不出户。洪承畴假公事要之。洪出迎，公即曰："两朝元老。"洪应曰："千古罪人。"或曰：此八字可为洪门对，并可为终身定评。

随园作宦归。或赠联曰："六十无儿天有眼；九年知县地无皮。"

又有嘲清赵尔巽一联云："尔小生生来刻薄；巽下断断绝子孙。"夜榜于赵门。赵见之莞尔，并援笔改之曰："尔小生生来本性；巽下断断不容情。"

吾友陈守梅作县署联云："开庭时但听得一片冤枉声音，原告呼冤枉，被告呼冤枉，到底谁人真正冤枉；下乡时放出几种要钱手段，刑事也要钱，民事也要钱，还说我们不曾要钱。"痛快淋漓，可浮大白。

度宗龙飞榜，陈元龙为廷魁，胡跃龙为省元；同时殿帅为范文虎，步帅为孙虎臣。有联云："龙飞策士，状元龙，省元龙；虎帐得人，殿帅虎，步帅虎。"

徐健菴执政时，与吾浙高江村朋比为奸。二人均才名播海内，适足以售其奸。说者谓江村襆被入都，其归也，笼箱绵亘于道。时有联云："八方玉帛归东海；万国金珠贡澹人。"

侯官林春泽，正德进士，卒年百有四岁。门联云："四十登科，甲戌还登甲戌榜；五旬生子，长孙又抱长孙儿。"

科 举

科举时代，应试士子均属文人。武官偶一不慎，即遗话柄，轻薄者即为文、为联以嘲谑之。是集虽以联对为归，但有心者或于此中得探讨当时之风气，与夫逸事掌故，亦未始无裨于万一也。

丁觇善文工书，为孝文书记，军府多未之重。时王褒，号子渊，得姑夫萧子云传书法，名重一时。语云："丁觇十纸，莫敌王褒数字。"未有对也。时有柳开，少任气，载文千轴，以独轮车投之主司。乃有张景，亦有文名，惟袖一书，簾前献之，主司擢景优等。乃对曰："柳开千轴，不如张景一书。"

清康熙五十年辛卯，江南乡试，赵昼山太史为主试，大通关节，事破伏法。是科副使，为左界园副宪必藩，拙于衡鉴，任赵所为，案定，得末减。有联云："左丘明两目无珠；赵子龙一身是胆。"

高碧湄为肃顺所喜，欲畀状头，乃无意中为锺骏声得，高心夔则二甲矣。[1]迨朝考，高又因出韵列四等。有嘲联云："平生双四等；该死十三元。"盖高于举人覆试曾列四等，而所误皆在十三元韵。又或以高名对"矮脚虎"，工已。

【1】高心夔，原名梦汉，字伯足，号碧湄等，清代文学家、书法篆刻家。咸丰九年进士，两次考试都因作诗在平水韵"十三元"韵部上出了差错，被摈为四等。

张南皮抚鄂，有秀士自负才。南皮面试一联云："四水江第一，四时夏第二，秀才居江夏，还是第一、还是第二。"秀才对曰："三教儒在先，三才人在后，小子本儒人，不敢在先、不敢在后。"

清季考试时，一卷中有"昧昧我思之"，误"昧"为"妹"。批者云："哥哥你错了。"此与作"父母惟其疾之忧"文，曰"夫父母者，何物也"，批者曰"父阳物也，母阴物也，以阳物合阴物，而生出你这怪物"者，同一谿刻。

姚秋农典顺天乡试，文中有用《尚书》"率循大卞"者，批云："'大卞'二字，疑'天下'之误。"又，是科蒋秋吟侍御为分校。有用《尚书》"不率大戛"者，批云："'大戛'二字不典。"时人乃合为联云："蒋径荒芜，大戛含冤呼大卞；姚墟榛莽，秋农一笑对秋吟。"楚孙按：恰好两"大"字对两"秋"字。

清光绪癸巳恩科，主考为翁常熟诸巨公，策题内不知如何，将商朝之"简狄玄鸟"，误为"姜嫄"；又将魏之建都"平城"，误作"统万"。题下大哗。经监临官揭参，自主考以下皆议处。或撰联云："司徒托体姜嫄，可怜简狄凄凉，当日（一作"往事"。）虚征玄鸟（一作"乙"或"鳦"。）瑞（或作"梦"。）；拓跋建都统万，试问平城（一作"阳"。）寥落，何年改作（一作"几时对调"。）赫连王。"额曰："人地生疏。"

光绪乙（或云"己"）卯，山西主试为胡泰福林壬，题为"子华使于齐"。是科元作首句云："古道可风。"两小比云："今夫泰山之云，不崇朝而雨遍天下，其量溥也；儒生之量，不出户而涵盖群生，其志大也。"有人为作联云："林鸠乱唤泰山雨；胡马悲嘶古道风。"楚孙按：即不问其字无虚置，以文字论，亦何等苍劲可喜。

光绪己酉科，江南监临官谭均培，号次初，令诸生自携考具，不许送场。点名时，大起风潮，谭之眼镜，亦被打碎。幸府县调停，始得无事。有人作联云："二百年擅改王章，初次毫无伦次；数万生自携考具，均培太不载培。"楚孙拟易下句为："初次真成初次"，"均培太不均培"。

某甲分校礼闱，见卷中用《毛诗》"佛时仔肩"者，批云："佛字梵语，不可入文。"又有用《周易》"贞观"二字者，又批云："贞观乃光武年号，不可入文。"或成一联云："佛时是西域经文，宣圣悲啼弥勒笑；贞观系东京年号，唐宗错愕汉皇惊。"

光绪乙丑恩科，浙江正主考为殷如璋，周锡恩副之；殷颠顸而周不谨。或为联云："殷礼不足征，看他如瞶如聋，难把文章量玉尺；周任有言曰，趁此恩科恩典，好将交易换金钱。"

适其时有绍人周介夫者，官内阁中书，与殷为年谊，时请假在籍，因以两万银票致殷，为其子侄六人谋关节，约于试帖尾用"皇仁茂育"四字为记，且"仁"与"茂"字之间，必作一圈。即遣仆持函赴苏。时周适在殷舟叙谈，殷得信，知未可启，置之案头，仍与周谈笑。乃送书人以久待不可耐，乃哗噪于船唇曰："万金干系，何等郑重。不给回书，将何以归报主人？"周闻而愕然，遽拆阅所置函，殷亦未便相阻，则其中果科场关节也。殷色变，立将送信人发交苏州府，并逮介夫至杭，直认不讳，乃定大辟。于是浙人又为联云："年谊藉夤缘，稳计万金通手脚；皇仁空茂育，伤心一信送头颅。"后介夫竟遇赦得释。楚孙按：观后联，则知前联尚有倒置之嫌，从可知天下无真是非矣。

某考官目不识丁,盖武人也,而心极忠悃。其取士之法,至为奇诡,先以各卷编号,另作竹签,然烛对天而祷,继之以泪,即于签中抽出,以为甲、乙焉。或为联云:"尔多士论运不论文,碰;咱老子用手不用眼,抽。"末句且确肖武人口吻。

有嘲士子入闱联云:"士子落榜,噫!此条路再不走矣。三年后,闻主考下马,云大丈夫有志功名,我去我去;妇人临盆,呀!这件事概勿做了。盈月馀,见郎君入室,曰小奴家空房寂寞,你来你来。"刻已。

有六上乡闱而仅得副榜者,友赠联云:"祁山事业怜诸葛;博浪功名笑子房。"工矣。又有陪优而又考得副榜者,亦有联云:"真得意居然两榜;好伤心都是半边。"又缪莲仙艮下第后,自作联云:"妻子望他龙虎口;功名于我马牛风。"尤整饬可喜。

徐宗海茂才,挽妓舜妹长联云:"试问十九年磨折,却为谁来?如蜡自煎,如蚕自缚,没奈何罗网频加。曾语郎(一作"余"。)云:子固怜薄命者,何惜(一作"忍不"。)一援手耶?呜呼,可以悲矣!忆昔芙蓉露下,杨柳风前,舌妙吴歌,腰轻楚舞,每值酡颜之醉,常劳玉腕之扶,天台无此游,广寒无此遇,会真无此缘。纵教善病工愁,怜渠(一作"拚他"。)憔悴,尚凭〔恁〕地谈心深(一作"遥")夜,数尽鸡筹,况平时袅袅婷婷、齐齐整整;不图二三月欢娱,竟抛侬去!问鱼常杳,问雁常空,料不定琵琶别抱。私(一作"然"。)为渠(一作"卿"。)计:卿(一作"尔"。)非(一作"岂"。)昧凤根者,而(一作"焉"。)肯再失身耶?嘻嘻,(一作"若是"。)殆其死矣!迄今豆蔻香消,蘼芜路断,门犹崔认,楼已秦封,难招红粉之魂,枉堕青衫之泪,女娲勿能补,精卫勿能填,少君勿能祷。尚冀(一作"但愿"。)降神(一作"灵"。)示梦,与我周旋,更大家稽首慈云,乞还鸳牒,或有个夫夫妇妇、世世生生。"

或仿其格以嘲某考生云："试问数十天磨折，却苦谁来？如蜡自煎，如蚕自缚，曾亲将铁砚磨穿。尝语人云：我固非柺腹者，不作第二人想也。呜呼，可以雄（一作"豪"。）矣！忆昔至公堂上，明远楼前，饭夹荷包，袋携茶蛋，每遇题牌之下，常劳刻板之誊，昌黎无此文，羲之无此字，太白无此诗。纵教运蹇时乖，拚他跌滚，犹想望完场酒饭，得列前茅，况自家点点圈圈、删删改改；不图二三次簸翻（一作"颠播"。），竟抛侬去！望鱼常杳，望肉常空，料不定房科落荐。爰为官计：彼自有衡文人，恐将后几排耶？噫嘻，殆无望欤！迄今照壁缘悭，辕门路断，羞贻婢仆，贺鲜亲朋，愁闻更鼓之声，怕听报锣之响，廪生勿能保，礼房勿能求，枪手勿能杀。或者祖宗功德，尚有遗留，且可将长案姓名，进观后效，合有个袍袍帽帽、顶顶靴靴。"

此联已极滑稽之能事，乃有安化陶报癖，仿其体以挽大小说家佛山吴趼人先生者。特附录于此：

"试问三十五年偃蹇，曾受谁怜？旧族咸钦，虚名匪慕，没奈何玩世忧天。尝语人云：余固欷小说者，宁惧耗心血耶？呜呼，可以悲矣！忆昔纵横报界，驰骋文坛，意寓阳秋，志醒华夏，墨染蛮笺之黑（一作"白"。），铅排雁字之青，耐庵无此才，留仙（楚孙按：应改"汉卿"为妥。）无此学，雪芹无此名（"名"应改为"文"。）。即逢酷暑严寒，拚他憔悴（一作"悾惚"。），恒独自徜徉山水，沉醉壶觞，羡平时怪怪奇奇、洋洋洒洒；相违数千百里迢遥，剧愁形隔！鸿音久杳，鲤腹（一作"信"或"讯"。）常空，料不定梯山航海。私为渠计：公岂绝神交者，而遽吝楮毫也。噫嘻（一作"若是"。），殆其死欤！只今道范犹存，遗编待梓，淞滨物化，粤岭魂归，医穷续命之汤，佛（应改"巫"。）乏长生之术，琴瑟勿能鼓，宗嗣勿能延，愿望勿能遂。惟冀诚通梦接，与我周旋，更大家敬献花圈，同伸吊奠，向灵次呜呜咽咽、跻跻跄跄。"

凡属仿作，最忌生硬牵强，若此两联，可以免矣。又趼人先生，文名遍海内，乃晚年以《还我灵魂记》一书，几尽丧其数十年来之令誉。或挽之曰："百战文坛真福将；十年前死是完人。"因忆林琴南亦于晚年著书，大受社会之非难，何二人之如出一辙耶？

某明公年少貌美，颇有隐疾。及为浙江学政，待士殊苛。诸生不能堪，乃以一联张诸照壁云："八股如何两股好；前场不比后场通。"楚孙按：此诚谑而秽矣。又一联云："前股肱贴后股肱；小肠头接大肠头。"尤秽。

祝枝山《猥谈》云：李梦阳，字空同。督学江右，偶有生亦名"梦阳"者。李诧曰："安得同我名？我有一对，佳则释汝：'蔺相如，司马相如，名相如，实不相如。'"生应曰："魏无忌，长孙无忌，彼（一作"你"。）无忌，此亦（一作"我也"。）无忌。"此联妙在"相如""无忌"四字，均作活解。

因忆京口妓韩香桃符联云："有客如擒虎；无钱请退之。"此之"擒虎""退之"，亦作活解，云有客至，当视之为虎而擒之，隐含"打得老虎杀，大家有肉吃"之俗谚；若无钱者，请作速退避。此确为妓女口吻，梁章钜视为平常韩姓春联，则误矣。

乾隆丙子，浙江乡试两主考，一姓庄、一姓鞠，庄不更事，而鞠篦篦不饬。有集杜句嘲之曰："庄梦未知何日醒；鞠花从此不须开。"[1]鞠试毕回京，语陈句山太仆曰："杭人真欠通，如何以'鞠'为'菊'！"公不语，鞠诘之。公徐曰："吾适思《月令》'鞠有黄华'耳。"鞠大惭，未几死。人以为语谶云。

【1】现在文献中，无证据表明"庄梦未知何日醒"是杜甫诗句。"鞠花从此不须开"出杜甫《九日五首》其一："竹叶于人既无分，菊花从此不须开。"鞠花，亦作"鞠华"，菊花也。

粤学政某，以貌取人。时人集《四子》为联云："有成德者，有达材者，姑舍是；[1]巧笑倩兮，美目盼兮，故进之。[2]"

又，湖北李某督学浙江，好取短篇，前列皆美秀者，遇貌不扬，文虽佳不录。有人揭一联云："文宜浅淡枯干短；人忌麻胡黑胖长。"虽即撤去，已传遍众口，是真无独有偶矣。楚孙按：此又似窃取"紧暖香干浅"之俗语而成，读者以为然否？

【1】语本《孟子·尽心上》："君子之所以教者五：有如时雨化之者，有成德者，有达财者，有答问者，有私淑艾者。此五者，君子之所以教也。"《孟子·公孙丑上》："'昔者窃闻之：子夏、子游、子张皆有圣人之一体，冉牛、闵子、颜渊则具体而微，敢问所安。'曰：'姑舍是。'"

【2】《诗·卫风·硕人》："手如柔荑，肤如凝脂，领如蝤蛴，齿如瓠犀，螓首蛾眉，巧笑倩兮，美目盼兮。"《论语·先进》："子曰：'求也退，故进之；由也兼人，故退之。'"

浙江某科，有学政监临，颇作威福。尝自行板责号军（楚孙按：即试场仆役。），又私为士子改文，获咎而去。或为联云："监临打监军，小题大做；文宗改文字，矮屋长枪。"

临川龚孟鏻为考官，及入院，第一道策中误以"一祖十三宗"为"十四宗"，士子大哄，龚以身免。刘制使良贵调解，以第二道为首篇。好事者为隔联云："龚运幹出题疏脱，以十三宗作十四宗；刘制使下院调停，用第二道为第一道。"次年，度宗宾天，十四宗语遂验。

郭嵩焘，湘人也，曾使英，回国抚粤，首创变法。朝野甚之，嘲以联云："行僻而坚，言伪而辩，不容于尧舜之世；未能事人，焉能事鬼，何必去父母之邦。"未几，竟被劾去官，回湘主讲岳麓书院，士论尤恶之。一日，以"万物皆备于我"命题，有论题一篇,附榜以出,大致以诸生于题旨看得太泛,能以"我"字作孟子现身说法,较为亲切有味。好事者即以"万物皆备孟夫子;一窍不通郭先生"十四字,悬于梯之左右。观者绝倒,尤妙在"一窍"二字。

嘉兴钱籜石侍郎载,奉使祭尧陵,辨今尧陵之非,具摺奏之,计二十七页,奉旨申饬。又乾隆庚子,典试江南,取顾问作解首,三艺皆骈体,经磨勘,停三科。京师为联云:"三篇四六短章,欲于千万人中,大变时文之体;一摺廿七馀扣,直从五千年后,上追古帝之陵。"妙在此联,仍为时文语调。

赵熙亮,蜀人也;赵以炯,黔人也。某年,亮典贵试,炯典川试。有人出对云:"黔赵使蜀,蜀赵使黔,均是六品官,一部曹、一殿撰。"一时无以为对。次年,赵熙亮复与觥光典,同典某省试。二人素不协,沿途詈骂,自启行以至于复命,骂犹未已。遂得对曰:"正考骂副,副考骂正,同行万里路,两伙计、两冤家。"更妙同为蜀赵一人事。

阮芸台作杭州贡院联云:"下笔千言,正桂子香时、槐花黄后;出门一笑,看西湖月满、东浙潮来。"已脍炙人口。

有夫妇某,设烟馆以牟利,倩人撰联云:"同枕千年,正杏眼窥人、桃腮对我;上床一笑,恰灯边筒老、盒内烟干。"

又,张勤果抚鲁。戊子秋试,主考为白遇道,监试则赵青衫也。赵眇一目,是时适鼓娘黑妮方去,而黄河正为灾也。或又套前联为联云:"下笔千言,正白道衡文、青衫典试;出门一笑,是黑妮去后、黄水来时。"又,是年张未入闱,或又成一联云:"小监生藏头露尾;瞎进士有眼无珠。"

《柳南随笔》云:冯定远名班,嗜酒。适岁试,扶醉以往;

学使以后至诘之，盖犹被酒不知所云也。学使乃大书一"醉"字于卷面而授之，隶人扶入号中，据几酣卧。至放牌闻炮，忽然惊醒，视《四书》题，为"今夫弈之为数小数也"一题，乃作《弈赋》一篇、经文五篇，伸纸疾书而出。案发，名列六等，乃大书一联，榜于中堂，云："五经博士；六等生员。"

清初长洲韩慕庐，曾考四等，后登会状，故其家有"四等秀才，一甲进士"之门灯。其未第时，授读蒙馆，主人不亨，而喜干预馆政。偶与争，则曰："汝是四等秀才，晓得甚事？"韩亦忍之。一日读《礼》，主人命读"临财毋苟得"之"毋"字为"母"字，适有经其门者，闻之，即高声诵七字曰："《曲礼》一篇无母狗。"韩于内应曰："《春秋》三传有公羊。"[1] 其人惊服，由是知名。或云过者即徐健菴也。楚孙按：韩之功名，实为此"母狗"二字所作成，不然者，恐亦终于四等秀才耳。此主人翁，大是不恶。

【1】为《春秋》作传者，存世三家，即左氏（左丘明）、公羊（公羊高）、榖梁（榖梁赤）（另有邹氏、夹氏二家遗失），分别为《春秋左氏传》《春秋公羊传》《春秋榖梁传》，合称《春秋三传》。

一生员为人代倩，事发荷校，百计求脱不得，因求计于一刀笔。刀笔曰："此当以风雅动之。"乃于枷上书额曰："琼林独宴。"又书联云："坐破寒毡，从此渐入佳境（音"枷颈"。）；磨穿铁砚，而今才得出头。"学使见之，果笑而释之。

汪瑟庵为江苏学政，例至金陵录遗才。因撰联云："三年灯火，原期此日飞腾，倘或片念偏私，有如江水；五度秋风，曾记昔时辛苦，仍是一囊琴剑，重到钟山。"此联传诵人口。

道光初，某广文送考至省。故事，广文送考者，例向学政求所属遗才二名。时沈小湖为学使，革其例。有戏改前联者云：

"三年辛苦,只求两个遗才,倘蒙片念垂恩,感深江水;百计哀号,不管八棚伺候,拚着一条老命,撞死钟山。"

每秋试,外省实缺者多派分校,庖代者五日京兆,率多愿往,而调簾者每畏缩不前。麟玉符都统赠以联云:"捧檄官如鱼赴壑;入帘人似鸟投罗。"形容尽致。

某童应试,偶忆内,乃书联云:"充无罪之军三百里;守有夫之寡二十天。"

又,某童生年已八旬矣,学使询以经传,多不省记。有人嘲以联云:"行年八秩尚称童,可云寿考;到老五经犹未熟,不愧书生。"

乾隆五十八年癸丑科,一甲一名潘文恭,二名陈远雯;二甲一名张春山,三甲一名马秋水。时为之对云:"必正妙常双及第;[1]春山秋水两传胪。"盖俗以三甲一名为玉殿传胪也。

【1】豫剧、京剧、评剧和昆曲中,有剧目《必正与妙常》《思凡》《玉簪记》等,讲南宋潘必正与陈妙常的爱情故事。

道光十五年五月,缪水心水部,应童子试,以"夫人自称曰小童"题获隽[1];是年乡闱,又以"君子不以言举人"题得中[2]。或贺以联云:"端午以前,犹是夫人自称曰;重阳以后,居然君子不以言。"

又,周石芳侍郎系英,视学江南。自榜一联云:"县考难,府考难,岁考尤难,四十八年才入泮;乡试易,会试易,殿试更易,二十五月已登瀛。"盖自道此中甘苦也。然闽省陈望坡尚书,以七月入泮,九月登乡荐,次年四月成进士、得馆选,仅十阅月而登瀛,尤为得意也。

又有一联,为道光辛卯,是年江南大水,文闱改期重九。监临官为梓庭中丞，乃戊午南元。手题一联于至公堂云："矮屋策高文，九天升，九渊沉，九转丹成，多士出身，在此九月九日；秋闱醒春梦，三艺竞，三场竟，三条烛烬，一官回首，于今三十三年。"真合作也，尤妙在三字句均押以韵。

【1】《论语·季氏》："邦君之妻，君称之曰夫人，夫人自称曰小童；邦人称之曰君夫人，称诸异邦曰寡小君；异邦人称之亦曰君夫人。"

【2】《论语·卫灵公》："子曰：'君子不以言举人，不以人废言。'"

外务部某，充江南癸丑副考官。撤辕日，适刘忠诚公祠落成。乃题一联云："可讬六尺孤，可寄百里命，公无愧焉，君子欤？君子也；因保半壁地，遂妥九庙灵，功诚伟矣，如其人？如其人。"款署"头品顶戴外务部左丞江南乡试副考官某"。有无名子，戏袭其调以嘲之曰："本是外务部，来充副考官，运亦佳哉，头品欤？头品也；硬写《论语》句，挂在忠诚祠，胆莫大矣，笑死人？笑死人。"

科举时，科第最盛者，推溧阳史氏，且为自古所希。其祠堂联云："祖孙父子、叔侄兄弟，四代翰苑蝉联，犹有舅甥翁婿；子午卯酉、辰戌丑未，八榜科名鼎盛，又逢己亥寅申。"查史鹤林，康熙丁酉举人，丁未入林；子夔，辛酉举人，壬戌进士；夔弟晋，与子贻直，均己卯举人，庚辰进士；史随，戊子举人，己丑进士；贻谟，甲子举人，乙丑进士；贻简，癸卯举人，甲辰进士；鹤林孙奕簪，己酉举人，戊辰进士；光启，壬申举人；应曜，丙午举人。此外如金坛于小谢，丹徒于敏中、任兰枝，阳湖管珍幹，并入林，即所谓"舅甥翁婿"也。梁章钜谓"己、亥、寅"三字无根，但安知其即非于、任等之科甲耶？楚孙幼时，曾见父子、叔侄、兄弟同科匾额，字虽有六，细按之，则仅三人。

故此联第一句，若依前例而言，则亦仅四人而已。

征阁学魁，与边继祖学士，同典试某省。征则终日饮酒、吸鼻烟，不阅一卷，任边选中。边本长于文，谓征曰："理应晚辈任劳耳。"其时，褚筠仙廷章学士，与国学士柱，典试浙江；国自负，不许褚同定一卷。褚与争，则曰："某科边继祖，亦系一人为之也。"竟自为评定。时人嘲曰："真亏（征魁）边继祖；裹住（国柱）褚廷章。"

又，谢金圃侍郎，乾隆辛丑，与吴玉伦同典春试。士之不第者为联云："谢金圃抽身便讨；吴玉伦倒口就吞。"二语本有所本，卒皆镌级以去，冤矣。

宋进士科，每位极通显；至明经科，不过为老学究而已。有对曰："焚香取进士；彻幙（本作"瞋目"。）待明经。"盖进士有焚香之礼，而明经则设棘监守，其徒讳之，改"瞋目"为"彻幙"云。

浙江某科秋试，白通政恒主试，潘太史衍桐副之。或取二人之姓为联云："金山寺斗踢文魁，难逃覆钵；紫石街帘挑武嫂，密约裁衣。"【1】全组织剧名。

又忆潘、陈二人相狎。一日，潘代陈作春联云："避兄世泽；盗嫂家声。"【2】陈见之愤甚，亦报以联云："紫石街前门第；翠屏山下人家。"【3】又作后门联云："朝携金剪去；暮听木鱼来。"【4】楚孙按：怨毒之于人甚矣！而于后门联，尤确切工稳，乃传者偏多逸去此联，何哉？

【1】此联典故，上半本《白蛇传》白素贞，下半本《水浒传》潘金莲。

【2】此联典故，上半出自战国时期齐国贤士陈仲（又称陈仲子、田仲、於陵中子等），本为齐国贵族田氏后裔，其兄为齐国卿大

夫，封地食禄丰厚，陈仲以为不义，于是避兄离母隐居，为人灌园维生，最终饿死。下半出自汉代开国名臣陈平，传说他年轻时曾与其嫂通奸。

【3】典出《水浒传》，潘金莲住紫石街，潘巧云住翠屏山下，二人皆不守妇道，与人私通而最终被杀。

【4】典出《水浒传》，潘金莲携剪去王婆家裁衣，而后与西门庆勾搭成奸；潘巧云听淫僧裴如海木鱼为号，以行奸情。

有监生不能文者，司成勒其入试，愤极，大书于卷云："因怕如此，所以如此，仍旧如此，何必如此，直免如此。"而难其对。因查唐末韩建为华州节度使，患僧不检，特设僧正；不意所择非人，僧徒愈肆，建判云："本置僧正，欲要僧正，僧既不正，何用僧正，使僧自正。"合之为一联，但不能于字句间求工也。

某给谏子已娶妇，为诸生，每岁试，辄倩人代。学使以要人子，曲容之，每置之前列。适给谏假归，知之，亲送入试。题为"嫂溺"六句[1]，其子窘甚，以"豺狼"为"才郎"，"权也"为"犬也"，于文则曳白无一字，列六等。给谏痛挞之，妻惭，自经。文宗知之，改置一等。次日有人榜给谏门云："权门生犬子；烈女嫁豺郎。"

【1】科举考题，多以儒家经典命题。此据《孟子·离娄上》："嫂溺不援，是豺狼也。男女授受不亲，礼也；嫂溺，援之以手者，权也。"

弘治壬戌榜，有两鲁铎，一景陵人，一隶永平；两朱衮，一妍一媸。有对云："鲁铎分南北；朱衮判妍媸。"

又，弘治进士丙辰科，有名孟春、季春、夏鼎、周鼎者。李东阳即席出对曰："孟仲季春惟少仲。"诸进士咸不能对。李徐曰："是又何难？可对'夏商周鼎独无商'。"

又，广西丙午科乡试，文榜有容县生员"黄金鉴"。中式后，武闱揭晓，有桂林武生"白玉珂"。同省同科，亦奇矣。

光绪初，洪文卿侍郎钧任赣学政，倡实学，赣人翕然称之。侯官陈伯潜继之，以升帮办南洋军务去任，以梁仲衡太史为继，大不理于众口。有联云："不用文章分伯仲；全凭阿堵定权衡。"说者谓梁学虽逊洪、陈，要不至有受贿事。文人轻薄，未可信也。

宝竹坡侍郎，有诗集曰《宗室一家草》。壬午典闽试，纳江山船妓为妾，女美而微麻。宝以此自劾去官，并自为联云："宗室一家名士草；江山九姓美人麻。"按：江山船一名"九姓渔船"，或谓陈友谅等后裔。一云宝本名列清流党，此时默觇清流之祸将作，特借此以引避云。

严问樵曰：道光初，江南有集《四子》以嘲某举孝廉方正者，云："曾是以为孝乎，恶能廉；[1]可欺以其方也，奚其正。（一说无"乎、也"二字。）[2]"并榜于门。楚孙按：虽涉轻薄，亦至工稳苍劲。

又，有嘲优贡联云："吾子勉旃，驾廪增附而上；先生休矣，在倡隶卒之间。"盖旧时以倡、优、隶、卒四者为贱民也。

【1】语出《论语·为政》："子夏问孝。子曰：'色难。有事，弟子服其劳；有酒食，先生馔，曾是以为孝乎？'"《孟子·滕文公下》："孟子曰：'于齐国之士，吾必以仲子为巨擘焉。虽然，仲子恶能廉？'"

【2】语出《孟子·万章上》："昔者有馈生鱼于郑子产，子产使校人畜之池。校人烹之，……子产曰：'得其所哉！得其所哉！'校人出曰：'孰谓子产智，予既烹而食之，曰："得其所哉！得其所哉！"'故君子可欺以其方，难罔以非其道。"《论语·子路》："子路曰：'卫君待子为政，子将奚先？'子曰：'必也正名

乎！'子路曰：'有是哉，子之迂也！奚其正？'"

孟心史云：有雇船应试者，舱中然灯。暑天多虫，有蜻蜓扑火，然其翅而延烧及蒲扇。或出句云："蜻蜓烧蒲扇。"已而见一壁虱，群哗以为臭，一人曰："其气味不过如杏仁耳。"章砚舫急呼曰："可对'壁虱当杏仁'。"

《猥谈》云：卞郎中荣，在某阁老坐。适外报廷试首选，阁老笑曰："状元却是磕睡汉。"卞即答曰："宰相须用读书人。"楚孙按：借文字以行诣，鄙贱之尤。录此欲以自戒，更以诫人。

徐幼阶幼时应考，适风吹鹊巢落地。宗师命对云："风落鹊巢，二三子连窠（音"科"。）及地（音"第"。）。"徐对曰："雨淋猿穴，众诸猴（音"侯"。）待漏朝天。"

又，蜀中一奇童应试时，其父命藏一花于袖，盖其俗然也。为太守所见，即命对曰："书生袖底携花，暗藏春色。"童对曰："太守堂前秉鉴，明察秋毫。"楚孙按：对句不仅工稳，且得颂扬体，宜乎太守之叹赏不置、拔为前列也。

南海劳莪野工时文，乾隆乙酉科，不作第二人想。及揭晓，乃亚魁也。劳曰："解元为谁？"曰："顺德梁泉也。"劳默然。至簪花日，自署于门云："险些儿做了五经魁首；好汉子让他一个头名。"楚孙曰：否则当如何？此诚无可如何之自豪语也。

熊廷弼初中万历解元，后就武，又中万历湖广乡试第一。因题门云："三元天下有；两解世间无。"

嘉庆辛未大考，歙县汪宾华修撰莹四等第一，钱唐戚蓉台编修人镜一等第四，二人为同年。先是，京师有句云："三月十八，八月十三,圣祖祖孙齐万寿。"至此乃得对云:"一等第四,四等第一,编修修撰两同年。"楚孙按:此联最妙在以两"祖"字对两"修"字。

南直李宗师岁考某县,命"斯民也"一节题。一生文曰:"一代一代又一代。"李批云:"二等二等复二等。"竟置之六等。

曾记《雪涛谐史》云:一秀才送广文节礼,只用三分银者,广文因命对曰:"竹笋出墙,一节须高一节。"秀才曰:"梅花逊雪,三分只是三分。"后有以"一代不如一代",对"三分只是三分"者,即本此也。

孙椒生君云:寿州科第之盛,以清时孙姓为最,中式与及第者,共三十余人。尤以孙巢云一门为首。巢云名崇祖,字鼎叔,廪贡生,官池州教授。生五子,长家泽,道光戊戌进士;次家铎,道光辛丑进士;三家怿,咸丰壬子举人;四家丞,廪贡生;五家鼐,则咸丰己未状头也。故其家大门联云:"一门三进士;五子四登科。"可谓荣矣。

有某狂士,潜于其上下联下,各缀四字云:"一门三进士,三不进士;五子四登科,四未登科。"见者咸称巧合。家怿、家丞闻之不怿,即涤去之,然已盛传口矣。

张礼部,汴人,面黔而好敷粉。顺治庚子,与何行人元英,典粤试。桂人为之语曰:"本是个画眉张敞;倒做了敷粉何郎。"

华亭某茂才,眼多白,文高而运蹇,交游亦广。每值学使案临之前,某必持刺着靴,至各考寓拜揖。出场后,更兴高采烈,录其文以示人,且自谓必列前茅。及案发,一二等中无其名,则又意兴索然,匿不见客。每试皆然。时人为之语曰:"白眼常看三等案;乌靴踏破五茸城。"呜呼,名心之累人,有如此哉!

方　技

东坡、子由联床共话。子由曰："见鬻术者云：'课演六爻，内卦三爻，外卦三爻。'思之不得其对。"一日同出，见戏场舞棒花者云："棒长八尺，随身四尺，离身四尺。"坡语子由曰："此可还前日枕上之对矣。"

纪文达恨庸医次骨。适有为医求题扁者，公立书"明远堂"三字付之。或请其说，曰："不行焉，可谓明也已矣；不行焉，可谓远也矣已。此医只当祝其不行。"或曰："如来求联，则如何？"公曰："我已撰成两联，一为乙转孟襄阳曰：'不明才（通"财"。）主弃；多故病人疏。'[1]又集唐云：'新鬼烦冤旧鬼哭；他生未卜此生休。'"

【1】语本唐孟浩然《岁暮归南山》诗："不才明主弃，多病故人疏。"

康熙间，广东诗僧住海珠寺，交通公卿。寺塑金刚与弥勒同坐。或为联云："莫怪和尚们这般大样；请看护法者岂是小人。"
又，有醉僧依山，精风鉴，一时公卿倒屣。吴门顾仁舫赠联云："野言山貌豪门客；秘计阴谋退院僧。"

乾隆庚子，活佛来朝，住雍和宫。参谒者日以千计，活佛高坐无少动。未几，以痘死。或挽之曰："渺渺三魂，活佛竟成死鬼；迢迢万里，东来不见西归。"又曰："红豆相思，活佛变成死鬼；昙花一现，北京即是西天。""豆、花"二字更切。

某医自夸工对。适游宦达之门，方裁衣，即命对曰："一疋天青缎。"即曰："六味地黄丸。"官大喜，款之内院。又以"避暑最宜深竹院"命对，应曰："伤寒莫妙小柴胡。"正应对间，忽风送花香，又曰："玫瑰花开，香闻七八九里。"对曰："梧桐子大，每服五六十丸。"又值冬季，命对曰："大地无分南北，雪压琼楼。"医对曰："小妾有件东西，倒悬药碾。"

又，陈见三，苏人也，卖药扬州得利，因捐五品服，常以天青马褂自炫。或为对曰："五品天青褂；六味地黄丸。"

有叶姓士人，见僧舍荷花已结子，因云："莲子已成荷长老。"僧云："梨花未放叶先生。"

又，有僧、道相嘲云："和尚头光，光似琉璃光佛；道官部（此字疑有误。）老，老如太上老君。"[1]

【1】道官部老：或作"道官身老"，又作"道官年老"。

《明道杂志》云：朱全忠作四镇时，一日与宾左出游，全忠忽见一地，曰："此可建一神祠。"即召地工视之。工久不至，朱怒甚，见于色。良久工至，朱指地示之，工再拜贺曰："此名乾上龙尾地，极宜建庙。然非大贵人不见此地。"全忠喜，薄赏之。工出，宾左或戏之曰："若非乾上龙尾；定当坎下驴头。"楚按："坎"音同"砍"，斫也；"斫"音"杂"，读者往往误作"坎"音。

明末辛巳、壬午间，苏州亢旱，祈祷无验。有一联云："妖道淫僧，三令牌击退风云雷雨；贪官污吏，九叩头拜出日月星辰。"

道光中，广州某僧通邻妇，后勒令还俗。联云："既已摩顶庵中，宜守空王之戒；何故画眉窗下，竟有京兆之风。"

某显者微服游某兰若，僧款之，颇落落，仅曰："坐。"良久又曰："呼茶。"旋有某公子至，僧出迎之曰："请坐。"又呼曰："泡茶。"未几，又有一官呼殿而来，僧足恭曰："请坑上坐。"又曰："泡我的茶。"显者之仆告僧以详，僧惭甚，且出联求书，欲以志荣。显者慨然援笔为书云："坐，请坐，请坑上坐；茶，泡茶，泡我的茶。"僧见联更愧。

郑都官有"爱僧不爱紫衣僧"之句。宋娄鸿渐遇诗僧赞宁，嘲之曰："郑都官不爱之徒，时时作队。"僧应曰："秦始皇未坑之辈，往往成群。"

某儿科娶妾，六月生子。或赠联云："一年两个，十年廿个，五十年百个，如君胯下小儿科，逃出许多怨鬼；今日张家，明日李家，大前日王家，感汝指头好方便，省了不少饭量。"

永嘉余德邻宗文，与聂道士碧窗弈，每北。适有卖地仙丹者，国手也，余暗招之至。绐聂曰："某有仆，亦嗜棋，欲试数着，敢请。"聂曰："可。"及对枰，道士连败，不知所措。余自内书十字出曰："可怜道士碧；不识地仙丹。"道士大笑。

石藏用，以医游都下，名籍甚；陈承馀，杭人，亦以医显。惟一好用热，一好用凉。语曰："藏用担头三斗火；承馀匣内一条冰。"

有集戏词为联云："厚脸皮，假斯文，打个开场锣，把头一回，唱倒台切莫怪我；（《跳加官》）独脚虎，旋风舞，妆些虚门面，拿笔乱点，这锭金死不放他。（《踢斗》）"

"佘彪向杨充说亲，只凭着横竖一张嘴；（《佘塘关》）刘璋因马超叫苦,倒做了进退两难人。(《让成都》)"

"埋伏着十万神兵,大着胆儿,一张瑶琴对司马;(《空城计》)摸得了一支令箭,加上鞭子,三道关口闯宾鸿。(《赶三关》)"

"蒋先生盗信,暗地吃亏,从今后遇丞相事少问;(《群英会》)王道士捉妖,当场献丑,没奈何让老师来出头。(《青石山》)"

"牛鼻子,害得苦哇,黄鹤楼头,怎比长坂坡,莫仗四将军一身是胆;(《赴宴》)心腹人,你又来了,开山府里,狠似金銮殿,只怪老太师两目无珠。(《打严嵩》)"

"陪了夫人又折兵,周都督妙计哇哇叫;(《芦花荡》)不信黄金能换骨,苏先生掉口呀呀呼。(《封相》)"

又方地山云:"我想平儿,平儿不想我;(《打樱桃》)你说石秀,石秀也说你。(《翠屏山》)"

珠江船妓,附有小艇,为合欢地也。刘沧洲题曰:"蝴蝶有情同入梦;鸳鸯无水不成家。"幽媚已极。

有集《金刚经》语为联云:"若有众生,信心清净,读诵此经,以用布施,皆有成就;具足诸相,合掌恭敬,闻说是法,所作功德,不可称量。"其二云:"所有众生,若卵生,若胎生,悉知何以故;具足诸相,无我相,无人相,应作如是观。"

又集《心经》云:"度一切苦厄;是诸法空相。"额曰:"真实不虚。"亦佳。

或解佛经中"比丘尼"为尊我孔子者,即以此意撰三教圣人殿联云:"西域谈经,心仰尼山思窃比;东周问礼,语传柱史戒深藏。"

申大马路长裕里雏妓王小宝,绝色也。或开"一时哉"花榜以宠之,尊以"大王"。赠联云:"朝行云,暮行雨;[1]雌者伯,雄者王。[2]"集句天然巧合。

又,有赠雉妓宝凤云:"今我得雌犹足霸;比卿于鸟亦非凡。"亦妙语双关。

【1】战国楚宋玉《高唐赋》句:"昔者,先王尝游高唐,怠而昼寝,梦见一妇人,曰:'妾,巫山之女也,为高唐之客,闻君游高唐,愿荐枕席。'王因幸之。去而辞曰:'妾在巫山之阳,高丘之阻,旦为朝云,暮为行雨。朝朝暮暮,阳台之下。'旦朝视之,如言。故为立庙,号曰'朝云'。"明陈琏《巫山神女祠》诗句:"朝行云兮暮行雨,空山寂寥兮谁其与语。"

【2】东晋干宝《搜神记》:"秦穆公时,陈仓人掘地得物,若羊非羊,若猪非猪。牵以献穆公,道逢二童子。童子曰:'此名为媪。常在地食死人脑。若欲杀之,以柏插其首。'媪曰:'彼二童子名为陈宝。得雄者王,得雌者伯(霸)。'陈仓人舍媪逐二童子。童子化为雉,飞入平林。陈仓人告穆公,穆公发徒大猎,果得其雌。又化为石,置之汧、渭之间。至文公时,为立祠名陈宝。其雄者飞至南阳。今南阳雉县,是其地也。秦欲表其符,故以名县。每陈仓祠时,有赤光长十余丈,从雉县来,入陈仓祠中,有声殷殷如雄雉。其后光武起于南阳。"

赠小鸭子妓联云:"室雅小何妨,最相宜安鸭绒枕,置鸭尾炉,种鸭脚葵花,这样倒有些趣味;酒酣歌也好,恰难得弄子晋笙,吹子胥箫,操子期琴缦,大家寻一会开心。"

又,赠云兰云:"除却巫山都不是;可知香草最相思。"

又,赠小红云:"见人便解低声唱;对尔须将大白来。"此联格调尤奇。

水仙妓面微麻。曾望戏赠一联云:"观于海者难为水;[1]仙之人兮列如麻。[2]"

又,赠翠红云:"雨后梧桐,风前杨柳;烟笼芍药,露滴牡丹。"

又，赠姗姗云："来到迟时思更苦；秀从骨里写偏难。"将"姗姗"二字，从十四字中跳跃而出。

又，有金姓妓行三，人皆呼为"金三小姐"。联云："金风玉露，三三五五；小庭深院，姊姊莺莺。"如此难题，游行无阻，真不知其从何着想、如何落笔也。

【1】语出《孟子·尽心上》："孟子曰：'孔子登东山而小鲁，登泰山而小天下。故观于海者难为水，游于圣人之门者难为言。'"

【2】语出李白《梦游天姥吟留别》诗句："虎鼓瑟兮鸾回车，仙之人兮列如麻。"

有以韵语联赠妓月娇云："忆汉月皎皎，只有归时好；念奴娇翩翩，哪管梦儿颠。"

有雏妓名四美者，或赠以联云："四美俱，二难并；【1】三只鹰，一夕情。"见者大笑。

【1】语出唐王勃《滕王阁序》："四美俱，二难并。"

有赠雏妓云："今有璞玉于此；【1】吾岂匏瓜也哉。【2】"读之更令人绝倒，是真滑稽之雄。

【1】语出《孟子·梁惠王下》："今有璞玉于此，虽万镒，必使玉人雕琢之。"

【2】语出《论语·阳货》："佛肸召，子欲往。子路曰：'昔者由也闻诸夫子曰：亲于其身为不善者，君子不入也。佛肸以中牟叛，子之往也，如之何？'子曰：'然，有是言也。不曰坚乎？磨而不磷；不曰白乎？涅而不缁。吾岂匏瓜也哉？焉能系而不食？'"

扬州曹雨人，眷秦淮妓小金，或赠联云："小楼一夜雨；金粉六朝人。"[1]

【1】语本宋陆游《临安春雨初霁》诗句："小楼一夜听春雨，深巷明朝卖杏花。"元王实甫《西厢记》第二本第一折句："香消了六朝金粉，清减了三楚精神。"

有赠翠云联云："翠翠红红，花花月月；云云雨雨，暮暮朝朝。"赠爱媛云："我爱媛媛，媛媛可爱我；人美卿卿，卿卿真美人。"颇流动可喜。

又，赠阿女云："如意何须开口；媚人先必扬眉。"又，赠胖胖云："只顾你半推半就；那管他月瘦月肥。"此均拆字格之佳者。

赠小银云："相思不值一些子；此别真成没奈何。"又，赠鹃红云："一片落花啼杜宇；九重春色醉仙桃。"又，赠九珍云："十分美满，一分含蓄；席上矜宠，掌上爱怜。"又，赠小宝云："天下莫能破；楚国无以为。"何等工稳。此均分咏格中之佼佼者。

海门妓名"豆腐西施"者，姑苏曹缦卿赠联云："研磨南国相思味；惭愧东家欲效颦。"将"豆腐"与"西施"二者各为分咏，更见奇妙。

妓陆绗，字春月，居金陵利涉桥，俗讹"第四桥"，善鼓琴。秋星君集联为赠云："花匣幺絃，象奁双陆；初三夜月，第四桥春。"[1]联甚工，惜次序少紊耳。

时同人集宴，春月微醉，枕于秋星之怀。丹君又集词语嘲之曰："浓睡不消残酒，碧云隐映红霞。"[2]亦雅切。

【1】语出宋娄采《法曲献仙音》词句："花匣幺絃，象奁双陆，旧日留欢情意。"及宋罗椅《柳梢青》词句："何处销魂，初

三夜月,第四桥春。"

【2】语出宋李清照《如梦令》词句:"昨夜雨疏风骤,浓睡不消残酒。"及宋李从周《清平乐》词句:"碧云隐映红霞。"

一匮山樵赠周月卿、小红二妓联云:"芙蓉帐煖卿卿小;姊妹花开月月红。"

汉口某雉妓门联云:"过门弗入,是乡愿也;【1】坐怀不乱,岂君子乎。【2】"

【1】语出《论语·阳货》:"过我门而不入我室,我不憾焉者,其惟乡愿乎!乡愿,德之贼也。"

【2】语出《诗·小雅·巷伯》毛亨传:"子何不若柳下惠然,妪不逮门之女,国人不称其乱。"《论语·学而》:"人不知而不愠,不亦君子乎?"

有赠坤伶粉菊花联云:"六代繁华金粉地;一樽风雨菊花天。"

又,丁戊君代人赠昆伶韩世昌联云:"鹊噪英名同鞠老;(徐世昌,字鞠人,时为元首。)雁行新谱附蕲王。"将"世昌""韩世"四字分切,末四字尤工。又按:其时尚有一韩世昌,为南京和记公司经理,以名姓相同,曾登报声辨。

又,汪子渊集句赠京伶想九霄联云:"九天阊阖开宫殿;万古云霄一羽毛。"【1】又,顾印伯集句赠某歌者曰:"古董先生谁似我;落花时节又逢君。"【2】极佳。

【1】语出唐王维《和贾舍人早朝大明宫之作》诗句:"九天阊阖开宫殿,万国衣冠拜冕旒。"及杜甫《咏怀古迹五首》诗其五句:"三分割据纡筹策,万古云霄一羽毛。"

【2】语出清孔尚任《桃花扇·先声》:"古董先生谁似我?非玉非铜,满面包浆裹。"及杜甫《江南逢李龟年》诗句:"正是江

南好风景，落花时节又逢君。"

赠毛毛妓云："万古云霄留羽在（一作"珍片羽"。）；几人性命等鸿轻。"意存警戒。又联云："杨子拔一而不可；[1]宋襄禽二又何妨。[2]"亦佳。

【1】《孟子·尽心上》："孟子曰：'杨子取为我，拔一毛而利天下，不为也。墨子兼爱，摩顶放踵利天下，为之。'"

【2】《左传·僖公二十年》："（宋襄）公曰：'君子不重伤，不禽二毛。古之为军也，不以阻隘也。寡人虽亡国之馀，不鼓不成列。'"

有品似扬妓者，或为联云："身分适合二分无赖；面皮加厚一寸多高。"[1]

【1】唐徐凝《忆扬州》诗有句："天下三分明月夜，二分无赖是扬州。"联中"二分无赖"，隐寓"扬州"。

有妓欲从良。或作拆字对云："缘何不去从良，只恨良心差一点；可否还须问女，谁如女口定终身。"楚按：下联弱。

北平澡堂通用联云："金鸡未唱汤先热；红日初升客满堂。"或即以此应妓金红之请，见者大笑不止。又有妓小银，亦乞联于客，客为书曰："此地不可小便；本庄兑换银洋。"与上联同一滑稽。

有改城隍庙联以赠雉妓者，原联云："任凭你无法无天，到此孽镜高悬，尚有胆否；要知我能宽能恕，且把屠刀放下，回转头来。"改联云："任凭你能说能言，到此野鸡堂来，向无节账；要知我无赊无欠，且等现钱交易，再上阳台。"楚按：上联"节"字可改"记"字，下联"易"字改"出"字，似更得神。

又，有以新名词组成妓房联云："此是交通机关，倘思想代表热心，团体及个人，均沾利益；亦属商业性质，必抱定金钱主义，要求与运动，两不赞成。"

有集"六才"赠妓联云："我愧无潘安般貌，宝玉般情，子建般才；卿只愿红娘休劣，夫人休觉，犬儿休恶。"

题妓家介福堂联云："半世人情，无非两行直下；毕生衣禄，只在一口田中。"又一说云："毕世为人，只凭着两条大腿；半生衣禄，全靠那一口小田。"

妓亚三与周吕二人狎。或赠联云："亚栏柳嚲莺调吕；三径花娇蝶梦周。"妙甚。

又，山阴沈凤楼娶妓小五，或为联云："小楼一夜听春雨；五凤齐飞入翰林。"[1]嵌字之妥，无过此者。又："小于幺凤轻于燕；五步一楼十步阁。"[2]

【1】联句分出宋陆游《临安春雨初霁》及扈蒙《句》

【2】后句出唐杜牧《阿房宫赋》："五步一楼，十步一阁；廊腰缦回，檐牙高啄；各抱地势，钩心斗角。"

嘉庆庚午，赵瓯北重赴鹿鸣，主秦淮妓朱玉敏家。朱适有娠，乞公一联。公曰："怜卿新种宜男草；愧我重看及第花。"

一僧当家力急。沈石田联云："僧当家长事多，累得头光，更无人替（音"剃"。）。"僧对曰："女应邮兵行远，放开脚大，未有夫传（音"缠"。）。"

又，高季迪与僧山中玩月。高曰："岭上高亭，明月清风留客醉。"僧曰："山中古寺，白云流水伴（一作"许"。）僧闲。"

有赠妓小如曰:"小住为佳,得小住,且小住;如何是好,欲如何,便如何。"

又,一家有大小两如意。联云:"如此年华如此貌;意中情事意中人。"

又,赠玉香云:"环真宛转何妨小;玉解温柔自有香。"盖玉香一名"小环"也。又阿二云:"顾影只输花第一;问名未到月初三。"将"二"字跳跃而出。

又,有春玉者,本苏城酒家女,嗣为金阊船妓,更名"小花琴舫",后至申又更名"云仙"。有合三名为联云:"一枕小游仙,记当年白舫嬉春,青帝照夜;十分花旖旎,更此日瑶琴待月,玉笛停云。"

又,雅仙一字秀珠,又号文琴,联云:"雅集最宜春,恰秀晕幽兰,文坡绮杏;仙缘如属我,看珠成采蜡,琴操求凰。"与上联异曲同工。

又,赠哑妓联云:"真个销魂,千般旖旎向谁说;为郎憔悴,万种相思不忍言。"楚孙按:"哑妓"二字,可对粤之"盲妹"。因忆有盲妹与虎之诗钟[1]云:"添来双翼威无比,嫁得重瞳恨始平。"

【1】诗钟,旧时文人的一种限时吟诗文字游戏,限一炷香功夫吟成一联或多联,香尽鸣钟,故称"诗钟"。诗钟吟成后,再作为核心联句各补缀而成一首律诗,游戏结束。与一般对联相比,诗钟要求格律更工整,内容更含蓄,甚至类似谜语更好。且诗钟大多限定内容(诗题)、文字和种格,比如诗钟分咏,限"上、下",即上联必须有"上",对下联的"下"字。

拆字格联二则,亦妙。青青云:"清且涟漪,有如此水;倩兮巧笑,旁若无人。"倚雲云:"香草美人,奇士所托;纸窗夜雨,云谁之思。"此格殊不多见。

又，薛时雨在曾文正幕，将有远行。所眷秦淮妓，当筵索联。妓名花君，联曰："花开堪折直须折；君问归期未有期。"[1]其妹花相亦索联，薛又书"花开堪折直须折"；观者惊愕，薛续书云："相见时难别亦难。"[2]则又皆惊服。妙在均切临别语。

又，一拆字联，赠禾妓秀英云："禾水昔曾歌欸乃；草桥今又梦鸳鸯。"均佳。

【1】句出唐杜秋娘《金缕衣》诗："花开堪折直须折，莫待无花空折枝。"及唐李商隐《夜雨寄北》诗："君问归期未有期，巴山夜雨涨秋池。"

【2】句出唐李商隐《无题》诗："相见时难别亦难，东风无力百花残。"

回澜阁主赠凤（鳳）仙云："到门不敢题凡鸟；谪居犹得住蓬莱。"因其香巢榜曰"咫尺蓬莱"也。

又赠喜凤云："这般可喜娘罕曾见；遇着那凤姐出了神。"人以为佳，楚孙终以下联为未妥。

岑生，酒徒也，赠月仙云："我爱卿如天上月；自称臣是酒中仙。"亦巧。

赛金花，名彩云，一名曹梦兰。樊樊山曾为前、后《曲》以记其事[1]，于外交史上大有关涉者。有集联云："十年绮梦销蛾绿；一代红颜照汗青。[2]"恰合彩云身分。

又云："一顾倾城，再顾倾国；千金买笑，万金买情。"或云：此似咎洪文卿殿撰薄情者。按：赛为洪妾，事见《孽海花》小说。

【1】《前彩云曲》和《后彩云曲》，樊增祥所作长篇叙事诗，记写名妓赛金花与德国将军瓦德西之艳情传闻。樊增祥，字樊山、号云门等、晚清高官、藏书家、文学家，同光派重要诗人，

诗作艳俗，人称"樊美人"，又擅骈文，遗诗三万余首、骈文百万余言，是史上最高产诗人之一。

【2】上联出处未详。下联出清吴伟业《圆圆曲》诗句："妻子岂应关大计？英雄无奈是多情。全家白骨成灰土，一代红妆照汗青。"

吴竹庄方伯薄游秦淮。一夕大醉，妓红碧出纸求联。展视，则已有人书"愿得化为红绶带"[1]句矣，举座大窘。吴即为振笔书下联云："也应胜似碧纱笼。"[2] 合座叹服。

【1】句出唐李商隐《饮席代官妓赠两从事》诗："愿得化为红绶带，许教双凤一时衔。"

【2】句出唐宋魏野《题僧寺》诗："若得常将红袖拂，也应胜似碧纱笼。"

荆公以"江州司马青衫湿"[1]七字，倩蔡天启对之，蔡应曰："梨园弟子白发新。"[2]公大喜。楚按：更妙在以白诗对白诗。

【1】句出唐白居易《琵琶行》诗："座中泣下谁最多？江州司马青衫湿。"

【2】句出白居易《长恨歌》诗："梨园弟子白发新，椒房阿监青娥老。"

伎红仙，年逾花信。有周姓客赠联云："报道樱桃红了；化为蝴蝶仙乎。"圆稳妥协，耐人寻味。

一童遇一僧。适有三女自远而至，僧曰："三女同行，上下六张臭嘴。"时其徒呼师入膳，童即应曰："两僧并立，大小四个光头。"

又，佛印留东坡膳，佛印擂椒治餐。坡曰："和尚擂椒，上中下三光俱动。"佛印曰："尼姑乩笤，阴阳圣八片齐开。"

清季，昆曲盛行。京中语曰："朝朝收拾起；（《千锺粟》八阳剧，演建文逊国事，有"收拾起大地山河一担装"之句。）[1]夜夜不提防；（《长生殿》弹词，有"不提防衰年值乱离"之句。）"后果有洪杨之变。

【1】《千钟粟》：即《千钟禄》，又名《千钟戮》。《八阳》为其中一折，首句云（曲牌［倾杯玉芙蓉］）："收拾起大地山河一担装，四大皆空相。"

楚孙游彭城时，曾代人赠金宝一联云："金尊檀板消春夜；宝马香车斗艳妆。"又，赠桃红云："桃花流水杳然去；红树青山好放船。"[1]按：赠妓联至夥，其他均铺叙风月，专以香艳见长者，均不录入。

【1】联句分出李白《山中问答》诗："桃花流水窅然去，别有天地非人间。"及清吴伟业《追叙旧约》诗："黄鸡紫蟹堪携酒，红树青山好放船。"

鬼　神

怪力乱神，儒者不道；况当辟除迷信之际，尤不应再言鬼神。惟此为述古之集，似未可以私意为之更易；读者于此，亦可想见前人之思想陈腐。更有奇妙之联对，故托之神鬼，以冀流传者。是不妨姑妄言之、姑妄听之也。

丹阳陈东墓，铸铁人肖汪伯彦、黄潜善像。嘉靖间，郑晋过之，题柱联云："丹陛披肝，千古纲常可托；荒庭屈膝，二人富贵何为。"二像应笔而仆。

福清石竹山梦神，即九鲤湖之仙。明叶台山相国（一作"闽李文贞光地"。）少时，梦神书"富贵无心想，功名两不成"，初以为不祥；后以戊戌进士而拜相，始知联意。侯官陈宝琛制庙联云："虽痴人可与说梦；惟至诚为能前知。"

又，《九鲤湖志》：傅黄门凯出使，祷于祠，梦句云："青草流沙六六湾。"慢（漫）记之。及入境，国王命对曰："黄河跃浪三三曲。"傅即对以梦中句。王惊服，彼以知中国之胜傲我，而亦悉彼之疆域，用是悚然。

又，华学士鸿山，幼时梦中常闻人言"芭蕉卷书"而不解。后使朝鲜国，王出对曰："皂荚倒垂（一作"悬"。）千锭墨。"学士即对以"芭蕉斜挂一封书"。王大惊，敬礼逾恒。

又，有监生甚勤学，梦中时闻"七孔（一作"窍"。）比干心"。一日，成祖微行至监，惟此生在。因拈几上藕曰："一弯西子臂。"生以梦语对，遂骤贵之。楚按：妙切奏语。

又，长乐状元马铎，少时梦有语之曰："雨打无声鼓子花。"后与同郡林志，同举进士。志乡、会皆第一，殿试前，忽梦马蹄踏首。至是，争元于上前。上曰："'风吹不动（一作"响"。）铃儿草'，对佳者得元。"马对以梦语，遂得元。

又，刘珙少时，梦谒大乾惠应祠，金牌上有"曲巷勒回风"五字。及登第，除诸王宫教授。一夕，帝问诸王何业，珙答以属对。时月照窗隙，帝曰："可令对'斜窗挹明月'。"珙遽以梦词对，帝曰："此神语也。"楚按：此与"月圆""风扁"，同一机杼。惜"回"与"明"字少欠工耳。

《唐伯虎纪事》云：有问乩以"雪消狮子瘦"，乩即书云："月满兔儿肥。"楚孙按：此全在神韵。又令对曰："七里山塘，行到半塘三里半。"乩对曰："九溪蛮洞，经过中洞五溪中。"又有一人曰："西浙浙西，三塔寺前三座塔。"乩曰："吾游遍天下，乃能对此：'北京京北，五台山上五层台。'"

楚孙曾闻人言，时降乩者为关帝。此联就后，有一狂生于前对下加"塔塔塔"三字命对，乩怒批云"红锦被中，无限恩情呼嫂嫂"，令对。狂生遽色沮长跽对曰："黄泉路上，有何面目见哥哥。"乩即批周仓看刀，竟斩此生于坛下。楚按：关圣之量，何隘窄至此？殆未可信也。

乾嘉时，杭州裘春湛菽雪，素不信乩。一日，云为张紫阳降坛，裘时正与人论明文金丹，以金丹最多为四百字，即以"金丹四百字"请乩对。或者私曰："莫非'道德五千言'乎？"乩曰："首二字未工，何若'铜钱廿一文'？"群曰："工则工矣，亦有说乎？"曰："明日当知。"裘曰："遁词也。"次日，裘立门首，见一收字纸者谓裘曰："昨得一破帖，首尾俱无，能售乎？"问其价，曰："三分钱，合铜钱廿一文。"裘心动索观，乃一张"玉版十三行"也。裘惊喜。

《坚瓠集》云：张桓侯祠在蜀，时附童子身以显应。有某生请联曰："人是人，神是神，人岂可为神。"语未竟，童抗声曰："尔为尔，我为我，尔焉能浼我。"然是童固未尝学者，可谓奇矣。

苏州绣谷园，清初为蒋氏业，掘地得"绣谷"二字，因以名园。后蒋将售园，卜于乩。批一联云："无可奈何花落去；似曾相识燕归来。"不解其义。已而归晓崖河帅，上句乃验；后复归谢椒石观察，又归王竹屿都转，于是下句又验。

俗传"羊肚石边栽虎耳"，未有对句。即以问乩，乩于盘上画一船，船头有木桶，众怪之。后步溪边，见一舟，恰如所画。问其何往，曰："将往'鹅朒湖里种鸡头'耳。"

《聊斋志异》云：章丘米步云：见天上微云，即以"羊脂白玉天"命乩对。乩曰："问城南董老。"众疑其妄言。后适至城南，见土如丹砂，有叟牧豕。问之，曰："此俗呼'猪血红泥地'也。"忽忆乩语，问其姓，曰："我老董也。"

永康某年开大市，聘联陞班在龙泉坊演剧，地接桃岩洞。即请乩撰戏台联云："联中假魁元，空使龙泉三尺剑；陞官如梦幻，却游桃洞一扁舟。"联虽不佳，嵌字亦不易，且县令在侧，亦能暗寓箴言。

弘治中，钱唐吴启于西湖请仙，一庠生述学究一对曰："鼓振龙舟，惊起鼋鼍之窟。"乩曰："水冲牛屋，破开蝼蚁之丛。"众请留名，乩书："可怜而已，可至湖东大树下牛屋相见。"探之，一尸为蝼蚁攒食，乃醵金掩之。

又，同时马浩澜与王天壁，泛舟西湖。至苏小墓，马召乩命对曰："捧瑶觞南国佳人，一双玉手。"乩曰："趺宝座西方佛子，丈六金身。"并题诗一首，署名"苏小"而去。

又，有延乩命对曰："水中星月鱼吞吐。"乩对以"天半风霜雁往还"。

《痂留编》云：有人以"冬夜灯前，夏侯氏读《春秋传》"，后乩以实事对云："东门楼上，南京人唱《北西厢》。"

又，乩对云："月里嫦娥，周年为坐月女；花间蝴蝶，终日作探花郎。"

又，临桂倪鸿，尝出对曰："片月如船，满载桂花，撑入银河七姊买。"盖粤人以织女为"七姊"。后乩对曰："明星布局，变为棋子，携归玉洞八仙敲。"楚按：对句终嫌未洽。

慈溪有东、西二庙，西庙祀唐令房琯，东庙祀吴阚泽，阚慈溪人也。旧有句云："西庙房，东庙阚，二公门户相当，方敢对坐。"久无对者。后请于乩，适有南、北二人在座，各夸其水土之胜。乩曰："南京河，北京地，两处水土各胜，也可并称。"

又，有两吏见候选典史，代南者得北、北者得南，两人争之。文选司命对曰："典史争南北，南方之强与，北方之强与。"一典史对曰："相公要东西，东夷之人也，西夷之人也。"

又有酒肆联极可笑者："酿成春夏秋冬酒；卖与东南西北人。"

《北窗琐语》：有人月夜立桥上，得句云："独立板（一作"小"。）桥，人影月影，不随流水去。"苦思不得其对。一夕于林薄中闻吟声，则"孤眠茅舍（一作"客邸"。），诗魂梦魂，并逐故乡来。"楚孙又闻人言，此人以思对不得而死，下联为人代对者，又无"月影""诗魂"四字。

又，一举子在旅店，闻楼下出对曰："鼠偷蚕茧，浑如狮子抛球。"此士亦以思偶不得而死，魂常来往此楼，人不敢居。后一举子，登楼为之对曰："蟹入鱼罾，恰似蜘蛛结网。"鬼亦长啸而去。

又，有一贫士，馆东难以对曰："冰（氷）冷酒，一点水，两点水，三点水。"此对即为来岁蝉联之定局。士人既失馆后，亦以思对至死；每夕，魂必诵此四句，年余不已。值清明，妻哭墓甚哀，一宦过而问之，为述其故。宦亦为之寻思不得，忽见墓旁花，问从者以何名，曰："此丁香花也。"宦曰："得之矣：'丁香花，百字头，千字头，万字头。'归可以此告之。"是夜，声复作，妻以此对答之，鬼亦长啸而去。楚孙又闻上联无"水"字，下联无"字"字，颇简捷。

又，太谷武次南棠，道光时为闽臬。自言为诸生时，课徒自给，一日馆馔有"芦花鸡"，东人即以此命对，竟不能得，遂失馆。此事二十年不释。一日，有献皮褂者，询其名，曰："艾叶豹也。"矍然曰："二十年前之对来矣。"

吴门金人瑞解元圣叹，幼祈梦于祠，见长木参天，上立一鸟，即悟为"枭"字，知定数也。临刑，谓子曰："'莲（音"连"或音"怜"。）子心中苦'，可对之。"子悲甚，不能对。金笑曰："痴儿，是何难？'梨（音"离"。）儿腹内酸'，可对也。"楚孙按：出联亦有所本，《谢氏诗源》：汉有女子寄元郡以莲子曰："我怜子也。"郡曰："何不去心？"曰："正欲使知心内苦。"

《聊斋》云：章丘焦生夜读，二美人来，请属对曰："戊戌同体，腹中只欠一点。"盖讥之也。焦果思对不得。女笑曰："名下士固如是乎？我代对之：'己巳连踪，足下何不双挑。'"此又以言挑之。焦不为动，乃去。楚按：《说文》"巳"字，并非无挑者。

《东坡志林》云：章訾隐之，号退居士。一夕，梦东岳寄书召之。次日，与李士宁游，濯足水中。訾曰："脚踏西溪流去水。"李应曰："手持东岳寄来书。"訾大惊，问："胡作此言？"答曰："不自觉。"未几竟死。

又，《涂说》云：桐乡闺秀，梦中得句云："金衣公子雪衣娘。"言梦中一联，觉而忘其对句，寻思至病。父忧之，募有能对者妻之，终无应者。梁章钜云："金衣公子"为莺，"雪衣娘"为白鹦鹉，可对"银条德星（山药）风条使（风藤）"，又可对"玉桂仙君（江瑶柱）月桂使（蟾蜍）"。

王文恪鏊，洞庭人，科第不绝，而无元。及公八世孙世琛，于会试前三日，梦殿中楹帖云："雨中村树万人；云里帝城双凤。"隐"家阙"二字，竟为康熙壬辰状元。此与以"岂有文章惊海；更无面目见江"嘲"内东"联相似。

又，吴中蒋古愚，于乾隆甲申元旦，梦家中换厅联云："长子克家，居易俟命；二人同心，诵诗读书。"盖古愚次子已成进士，惟长子学文，尚困诸生。觉而异之。次年乙酉，学文果举南元。题为"居易俟命"一节，主考则彭芝亭锺音，盖梦中联款署"锺离子彭笺"也。大奇。

又，戴文节云：杭人梁子恭，道光乙巳为编修，充礼闱房考。自云：少时屡梦至杭仙林桥白莲寺殿，旁有一小门，入门则满院皆花而未开。余必于室中案上觅朱色物，觅得即醒。梦梦皆同，朱色物则各异，有时见空案无物，案乃朱漆。最后则满院花开，不入旧屋，而入旁一屋，见额曰"夕照室"，联曰："水定原无影，山空不住云。"后不复梦，不知主何兆。

《滦阳消夏录》云：阳曲王近光，言冀宁道赵公署，有两幕宾，一姓乔，一姓车，合雇一骡轿回籍。公戏作对云："车乔二幕友，各乘半轿而行。"时适召仙，即举此以请，乩曰："此是实人实事，非可强凑而成，容俟之。"越半载，又召仙，乩忽判曰："前对吾已得之：'卢（盧）马两书生，共引一驴（驢）而走。'"又判曰："四日后辰巳之间，可往南门外候之。"至期，果有两生共引一驴，负以新科墨卷，赴会城出售。询之，果一卢、一马也。赵公曰："巧则巧矣，然而两生之受侮深矣。此所谓箭在弦上，虽仙人亦忍俊不禁也。"

《聊斋志异》云：有万福者，私一狐友。其友孙得言者，善谐谑。一日，孙戏谓万曰："有一对，请属之：'妓女出门访情人，来时万福，去时万福。'"狐于座隅笑曰："是何难？'龙王下诏求直谏，龟也得言，鳖也得言。'"

又云：灵山王勉，字龟斋，偶入仙人岛。岛主长女芳云，次女绿云，均善谐谑。芳曰："王子身边，无有一点不似玉。"绿应声曰："龟（䱴）翁头上，再加半夕即成龟（龜）。"

秦碣泉修撰大士，甲戌散馆，求得签句云"静来好把此心扣"，不解所谓。后试题"松柏有心赋"，竟忘押"心"字，列于高等。经上看出，怒曰："尔等用目细看乎？"各请罪自认瞎眼，上曰："有一对：'状元乃无心过。'能对免罪。"震恐之下，皆不能对。上曰："我代尔对：''试官少有眼人。'以后留意可耳。"

又，有强秦游西湖岳坟，并请题联者，秦慨然为书一联云："人从宋后少名桧；我到坟前愧姓秦。"观者叹服。楚孙按：将"秦桧"二字分拆，颇似吴穀人祭酒之《岳飞论》中句云："桧树之玉枝早苗；秦城之王气方兴。"

番禺黄寿山上舍廷献，尝清明独游郊外。于榛莽中见一碑，文曰"爱姬腊梅之墓"，旁有细字不可辨，盖荒塚也，感而志之。越日，复携酒脯往吊，并制联云："六字碑文，谁是多情公子；一抔黄土，可怜薄命佳人。"又云："仆本陌路萧郎，从来好事；

卿果章台柳妾，何处招魂。"夜梦一美人来谢。

济南趵突泉，有吕祖殿，开府李对泉为之重建。落成日，仅得上句云："胜地自从开府辟。"一道人援笔为之对曰："仙人原为对泉来。"言讫不见。

明桂苏邬天泽，好摘人诗句供讪笑，如"流莺啼到无声处"，则曰："啼则有声，何得无声？"诸所戏侮类此。一日，梦一青衣捽至冥间，见联曰："日月阎罗殿；风霜孽镜台。"问毕出，又谓青衣曰："适见柱帖，政自不佳。何独阎罗殿有日月耶？"青衣怒曰："尔尚敢尔！"抶之而醒。

又，裘文达曾见冥殿联云："此善心，彼恶心，阳世没稽查，我处必从心上究；功红簿，过黑簿，生前谁觉察，醒来明与簿中看。"

又，嘉靖末，宜兴大疫，二士俱死，一从东廊上殿，一从西廊上殿，各相眄以目。释回后，东者述见柱帖云："天道地道，人道鬼道，道道无穷。"恨不见西柱对。西者述所见云："胎生卵生，湿生化生，生生不已。"

又，康熙间，蔡屏山王桢，于壬辰春，梦谒关祠。见联云："打开义利关，具见英雄过人气概；参透天人路，便是圣贤行己工夫。"嗣乙未年，由内阁中书改四川仁寿县，见一处适如梦境，而关庙亦方竣工，因书梦联以献，并跋其事。

又，商丘宋文康权，过蒲州谒关庙，见旧联"怒同文武；道即圣贤"。宋以对句不工，思易之，梦神告曰："何不云'志在春秋'？"梁章钜谓，公故托诸梦，以神其说。楚孙亦嫌其演义气太重。又，上句可易以"威震华夏"，见《三国》本传。

又，湖南昆山关庙落成，拟联未就。一素不识字之田夫，大书曰："悠悠乾坤共老；昭昭日月争光。"不署款而去，追问之，亦不自知。楚孙按：事虽奇，而句未见工。又："英雄几见称夫子；豪杰如斯亦圣人。"亦为夏太史力恕梦中所作云。

又，锡山邹世楠过孟庙。夜梦入庙，见联句云："战国风趋下；斯文日再中。"觉而遍觅，不见是对。后读《黄野鸿集》，则十字固在中也，不知何以入梦。

又，某甲宝一石，石上有天然图画，并有七字曰"石出斜看枫叶落"，随身携带赏玩。一日，经洞庭泊舟，偶一不慎，石遽入水，大惊。雇人没水求得之，视之则非原石，乃"橹摇背指菊花开"也。更求之，乃得二石，大小式样均如一。不知杜工部与石，究谁先也。[1]此事尤奇。

【1】联语出自杜甫《送李八秘书赴杜相公幕》诗句："石出倒听枫叶下，橹摇背指菊花开。"

祭酒刘公，幼不读书。有狐女伪为男子，与相戏。一日，剪纸状人物，映灯取影为乐，刘喜甚。狐曰："一片热肠，空费裁成为纸戏。"刘不知所答，狐教之，乃成名。狐亦现女相。就寝时，命足成前对，乃曰："几回苦口，漫劳点拨助膏灯。"

楹联始于桃符，或云桃符始于明太祖，即前载作阉豕苗门对时者，未可信也。当以蜀孟昶为权舆。《蜀梼杌》云：蜀未归宋之前一年除夕，昶令辛寅逊作桃符，以不工，乃自书"新年纳馀庆，佳节号长春"十字。后宋以吕馀庆知成都，而长春乃太祖诞节名也。事之奇诡，诚出人意表也。

青浦朱家角，有一寒士，寓十佛寺。寺适重建，士流览之余，得句云："万瓦千砖，百匠造成十佛寺。"下联须顺数而语气贯，苦思不得，竟以疯癫自沉于河，且祟行人。后一医经此，舟不得前，舟子告以故。医问曰："前系何桥？"曰："四仙桥。"医灵机斗触，即叩舷而呼曰："一船两橹，三人摇过四仙桥。"语毕，闻水底鬼啸声，自此旅行无阻。又一联云："一塔七层八面，万佛千灯；孤舟双桨片帆，五湖四海。"与此格调相类。

咸丰时，粤乱方起，海盐查某，梦至一处，见文案山积，数十人缮写若不及。悬有一联，意不可解，而语颇可诵："弱柳琼箫仙有劫；落花铜鼓佛无灵。"

滇南门外，前明有赵屠，一日将宰牛而失其刀。时小牛在傍，卧地哀鸣不起，强曳去之，则刀在焉。赵遂弃业，携此二牛，居西山，每吟"减去心头火，要见吕洞宾"之句。一日，有道者过访，赵以古磁茶盂奉之，道者失手碎之。赵似动瞋念，道者忽不见，古磁依然，且遗片纸云："洞宾方才到，心头火又生。"赵愧悔。一日方观海，见沐藩于昆明池习水戏，若有所羡，遂溘然逝。

后提军陈用宾来滇，偶游西山，一一如旧游，石壁记有赵没之月日，与提军生日适符，乃自知即赵后身。自言镇闽时，有道者来款以茶，问"减去心头火否"，不解所谓也；临别，约以鹦鹉一会。至滇，询知婴武山，往游焉。见一痴道人，手执二瓶，两口相对，立于山石间，笑语曰："军门别来无恙？此时向哪头跳出？"从者喝之，遂不见。始悟二瓶两口相对为"吕"，立于山石为"岩"。即就立处建迎仙桥，后人题联云："春梦惯迷人，九环仙骨，误著了一品朝衣，任鸡鸣紫陌、马踏红尘，军门向哪头跳出；空山曾约伴，六诏杯茶，犹记得七闽片语，看剑影横天、笛声吹海，先生从何处飞来。"

下编

庆 吊

凡节会宴赏、一切婚娶等事，均属于庆；凡死亡与夫一切不得意事，均曰吊。其范围较为廓大焉。

闽县义屿乡灯会最盛。有某甲曾以排解一事，众疑其受私，无以自明。适赛灯，某即以谚语为灯联云："烛问灯云：靠汝遮光作门面；鼓对锣曰：亏侬空腹受拳头。"

除夕，俗谓"鼠嫁日"。刘瀚芬拟一联云："迨吉俨然人有礼；于归谁谓汝无家。"确切不移。

蔡佛田四十九岁时，集宋句为联云："四十九年穷不死；三百六日醉如泥。"[1]其实蔡家不甚贫，而亦不常饮酒也。

【1】前句出苏轼《送沈逵赴广南》诗："嗟我与君皆丙子，四十九年穷不死。"后句非宋人原句，似原本唐李白《赠内》诗句："三百六十日，日日醉如泥。"宋蒲寿宬《用翁雪舟送春韵三首》其一："三百六旬浑是醉，饶春何用苦绸缪。"宋黄庭坚《戏效禅月作远公咏》诗句："胸次九流清似镜，人间万事醉如泥。"

严问樵初度日，群优毕集，戏献"桃李门墙"四字扁。严笑曰："既有扁，安可无联？"因大书云："儒为戏，生旦净丑外副末，呼十门脚色，同拜一堂，重道尊师大排场，看破世情都是戏；学而优，五六工尺上四合，添两字凡乙，共成七调，唱余和汝小伎俩，即论文行己兼优。"此联格律严谨。

又，严自制《红楼梦杂剧》中，有"巾缘"一折，叙花袭人嫁蒋玉函事。诘旦将登场，曲师来请："场上新房，尚少一扁对。"严即书"玉软花娇"四字为额，对语屡不就。忽见邹伶二人至，一名天寿，字眉生；一名仙寿，字月生，即此剧中正角也。意有所触，即成一联云："好儿女天仙双寿；小团圆眉月三生。"

有以联嵌数字，贺都御史之母寿辰者："一品太夫人，备三从四德，五世同堂，恭值二宫齐介寿；（时值清德宗与慈禧均万寿。）六旬都御史，统七宾八师，九畴献庆，欣逢十月好称觞。"

洪杨之难，广西有知县蔡齐三者，城破逃去，不知所之。人疑已死于难，皆痛惜之。及难定，抚宪为设水忏于武圣宫，以超度其亡魂。讵蔡不自爱，误以人民之爱己也，卷土重来，欲觅噉饭所。一时传为笑柄。是时，文昌门火药局，忽兆焚如，延及其邻沈四先生，沈几不获免。或为联云："文昌门火灾，几乎烧死沈老四；武圣宫水忏，居然祭活蔡齐三。"属对工稳，传诵一时，蔡羞愧欲死。

胡适之先生，与江东秀女士订婚。十七年后，始于某年之阳历除夕成婚。或贺以联云："三十夜大月亮；廿七岁老新郎。"又曰："环游四万里；订聘十七年。"

陈衡哲与任叔永结婚。适之赠八字曰："无后为大；著书最佳。"

张明经晴岚，除夕门联云："三间东倒西歪屋；一个千锤百炼人。"适有铁工求彭信甫书门联,彭即戏书此二语付之。两家望衡对宇,见者大笑。二人本辛酉拔贡同年,颇厚契,坐此竟成嫌隙。

又,鲁亮侪观察,性粗豪,自署春联云:"两间东倒西歪屋;一个南腔北调人。"

又,蒋伯生大令,与弟素不协。蒋罢官归,筑一园。落成之日,其弟题其门曰:"造成东倒西歪屋;用尽贪赃枉法钱。"蒋见之,干笑而已。

又,有兄弟同居素不协者,兄题门左曰:"大舜乃能容象傲。"【1】弟急书其右曰:"桓魋何以解牛忧。"【2】工矣!

书及此,偶忆《后山诗话》载,鲁直有痴弟,悬琴不御,虱处其中,鲁直笑曰:"龙池(琴腹中长孔也。)藏壁虱。"未有对句。继见床下溺器中畜生鱼,鲁直之兄大临跃起曰:"得之矣:'虎子养溪鱼。'"乃佳对也。

【1】语本《史记·五帝本纪》:"舜父瞽叟盲,而舜母死,瞽叟更娶妻而生象,象傲。瞽叟爱后妻子,常欲杀舜,舜避逃;及有小过,则受罪。顺事父及后母与弟,日以笃谨,匪有解。"

【2】语本《孔子家语·七十二弟子解》:"牛(司马牛)为性躁,好言语。见兄桓魋行恶,牛常忧之。"

朱文正与弟竹君为春盘之会,有以"太极两仪生四象"命对者。纪文达忽至,或以此句示之,公曰:"'春宵一刻值千金'之时,未暇与诸君争树文帜也。"或云:此为文达贺道士娶妻者。

又,明文皇语解缙曰:"'色难'二字,以何为对?"曰:"容易。"文皇不省,曰:"既云'容易',何久不对?"曰:"臣顷者已对矣。'容易'二字非耶?"

某检讨有同年新纳姬,往贺不值,姬方洗足。太史归,遇诸途,戏曰:"'看如夫人洗脚',能对乎?"曰:"赐同进士出身。"

太史默然。或云此为曾、左相戏事，盖曾为赐同进士出身也。又一说云：曾之幕友有字少仪者，与曾以此联相戏。时南汇张啸山文虎为作诗曰："老师出身同进士，少仪洗足如夫人。小星得与台星对，佳话千秋妙绝伦。"有诗为证，则纷纭异说，可以一扫而空矣。

刘和珍、杨德群，为"三一八"之烈士。章衣萍挽之曰："卖国有功，爱国该死；骂贼无益，杀贼为佳。"十六字，激切愤慨极矣！

梅兰芳三十初度，一联云："此曲只应天上有；劝君惜取少年时。"[1]集句已佳，立意更妙。

【1】联句分出杜甫《赠花卿》诗："此曲只应天上有，人间能得几回闻。"及唐杜秋娘《金缕衣》诗："劝君莫惜金缕衣，劝君惜取少年时。"

阮芸台老妾刘恭人，以子贵得封。值七十寿，黄右原以酒筵献。阮手书谢简云："此席恰为煖寿而来。煖者温也，所谓'温温恭人'是矣。"右原即为联云："温温恭人，母以子贵；潭潭相府，日引春长。"

常熟蒋伯生大令因培，罢官后，就蒋砺堂相国聘。相国偶语蒋氏宗派，答曰："蓬荜安敢附华胄？相公乃《水浒传》中蒋门神之苗裔；若鲰生者，实《金瓶梅》内蒋竹山之后嗣也。"相国大笑。后相国总制三吴，以谴责殁于秣陵，客散宾逃，无人奠唁。大令内不能平，为联以吊之曰："门前但有青蝇吊，冢上行看大鸟来。"说者谓语虽愤激，然实典切也。

某烟馆主人婚。一联云："五十新郎，十五新娘，天数五，地数五，五数相乘，莫笑枯杨占大过；两三好友，三两好土，益者三，损者三，三生有幸，聊将莺粟款同人。"此联为某茂才所作，闻于彭刚直，乃辟入幕下，且为保举一知县云。

七夕俗名"牛生日"，有牛王会。绵州李雨村太史，题牛王会戏台联云："大家来看牛王会；小生赛过马老官。"后江方言，呼妻为"马老官"也。

元和初，有达官为婚，其先已涉溱洧之讥[1]。傧相为清河张景仲素、宗室李程。仲素朗吟曰："舜畊馀草木；禹凿旧山川。"程久之乃悟曰："张九张九，舜、禹之事，吾知之矣。"

又，甲赠乙新婚联云："花径不曾缘客扫；蓬门今始为君开。"新娘恨甚。嗣甲娶，刺知其初亦有隐情者，乃命夫赠以联云："花径旧曾缘客扫；蓬门今复为君开。"甲干笑而已。

又有一联，系切杭州者，曰："昔日遊西湖、开旅馆，双宿双飞，何妨先行交易；今夕打铜锣、吹喇叭，一仆一仰，无非择吉开张。"

有贺续娶再醮妇者曰："一对新人物（一作"夫妇"。）；两件旧东西。"一作："又是一番新气象；原来两件旧东西。"

【1】《诗·郑风·溱洧》："女曰观乎？士曰既且。且往观乎！洧之外，洵訏且乐。维士与女，伊其相谑，赠之以芍药。"《诗序》："《溱洧》，刺乱也。兵革不息，男女相弃，淫风大行，莫之能救焉。"后因以"溱洧之讥"指淫乱。

村校书七十娶妾，乞东坡赠句，坡问妾年，曰"三十"。乃为联云："侍者方当而立岁；先生已是古稀年。"

杭人于亲丧百日内娶亲者，曰"忽亲"，非礼也。有联云："魂兮归来，报道佳儿得贤妇；弔者大悦，会看孝子作新郎。"

旧有一诗云："树灯花烛两辉煌，月老无常各自忙。哭哭啼啼方入木（一作"庙"。），吹吹打打宴归房。新人扶出参新鬼，喜酒移来奠喜丧。一索得男花下子，明年期服抱孙郎。"尤为谿刻入骨。

宜兴漆筱甫，贺蔡自香孝廉重谐花烛联云："而翁本是美男子；阿婆学作新嫁娘。"

某处新岁，悬有春联云："阳多匪、阴多鬼，我亦尘埃同靡靡，其以我为牛马乎？唯唯；醉里卧、梦里歌，尔胡冠带犹峨峨，行将尔作牺牲矣？呵呵。"

又，秀水王仲瞿赘山阴金氏，妻名礼嬴，筑室旷野。有联云："两口居碧水丹山，（一作"居山水之间"，一作"居安乐之窝"。）妻忒聪明夫忒怪；四围皆青燐鬼火，（一作"四面皆阴燐所聚"，一作"四邻接幽冥之地"。）人何寥落鬼何多。"严问樵曰：此归玄恭事。又《茶馀客话》：孙藩使含中太翁尔周宰浙时，于杭州城外土冢间有人家，见一小婢，即索茗；饮已，呼之不出，门上见有此联。何异说之多耶？

一说，昆山归玄恭，狂士也，与顾亭林齐名，人谓"归奇顾怪"。家贫甚，扉破至不可阖，椅败至不可移，则俱以纬萧结之，书一扁云"结绳而治"。于除夕署门联云："一枪戳出穷鬼去；双钩搭进富神来。"又一联云："入其室，空空如；问其人，嚣嚣然。"读之不笑亦笑。

又传一联，颇与此相类："放千枚爆竹，把穷鬼轰开，几年来被这小奴才，扰累俺一双空手；烧三枝高香，将财神接进，从今后愿你老夫子，保佑我十万缠腰。"

某君未娶时，悦邻家卖浆女，欲纳为媵，格于亲命，不果娶。后官京师，苦妻不育，复谋纳媵。未几，外家遣人送一媵来，即卖浆女也。相隔垂十年，巧合如是。有贺者云："无可奈何，似曾相识；有情眷属，如意郎君。"

刘贡父再婚。欧阳公戏之曰："洞里桃花君莫笑；刘郎今是老刘郎。"又，"白藕作花风已秋"一绝，为王氏作。赵德麟因见此篇，遂与为婚，人谓"二十八字媒"。会稽朱赖青之甥刘耿久，续娶王氏，朱戏拈此二事为联云："雅谑古贤传，仙客重来桃欲笑；良缘芳姓合，诗媒初达藕方华。"

乡农姚姓有二女，姚习星相术。丁巳腊月，乞联某君。某即集戊午通书为联云："木宿值年，翼星管局；二姑把蚕，一牛畊田。"

刘某病痊，娶表妹为妻。吕幼舲贺之曰："鸳鸯生小曾相识；鹦武前头不敢言。"[1]

又，吴门陈竹士娶妻王梅卿。诗僧懒雲赠联云："几生修得到；一日不可无。"[2]又，通州金兰室烟馆院中有梅、竹，亦有此联。

【1】上联未知所自，下联出唐朱庆馀《宫词》诗句："含情欲说宫中事，鹦鹉前头不敢言。"

【2】联语分出宋谢枋得《武夷山中》诗："天地寂寥山雨歇，几生修得到梅花。"及宋曾几《钱生遗筇竹斑杖戏作》诗："同行安用木上座，一日不可无此君。"

广州七夕，儿女剪綵黏花，以生花制楼阁。许室衢廉访，为集花名为联云："帝女合欢，水仙含笑；牵牛迎辇，翠雀凌霄。"上款署"凤仙十姊妹夜合"，下款署"虞美人木笔"。巧矣！

某家有喜庆事，以书房改帐房。或出对曰："书房改作帐房，进出银钱须检点。"一内眷过而闻之，随口答曰："东院跑回西院，往来酱醋要调和。"盖讥主人二姬争夕也。闻者灿然。

曹文恪秀先在米市胡同，癸巳仿率真会，邀程、嵇二文恭，及吴恭定绍诗、张总宪若潊、崔应阶、蒋元益。至戊戌东坡生日再集，易以漳浦蔡文恭煌、罗总宪源汉，席上七人，得"七人元旦五百岁"一句。或请对，曰："成此七字已不易，奚暇觅对？"朱石君曰："吾得对矣：'二老同登十九科。'"盖指蔡公也。

湘南有百岁老人，自负寿，不以告人。时陶文毅尚在诸生，有文名。老人遇之，喜曰："吾年实百岁，今姑明告子，但求一寿对。"陶应曰："人生不满君能满。"老人吅求对句，则曰："汝不明告我，亦不能逢君也，可对'世上难逢我恰逢'。"老人鼓舞而去。

又，金德辉曲师以老病乞退。一日，请于严问樵曰："某无他愿，愿乞公一言，以继柳敬亭、苏崑生后。"严即为书一联云："我亦戏场人，世味直同鸡弃肋；卿将狎客老，名心还想豹留皮。"

某甲畊读为生，而妻、妾均染自由风，某不能禁。或于元旦榜一联于门曰："朝畊田，暮读书，年年进步；妻多情，妾爱汉，夜夜跑街。"

甲午之役，合肥龚照屿与卫达三弃旅顺逃，后达三伏诛，龚得免。六月六日，为龚六十寿。张六先生与龚有隙，径造门质曰："请问六哥，前数年将旅顺送向何处去？今日须见还也。"龚窘甚。次日，有人榜一联于龚门曰："称六太爷，上六旬寿，欣占六月六日良辰，六数适相逢，曾记（听）得张六先生，大踏步闯进门来，口叫六哥还旅顺；坐三年监，陪三次绑，赚得三代三品封典,三生愿已足,最可怜达三故友,小钱头不如咱洒(合肥土语"善用钱"也。),冤沉三字赴黄泉。"

按:此格调,与乾隆万寿联殊相似。其五十寿联云:"四万里皇图,伊古以来,从无一朝一统四万里;五十年圣寿,自兹以往,尚有九千九百五十年。"乾隆五十五年八月八旬万寿,纪文达联云:"八千为春,八千为秋,八方向化八风和,庆圣寿八旬逢八月;五数合天,五数合地,五世同堂五福备,正昌期五十有五年。"彭文勤联云:"龙飞五十有五年,庆一时五数合天,五数合地,五事修,五福备,五世同堂,五色斑斓辉彩服;鹤算八旬逢八月,祝万寿八千为春,八千为秋,八元进,八恺登,八音协律,八风缥缈奏丹墀。"又窦少宰东皋联云:"天数五,地数五,五十五年,五世一堂,共仰一人有庆;春八十,秋八十,八旬八月,八方万国,咸呼万寿无疆。"楚按:此均以"五十五年""八旬八月"八字为骨干耳。其源实肇自明夏言之世庙醮堂联,联云:"揲灵蓍之草以成文,天数五,地数五,五五二十五数,数生于道,道合元始天尊,尊无二上;截嶰竹之筩以协律,阳声六,阴声六,六六三十六声,声闻于天,天生嘉靖皇帝,帝统万年。"

又,袁文荣亦作一联,大同小异:"洛水神龟初献瑞,阴数九,阳数九,九九八十一数,数通乎道,道合元始天尊,一诚有感;岐山丹凤两呈祥,雄声六,雌声六,六六三十六声,声闻于天,天生嘉靖皇帝,万寿无疆。"

贺捉牙虫女与皮匠于茶店内结婚,联云:"硬铮铮直竖锥尖,欢趁良宵,恰好连皮穿肉孔;羞答答慢停双箸,春生雅座,依然张口捉毛虫。"读之狂笑。

又,麻面女出阁联云:"麻面风流初合卺;花心露滴正开包。"亦可笑。

余友夏文博律师之母，民国十八年二月二日八旬寿。余为联云："二月又初二日；八旬逢十八年。"缀以益智图字，颇觉新颖云。

有贺盲女结婚联云："闲坐小窗读周易；故烧高烛照红妆。"[1]何典雅妥切乃尔！

又，贺三十岁瘪人结婚联云："三十年壮岁光阴，正当有室日；千万种消魂滋味，尽在不言中。"

【1】联语分出宋叶采《暮春即事》诗："闲坐小窗读周易，不知春去几多时。"及苏轼《海棠》诗："只恐夜深花睡去，故烧高烛照红妆。"

民十八年五月间，杭州西湖饭店有男女二人，同服安眠药水情死，男名林世昌，女名沈醒华。或以嵌字联挽之曰："胡不永年，共图昌炽；只缘醒世，同梦华胥。"

沪妓陆素娟，名妓也。死之日，小说家吴趼人挽之曰："此情与我何干，也来哭哭；只为怜卿薄命，同是惺惺。"有五十自寿联云："内无德，外无才，并无好无恶、无是无非，更无仔些些产业，直弄到无米无柴；五十载光阴荏苒，老有母，长有兄，并有妻有女、有子有孙，还有个小小功名，也算得有福有寿，两三代骨肉团圆。"颇质实可喜。

晚近白话体盛行，有周作人挽"八一三"烈士云："赤化赤化，有些学界名流，和新闻记者，还在那里陷诬；白死白死，所谓北京政府，与帝国主义，原是一样东西。"

又，有挽女师杨、刘二女烈士云："死了倒也罢了，若不想起二位老母倚闾、亲朋盼信；活着又怎么着，无非多经几番枪声惊耳、弹雨淋头。"

又，有挽妻母云："七十又三年，吃得苦，耐得穷，织布纺纱，多亏老太；四月初九日，倒了头，闭了眼，烧钱化纸，没个亲儿。"

前清缩短国会之诏下，都中各茶园演庆贺戏五日。某戏台悬一灯联云："国会未能速开，无可消愁，且同看这台新戏；代表业已解散，再来请愿，真不值一个大钱。"嬉笑怒骂，兼而有之。

集句赠新婚联云："小海银鱼吹白浪；长干金雁渡红潮。"甚佳。但知上句为萨都剌句，下句则无考。因忆《畏庐琐言》云：座有欧干甫者，人呼为"欧干翁"，畏庐对以药名"亚支奶"。人疑畏庐故撰一名，以就对者。楚孙按：旧联"青春鹦鹉，杨柳楼台；绿绮凤凰，梧桐庭院"，山舟学士，固已受绐于前矣。

有人乞刘金门侍郎书寿联，漫问生于何时，曰"十一月十一日"，刘即漫书此六字为上联。其人怒甚，不敢言。又问若干岁，曰"八十"，于是又书曰："八千春，八千秋。"其人大喜称谢而去。

又云：湘阴郭筠仙侍郎，幼号神童。一日购肉，屠戏云："'小猪连头一百斤'，请属之。"即曰："大鹏展翅三千里。"屠大喜，即以肉酬之。或曰：上"十一月，十一日"之对，亦郭所作云。

有七十翁以独眠不温，藉口纳妾者。贺联云："古礼堪征，特为非人不煖；[1]浮生若梦，要知为欢几何。[2]"

【1】语本《论语·八佾》"子曰：'夏礼吾能言之，杞不足征也。殷礼吾能言之，宋不足征也。文献不足故也。足，则吾能征之矣。'"及白居易《戏答皇甫监（时皇甫监初丧偶）》："寒宵劝酒君须饮，君是孤眠七十身。莫道非人身不暖，十分一醆暖于人。"

【2】语本李白《春夜宴桃李园序》："而浮生若梦，为欢几何？古人秉烛夜游，良有以也。"

王扶九年老就幕。除夕作联云："白发萧然，看他人儿女夫妻，千般恩爱；黄金尽矣，数此日油盐酱醋，百计安排。"诘朝，为主人所见，恻然悯之，遗以千金。

七夕，例以酒宴师，某东吝之。师命对曰："客舍凄清，恰是今朝七夕。"徒以告父，父曰："我忘之矣。"乃对以"寒村寂寞，可移下月中秋"。及期，又寂然。又命对曰："绿竹本无心，遇节即时捱不去。"父笑曰："我又忘之矣。"对以"黄花如有约，重阳以后待何迟"。师无奈。至期又寂然。师又命对曰："汉三杰，张良韩信狄仁杰。"父大笑曰："师误矣！三杰汉人，狄仁杰唐人也。师忘之乎？"师告徒曰："我实不忘。尔父前唐后汉，记得许熟，乃一饭而屡忘之乎？"

陆浚明粲善属对。一日，为棋酒之会。客曰："围棋饮酒，一着一酌。"陆曰："听漏观书，五经五更。"（楚按：更，古音"经"，今梨园评话尚沿之。）又一对曰："弹琴赋诗，七絃七言。"又上海徐园一联云："酒棋酌著；琴诗弹谈。"本此。

某君挽汤蛰仙一联云："不商致富，不仕得官，犹老处士；文则变法，武则革命，是大英雄。"出于含蓄。又一联云："始则拒款保路，继则集款筑路，终则得款卖路，三变现原形，转转仍为天下笑；为文惊天动地，为官昏天黑地，为人花天酒地，一身都是假，皇皇不愧大名公。"则谿刻甚矣。

山阴王通判女，挽夫云："无不开之船，打桨扬帆，君已脱离苦海；有未了之戏，掩旂息鼓，吾今收拾残场。"

某世家子溺志烟花，卒患毒而死。其父哭以联云："儿竟去耶！冷父母心肠，这一番吴江风雪；魂兮归来！听妻孥号泣，莫再恋前路烟花。"以其能动人，故录之。

赵参谋在杭被刺。古越周天君集药名挽之曰："使君子当归，旋覆锦文，熟地车前，火药乌药，续断常山没药；何首乌大戟，知母独活，连翘射干，丹参苦参，夏枯远志玄参。"楚孙按：惜不知其用意何在。

周又自署门联云："命不如人，早早让人前面去；天如佑我，迟迟待我后头来。"

又，药名联云："白头翁牵牛过常山，遇滑石跌断牛膝；黄发女炙草惟熟地，失防风烧成草乌。"

又，陈眉公与一宦者同席，宦出对曰："黄发女配得皂角儿。"禁用鸟名。眉公曰："白头翁生下苍耳子。"曰："何以犯禁？"陈曰："药中另有白头翁。"又一联云："蜜陀僧遣苍耳子寻代赭石；刘寄奴扶白头翁戴金银花。"又，唐六如与阎秀卿对云："红娘子恨杀槟榔，半夏无茴香消息；白头翁喜行蕲艾，人参有续断因缘。"

副举翁某，性诙谐，精于医，一夕如厕而卒。挽之曰："三桂（亦副举善谐。）本同宗，可怜一样粪坑，永叔作文君作古；大弥（亦副举善谐。）称后辈，幻出两般面目，同稣（即常熟。）为相汝为医。"

又，某医妹以产死，某旁观无措。挽之曰："儿女事，未分明，死路偏从生路去；姊妹花，竟凋谢，命穷却在技穷时。"

吾杭严官巷某氏子，习医，年十七而觞。或挽之云："未冠岂当归，莫说远志空赍，职分尚为苍耳子；延年虽没药，试看寄生于世，尘寰不少白头翁。"

谏议大夫程师孟，尝豫求王介甫为作墓志。介甫子雱死，习安检正张安国，被发藉草，哭于柩前曰："安国愿死转为公嗣。"尤奇。人为对曰："程师孟生望速死；张安国死愿托生。"

女伶金玉兰死。易哭庵一联云："欲将叹凤嗟麟意；来吊生龙活虎人。"或谓若移挽松坡，更切。

又，伶人翠琴于咸丰丁巳三月死；其生也，在二月十一。挽云："生在百花先，万紫千红齐俯首；春归三月暮，人间天上总消魂。"楚孙按：曾闻此伶为帝所眷，故"天上"二字，较为含蓄。

朱惠之专筹税策，死后挽云："门面有税，膏捐有税，烟酒糖有税，画策无遗，求也可使治赋；左右曰贤，国人曰贤，诸大夫曰贤，盖棺论定，今之所谓良臣。"

荆公子雱，得心疾，逐其妻，荆公无如之何，为备礼嫁之。又，王丞相夫人郑氏佞佛，临危曰："死愿落发为尼。"及死，为奏乞法师名号。对曰："王相公生前嫁妇；郑夫人死后出家。"又，工部郎中侯叔献妻悍，侯死，儿女不胜其苦，诏离之。乃又改对曰："侯工部死后休妻。"楚按：此与上程师孟事可互对，妙在均为荆公事。

挽道士云："吃的是老子，穿的是老子，一生到老，全靠老子；唤不灵天尊，拜不灵天尊，两足朝天，莫怪天尊。"

嘉庆时，周莲塘宗伯薨，德州卢南石代之，京兆尹费西墉往吊，一恸而殂。联云："一品头衔让南石；三声肠断失西塘。"

魏仲仙寿莱公联曰:"何时生上相;明日是中元。"又,周益公丙午七月十五生,联云:"寿与潞公同甲子;日临莱国占中元。"

方恪敏公观承六十一岁,于八月十四日始生一子,手书十字曰:"与吾同甲子;添汝作中秋。"

又,贺盛莲水腊月廿七五十寿云:"再过三日便成岁;若到百年已半时。"

又,徐汇生贺蒯礼卿五月十五五十,联云:"五月十五,五福备至;百年半百,百寿先开。"

又,仪征方子颖贺某广文九月初八七秩,联云:"苴藉筵开,今年刚七夕;茱萸酒熟,明日是重阳。"

李合肥夫人三月二日六十寿,某联云:"三月上巳辰之前,六旬大庆。"合肥以为俚,将置之,乃下联则为"两宫皇太后以下,一品夫人"。亟命悬之中堂,供香案焉。

乾隆八旬,值重阳,出巡热河,驻万松岭。彭文勤得句云:"八十君王,处处十八公,道旁介寿。"而难其对,驰遗纪文达。纪即于纸尾书云:"九重天子,年年重九节,塞上称觞。"彭与上俱大叹服。

松江杨了公五十自寿云:"到此不知非,比卵数（松俗以五十二为"卵数"。）还差两岁;从今越自大,看天养再活几年。"

五人为友,已死四人。最后者挽曰:"座中只剩两人,悲君又去;泉下若逢三友,说我就来。"又:"打桨扬帆,喜老兄脱离苦海;停锣住鼓,看小弟收拾残场。"

又,酒徒挽塾师联云:"若无馆坐君须返;倘有酒赊我亦来。"

又，雅片者挽好莺歌戏者，亦用此格为联云："若无莺戏君须返；倘有乌烟我亦来。"以"莺"对"乌"，较工。

新婚联并录于下。旧者如："始作，申申如也，鞠躬如也，入公门，仰之弥高，钻之弥坚，此一时，赧赧然，强而后可；[1]以成，美目盼兮，巧笑倩兮，策其马，油然作云，沛然下雨，出三日，洋洋乎，欲罢不能。"[2]"你非老手，我非老手，慢点慢点；前有人听，后有人听，轻些轻些。""消息门外听；滋味个中尝。""有甚于画眉者也；如此则动心否乎。"

有九月入赘联云："天上时逢雀化蛤；房中曲奏凤求凰。"趣极。

至新名词联，楚孙所不喜，姑录之，以备一格。"全体共和，中央解决；双方运动，一致进行。""势力范围，有压力而无平等；登台开幕，非通过不能发生。""你守闭关主义，顽固野蛮，今夜试开通，请为国民流血；我抱辟地方针，力求进步，新荒能垦殖，无负豪杰热肠。""上大舞台，做小戏文；入新内阁，办老公事。""国事维艰，卧榻岂容酣睡梦；时机已至，舞台大好造英雄。""方针直达中心点；压力横加大舞台。"

【1】语本《论语·八佾》："子语鲁太师乐，曰：'乐其可知也。始作，翕如也。从之，纯如也，皦如也，绎如也。以成。'"《论语·述而》："子之燕居，申申如也，夭夭如也。"《论语·乡党》："入公门，鞠躬如也，如不容。……摄齐升堂，鞠躬如也，屏气似不息者。"《论语·子罕》："仰之弥高，钻之弥坚，瞻之在前，忽焉在后。"《孟子·公孙丑下》："彼一时，此一时也。"《孟子·滕文公下》："观其色赧赧然，非由之所知也。""良曰：'请复之。'强而后可，一朝而获十禽。"

【2】语本《诗经·卫风·硕人》："手如柔荑，肤如凝脂，领如蝤蛴，齿如瓠犀，螓首蛾眉，巧笑倩兮，美目盼兮。"《论语·雍也》："孟之反不伐，奔而殿，将入门，策其马，曰：'非敢后

也,马不进也。'"《孟子·梁惠王上》:"天油然作云,沛然下雨,则苗浡然兴之矣。其如是,孰能御之?"《论语·乡党》:"祭于公,不宿肉。祭肉不出三日,出三日,不食之矣。"《论语·泰伯》:"子曰:'师挚之始,《关雎》之乱,洋洋乎盈耳哉!'"《论语·子罕》:"夫子循循然善诱人,博我以文,约我以礼,欲罢不能。"

薛慰农五十九岁时,赠友六十寿联云:"与君作叶子戏;先我过花甲年。"工极。

又,有赠好酒赌友联云:"酒(一作"醉"。)中三百六十日;座上东南西北风。"

又,有普通挽联云:"不得了,不得了,了也不得;怎么哭,怎么哭,哭又怎么。"

有因虎患打醮者,某士人反对之,作联云:"有兽噬人,当拜猎夫为活佛;无乡不醮,竟将野物作神灵。"

粤中醮堂联云:"嗟我大国多民,贫弱如此,犹复捐之不已,又有花捐、酒捐、赌捐、烟捐、房捐、车捐、猪捐、牛捐、轻捐、重捐,尚令捐官捐爵,捐捐剥剥,可谓任劳任苦矣;念尔孤魂无主,衣食阙如,设使鬼果有灵,无论男鬼、女鬼、大鬼、小鬼、肥鬼、瘦鬼、高鬼、矮鬼、新鬼、故鬼,勿用鬼头鬼脑,鬼鬼祟祟,其速来歆来飨乎。"楚孙曰:呜呼!余欲无言。

光复后,湘省阵亡将士追悼会联云:"今日追悼,明日追悼,悼死耶、悼生耶?死者不生,生者不死;你也爱国,我也爱国,爱名乎、爱利乎?名则无利,利则无名。"乃王昔非手笔,目光明敏,直烛照于十数年后。

自挽联极喜笑怒骂之致:"这回吃亏受苦,都因入孔氏牢门,坐冷板凳,做老猢狲,只说限期弗满,竟挨到头童齿豁,两袖俱空,书呆子何足算也;此去欢天喜地,必须经孟婆村道,遊剑刀山,过奈何桥,可称眼界别开,与那些酒鬼诗魔,一堂常聚,南面王无以加之。"额曰:"这回不算。"

民党李某署门联曰:"识时为俊杰;革命是男儿。"竟以此为项城所杀,冤哉!

稳婆积资至富,死后联云:"赤手创人家,一片婆心存救苦;白头归净土,大千世界悟重生。"

律师丧妾而以太夫人讣者,联云:"闻大律师丧姬,绮貌绮年真可惜;以太夫人讣友,尊堂尊宠不分明。"某大惭。

方墨谷,自号花佣。一日,忽遍告亲友,云将择日自裁。何屏门赠联云:"闻君自号花佣,何忍遽抛花去;恨世多逢木魅,不如早就木居。"又一友曰:"九泉岂必太平,君胡祈死;百岁终归同尽,谁竟偷生。"语尤冷隽。

章崑和生时出殡,联云:"欲生偏死,欲死偏生,天下糊涂,只阎摩老子;以吊作贺,以贺作吊,人间遊戏,惟崑和先生。"

杭州吴彭年布衣,挽天津邵志庐茂才之室某烈妇曰:"蝴蝶有情同出梦;鸳鸯到死不分飞。"

某盂兰会中兼祀孔子,绘一车二马。某才士联云:"侪吾儒于三教之班,无可无不可;跻宣圣于二氏之列,其然岂其然。""说空去,说虚去,三纲五常如何可去;乘鹿来,乘牛来,一车二马胡为乎来。"

又，杭州盂兰会联云："替鬼化缘，或求李，或拜张，拾芝麻凑斗；随人作福，不争多，不嫌少，尽蜡烛念经。""哼两句大众听听，不因出色高僧，那得请他入座；弄几文随时用用，只要有钱到会，何妨借此搭台。"

又，杭州大世界游戏场内盂兰会联曰："阐扬佛教，超度众生，似者般大好湖山，也应叫怨鬼孤魂，同登极乐；（楚按：好骂。）建设道场，皈依三宝，看此地光明世界，任凭他善男信女，共证菩提（楚按：原作"前因"。）。"

又，某"世界"内游客甲，谓友曰："子能于五分钟内属一对，当以酒食为寿。"即曰："此世界，彼世界，无量诸世界，并作新世界、大世界，斯为游戏世界、欢喜世界。"友思甲近昵一妇，而弃其妻，宜借此箴之，即曰："似夫妻，非夫妻，这算甚夫妻，勿论长夫妻、短夫妻，不如患难夫妻、恩爱夫妻。"甲果感动。

有代朱皮匠作挽子联云："长（音"绽"。）子云亡，空作牛衣之泣；锥儿既失，难嗣朱（音"猪"。）氏之宗（音"鬃"。）。"见者大笑。

江右李秀枫乘时，游云南汪瘦秋幕，汪赏之，以女妻焉。李自作联云："西席东床，千秋佳话；滇南江右，万里姻缘。"

陕某令，祝抚军陈文恭寿一联云："罄南山之竹，书寿无穷；决东海之波，福流难尽。"联上，大受申斥。

荆公初度，光禄卿申巩，笼雀诣客次开放，且致祝焉。时边帅妻疾，有虞候割股以献者。或为联云："虞候为县君割股；大卿与丞相放生。"

杭州师校中毒案，有人以旧集成之句移赠，至为确切者："世间惟有读书乐；天下无如吃饭难。"

同治中，郭子美军门，名松林，有儒将风。值寿辰，某书生献一联云："古今双子美；前后两汾阳。"竟得千金之赠。

小凤仙挽蔡松坡联云："不料周郎竟短命；早知李靖是英雄。"抬高自己身分。不知何人捉刀。

桐乡徐瘦生茂才不娶，署棺曰"独室"，棺联云："埋忧待荷刘伶锸；行乐先题表圣诗。"

又，西湖诗僧小颠，亦预营涅槃塔。联云："老屋将倾，只管淹留何日去；新居未卜，不妨小住几时来。"

嘉庆甲子，建毓庆宫。上以"毓庆承恩毓嘉庆"命对，英煦斋与朱文正同对"寿皇垂裕寿今皇"。

岳庙旧对："青山有幸埋忠骨；白铁无辜铸佞臣。"或袭其意以挽妾云："夺我红颜天好色；埋卿白骨地无情。"

民初剪发，有人作辫子自挽对云："你提剪刀来乎？恨世上把千缕青丝，诬称烦恼，革命竟起自本身，惨剧遽演成，忍使将辣手狠心，害吾等含冤不白；我别头颅去矣！看会场集五方黎首，同做髡奴，拔毛岂必利天下，时宜偏不合，弄得来光头秃脑，教大家无法可施。"楚孙按：字字切，句句扣，非斫轮手不办。

常州商人金某，家小康，性傲慢，人与为礼，每不答，但睨视之。然其为人险诈,人皆唧之。少时与人涉讼,曾为苏臬司掌颊一百。晚年,因无子,负一乞人子作螟蛉。会六十生辰,张筵宴客,邑人赵某,素健讼,欲弄之,乘其贺客多时,遽以联入曰:"掌嘴喝乌台,霎时脸泛桃花,从此遂成强项令;居心同蝛射,他日身埋楠木,可怜没有捧头人。"客均胡卢,金怒甚。

挽兄弟二人溺死长联云:"天犹水也,地犹舟也,痛兄弟无辜,(一作"痛君身犹寄"。)胡并为天地厄也?觅几辈前贤相比,强慰幽灵,乃有骚客屈平,诗豪李白,英年王勃,哲嗣澹台,缅吴沼则吊伍员,悯宋墟则怀陆子,其历劫如恒河沙数,任使海枯石烂,莫雪沉冤。吹浪起冯夷,计惟挟铁弩千张,申檄文一道,效韩昌黎驱鳄,钱武肃射潮,代那些清流同报怨;老有终耶,幼有极耶,令死者有知,将奈此老幼何耶?嗟满门眷属无依,都归惨境,留得孤儿赵武,爱女缇萦,慈母哀姜,寡妻德曜,告姊妹而来韩虢,喑姻娅而到邢谭,胥会丧于祖帐道边,从教湿哭干啼,临风洒泪。度亡凭术士,拟欲引金绳十丈,置宝座百台,诵《大悲咒》消灾,《多心经》[1]解厄,为这般善类普招魂。"楚孙按:惜"韩""厄"等字重见。

【1】小说《西游记》第十九回:"乌巢禅师(对唐僧)道:'路途虽远,终须有到达之日,只是魔障难消。我有《多心经》一卷,共五十四句,二百七十字。若有魔障处,念起此经,自无伤害。'"但佛藏中并无《多心经》,只有《般若波罗蜜多心经》,简称《般若心经》《心经》;"般若波罗蜜"与"般若波罗蜜多"含义相同,音译有异而已。

夫妇某,夫业乌师(妓院授曲者。),妻操神女生涯。夫死后,有代其妻挽夫云:"君命蹇,妾命薄,同是天涯沦落;生同室,死同穴,应思泉下孤栖。"此联初视之,不见其妙,实则上联讥夫妇同操贱业,下联则悲死者之独享孤栖。或以作联必如此,始得云得风刺之旨。楚孙以为，所施非人，亦不足贵。昔楚曾以"灵运子孙都是凤（鳳）"为挽句，意在讥以"凡鸟"，然终无人悟得，是用与不用等耳。

山阴严伯亮五十自寿，联云："吃饭大难，好个半老书生，已吃了五万四千餐饱饭；挣钱不易，就到一家蒙馆，也挣得三百二十块洋钱。"

有代女伶鲜灵芝，挽龙阳才子易哭厂云："灵芝不灵，百草难医才子命；哭厂谁哭，一生只惹美人怜。"

上海霞飞路某宅春联云："乐不思蜀；忧能伤人。"盖某固川人也。次年又云："看鲁阳挥戈；与邹衍谈天。"是时方东邻构衅也。又次年，易为："不分南北；什么东西。"

余友陈君守梅云：北平东交民巷一宅春联云："望洋兴叹；与鬼为邻。"尤趣。

湘人王某新婚联云："见此见此见此;[1]宜其宜其宜其。[2]"取材《诗经》，作歇后语。

【1】语本《诗经·唐风·绸缪》："绸缪束薪，三星在天。今夕何夕，见此良人？子兮子兮，如此良人何？//绸缪束刍，三星在隅。今夕何夕，见此邂逅？子兮子兮，如此邂逅何？//绸缪束楚，三星在户。今夕何夕，见此粲者？子兮子兮，如此粲者何？"

【2】语本《诗经·周南·桃夭》："桃之夭夭，灼灼其华。之子于归，宜其室家。//桃之夭夭，有蕡其实。之子于归，宜其家室。//桃之夭夭，其叶蓁蓁。之子于归，宜其家人。"

休邑南乡三溪，俗称村人为牛。有入泮者，俞某贺联云："头角峥嵘，异日必为天下宰；羽毛丰满，今秋定见月中人。"

又，牛稔文为纪文达中表。牛娶媳，纪贺联云："夜静纱窗同望月；昼长绣闼对弹琴。"牛尚不知其谑。

又，孙实，字若虚，赠牛秀才一联云："腰带头垂，尚有田单之火；幞头脚上，犹闻宁戚之歌。"

有赋土牛云："饮渚俄临，讶盟津之捧塞；度关倘许，疑函谷之丸封。"

又，有由羊毛场迁居由斯弄，"由斯"俗误"牛屎"。或套旧句赠联云："袖中牛屎新诗本；襟上羊毛旧酒痕。"

李源作四厢太保贺启云："伏维太保，才离五都之市，便寻四厢之职，手持金骨之朵，身坐锜交之椅。旧时拢马，只是一个；如今喝道，约够十人。据此威风，下梢须为太尉；亦宜念旧，第一莫打长随。"又，宋王德僭位，执一生作诏云："两条腿胫，马赶不前；一部髭须，蛇钻不入。身坐银交之椅，手执铜鎚之朵。翡翠簾前，好似汉高之祖；鸳鸯殿上，宛同（一作"浑如"。）秦始之王。一应文武百官，不许草履上殿。"后德被擒，士以此诏得免。又有翰林贺启云："通籍玉堂，帝亦呼庶吉之士；校书天禄，人皆称刘更之生。"又蔡元长行词云："既上大宗之印；复捐开府之仪。"均可笑。

自挽联风趣者少，如："既死莫伤生，好料萓身后事宜，莫弄到七颠八倒；再来成隔世，且撇下生前眷属，重去寻三党六亲。""百年一霎那，把等闲富贵功名，付之云散；再来成隔世，似这般夫妻儿女，切莫雷同。"

又，医生自挽云："五十二年，糊糊涂涂，书生耶？医生耶？流水无情，随他去罢；四月八日，清清楚楚，酒醒了，梦醒了，拈花微笑，待我归来。"

又，挽妻妾联之风趣者："卿竟死矣，十八年絮聒难堪，免得枕边翻旧案；我有忧焉，五百年轮回易转，还防身后续前缘。"真令人失笑。

丹徒应简人，自挽一联，既沉痛，又洒落。联云："忽然有，忽然无，纵定成上寿百年，莫非做梦；何处来，何处去，倘果有轮回一说，更要伤心。"

有富翁浑名王二化子，纳一小星，亦既抱子矣。后忽下堂求去，重入平康。越数载，其子入泮，捷信至家，翁已于先一日逝。有挽之曰："王子竟成仙，想当年妾入章台，空遗下龟头绿帽；花郎真薄命，痛此日儿游泮水，难亲见雀顶蓝衫。"

有挽骏子字古愚者联云："饥来食，寒来衣，不忮不求，自是古愚多本色；朝则起，暮则寝，全归全受，谁谓今世少完人。"

方德功妻于九月卒，联云："神女生涯原是梦；菊花从此不须开。"颇空灵可喜。又一联云："尔何人，我何人，无端六礼相成，惹出者番烦恼；生不见，死不见，倘若三生有幸，愿图来世姻缘。"

又，挽妾联云："天若有情亦老；人难再得为佳。"

旧说有"天若有情天亦老，地如无恨地常平"。袁香亭太守，又以文衡山之"花若有情花亦懊"为上句，对句则"月如无恨月常圆"。

昔有为亲发丧而演剧者，有赠以"吊者大悦"四字，引为嫌隙者。嗣闻有一联云："君子居丧，闻乐固然不乐；达人尽孝，作歌亦以告哀。"

有再娶而仍鳏者，联云："中年丧妻，大不幸也；一之为甚，其可再乎。"

有甫娶而岳死者，联云："泰山其颓乎，吾将安仰；[1]丈人真隐者，我至则行。[2]"又挽妻联云："七八载夫妻，少米无柴空嫁我；三两个儿女，大啼小叫乱呼娘。"

【1】语出《礼记·檀弓上》："孔子蚤作，负手曳杖，消摇于门，歌曰：'泰山其颓乎？梁木其坏乎？哲人其萎乎？'既歌而入，当户而坐。子贡闻之曰：'泰山其颓，则吾将安仰？梁木其坏，哲人其萎，则吾将安放？夫子殆将病也。'遂趋而入。"

【2】语本《论语·微子》："子路从而后，遇丈人，以杖荷蓧。子路问曰：'子见夫子乎？'丈人曰：'四体不勤，五谷不分，孰为夫子？'植其杖而芸。子路拱而立。止子路宿，杀鸡为黍而食之，见其二子焉。明日，子路行以告。子曰：'隐者也。'使子路反见之。至，则行矣。"

苏人沙三，于端午手散万金，人呼为"沙三标子"。后余五百金，于中元盂兰会中施麻团，车筐塞路，丐者数万，高结香龛，名曰"麻团胜会"。自署联云："三标子现身说法；大老官及早回头。"事毕，无一文，以衣质钱一串，日持鼓板卖麻团，几死。

振振堂主人春联云："大大方方做事；简简单单过年。"又："今世为何世；故春非我春。"楚孙尝作"依然故我；也算新年"联，不意昔人已有。

宛平陆申甫，六十自署联云："老而不死是为贼；臣之壮也不如人。"[1]此与汪林轩之"君子之交淡如水；好官不过得钱多"[2]，均属牢骚。

【1】语出《论语·宪问》："子曰：'幼而不孙弟，长而无述焉，老而不死是为贼。'"及《左传·僖公三十年》："佚之狐言于

郑伯曰：'国危矣，若使烛之武见秦君，师必退。'公从之。辞曰：'臣之壮也，犹不如人；今老矣，无能为也已。'"

【2】语出《庄子·山木》："且君子之交淡若水，小人之交甘若醴；君子淡以亲，小人甘以绝。"及清黄钧宰《金壶七墨·浪墨》："山阳赈狱，设盛筵款公曰：'吾辈皆同官，谁无交谊？古人有言：'好官不过多得钱'耳。不然，是毁王令公之家，而蹙其命也，彼岂能甘心于君者？"

新婚联切姓者，颇妙。如吾乡丁修甫娶盛凤翔女，时值元宵。王同伯联云："熊罴吉兆添丁喜；钟鼓元宵极盛时。"余娶于夏氏。乌程费恕皆有容世叔，尝袭此以见赠云："才倾沧海添丁祚；瑞肇涂山奠夏基。"又，余师叶翼云兆鲲联云："松梦同圆，吉兆定符公十八；柳眉试画，新妆正好月初三。"

又，赵叔孺娶林欧斋之女。联云："得与梅花为眷属；本来松雪是神仙。"

又，吾杭管驿后孙氏，与宋春源绸庄为婚。叶翼云师联云："笑今日娶妻岂必；祝他年生子当如。"[1]

【1】上下联原本古诗词，分切宋、孙二姓。《诗经·陈风·衡门》："岂其食鱼，必河之鲤？岂其取妻，必宋之子？"辛弃疾《南乡子·登京口北固亭有怀》词句："天下英雄谁敌手？曹刘。生子当如孙仲谋。"

某甲五十自寿联云："嫖无闲，赌无钱，试为无赖，气力如绵，无过可寻，检点何劳蘧伯玉；进过学，补过廪，取消过后，南无结顶，平心一想，功名早于朱买臣。"

某孝廉缔姻大姓，妒者传其为天阉，婚约几废，终效曹君之处晋侯，藉浴时薄而观之，疑乃解。成婚之夕，自书一联云："好事多磨，毕竟难磨成（一作"真"。）好事；登科有兆，即今预兆大登科。"

今年明令禁用阴历，苟于阴历贺年者，没收贺年片。余代拟一春联云："有米如珠，有薪如桂；何年可贺，何喜可恭。"

某商娶亲，或赠新房联云："生意春前草；来源山下泉。"妙语双关，一进一出，恰是商人，恰是新婚。

萧姓夫妇皆六旬，有一子，乃妇前夫之子；子无嗣，又买他姓子为孙。或为联云："三姓合一家，祖孙父子；七铜配八铁，露水夫妻。"豁刻已极。

饮　食

《鹤林玉露》云：周益公、洪容斋，尝侍寿皇宴，因语及故乡肴核。上问容斋乡里所产，容斋鄱阳人也，对曰："沙地马蹄鳖；雪天牛尾狸。"又问益公，公庐陵人也，对曰："金柑玉版笋；杏银水晶葱。"上吟赏久之。又问一侍从，侍从浙人也，对曰："螺头新妇臂；龟脚老婆牙。"四者皆海鲜。上为大笑。

又，旧对"杨妃乳；西施舌"，亦海鲜也。又以"西施舌"对"东坡肉"者，虽佳而平仄失协。此与旧对"万年青；千日红"，同一可惜。

楚孙有表兄"鲁元臣"，以之对"秦始皇"；又有表兄"黄谷梅"，对"黑山栀"。对仗虽工，而亦害于平仄。

苏东坡嘲杜默之诗，以为"山东学究饮村酒，食瘴牛肉，醉后所作，尚足言诗乎"。然人之评东坡词，则有"关西大汉铁板铜琶唱大江东去"之语。后人取以为联云："山东学究，村酒牛肉；关西大汉，铁板铜琶。"

东坡使西域时，尝录人诗句云："人间有漏仙，三杯兀兀醉；世上无眼禅，一枕昏昏睡。虽然没交涉，其奈略相似；相似尚如此，何况真个是。"汴人刘酒者，无名字，以好酒名。尝从周栎园乞联额，周为题"略似庵"，联云："人间有漏仙，三杯兀兀；世上无眼禅，一枕昏昏。"得之大喜逾望。

冯京贫甚，与同学窃僧所畜狗，烹食之。僧诉诸令，令命作《偷狗赋》，援笔立就。中有句云："饭团引来，喜掉续貂之尾；

索绹牵去，惊回顾兔之头。"令延之上座。明年，作三元。

清丁未，广西高等学堂，因饭食不洁，联名请总理沈观察易庖。乃沈与庖有桑梓谊，不允其请，致三班学生均因此退学。或拟长联云："建洋楼才百馀日，直达目的，原为边省奇观。招列宪共吃大餐，请制军，请中丞，请藩司，举手咸称开学酒；上教室仅四星期，因碍卫生，致使全堂告退。愿厨役前途努力，捐知县，捐太守，捐巡道，他年同是做官人。"

陈海鹏，咸、同间名将也。解甲后，养鸭于新河，座客常满。时人语曰："欲吃新河鸭，须交陈海鹏。"海鹏既殁，其孙大有祖风。时人又为之语曰："欲吃新河鸭子，须交陈海鹏孙。"

魏王继岌每食，必以羊、兔、猪脔而参之。时卢平为平章，惟进粥，曰栗粥、乳粥、豆沙加糖粥三样。时为对曰："王羹亥卯未；相粥白玄黄。"

《碧溪诗话》云：同侪行令，令人索一鱼。一浙人大唱云："周公鱼。"余曰："且喜召伯鲆有对矣。"因足成曰："京市鲜先夸召伯；浙音鱼或号周公。[1]"

又，《复斋漫录》云：刘韐为台城县尉，不善饮。某推官能饮啖，因戏刘云："小器易盈真县尉。"刘曰："穷坑难满是推官。"

又，李子仙孝廉，咏馆馔之菲薄，有联云："青菜缝中藏肉屑；黄虀头上顶肝油。"

【1】姬奭，又称召公（邵公）、召伯、召康公、召公奭，西周宗室、大臣，与周武王、周公旦同辈；因采邑在召，故称。召公曾辅佐周武王、成王、康王，为周朝灭商、巩固和繁荣做出重要贡献，深受朝野爱戴。姬旦，周文王姬昌第四子，周武王姬发之

弟，亦称叔旦，西周开国元勋，儒学先驱；因采邑在周，故称周公。周公一生功绩被《尚书大传》概括为："一年救乱，二年克殷，三年践奄，四年建侯卫，五年营成周，六年制礼乐，七年致政成王。"其思想言论见于《尚书》之《大诰》《康诰》《多士》《无逸》《立政》诸篇。

东坡居惠广寺，人月馈公酒六壶，吏跌而亡之。公作联云："不谓青州六从事；翻成乌有一先生。"

宴客食鳖得卵者，或曰："雌鳖腹中龙眼蛋。"适王础臣至，闻声应曰："雄鸡头上荔枝冠。"

《锡金识小录》：郡丞胡与郡判董，以查荒至无锡。土产有红白酒，饮之而醉，出门宜南行，反北走。事为宪知，厉声斥之曰："有一对，能则免罚：'红白相兼，醉后便迷南北。'"二人同答曰："青黄不接，贫来变卖东西。"宪笑释之。

有以"墙上竹枝书个个"，阮芸台对以"匣中枣（棗）子叱来来"，群未以为工。后知为东方朔事，极称之。楚孙按：本事[1]云：武帝尝以隐语诏方朔。时上林献枣，帝以杖击未央前殿曰："叱叱，先生束束。"朔曰："上林献枣四十九枚乎？"朔见上以杖击槛，两木为林，上林也；束束，枣（棗）也；叱叱，四十九枚也。然则并无"来来"二字，亦未见有匣子，不意芸台亦复杜撰典实。

【1】《汉书·艺文志》："（左）丘明恐弟子各安其意，以失其真，故论本事而作传。"本事，即真实的事迹、原本的事情。

云南大观楼联云："五百里滇池，奔来眼底，披襟岸帻，喜茫茫空阔无边。看东骧神骏，西翥灵仪，北走蜿蜒，南翔缟素。

骚人韵士，何妨选胜登临。趁蟹屿螺洲，梳裹就风鬟雾鬓，更蘋天苇地，点缀些翠羽丹霞。莫孤负四围香稻，万顷晴沙，九夏芙蓉，三春杨柳；数千年往事，注到心头，把酒凌虚，叹滚滚英雄安在？想汉习楼船，唐标铁柱，宋挥玉斧，元跨革囊，伟绩丰功，费尽移山心力。伧珠帘画栋，卷不起暮雨朝云，即断碣残碑，都付与荒烟落照。只赢得几杵疏钟，半江渔火，两行秋雁，一叶扁舟。"[1]

或套此为雅片联云："五百两烟泥，赊来手里，价廉货净，喜洋洋兴趣无穷。看粤夸黑土，楚重红瓤，滇尚青山，黔崇白水，估成辨色，何妨请客闲评。趁火旺炉红，煮就了鱼泡蟹眼，正更残漏永，安排些雪藕冰桃。莫孤负四棱响斗，万字盘香，九节烟枪，三镶玉嘴；数千金家产，忘却心头，瘾发神疲，叹滚滚钱财何用？想名类巴菰，膏珍福寿，种传莺粟，花号芙蓉，横枕开灯，足尽生平乐事。伧朝吹暮吸，哪怕他日烈风寒，纵妻怨儿啼，都装做天聋地哑。只剩下几寸囚毛，半抽肩膀，两行清涕，一副枯骸。"是诚穷形极相矣！

又有一联云："十八省军民，尽吸雅片，你来我去，笑嘻嘻其味无穷。当南窗寓足，北牖栖身，西席谈心，东床坦腹，锦帷罗帐，俨然蓬岛神仙。置银盘牙盒，好享受宫馆风流，持竹管铜枪，且滚就螺丝颗粒。莫孤负三更灯火，几度烟霞，数盏香茶，四时水果；亿万家性命，绝癖鸿嗷，此叹彼怜，看渐渐害贻妻小。惜士弃诗书，农荒畎亩，工抛技艺，商耗货财，壮老童颜，都变阴司活鬼。承父兄师友，劝不转铁石心肠，将屋宇田园，尽卖与亲朋里郯。只剩得两袖清风，一身明月，半床草荐，几个枯骸。"楚孙按：此不敌上联之圆转灵活。

【1】对照现悬大观楼之长联，"骚人韵士"作"高人韵士"，"伟绩丰功"作"伟烈丰功"，"即断碣残碑"作"便断碣残碑"，"荒烟落照"作"苍烟落照"，"一叶扁舟"作"一枕清霜"。

明末福王，有"万事不如杯在手；一生几见月当头"之对。按：冬月望日为"月当头"。偶有质钱赴博者，提贯而言曰："万事不如钱在手。"旁有应者曰："一生几见赎当头。"

又，上海小说家吴双热，取此以嘲吸烟者云："万事不如枪在手；一生几见日当头。"妙甚。

又，某甲情殷舐犊。一日，其子酗酒忤甲，甲怒甚，以棍击其首。子抚首吟曰："万事不如杯在手；一生几见棍当头。"或云，次句被击后始得，大合情理。

"三鸟害人鸦雀鹁（雅片、麻雀、妓鹁。鹁一作"鸽"，则指白鸽票也。）。"或对以"四灵除尔凤麟龙。"虽属谐谑，亦征巧思。又有一对云："一水通商满汉洋。"则似更不落呆诠，惜乎"满"字未妥耳。

盛德乩坛鸾手郑某，嗜雅片，浑名老枪，兼任某储蓄会收账。其卒也，或挽之曰："烟榻灯残，清膏味冷，痛此日老枪老调，梦魂夜夜储蓄会，八角四；（储蓄会章，以百分之七作津贴，每收一会十二元，得洋八角四分为津贴。）灵学功深，黄泉路熟，笑当日土头土脑，心血年年盛德坛，二百五。（乩手必侍案傍，有似乎《蝴蝶梦》戏剧中之二百五、三百三也。）"

旧有挽联云："君病我衰，视群从昆弟为苍老，平生姻旧，太半摧残，莽莽前途，剩有颓龄当世变；学勤力果，与十年废疾相撑持，一息尚存，百忧未已，茫茫遗恨，拚留热血在人间。"

或套以挽表叔，其表叔盖嗜烟者："君病我衰，视群从昆弟为苍老，平生烟侣，太半维新，莽莽前途，剩有单枪当世变；学勤力果，与十年嗜好相撑持，一吸尚存，百呼未已，茫茫遗恨，拚留数盒在人间。"

陈乔子与张佖子游圣武湖，时群鸥点点。佖子曰："此一副内本《潇湘图》也。"乔子顾谓吏曰："此白色水禽，可作脯否？"时人为之联云："张佖子半茎凤毛；陈乔男一堆牛屎。"

韩愈有咏酒句曰："破除万事无过酒。"又曰："断送一生惟有酒。"王安石改之为词曰："酒酒，破除万事无过，断送一生惟有。"不惟音协词圆，抑且于原句并不增减一字。或云：去上二字，即为佳对。

某家贫，至不能举火，而祖孙、父子，犹以阿芙蓉为命。或为一联云："不怕穷，穷不怕，怕不穷，祖孙父子三代人，朝朝暮暮吸雅片；是真苦，苦是真，真是苦，柴米油盐七个字，时时刻刻打饥荒。"

余友双玉，有烟霞癖。室中自悬一联云："朝朝说戒何曾戒；日日不添总要添。"下句一作"说说不多已是多"，上句"说"字作"要"字。真能道出烟客之症结者。

雅片联云："一杆竹枪，杀死英雄豪杰不见血；半擎灯火，烧尽田园屋宇并无灰。"楚按：意太直率浅薄。

有瘾君子，自题一联云："白云深处堪容我；黑劫来时亦任他。"又云："穷难度日愁无益；事大如天死也休。"

又，范肯堂联云："呼吸一去，千载无我；困勉以求，三代之英。"

有于祖祠内设烟馆者。或为联云："与祖宗呼吸相通，方是香烟一脉；叹子孙诗书未读，也曾灯火三更。"趣甚。

某甲绰号"鸭脚手",因其手指木强,如鸭脚之有蹼也。一日,甲手持一粗扇,俗名"鸭脚扇"。某乙见之,笑曰:"鸭脚手拿鸭脚扇。"时某丙正以刀切糕,遂得句曰:"马蹄刀切马蹄糕。"楚按:"手脚"对"蹄刀",失其旨矣。

某校生病将卒,自作联云:"英雄结局竟如此;庸医杀人将奈何。"时有同校生某善饮啖,同学恨甚,套其语以咀之曰:"废材结局竟如此;鲜菜杀人将奈何。"

豆腐店所制之"千层",苏地名之为"百页",同一物也,而两地之名恰好为对。又吾杭以揩面布曰"手巾",或曰"脸布",一物同时有二名,且又为的对,更奇。

屋　宇

"屋宇"题，颇未妥善，盖凡祠宇、名胜、园亭，以及船艇，胥纳入之也。原拟定名"建筑"，以字面较新，颇不类似，姑从此名。且楚孙辑录时，原拟不为分类，似气局稍大。乃朋侪谓此类文字，本身已落小乘；且略为分类，亦有便于检阅，似以分类为善。今虽姑为分类，惟界限则并不划如泾渭鸿沟，故附见杂出者，亦复不少。读者幸勿责其分类之淆混，与夫定名之未协也。

《耕馀博览》云：虞伯生集为许鲁斋衡门客，虞有所私，午后常出馆。许往候之，辄不遇。因书几云："夜夜出游，知虞公之不可谏。"虞见之，亦书几云："朝朝来聒，何许子之不惮烦。"

东交民巷某宅春联云："望洋兴叹；与鬼为邻。"趣甚。此亦陈君守梅告予者。

有集戏中白口句为戏台联云："想当年那段情由，未必如此；看今日这般光景，或者有之。"口吻确肖。

李剑溪太仆光雲曰：有延师而另辟精舍，任师自便者。师好嬉，无日不在戏园中。值新岁，何念修少宰逢僖，适知其事。因戏书一联于门次云："园日涉以成趣；门虽设而常关。"师见之，即襆被而去。

又，见有储水以备火患者，门联云："事有备则无患；门虽设而常关。"[1]

【1】语本《尚书·说命中》："惟事事乃其有备，有备无患。"及晋陶渊明《归去来兮辞》："园日涉以成趣，门虽设而常关。"

陈启东训导分水时，有人题桥云："分水桥边分水吃，分分分开。"而难其对。陈对曰："看花亭下看花来，看看看到。"

王某为沭阳令，因事赴乡，忽见一门联云："一妻十七妾；百子半千孙。"异之。造问焉，则其家吕姓，翁年八十余。问以子孙均在膝前否，曰："各业均有，以我老，相距不过二三百里间。"又问一年中以何时聚集，答曰："会集甚难，如同时回家，不但屋不能容，即一餐亦不易办。"令曰："我为尔作东道，即以五百金相赠，订期命子孙悉数唤回，使我一见。"翁欣然许之。

不数日，子孙均来，乃请令次日来乡。是晚，分二十灶，祖孙五代席地而坐，开怀畅饮。翁乐甚，谓今日一家团聚，此生恐不能再得，非贤宰德不至此，宜彼此痛饮。于是抚掌欢呼，一笑而逝。次晨，令至途，迎报请回舆，令仍登堂行吊，果见儿孙挤跪，不能指数，乃厚赙之而去。此乾隆年间事也。

楚孙按：此老诚死得其所，然莫妙于死在令来时。

吴山尊学士，自制一玻璃联，以篆书书之，反正皆同。其句云："金简玉册自上古；青山白云同素心。"额曰："幽兰小室。"反视之，则为"室小兰幽"。上款署"山尊先生"，下款"孙星衍"，皆表里如一。楚孙按：左右相同之"孙"字，遍查不获，不知如何写。

又闻一联云："文同画竹两三个；丁固生松十八公。"

王苹华都转耀辰，客座中自题一联云："君子之交淡如水；[1]大夫无故不杀羊。"[2]梁章钜闻之，不之信。后因奉召复出，都转钱于官廨，见此联固赫然在也。诘其命意，笑而不言。楚孙按：俗谚以银元为洋钱，欲另星使用，必如市兑之，使成小银元或制钱。吾杭兑时，俗名"杀羊"，以"洋""羊"同音也。意者都转性俭，即无故不兑洋之意乎？特未审彼时洋钱已通行否。

又，刘文清书楹帖云："镜里有梅新晋马；釜中无药旧唐鸡。"是均不可解者。

【1】语本《庄子·山木》："且君子之交淡若水，小人之交甘若醴；君子淡以亲，小人甘以绝。"

【2】语本《礼记·王制》："诸侯无故不杀牛，大夫无故不杀羊，士无故不杀犬豕，庶人无故不食珍。"

广陵有郑医者云：居杭州时，尝由瓶窑入山，三十里许，至一观，榜云"清真观"，门楔有一联云："䨻䨻雲内神仙府；岀岀山中道者家。"不识上四字。见一羽士，年近百龄，询之，云上二字音"沽都"，雲厚貌；下二字音"吃磕"，山多貌。按字典，"䨻"音"敦"，岀音"接"。楚孙按："都、敦"声相近，"磕、接"亦类似也。

又按：此类尚多，不无杜撰。曾闻传一联云："月朋晶朤，日昍晶朤。"其音为"月朋烂荡，日灿晶莹"，不知何所据。又闻有马氏兄弟，欲难考官，兄起名马骉骉，弟起名马骦骦，试官果为所窘。此则太恶作剧矣。

王楷堂老于曹郎，家计甚窘，宅边马棚，门临大道。自撰一联悬于门柱云："马骨崚嶒，吃豆吃麸兼吃草；车声历碌，拉人拉货不拉钱。（末句一作"拉牛拉马不拉人"。）"见者鞭然。

吴门有富室乡居者，求杨南峰书门联。此人之祖，曾为人仆，南峰即题云："家居绿水青山畔；人在春风和气中。"上列"家人"二字，见者皆匿笑。又题堂曰"旦白"，人问其意，曰：

"戏中旦角自称'奴家'也。"

常州有一老布衣,平时奸狡,自号清客。书门对云:"心中无半点事;眼前有十二孙。"次日,有人续书其下云:"心中无半点事,半生不曾完粮;眼前有十二孙,十个未经出痘。"见者绝倒。

一县令自题署门云:"爱民若子;执法如山。"实非良吏也。他日,有人续写其后云:"爱民若子,牛羊父母,仓廪父母,供为子职而已;执法如山,宝藏兴焉,货财殖焉,是岂山之性哉。"

记得宋漫堂《筠廊随笔》[1]中载,一年老令尹,大书县治前曰"三不要",下分注:"一不要钱,二不要官,三不要命。"次日视之,则每行下各添二字,"不要钱"下曰"嫌少","不要官"下曰"嫌小","不要命"下曰"嫌老",真恶谑也。

又,大中三年,李褒侍郎知举,试"尧仁如天[2]赋"。宿州李使君弟读,不识题义。讯问同铺,或曰:"正如尧之如天耳。"读不悟,乃为句云:"云攒八彩之眉;电闪重瞳之目。"赋成将写,以字数不足,忧甚。同辈给之曰:"但一联下添一'者'字,当足矣。"褒览之大笑。

【1】《筠廊随笔》当作《筠廊偶笔》,清宋荦(字牧仲,号漫堂等)撰,杂记其耳目见闻之事,乡野趣事、野史考证,无不涉及。

【2】语出《史记·五帝本纪》:"帝尧者,放勋。其仁如天,其知如神。"

民国四年,项城行祀天礼。严悲观戏题天坛联云:"荡荡乎民无能名焉,不图为乐之至于斯也;[1]滔滔者天下皆是也,孰谓鄹人之子知礼乎。[2]"又联云:"祷尔于上下神祇,或问禘之说,女勿能救与;[3]所存者同流天地,与其媚于奥,文不在兹乎。[4]"

同年，政事堂落成，王湘绮为联以讥徐世昌云："数点梅花亡国泪；两朝开济老臣心。"【5】额曰："清风徐来"。

【1】语出《孟子·滕文公上》："孔子曰：'大哉尧之为君！惟天为大，惟尧则之，荡荡乎民无能名焉！'"《论语·述而》："子在齐闻《韶》，三月不知肉味，曰：'不图为乐之至于斯也。'"

【2】语出《论语·微子》："滔滔者天下皆是也，而谁以易之。"《论语·八佾》："子入太庙，每事问。或曰：'孰谓鄹人之子知礼乎？入太庙，每事问。'子闻之，曰：'是礼也。'"

【3】语出《论语·述而》："子疾病，子路请祷。子曰：'有诸？'子路对曰：'有之。《诔》曰：祷尔于上下神祇。'子曰：'丘之祷久矣。'"《论语·八佾》："或问禘之说。子曰：'不知也。知其说者之于天下也，其如示诸斯乎！'指其掌。"《论语·八佾》："季氏旅于泰山。子谓冉有曰：'女弗能救与？'对曰：'不能。'"

【4】语出《孟子·尽心上》："夫君子所过者化，所存者神，上下与天地同流，岂曰小补之哉？"《论语·八佾》："王孙贾问曰：'与其媚于奥，宁媚于灶。何谓也？'子曰：'不然，获罪于天，无所祷也。'"《论语·子罕》："子畏于匡，曰：'文王既没，文不在兹乎？天之将丧斯文也，文不在兹乎？天之将丧斯文也，后死者不得与于斯文也；天之未丧斯文也，匡人其如予何？'"

【5】联语分出清张尔荩撰史可法墓联："数点梅花亡国泪，二分明月故臣心。"及杜甫《蜀相》诗句："三顾频烦天下计，两朝开济老臣心。"

婺源江湘岚峰青，戏题财政局边厅联云："明月清风，不用一钱买；【1】传神写照，正在阿堵中。【2】"

【1】李白《襄阳歌》诗句："清风朗月不用一钱买，玉山自倒非人推。"又黄庭坚《寿圣观道士黄至明开小隐轩太守徐公为题曰快》诗句："使君从南来，清风明月不用一钱买。"

【2】刘义庆《世说新语·巧艺篇》："顾长康画人，或数年不点目睛，人问其故，顾曰：'四体妍媸，本无关于妙处；传神写照，正在阿堵中。'"

陈豹章好色工诗，筑别业于庐江。自题一联云："王伯舆终当为情死；孟东野始以其诗鸣。"

清季，彩票盛行。有钱某者，异想天开，刊印伪券，购者如中小彩，则照章兑给，信用颇著；生涯亦佳，每期可赚数十元乃至数百元钱，窃自喜。讵知某期中，竟售出头彩，于是黑幕揭穿，捉将官里去。旋经朋好调解，乃寝其事。钱亦自此安分闭户自修，并书一联于门云："但求自得；不欲人知。"里中狂生某，一日醉后，经其门，读此联，援笔于每联上各增二字曰："头彩但求自得；末尾不欲人知。"题毕，狂笑而去。

燕子矶永济寺联云："松声竹声钟磬声，声声入耳；山色水色烟霞色，色色皆空。"

记得旧有一联云："风声雨声读书声，声声入耳；家事国事天下事，事事关心。"[1]云为一幼童所对云。

【1】此联为明朝东林党领袖顾宪成所作也。

广东雷琼道署一联，嵌入全州县名。联云："<u>定</u><u>安</u>全之策，坐镇<u>琼山</u>，开<u>乐会</u>以<u>会同</u>官，统<u>府官县</u>群僚，独临<u>高</u>位；<u>澄迈</u>往之怀，清扬<u>陵水</u>，佐<u>文昌</u>而<u>昌化</u>理，合<u>万儋崖</u>诸邑，共感<u>恩</u>波。"

金陵仪凤门（现改"兴中"。）外五十里，有一村，村东有社庙，有一斑驳之旧联云："乾道庆丰亨，宣绪嘉猷，治统隆万年之治；熙朝崇雍顺，咸康正德，光华同六合之光。"嵌前清年号均全，两"治"、两"光"，尤巧；旁镌"顺治三年立"，尤奇。

楚于此联觅之五年不得，今得之，狂喜。惟记得是清初某术士所为云；更奇者，顺治之前尚有一崇德，亦在其中也。

新会差头某甲，筑室初成，乞孝廉萧燧为门联。萧为书云："善颂善祷；美奂美轮。"盖八字中有四个"差"头也。

乡先生某，亦筑室数楹，自题云："德不润身，贫偏润屋，全反圣人之道；食无求饱，居必求安，半留君子之风。"

方地山谦，喜天足，尝署于门曰："无地皮可卷；有天足自娱。"

又，扬州以天足为"黄鱼"。邵伯毛元长大令，每与人宴，时人以"白鸟"称之。一日，纳一天足妾，诸客往贺，席间得一联以赠之云："朝朝充白鸟；夜夜抱黄鱼。"

清江有美人林嘉美，建仁慈医院，以其小，捐募另建。又张公之万祠，为直隶旅浦人所建，光复后，改祠为直隶会馆。时适小广寒书寓停业，而大观园开幕。淮阴拔贡范君，取以为联云："大观园开，小广寒闭，小固不可以敌大；[1]仁慈院兴，张公祠废，张也难与并为仁。[2]"

【1】末句语本《孟子·梁惠王上》："然则小固不可以敌大，寡固不可以敌众，弱固不可以敌强。"

【2】末句语本《论语·子张》："曾子曰：'堂堂乎张也，难与并为仁矣。'"

杭州清波门外，有"金元七总管"庙。有客云："此可对'唐宋八大家'。"

《八闽通志》云：上杭县白水漈，有题"白水漈头，白屋白鸡啼白昼",未有对者。潮阳林大钦修撰过黄泥垅,因得对云:"黄泥垅口,黄衣黄犬吠黄昏。"

某地侯王庙联云:"医人有手,济世有方,赫濯有声灵,是非无所见而云然也;分茅何典,证果何年,考稽何姓氏,其殆不可知之谓神乎。"楚按:末句虚字,摄神阿堵。此为陈守梅所传。

关夫人庙联云:"生何氏,没何年,盖弗可考矣;夫尽忠,子尽孝,可不谓贤乎。"空灵可喜,正不必靳靳为之订正,以没此佳联也。

潮阳双忠祠,祀张、许二公。联云:"国士无双双国士;忠臣不二二忠臣。"人有称之者。楚孙以为上句之第二"双"字,终为语病。既云"国士无双",则何以有"双国士",明明有冲突之嫌。

西湖月老祠一联云:"愿天下有情人,都成了眷属;是前生注定事,莫错过姻缘。"以曲对曲,妙笔也。

财神、药王合一祠,云:"漫道有钱能买命;须知无药可医贫。"十四字如绞如链,分拆不开。上句抑财扬药,下句又抑药扬财,且均为俗谚,令人拍案叫绝、心花怒放也。

药王庙戏台联云:"名场利场,无非戏场,做得出泼天富贵;冷药热药,总是妙药,医不尽遍地炎凉。"或谓"泼天"二字,仍从药王生情,非泛泛语也。

延平胡孝廉云章,渡口亭联云:"转瞬即天涯,坐坐,吃筒烟去;前头多地主,看看,等个船来。"

建宁、泰宁二县交界处,有挽舟岭极高,有庙,往来者必憩于此。黄润一联云:"山僧虽愧赵州,也请坐吃杯茶去;[1]过客谁非长者,愿开囊结个缘来。"

【1】典出《五灯会元》:"有僧到赵,从谂禅师问:'新近曾到此间么?'曰:'曾到。'师曰:'吃茶去!'又问僧,僧曰:'不曾到。'师曰:'吃茶去!'后院主问曰:'为甚至曾到也云吃茶去,不曾到也云吃茶去?'师召院主,主应喏,师曰:'吃茶去!'"唐朝从谂禅师,八十岁时行脚至赵州,受信众恳请驻锡观音院(今河北省赵县柏林禅寺),弘法传禅四十年,僧俗共仰,人称"赵州古佛""赵州禅师"。赵州禅师接引点拨学人,有"吃茶去""庭前柏树子"等著名公案。禅师在示法时,或问答或动作,或二者兼用,来启迪徒众,以使顿悟。这些内容被记录下来,便是禅宗公案。

婺源乡村神庙,门对木笔山,前临莲塘。江慎修联云:"水贴荷钱,买得湖光千万顷;山垂木笔,描成春色二三分。"

安徽会馆戏台联云:"安庐凤颍徽宁池太滁和广六泗,八府五州,良士于于来日下;金石丝竹匏土革木宫商角徵羽,五音六律,新声袅袅入云中。"

袁项城失败之次年,黄陂在外。值国庆日,某处悬一联云:"帝王思想,未免离奇,溯去年专制称尊,莫怪逢人说项;菩萨心肠,太嫌慈善,纵今日共和再造,犹多信口雌黄。"议论自在言外,而嵌入"项""黄"二字,则尤巧。[1]

【1】袁世凯,字慰亭(慰廷),河南项城人,人称"袁项城"。清末重臣,北洋军阀领袖,曾任中华民国第一任大总统,后妄图复辟帝制,失败身死。黎元洪,字宋卿,湖北黄陂人,人

称"黎黄陂"，曾任中华民国第一任副总统、第二任大总统。

洪秀全自拟正殿联云："维皇大德曰生，用夏变夷，待驱欧美非澳四洲人，归我版图一乃统；于文止戈为武，拨乱反正，尽没蓝黄红白八旗籍，列诸藩服万斯年。"又寝殿云："马上得之，马上治之，造亿万年太平天国于弓刀锋镝之间，斯诚健者；东面而征，西面而征，救廿一省无罪良民于水火倒悬之会，是曰仁人。"

安徽安远城隍庙联，为何维谦撰，上嵌五味，下嵌五色。联云："泪酸血咸，悔不该手辣心甜，只道世间无苦海；金黄银白，但见了眼红心黑，哪知头上有青天。"

福州罗星塔，为海潮由此而分之地，旧有联，人多不解，康熙时一道士解之。联云"朝朝（均上平）朝（句），朝（均下平）朝（上平）朝（下平）夕；长长（平）长（上），长（平）长（上）常（平）消。"

又，永嘉江心寺有联云："云朝朝朝朝朝朝朝朝散，潮长长长长长长长长消。"款题"宋状元梅溪王十朋书题"，此明系伪托。

又，四川长水塘有朝云庙。徐文长一联云："朝云朝朝朝朝朝朝朝退；长水长长长长长长长流。"凡第三、第六、第八，均为活字。此联切地、切庙，与前数联之泛指潮、云以奇自炫者，优劣判矣。

叠字联多至无数，均以西湖花神庙为蓝本，而均不及其妥洽。花神庙联云："翠翠红红，处处莺莺燕燕；风风雨雨，年年暮暮朝朝。"提摄全神，艳丽无伦，宜乎古今传诵。

有仿其体，赠报馆云："好好丑丑，事事详详细细；非非是是，天天说说谈谈。"茶肆云："鸨鸨鸡鸡，个个兜兜搭搭；烟烟茗茗，朝朝碌碌忙忙。"戏园云："武武文文，出出吹吹打打；男男女女，人人听听看看。"剃头店云："暮暮朝朝，洗洗梳梳剃剃（今可改为"轧轧"，或"剪剪"。）；停停歇歇，光光挖挖敲敲（注：光，光面也。）。"又，题野店云："熙熙攘攘，暮暮朝朝，可怜他去去来来，个个劳劳碌碌；我我卿卿，夫夫妇妇，但愿得平平稳稳，年年喜喜欢欢。"又，赠妓联云："卿卿我我，惜惜怜怜，生生世世；云云雨雨，好好歹歹，暮暮朝朝。"

吴中网师园联："风风雨雨，暖暖寒寒，处处寻寻觅觅；莺莺燕燕，花花叶叶，年年暮暮朝朝。"僧寄尘上海豫园联云："莺莺燕燕，翠翠红红，处处融融洽洽；风风雨雨，花花草草，年年暮暮朝朝。"

赠红仙云："红红翠翠，燕燕莺莺，花花叶叶；仙仙袅袅，亲亲密密，世世生生。"又，赠紫云联云："紫紫红红，花花叶叶；云云雨雨，暮暮朝朝。"

又，上海愚园花神阁联云："花花叶叶，翠翠红红，惟尔神着意扶持，不教雨雨风风，清清冷冷；鲽鲽鹣鹣，生生世世，愿有情都成眷属，长此朝朝暮暮，喜喜欢欢。"

此外尚多，多载亦易取人厌也。

袁项城当国时，曾建求己堂。或为联云："问诸君将何所求，食求饱，居求安，更将竭泽而求，特苦吾小民耳；论一心只知有己，庇己妻，荫己子，不知人之视己，如见其肺肝然。"[1]稳妥已极。

【1】语本《论语·学而》："子曰：'君子食无求饱，居无求安，敏于事而慎于言，就有道而正焉。可谓好学也已。'"《吕氏春秋·义赏》："竭泽而渔，岂不获得，而明年无鱼。"《大学》："人之视己，如见其肺肝然，则何益矣。此谓诚于中，形于外。"

山东巡抚李精白，为魏奄建生祠。作联云："尧天巍荡；帝德难名。"[1]将"巍"字之"山"移之于下，谓惧压公首，丑极丑极！楚孙按：尝观汉、魏碑，"巍""魏"本为一字，极多"山"在"魏"下者，此公惜未知之。

【1】语本《论语·泰伯》："子曰：'大哉尧之为君也！巍巍乎，唯天为大，唯尧则之。荡荡乎，民无能名焉。巍巍乎其有成功也，焕乎其有文章！'"

天启中，又一巡抚为逆珰建生祠。题楹云："至圣至神，中乾坤而立极；允文允武，并日月以常新。"并录词以献。忠贤不解，问左右："何事说到黄阁老？"盖"黄立极"者，同时宰相名也。左右曰："某巡抚与爷作对耳。"魏变色曰："多大巡抚，敢与我作对！趣召缇帅拘之。"左右再三解释，始喜。

李莼客少负才名，官户部时，居米市胡同。清制，凡纳粟者[1]，终身无补缺之望。李以资深，得补主事，自题门联云："米市胡同，藏书三万卷；户部主事，补缺一千年。"又曰："我这里班门弄斧，雷门布鼓；君不见百步穿杨，七步成章。"又，张啬庵门联云："官成十八品；世阅二千年。"均为愤慨之作。

【1】纳粟，即捐纳，又称捐官、赀选、开纳、捐输、捐例等。捐纳制度起于秦汉，至清大盛。当时朝廷为缓解财政困难，条订事例，定出价格，公开卖官鬻爵，百姓出资纳粮，可买得爵位、官职和科举名份等，并有不大的机会从候补官员而担任实缺实职。但自隋唐科举兴起后，官场多以科举出身为正途，捐纳等出身为异途。

王实之，自称"勅赐狂生"，盖圣语也。自制联云："未知死所先期死；自笑狂生老更狂。"楚孙按：谢诸，南宋人，以赴水死，封"金龙四大王"。有诗云："忠心本是人人有，自笑狂生老更狂。"联语本此。

许卓元与李瀚章同榜,交谊极笃。及李总督两湖,许两往谒之。拒不见,大愤,作联悬于黄鹤楼曰:"同榜贵人多,任他稳坐青牛,也向尘中谈道德;相交知己少,笑我重游黄鹤,恍抛家累学神仙。"

吴让之书名满海内,累于家务。有寡媳悍甚,吴晚年至避居僧寺。自署一联曰:"有子有孙,鳏寡孤独;无家无室,柴米油盐。"十六字苦极、怨极。

奉新姚鸿元,设帐财神庙,其右有冶工肆。一游士赠以联云:"设帐近洪炉,不怕诸生顽似铁;传经依古庙,方知夫子教如神。"

顾嘉蘅守南阳,藩司陈某力扼之。陈去,朱寿镛继之,知其冤,仍使回任。顾因题卧龙冈一联以寄愤慨,云:"陈寿何人,也评论先生长短;文忠特笔,为表明当日孤忠。"[1]

【1】今河南省南阳卧龙岗武侯祠拜殿,有顾嘉蘅撰对联:"将相本全才,陈寿何人,也评论先生长短;帝王谁正统,文公特笔,为表明当日孤忠。"陈寿《三国志·蜀书·诸葛亮传》:"(诸葛亮)可谓识治之良才,管、萧之亚匹矣。然连年动众,未能成功,盖应变将略,非其所长欤?"朱熹谥"文",人称"文公",其《资治通鉴纲目》特以蜀汉为"正统之余",是汉朝之延续。元明清主流观点皆从朱熹以蜀汉为正统。顾嘉蘅,号湘坡,清朝后期官员、书法家,曾五任南阳知府,颇有治绩,并重修武侯祠。诸葛亮当年隐居的卧龙岗,究竟在河南南阳还是湖北襄阳,历来多有争论。顾嘉蘅第五次知南阳,撰成一副名联:"心在朝廷,原无论先主后主;名高天下,何必辨襄阳南阳。"

旧传一守姓谢,一令姓韩,合葺太白楼。吴山尊题一联,较为切合:"谢宣城何许人,只凭江上五言诗,令先生低首;韩荆州差解事,肯让阶前盈尺地,容国士扬眉。"[1]与上联同一姓名巧合,真如无缝天衣。

[1] 谢朓,字玄晖,南齐官员、诗人,曾任宣城(今安徽宣城市)太守,建楼"高斋"。唐初,宣城人为怀念谢朓,于高斋旧址建新楼,楼在郡治之北,故名"北楼",又因楼成时敬亭山已很有扬名,登楼可眺望敬亭山,故又称"北望楼"。李白曾多次来宣城,登楼凭吊,赋诗抒怀。李白的五言律诗《秋登宣城谢朓北楼》有句:"谁念北楼上,临风怀谢公?"韩朝宗,唐朝官员,曾任荆州长史;他喜欢提拔后进,向朝廷推荐人才,受到时人尊敬,所谓:"生不用万户侯,但愿一识韩荆州。"李白曾写下名文《与韩荆州书》,希望得到韩朝宗举荐。

也颠和尚题严陵台云:"肯将白水两朋友;换取东京一大夫。"俚而奇峭。

财神庙联,风趣者多。如:"昧昧我思之,伤者贫也;仆仆亟拜尔,彼何人斯。"又,"颇有几文钱,你亦求,他亦求,给谁是好;不作半点事,朝也拜,夕也拜,教我为难。"此诚格言,不当作滑稽联观也。

又,西湖孤山财神庙,俞曲园一联云:"梅鹤洗寒酸,且教逋老扬眉、葛仙生色;莺花添富丽,恰称金牛湖上、宝石山边。"何等空灵可喜!楚孙按:"梅鹤""莺花"四字,若能倒置,更工。

桂林文昌门外,有云峰寺。寺在象鼻山下,烟瘴极重,每雨即在烟雾中。城中有风洞山,亦名叠彩山,山腹有洞,夏日凉风不息,故名风洞。有一联云："云峰寺云出即封寺；风洞山风吹不动山。"

杭州众安桥畔岳王初瘗处，同治间，吴康甫大令于其地建忠显庙，植柏于庭。后大雪，柏忽中裂，异而视之，固桧也。西湖岳庙旧有分尸桧，为明同知马伟所植。俞曲园谓"彼则人力，此为天造"，遂题联以志异云："老奸终古分尸，鬼斧神斤，劈开桧树；快事一时拊掌，风欺雪虐，压倒秦头。"书至此，偶见一诗中有以"秦头""宋脚"为对者，虽工而太觉好奇。

同州澄城县有九龙庙，然只一妃，云为冯道之女。[1]夏县司马仲才一联云："身既事十主；女亦配九龙。"

[1] 冯道，字可道，号长乐老，谥文懿，五代十国时期宰相，历经四朝十代君王，世称"十朝元老"。后世史家出于忠君观念，很看不起他，如欧阳修骂其"不知廉耻"，司马光斥其"奸臣之尤"。

浔阳胜景，今已仅存烟水亭。前德化知事撰联云："四面湖山亭在水；半堤杨柳寺藏烟。"嵌字无痕。

某省撤币制局。或为联云："因陆而设，因张而裁，（一作"撤"。张、陆何人，失记其名。）荏苒八年，空耗无限金钱，平市官钞遗笑柄；经盛所创，经梁所覆，（盛宣怀、梁士诒也。）废兴三叠，赢得许多宦丐，沿门托钵唱莲花。"

武侯庙有一联，以小巧见长，正合本书体裁。联云："收二川，排八阵，六出祁山，七擒孟获，五丈原头四十九盏明灯，一心只为酬三顾；平西蜀，服南蛮，东和孙权，北拒曹瞒，中军帐里金木土爻神课，水战兼能用火攻。"楚孙按：此以五行、五方对数目字，惟"金木土爻"略见生硬，为可惜耳；又，"收二川"

与"平西蜀",亦嫌重复。

又,庚子之役,有人戏以象棋子与牙牌合成一联,以刺时事。云:"大帅用兵,士卒效命,车辚辚,马萧萧,气象巍巍,祝此去一砲成功,而今后出将入相;至尊在野,长短休论,文泄泄,武沓沓,议和寂寂,看遍处人民离散,徒令他抢地呼天。"此与上联,可谓异曲同工。

余友某君,录示债祖庙联额颇趣,亟录之。额云:"万世永赖""赖及万方"。一联云:"停停三四日;歇歇六七天。"二联云:"紧讨慢讨,善讨恶讨,你只管讨;多还少还,全还半还,我总不还。"其三则套京师戏馆联云:"把往事今朝休提起;破工夫明日早些来。"

袁篘庵以荆州守罢归,流寓金陵。大书门联云:"佛言不可说不可说;子曰如之何如之何。"自谓以经对经,而牢骚之气,则流溢于楮墨间矣。

又,以经对经同于此类者,尚有一联附下。某生与僧为方外交,僧一日戏以佛经中"揭谛揭谛,波罗揭谛,波罗僧揭谛"[1],生对以"念兹在兹,释兹在兹,名言兹在兹"[2]。此诚不能以字句绳之也。

又,出"书生书生问先生,先生先生"为对者,或对以"步快步快追马快,马快马快"。此虽"先生""马快",虚实未称,然舍此恐更无他对。

又,一僧出一对与某生云:"揭谛揭谛,波罗揭谛。"生寻思久之,卒无以应;忽忆及《十八扯》戏剧,乃急以"小生小生,我是小生"对之,僧大笑。

【1】语出《心经》:"揭谛揭谛,波罗揭谛,波罗僧揭谛,菩提萨婆诃。"

【2】语出《尚书·大禹谟》:"帝念哉!念兹在兹,释兹在

兹。名言兹在兹，允出兹在兹，惟帝念功。"

关帝庙联颇多，而风趣者殊尠。楚孙曾闻一联，尚未见于记载者，惟仍不得云风趣："异姓同胞，笑今人同胞异姓；三分一统，恨当时一统三分。"

又，某明府题联云："兄玄德，弟翼德，水擒庞德；生蒲州，会涿州，坐镇荆州。"楚孙闻尚有"师卧龙""友子龙"等语，虽非风趣，亦可喷饭。

联语以字愈少愈见精神。岳庙联云："凛凛生气；悠悠苍天。"[1]八字包扫一切。又黄鹤楼联云："大江东去；爽气西来。"[2]均佳。

又黄鹤楼旧联，有"黄鹤飞去且飞去；白云可留不可留"。乃陈国瑞改为"黄鹤飞来又飞去；白云可杀不可留。"问"白云何以可杀"，曰："浮云蔽日，是指小人，不杀何待！"

【1】分出《世说新语·品藻》："廉颇、蔺相如虽千载上死人，懔懔恒如有生气。"及《诗经·王风·黍离》："悠悠苍天，此何人哉？"

【2】分出宋苏轼《念奴娇·赤壁怀古》词句："大江东去，浪淘尽，千古风流人物。"及宋刘镇《沁园春·题西宗云山楼》词句："爽气西来，玉削群峰，千杉万松。"

函谷关有犹龙阁，联云："未许田文轻策马；[1]愿逢老子再骑牛。[2]"使典如弄丸，余极爱之。

【1】田文，即孟尝君，战国时齐国宗室，曾任齐国相国、魏国相国。一度入秦国，遭谗被囚，赖其养士（宾客）众多，有士以狗盗之行弄来狐白裘贿赂秦王宠姬，得以出走秦都，夜半至函谷关（在今河南灵宝县东北），靠宾客作鸡鸣骗开关门，才得逃出。

【2】老子，即老聃，春秋时期思想家、道家学派创始人。曾

做过周王室管理藏书的史官，后来隐居不仕，骑青牛西出函谷关，应守关官员尹喜之请，写出《道德经》（即《老子》），出关后"莫知其所终"。

南海某太史，常操土音为"系系"，意即"是"也。或赠一联云："江淮河汉；日月星辰。"太史大喜，悬之中堂，而不知其歇后语也。实南海土音皆然，不独太史然也。

阮文达平蔡牵，得其兵器，镕为秦桧夫妇，跪岳王前。好事者撰联，分系铁像颈。桧曰："咳！仆本丧心，有贤妻何至若是。"王氏曰："啐！妇虽长舌，非老贼不到今朝。"互相埋怨，公见之，亦大笑。

南通张峡亭，题杨妃墓联云："昭阳殿里恩爱绝；马嵬坡下泥土新。"[1]又联云："莫叹红颜沦宿草；尚留白粉艳春闺。"盖坟上有白土，可涂面上黑子，俗名"杨妃粉"，在兴平县东关外二十七里。此与昭君青冢，可谓无独有偶矣。

又，马嵬坡贵妃祠联云："龙武军变起仓皇，毕竟蛾眉能殉国；蚕丛道尘飞散漫，谁将鸳袜赋招魂。"使用实事，不见斧凿痕。楚孙按：此梁晋竹所谓"美人例为人怜，千载下犹有起而开脱之"者。

【1】语本白居易《长恨歌》诗句："昭阳殿里恩爱绝，蓬莱宫中日月长。""马嵬坡下泥土中，不见玉颜空死处。"

江西吉安武后庙联云："六宫粉黛无颜色；万国衣冠拜冕旒。"[1]又，墓联云："婴武能回千载梦；麒麟空卧万年秋。"[2]

又，秋瑾为鉴湖女侠，审时供状，仅"秋雨秋风愁杀人"七字，以六月六日就义于绍兴之轩亭。后立祠于西湖，联仅八字，曰："六月六日；秋雨秋风。"

【1】分出白居易《长恨歌》诗句:"回眸一笑百媚生,六宫粉黛无颜色。"及王维《和贾舍人早朝大明宫之作》诗句:"九天阊阖开宫殿,万国衣冠拜冕旒。"

【2】清王士禛《陇蜀馀闻》:"刘以平字近塘,猗氏人。为诸生时,梦入宫殿中,有王者命坐对弈。又至一所,石门悬联句云:'鹦鹉能回千载梦;麒麟空卧万年秋。'不解所谓。既登进士,为潞府王官,王敬礼如宾师;迁陕西行太仆卿,过武后墓,墓上石刻一联,即梦中所见也。"佚名《乾陵》诗句:"鹦鹉不回千载梦,牝鸡无复伍云栖。"

首阳山夷齐庙联云:"几根傲骨头,撑持天地;两副饿肚皮,包罗古今。"

李笠翁芥子园前,有二柳当门,门内二桃,熟时,人多窃取。因戏作一联云:"二柳当门,家计逊陶潜之半;双桃钥户,人谋虑方朔之三。"

庐山道院皆为僧占,惟正中留一老君殿,僧谋之甚亟。道士李姓,焦急无计。适安溪李文贞过此,道士为公族叔,奔告求援。公遂登山谒庙,书一联云:"天下名山僧占多,也须留一二奇峰,栖吾道友;世间好语佛说尽,曾记得五千妙谛,出我先师。"一日间传遍江西,僧谋遂寝。

淮阴墓在霍山,土人名"韩侯岭"。有联云:"生死一知己;存亡两妇人。"淮阴一生,包扫于此十字中。

霍尚书韬,欲营寺基为宅,浼县令逐僧。僧留联于壁云:"学士家移和尚寺;会元妻卧老僧房。"霍乃止。

虞山麓有仲雍墓，因后裔争此，常熟令撰一联于墓门云："一时逊国难为弟；千古名山尚属虞。"讼者见之，遂止。

才士钱江，代太平天国题金陵某殿云："尔主尚仁慈，只因吏酷官贪，竟败了二百馀年社稷；我王真神武，趁此兵精粮足，好收拾一十七省山河。"又传翼王石达开一联云："忍令上国衣冠，沦于夷狄；相率中原豪杰，还我河山。"是均魄力雄健，可传之作。

圆明园戏台联云："尧舜生，汤武净，五伯七雄丑末耳。伊尹太公，便算一只耍手，其余拜将封侯，不过摇旗呐喊称奴隶；四书白，六经引，诸子百家杂说也。杜甫李白，会唱几句乱弹，此外咬文嚼字，大都缘街乞食唱莲花。"

又一联，云系明太祖作。联云："尧舜净，汤武生，桓文丑旦，古今来几多脚色；日月灯，云霞彩，风雷鼓板，宇宙间一大剧场。"

又，汪笑侬题戏剧学校联云："尧舜老生，汤武武生，宋齐梁陈不过丑末耳！千秋帝王，上台下台真似戏；经传正板，子史散板，诗词歌赋其犹二六乎？一堂教育，新剧旧剧学而优。"

又，戏台联云："魏晋以前何论耶，六朝五代不过一小戏场。玉树歌，金莲步，许多旦贴；花项汉，大耳郎，几辈净生。叹古来人物风流，直如杂剧登台，转瞬便终天演局；孔孟之徒长往矣，诸子百家也算是好脚色。陈寿志，班固书，正史弹词；屈原骚，贾谊赋，四时变调。看此外高文典册，尤似伶伦合乐，和声共奏圣明时。"此数联，用意、格局均相似。

绍兴朱太守庙戏台联："事事如斯，装一般打脸挂须，偏称脚色；年年依旧，唱几句南腔北调，就算改良。"

又，会稽城隍庙戏台云："任凭你怎样做法；且看他如何下场。"是均借以刺世人者。此类甚多,不备载。

徽商建戏台初成,得一句云:"声为律吕身为度。"云有能对者酬百金。方朴山即以"云想衣裳花想容"对之,得金而返,笑曰:"李太白惠我无疆。"实是出句并不甚亨也。又,朴山病革时,闻门人私语曰:"'水如碧玉山如黛',以何为对?"先生闻之,笑曰:"'云想衣裳花想容',可对也。"一笑而逝。楚按:方与此句何有缘耶!

某状元家牧童,犯"牧牛田中"之禁,公议罚戏一台。状元自为联云:"村自杏花,尚有牧童驱犊;关非函谷,不许老子骑牛。"何等含蓄。

又,旧联云:"手著五千言,乘牛出函谷;腰缠十万贯,骑鹤上扬州。"巧则诚巧矣,所惜者上联"乘"字稍稍生硬也。

集书名作戏台联云:"东西汉,南北宋,人物通考;山海经,水浒传,今古奇观。"新甚,妙甚。

长兴小东门戏台联云:"胜则为王,败则为寇,古今不过尔尔;红面孔进,白面孔出,妇孺亦复云云。"

有以粤语为戏台联云:"不(唔)怕红毛鬼,最怕白鼻哥,搬是搬非,两便(面)刀弄出这般戏本;先杀黑心妇,后杀蓝面佞,硬趫(刀)硬马,周身胆方为盖世英雄。"

提线戏台联,颇有含蓄。联云:"笑语间看破人情,何必认真见做手;混沌中流出滋味,毋庸弄巧费机心。"

又联云:"莫谓休便休,看妆出来,件件皆当年出色物;漫说像不像,但做得到,个个是往古有名人。"拆字更见巧思。

有所居左为马房而右为妓院者，自署门联云："老骥伏枥；流莺比邻。"见者既称之，复笑之。

"今日方能知此味；当年曾自咬其根。"此菜圃旧联也。乃菜圃门之傍，适有一厕所，见者无不为之捧腹。

魏善伯题范觐公中丞厕联云："成文自古称三上；作赋而今过十年。"如此雅切大方，殊属不易。又《一夕话》载一厕联云："莫道轮回输五谷；可储笔札赋三都。"亦佳。

又："但愿生民无殿屎；不惭宰相受堂餐。""官司不令多中饱；燕饮应知无后艰。""在坑满坑，在谷满谷；夜不闭户，道不拾遗。"均能从无文字中觅文字者。

又，北平西门一厕所，有联云："到此方无中饱患；无人不为急公来。"直借以刺人矣。

厕所又一联云："有时诗句成其上；莫遣花飞到此中。"运典入化。又，吾乡陈蝶仙先生，因见此联，戏拟两用联二则。其一云："接见都为投刺客（指厕筹。）；相亲总是直肠人。"此可悬诸客堂，而实为公共厕所联也。其二云："玉虎（指虎子，即溺器。）频添金谷酒；铜龙时渍木樨香。"此可悬诸大餐间之烹调室中，而实为家庭中之拉水马桶也。

嘉庆间，海盗郭婆带，于船首榜一联云："道不行，乘桴浮于海；[1]人之患，束带立于朝。[2]"后为百菊溪招降，辞官不受，于羊城买屋课子，以布衣终。诚异人也。

又，明末有一海盗，至普陀山设斋一月，曾手题一联云："自在自观观自在；如来如见见如来。"与郭可谓无独有偶矣。

【1】语出《论语·公冶长》："子曰：'道不行，乘桴浮于海，从我者，其由与！'"

【2】语出《孟子·离娄上》："孟子曰：'人之患，在好为人师。'"《论语·公冶长》："子曰：'赤也，束带立于朝，可使与宾客言也，不知其仁也。'"

有集句赠常熟盐枭雁鹅党魁联云："一曲平沙弹绿绮；满窗晴日写《黄庭》。"【1】真妙笔也。

【1】上联不知何本。下联出宋陆游《喜晴》诗句："剩喜今朝有奇事，一窗晴日写黄庭。"

有墨吏，拟春联以表清白云："一生傲骨；两袖清风。"或为增之曰："一生傲骨真驴子；两袖清风假马儿。"

邱仲深学博而貌古，心术不可知；与刘吉不协。刘作一联书其门云："貌如卢杞心尤险；学比荆公性更偏。"时论是之。

都下罢闲中贵，自书一联云："无子无孙，尽是他人之物；有花有酒，聊为卒岁之欢。"全用南宋乔行简词中语。

曹石仓学佐辞官归。行街市，见一陋室，署桃符云："问如何过日；但即此是天。"询之，则屠者徐五也。径入，则厅事有二联云："仗义半为屠狗辈；负心都是读书人。""金欲二千酬漂母；鞭须六百挞平王。"曹为悚然，即与订交。及甲申之变，徐携斗酒只鸡造先生庐。见先生，惊曰："吾办此奉祭耳，何尚在耶？！"先生遂拜而就义，徐亦自殉焉。卢潜溪孔昭传，尚有二联云："鼠因粮绝潜踪去；犬为家贫放胆眠。""门幸无题午；人惭不识丁。"按：徐名英，字烈侯，一云字振烈，侯官人。

梁平仲迁居苏之洗银营，又名"梯云里"，虽贫而子侄犹科第不绝。榜八字云："银无可洗；云尚能梯。"

西湖冷泉亭，有董香光一联云："泉自几时冷起；峰从何处飞来。"某太守见之，挥毫题其榜云："着钱唐县查明具复。"令人捧腹。

又，彭雪岑与俞曲园同游此，各拟答句。彭改此联为："泉自冷时冷起；峰从飞处飞来。"俞则改为："泉自有时冷起；峰从无处飞来。"说者谓彭句不庄，俞则小气而笨。或又拟曰："泉自源头冷起；峰从天外飞来。"又，吾友歙县宁美东，曾题飞来峰一联云："人道此山疑有翅；我云是说恐无稽。"妙甚，趣甚。

戏台联已见前，兹补录数联于下："你看我非我，我看我亦非我；他装谁是谁，谁装谁就是谁。"又："男无假，女无真，为何无人嫌假；你不来，我不怪，怎么不请自来。"又："老的少的，村的俏的，睁睁眼看他怎的；歌斯舞斯，哭斯笑斯，点点头原来如斯。"

又，浙宁府城隍庙戏台联云："千万场秋月春风，弹指间蝴蝶梦中、琵琶绂上；三百副金尊檀板，关情处桃花扇底、燕子灯前。"全组织传奇名。

字纸炉有集古官名一联云："行人都司检点；巡道监察拾遗。"又："偶来付丙者；便是识丁人。"均佳。

建文帝庙联云："僧为帝，帝亦为僧；叔负侄，侄不负叔。"颇能包扫。

有一乞丐至南、颜合祠[1]，适告落成，即挥笔题联云："恭喜二先生，有福为神，剥忠义皮，露金石骨，痛快极矣；可怜一化子，无钱奠地，执春秋笔，洒英雄泪，呜呼哀哉。"题毕，拂袖径去。

【1】南颜：唐南霁云、颜真卿。安史之乱时，南霁云（人称"南八"）与张巡、许远守睢阳，城破被俘，慷慨就义。李希烈叛乱，颜真卿受命前往晓谕，凛然拒贼，最终遇害。

吴县唐六如祠，俞陛青题联云："身后是非，盲女村翁多乱说；眼前热闹，解元才子几文钱。"此联颇配六如平日胃口。又联云："在昔唐衢曾痛哭；只今宋玉与招魂。"此联则能写六如心胸。

杨兰坡题倒坐观音像云："问大士缘何倒坐；恨世人不肯回头。"奇情异想。

白门东花园一斗室，有联云："无工夫为人拭鼻涕；莫断送去我老头皮。"此诚联中异格。

贵阳九华宫，即江南会馆，戏台联云："花深深，柳阴阴，听别院笙歌，且凉凉去；月线线，风蓊蓊，数高城更鼓，好缓缓归。"

岳阳当青黄不接时，往往有游锣戏，为庙祝、优伶及无赖异神诳钱者。李洞庭一联云："肯唱戏是阴功，许多靠菩萨吃饭；要上台充角色，也须看时景穿衣。"

金匮姚坤寿，为东巷撰禁偷园蔬戏联云："为人防瓜李嫌，须知柳跖伯夷，念判鸡鸣一息；做贼偷葱韭起，莫效时迁白胜，臭遗狗盗千秋。"

某君题王氏家祠联云："此地有崇山峻岭，茂林修竹；终日惟杜门蔬食，经卷绳床。"此用右军、摩诘典，不能移他家用。

又，随园自撰一联云："此地有崇山峻岭，茂林修竹；其人读三坟五典，八索九丘。"揭于书斋。汪容甫闻之，即驰书订期相见。袁知有故，及期他出，避不见。汪语其童云："尔主人果在者，吾将假其《坟》《典》一观也。"袁归，遂撤其联。或又谓此系李鹤峰侍郎因培，撰此以赠袁者。又一说，陶文毅手书此联赠左文襄，后陶没，左行帐中以此联自随，每酒酣，辄对联痛哭云。

又，乾隆帝手执水晶鼻烟壶，刻《兰亭》文，盖用曲笔写晶内也，新入贡者。文勤从未觏此，屡目之。上曰："尔爱之耶？'此地有崇山峻岭，茂林修竹。'能对，则赐尔。"公应曰："若周之赤刀大训，天球河图。"[1]上即赐之。

又，江山船中一联，上联仍《兰亭》语，下联为："这为你如花美眷，似水流年。"

又，此上联对句颇夥，如："故无有恐怖远离，颠倒梦想。"又："其人如精金良玉，仙露明珠。"又："怕你不雕虫篆刻，断简残编。"

【1】朱熹《中庸章句集注》："宗器，先世所藏之重器，若周之赤刀、大训、天球、河图之属也。"

阳湖周弢甫比部腾虎，以才自负，署门联云："有王来取法；无佛处称尊。"

又，华亭周垂鹰子稚廉[1]，天才雄放，亦自负，曾作《观潮赋》，为时传诵。署门联云："论家世如阁帖官窑，可称旧矣；问文章似谈笺顾绣，换得钱无。"盖二物皆松江产也。

汪笑侬尝榜门云："大文章无用处；古乐府有馀音。"

【1】据《瀛壖杂志》，"周垂鹰"误，应为"周鹰垂"。宋琬七律（《送周鹰垂赴试北闱》）、钱澄之五律（《周鹰垂招饮》）诗，均可证。

西湖天竺顶，昔有一茅庵，曰"竺仙庵"，泉水清冽，常有二人就其上品茶。悬一联云："品泉茶三口白水；竺仙庵两个山人。"巧矣！或以为是乩笔，近之。

某甲与土豪曹某讼不直，应输金若干，经人调处，令甲建华陀庙。庙成，甲自撰一联，暗将曹瞒小名嵌入，以刺土豪。联云："人世于今多吉利；先生何处下针砭。"土豪朦然。

寿州相国孙氏大门联云："门生天子；天子门生。"人皆荣之。

镇江焦山有方丈名几谷，周伯羲赠联云："脱去凡心一点；了却俗身半边。"拆字极佳。

潘文勤有门联云："门心似水；物我同春。"观者颇以上句不妥为嫌。乃有轻薄子，于夜间改为："阴门似水；阳物同春。"文勤亦为之大笑。

又，黎黄陂为鄂军统领时，有"大泽龙方蛰；中原鹿正肥"之门联。

福建萧蛰庵震，倡议修复道山（一名"乌石山"。），建邻霄台，勒碑为记，并书联于台柱曰："但愿桑麻成乐土；不妨诗酒上邻霄。"乃后以巡盐御史归假，为耿精忠所害，即缳首此台上。于是乡人易"诗酒"二字为"尸首"。谢古梅诗所谓"荒台草木千年恨，乐土桑麻一梦中"，即指此也。

江西某养济院联云："看诸君脑满肠肥，此日共餐常住饭；想一样钟鸣鼎食，前身都是宰官身。"

山东即墨县有兄弟二人，颇不睦。因同屋而居，出入不便，弟为辟另门出入，悬杜句云："花径不曾缘客扫；蓬门今始为君开。"兄见之曰："'为君开'三字，其诮我乎？"乃又为一联张于正门云："致恭不免牛忧惧；亲爱难来象忸怩。"楚按：事固不可为训，而句则自佳。

当清季新学初兴时，有老学究大不满意，撰一联云："大学堂，小学堂，不大不小中学堂，学剪辫，学改装，学成了非人非鬼；东教习，西教习，非东非西华教习，教自由，教革命，教成了无父无君。"腐气满纸，不可向迩，而对仗则殊工稳。

某名士题吕祖殿云："想小子穷尽穷光，说什么发财，提起那万两黄金，径欲烦君一点；看先生醉来醉去，倒是个妙法，还有这一壶浊酒，何妨豁他三拳。"趣极矣。

有选楚藩者，李于鳞贺以联云："江汉日高天子气；楼台秋敞大王风。"或笑曰："此极似贺陈友谅登极。"

金圣叹馆一富室，系石匠出身，主人恳作联，须确切不移。因书"蓬门来轩冕；石户出公卿"十字付之。

集句题酒楼联云："劝君更尽一杯酒；与尔同消万古愁。"[1]
又，阮芸台题江西百花洲联云："枫叶荻花秋瑟瑟；闲云潭影日悠悠。"[2]切合江西，为联中神品。

【1】句出王维《送元二使安西》诗："劝君更尽一杯酒，西出阳关无故人。"及李白《将进酒》诗："五花马，千金裘，呼儿将出换美酒，与尔同销万古愁。"
【2】句出白居易《琵琶行》诗："浔阳江头夜送客，枫叶荻花秋瑟瑟。"及王勃《滕王阁》诗句："闲云潭影日悠悠，物换星

移几度秋。"

李碧舫居佛山。咸丰甲寅，寇毁其室。事平重葺，署门联八字云："修我墙屋；及其耄倪。"

有狂生题佛寺一联云："经卷可超生，难道阎王怕和尚；纸钱能赎命，分明菩萨即贪官。"真颠扑不破，足可破除迷信而有余。

关帝庙之左右，祀火神、龙神。彭文勤联云："心之光明犹火也；神而变化其龙乎。"如此窄题，竟能掉臂游行。

土地庙联颇夥，择风趣者为之汇录于下：

集《四子》一联云："有民生焉，正其衣冠，祭如在；[1]吾土地也，修我墙屋，居之安。[2]"

又，"并坐横肱，少是夫妻老是伴；正立拱手，你烧纸钱我烧香。"

云南某社庙一联云："唉，那里放炮；哦，他们过年。"写出冷寂之景如画。

又，郑板桥集俗谚，为如皋社庙联云："乡里鼓儿乡里打；当坊土地当坊灵。"

又，菜园土地联云："庙宇本来不高，倩菌和尚常家扫地；神灵何必要大，委辣判官主祭焚香。"妙在确是菜园。

又殡舍土地联云："恶客欺生有我在；好山卜葬送君行。"

又，巢湖湖心姥山土地联云："莫笑我老朽无能，许个愿试试；哪怕你多财善贾，不烧香瞧瞧。"

民元改用阳历，某社神祠一联云："男女平权，公说公有理，婆说婆有理；阴阳合历，你过你的年，我过我的年。"尤令人喷饭。

又汉口沙家巷，为雉妓丛会处，土地祠联云："这一街许多笑话；我二老总不作声。"

又："公公十分公道；婆婆一片婆心。"

【1】语本《论语·先进》"子路曰：'有民人焉，有社稷焉。何必读书，然后为学？'子曰：'是故恶夫佞者。'"《论语·尧曰》："君子正其衣冠，尊其瞻视，俨然人望而畏之，斯不亦威而不猛乎？"《论语·八佾》："祭如在，祭神如神在。子曰：'吾不与祭，如不祭。'"

【2】语本《孟子·梁惠王下》："乃属其耆老而告之曰：'狄人之所欲者，吾土地也。吾闻之也：君子不以其所以养人者害人。二三子何患乎无君？我将去之。'"《孟子·离娄下》："寇退，则曰：'修我墙屋，我将反。'寇退，曾子反。""君子深造之以道，欲其自得之也。自得之，则居之安；居之安，则资之深；资之深，则取之左右逢其原。故君子欲其自得之也。"

雷州徐闻县，初县城逼海，每潮汛来，闻者震恐。后筑徙县城，民喜曰："海边潮至，庶徐徐闻乎。"因改名。方象坪曰："可取对'陌上花开，可缓缓归矣'。"某园遂取以为联云。

范长白有一联云："门前白水流将去；屋里青山跳出来。"此以童语为联，更奇。

粤人以篾为门，食槟榔吐地如血。或嘲以联曰："人人皆吐血；家家尽灭（音"篾"。）门。"刻已。

又徐阶，松江人；王慭，苏人。徐见苏人以火筒吹火，因云："吴下门风，户户尽吹无孔笛。"王思松江小家，多以弹棉花为业，乃答云："云间胜景，家家皆鼓独弦琴。"

伊犁复过亭，盖为谪宦而设。刘金门过之，题一联云："过也如日月之食焉；复其见天地之心乎。"【1】又先生题义园云："掩之诚是也；逝者如斯夫。"[2]虽不滑稽，亦能令人心花怒放，无殊绝缨喷饭也。

【1】语本《论语·子张》："子贡曰：'君子之过也，如日月之食焉。过也，人皆见之；更也，人皆仰之。'"及《易经·复卦·象辞》："复，其见天地之心乎。"

【3】语本《孟子·滕文公上》："掩之诚是也，则孝子仁人之掩其亲，亦必有道矣。"及《论语·子罕》："子在川上，曰：'逝者如斯夫！不舍昼夜。'"

江右李氏祠，旧有楹帖，只存一句云："经传道德五千言。"莫能复属。吴莲舫过其地，李氏乞为补之，吴即于马上信口答曰："胪唱儿孙三百辈。"盖唐时曾放宗人榜三百人也。

茶亭联云："四大皆空，坐片时毋分尔我；两头是路，吃一盏各自东西。"

又，茶、酒兼售者联云："为名忙，为利忙，忙里偷闲，吃杯茶去；劳心苦，劳力苦，苦中作乐，烫壶酒来。"又："坐坐坐，坐坐再说；去去去，去去又来。"

又，汪谦予题黔北羊栈岭茶亭云："南南北北，总须历此关头，且坐断铁门槛，办夏水冬汤，接应过去现在未来三世诸佛上天下地；东东西西，阿谁瞒了脚跟，试竖起金刚拳，敲晨钟暮鼓，唤醒眼耳鼻舌身意六道众生吃饭穿衣。"又："那条路儿窄，且须让他一步，他过不去，你怎过得去；这等担子重，也要任我几分，我做弗来，谁又做得来。"目送手挥，可作座右铭观。

又，福州南门外有一茶亭，悬一韵语联云："山好好，水好好，出门一笑无烦恼；来匆匆，去匆匆，下马相逢各西东。"楚按：此更妙在"笑""逢"二字为暗豆韵也。

丘菽园集智永《千字文》为门联云："万岁万岁万万岁；日

新日新日日新。"

贵州桂丹盟廉访，家富收藏；会贼至，仓卒尽弃以行。寻宅为一贼目所据，以为必归乌有矣。及贼去，则寸草未失，且于厅事大书一联，为贼目所题："观世若弈棋，胜负难分，惟高手先人一着；开怀宜饮酒，醉醒莫问，是同心劝我三杯。"楚孙按：此与上载郭婆带，同为才贼，而沦于萑苻，固谁之过耶？噫！

厨房联云："厝火积薪，家主慎毋忘远祸；粗鱼笨肉，厨娘偏会作调人。"此种联殊少见，故录之。

吴霁航题锺灵书室联云："夜读茶经能止渴；朝临米帖可充饥。"镕铸俗语，奇人奇想。

莆阳蔡鸿遵门联云："字体琴声，中郎世业；茶牋荔谱，学士家风。"

李西涯与程篁墩过采石矶。李得句云："五风十雨梅黄节。"程曰："二水三山李白诗。"

西湖无祀木主，有联云："咳！可怜穷性命做鬼无依，禁不住放声大哭，苦雨凄风，萤火三更摇惨碧；呸！你看好儿孙克家有几，倒不如异姓同堂，秋霜春露，义田万古荐馨香。"无限悲凉感慨。

周沐润宰常熟，署一联云："五日风，十日雨，岁乃常熟；九年耕，三年食，民其姑苏。"

伊墨卿守惠州时，宋芷湾太史有所求。伊命以四方为联，应曰："南海有人瞻北斗；东坡此地即西湖。"伊厚赠之。

吴门吴文之，初名济，九岁时，自署门联云："移门欲就山当榻；补屋常愁雨湿书。"与同里张济最善，有客命对曰："张吴二济联床读。"应曰："严霍同光间世生。"有客善绘，自撰句云："画草发生，顷刻工夫非为雨。"而未有对。吴应曰："笔花灿烂，须臾造化不关春。"客大喜，书而悬诸室中。

秀水王仲瞿昙，学博而贫，依其外舅。作联悬房中曰："娘子军中分半壁；丈人峰下寄全家。"

徐树人宗幹，尝以咏炭诗作联，悬于座右曰："一味墨时犹有骨；十分红处即成灰。"

有寒士自署联云："寒士过寒天，处处寒风寒彻骨；旧人遇旧气，年年旧气旧伤心。"一云为春联。

有不屑求人者，署联云："倩人抓背，上些上些再上些，知痛痒还须自己；对客猜拳，是了是了定是了，真消息还在他家。"

东坡赠赵德麟一联，盖即赠赵《秋阳赋》中之一联也："生于不土里；而咏无言诗。"盖隐一"時"字也。

某甲修道路成，书一联云："白日摆平身体走；黄昏闭拢眼睛跑。"

楚孙一生，落拓不偶；某年岁暮，佗傺无聊，乃大书一联榜于门云："西湖是尺许污池，岂容鲲化；大地乃九州瓯脱，差够龙蟠。"知友以太觉狂妄，请撤去之。

商　肆

商肆联风趣者殊少，此集亦夹杂为之耳；且均属于旧式商肆，故材料愈见其枯窘矣。

《齐东野语》载一联云："妙法法因因果寺，金轮金刚；中和和丰丰乐楼，银杓银瓮。"下句盖当时酒楼名也。

《老学庵笔记》载，临安市招对曰："乾坤正气四斤丸；偏正头风一字散。""三朝御史陈忠翊；四代儒医陆大丞。""东京石朝议女壻乐驻伯药铺；西蜀费先生弟子寇保义卦肆。""收买东西杂物；兼训南北正音。"

纪文达亦有集联云："冬季讽经；秋爽来学。""神效乌须药；祖传狗皮膏。""去风柳木牙杖；滴露桂花头油。""精裱唐宋元明古今名人字画；自运云贵川广南北道地药材。""奇味薏苡酒；绝顶松萝茶。""京城内外巡捕营；礼部南北会同馆。"

楚孙按：粤人李某父子，于杭设牙医局，兼业眼镜，其牌号曰："杭州西华父子牙科医局。"有人对以"中国南洋兄弟烟草公司"。此与上数联，可以匹敌而无愧。

虎丘画春册店，为集句门联云："一阴一阳之谓道；此时此际难为情。"传诵已久，惜不知何人手笔。

董文恪公未第时，游京师，困甚，偶于薙发店中书一联云："相逢（一作"到来"。）尽是弹冠客；此去应无搔首人。"某亲王见又，一薙发店乞联于一狂士，提笔大书云："磨砺以须，问天下头颅几许；及锋而试，看老夫手段如何。"[1]数日间，客皆裹足不前，其店顿闭。

又按：薙发店佳联尚多，如："虽然毫末技艺，却是顶上功夫。""不教白发催人老；且喜春风满面生。"又套旧联者曰："真功夫从头上做起；好消息自耳中得来。"盖取耳具俗名"消息子"也。

又，男女理发所联云："画图省识春风面；神妙欲到秋毫巅。"亦佳。

又，理发店联云："笑他个个头颅上；在我区区掌握中。"楚按：此从狂士联脱胎而出者。

【1】此联一说为太平天国石达开所撰也。

吴江仲子湘秀才，为寿板铺联云："梦且得官原瑞物；呼之为寿亦佳名。"如此枯题，乃有此佳作。

有集《四子》为典肆联云："以其所有，易其所无，四境之内，万物皆备于我；[1]或曰取之，或曰勿取，三年无改，一介不以与人。[2]"

【1】语本《孟子·公孙丑下》："古之为市也，以其所有，易其所无者，有司治之耳。"《孟子·梁惠王下》："曰：'四境之内不治，则如之何？'王顾左右而言他。"《孟子·尽心上》："万物皆备于我矣。反身而诚，乐莫大焉；强恕而行，求仁莫近焉。"

【2】语本《孟子·梁惠王下》："齐人伐燕，胜之。宣王问曰：'或谓寡人勿取，或谓寡人取之。以万乘之国伐万乘之国，五旬而举之，人力不至于此。不取，必有天殃。取之，何如？'"《论语·学而》："父没，观其行，三年无改于父之道，可谓孝矣。"《孟子·万章上》："非其义也，非其道也，一介不以与人，

一介不以取诸人。"

郑板桥宰潍,见有"双者轩"酒肆,为某学究所书。呼而询之,曰:"不过言'近悦远来'耳。"先生命取笔,为联云:"门前有客皆双者;座上无人不四之。"学究问"四"之意,曰:"不过'手之舞之、足之蹈之'之意耳。"

又有取"既来之,则安之"之意为联云:"座上有人皆者者;门前无客不之之。"楚按:《镜花缘》"脚指动"之喻【1】,此联近之。

【1】《镜花缘》第八十回:"那难猜的,不是失之浮泛,就是过于晦暗。即如此刻有人脚指暗动,此惟自己明白,别人何得而知?所以灯谜不显豁、不贴切的,谓之'脚指动'最妙。"

市侩某,本驴马行牙人,富而筑屋,宴客庆落成。壁间有孔窦,客问之,曰:"'手脚眼'也,为工匠攀援置手脚处。"宋荔裳琬在座,应声曰:"此可对'头口牙'。"楚按:驴马俗名"头口"。

酒楼联云:"入座三杯醉也者;出门一拱歪之乎。"又:"刘伶借问谁家好;李白还言此处佳。"

夏镇人家门联云:"五湖天马将;四海地龙军。"武昌城隍庙扁书"不其然而"四字。均所不解。

或问纪文达书坊"老二酉"以何为对。公曰:"汝进正阳门罗城时,可于布伞上观之。"亟驱车至其处观之,则卖卜者书"大六壬"三字也。一日,陆耳山学士适饮"四眼井",问以何为对。公曰:"即以阁下对可也。"陆大笑。

《簪云楼杂记》云：明太祖于除夕，令人家俱制春联，微行出观。偶见一家无之，询知为阉豕苗者，即为书一联榜于其门云："双手劈开生死路；一刀割断是非根。"后又出，不见此联，问之，以御书，悬中堂矣。

某店悬联曰："门前买卖有如飞蚊，队进队出；柜内银钱好比匿虱，越捉越多。"大可喷饭。或云为唐六如作。

有铁匠妻与人奸，匠获得奸夫，以铁烙其耳。有人作联云："君子将有为也，载寝之床；匠人斲而小之，言提其耳。"【1】

又，张孝廉者，私李屠儿之妻，方握其手，为屠所见，操杖逐之，伤李足。李诉诸官，官廉得其情，署一联于状尾云："张孝廉买盐，自牖执其手；李屠儿吃醋，以杖叩其胫。"【2】闻者大笑。

又淮扬有史、蒋两孝廉，计图龙断，一治酒请柴行，一演剧邀屠户。有人作联云："史春元整席请柴行，且救然眉之急；蒋孝廉演剧邀屠户，遂成刎颈之交。"

又有挽屠户一联云："此去自应成佛果；再来何忍过君门。"运典入化。

【1】语本《易经·系辞上》："是以君子将有为也，将有行也，问焉而以言。"《诗经·小雅·斯干》："乃生男子，载寝之床。"《孟子·梁惠王下》："为巨室，则必使工师求大木。工师得大木，则王喜，以为能胜其任也。匠人斲而小之，则王怒，以为不胜其任矣。"《诗经·大雅·抑》："匪面命之，言提其耳。"

【2】语本《论语·雍也》："伯牛有疾。子问之，自牖执其手，曰：'亡之，命矣夫！斯人也而有斯疾也！斯人也而有斯疾也！'"《论语·宪问》："原壤夷俟。子曰：'幼而不孙弟，长而无述焉，老而不死，是为贼。'以杖叩其胫。"

济安义川，俗有"跳过鱼儿吃豆腐"及"豆腐办成肉价钱"之谚。熊某即为豆腐店联云："请君跳过鱼儿盆；看我办成肉价钱。"

又，朱雅南少尉振麒，题钱米店联云："尚亦有利哉；可以无饥矣。"[1]

【1】语本《大学》："《秦誓》曰：'若有一介臣，断断兮无他技，其心休休焉，其如有容焉。人之有技，若己有之；人之彦圣，其心好之；不啻若自其口出，寔能容之，以能保我子孙黎民，尚亦有利哉！人之有技，媢嫉以恶之；人之彦圣，而违之俾不通，寔不能容，以不能保我子孙黎民，亦曰殆哉！'"及《孟子·梁惠王上》："百亩之田，勿夺其时，八口之家，可以无饥矣。"

余在上海曹家渡之上南川盐栈，会岁暮，拟作春联，以"上南川"三字为地名，颇不易对。继知其所运之盐，亦仅有三种，乃成联云："厫廪迭更松岱石；（松江、岱山、余姚者，俗名"石盐"。）源流衔接上南川。"又一联云："问门外潮流，涨涨消消，忙些什么；看渡头人物，熙熙攘攘，所为何来。"又："听鸟说些甚；问花笑何人。"旧联也，余为拟下联云："问鱼忙什么。"

鄞县郑管松希亮，性简傲。市侩冯某，以奔走获名利。郑赠以联云："外史记儒林，非方不心，非彭不口；仙踪追绿野，于冷斯冰，于玉斯温。"何等蕴藉。

崔进之药肆题牌曰："养生主药室。"赵魏公对以"敢死军医人"。

无锡市立第一小学设贩卖部，名为"小小商店"。校长陶守恒一联云："小之又小，恰合小学生身分；店不成店，愧悬店铺子招牌。"

鲁省德县阎东车站馒头店联云："车站未敲钟，请诸君小坐片时，说什么图利求名，且用些点心去；蒸笼方揭盖，就此处饱餐一顿，若不是价廉物美，有谁肯掉头来。"

醋店联云："入我瓮来，试品秀才滋味；贮君壶去，请尝妇女心肠。"巧合令人失笑。

老虎灶联云："灶形原类虎；水势宛喷龙。"按：虎灶原为下流人集合处，乃亦有酸子多人，集此推敲为乐者。一日得句云："直使狐城联鼠社。"而难其对。一人拍案曰："得之矣，'权将虎灶作骚坛'。"

旧式茶寮门口，每悬一扁方灯，四面各书一"茶"字。时有甲、乙夜行，得句曰："一盏灯，四面字，茶茶茶茶。"苦思未得其对。忽闻更锣声，得对曰："二更过，两处锣，汤汤汤汤。"妙在茶、汤借对。

又，杨维桢偕虞集，至一妓家，妓方梳洗。杨曰："两镜悬窗，一女梳头三对面。"虞曰："孤灯挂壁，二人作揖四躬身。"

雅片馆昔时极盛，联亦极多："自从洋溢中华，百端容缓，只管把周公床、仲尼铎、颜渊瓢，办一个齐齐整整，继舜芳踪重建馆；然而烟花世界，他务未遑，但愿得申伯土、永乐灯、武侯炮，极十分热热闹闹，成汤盛举大开盘。""重帘不卷留香久；短笛无腔信口吹。""得趣在逍遥嫖赌之间，幽明灯趁生前点；这病在鼓胀风劳以外，哭丧棒藉活人拿。"

又，湖北大朝街烟铺联："非翰林莫入此馆；是枪手乃能进场。"又："烟霞痼癖；花草精神。""芙蓉开处真成癖；杨柳眠多总为春。""喷云泄雾藏半腹；玉箫金管坐两头。"

雪堂联云:"人比黄花应更瘦;灯如红豆最相思。"

帽店云:"顶上生涯,来者须防秃鬓;人间事业,问渠何必科头。"

又,剃头店云:"即在头,无毫发之不尽;既洗耳,有消息之可听。"

曩时吾杭有大茶肆曰"粹芳",肆中书画,俱极精美。中有一联云:"家鸡野鹜同登俎;卢橘杨梅尚带酸。"此明明嘲人妻妾争夕之联,乃悬诸茶肆,百思不得其解。

民五,天津开女浴所。某君题云:"漫言西子蒙不洁;不许渔郎来问津。"

又,张心量题"群大"商号春联云:"群盗如毛;大家努力。"

福州南台万寿桥北,旧有"锦江楼"酒馆,俯临大江。后有苏人苏姓者,继其业,烹调均苏式,并于旧号下加"苏春记"三字,遍征联句,须分嵌新旧字号。闽县郑香樵茂才联云:"苏台春色平分,好与莺花同作记;锦里江光近接,看遍风月一登楼。"

粪行联云:"皆知此货前输后;不道逢时臭胜香。""逐臭生涯皆得利;凭公交易自驰名。""曾说佛头原可着;[1]只愁名士不能担。[2]"第一联何等感慨,末一联又何等典雅,真能化朽腐为神奇者。

【1】宋释道原《景德传灯录》卷七:"崔相公入寺,见鸟雀于佛头上放粪。乃问师曰:'鸟雀还有佛性也无?'师曰:'有。'崔曰:'为什么向佛头上放粪?'师曰:'是伊为什么不向鹞子头

上放？"成语佛头着粪，比喻美好的事物被亵渎、玷污；多用作自谦之词。

【2】林逋，私谥"和靖"，人称"和靖先生""林和靖"，北宋名士、隐逸诗人。他曾对人说："世界间事皆能为之，独不能担粪与着棋。"

"东升"店主，求联于某君；某与有隙，书联曰："东手拿来西手去；升头容易缩头难。"见者为之绝倒。

民国九、十年间，上海交易所极盛；倾家丧命者，不一而足。时有二联，其一云："物交物，则引之而已；暴易暴，不知其死兮。"【1】盖交易所，日人名"取引所"也。又一联云："我非爱其财而易之；杀越人于货其交也。"

【1】语出《孟子·告子上》："耳目之官不思，而蔽于物。物交物，则引之而已矣。"及《史记·伯夷列传》："及饿且死，作歌。其辞曰：'登彼西山兮，采其薇矣。以暴易暴兮，不知其非矣。'"

【2】语本《孟子·梁惠王上》："王笑曰：'是诚何心哉！我非爱其财而易之以羊也，宜乎百姓之谓我爱也。'"及《孟子·万章下》"万章曰：'今有御人于国门之外者，其交也以道，其馈也以礼，斯可受御与？'曰：'不可。《康诰》曰："杀越人于货，闵不畏死，凡民罔不譈。"是不待教而诛者也。殷受夏，周受殷，所不辞也。于今为烈，如之何其受之？'"

闽酒菜馆有联云："有同嗜焉，从吾所好；【1】不多食也，点尔何如。"【2】

又，书家李梅庵，自号清道人，服道装，时时在上海"小有天闽菜馆，李盖闽人也。郑海藏为书一联于菜馆云："道道非常道；天天小有天。"此联传颂人口。

【1】语出《孟子·告子上》:"故口之于味也,有同嗜焉。"及《论语·述而》:"富而可求也,虽执鞭之士,吾亦为之。如不可求,从吾所好。"

【2】语出《论语·乡党》:"沽酒市脯,不食。不撤姜食,不多食。"及《论语·先进》:"'点,尔何如?'鼓瑟希,铿尔;舍瑟而作。"联中"点"不作人名解,"尔"不作人称代词解,"点尔"意为"一点儿"。

有混号"小眼大王"者,设一茶寮于城西。蒋某赠以联云:"湖月大佳齐放眼;园亭虽小亦称王。"嵌"小眼大王"四字。

蒋一日见一老妇作妖态,笑曰:"鹤发鸡皮,现世登徒女;奇装异服,中国主人婆。"

又,杭州藕香居一联云:"若把西湖比西子;从来佳茗似佳人。"【1】又有人拆"藕香"二字为"日来(耒)千万(萬)人。"

【1】句出苏轼《饮湖上初晴后雨二首·其二》诗:"欲把西湖比西子,淡妆浓抹总相宜。"及《次韵曹辅寄壑源试焙新芽》诗句:"戏作小诗君一笑,从来佳茗似佳人。"

误 谬

　　高文虎作《西湖放生池记》，以"鸟兽鱼鳖咸若"为商王事[1]。太学诸生为词嘲之曰："高文虎，称伶俐，万苦千辛，作个放生池记。从头无一语说及官家（一作"朝廷"。），尽（一作"只"。）把师王归美。这老子忒无廉耻，不知润笔能几？夏王却作商王（一作"夏王道我不是商王"。），只怕伏生是你（一作"鸟兽鱼鳖是你"。）。"因韩以太师封平原王，佞者皆称以"师王"[2]。时陈晦行史集贤制，用"昆命元龟"[3]事，阃帅倪侍郎驳之，陈累疏援古解释。史擢陈台端，劾倪削职。[4]或合为联云："舍人（一作"司成"。）旧错夏商鳖；御史今争舜禹龟。"工极。

【1】见《尚书·伊训》："伊尹乃明言烈祖之成德，以训于王。曰：'呜呼！古有夏先后，方懋厥德，罔有天灾。山川鬼神亦莫不宁，暨鸟兽鱼鳖咸若。于其子孙弗率，皇天降灾，假手于我。有命造攻自鸣条；朕哉自亳。惟我商王布昭圣武，代虐以宽，兆民允怀。今王嗣厥德，罔不在初。立爱惟亲，立敬惟长，始于家邦，终于四海。'"

【2】韩侂胄，南宋权相，曾任太师、平章军国事，爵封平原郡王。韩侂胄拥立宋宁宗赵扩即位，追封岳飞为鄂王，追削秦桧官爵，力主北伐金国（因将帅乏人而功亏一篑）。在金国授意下，奸臣史弥远和皇后杨桂枝（杨皇后）勾结，设计劫杀韩侂胄，函首送到金国，主导南宋与金国达成了史上最屈辱的议和。史弥远升任宰相，擅权二十六年，祸乱朝纲，恢复秦桧爵位谥号，打击主战爱国人士，不顾人民死活。

【3】《尚书·大禹谟》："帝曰：'禹！官占惟先蔽志，昆命于

元龟。朕志先定,询谋佥同,鬼神其依,龟筮协从,卜不习吉。'禹拜稽首,固辞。"

【4】《宋人轶事汇编》卷十八引《后村诗话》:"高文虎作西湖放生池记,以'鸟兽鱼鳖咸若'为商王事,太学诸生为谑词哂其误。陈晦行史集贤制,用'昆命元龟'字,阃帅倪侍郎驳之,陈累疏援引唐人及本朝命相皆用此语。史擢陈台端,劾倪罢去。时人为一联云:'舍人旧错夏商鳖,御史新争舜禹龟。'"又,《宋史》卷一百七十四:"权户部侍郎史弥远初拜相,麻词有'昆命元龟'之语。阃帅倪思以为不当用,御史劾罢思。"麻词(麻辞),任命宰相的诏书。《宋史》卷三百九十八:"弥远拜右丞相,陈晦草制用'昆命元龟'语。思叹曰:'董贤为大司马,册文有"允执厥中"一言,萧咸以为尧禅舜之文,长老见之,莫不心惧。今制词所引,此舜、禹揖逊也。天下有如萧咸者读之,得不大骇乎?'仍上省牍,请贴改麻制。诏下分析,弥远遂除晦殿中侍御史,即劾思藩臣僭论麻制,镌职而罢,自是不复起矣。"

有书记好为诗,尝咏水仙花曰:"根镕宝锭三斤白;心铸精金一点黄。"二语奇奥,"三斤"二字,尤难解。叩之,曰:"是宝锭之分两也。元宝每锭五十两,三斤则四十八两,与五十两近矣。"

滑稽者云彭祖死,妇哭之恸。邻里曰:"人八十不可得,而翁八百矣,何哭为?"妇谢曰:"汝辈未喻耳。八百已死,九百犹在。"盖世以痴为"九百",谓其精神不足也。

又,有县令不习吏道,适将笞一人,召吏询之。吏为具道笞之五十及折杖数,令曰:"我解矣!笞六十为二十四耶!"吏诧曰:"五十尚可,六十犹痴耶。"东坡乃取"九百不死;六十犹痴"为的对云。

清宣统时，有某留学生，夤缘得法政科翰林。一日，致书中丞胡秋辇，论宪政事，误书"辇"为"辈"，"宄"为"究"。谑者或为联云："辇辈同车，夫夫竟同非非想；究宄共穴（楚拟改作"盖"字。），九九难将八八除。"又一联云："辇辈同车，人知其非矣；究宄并盖，君其忘八乎。"

又，有读讣误以"窆"为"定"、以"庥"为"床"者。或为联云："以窆作定，君其忘八乎；视庥为床，尔真丢人也。"

又，某科正考官为冯尔康，戴彬元副之。亦有联云："冯尔康不过尔尔；戴彬元未必彬彬。"

土豪陆某，鱼肉乡里，乡人侧目，谥之曰"皇帝"。陆父死发讣，讣中"亲视含殓"落去"视"字，成为自身含殓之义；又称"哀子"而无"孤"字。或拟联以嘲之曰："忘情若自死；有德不称孤。"下联切合皇帝口吻，尤妙。

戊辰，皂保提督驻郡，修世堂英武庙，恭撰联云："忠义勇谋，志高安天下；英名一世，成佛万古传。"又演戏，亦作对曰："文官百姓，喜的是风调雨顺；武将兵丁，乐的是国泰民安。"质于学使万公，万不忍拂其意，谬赞之。中营某请再酌，皂怒曰："我已就正文宗，而汝嫌玷疥耶？"某张口不能语，遂以金字作联悬之。翌日校射，筑亭名"卧虎亭"，又作联曰："文武盘桓家国事。"属对未得，一侍卒跪对曰："开弓射箭乐太平。"皂大喜称工，倩人书之，俨然悬挂。

有咏梅月句云："三尺矮墙微有月；一湾流水寂无声。"佳句也。或见而笑曰："此一幅绝妙《偷儿行乐图》也。"

有行令"飞、月"字者，一人曰："白月照诗人。"主人疑其杜撰，请上联，某不能对。一客曰："我记得是'黑风吹酒鬼'。"

平湖令孙扩图，名士也。有大府经其地，供张甚谨，并自制行额楹帖，大府大喜。及入寝，忽大怒，亟召孙，面数之曰："吾何尝食汝肉，而以虎目我？"孙力辩，大府指联曰："此非汝手书耶？"孙始悟，引咎而退，盖联为"君子龙光[1]；大人虎变[2]"也。

【1】典出《诗经·小雅·蓼萧》："既见君子，为龙为光。"意思是，见到君子，得宠沾荣光。

【2】典出《易经·革卦》："九五，大人虎变，未占有孚。象曰：大人虎变，其文炳也。""大人虎变"比喻居高位者行动变化莫测。

陈香谷晚年重听，适言恶少"通天吼"事，陈再三问不已。沈听篁大声附耳曰："诸公谓'通天吼'三字有对矣。"又问"何对"，则又附耳大声曰："着地聋。"合座为之捧腹。

甘肃某令，粗识之无，好与文人交，以财为弋，门前泥金满壁。客初见，悚然曰："君家桃李何其盛耶？"某曰："贱园惟多桑树，并无余处再种桃李。君误矣。"又邀客手谈。客有叔侄二人，因事不至，有友人代作复书云："某某竹林，家适有事云云。"后晤其侄，竟以"竹林"呼之，意为其字也。或为联云："自惭无处栽桃李；到处逢人说竹林。"[1]

【1】汉韩婴《韩诗外传》卷七："魏文侯之时，子质仕而获罪焉，去而北游，谓简主曰：'从今已后，吾不复树德于人矣。'……简主曰：'噫！子之言过矣。夫春树桃李，夏得阴其下，秋得食其实。春树蒺藜，夏不可采其叶，秋得其刺焉。由此观之，在所树也。今子之所树，非其人也。'"简主以栽种桃李比喻培育有益人才。后世亦有俗语"桃李满天下"。唐白居易《春和令公〈绿野堂种花〉》诗句："令公桃李满天下，何用堂前更种花？"三

国魏后期有嵇康、阮籍、山涛、向秀、刘伶、王戎及阮咸等位七位文人，常在竹林下喝酒、纵歌，肆意酣畅，后世谓之"竹林七贤"，而阮籍、阮咸为叔侄，后人因称叔侄为"竹林"。

塾师误以"见（見）于面，盎于背"[1]为"角于面，盆于背"者，或为联曰："背上加盆，伛偻真如龟相；面中有角，狰狞亦类畜生。"

[1] 语见《孟子·尽心上》："君子所性，仁义利智根于心。其生色也，睟然见于面，盎于背，施于四体，四体不言而喻。"

多人围饮，时值深秋，鸿雁适来。一客哦声曰："一行孤雁连天起。"一客忽对曰："半只烧鹅满地飞。"合座为之喷饭。

《涂说》云：有项某自署门联云："一门三学士，四代五尚书。"或见之，疑焉，叩之，则对曰："吾家父子三人，并弟子员，各占杭州、仁和、钱唐一学；且祖若父曾举明经，合四代皆习《尚书》。故一门有三学之士，四代有五人习《尚书》耳。君毋读破句、别字也。"或哑然而退。

有自号"诗医"者，至一病家，见厅事一联云："子应承父业；臣必报君恩。"医曰："此患逆症，应为顺之。"乃改："君恩臣必报；父业子应承。"又进，见大门一联云："门藏朱履三千客；户拥貔貅十万兵。"医曰："此患壅滞之症，当为清之。"乃改"藏"为"迎"，以"拥"为"统"字云。

上海南市某姓门联云："跳出三界外；不在五行中。"见者皆不解所指，以为地非寺观，或为书家之恶作剧耳。后乃探知其人，昔曾居美、英、法三租界，今始移居华界也。又其人曾业银行、土行、水果行、木行，去年又在茧行，均遭失败，因而失业也。故联义既须别解，而音义尤复不可差讹。闻者均笑不可抑。楚按："五行"二字既切数，又切金木之义。

甲、乙二生，喜读别字。一日，师出对云："子华乘肥马。"[1]甲生率尔对曰："太王事獯鬻（音"嗜薰鱼"。）。"[2]乙生亦率尔对曰："尧舜其病诸（音"骑病猪"。）。"[3]师为之大笑不止。

【1】语出《论语·雍也》："子华使于齐，冉子为其母请粟。子曰：'与之釜。'请益。曰：'与之庾。'冉子与之粟五秉。子曰：'赤之适齐也，乘肥马，衣轻裘。吾闻之也，君子周急不继富。'"

【2】语出《孟子·梁惠王下》："惟智者为能以小事大，故太王事獯鬻。"

【3】语出《论语·雍也》："子曰：'何事于仁，必也圣乎！尧舜其犹病诸！夫仁者，己欲立而立人，己欲达而达人。能近取譬，可谓仁之方也已。'"

王叟老而重听。一子名祥，性鲁笨。王望子心切，与师约曰："子如能两字课，则每食为具酒肉。"师黠甚，一日与徒约曰："乃父面试尔时，无论何对，尔但低声以己名应之。"徒曰："诺。"会端午，师语叟曰："令郎能作两字对矣，请面试。"叟即席曰："炎日。"子曰："王祥。"师大声曰："'凉霜'也。"父出"白袷"，师解"黄裳"；父出"饮酒"，师解"降香"；父出"露草"，师解"霜桑"；父出"管仲"，师解"商鞅"；父出"白起"，师解"黄香"；父出"阳货"，师解"臧仓"；父出"一剑"，师解"双枪"；父出"喜气"，师解"祥光"；父出"石燕"，师解"商羊"；父出"曲阜"，师解"良乡"；父出"敏捷"，师解"光昌"（楚孙按：可改"仓忙"。）；父出"隐约"，师解"苍茫"；父出"菱秀"，师解"秧长"；父出"短径"，师解"长廊"；父出"活蝎"，师解"殭蚕"；父出"黑虎"，师解"黄狼"；父出"燕寝"，师解

"蚕房"；父出"曲沼"，师解"长江"；父出"虾蟆"，师解"螳螂"；父出"悍将"，师解"孱王"。叟大悦，竟如约焉。

又，有某馆东，亦望子心切，而馆餐无日不用萝卜。师恨之。一日，语东曰："令郎能对两字课矣。"而阴嘱其徒，只须对以"萝卜"可也。及期，父出"冠盖"，徒应"萝卜"，师为解曰："'卤薄'也。"父出"霞红"，师解"露白"；父出"溪西"，师解"路北"；父出"钟鼓"，师解"锣钹"；父出"绸绫"，师解"罗帛"（一作"罗布"。）；父出"洋钱"，师解"罗卜"（俄国币名。）；父出"婢妾"，师解"奴仆"；父出"莩艾"，师解"芦蒲"；父出"江西"，师解"湖北"；父出"俯仰"，师解"匍匐"；父出"秦明"，师解"鲁薄"，且曰"此为酒名"，且解"得借对矣"；父出"海浪"，师解"河波"；父出"赤身"，师解"露膊"；父出"岳飞"，师解"罗卜"，且曰："岳飞，忠臣；罗卜，孝子也。"按：即目莲僧也。父觉之，怒曰："何以总对萝卜？"师笑曰："寝食于斯，虽欲不以此对，不可也。"

此二则，可云无独有偶矣。

祷雨用蜥蜴，俗谓其为"龙舅"。宋熙宁间，令捕蜥蜴，每以壁虎代。民谣有："壁虎壁虎，你好吃苦。"

明初，江岸常崩，以下有猪婆龙，又恐犯国姓，只言下有鼋。太祖恶其与"元"同音，令捕杀殆尽。民谣曰："癞鼋癞鼋，何不呼冤。"

高若讷召姚嗣宗膳，坐有一客老郎，自诵其诗曰："下观扬子小。"姚曰："可对'卑职犬儿肥'。"客又诵"猿啼旅思凄"，姚曰："是又可对'犬吠王三嫂'。"客愠曰："老夫场屋蜚声二十年。"姚又信口续曰："未曾拨断一条絃。"

西域贡狮畜于御苑，日给羊肉十五斤。石中立参政，偕同僚往观。或叹曰："吾辈参预郎曹者，乃不及此狮之享用多矣。"石曰："君误矣，彼为'苑中狮'，吾曹'员外郎（谐音"园外狼"。）'，安可比耶？"

李廷彦献百韵诗于上官，中有句云："舍弟江南殁，家兄塞北亡。"上官为之恻然，曰："不意君家厄运乃至于此。"李遽对曰："实无此事，但图属对亲切耳。"上官大笑曰："然则盍接以'爱妾眠僧舍，娇妻宿道房'乎？"

"青山扪虱坐，黄鸟挟书眠。"荆公得意句也。或谓上联乃乞儿向阳，下句为村童逃学。又，荆公论沙门道，叹曰："投老欲依僧。"客对曰："急则抱佛脚。"公曰："我是古诗。"客曰："我为俗语。上去头（音"投"。），下去脚，岂非的对？"

有名"前舟"者，与人对诗句为戏。法以古诗一句，逐字征对，颠倒错乱而出之，终则合为一句。出对者为古诗"双凤云中扶辇下"[1]，前舟对以"八鸡露后靠舟前"，倒读之，则为"前舟靠后露鸡八"。合座大笑。
【1】句出宋王珪《恭和御制上元观灯》诗："双凤云中扶辇下，六鳌海上驾山来。"

塾师石姓，一日偶见一瓦落下，适中一小鸡，死焉，遂即景出对曰："小鸡砖后死。"奈诸生皆小，不知对，师乃教以逐字相对之法。一生也："是亦不难。"乃逐字对之，师均称许。及联合之，则成为"老狗石先生"。师无奈，惟有奖许之。

又，一塾师为固馆计，每赞其徒。主人不信，命当面作对。师出一字曰"蟹"，生曰"伞"，师极赞之。主人怪其不伦。师曰："此对颇有深意，盖蟹有横行之象，伞有独立之意。"主人又命作两字对。师曰"割稻"，生对曰"行房"。师拍案惊起，痛赞不已，而主人怒甚，欲鞭其子。师为解也："如此深意，非常人所能知也。盖割稻积谷防饥，行房则养儿防老也。"

一师命对曰："马嘶。"一徒应曰："鹏奋。"师曰："佳。"又一徒对曰："牛屎。"盖误以"奋"为"粪"也。师怒曰："狗屁！"徒揖而退。师止之曰："尔对未就，何得遽行？"徒曰："我对'牛屎'，师已为我改'狗屁'矣。"

又，一塾师见庭有小梅，因以命对。一生曰："老柏。"师曰："善。"又一生对曰："爹爹。"师怒扑之。家人出问，生哭曰："先生不打他老伯，偏打我爹爹。"

又，一塾师以"春日迟迟"命对，甲生对以"夏雨慢慢儿"。师未及置答，乙生误以"雨"为"禹"，"慢慢"为"妹妹"，即对以"唐高宗是嫂嫂的女婿"。丙生又误以"唐高宗"为"糖糕粽"，即对以"椒盐月饼是隔壁乡邻的四姑娘"。丁生又误以"乡邻"为"响铃"，"四姑"为"师姑"，乃对以"陈醋大蒜头，是斜对门敲木鱼的和尚家婆"。塾师瞠目无以应，寥寥四字，竟对至十七字，大奇！大奇！

或问"脚划船"以何为对，（此船他处所无，为绍人所创。）或率尔对曰："可对'豆板酱'（谐音"头扳桨"）。"或不解，曰："尔脚能划船，我头独不可扳桨乎？"闻者大笑。

某钜公自负精赏鉴。一日，书函向友假《刘猛龙碑》[1]，误书为"刘朦胧"。友书其后曰："从此'张邋遢'，有的对矣。"

【1】查书法史，有《张猛龙碑》而无《刘猛龙碑》。《张猛龙碑》全称《魏鲁郡太守张府君清颂之碑》，立于北魏正光三年（522年），是北魏碑刻中最享盛誉的书法作品，现藏山东曲阜汉魏碑刻陈列馆。

杂 联

《可谈》[1]云：王梅运句"骨立有风味"，人目之为"风流骸骨"。崇宁癸未，金陵有官妓极瘦者，府尹朱世英曰："此'生色髑髅'也。"或笑也："王句竟得对矣。"

【1】明抄本《萍州可谈》，题"宋朱无惑撰"，曾为明李诩《戒庵老人漫笔》、清朱彝尊《经义考》所征引。当代学者考证，认为《萍州可谈》系抄袭《龙江梦馀录》《说郛》等书而成。

《心史笔粹》云：林和靖尝言："天下事皆可为，惟不能担粪与著棋。"又《谈言》云：李渊才好谈兵，谓："师行乏水，近得开井法，甚善。"时寓太清宫，相地掘之数处，皆无水。又从郭太尉游园，诧曰："吾比得禁方甚妙，蛇皆听约束。"俄而有蛇甚猛，太尉即呼："渊才施术！"蛇举首来奔，李反走汗流，曰："此太尉宅神，不可禁也。"尝献乐书，使余跋之。余曰："渊才在布衣时，有经纶志，善谈兵，晓大乐，文章盖其余事。惟禁蛇、开井，非其所长。"闻者绝倒。余谓："李渊才禁蛇开井；林和靖担粪著棋"，皆藏"独不能"三字。

明太祖见陶庵以书作枕。曰："枕乩典籍，与许多圣贤并头。"陶云："扇写江山，有一统乾坤在手。"

文皇在燕邸宴群臣。时天寒，皇曰："天寒地冻，水无一点不成水。"姚广孝曰："国乱民愁，王不出头谁是主。"

昔有考试之枪替者，以狂草书草稿，中有句云："盖汤之于天下。"而录者不识草字，遂误以为"羊血汤三打天下。"今人称人之不通者曰"狗屁"，恰好与"羊血"为的对。

某校学生同坐一桌者，一鼻甚长；一背驼，自后望之，不见其首。同学遂以"象鼻""驼峰"分谥二人云。

《熙朝新语》：解秀才中发，谒见尹文端公，鲍雅堂在座。适十四公子庆宝至。鲍问："年几何？"曰："十四岁。"鲍曰："十四世兄年十四。"解应声曰："三千弟子路三千。"公即聘解为西席。

一塾师失馆，怅怅而行，适冲官道。官出对曰："遍地是先生，足见斯文之盛。"塾师颦蹙曰："沿街寻弟子，方知吾道之穷。"

眼前有景，道得恰好者，如："天近山头，行到山腰天更远；月浮水面，捞将水底月还沉。""近、远""浮、沉"四字工极。

姚叔祥《见咫编》云：宁庶人囚一儒生于后园。适园中凿地，宁出对曰："地水取土，加三点而成池。"宾客不能对，生在笼中应曰："囚内出人，进一王而得国。"庶人大悦，释之。生自念对句不祥，少选必追我，因逸去。未几，追果至，而儒生不可得矣。[1]

【1】朱宸濠，号畏天，明太祖朱元璋五世孙，明朝第四代宁王，因谋夺皇位，起兵反叛，为王守仁所俘，押送南京，废为庶人（故称"宁庶人"），封国亦废除。

王伯毂有句云："山上杜鹃花作鸟；墓前翁仲石为人。"或借以嘲之曰："身上杨梅疮作果；眼中萝葡翳为花。"盖王曾患恶疾，而一目又微障，故云。

又，某甲麻而多须，乙面歪而眇一目。乙戏曰："麻脸胡须，羊肚石倒栽蒲草。"甲应曰："歪腮白眼，海螺盃斜嵌珍珠。"曲肖其形，令人绝倒。

某甲之祖，瞽也，族叔与姊丈又均眇一目。某日某宴，座有金姓五表叔者，拟一联云："三人共计两只眼。"甲怒其侮及长辈，遂应声曰："五叔单伸一个头。"

有师生同坐广场者，或访之，不知孰者为师，乃高声曰："稻粱菽麦黍稷，许多杂种，不知谁是先生。"师立而应曰："诗书易礼春秋，这些正经，何必问及老子。"针锋相对，诚捷才也。

有"家主（一作"船户"。）仙虎狗"，对以"朋友妻驴龟"者。又："一身兼作仆；到处便为家。"亦旧对也。或改下联为"五指便为妻"，则俗陋不堪矣。

诗钟与联语，类也。兹择其佳而趣者，录数则于下。如"两""空"二字，雁足云："不住猿声啼两岸；忽闻人语响空山。"[1]

《酬简》《惊梦》分咏云："忽逢青鸟使；打起黄莺儿。"[2]真天造地设矣。

又，嵌"三头""六臂"云："三更风雨蒙头卧；六代湖山把臂游。""牛头""马面"云："牵牛时饮溪头水；立马遥呼水面船。"[3]"大眼""双林"云："月涌大江流眼底；云开双塔出林端。"此妙在题字之次序不紊。

又，"李合肥"与"女子生殖器"云："举世皆称和事老；大家都是过来人。""虎子"与"留声机"云："多口洞观天下势；

知音难觅个中人。""大脚""胡子"云:"六寸圆肤光致致;一团茅草乱蓬蓬。"

【1】语本李白《早发白帝城》诗句:"两岸猿声啼不住,轻舟已过万重山。"及王维《鹿柴》诗句:"空山不见人,但闻人语响。"

【2】语本唐孟浩然《清明日宴梅道士房》诗句:"忽逢青鸟使,邀入赤松家。"及金昌绪《春怨》诗句:"打起黄莺儿,莫教枝上啼。"

【3】语本宋陆游《饮牛歌》诗句:"门外一溪清见底,老翁牵牛饮溪水。"及《自江源过双流不宿径行之成都》诗句:"断笮飘飘挂渡头,临江立马唤渔舟。"

余多顽痰,每唾必高远。有友诫曰:"此大不可,谚云:'远吐不如近吐,近吐不如不吐。'"余笑也:"此可对'大事化为小事,小事化为无事'。"以俗语为对,友亦大笑。

又闻一集谚对云:"先吃后会钞;赊赌现抽头。"

某甲尝盗其宗人物,宗人拒之,某怒,宗人报以一缩脚联云:"都因则民不;【1】遂致视君如。【2】"

【1】语本《论语·述而》:"子曰:'恭而无礼则劳,慎而无礼则葸,勇而无礼则乱,直而无礼则绞。君子笃于亲,则民兴于仁;故旧不遗,则民不偷。'"

【2】语本《孟子·离娄下》:"孟子告齐宣王曰:'君之视臣如手足,则臣视君如腹心;君之视臣如犬马,则臣视君如国人;君之视臣如土芥,则臣视君如寇雠。'"

北方骡车,震动甚烈。有人戏作一联,榜于车门,云:"两片鳖裙搓面饼;一双鸽蛋滚汤团。"上句指女,下句指男,思之令人笑不可抑,而措词炼字,弥觉其隽永有味。

《四书》破句对，极趣。如："大学之道在明明；知止而后有定定。"[1]"樊迟问孝于我我；赐也何敢望回回。"[2]"毋自欺也如恶恶；子曰道不远人人。"[3]"父母干戈，朕琴朕弤朕二嫂；达尊三爵，一齿一德一朝廷。"[4]

【1】语出《大学》："大学之道，在明明德，在亲民，在止于至善。知止而后有定，定而后能静，静而后能安，安而后能虑，虑而后能得。"

【2】语出《论语·为政》："孟懿子问孝，子曰：'无违。'樊迟御，子告之曰：'孟孙问孝于我，我对曰"无违"。'樊迟曰：'何谓也？'子曰：'生，事之以礼；死，葬之以礼，祭之以礼。'"《论语·公冶长》："子谓子贡曰：'汝与回也孰愈？'对曰：'赐也何敢望回？回也闻一以知十，赐也闻一以知二。'子曰：'弗如也；吾与女弗如也。'"

【3】语出《大学》："所谓诚其意者，毋自欺也。如恶恶臭，如好好色，此之谓自谦。故君子必慎其独也。"《中庸》"子曰：'道不远人。人之为道而远人，不可以为道。'"

【4】语出《孟子·万章上》："象曰：'谟盖都君咸我绩。牛羊父母，仓廪父母，干戈朕，琴朕，弤朕，二嫂使治朕栖。'"《孟子·公孙丑下》："天下有达尊三：爵一，齿一，德一。朝廷莫如爵，乡党莫如齿，辅世长民莫如德。"

《红楼》一书，为余所酷嗜，寝馈于斯，达廿余年。曾手批一过，将以问世，自署曰"醉红"。兹有拜石君，集《红楼》中语为对，如："半个主子；三等奴才。""神仙妹子；菩萨哥儿。""两个苦瓠子；四根水葱儿。""依勿哪膏药；俄罗斯裁缝。""哭出两缸泪；递了一袋烟。""带着沉甸甸；成了香饽饽。""老祖宗老菩萨；宝皇帝宝天王。""云哥儿雨哥儿；宝姑娘贝姑娘。""井水不犯河水；官盐变成私盐。""金的银的，圆的扁的；花儿朵儿，霜儿雪儿。""思茶无茶，思水无水；见犬杀犬，见鸡杀鸡。"

张勋败后，遁入荷兰水瓶（荷兰使馆。），有人集《四书》为六联嘲之曰："弃甲曳兵，使已仆仆尔，难为水；[1]亡国败家，何为纷纷然，不怨天。[2]"

其二曰："国之大禁，自取之也；[3]将以御暴，莫能破焉。[4]"

其三曰："请以战喻，如放追豚（张蓄辫时，曰"大辫辫"，曰"豚尾"。），入其苙；[5]能进取譬，有馈生鱼，畜之池。[6]"

其四曰："洋洋焉水哉，吾往矣；[7]堂堂乎张也，愿学焉。[8]"

其五曰："昔者王好战，交于中国，是亦走也；[9]今也自作孽，称诸异邦，或曰放焉。[10]"

其六曰："驱飞廉于海隅，不可缓；[11]故大德辟土地，难为言。[12]"

【1】语本《孟子·梁惠王上》："填然鼓之，兵刃既接，弃甲曳兵而走，或百步而后止，或五十步而后止。"《孟子·万章下》："子思以为鼎肉，使已仆仆尔亟拜也，非养君子之道也。"《孟子·尽心上》"孟子曰：'孔子登东山而小鲁，登泰山而小天下。故观于海者难为水，游于圣人之门者难为言。'"

【2】语本《孟子·离娄上》："安其危而利其菑，乐其所以亡者。不仁而可与言，则何亡国败家之有？"《孟子·滕文公上》："以粟易械器者，不为厉陶冶；陶冶亦以其械器易粟者，岂为厉农夫哉？且许子何不为陶冶，舍皆取诸其宫中而用之？何为纷纷然与百工交易？何许子之不惮烦？"《论语·宪问》："子曰：'不怨天，不尤人。下学而上达，知我者其天乎！'"

【3】语本《孟子·梁惠王下》："臣始至于境，问国之大禁，然后敢入。"《孟子·离娄上》："孔子曰：'小子听之：清斯濯缨；浊斯濯足矣。自取之也。……'"

【4】语本《孟子·尽心下》："孟子曰：'古之为关也，将以御暴。今之为关也，将以为暴。'"《中庸》："故君子语大，天下

莫能载焉；语小，天下莫能破焉。"

【5】语本《孟子·梁惠王上》："孟子对曰：'王好战，请以战喻。……'"《孟子·尽心下》"孟子曰：'逃墨必归于杨，逃杨必归于儒。归，斯受之而已矣。今之与杨墨辩者，如追放豚，既入其苙，又从而招之。'"

【6】语本《论语·雍也》："夫仁者，己欲立而立人，己欲达而达人。能近取譬，可谓仁之方也已。"《孟子·万章上》："昔者有馈生鱼于郑子产，子产使校人畜之池。"

【7】语本《孟子·万章上》："昔者有馈生鱼于郑子产，子产使校人畜之池。校人烹之，反命曰：'始舍之，圉圉焉，少则洋洋焉，悠然而逝。'子产曰：'得其所哉！得其所哉！'"《孟子·公孙丑上》："昔者曾子谓子襄曰：'子好勇乎？吾尝闻大勇于夫子矣。自反而不缩，虽褐宽博，吾不惴焉；自反而缩，虽千万人，吾往矣。'"

【8】语本《论语·子张》："曾子曰：'堂堂乎张也，难与并为仁矣。'"《论语·先进》："'赤，尔何如？'对曰：'非曰能之，愿学焉。宗庙之事，如会同，端章甫，愿为小相焉。'"

【9】语本《孟子·梁惠王上》前引，及《孟子·滕文公上》："草木畅茂，禽兽繁殖，五谷不登，禽兽逼人。兽蹄鸟迹之道，交于中国。尧独忧之，举舜而敷治焉。舜使益掌火；益烈山泽而焚之，禽兽逃匿。"

【10】语本《孟子·离娄上》："《太甲》曰：'天作孽，犹可违；自作孽，不可活。'"《论语·季氏》："邦君之妻，君称之曰夫人，夫人自称曰小童；邦人称之曰君夫人，称诸异邦曰寡小君；异邦人称之亦曰君夫人。"《孟子·万章上》："万章问曰：'象日以杀舜为事。立为天子，则放之，何也？'孟子曰：'封之也，或曰放焉。'"

【11】语本《孟子·滕文公下》："周公相武王，诛纣伐奄，三年讨其君，驱飞廉于海隅而戮之。灭国者五十，驱虎豹犀象而

远之,天下大悦。"《孟子·滕文公上》:"孟子曰:'民事不可缓也。'"

【12】语本《孟子·梁惠王上》:"然则王之所大欲可知已:欲辟土地,朝秦、楚,莅中国,而抚四夷也。以若所为,求若所欲,犹缘木而求鱼也。"《孟子·尽心上》"孟子曰:'孔子登东山而小鲁,登泰山而小天下。故观于海者难为水,游于圣人之门者难为言。……'"

有詈人一联云:"暴同三足虎,毒比两头蛇,惜乎坏尔方寸地;媚若九尾狐,巧似百舌鸟,哀哉羞此七尺躯。"

杭有师徒六人,师刁而徒均慧。一日,赴省试,至大关而关已闭,师徒互怨。师曰:"我有对,能对则我认错,不则错仍在尔等也。"对云:"开关迟,关关早,阻过客过关。"甲徒应曰:"'出对易,对对难,请先生先对。'师用本地风光,此亦本地风光也。"师窘曰:"此以对纠缠,且涉及我身,不准,仍再对之。"师意必无有再对者。忽乙徒云:"读画易,画画难,推作家作画。"师大惊,更欲难他徒以自解。丙徒曰:"松扣快,扣扣迟,惟侍儿侍扣。"师曰:"尚有二人未对。"冀以分过。丁徒曰:"停磨逸,磨磨劳,雇帮工帮磨。"戊徒云:"听唱寂,唱唱喧,惟解人解唱。"

于是众徒请师对。师曰:"我非不能对,尽为尔辈占去也,现真无可对矣。"徒曰:"我等代师对如何?'止扇热,扇扇凉,令长随长扇。'"师仍支吾曰:"'关'对'画'不类,对'扣'对'磨',对'扇'对'唱',均不类。必另对方可。"众徒云:"'掌印官,印印仆,有管家管印。'类乎否?"师曰:"'印'与'关'虽类,惟尚差一间。"众徒久之,酌合成一对曰:"'设渡费,渡渡廉,便快足快渡。'以'渡'对'关',未知可否?"师大惭,语沮。

有二士出游,一人见水车,出对云:"水车车水水随车,车停水止。"一人对云:"风扇扇风风出扇,扇动风生。"

康熙时,虞山塾师某好出对,而徒实均不能也,人多姗笑之。一徒于暮春来学,师出句云:"四野绿阴迎夏至。"徒朦然,次晨就塾对云:"一庭红雨送春归。"师诘之,知为其姊捉刀,赏之不置。翌日,邻友招赏桃花,师欲携对往夸,又出句曰:"有约看桃坞。"次早呈句云:"无心坐杏坛。"师欣然携往。有黠客见而笑曰:"第二对有伤于公,恐非高足所为也。"师大恚,誓不命对。

郭功父有"老人十拗"。梁某年七十,得句云:"夜雨稀闻闻似雨;春花微见见空花。"此亦老人两拗也。

杂对甚夥,汇记于此。"梅香春意动",语意双关,对以"桃叶晚情浓"。罗茗香旧对为"杜老壮心衰",亦佳。
"十口为田四口方,申出上由下甲;二人成天一人大,未来益夫添丁。"
"一岁二春双八月,人间两度春秋;六旬花甲再周年,世上重逢甲子。"
"二木成林,二火成炎,二土成圭,木生火,火生土,生生不已;三瓜为瓣,三水为淼,三石为磊,瓜滴水,水滴石,滴滴归原。"
"二人合口成吞,口藏天下;又女变心成怒,心恨奴孤。"
"天设奇方,曰雪曰霰曰霜,合来共成三白散;地生良药,名芩名连名柏,煎去都是大黄汤。"
"葛布糊窗,格格孔明诸葛亮;雕盘盛果,粒粒子若漆雕开。"

"公孙丑；王伯申。"

"白乙丙；朱子庚。"

"流火；观音。"

"半夏半年半；三春三月三。"

"午梦未（活用）醒春睡足；朝妆莫（活用）整宿醒慵。"

"霜降如小雪；春分不大寒。"

"羲经六子，艮巽坎兑震离；周易一书，天地春夏秋冬。"

"纪信韩信，假帝假王；仲尼牟尼，大圣大佛。"

"人有七情，喜怒哀乐爱恶欲；经存六艺，诗书礼乐易春秋。"

"九州既列，冀兖青徐扬荆豫雍梁；一道相传，尧舜禹汤文武周孔孟。"

"正月六月七月十月之交；北风晨风凯风终风且暳。"

"张良借箸前筹，恨不食食其之肉；陈平刻木为女，果能冒冒顿之围。"

"夫子天尊大士，头相似顶上不同；宫妃宦者官人，面无殊肩下各别。"

"方丈四方方四丈，南北西东；试场三试试三场，文诗经策。"

"观音大士，妙音梵音海潮音；诸相如来，人相我相众生相。"

"兔走乌飞，地下相逢评月旦；雁来燕去，途中相遇说春秋。"

"杨柳花飞，平地上滚将春去；梧桐叶落，半空中撇下秋来。"

"大（太）上老君，请大（代）王大（杜）吃大（本音）菜；阿（屋）弥陀佛，问阿（挨）姨阿（本音）要阿（窝）胶。"

"孙行（杏）者挑行（本音）李上大行（杭）山；服不（猛）氏穿不（本音）借（草鞋名。）走华不（敷）注（山名。）。"

"狗牙齿手帕；牛舌头领带。"楚按：此为清时礼服。

又："鸡眼脚穿凤尾鞋，鹅行鸭步；象牙筷夹猪头肉，虎咽狼吞。"

唐诗中"烟锁池塘柳"一句，中含五行，久无对者。后一文士对曰："秋唵涧壑松。"时适一武士在旁，遽云："此不过五字对，何难之有？"群曰："中须有五行，请试之。"应曰："炮镇海城楼。"各肖其身份。楚孙尚闻有二对句，一为"浪煖锦堤桃"，一为"烧坍镇海楼"，亦一文一武也。

绝对征偶者，录数则于下。如："昨夜大寒，霜降茅簷如小雪。"嵌三节气名。又："六木森森，松柏梧桐杨柳。"可谓呆极。又，"荷露珠圆，柳线松针穿不得"，"三个半壶壶半酒"等，均是。

昔海上有"天然居"茶店，有募对云："客上天然居，居然天上客。"久之莫属。后有人对以"人下乡约所，所约乡下人"，"人爱自新所，所新自爱人"，"人好大生会，会生大好人"。均牵强，非佳构也。

有贵公子恣情声色。父戒之不听，因大书一联于壁云："赌钱吃酒养婆娘，三者备矣。"公子续书其旁云："齐家治国平天下，一以贯之。"后果显达。

官僚某，年已周甲，犹嗜嫖若命；有三子，亦家学渊源。一日，某宴客，座中忽言及其子冶游之事。一客曰："令郎于'嫖'之一字，殊不让足下专美于前也。"某闻之，掀髯笑曰："儿子别无所长，惟此'嫖'之一字，颇可称跨灶矣。"因朗吟曰："堪喜子孙能跨灶。"一狂士应声曰："终须祖父莫扒灰。"某闻之愤甚，下逐客令焉。

武士方圭，好作恶诗。庆历初，宋丞相庠守扬州；会宴，圭即席谈诗，宋恶之。顾野外有牛系树，拽树将倒，因谓坐客胡恢曰："老牛恃力狂挨树。"恢知旨，应曰："怪鸟啼声不避人。"

某狂士持一介绍书谒一显达，自称兄弟。显达不稔其略历，姑以出身询，则知为童生。大怒曰："持八行书，见一等侯，童生大胆称兄弟。"狂士应曰："佩三尺剑，行万里路，布衣常事傲公卿。"显达遽下座揖之。

余友陈守梅，传一对云："山羊上山，山碰山羊角，哞；水牛落水，水没水牛头，铺。"一"铺"字，极得神。

旧联："惟大英雄能本色；是真名士自风流。"有改"本色"二字为"拍马"，"自风流"三字为"会吹牛"者，颇自然。

高傲曹尝为诗曰："塚子地握槊，星宿天围棋。罐开瓮张口，席捲床剥皮。""桃生毛弹子，瓠长棒槌儿。墙欹壁凸肚，河冻水生皮。"凡所作，均类此。

有咏眼镜云："长绳双耳系；横桥一鼻跨。"又："终日耳边拉短纤；何时鼻上卸长枷。"均酷肖。

霍雅亮，曲州人，喜酒好掳捕，倾其家。刘津逮赠以联云："门前债客雁行立；屋内酒人鱼贯眠。"或曰：十四字，画出一败家子弟来。

某甲即俗所谓"善棍"也，所捐得之善举，尽饱私囊，且时向人打秋风，以此自给。或拟联赠之曰："一年容易；万物静观。"上句缩脚，乃古诗"一年容易又秋风"，下句缩脚乃"万物静观皆自得"，而字面又堂皇正大，粗心者不易领略。

某甲性好挥霍，而质又鲁钝，所学不成，辄复弃去。或改窜

"怨去吹箫；狂来说剑"之旧联以赠之云："狂来学剑；兴至吹箫。"盖上联拟以项羽之学剑不成、百无一就也，下联则以吴市吹箫之伍员拟之也。陈义隐晦，亦不易为人所觉。

马君武博士，妇孺咸耳其名。或以其名对英国之"达尔文"，字面何等工整，马博士亦甚喜之。

有先生自嘲一联云："不如早死；莫做先生。"颇趣。又，有师以"养气""青衫"二课命对者，生忆及招贴，乃遽以"遗精""白带"对之。

《云仙杂记》云：申王谓猪既供养，不宜处秽，乃以毡氅、栗粥待之，取其毛刷净，令巧工织为席，名"玉癸席"，滑而且凉。又，蜀人二月好以豉杂牛肉为"甲乙膏"，非尊亲厚知不得预食，此可对也。又，林祖扬云："'甲子巡检'（在广州禄丰县。），可对'丙妹县丞'（在贵州永从县。）。"

明太祖与刘基下姑苏。上曰："天下口，天上口，志在吞吴。"刘曰："人中王，人边王，意图全任。"

张文潜《仲夏》诗曰："云间赵盾益可畏，渊底武侯方熟眠。"此与俗传送鹅及梅子札云："汤燖右军两只，醋浸曹公一瓶。"同一风趣。

赵象庵舍人家，菊花最盛，自号"菊隐"。当未著名时，来观花者，率不通谒，亦不问主人为谁，大有"看竹何须问主人"之概。一日，刘金门偕同官借其园亭赏菊。酒阑，主人求书楹帖。刘问主人何好，曰："无他好，惟爱菊如性命耳。"先生信笔书云："只以菊花为性命。"而未有对句。复问主人何姓，曰：

"姓赵。"乃一挥而就曰:"本来松雪是神仙。"[1]一座叹服。

又,润州太守新修厅事,求吴山尊学士作联。学士即对客挥毫云:"山色壮金银,惟以不贪为宝。"盖润州有金山、银山也。观者欢呼,亟请下联,殊不知学士实未对就也,至是颇露窘态。适幕友郭香生明经曰:"想是'江流环铁石,居然众志成城'。若以铁瓮城为金陵门户也。"学士既服其敏,且有解围之德,乃以所得润笔分半赠之。

[1] 赵孟頫,字子昂,号松雪道人等,谥文敏,元代书画家、诗人,宋太祖赵匡胤十一世孙。《元史·赵孟頫传》载,至元二十四年(1287)春,赵孟頫至大都见元世祖忽必烈,"孟頫才气英迈,神采焕发,如神仙中人。世祖顾之喜,使坐右丞叶李上"。杨载《赵公行状》及元廷《谥文》,均有"神仙中人"云云。

某君集鲆水斋七夕鸳湖词为联云:"衣裳七日,风露双星,(元句:"衣裳逢七日,风露会双星。")儿女太丁宁,可知道神仙辛苦;(元句:"神仙自辛苦,儿女太丁宁。")旧诺乌头,新欢鹊尾,(元句上句下一"白"字,下句下一"青"字。)离合如梦幻,(元句:"似此离还合,真同梦与醒。")一任他诗句飘零。(元句:"佳句惜飘零。")"此七夕联中之别开生面者。

陈守梅述,有娶后仍就师宿者,生每潜归。师命对曰:"色胆如天,汝胆更包天以外。"应曰:"归心似箭,我心犹在箭之前。"

有赠卖花叟联云:"谋食谋衣,众香世界;课晴课雨,极乐生涯。"是为南通张麟年峰石所作。

有集句赠陈姓绰号"疯子"者曰:"梨花瘦尽东风懒;芭蕉

叶大栀子肥。"[1]隐二字于第六字。

又，赠癫痫一联云："永夜无聊，同向西窗剪蜡；良宵独坐，好从东阁然藜。"

又，赠驼子之悭吝者一联云："到处伛偻，笑伊首何仇于天、何亲于地；终朝筹算，问尔心胡轻于命、胡重于财。"

又，赠跛者联云："世路尽羊肠，行行又止；先生移玉趾，飘飘欲仙。"

【1】句出宋吴惟信《伤春绝句》诗："梨花瘦尽东风懒（一作"软"），商略平生到杜鹃。"及唐韩愈《山石》诗："升堂坐阶新雨足，芭蕉叶大栀子肥。"

"雪趁风威，白占田园能几日；云乘雨势，黑瞒天地不多时。"云为城隍庙联，似属非是，当是彼此问答之句。

有塾师痛恨学生，遂贴一条于壁曰："人人鬼鬼，鬼鬼人人，有人有鬼，有鬼有人。"学生见之，即于旁贴一条以对之曰："生生死死，死死生生，先生先死，先死先生。"

吾杭梁晋竹，以"喜丧"（老年死者曰"喜丧"。）对"阴寿"，自谓绝对。楚孙仿其体，以"寄生"（新妇第一个生日，母家备礼曰"寄生"。）对"送死"，惜"寄、送"二字，俱为仄声耳。

集《论语》《孟子》篇名为联云："公冶长见卫灵公在乡党，先进里仁舞八佾；滕文公会梁惠王于离娄，尽心告子读万章。"楚孙按：此类尚多，续集中当尽力征求也。

某甲麻而肥，或嘲以一联，至为豁刻。联云："任尔胖哈哈，到底吃亏，棺椁衣衾须另做；对人麻刺刺，最难消受，眼耳口鼻尽加圈。"

小说家"南亭亭长",对"中国国民",转对"西洋洋狗",又连环对"北京京官",刻已。

民国八年,湘省开惠民彩票。湘人有联云:"惠而不知为政;民亦与之偕亡。"[1]

又,柯逢时抚粤西,为舆论所不满,有一联云:"逢君之恶,罪不容于死;时日曷丧,余及汝偕亡。"额曰:"执柯伐柯。"口吻怨愤已极。

【1】语出《孟子·离娄下》:"孟子曰:'惠而不知为政。岁十一月徒杠成,十二月舆梁成,民未病涉也。君子平其政,行辟人可也。焉得人人而济之?故为政者,每人而悦之,日亦不足矣。'"《孟子·梁惠王上》:"《汤誓》曰:'时日害丧,予及女偕亡。'民欲与之偕亡,虽有台池鸟兽,岂能独乐哉?"

都门康五者,一日以廉价得一对。联云:"青璅花轻重;银桥柳万千。"而无款识。廉玉泉秋曹,过而爱之,断为衡山手笔。适铭东屏大令乘款段出宣武门,廉呼而示之曰:"此待诏墨宝也。"铭大哂曰:"此廊房戴本义之作伪,以药水染纸,遂似数百年物耳,实不值百钱也。"廉不能平,大相诟詈,遂相阋,一市灿然。康为解之,廉卒以三十千买归。

仁和马庆孙秋,药常太常之犹子也。樸被至粤,舟出豫章,夜泊生米潭,遂为盗劫,行李一空。时刘昌簇建臬南昌,马趋控之,所呈失单,不过书画玩物。刘嗤之,马作色曰:"中有板桥楹联,先人命宝也,务乞追偿。他则惟命是听。"刘悯其愚,檄县严缉,未三日,得之。其联曰:"飘风作态来梳柳;细雨瞒人去润花。"刘流连观之,笑曰:"无怪此老之斸斸也。"

昔日教民与官狼狈为奸,凌虐善民。民苦之,为作联云:"说什么天主教,妄称天父天兄,蔑天伦,绝天理,好一个青天白日,闹得天昏,总难逃天灭天诛,但愿天来开眼;叹这般地方官,都是地痞地棍,打地道,钻地洞(元文为"掘地宝,掠地财"。),把许多大地名山,变成地狱,还要捐地丁地税,可怜地也无皮。"字里行间,何等惨切。由是知革命之酝酿者,久且深矣。

旧对云:"头枕枕头头枕头;脚踏踏脚脚踏脚。"仅四字为文,何等工切,惜太呆耳。因忆卢玉岩有集句云:"头既责余余责头;腹不负公公负腹。"又吴文溥句云:"我自注经经注我;人非磨墨墨磨人。"二联格调正同。

"无边落木萧萧下,不尽长江滚滚来。"工部句也。有人套其调曰:"无边涕泪萧萧下;不尽牢骚滚滚来。"令人失笑。

夏丏尊君,任学校教授,怨甚。大书一联榜于室云:"命苦不如趁早死;家贫无奈做先生。"牢骚极矣。

旧联:"无锡锡山山无锡;平湖湖水水平湖。"有以前联再征对者,有人对以"黄河河套套黄河",似较旧联更佳。但彼时交通不便,地名亦有更改处,故未思及此耳。

纪文达一日乘小舟赴乡,途中见岸上一书塾,门榜一联,因船行甚速,仅见上句为"教亦多术矣"[1],下联为树荫所蔽,初以为此亦寻常偶句耳。及船行三四里后,遍思偶句不得,异甚。亟命舟子返棹,逆风而上,倍见艰辛。良久方至,乃"学而时习之"[2]五字耳,为之哑然。

楚孙按:纪公于斯道三折其肱,殊未敢信有此事。因忆孙奇逢夏峰居新安，门人为筑双柳居于学宫之旁，颜乃东为集《四子》为联云："近圣人之居，教亦多术矣；守先王之道，文不在兹乎。"[3]恐《四子》中句，可对者尚多也。

【1】语出《孟子·告子下》："教亦多术矣，予不屑之教诲也者，是亦教诲之而已矣。"

【2】语出《论语·学而》："学而时习之，不亦乐乎？"

【3】语本《孟子·尽心上》："由孔子而来至于今，百有余岁。去圣人之世，若此其未远也；近圣人之居，若此其甚也。然而无有乎尔，则亦无有乎尔。"及《孟子·滕文公下》："于此有人焉，入则孝，出则悌，守先王之道以待后之学者，而不得食于子，子何尊梓匠轮舆而轻为仁义者哉？"《论语·子罕》："子畏于匡，曰：'文王既没，文不在兹乎？天之将丧斯文也，后死者不得与于斯文也；天之未丧斯文也，匡人其如予何？'"

有非对而较对佳者。如梁灏八十二岁中元，其谢表云："白首穷经，尚少伏生之八岁；青云得路，已多太公之二年。"又有中榜末者，寄友书云："至矣尽矣，方见小子之名；颠之倒之，反在诸公之上。"此均可作妙对观也。

嘲阙唇云："多闻疑，多见殆，吾犹及史之于其所不知，盖。"[1]又嘲一老翁貌似土地者曰："入境辟，入疆芜，诸侯之宝三，狄人所欲者，吾。"[2]此两者亦可以作对。

【1】语本《论语·为政》："子张学干禄。子曰：'多闻阙疑，慎言其馀，则寡尤。多见阙殆，慎行其馀，则寡悔。言寡尤，行寡悔，禄在其中矣。'"《论语·卫灵公》："子曰：'吾犹及史之阙文也，有马者，借人乘之。今亡矣夫！'《论语·子路》："君子于其所不知，盖阙如也。'"

【2】语本《孟子·告子下》："春省耕而补不足，秋省敛而助不给。入其疆，土地辟，田野治，养老尊贤，俊杰在位，则有

庆；庆以地。入其疆，土地荒芜，遗老失贤，掊克在位，则有让。"《孟子·尽心下》："孟子曰：'诸侯之宝三：土地，人民，政事。宝珠玉者，殃必及身。'"《孟子·梁惠王下》："乃属其耆老而告之曰：'狄人之所欲者，吾土地也。吾闻之也：君子不以其所以养人者害人。二三子何患乎无君？我将去之。'去邠，逾梁山，邑于岐山之下居焉。"

近人以"重九"对"双十"，为绝对。又有衍为一联云："历别阴阳，双十方过重九至；文分唐宋，六一终比半千强。"（按："六一翁"为欧阳修别署，圆半千为唐时文士。）又一对云："耻兼新旧，廿一犹存五三生。"则觉生硬异常矣。

数字对，旧有以"收拾"对"放肆"者，不仅"收、放"工，尤妙在"拾、肆"二字，均为大写数字。楚孙因思酒令中，有拍七、拍三、抢三等令，乃以"拍七"对"做九"（庆九庆寿曰"做九"。），又以"拍三"对"打七"（打七为僧道法事之一种。），又以"抢三"对"拜九"（杭俗：九月朔至初九拜九皇斗，曰"拜九"。）。古对尚有以"独孤乙"（人名）对"二两双"（爆竹名），是更巧不可阶矣。

学生之初习英文者，颇以为苦，乃取"英文"之谐音，名之为"阴沟流尿"。以示畏避之意。或云："此正可对'脚板泥屎（音"思"。）'。"盖亦"日文"之谐音也，巧矣。

某甲笔佣为生，所入甚微，而子女成群，食指浩繁。一日，甲谓乙曰："用舒食寡，为生财大道。吾乃适得其反，子其有以教我乎？"乙曰："用舒宜求发财，食寡宜于节欲。余有一联可以奉赠：'借取一个聚宝盆儿，何勿求求财神菩萨；多制几顶子宫帽子，不如问问山额夫人。'"按：山额夫人，美人也，主张节育，著有《节欲法》，中载有子宫帽。近闻夫人因吾道不行，每为各国政府所拒绝，颇郁郁不得志，乃抛弃其主张节欲者，今已产有二子矣。

先严有抄本三字对，择其尤佳者，谨录于下：

"马蹄袖；虎头鞋。""牛耳刀；狼牙棒。""黄毛鸭；白脚猫。""狗皮膏；鹅毛扇。""酱烧鸭；醋溜鱼。""带毛猪；拖脚蟹。""蛇皮癣；鸡爪疯。""炒米糕；汤面饺。""水饺儿；汤包子。""红黑豆；青白团。""和合饭；平安米。""三合粉；两仪膏。""葱管糖；荷包蛋。""荷花糕；杏叶笋。""糖芋艿；酱萝卜。""水葡萄；泥荸荠。""脱壳橘；倒瓤（一作"肠"。）瓜。""缺襟袍；开裆裤。""大麦岭；小粉场（俗作"墙"误，均杭州地名。）。""尖角菱；大头菜。""齐眉棍；剃头刀。"楚按：亦可对"解手刀"。"剃头店；照胆台。""七寸盘；三品碗。""洗手盆；穿心罐。"

陆文量容为浙藩，戏语陈启东曰："陈教授数茎头发，无法可施。"盖陈寡发也。陈见陆多须，因对曰："陆大人满脸髭鬚，何须如此。"陆大赏叹，又笑曰："两猿截木山中，这猴子也会对锯（音"句"。）。"陈曰："有犯，幸公勿罪！'匹马陷身泥内，此畜生怎得出蹄（音"题"。）。'"相与抚掌大笑。

泰兴令胡遥，嬖一门子。一日，忽见一掾，挑之与语。胡问掾何语，掾急遽曰："渠是小人表弟，语家事耳。"令出对曰："'表弟非表兄表子。'能对，免责。"掾应曰："丈人是丈母丈夫。"令笑，赏之以酒。

又一对云："黄犬乌头白尾；苍龙黑爪斑须。"云为一幼童所对云。

厦门某生，薄游漳州柴姓家，款以酒。时柴姓女佣，方于门首购柴。客忽曰："柴妈买柴，大担小担。"盖大小担为厦门地名。生应曰："篾片拖篾，长拖短拖。"长短拖又为漳州地名，且座客中有惯为人作中，人称之曰"篾片"者。

有自矜善于学古者。或以"出恭"为题，请其仿汉，应声曰："大风吹屁股；冷气入膀胱。"又请仿宋，曰："板侧尿流急；坑深粪落迟。"又自诵其仿唐杂句云："两只粪船停石埠；一竿尿布出楼窗。"或有再仿其体以咏美人眼云："皮薄光流小；眶深泪落迟。"

朱某自拟缙绅，于公共机关，必谋占一席，阳则正直无私，阴则游荡无度。或赠联云："一肩落两缺，始公所，继育婴，摆摆摇摇，居然善堂董事；百钱分三用，先娶妻，后买妾，忙忙碌碌，又从佛殿抱尼姑。"

张某，浙之南浔人也。善逢迎，由贱业而为富室司业，性喜招摇。或赠联云："府厅州县夏皞翁（团防局长），一派无非官话；刘庞邱张邢（五巨富。）表弟，五家都是舍亲。"

丙辰、乙卯间时事联云："两代表偷关，有土有人，名士竟成无赖贼；六君子避地，何功何利，穷途都是可怜虫。""岑西林举首如山，底下无心空结果；袁家毂出头是土，个中有口不能言。""五岭弄风云，黩武穷兵，败北馀威龙矫矫；三权成草草，议员总长，终南捷径蚁纷纷。""辅币已推行，两面圆光，依旧大头无小孔；勋章何太滥，一时焜耀，居然俗眼当头衔。"

为老西开交涉联云："交检厅，交看守，赵交涉何以开交，卷土重来，七十二斤十五两；议打架，议争风，众议员难逃物议,及时行乐,百年三万六千场。""军权政权,假借民权,但到手时皆北上;印土云土,鸣呼国土,更无人问老西开。"此均刺张镕西带土被搜,及老西开问题者。

某君作时事谐联云:"小民万死不辞,兵凶与旱魃齐来,是否上天犹有路;财部一空如洗,债券合洋蚨俱尽,可怜刮地已无皮。"楚孙按:此联无时间性,随时均可用也。

诗句作对联,择可采者录数则于下。骂世诗云:"尺波未涸鱼先散,一骨才投犬共争。"[1]

古人以"盲人骑瞎马,夜半临深池"为咄咄逼人之险句,乃尚有一联云:"鼠鸣佛腹饥无色,狗嚼人头脆有声",读之更令人肤粟毛戴。

又,《夏竹生寒》诗曰:"人来思暖帽,客至戴皮冠。"亦妙。

又,某甲溺于情,作句云:"钗钿误我长生殿。"未得下句。其友应曰:"车笠期君枉死城。"工极。

又,胡子牛诗钟曰:"刺吻每能增妾愠;丧心犹是向人吹。"

【1】句出清赵翼《感事》诗:"尺波将(一作"未")涸鱼先散,一骨才投犬共事。"

余友双玉拟一联云:"楠木栋宇栖身,南一木,东一木,西一木;仲谋佐启佑辅,中有人,左有人,右有人。"楚按:似觉生硬。

纪文达自赦回后,为人书联,上句率用"圣代即今多雨露"[1]。一日,又书此句。求者曰:"此某僧代求者。"纪援笔书云:"老僧相伴有烟霞。"[2]

【1】句出唐高适《送李少府贬峡中王少府贬长沙》诗:"圣代即今多雨露,暂时分手莫踟蹰。"

【2】句出唐金地藏《送童子下山》诗："好去不须频下泪，老僧相伴有烟霞。"

有张帖于门云："新月如钩，钩出一天星斗。"久之无人为对。一日，有女子过而见之，为续下联云："春风似剪，剪成大块文章。"某惊其工切，追问姓名，不告而去。

雀翎黄褂谢折中，原有"顾影惭深，举头知重"之句。或衍成一联云："戴已知重，宁惟假以羽毛；服且增荣，奚啻赐之颜色。"

清季某甲，于都中娼寮宴客。座有某乙，诵一旧对曰："翁自弄璋儿弄瓦；兄曾倚翠弟偎红。"且极称其对仗工稳。座有两少年，亟起向乙询邦族，且忸怩曰："余等恐遗老人忧，久不至是间矣。今何幸得遇名流，且辱教诲，感且不朽。"言已匆匆去。乙愕然不解，后闻人言，知此对与两少年有关，盖清贵族之某大爷、二爷也，何会逢其适如此。

有以时人名作无情对者，录其佳者于下。如："梁燕孙；木鳖子。""戴天仇；告地状。""杨杏城；桐花馆。""朱启钤；乌拉布。""孙少侯；王大娘。""许九香；忘八旦。""吕公望；阎婆惜。""樊云门；彭月楼。""海藏楼；江瑶柱。""朱介人；赤发鬼。""张一爵；杀千刀。""张竹君；采桑子。""葡萄牙；樱桃口。""陈夔龙；老乌龟。""雷遇春；星期日。""咸水妹；甜酒娘。""众议院；公坑所。""刘玉麟；钓金龟。""马眉叔顾鳌；阿胡子吃蟹。""万里红素珍；五淋白浊丸。""社会党联合青红帮；精神丸专治赤白带。"

又有新名词对云："公法人；私生子。""私法人；公输子。""手形；目的。""输入品；呼出状。""有价证券；无期徒刑。"

"小切手；大块头。"

又有连环对，如"桐花馆，李木齐；李木齐，桃叶渡。""妃鼓瑟，王克琴；王克琴，天不管。""神则灵，王克敏；王克敏，父之过。"

更有再进一层之连环对，如："马路，龙洋；洋龙，路马。（见《曲礼》。）""九重，六么；么六，重九。""地平（见《尚书》。），天顺（明英宗年号。）；顺天，平地。""律师，行旅；旅行，师律。（见《易》。）"其余尚多，聊备一格。

又杂对云："九亩地野鸡；十块底麻雀。""青莲阁；白兰地。""一言亭；双泪碑。""黄石斋；红冰阁。""比红儿；张黑女。""君王后；余尔伊。""头面；背心。""养生素；热死昏。""揭被香；望门寡。"

昔有以"天"对"示"者，拆之为"一大"、"二小"，或仿其体，如"笑"对"梼"，"枯"对"铃"，"梼"对"沃"，"坡"对"滑"，"清"对"横"，"丸"对"土"，"地"对"涘"。或谓此仅笔画拆对，字义究属不偶，故须笔画与字义均对者方合。但合此格者则甚尠，仅"龚"对"骆"，"胡"对"岑"，"恫"对"盼"，"啼"对"怒"，数则耳。

杭俗称母为"堂上"，楚以为可对"房下"。

补遗

姓　氏

陶稷山工书，特自矜重。虞山蒋某，至长跪请书。或为联云："蒋子七言弯狗腿；陶公五斗惮虾腰。"

唐原休，受朱泚伪职，入长安，首收图籍，因自比萧何，时人以"火迫酂侯"称之。宋南渡时，武将郭某，以武侯自拟，酒酣辄高吟工部"三顾"之句，屏风、便面，一一书此。无何，大败于江上，仓皇涕泣，仅以身免。时人又目之为"尿汁诸葛"。物必有偶，数百年间一文一武，正奇事也。

《渑水燕谈录》云：王琪、张亢，同在晏元献幕。亢肥大，琪以"太牢"目之；琪瘦小，亢又以"猕猴"目之。一日，有米纲至八百里村，水浅，当剥载，亢往督。琪曰："所谓八百里剥也。"亢曰："未若三千年精矣。"又琪尝嘲亢曰："张亢触墙成八字。"亢应曰："王琪望月叫三声。"

李西涯，字宾之；江朝宗，字东之。时有句云："宾之访东之，东之宾之。"无能对者。时陈启东谒选至京，吴文定即以叩之。陈应曰："回也待由也，由也回也。"

清季戊戌政变，湘省陈佑民中丞暨徐学使两公父子，同被严议。时人为联云："不孝等罪孽深重，不自殒灭，祸延显考，陈氏父子，徐氏父子；维新党末学肤浅，罔识忌讳，干冒宸严，礼部侍郎，兵部侍郎。"

卞焕若多髭善谑，座间有名"智父"者，卞戏之曰："智父头宁为饮器。"【1】智父曰："卞胡嘴即是便壶。"【2】

【1】春秋末年，晋国被执政大臣智氏（以智伯为首）与韩氏、魏氏、赵氏（以赵襄子为首）等几大家族把持。智伯（智父）为削弱韩、魏、赵三氏，向其讨要万户封邑，唯独赵不肯给。智伯联合韩、魏攻赵，苦战多年，在将获胜之际，韩、魏突然倒戈，联赵破智，瓜分了智氏封邑。因智伯生前多次结怨于赵襄子，赵襄子命把智伯的头颅做成饮器。智氏亡而晋国被韩、魏、赵三分，中国进入战国时代。

【2】卞胡，当作"卞和"，春秋时期楚国人，"和氏璧"发现者。《韩非子·和氏》载，卞和在山上伐薪捡到一块璞玉，先后献于楚厉王、楚武王，二王不识宝，指卞和行骗并严刑惩罚，后得楚文王识宝，琢成和氏璧。打麻将时，"和"读音"胡"。又，胡，指胡须。

前录梁财神联，兹有平友函寄五则。其一云："金穴深藏，铜山忽倒，财神千古，饿鬼千古；（相者谓财神纵理入口，有如亚夫、邓通，法当饿死。）洪宪忠臣，共和败类，兴邦一人，亡国一人。"

其二云："我辈乃曾经搜括馀生，碑口同镌，愿君子雕梁长踞；今日是再造共和盛世，野心未死，望继统金匮重封。"

其三云："丹扆设座，黄袍加身，八十天拍马吹牛，帝令何在；税创印花，币兴光纸，廿二省罗雀掘鼠，民不能忘。"

其四云："勃勃野心，贪永年安富尊荣，金钱筹画联盟策；哀哀黔首，沐大恩剥削搜括，膏血凝成堕泪碑。"

其五云："剥肤搥髓地无皮，只留得短碣千秋，翘首岘山齐堕泪；捉怪拿妖天有眼，忽听到令牌一拍，埋头港海倍伤心。"

《两般秋雨庵》谢金圃一联,已载前录,尚遗一联,补录于此。沈云椒名初,德定圃名保,典试颇不满于人口。或为联云:"德定圃人旁呆立;沈云椒衣里藏刀。"

明思宗时,侍郎谢姓,请假省亲。上问:"卿家有几口?"曰:"父母妻子,共四口。"上出对曰:"四口心思,思父思母思妻子。"谢应曰:"寸身言谢,谢天谢地谢君王。"上大喜。此与前"千里为重"一联相仿佛。

席间有朱、孔二生,朱少而孔长,朱反上坐。孔不能平,因出联曰:"眼珠子,鼻孔子,孔子反在珠子下。"楚按:孔子、朱子,恰好均是人名,语有三关。朱对曰:"须先生,胡后生,后生却比先生长。"

嘉庆末年,有取当时京官名氏为联,至为工巧:"姚文田,号秋农;彭邦畴,号春农。两个农夫,空想田畴之乐;帅承瀛,字仙舟;何凌汉,字仙槎。一行仙吏,同登瀛汉之天。"楚按:巧合工整至此,叹观止矣。

咸同间,李申甫布政湖南,颇宠任梅姓幕友,事无不听。或为联曰:"蟠食尚留井上李;鸦声啼煞墓门花。"[1]事为台谏所闻,摭入弹章,坐是免官,人以为冤。

又,张汉任中州太守,有梅、李两姓以离婚构讼。张为判合,并题一联于牍尾云:"何彼秾矣华如李;迨其吉兮摽有梅。"[2]

或以为,同是梅、李,而得失如是其差焉。

【1】语本《孟子·滕文公下》:"匡章曰:'陈仲子岂不诚廉士哉?居於陵,三日不食,耳无闻、目无见也。井上有李,螬食实者过半矣,匍匐往,将食之;三咽,然而耳有闻、目有见。'"

及《诗经·陈风·墓门》:"墓门有梅,有鸮萃止。夫也不良,歌以讯之。讯予不顾,颠倒思予。"

【2】语本《诗经·召南·何彼襛矣》:"何彼襛矣,唐棣之华?曷不肃雝?王姬之车。何彼襛矣,华如桃李?平王之孙,齐侯之子。其钓维何?维丝伊缗。齐侯之子,平王之孙。"及《诗经·召南·摽有梅》:"摽有梅,其实七兮。我庶士,迨其吉兮。摽有梅,其实三兮。求我庶士,迨其今兮。摽有梅,顷筐塈之。求我庶士,迨其谓之。"

易三与吴七同学。一日,吴戏谓易曰:"汤婆子腰间横插易三。"盖"易、三"二字并为"汤"(湯)字也,易无以应。一日午夜,吴闻叩门声甚急,启视之,易也。问:"何事?"曰:"对已就矣:'虞美人胯下倒垂吴七。'"楚按:佳则佳矣,惜一"卢"字无着落。

丁氏兄弟与沈氏兄弟赴小试,遇雨途中,且行且语。丁曰:"大雨沉沉,二沈缩头不出。"沈应曰:"小时了了,双丁曲背难伸。"

光绪丁未五月,徐烈士锡麟刺恩铭于皖。时江西有候选从九,与烈士同名,方为某县收发要员,上台恶其名,遂撤其差。徐年已五十,奉差甚谨,无可指摘,故撤差檄文甚难着笔。记其中段有云:"查该从九姓名,与戕杀安徽巡抚之徐逆,一字不易。人之命名,何所不可?乃必与穷凶极恶、甘心叛逆之徒同其姓名,实属不知自爱,应即撤去差事。"云云。

又,镇江太守某患气痛,医者言服青皮可愈。某偶与刑幕言之,并拟采办是物。刑幕本不知药名,误以"青皮"为"流氓",遂札知丹徒县云:"为札饬事。照得本府患病日久,医言须服青皮。查镇江之青皮,即上海之流氓,苏州之拆白党,福建之怠仔，江西之赤膊鬼。凡安分商民，皆欲食其肉而寝其皮，盬其脑而饮其血。是则青皮一物，本可充食用之需。本府为治疗宿疾、芟夷民蠹起见，为此札仰该县，迅即遵照札开事理，拘捕青皮多名，解送来府，以便遵依古方，如法泡制。毋得徇延，切切特札。"丹徒县奉札后，境内青皮闻风远遁，自此青皮绝迹，一府大治，竟因此得升擢。

或缀二事为联云："因名姓而撤差，徐从九获麟受祸；为青皮而出札，丹徒县惠民升官。"

尹某过长沙熊少牧之门。熊嘲之曰："尹先生缺少口才，敢称君子。"尹应曰："熊老者未除火气，何算能人。"

幼　慧

粤臧有恭尚书，幼年时，其居与镇粤将军署邻；公因风筝落于署中，竟入署觅之，门役以其小，不之顾也。时将军方与客弈，见公神骏，诘之曰："小子能对乎？"对曰："小事耳。一字能，百字亦能。"将军乃指壁间画为对曰："旧画一张，龙不吟，虎不啸，花不闻香鸟不叫，见此小子，可笑可笑。"公曰："此何难？即指棋局为对曰：'残棋半局，车无轮，马无鞍，炮无烟火卒无粮，喝声将军，提防提防。"将军大惊，厚赠之。

白香山七岁时，或命对云："曹子建七步成诗。"公默然不应。客问之，曰："已对矣。"问："何对？"曰："白居易一时无对。"此与解缙之以"容易"对"色难"，格调相似，而奇巧过之。

弘治中，江阴曹野塘宰分宜时，严介溪尚在童时，曹识而拔之，与其子弘，同攻举业。一日，见严握扇，扇绘游鱼，即命对曰："画扇画鱼鱼跃浪，扇动鱼游。"严应曰："绣鞋绣凤凤穿花，鞋行凤舞。"又一日，曹偶思乡，口占曰："关山千里，乡心一夜雨绵绵。"严对曰："帝阙九重，圣寿万年天荡荡。"曹决其必成大器。后因咏城雉，有"倒生牙齿啃青天"之句，曹恶其奸险而狂，遂稍疏之。

刘逸少，苏人，年十一。其师潘阅，携之以谒长洲令王元之、吴县令罗思纯。罗首试对云："无风烟焰直。"对曰："有月竹阴寒。"王曰："风雨江城暮。"对曰："波涛海市秋。"罗又曰："月移竹阴侵棋局。"对曰："风送（一作"递"。）花香入酒尊。"王曰："一回酒渴思吞海。"对曰："几度诗狂欲上天。"凡数十联，无不工整。二公为闻于朝，赐进士及第。

瑞安高则诚，名明；六岁时，父宴客，高自桌旁攫食。客曰："小儿不识道理，桌上偷食。"高对曰："村人有甚文章，场中出题。"客又曰："细颈壶儿，敢向腰间出嘴。"对曰："平头梭子，却从肚里生丝（一作"孺"。）。"

解缙幼时，随父执游南京金水河玉阑干。父执命对云："金水河边金线柳，金线柳穿金鱼口。"解对曰："玉阑干外玉簪花，玉簪花插玉人头。"

《坚瓠集》云：杨文忠廷和，七岁时，父月夜宴客。一客云："三更矣。"一客云："半夜矣。"或为联云："一夜五更，半夜五更之半。"公应曰："三秋八月，中秋八月之中。"此已见前，句不同且无事实。

王彝幼时游佛寺。或曰："弥勒放下布袋，释迦难陀。"王对曰："观音失却净瓶，寒山拾得。"

松江胥吏徐某，子幼慧。县令顾某命对曰："花无百日红，紫微独占。"对曰："松有万年青，罗汉常尊。"

戴大宾五岁应童子试。或欺其小，问之曰："小朋友想做何官？"应曰："阁老。"众戏之曰："未老思阁老。"戴对曰："无才做秀才。"众均被其嘲，咸大笑。

明万历时，汉阳萧汉冲，十五岁，以榜眼及第，仕至祭酒。当七岁时，一贵官路过，慕其名，召入船中试之曰："官舫夜光明，两行玉烛。"对曰："皇都春富贵，万里金城。"语甫毕，适有吏人白事，官诏之曰："尔去即来，廿四弗来廿五来，廿五弗来廿六来。"萧又疑其出对，即应曰："静极而动，一爻不动二爻动，二爻不动三爻动。"贵官为之骇笑。

朱亦巢之居近田，田有巨石名"石牛"，旁又有石牛庵。巢幼时偕父执游其处，父执命对曰："石牛庵畔石牛蹲，耕得石田收几石。"朱对曰："金鸡墩上金鸡宿，衔来金弹值千金。"盖近地有名"金鸡墩"也。父执又曰："山童采栗用箱承，劈栗扑箩。"仓卒未就，适见人提菱一篮，陡触灵机，即曰："野老买菱将担倒，倾菱空笼。"此联硬解释俗语之形容词，真匪夷所思。

周清诚八岁，随父与姨夫出游，热甚，各卸其衣。父因命对曰："两个姨夫齐脱衣，想是连襟。"即曰："一双女婿各拜节，果然令坦。"妙在上下联均从卸衣上着想。

某甲，月夜忽得句云："天上月圆，人间月半，月月月圆逢月半。"一八岁童对曰："今朝年尾，明日年头，年年年尾接年头。"

有乡童工对。适遇端阳，师以即景命对曰："五月五日，五叔五婶堂前包粽子。"童不能对。至夜闻兄嫂房中有声，童问何事，兄诡对云："摸糍粑耳。"次晨面师，即以宵来事告之，并为对云："三更三点，三兄三嫂房内摸糍粑。"师为默然。至除夕，母忽产一子，父喜极，命儿对云："除夕生人，母未三朝儿两岁。"童曰："求仙王子，洞中七日世千年。"

某学使按临太湖某县，乃有八岁童交卷甚早。观其文，汪洋奇肆，疑其宿构，或为枪替。观其人，正在堂下抱黑柱旋转作戏。乃呼而询之曰："小子能对乎？"曰："能。"学使曰："手抱黑柱团团转。"童曰："脚踏青云步步高。"学使又曰："太湖八岁小童。"童曰："内阁一品大人。"学使又曰："长天千里月。"对曰："平地一声雷。"学使嗋然曰："未有小人而仁者也。"[1]童即应曰："然则夫子既圣矣乎。"[2]学使收为门生。楚按：此则名姓俱无，而出联颇有迁就对句之痕迹。

【1】语出《论语·宪问》："子曰：'君子而不仁者有矣夫，未有小人而仁者也。'"

【2】语出《孟子·公孙丑上》："宰我、子贡善为说辞，冉牛、闵子、颜渊善言德行。孔子兼之，曰：'我于辞命，则不能也。'然则夫子既圣矣乎？"

善化周神童，父业烟馆。一日，有三客来，父命童持一盒烟与之。客知其工对，即曰："盒烟难过三人瘾。"童应曰："杯酒能消万古愁。"事闻于书院院长刘凤苞。招之至，命以对曰："周小子读《周易》易。"对曰："左邱明作《左传》传。"楚孙按：妙在"易、易""传、传"，音义各异，仓猝得此，非神童莫属。

李东阳招客园游，某神童俱焉，李欲试之。酒酣适有风至，李即曰："棚下惠风和。"属座客对。童即应以二字曰："日丽。"

众瞠目不解,李已悟得,拍案曰:"诚佳句也!试冠以吾名,非'李东阳日丽'乎?"于是举座叹服。

熊伯龙微时,设私塾以糊口。中有一童李姓,特异于众,熊另目视之。一日,熊得"狮子狗"三字命对,盖二动物连属为一,固不易得佳对也。李童闻之,忽大笑不止。熊叱之,童笑曰:"敢借先生名一对耳。"

宁乡袁岘冈,通儒也,嘉庆间主麓山讲院。当六岁时,有客至,父杀鸡款之。儿向母索鸡蹠[1],母曰:"客如不食,即以与尔,此时慎勿声也。"儿即伺于桌旁。已而客竟食蹠,儿乃哭告其母。客闻之,呼之出,曰:"蹠已食矣。"探怀出四百钱,指示之曰:"此足购一鸡,尔可独食。惟有一对,能对,则明日购鸡飨尔。"儿收涕请对,客曰:"盘中此后无鸡蹠。"儿双目炯炯曰:"成语可对乎?"曰:"可。"曰:"然则'池上于今有凤毛'[2],可对乎?"客大惊服,卒购鸡飨之。

[1] 鸡蹠,即鸡足踵,古人视为美味。《吕氏春秋·用众》:"善学者若齐王之食鸡也,必食其蹠数千而后足。"

[2] 句出杜甫《奉和贾至舍人早朝大明宫》诗:"欲知世掌丝纶美,池上于今有凤毛。"

神童霍七,见邻家烹狗,香味洋溢,不觉垂涎三尺,艳羡不已。邻闻之,乃呼之至,曰:"能对便得吃。'白狗燀乌,巧笑倩兮穿黑服。'"霍自顾正御一红袍、手持一空盘,即鞠躬前对曰:"青虾炒熟,鞠躬如也着红袍。"

朋　友

各省皆有地讳,如东省曰响马,陕西曰豹,河南曰驴,四川曰鼠，湖广曰干鱼头，两广曰蛇，云贵曰象，福建曰癞，江西曰腊鸡等。

成化中，司马陕西杨鼎，与司寇福建林聪会坐，林以杨年少而多须，戏之曰："胡儿十岁能窥豹。"杨应曰："癞子三年不似人。"

河南焦芳过李西涯，见檐曝干鱼，戏曰："晓日斜穿学士头。"李曰："西风正灌先生耳。"

又，廖鸣吾戏伦白山曰："人心不足蛇吞象。"伦曰："天理难忘獭祭鱼。"

又，蜀张士俨与粤王某善，每见，辄曰："委蛇委蛇。"王应曰："硕鼠硕鼠。"

甲、乙同乡同学，甲惧内而乙好嫖。甲曰："嫖小娘，生杨梅疮，甘心。"乙曰："怕老婆，吃栗子块，苦脑。"末二字工甚。

歙县陈元弼，与蔡昭远论文。陈曰："所苦腹中无料耳。"蔡戏曰："陈元弼腹中无料。"陈曰："蔡昭远背上有文。"

明太祖与刘青田对局，太祖曰："天作棋盘星作子，日月争光。"刘曰："雷为战鼓电为旗，风云际会。"

又，某戏剧中亦有一联云："玉帝行兵，雷鼓云旗天作阵；龙王开宴，山肴海酒地为筵。"

明太祖偕刘三吾入一村店小饮。苦无肴，因曰："小村店三杯两盏，无有东西。"三吾未及对，店主遽曰："大明国一统万年，不分南北。"太祖大喜，官之。

有周、谢二人，固相狎也。一日，谢谓周曰："周口下垂，对着一钩，欲食不得。"周应曰："谢身立正，若加寸许，滋味难言。"

甲、乙二人闲游入庙,见一妇人方在求签,涕泪滂沱,既哭且诉,听之,盖妻妾不和,互欲驱逐,夫固懦者,不得已而求助于神也。甲即曰:"'妻逐妾入庙求签,手摇签筒,摇出声声妻逐妾、妾逐妻。'此可对乎?"乙曰:"此为实事,非仓卒可就也。"因又偕行至廊下,见有瞽目夫妇二人,互相扶掖,妇口吹竹管以卖卜。乙曰:"前联得对矣:'妇扶夫出门卖卦,口吹竹管,吹来韵韵妇扶夫、夫扶妇。'"楚按:此联声韵之逼肖,无以复加。

王某与毛某会饮,毛不食鸡鸭,询其故,不言。王笑曰:"我知之矣,'眼前皆触目惊心,怜他族类'。"盖以毛族相讥也。毛应曰:"足下若昂头掉尾,亦我子孙。"言"王"字侧首笔、增尾,化为"毛"字也。仓卒得此,亦殊不易。

妇　女

新淦范氏早寡。杨东里过其家,见案上一对云:"墨落杯中,一片黑云浮琥珀;梳横枕上,半轮残月照琉璃。"问谁所作,学生不答,固诘之,曰:"家母。"东里惊异,因荐入禁中。一日,题《老妇牧牛图》云:"贵妃血溅马嵬坡,出塞明妃怨恨多。争似阿婆牛背稳,笛中吹出太平歌。"宣庙见之曰:"彼不乐居此矣。"因封为夫人,厚赍〔赉〕遣归。

冯某妻宋氏,奇悍,冯畏之如虎。人诮之曰:"无若宋人然。"[1]冯应曰:"是为冯妇也。[2]"

【1】语出《孟子·公孙丑上》:"必有事焉而勿正,心勿忘,勿助长也。无若宋人然。"

【2】语出《孟子·尽心下》:"是为冯妇也。晋人有冯妇者,善搏虎,卒为善士。"

谢姓女，颇有文名。出阁时，有贺客吴某者，滑稽士也；当闹房时，故出一联以试新娘云："谢大姑撒尿，无言便射。"新娘愤甚，只得腼颜问客姓，答曰："吴。"新娘笑曰："吴先生食屎，倒口就吞。"

粤东有才女，亦于出阁时有贺客试以联云："花径碧烟迷野蝶。"时有简某者，狂放无礼，新娘恶之，即借以为对曰："竹门白日系山牛。"简尚未悟，拍掌称善。或大笑曰："怪不得山牛不能青一衿也。"女至是始知其尚属童生，更轻之，又出一联特命简对云："密眼花针，欲作绣衣难引线。（粤语以秀才为秀衣，秀、绣谐音。）"是直以"不通"视之。简久思莫属，面色灰败。新娘恐致不欢，急取折扇障面以逗之，简始悟，对曰："疏骨折扇，虽遮粉面不全封。（粤语以女子破瓜为不全封。）"于是始尽欢而散。

周木斋名寅，自言生平有二得意事：一姬名双鱼，爱如拱璧，因自号"双鱼主人"；一婿马姓，颇有才。乃于书室悬一联云："半子可人为匹马；一生知己是双鱼。"见者无不匿笑。

又，有一书室联云："有打磕睡豪杰；无不读书神仙。"读之如味谏果。

职　官

《可谈》云：吴处厚知汉阳军，一日吏来告覆舟，问所在，曰："鸬鹚堰。"吴抚掌连称大奇，徐曰："我一年来为'鹦鹉洲'觅对不得，不意今于无意中得之也。"覆舟事竟得末减。文人以吏事为儿戏，且反成佳话，诚大奇。

江西万立钧，知新阳县，以严酷闻。去任时，有某甲成上联曰："无恻隐，无羞恶，无辞让，无是非，政令虎苛，南武之民何罪。"[1]方唯一续成下联云："是浑敦，是穷奇，是梼杌，是饕餮，货贿狼藉，西江有子不才。"[2]

【1】语本《孟子·公孙丑上》："孟子曰：'无恻隐之心，非人也；无羞恶之心，非人也；无辞让之心，非人也；无是非之心，非人也。恻隐之心，仁之端也；羞恶之心，义之端也；辞让之心，礼之端也；是非之心，智之端也。人之有是四端也，犹其有四体也。'"《礼记·檀弓下》："夫子曰：'小子识之：苛政猛于虎也。'"《国语·晋语三》："公曰：'寡人其君是恶，其民何罪？天殃流行，国家代有。补乏荐饥，道也。不可以废道于天下。'"又《史记·晋世家》："缪公曰：'其君是恶，其民何罪！'"

【2】《左传·文公十八年》："昔帝鸿氏有不才子，掩义隐贼，好行凶德，丑类恶物，顽嚚不友，是与比周，天下之民谓之'浑敦'。少暤氏有不才子，毁信废忠，崇饰恶言，靖谮庸回，服谗蒐慝，以诬盛德，天下之民谓之'穷奇'。颛顼有不才子，不可教训，不知话言，告之则顽，舍之则嚚，傲很明德，以乱天常，天下之民谓之'梼杌'。此三族也，世济其凶，增其恶名，以至于尧，尧不能去。缙云氏有不才子，贪于饮食，冒于货贿，侵欲崇侈，不可盈厌，聚敛积实，不知纪极，不分孤寡，不恤穷匮，天下之民以比三凶，谓之'饕餮'。舜臣尧，宾于四门，流四凶族浑敦、穷奇、梼杌、饕餮，投诸四裔，以御魑魅。是以尧崩而天下如一，同心戴舜以为天子，以其举十六相、去四凶也。"又《史记·五帝本纪》："昔帝鸿氏有不才子，掩义隐贼，好行凶慝，天下谓之'浑沌'。少暤氏有不才子，毁信恶忠，崇饰恶言，天下谓之'穷奇'。颛顼氏有不才子，不可教训，不知话言，天下谓之'梼杌'。此三族世忧之。至于尧，尧未能去。缙云有不才子，贪于饮食，冒于货贿，天下谓之'饕餮'。天下恶之，比之三凶。舜宾于四门，乃流四凶族，迁于四裔，以御螭魅，于是四门辟，言毋凶人也。"浑敦（浑沌）、穷奇、梼杌、饕餮，传说是

上古时代的四大凶恶野兽，后用以称喻坏恶之人。

平湖令某，无锡人也，有才而墨。有司将劾之，而惜其才。乃以对讽之曰："平湖湖水水平湖，未餍所欲。"令知旨，即应曰："无锡锡山山无锡，空得其名。"遂罢劾。楚孙按：此联已见前，特无说，且无后四字。

嘉靖时，御史毛汝砺公宴，承差斟酒而溢。毛笑曰："承差差矣乎。"边廷实时为副使，应声曰："副使使之也。"此联妙在同字异音。

吴柳堂以尸谏，名闻中外。少时，计偕入都，以狎妓荡其资。座师令僦居城外九天庙；居三日，不耐，仍宿妓家，终以资尽遭白眼。乡人士乃资以金，强其仍居庙中。时人呼之为"吴大嫖"。初都中菊部，向推"四喜""三胜"，后四喜散佚，余三胜归自江南，输囊金重建之。时人为对曰："余三胜重兴四喜班；吴大嫖再住九天庙。"

嘉靖壬辰，北直学院胡明善，私取房山所窠石为碑，石近皇陵，事发论罪。又是年七月，自辛卯至己巳，彗星凡三见。有旨令大臣自陈，而张少傅孚敬遂致仕。或为联曰："石取西山，胡明善殃从地起；星行东井，张孚敬祸自天来。"按：此已见前录而未详，故重记之。又曰："彗字扫除无驻足；石碑压倒不翻身。"

曾文正在津办教案，颇有致不满者。或为联曰："僧去曾留，将人丢尽；因崇作祟，引鬼进来。"僧指僧王，崇则某国戚也。

"翰林（谐"汗淋"。）学士浑身湿；兵（谐"冰"。）部尚书彻骨寒。"旧对也。明季一合肥知县，瘦至骨立，直指戏之曰："合肥知县因何瘦。"适芜湖典史以解务至，其人多髯，或曰："芜湖（谐"无胡"。）典史怎多髯。"

前录载某广文，有"竹笋出墙，一节须高一节"之联。同时又有某广文，因生员节仪只一分五厘，亦署一门联云："即使梅须逊雪，也该三分；唯其青出于蓝，故减一半。"

某守财奴，绰号告（音"教"）化子。（俗以乞丐为"告化子"。）康熙中，纳捐县令，需次某邑。同时有某善歌，授教谕职。里人为联云："乞丐分符，教化大行于郡邑；优伶秉铎，弦歌遍沐于胶庠。"

首县与上司接近，科派既繁，作弊尤不易。昔有嘲首县四联，汇录于下。其一云："东奔西驰，满街上带了一群化子（谓卤簿也。）；前呼后拥，四轿内抬着两个债精。"首县每有二，分区而治。如吾杭之有仁和钱塘，故曰"两个"；又每因科派而亏累，故曰"债精"。

其二云："借债办公，债愈多而亏空愈大；择缺清累，缺越苦而弥补越难。（"越"或作"甚"。）"

其三云："论亏空原不要命；望调剂苟且偷生。"楚孙按：大凡县官赔累，上司亦深知之，故必为之调补肥缺，以资弥补。此等官场，可怜亦复可笑，是不啻奖励贪墨也。

其四云："问心天理少；掣肘地方多。"

以上四联，语语均中肯綮，非过来人，不能道其只字。然而清季之仕途，于此亦可见其一斑矣。

清季官吏之清苦者，莫教谕若，前录已俱载之。兹又得一联，尤令人喷饭，联曰："动地惊天，脱裤打门斗五板；穷奢极欲，连篮买豆腐半斤。"此联隽刻已极。昔读《镜花缘》小说，以"煮熟清肠稻"之"煮熟"二字为最隽刻，但此之"连篮"二字，亦未遑多让；而首四字，尤令人绝倒。

江、浙为兄弟省，而吉林齐耀珊、齐耀琳，则以兄弟而分任江、浙之省长，亲戚故旧，均列要津。或有联云："好官自为之，试看半壁东南，难兄难弟同开府；居上后来者，从此一班龌龊，议亲议故尽弹冠。"

州县署中，向有口号云："卑职小的何日了；等因奉此几时休。"

某科庶吉士何润夫，某亲王之婿也，素惧内。散馆时，竟落部曹，大受阃威；且谒堂送仪仅百两，座师薄而璧焉。端午桥为联云："百两送朱提，狗尾乞怜，勿谓人嫌分润少；三年成白顶，蛾眉构衅，翻令我作丈夫难。"额曰："何苦如此。"楚按：分嵌"润夫"二字，妙逾天衣。

某贪墨去任。或为联曰："蠹国殃民，别人说是此之谓；横征暴敛，自我看来乌在其。"额曰："民之父母。"

庄缄三蕴宽，曾任肃政使，人呼"庄都头"。与方燮有姻谊，因调方曰："五十不留须，有意混充小白脸。"方答之曰："一官才到手，听人都道老苍头。"

崇川潘公子，弱冠为翰林，少年倜傥，不为礼法所拘，且雅好笙歌，时为袍笏登场。或嘲以联云："京调唱昆腔，这翰林另有班子；斯文更曲谱，那秀才好个优生。"

扬州盐商兄弟三人，皆捐花翎。初，昆山徐氏有门联云："鼎甲不难，难得三儿三鼎甲；传胪非贵，贵我四壻四传胪。"或即仿此以嘲之曰："职道不难，难在三人三职道；花翎非贵，贵于一万一花翎。"见者无不喷饭。

荣光为侍读学士，因争设津浦路车站一案，未洽舆情。或出联以征对云："荣光争设站，求荣反辱面无光。"应征者计有三，均就当时时事而言。其一云："胜保妄谈兵，未胜先骄身莫保。"其二云："载振为藏娇，千载一时名大振。"（楚按：此即指杨翠喜一案而言。）其三云："达赖乞外援，欲达终穷行近赖。"【1】

【1】荣光，字晴川，进士出身，清朝宗室、晚清官员。胜保，字克斋，举人出身，清末重要将领。载振，字育周，清朝宗室、末代庆亲王。

某大吏之任江西也，为其友甲、乙二人之力，介某大吏于汪瑞闿，遂得司长职，二友为科长。后汪被查办，某大吏效法《红楼》中之贾雨村，以怨报德，于是汪与二友皆失位。至民五考试知事，某与陕大吏互保其子，皆得准。某固绍人，习惯语有"话里话（"个中隐义不便明言"之意。）""究竟究"等俗谚。于是有为之联云："一计害三贤，究竟究良心安在；双鞭换两锏，话里话交易何妨。"全用越谚组识而成。

清穆宗即位，即戮肃顺，株连者甚众。初，侍郎刘崐，与御史许某不睦，至是，许遂劾崐为肃顺余党，坐罢免。实则崐固非肃顺党也。先是，御史父尚书某招饮，肃顺与崐均至，曾共杯酒，除此外，与肃顺固未谋一面。乃觅许，欲与理论，遇之于某戏园，诘以前事，而许固不知有此事也，闻之惭汗交并，反身欲遁。崐持茶碗击之，淋漓满身，经人劝解始罢。事闻于上，察之信，乃复起用崐。或为联云："许御史为国忘亲，捐归党籍；刘侍郎因祸得福，打复原官。"

安徽某县知县查光华与李文斛，先后继任，其接任日，又皆在七月初八。或为联云："前七月初八，后七月初八，接印同时，未见得文光射斗；去一个木头，来一个木头，（查、李均"木"字头。）只是爱财若命，都恐怕旦子（谐"担子"。）难挑。"此真妙入神髓，吾无间然矣。

光复后，有邵眉山者，条陈妓捐办法，奉准举行。于是，妓界极联络之，邵自以为南面王不易也。又有张某者，以多须号"大胡子"，建设菜市，颇蒙上峰嘉许，二人交亦颇密。未几，以忌之者众，遂以办理不善而停止。或拟联云："停花捐邵眉翁捣鬼；罢菜市张胡子丢人。"此联无一字不工整可喜。

清末，贵州哈麻夏同和大魁天下，而常熟翁同和相国适于此时罢免。前录已载其一联，兹又得二联，均工整可喜，似较前录所载为尤胜。

"翁同和，夏同和，常熟哈麻两同和，[1]一则以喜，一则以惧；旧修撰，新修撰，丙辰戊戌双修撰，（楚按：状元即授职翰林院修撰。翁为丙辰状元，夏为戊戌状元。）彼归此出，彼出此归。"

"胪唱传来，恰喜清和刚首夏；（楚按：殿试放榜在四月，嵌"夏"字妥洽，无以复加。）先生归去，这回断送老髦翁。"

【1】 "龢"同"和"。翁同和，即翁同龢，清咸丰六年（1856）状元，累任高官要职，曾为同治帝和光绪帝的师傅。夏同和，一作夏同龢，光绪二十四年（1898）状元，晚清官员。

"两江保障；三省钧衡。"旧两江督署联也。后以大开烟禁，有人改前联曰："两江烟障；三省土衡。"或以"土衡"二字不工为病，解者曰："古有'水衡官'，同在五行中，有何不可？"

蔡乃煌以主张开烟禁，为特派使。或缀当时时事为联曰："张四先生兴水利；朱三小姐出风头。""还流老泪梁星海；望断佳音沈雨人。"

兹录数联，均与帝制有关，惜未深考其事实，而在当时，固熟在人口者。敢祈阅者为我补正，于再版时加入，俾成全史，岂不快哉！联如：

"张一麐，张一鹏，张一鲲，爵一齿一德一；龙觐光，龙济光，龙裕光，衣光袜光帽光。"

"吕望吕公望，吕公可望，吕公望尤可望；（楚按：袁氏帝制发表，粤蔡创建义旗，而浙督吕戴之首先响应，故联云然。但浙江当时处包围之中，响应之电既发，群情惶急不安。不数日而袁死之电至，于是人民均额手欢呼。）王通王式通，王通则通，王式通则不通。"

"十分周到周而密；八面张罗张不来。"

"叶恭绰解职，沈佩贞徒刑，雄虎（叶字"誉虎"。）雌虎，俱罹陷阱；陕巡按升官，粤将军出险，文龙武龙，恭庆飞腾。"

"刘道一，刘揆一，（楚按：尚有黑旗军之刘坤一，惜时代不近，不能加入。）同道同揆；徐世光，徐世昌，亦光亦昌。"

"蒋懋熙去官，八字考语；关冕钧撤任，一斛明珠。"

"姚步瀛因报效罢官，难为他卜式；张岱杉以金钱赎信，便宜了阎婆。"

"兄长雄，弟振雄，难兄难弟，一贺更宜再贺；公济光，男觐光，封公封男，双龙共辅独龙。"

参政冯霈麟，巨腹贾也。被命之日，颇不怿。或问之，以实告。或问曰："君能举手乎？"曰："能。"曰："能此足矣，毋他求也。"或改旧联"为善人最乐；能读书便佳"句赠之，曰："为参政最乐；能举手便佳。"

叶公绰去职，以权量为交通次长。或拟联云："权量得其所哉，能者在职；公绰我将去之，不如待时。"

尚书佀（满人假姓，乃古体"似"字）钟，与何巡按同时，二人均不理于众口。或拟联云："佀都堂不佀都堂；何巡按是何巡按。"值此巧姓，方有此妙对。

莱邑李明经谔，怀才不遇，侘傺无聊。自拟一联云："廪增附三生有幸，更有进焉者贡；少壮老一事无成，总而言之曰穷。"

泾县包世臣，上大府禀中，有"小柴胡汤"语，遂罣弹章。其人喜纵谈，声发如金石，每得意时，挥其拄杖，人以"包大花"称之。或赠以一联云："说话浑如大花面；罢官只为小柴胡。"

有赠某知事联云："但知媚上，不顾凌下，百事博虚声，只要我根深蒂固；名用共和，实行专制，一官徒枉法，哪问他天理人情。"
又，赠某董事联云："亏心事莫要做去，笑脸钱不妨拿来。"

科　举

粤东督学徐某，录取者皆属翩翩风貌，而文字不可问矣。粤人刺以联云："尔小子整整齐齐，或薰香，或抹粉，三千人巧作嫦娥，好似西施同入越；这老瞎颠颠倒倒，不论文，不通情，十八省几多学士，如何东粤独来徐。"字字典雅。

历城汪蘅舫任南昌令，已见前录。当再任南昌时，有自嘲一联云："凫舄重来丁令鹤；牛刀再割子游鸡。"

某中丞以微员筮仕直隶两路厅司狱,寻保知县,升昌平州,而天津府,而莱州道,竟跻两司而抚湖北,监临文闱。初,因中丞略谙岐黄,尝被召入宁寿宫为那拉氏诊脉,故受特知,而不次超升。或为联云:"监生作监临,斯文扫地;巡检升巡抚,脉理通天。"按:此系套前录"监临打监军"一联之语调。

云间吴太史,少年登第,而其封翁则尚未青其衿。当泥金报至时,封翁既喜且愤,撰一联以示宾客云:"谁谓进士难,小儿取之如拾芥;莫道秀才易,老夫望之若登天。"读之诚令人哭笑不得。

某省学试,诸生以不知题出处,大哗。宗师恨之,因又下诗题云:"万马不嘶听号令。"某生私贴一联于楹柱,其下联云:"一牛独坐看文章。"盖宗师固御眼镜者。诸生见之咸大笑。

粤省某科正考官,为满人萨廉;副考为刘某,性极贪婪。时制军为谭某,中丞则许有人也。或为联云:"公刘好货,菩萨低眉,五万两特干优差,广东受害;少许胜人,清谭误国,八十名循行故事,走北为高(粤人以应顺天试为"走北"。)。"额曰:"可杀(萨)不可留(刘)。"

南海潘峄为学使(名衍桐,任学士职。),题为"庄周梦为蝴蝶赋",以题为韵。考生中有胡梅臣者,读题后,即衣冠升堂足恭问曰:"请问'蝴'字在何韵?"潘怫然曰:"汝为秀才,'蝴'字在七虞,尚不知乎?"胡敬诺而退,赋中押"蝴"字只一联云:"看残三月莺花,花间有蝶;翻遍七虞诗韵,韵内无蝴。"取第一。潘见胡,即下座揖之曰:"兄弟年轻少读书,竟忘却韵内无蝴字,致遗笑柄,幸乞包涵!"

方某名孝廉，工度曲。或为联曰："无双八股手；第一二黄腔。"工矣。

亢长青，孝感人，某年得抢元，颇不理于众口。或为联讥之曰："形像似元，未除一点黑气；声名顿长，惜少半边红圈。"楚按：顿长之"长"应圈读，故下联云然。额曰："主试无目。"主、目二字合一"青"字。

光绪丙子，某省乡试。某生初场违式，自知必被摈，乃书一联于卷首曰："先诸君逍遥六日；让老夫磨砺三年。"倒也干脆绝伦。

明永乐四年，莆田陈实与林环争元于上前。上出对云："孔门七十二贤，贤贤易德。"陈应曰："云台二十八将，将将何功。"陈因此得抢元。

浙江某科乡试至第三场，天正炎热，场内有万八千人，诸生烦闷欲死。忽号呼一声，诸生均破帘而出，秩序大乱，枪替者从此大施其技。已而题出，误"天下"二字为"夫下"，诸生又大哗，于是将题纸尽行取回挖补，而诸生之纷乱如故。监临亲赴各号打拱作揖，劝归号舍，而号数之符合与否，不遑问也。直至放牌，乱终未息。或为联云："归号仍自乱号，打三拱监临丧气；天下误为夫下，挖一洞主考粗心。"

有宋、刘二姓，虎而冠者也。某年县试，知县张唻刘贿，于是诸刘尽列前茅。至府考，太守管某，又受宋托，于是诸宋又冠榜首。或赠一联，至为捧腹："头场刘，二场宋，宋进去，刘出来，（谐"送、流"。）彼此同乐；知府管，知县张，张得开，管不紧，上下皆松。"

粤东有武童入庠，众俱轻之，而童反以此而骄。或书一联于宗祠云："锣喧天，鼓喧天，非凤非龙，原来舞鹤（谐"武学"，粤音也。）；头到地，尾到地，死龟死鳖，不是生鼋（谐"生员"。）。"

方　技

明初，解春雨登第后，偕伴二人至妓所。妓闻其才，欲试之。适瀹茗者仅进二瓯，妓阳谢过，即三分其茶以进曰："三分分茶，解解解元之渴。"解应曰："一朝朝罢，行行行院之家。"楚按：上三"解"字有三义，对句逊色多矣。

全椒王生，性落拓，虮虱缘襟，人戏呼为"王虱子"。邻僧与王善。一日，僧适摘葫芦，王笑曰："葫芦种（上），葫芦种（去），葫芦种得葫芦用，葫芦架下摘葫芦，葫芦撞着葫芦痛。"僧笑应曰："虱子长（平），虱子长（去），虱子长成虱子痒，虱子身上捉虱子，虱子掐得虱子响。"

赠妓联之风趣者，前录已夥，兹再补录于此。如梅仙云："疏影暗香沉水月；琼琚玉佩送天风。"素琴云："姹紫嫣红羞与伍；高山流水足知音。"雪卿云："一春光景风花月；四海交游士大夫。"楚按：此绝似诗钟之分咏。

又，大块头云："但得文章容我假；何难地位出人多。"楚孙按：若用庄子"噫气为风"典，尤为巧合。又，十五云："蟾光最爱团圞好；鸾韵刚分上下平。"

清季某督抚，创妓捐。或为联云："大中丞借花献佛；小女儿为国捐躯。"妙甚。

题妓家介帻堂联,已见前录,惟意同词异者,又得两联,为之并录。"什么人家(一作"现世为人"。),全靠两条大腿(一作"尽在两行脚下"。);有何(一作"半生"。)衣禄,只凭一口低田(一作"都在一亩田中"。)。"

僧闲云,别署渔父,工吹笛,与尼尤月私交。或赠以联云:"此地迥非凡,闲听一曲渔歌,留云久住;夕阳无限好,尤爱三更人静,待月归来。"嵌字无痕,僧竟不觉,且大喜过望云。

某司马寓湘上,昵一妓;乃妓又私交某绅。一日相遇,绅遽曰:"仆有俚语,公能对,当以此豸相让。'吃醋,坐冷板凳,把你当二百五。'"司马应曰:"咬盐,趁热被窝,管他娘十三千。"【1】皆湘谚也。仓卒成此,亦复工整。

【1】湖南方言俚语,意指与人随便发生性关系。

某僧喜植荷花。一士子命对曰:"河内荷花,和尚采来何处戴。"时柿实方熟,士人摘食之。僧乃对曰:"寺中柿子,士人摘去自家尝。"又,一旧对为"霜降降霜,孀妇伤心双足冷",范左青对云:"日食食日,术家述理十人歧。"云尚有原对,则不知所作何语矣。又,刘贡父至一友家,见群鸡啄食。友云:"鸡饥吃食,呼童拾石逐饥鸡。"刘对曰:"鸽渴抢浆,命仆将枪惊渴鸽。"凡此,均叠韵之拗口对也。

有木匠自称"儒匠",督工某道院。道士戏之曰:"匠称儒匠,君子儒,小人儒?"【1】匠厉声曰:"人号道人,饿鬼道,畜生道。"【2】

【1】语本《论语·雍也》:"子谓子夏曰:'汝为君子儒,无为小人儒'。"

【2】佛教认为,世间众生因造作善或不善诸业而有业报,此业报有六个去处,即"六道",其中,天神道、修罗道、人间道为善道,畜生道、饿鬼道、地狱道为恶道。

某训导赠淡云妓联云:"莫嫌老圃秋容淡;除却巫山不是云。"【1】又赠美云云:"匪女之为美;于我如浮云。"【2】

【1】句出宋韩琦《九月水阁》诗:"莫嫌老圃秋容淡,且看黄花晚节香。"及唐元稹《离思五首》其四:"曾经沧海难为水,除却巫山不是云。"

【3】句出《诗经·邶风·静女》:"自牧归荑,洵美且异。匪女之为美,美人之贻。"及《论语·述而》:"子曰:'饭疏食饮水,曲肱而枕之,乐亦在其中矣。不义而富且贵,于我如浮云。'"

某士人游寺,颇受寺僧白眼,志之。俄大魁,重经寺门,僧足恭相待。士人索纸书联,僧大喜过望。士人挥笔云:"凤(鳳)立禾下鸟飞去;马站芦边草不生。"掷笔狂笑而去。楚按:句隐"秃驴(驢)"二字,但粗鄙颇不类状元手笔。

赠哑妓联云:"多少苦衷,不忍明言同息妫;【1】有何乐趣,勉将默笑学婴宁。【2】"

【1】息妫,春秋时息国国君之妻,世称"息夫人"。楚文王闻其美貌,亲征息国,息夫人为息国百姓免遭涂炭,毅然嫁入楚国,为楚王生二子,却从未主动说过一句话。

【2】婴宁,《聊斋志异》中《婴宁》一篇之主人公,天真烂漫,以爱笑著称。

乞丐与老妓,穷极无聊,对对排遣。丐曰:"千舍万有,万舍千有,我的多福多寿老太太。"妓曰:"朝思暮想,暮思朝想,奴的知情知义小哥哥。"

"天增岁月人增寿；春满乾坤福满门。"旧对也。或改妓院联云："天增岁月娘增寿；春满乾坤爷满门。"见者大笑。

史某好谑。邻有尤姓老医，讳言死。一日，史戏之曰："尤郎中直脚便为犬。"尤大怒，欲挥拳。史急曰："毋然。罚我自嘲，可乎？"因对曰："史先生脱口不成人。"楚孙按：妙在自嘲，仍是嘲人。

《聊斋·细柳》有一联云："细柳何细哉？腰细眉细凌波细，且喜心思更细；高郎诚高矣！品高志高文字高，但愿寿数尤高。"乃有浓君者，仿之以赠好卿妓云："好卿真好哉，身材好，举止好，体肤内尤好；浓君诚浓矣，情意浓，言语浓，衾席上更浓。"读之，肤上起粟。

张文襄眷喜凤妓。一日，出对曰："驾鹊牵牛织女。"众久之不能对，文襄曰："此何难？'求凰司马文君。'"

清水寺僧为联征对云："寸土为寺，寺侧言诗，诗云风月无边归水寺。"某名士为之对云："双木成林，林下示禁，禁曰斧斤以时入山林。"

彭雪琴侍郎未贵时，狎一妓曰梅仙；巨眼风尘，出私蓄资以膏火。乃彭贵而梅已死，故彭每画必梅，且有"一生惟与雪交融"之句。后保其子为知府，且为筑墓树华表焉。自拟联曰："阴地不如心地好；石城那及筑城坚。"知其事者，乃为之改窜曰："阴地不如情地好；家花那及野花香。"谑已。

土妓毛子面麻。或为联云："毛犹有伦，上天之载，无声无臭；子兴视夜，明星有烂，将翱将翔。"[1]又有赠青青妓联云："清斯濯缨，何取于水；巧笑倩兮，旁若无人。"[2]此已见前，以微有不同，故重录之。

【1】语出《中庸》："《诗》云：'德輶如毛。'毛犹有伦。'上天之载，无声无臭。'至矣。"及《诗经·郑风·女曰鸡鸣》："女曰鸡鸣，士曰昧旦。子兴视夜，明星有烂。将翱将翔，弋凫与雁。"

【2】上句语出《孟子·离娄上》："小子听之：清斯濯缨；浊斯濯足矣。自取之也。"及《诗经·卫风·硕人》："手如柔荑，肤如凝脂，领如蝤蛴，齿如瓠犀，螓首蛾眉，巧笑倩兮，美目盼兮！"

丹徒郭秀谷善棋，嗜阿芙蓉。死后，茅松门森挽之曰："橘叟智谋精，纵神算先机，也要到华阳转劫；蓉城烟火少，恐锦心绣口，不甘赴蓬岛餐霞。"

又，有某甲善棋健啖，暮年得六品军功以自给；为诗善五言，亦间有佳句。或为联云："六品耀头衔，纸上谈兵，却趁围棋来报捷；五言夸手笔，腹中有书（"笥"字谐音），果然食肉也兼人。"

平津妓院，客初设席，必请客，曰"拿纸片"，即沪妓之请客票也。至散时，必高呼"点灯笼"。或有缀二事为联曰："得意一声拿纸片；伤心三字点灯笼。"十四字穷形极相，故至今犹脍炙人口。按：是项灯笼为特制，故惧内者沿路抛弃，不敢持以回家也。

汴周某宰长洲，眷一妓，名如意。初定情，赠以联云："如梦令才歌一曲；意中人已订三生。"眷之既久，又赠一联云："如之何如之何者；意在斯意在斯乎。"[1]不意竟因此联被议去职。判决时，又赠一联云："人劝我不如归去；我问卿于意云何。"[2]三联均有神无迹，各极其妙，如此才华如此用，惜哉惜哉！

【1】语出《论语·卫灵公》："子曰：'不曰"如之何、如之何"者，吾末如之何也已矣。'"及《史记·太史公自序》："意在斯乎！意在斯乎！小子何敢让焉！"

【2】杜鹃叫声近似"不如归去"，旧时常用以作思归或催人归来之辞，也表示消极求退。宋梅尧臣《杜鹃》诗句："不如归去语，亦自古来传。"《金刚经》："须菩提！于意云何？"又，元汤舜民《南吕一枝花·春思》："记五十三参坎坷，爱四十八愿奔波。……指点其中自忖度，于意云何？"

坤伶金玉兰，为龙阳才子所倾倒。当金幼时，以避难而遇乱兵，几不免。乃兵中有杨万林者，为之辅翼，始免于难。金感之，以身为报，乃金母殊憎杨。时金声名已蒸蒸日上，交结尽权贵；金母竟以杨为乱党，首之官，饮弹而死。一日，金演《玉堂春》，方审案时，例应以"王公子"对，而金竟应以"杨万林"，当场发疯，扶归不经日而殒。此事喧传都下，或挽之曰："是真尤物，一扇肉屏风，问谁玉软香温，妬煞杨万林，尽够他一身消受；如此美人，二月花朝日，竟尔兰摧蕙折，可怜易实甫，禁不住双泪横流。"

花元春，名妓也，曾为袁二公子所垂青，人呼为"花六先生"。其死之日，距离项城逝世之日甚近。或挽之曰："元首天颜才逝世，声名籍籍，花六先生又是伤心日，聚美园旧交姊妹，庆馀堂贵客金张，挥泪送灵魂，络绎素车驰北里；春明国色为谁香，恩爱绵绵，袁二公子曾赋定情诗，上林苑风景不殊，太液池波光无恙，回头思往事，飘零金粉哭南朝。"

以浑官人而充清官人，此为妓院惯技。有玉花妓者，此类是也。或赠联云："美玉经人琢未；好花倩鼓催之。"

有赠金福妓曰："一笑千金，一诺千金；来时万福，去时万福。"时又有妓名金桂者，或化前联赠之曰："一笑千金，一刻千金，问是否金面观音，三生冤业偿欢喜。"上联已就，但上有三"金"，下苦无三"桂"以就之。不得已，乃易"桂"为"贵"曰："玉堂富贵，玉人富贵，惹多少贵家公子，五陵裘马斗轻肥。"其友某君见之，终以"贵"字之假借为嫌。某请改正，友沉思久之，忽大喜，命笔狂书云："一刻千金，一笑千金，一诺又千金，但凭一喜一嗔，总算一般金价好；窦仪是桂，窦俨是桂，窦侃还是桂，不管窦大窦小，无非窦里桂花香。"[1]某大笑曰："千金易得，一窦难求。"

【1】宋王应麟《三字经》："窦燕山，有义方；教五子，名俱扬。"宋代窦燕山（禹钧、十郎）五子仪、俨、侃、偁、僖相继科举及第，人称"五子登科"。《晋书·郤诜传》："武帝于东堂会送，问诜曰：'卿自以为何如？'诜对曰：'臣举贤良对策，为天下第一，犹桂林之一枝、昆山之片玉。'"又，科举时代乡试在秋季，其时桂花盛开，故人称科举及第为"折桂"。

赠宝红云："宝贝爱我，我爱宝贝；红人是你，你是红人。"

有赠红玉云："敝玉行出卖红货；本炉房代化宝银。"谑而虐矣。

又，有宝文妓，姿首既不佳，既冷且木，望之令人不欢。或为联云："无事不登三宝殿；再来岂值半文钱。"尤耐人咀嚼，拙辑视此类为神品。若露骨之谩骂，作品虽亦解颐，终落下乘也。

或赠哑妓金红联云:"金樽话旧情难尽;红叶题诗意倍亲。"颇含蓄蕴藉。

鬼　神

水月庵左近,有书塾。某生命对云:"水月庵鱼游兔走。"征诸老宿,均无以应,乃请诸乩。乩自称关公,众以对请。乩忽不动,久之,大书曰:"山海关虎啸龙吟。"

吴匏庵未第时,与二友至韦苏州庙祈梦。梦韦公揖三人入,见右扉启、左扉阖,有句云:"金马玉堂三学士。"觉而大喜。后吴连捷,而二友仍为诸生,以为不验。复往祈之,梦至旧处,则右扉阖而左扉开矣,见其对句云:"清风明月两闲人。"始知被神所欺云。

松江邱氏,以疾召乩。一客请对曰:"胆瓶斜插四枝花,杏桃梨李。"乩即书曰:"手卷横披一幅画,松竹梅兰。"

纪文达戏谓刘文清曰:"旧诗'浮沉宦海如鸥鸟,生死书丛似蠹鱼。'此可为我他日挽句。"刘曰:"此惟陆耳山足以当之。"已而陆讣果至。盖方被命赴沈,覆校《四库》,冬衣未至,以至冻僵也。

有作关庙联者,上款书"云长先生",下款书"后学某某"。一日降乩大书一联云:"数十年北讨南征,止读了一部《春秋》,怎当得你称后学;千百祀馨香俎豆,也曾受几朝封典,却原来我是先生。"真妙极矣。

庆 吊

宋靖康之乱，有中涓挈宫人南奔，称夫妇焉。潜畜美男，饰为婢，与宫人生子。后中涓死，宫人偕婢抚其子。他年又产子，闻于官，讯之得其实，以闻上，诏给配赐。婢名宦成，易钗而复弁。后更生二子，皆举进士，长者为奎章阁待制，父母荣封焉。待制尝宴客，壁悬《三教图》。或出对曰："夫子天尊大士，头上不同。"赵秘书彦中曰："宫娥宦者官人，腰间各别。"举座匿笑。待制引满觞之曰："可谓一网打尽矣。"楚按：此见前，但无说，传者真买椟还珠矣。岂与待制有交谊，故隐之耶？

山阴钮云庄夫妇，八十、五十合庆，设醮大善寺。钮氏世居诸善弄。杜尺庄煦一联，上下叶韵，联云："云庄八秩寿，尺庄千晋酒，酒后开怀读《庄子》，逍遥游八千岁春秋；诸善五旬仙，大善百宝筵，筵前合掌颂善哉，兜率天五百尊罗汉。"此曾见范左青《联话》云。

或由孝廉而为县令，嗜赌若命。一日，正赌牌九，忽中风而死。或挽之曰："举孝廉方正以为官，未及三年任满；翻天地人和而聚赌，可怜一命呜呼。"

或挽王壬秋一联云："先生本自有千古；后死惟嫌迟五年。"时论韪之。

又，传王曾向某君借贷，某值雀戏，命拟七字联，必嵌四方名。王应声曰："南海有人瞻北斗；东坡此地即西湖。"

清末，慈禧太后七旬寿。或拟一联云："今日幸颐园，明日幸北海，何日再幸古长安，亿兆民膏血全枯，只为一人歌庆有；

五十割交趾，六十割台湾，七十更割辽阳地，廿馀省封圻渐蹙，预期万寿祝疆无。"[1]末二字尤风趣，然而笑中有泪矣。

【1】据考，此联为章炳麟（号太炎）所拟。

某诸生自挽云："这回吃亏受苦，都因入孔氏牢门，坐冷板凳，作老猢狲，枉说顶上加高，竟挨到头童齿豁，两袖空空，书呆子毫无生趣；此去喜地欢天，必须走孟婆村道，看尖刀山，浴血污池，也算眼前乐境，再和些酒鬼诗魔，一堂叙叙，阴秀才着实开心。"楚孙按：此已见前，而后联较胜，故重录之。

吴步韩年五十，已如七十许人。自拟联云："学昌黎百无他长，只这般视茫茫、发苍苍，齿牙摇动；[1]慕庄周万有一似，可能够梦蘧蘧、觉栩栩，色相皆空。[2]"

【1】后半语出韩愈《祭十二郎文》："吾书与汝曰：吾年未四十，而视茫茫，而发苍苍，而齿牙动摇。"

【2】后半语出《庄子·齐物论》："昔者庄周梦为胡蝶，栩栩然胡蝶也。自喻适志与！不知周也。俄然觉，则蘧蘧然周也。不知周之梦为胡蝶与，胡蝶之梦为周与？周与胡蝶，则必有分矣。此之谓物化。"

樊樊山子令某邑，值五十寿，樊山寿以联云："我亦痴翁，愿再抚汝五十年，寿汝乎，抑自寿也；身临大邑，岂独有民数万户，保民者，则天保之。"父寿子，固创格，而词意恳切，自是才人吐属。

蜀南北山隐，有挽袁项城联，录之于下："天下殆哉！叹人民国家四年以来，佛言不可说不可说；先生休矣！问子孙帝王万世之业，子曰如之何如之何。"楚按：此已见前录，但仅有下八字，且并非挽袁也。

"一世之雄,今安在耶;六合以内,谁其恫乎。"

"承运殿中悲往事;新华宫里赋招魂。"

"满廷优遇,宠锡侯封,重泉倘见清德宗,自居何等;举国不容,逃归地府,冥路若逢梅特涅,定与同游。"

"由总统而皇帝,由皇帝而总统,为日纵无多,备受人世尊荣,虽死亦堪瞑目;是国民之中国,是中国之国民,仔肩原甚重,若有奸魔出见,欲得之而甘心。"

"可惜好雄才,春梦未成,此去幽冥为厉鬼;从今入地狱,仇雠犹在,应提诉讼向阎摩。"

"总统府,新华宫,生于是,死于是;推戴书,劝进表,民意乎,帝意乎。"

"鹿逐中原,浩劫遍延廿二省;龙飞何处,伤心惟有十三人。"

"曹操云毋人负我、宁我负人,惟公能体斯意;桓温谓不能留芳、亦当遗臭,后世自有定评。"

"国事如斯夫,回思政事堂中,大典官仪何日备;死者长已矣,怅望新华宫内,宸旒御座化烟飞。"

"劝进有书,劝退有书,《葩经》云进退维谷;造祸由己,造福由己,《太上》曰祸福无门。"

"公生则民死,公死则民生,生死循环,互为因果;天视自我视,天听自我听,视听洞澈,不爽毫厘。"

"元首即元凶,国法不赦;六月又六日,(袁死于六月六日。)民困复苏。"

"四十年来,专欲以行,自蹙五十八年命运耳;千夫所指,无病而死,况乃四百兆人诅咒耶。"

"民欲天必从,自操莽以还,大逆如斯结局;主辱臣当死,问孙杨诸辈,此时何不殉君。"

"公去太无情,可怜宫内女官,未得承恩先哭别;天心能悔祸,欲救国中黎庶,不容专制久摧残。"

"公亦妖孽哉？遗数千余年中华历史之污点，前无古人，后无来者；国真危殆矣！肩四百兆人生命财产之重责，利归一己，害归众人。"

"千夫所指，无病而死；时日曷丧，及汝偕亡。"

"中原扰攘无已时，忽闻噩耗传来，举国破涕为笑；上帝安排原有道，暗令神奸伏法，普天额手腾欢。"

"称皇僭帝大野心，四载苦经营，不过一场春梦；率兽食人多恶政，一生好功业，只留万世骂名。"

"集权中央，岂真总统四年，震旦人心皆已死；与众共弃，毕竟昆明一战，燕京王气黯然销。"

"举国赋同仇，幸四载专横，而今已矣；匹夫真有罪，这一场怪剧，何日忘之。"

"国家人民，掷如孤注，外增列邦数百兆债权，内敛亿姓无量数膏血，是人类之妖孽，舍尔其谁？倘残喘苟延，莽莽神州，必致渔人得利；总统皇帝，备于一身，上承四千载专制结局，下阻亿万年共和新机，逆时势之奸雄，非公莫属！幸灵魂早夺，绵绵华裔，庶免同室操戈。"楚按：长联忌有重字。曲园挽彭刚直一联，长至三百余字，中有"旂、旗"二字，虽写法不同，而仍有以为病者。此联"人"字"亿"字"数"字均重。

"秉笔特书，筹安召乱将谁属；盖棺而论，遗臭流芳有定评。"

项城帝制自为，为千古罕有之变局。当时人民愤恨之馀，谐联颇夥。兹更为汇辑之，不特以补本编之缺陷，抑且可作信史读也。

"古诺氏顾问所谋，尚多辜负；湘绮老当涂之说，毕竟空虚。"楚孙按：帝制之说，初创于西顾问古诺氏。至王壬秋进谶纬之说，实讥之也。

"劝进书非是劝进乃劝退；筹安会不能筹安实筹危。"

"王纯非纯，杨道非道；姚震不震，江庸不庸。"

又有春联云：

"民国五载；洪宪元年。"

"旧日民权去；新年帝制来。"

"黑白青赤黄，五色国旗新世界；逃走泖滑溜，两朝人物老先生。"楚按：此联似嘲光复时人物者。

"毕世英雄，只为那六君子、两小妖、十三太保，共廿一奸人，送落了十八层地狱；全家性命，还仗了陆军长、副总统、几千拱卫，并数万死党，保存他几百个亲丁。"

又，有人改天津教案嘲曾国藩一联以挽袁云："盖世英雄付流水；一年早死即完人。"虽字句欠工，而能包扫一切。

又联云："段阿香伴灵，视君犹父；屈光怪媚上，移孝作忠。"楚孙按：吾浙巡按使屈映光，在职时笑柄极多，人以"光怪"称之，而尤以上袁奏章中代人称臣为尤妙。

又联云："名未王实王，丧礼设专官，大典变更真迅速；生不帝死帝，盖棺用皇冕，老徐举动太荒唐。"楚按：袁以皇冕入棺，"嵩山四友"中菊人先生所主张也。

"克定主中医，克文主西医，或中或西，中国总统，西方归去；岑氏雄南服，段氏雄北服，不南不北，南天烽火，北顾多忧。"

"天位已践，天讨犹稽，一则以喜，一则以惧；大典未筹，大丧旋至，贺者在门，弔者在闾。"

"慰亭总统，宋卿总统，前出中州，后出湖北；盛武将军，济武将军，一镇盛京，一镇济南。"

"刺遯初而遯初死，酖智庵而智庵死，最后杀葵忱而葵忱又死，死者长已矣，阴府三曹谁折狱；使朝鲜则朝鲜亡，臣大清则大清亡，及身帝洪宪则洪宪亦亡，亡之命也夫，轻舟两岸不啼猿。"楚按：此联工整匀称，挽袁中之杰作也。而"啼猿"二字去其"口犬"，固"帝袁"也，尤妙。

当袁正式受总统任时，有某名士贺以联云："四世三公绳祖武；[1]一朝总统继孙文。"十四字典丽工整，两极其致。

袁在任时，尚有春联数则，亦颇沉痛："国穷家苦；人瘦年荒。""天增兵燹民增税；官满乾坤爵满门。""炸弹手枪随地有；嘉禾文虎满天飞。""四万万同胞；一个个昏蛋。"

【1】四世三公，指袁姓。《三国志·魏书·袁绍传》载，汉袁安在章帝时为司徒，儿子袁敞为司空，孙子袁汤为太尉，曾孙袁逢为司空、袁隗为太傅，四世居三公位，人称"四世三公"。绳祖武，踏着祖先的足迹继续前进；语出《诗经·大雅·下武》："昭兹来许，绳其祖武。"

新集镇分南、北二市，南富而雅，北贫而俗。每岁二市必演剧，以迓神庥；而逐臭者，均群附于北。南市之戏台掌班耻之，贿北市停演数日，并贿某生撰台柱联云："一市同居，分甚么南北；八音齐奏，这才是东西。"盖刺北市之花鼓戏也。

吴兴县属晟舍镇，向有猛将庙，淫祀也。薄有田产，岁收五六百元，为镇绅所觊觎。某年秋，有闵、凌、冯诸绅，挨户勒捐数千元，媚神开相，于十月八日搭台演剧。戏台联颇有佳者，如：

"无我相，无人相，无众生相，斯开神相；是情天，是乐天，是怨恨天，恰小春天。"

"戏犹如梦耳，历数邯郸觉梦，蝴蝶幻梦，牡丹艳梦，南柯警梦，百岁即须臾，只是一场春梦；事生于情也，试看忠孝至情，儿女痴情，豪暴恣情，富贵薄情，万端观结局，不外千古人情。"

"金鼓齐鸣，看英雄气壮湖山，而今安在；声歌顿歇，想富贵危同霜露，自古已然。"

"蓉塘斗艳，已知节届小春，听楼边一曲笙歌，宛来碧落；菊酒留香，回看时逢十月，望桥畔两行粉黛，谁是紫云。"

事后有署名"不平人"者，撰一联，送呈办事诸绅曰："开光开光，弄得精光，精光完结，捉你去做个小鬼跪跪；清帐清帐，都是混帐，混帐著名，请我来骂加几声听听。"此联可为恶谑。诸绅读之，无不闻雷失箸，面形懊丧之色。

东安寺住持僧死，慕某名士名，赍重金倩其作联。名士不假思索，信笔书曰："东安寺死个和尚。"求者见之，怫然曰："东安寺死个和尚，畴不知之？又何待乎先生为之大张晓谕也。先生休矣！"悻悻然持金欲返。名士笑曰："姑缓。"乃书下联云："西竺国添一如来。"求者惊服，持联跳踉而去。

某屠子奋发有为，鸦群出凤，竟入庠序。屠已死，某年为其母称觞，颇极一时之盛。某太史拟赠以联云："祝圣寿于夏五月，祝慈寿于冬十月，（是年光绪、慈禧同为万寿。）祝尔母寿于秋八月，三寿同登，一龙一凤一猪，哈哈，岂非笑话；有贤子在庠序中，有贤孙在襁褓中，有贤夫君在地狱中，群贤毕至，可喜可歌可泣，太太，何以为情。"事为屠子所闻，贿以三百金，始寝其事。

湘省某县，城之南有会曰"康王"，城之西有会曰"马王"。二会初无芥蒂，但以各争奇斗胜，以致积不相能，而狎侮之念亦益深。所装故事，均按西、南二义，如征南蛮、取西川，下南郡、征西藏等类，虽屡经人调解，而兴高彩烈如故。一日，马王会装一孔子像，横书"万世师表"，以为无能出其右者矣。讵康王会竟以叔梁纥出，且倩名士为一联云："吾儿有志虽称圣；老父无能却更尊。"马王会人见之，瞠目懊丧而去。后闻马会更出叔梁纥之父，于是双方大翻孔氏家谱，累累而上，无有休止。噫！是亦不可已矣夫。

某氏子病,医进以麻黄重剂,毙焉。诘之,医执书曰:"古方明云:'麻黄不可轻用。'吾故重用之。咎在书,不在我。"又有某甲之弟,以试不售,愤而得疾,医以古方赤芍治之,亦不起。或挽之曰:"何必读书,新旧青衫无皂白;不可救药,古方赤芍又麻黄。"工稳无比。

于晦若举动迟缓,见人必长揖,前录已载其一联。及其死也,或挽之曰:"三五六分钟,尔辈热心成梦幻;一百八十度,(于每揖必至地,如圜周之一百八十度也。)先生长揖谢尘寰。"楚读此时,曾自起试效其长揖,复细味其语,不禁狂笑欲绝。读者盍一试之,以证吾言之非谬。

某甲于乙卯岁正月,发起五十岁丙寅同乐会于公园,居然人才济济,盛极一时。联语亦颇夥,择其尤者录下,如:"此寿翁,彼寿翁,何客难知寿者相;既半百,再半百,他年造成百岁坊。""大衍初展,寿朋一百;(注云:二会员为朋。会员恰为百人。)老颛为伍,道德五千。""祝丙寅同乐,共登上寿;届乙卯正月,大会公园。"

安徽天长县某学校教员崇某,体肥,或名之曰"崇大牛",而真名转掩。死后,同人为开会追悼,宣采香一联,字字切"牛"字云:"人间失卓荦才,硕腹云亡,回忆笔耒舌耕,磨砚而今多恶岁;堂下开追悼会,同胞安在,从此高山流水,弹琴何处觅知音。"见者无不大笑。

瓦匠张大才,工心计致富,有八子。四十大庆时,或贺以联云:"大匠堪钦,四旬献寿;才华济美,八子承欢。"

赠张勋联云："尽忠清室，辅翼新朝，旧主总难忘，大辫依然垂宇宙；俎豆千秋，心香一瓣，姨娘应配享，小毛亦与有荣光。"小毛为张勋最得意之妾。

民国初年，改用国历，但民间终未能切实奉行。有春联云："有旧年，有新年，得过且过；曰阳历，曰阴历，人云亦云。""时到年关分新旧；书刊历数合阴阳。"

又，洪宪元年一春联云："官用阳历，民用阴历，究竟遵用何历；对内元年，对外五年，到底是过几年。"有此妙事，方有此妙联以配之。

某甲嗜六木，倾其家，竟至鬻妻以偿。除夕自为门联云："赤手度春秋，看世态炎凉，哈哈大笑；黄泉遇父母，问妻儿安在，默默无言。"楚孙按：甲殆旷达之流，其鬻妻也，他俱不问，只惭无以见父母，其襟怀可想。

有县丞需次江西，怀才而不工媚。沈子培曾植，时官监司，一日过其门，见春联云："予方有公事；君当恕醉人。"[1] 沈为叹绝，遂与订交。

[1] 句出宋陆游《醉眠》诗："寄谢敲门人，予方有公事。"《醉书》诗："我亦轻馀子，君当恕醉人。"

盛杏孙，清季显宦也。死之日，有人以往生钱为赙，并媵以一联云："生前功过，报应分明，全凭佛法有灵，仗此顿超安乐国；人生货财，丝毫无用，都赖穷途如我，赠君一握往生钱。"

常州市侩某，捐知府衔及花翎；值母寿，召客称觞以为耀。或赠联云："二千石梅雨储猷，辉扬孔翠；八百春萱晖驻景，喜渥颜丹。"字字工整，联中数字，即所纳银数也。

饮　食

烟馆联，前录已夥。兹更觅得数则于下："贤者亦乐此；乡人皆好之。""灯光不是文光，偏能射斗；洋药非同火药，也可开枪。"

某报因烟禁征联云："因火成烟，若不撇开终是苦。"其第一名云："采糸为綵，又加妆点便成文。"第二名云："言义成议，倘无党见即完人。"第三名云："舛木为桀，全无人道也称王。"

或嘲鸦片联云："一榻长眠，哪管他地裂山崩，海枯石烂；半生虚度，总有日烟消火灭，灯尽油干。"
又云："一枝短竹，抵得毛瑟三千；数寸钢签，胜彼横磨十万。"又云："斗布共旌旗一色；枪声与军乐齐鸣。"呜呼！鸦片军亦足以自豪矣。

屋　宇

《文章游戏》有财神庙联云："果然冷面寡情，这才是守钱奴，倒要与他几个；若使扶危济困，竟成了耗财鬼，休来想我分文。"词旨激切。此已见前录，惟词句小异，而后胜于前，故重录之。

明高皇幸南京多宝寺，作联云："寺名多宝，有许多多宝如来。"盖幢幡尽绣佛号也。翰林学士江怀素对曰："国号大明，无更大大明皇帝。"越日，擢吏部尚书。

宁波地名有赭山湾、白塔洋、桃花渡、藕缆桥。某宗师出对曰："赭山湾上浪高低，鲁班鲁肃。"人不能对，乃自对曰："白塔洋前风缓急，樊哙樊迟。"又曰："一点红脂，俨似桃花渡口；数茎白发，浑如藕缆桥头。"未几，又赴绍。绍有大善塔、小江桥，又成一对云："大善塔，塔顶尖，尖如笔，笔写青天；小江桥，桥洞圆，圆似镜，镜照绿波。"又缀桥名为联云："北海鲤鱼谢公钓。"人无能对，某君乃以山名对之曰："南山狮子鲍郎骑。"

"逢场作戏，把往事今朝重提起；及时行乐，破工夫明日早些来。"此已见前，惟无上四字，故重录之。

又，有戏台联云："六礼未成，顷刻洞房花烛；五经不读，霎时金榜题名。"手挥目送，牢骚之气溢于楮墨。或以俚俗视之，浅矣。

厕所联，前已集录多则，兹又得若干则，录如下："虎子难同器；龙涎不及香。""纳垢含污知大度；仙风道骨验方肠。""但愿你来我往；最恨屎少屁多。"额曰"尽其所有"。

又有以"出恭"二字作分咏诗钟云："七条严妇律；四品让妻封。"真熨贴极矣。

戏台联尚有长联数则，录如下："问谁入世不谐容，泽粉涂脂，识破总非真面目；何物吓人具恶态，磨拳擦掌，看来尽是假威权。"楚按：此联咄咄逼人，淋漓痛快。

其二云："人情到底好排场，耀武扬威，任尔放开眉眼做；世事原来仍假局，装模做样，惟我踏实脚跟看。"楚按：此较婉而微。

闻喜县杨漪川侍御，寓都中闻喜馆。署门联云："何若我未之闻；见似人者而喜。"

泰州秦研香比部文田，寓京口袋胡同。家藏宋版书颇富，以不善交结，沉沦下僚。自拟春联云："口袋胡同，藏书三万卷；头衔刑部，补缺一千年。"按：此已见前录，而事实不同，故补之。

魁星肖像，或谓据字之形义而成，此说颇近。惟手执金锭，不知何义，大约调侃者所增入也。有一联，颇能翻出新意："以斗量才，问何人能当一石；如金惜墨，看此日横扫千军。"

某甲居上海之居仁里，面对跑马厅，而左右比邻均雏鸡也。乃张春联于门曰："来朝走马；中夜闻鸡。"楚按：此与"老骥伏枥；流莺比邻"一联，有异曲同工之妙。

又，见北平一春联云："生活根据地；居住自由权。"颇熨妥可喜。

商　肆

海上已闭福州路胜棋楼联云："来几个佳丽，集几个英贤，楼台独占千秋胜；说什么存亡，谈什么兴废，时事浑如一局棋。"

长安道逆旅，主妇甚美。门联云："日之夕矣君何往；鸡既鸣兮我不留。"或截其下之"往、留"二字，见者大笑。

李梅庵"小有天"一联，脍炙人口。兹又有嘲李一联云："白吃一元会；黄拖两鼻烟。"

有集骨董肆及药铺招牌为联云："博古斋，揭表唐宋元明古今名人字画；同仁堂，发兑云贵川广生熟道地药材。"联已见前，而无此工整。

"天然居"联已见前录,兹又觅得对句二则。其一云:"人过大佛寺;寺佛大过人。"其二云:"图成地中海;海中地成图。"皆不及也。

又"烟锁池塘柳"一联,前录已载三对,兹又得一则云:"茶烹凿壁泉。"

海宁听雨楼茶肆初设,征联云:"听雨,雨住,住听雨楼边听雨,雨声滴滴,听听听。"或应征云:"观潮,潮来,来观潮阁上观潮,潮浪滔滔,观观观。"

某处酒肆,其市招绘一李白像,四角书四小"酒"字。或书壁云:"一块牌,四角字,酒酒酒酒。"久之无人对出。后一醉汉入座,为之对云:"二更锣,两处来,汤汤汤汤。"按此已见前,但事实、语句均不同,故又记之。

浴堂联颇有滑稽者。如:"到此皆洁己之士;相对尽忘形之交。""近来扒手多多,小心些为是;临去回头望望,大意者吃亏。"是直可作入浴之格言矣。

谬 误

李芍农侍郎居京,每值新岁,最留意人家之春联。一日,驱车过一车厂,见上句云:"右手牵来千里马。"急欲观下句,已不及。私念句颇生硬可喜,沉思不得其对。明日绝早,特驱车往观,乃"左手牵来千里驹"也,不禁哑然。

杂 联

民初传一联云:"摄政王兴,摄政王亡,一代兴亡两摄政;中华国民,中华国土,千年民土本中华。"

某生以伪银市物,被控至官。官出对曰:"使假银,买真货,弄假成真。"生见官无愠色,知有望,即应曰:"遇凶徒,见吉星,逢凶化吉。"官立释之。此亦拍马中之佼佼者。

康熙时,张茂典于元宵日,成一对曰:"月月有月,无如上元月上,银灯映月月增光。"久之无人能对,仍自对云:"更更点更,孰若长至更长,玉漏传更更递永。"

万历中,太监孙隆至苏作威福。尝春游,徐文长误触其前导,讯为生员,乃出对曰:"手执夏扇,身着冬衣,不识春秋。"徐应曰:"口食南禄,心怀北阙,少件东西。"孙虽被侮,知为劲敌,释之。

又传徐曾作一奇联,悬之斋中云:"好读书不好读书;好读书不好读书。"第三、四两"好"字应圈读,遂觉各有意义。

清初宁波一士子,以冲府道被执。官出对曰:"湖山倒影,鱼游松顶鹤棲波。"士曰:"日月循环,兔走天边乌入地。"

赵沅芷醉归,失足坠厕。自嘲一联云:"雪白羊裘遭大难;天青马褂讨便宜。"真工整极矣。

某家正闹新房时,新娘忽出一联云:"闹新房其门如市。"能对者方许闹。众俱瞠目无以应。有某甲,俟闭门后,侧耳听房中声息，但闻喁喁私语声，细不可辨，忽触其机，即在门外高声对曰："讲私语中莦之言。"

张东海好御绿衣，作字时必袒其右肩。沈大理嗜酒，每赴宴辞别，必曰"后日再来"。或取以为对云："老张爱着瓜皮绿，偏袒右肩（楚按：语出《金刚经》。）；小沈能吞竹叶青（酒名。），惯伸后脚。"一云乃张、沈互嘲语。

年羹尧为某塾师拟门联云："怠慢先生，天诛地灭；误人子弟，男盗女娼。"干脆绝伦，酷肖其人手笔。

某马快求某名士书联，名士难于拒绝，勉允之而心终不怿，思弄之。于是秉笔书上联云"及时雷雨龙"五字，停笔佯惊曰："误矣！下应书'舒龙甲'，落一'舒'字，奈何？"继又作自慰状曰："差幸平仄、文义均无大碍，似可免易。"马快亦微解文墨，应之曰："先生字佳，小误固无妨也。"且举杜诗"碧梧"一联为证。于是书成全句曰："及时雷雨龙舒甲。"而下联亦只得承上文作"得意春风马快蹄"矣。马快无奈，收之而去。

滑稽诗钟，已载前录，兹又得数则如下。"虎子、新嫁娘"云："职掌完全归太尉；画眉深浅问檀郎。""敦伦、月布"云："两仪互感絪缊乐；尺幅轻兜控纵宜。"

又，一参差对亦极佳："混帐东西王八旦；读书上下五千年。"汪衮甫曰："'王'字若能去竖，更工。"

又，市肆对亦见前载，《老学庵笔记》中尤夥。如："钤辖诸道进奏院，详定一司敕令所。""王防御契圣眼科；陆官人遇仙风药。"均佳。

有丐子，慧而不脱本业。师命对曰："九鸾殿内见君，三呼万岁。"对曰："八字门外（一作"十字街头"。）打犬，几声老爷。"师怒，扑责五板。又命对曰："打五板，留五板。"应曰："走一家，又一家。"师亦无如之何。

甲、乙谈论，偶及宗教，称耶稣为菩萨。嗣又谈及纪文达公之说笑话，与太监老爷相谑事。旁有某丙，备闻其言，次日揭八字于甲、乙邻近之壁云："耶稣菩萨；太监老爷。"

有意极对而句未对者，别具风趣，录二则，以备一格。如："吃素不能吃荤，吃荤可以吃素；撒尿不能撒粪，撒粪可以撒尿。""香花不红，红花不香，惟玫瑰花又香又红；响屁不臭，臭屁不响，惟豆儿屁又响又臭。"

有一联，上嵌五色，下嵌五行，至为工整，惜不知其何所指，暇当一考之。联云："绿酒映红灯，谁从梦里黑甜，笑他潦倒黄衫，岁月消磨嗟白发；土音歌水调，毕竟星沉火灭，任尔花生木笔，心思多少为金钱。"

随园咏秋蚊句云："贫官回首日，刺客暮年心。"传为绝唱。
或作挽蚊联云："两翼飞来，向我身吃血，不亦乐乎；一掌拍去，送尔命归阴，何足算也。"楚按：此联大堪与袁诗并传，故并志之。

楚孙与醉红雪夜围炉，举旧对"雪压竹枝头着地"，"芍药花开菩萨面"，及"绿水本无忧，因风皱面"等联，（均见前录。）以为笑乐。醉红即缀一联曰："棕榈被雪夜叉老。"楚孙亦缀联应之曰："芍药遭风菩萨蛮。"

"砺精图治；发愤为雄。"旧对也。或以之嘲筹安诸公曰：

"砺精图乱；发愤为雌。"一转移间，一齐入扣。

有改旧联以嘲武人云："上马杀人，下马拍马屁；左手持金，右手举手枪。"形景颇酷肖。

某甲失一金表，责仆辈寻获。仆惧，乃屠狗祀天，以求主偷。偷者惧而出之，因以寻获。或拟联云："三字沉冤，颠子竟成颠狗；六轮有幸，神獒亦变神仙。"

萍乡刘状元凤诰，拟一联云："雨里筑墙，捣一堵，倒一堵。"久乃无对，后仍自续云："风中点烛，留半边，流半边。"

楚孙一日与双玉命对云："星缀明霞，绝似珠排红锦。"双玉曰："虾牵落日，正如綵系金球。"双玉又仿其格出对曰："月度层云，绝似镜藏绵絮。"楚孙曰："雪和密雨，宛如花堕疎簾。"

杂联数则，为之并录于下。"野鸡葛；海虎绒。""骆驼绒；蚂蚁布。""小菠菜（坤伶），老矮瓜（大鼓家）。""一年四季叉麻雀；半夜三更打野鸡。""绝少风情咸水妹；更无滋味淡巴哥。"

"背纤人"与"月经布"诗钟云："拖残杨柳溪边月；握住桃花洞口云。"则典雅艳丽，能令人拍案狂喜。

滑稽联话（四种）下

传统文化修养丛书

最新点校本

（民国）丁楚孙　崔人元—撰

乔继堂—整理

上海科学技术文献出版社
Shanghai Scientific and Technological Literature Press

文苑滑稽联话

雷瑨/撰

卷　上

清初，有叶初春者，作令粤东，所到掊克，路人侧目。时值元夕，民间放花灯，其棚署一联云："霜降遭风，四野难容老叶；元宵遇雨，万民皆怨初春。"

有倪姓女，自负才色，出联句以择婿，募能属对者则嫁之。出联云："妙人儿（兒）倪家少女。"一时对者寂然。后青浦吴某对以"谈天口吴老炎言"，尚有思致。

纪文达公行步最疾，每入朝，同僚咸落后。彭文勤公戏语同人曰："晓岚确是神行太保。"文达应之曰："云楣不过圣手书生。"闻者粲然，二绰号洵是绝对。[1]

又，浦田郭兰石郭尚先，以名翰林官编修，十二载而不迁秩，京师人呼为"金不换"，以编修七品，戴金顶故也。天门蒋笙陔立镛修撰，在馆十年，不除一官，人号为"石敢当"，以修撰六品服色，戴砗磲顶故也。"金不换；石敢当"，亦是绝对。

【1】纪昀，字晓岚、春帆，谥文达，清代文学家、官员，以才智著称。彭元瑞，字掌仍、辑五，号芸楣（云楣），谥文勤，清代官员、学者，楹联名家。纪昀为《四库全书》总纂官时，彭元瑞是十个副总裁之一。《水浒传》中人物，戴宗绰号"神行太保"，以能日行八百里著称；萧让绰号"圣手书生"，擅长拟写名家书法字体。

镇平黄香铁钊，以大挑[1]知县改教职，官湖州教谕，后复改翰林院待诏；著有《读白华草堂》初、二、三集。某君赠一联云："七品、八品、九品，品愈趋而愈下；一集、二集、三集，集日积而日多。"语颇风趣。

【1】清乾隆以后定制，三科以上会试不中的举人，六年举行一次挑选，取其中一等的以知县用，二等的以教职用，以使举人出身者有较宽的出路，称为大挑。

某翰林，广东籍，不能操北音，见宾客辄曰"系系"（土音言"是"曰"系"。）。或戏赠楹帖云："江淮河汉；日月星辰。"某大喜，而不知其歇后语也，人传以为笑。

京师有某为骡行牙人，以附势致富，盛饰屋宇，落成宴客。壁间有孔窦，客怪之，或告曰："此'手脚眼'也。"盖工匠升降，缘附手脚处。时宋荔裳在座，戏应之曰："吾有的对矣。"众询之，乃"头口牙"也。一座粲然。

更有巧者。果益亭宗伯善射，与僚友射鹄，矢无不正中羊眼者，（鹄的正中一点，号曰"金羊眼"。）京师称为"果羊眼"。有某巨公语人曰："我有工对，胜荔裳十倍。"众询之，答曰："草鸡毛。"盖都门于市人之白赖无耻者，称为"草鸡毛"。以此比宗伯，盖有意谑之也。

嘉庆辛未大考，歙县洪宾华修撰莹四等第一，钱塘戚蓉台编修人镜一等第四，二人乃同年也。先是，京师有句云："三月十八，八月十三，圣祖祖孙齐万寿。"无有能对者。至是，或为之对曰："一等第四，四等第一，编修修撰两同年。"

阮文达平蔡牵，得其兵器，悉镕铸秦桧夫妇像，跪于岳忠武庙前。好事者戏撰一联，制两小牌题之，作夫妇二人追悔口吻。其一系秦桧颈上，云："咳！仆本丧心，有贤妻何至若是。"其一系王氏颈上,曰:"啐!妇虽长舌,非老贼不到今朝。"公谒庙时见之,不觉失笑。

吕、徐二姓结婚。某嘲以联云:"吕氏姑娘,下口大于上口;徐家子弟,邪人多过正人。"

蒋伯生大令罢官归,筑一园。落成之日,其弟某戏题一联于门云:"造成东倒西歪屋;用尽贪赃枉法钱。"蒋见之,干笑而已。

有韩某者,屡试不售,援例为巡检司。自署其门曰:"说什么无双国士;不过是从九官儿。"诙谐入妙。

《茶馀客话》载,孙藩使含中太翁尔周宰浙时,独行杭州城外,疏村中一望土塚累累,见粉墙,即往索茶。一小婢举竹椅出令坐,捧苦茶一盏饮之。须臾去,呼之不出。见门上一联云:"两口居山水之间,妻忒聪明夫忒怪;四面皆阴燐所聚,人何寥落鬼何多。"或曰,其地名"红柏山庄",秀水王仲瞿所居处也。

南海冯潜斋太史,乾隆乙卯重宴鹿鸣,年九十四。自撰楹联云:"年方弱冠便登科,有何难哉,亦是逢场作戏;寿寓百龄重赴宴,自云幸矣,任教舞綵为欢。"

沙三者,苏州人,尝于端阳观竞渡,一日之内,手散万金,人因呼为"沙三标子"。家遂中落,仅余五百金。复于中元广招僧道,为盂兰盆大施口食,糁米为团,杂以胡麻,筐承车载,堆塞道路。四方乞丐,闻风奔赴,以数万计,高结香龛,颜曰"麻团胜会"。自撰楹帖云:"三标子现身设法;大老官及早回头。"事毕,五百金告罄。以衣质钱一串,为生计资,日持鼓板,市麻团于里巷，有向其购者，歌一曲以侑食焉；未几，死。

安徽无为州诸生某，以年老钦赐举人。乃自作一堂联云："并未出房，全亏得白头发秀士；何尝中式，倒做了黑耳朵举人。"盖俗以衙门中未上名帮差为"黑耳朵"，故戏用为对云。

廪膳生某年老，钦赐副榜。自书一堂联云："说甚功名，只免得三年一考；有何体面，倒少了四两八钱。"末句盖言廪粮也。老实话却有风趣。

袁简斋随园中，有一联云："柴米油盐酱醋茶烟，除却神仙少不得；孝悌忠信礼义廉耻，没有铜钱做不来。"缪莲仙亦有门联云："柴米油盐，事到开时无一件；文章学问，过思闭后有三分。"

有项某自署门联云："一门三学士；四代五尚书。"或疑其先世并无此显官，因造而问焉。项对曰："吾家父子三人并弟子员，仁、钱、府各占一学，且祖若父生前曾举明经，合四代皆习《尚书》，故曰一门三学之士，四代五人习《尚书》耳。君无读破句、别字也。"问者大笑而退。

每逢学政考优，诸生修容饰貌，意气殊自得。有人戏作联云："吾子勉旃，驾廪增附而上；先生休矣，在倡隶卒之间。"

江南皂保提督，喜谈文。修葺武庙竣事，撰楹联云："忠义勇谋，志高安天下；英名一世，成佛万古传。"又作戏台联云："文官百姓，喜的是风调雨顺；武将兵丁，乐的是国泰民安。"质之学使万公，万不忍拂其意，谬赞之。中营某请再斟酌，皂怒曰："吾已就正文宗，而汝反敢哓哓耶？"遂以金作字，丹漆焕然，悬之庙中。既而修筑卧虎亭成，又作联曰："文武盘桓家国事。"属对未得，环顾左右，有侍卒跪对："开弓射箭乐太平。"大喜称工，亦倩人书而悬之。

某太守，清苑人，曾令泾县，颇贪酷。一日晨起，见厅事贴一联云："彼哉彼哉，北方之学者，何足算也；戒之戒之，南人有言曰，其无后乎。"

广东海珠寺，塑金刚与弥勒同坐。或戏为联云："莫怪和尚们这般大样；请看护法者岂是小人。"

又，江西某题养济院云："看诸君脑满肠肥，此日共餐常住饭；想一样钟鸣鼎食，前生都是宰官身。"诙谐嘲笑，殊足解颐。

一生员为人代倩，事发荷校，百计求脱不得。因访善于刀笔者求计，其人曰："此当以风雅动之。"于枷上书额曰"琼林独席"，又书联曰："坐破寒毡，从此渐入佳境（音同"枷颈"）；磨穿铁砚，何时始得出头。"学使见之，笑予省释。

江南某年五月童试，题为"夫人自称曰小童"，有某生初入泮；是科乡试题"君子不以言举人"，某生即中式。有客贺以联云："端午以前，犹是夫人自称曰；重阳而后，居然君子不以言。"

湖南抚部某，初入境，有友来迎，谈次问有新闻乎？友曰："近有一对甚谐妙。某县令姓续名立人者，人赠联云：'尊姓原来貂不足；大名倒转豕而啼。'[1]"抚部一笑而罢。及到任，竟劾去之。实则令乃好官也。

【1】参见上册《古今滑稽联话大观》"胡文忠林翼开府鄂州"条注释。

明兵部尚书夏原吉，治水江南，与给事中某同寓僧寺。某如厕甚急，夏戏曰："披衣鞁履而行，给事急事。"某即对曰："弃甲曳兵而走，尚书常输。"

《宦游纪闻》云：陆文量为浙藩，与陈启东饮，见其寡发，谑之曰："陈教授数茎头发，无法可施。"陈曰："陆大人满面髭鬚，何须如此。"陆大叹赏，笑曰："两猿截木山中，这猴子也会对锯（音同"句"）。"陈曰："有犯，幸公勿罪。"乃云："匹马陷身泥内，此畜生怎得出蹄（音同"题"）。"相与抚掌而退。

《雪涛谐史》云：一秀才送广文节仪，用银三分。广文出对曰："竹笋出墙，一节须高一节。"秀才应曰："梅花逊雪，三分只是三分。"

乾隆间，工部署火灾，朝命金尚书督修之。有人出对云："水部火灾，金司空大兴土木。"适纪文达入朝，有中书某，状貌魁梧，自负为南人北相，公辴然曰："南人北相，中书科什么东西。"

有道士娶妻，同人拟作贺联，欲用"太极两仪生四象"句[1]，而未有对。适纪文达至，述及之，文达应声曰："春宵一刻值千金。"[2] 坐客皆绝倒。

【1】语本《易经·系辞上》："易有太极，是生两仪，两仪生四象，四象生八卦。"

【2】句出苏轼《春宵》诗："春宵一刻值千金，花有清香月有阴。"

一县尉为江南显宦胞弟，每向人曰："我在江南署中，人皆以'大大人'呼我,君辈休小觑也。"县令某君谓之曰:"足下本身有一妙对,知之乎?"其人问之,某君曰:"吾辈见大府则称卑职,足下见我辈又称卑职,然则足下非'湖北卑卑职;江南大大人'乎?"

四品宗室中,有胸中不甚明白而口才甚佳者。或嘲之曰:"胸中乌黑嘴明白。"某君应之曰:"我有佳对矣!'腰际鹅黄顶暗蓝。'"众为解颐。

明杨邃庵、李西涯二人尝并坐。西涯畏寒,屡以足顿地。杨嘲之曰:"地冻马蹄声得得。"西涯见其吐气如蒸笼,应曰:"天寒驴嘴气腾腾。"

《褚石农外纪》云:兵部侍郎项文曜附媚于忠肃,每朝待漏,必附耳密言,行坐不离,时目为"于谦妾"。又,户侍王祐貌美无须,谄事王振。振一日问曰:"王侍郎何故无须?"祐曰:"老爷所无,儿子焉敢有?"时人谓:"于谦妾;王振儿。"的是妙对。

又,天顺间,锦衣门达甚得宠。有某为达门客,镌印曰"锦衣西席";又有名甘棠者,为洗马江朝宗婿,亦有"翰苑东床"之印。天生妙对也。

明嘉靖间,一内侍衔命入浙,与司北关南户曹、司南关北户曹饮。内侍酒酣,出对云:"南管北关,北管南关,一过手,再过手,受尽四方八面商商贾贾辛苦东西。"内侍故卑微,曾司内阃。座中某君对曰:"前掌后门,后掌前门,千磕头,万磕头,叫了几声万岁爷爷娘娘站立左右。"内侍惭愤欲自戕,二司力劝乃止。

明嘉靖间,胡宗宪以江南制府御倭,值巡盐御史周如斗宴于舟中。二人素相狎。侍者误倾酒壶，周云："瓶倒壶撒尿。"时适篙工捩舵，胡曰："舵响舟放屁。"各以姓之谐音为谑，彼此大笑。

《野获编》云：贾宪使里居，一日雪后，披裘立门前。有少年倪麻子者，素好侮人。贾见其着履，呼曰："有一对能属否？"因曰："钉鞋踏地泥麻子。"倪曰："能对，但得罪耳！"贾曰："吾不罪汝。"倪即曰："皮袄披身假畜生。"盖亦各以其姓相戏也。

学博向称冷官。苏州教授李时庵题堂联："扫雪呼童，莫认今朝点卯；轰雷请客，须知昨日逢丁。"又，萧山傅芝堂学博作联自嘲云："百无一事可言教；十有九分不像官。"语更谐妙。

某童年八旬矣，学使询以经传，多不复记。有人嘲曰："行年八秩尚称童，可云寿考；到老五经犹未熟，不愧书生。"

某童赴郡应试，偶忆内，戏书联云："充无罪之军三百里；守有夫之家二十天。"为同舍所见，传为笑谈。

某检讨有同年新纳姬，往贺不值，姬方洗足，为所窥。既出，遇同年于途。戏曰："今日有一佳话，能属对乎？"同年友叩之。曰："看如夫人洗足。"某应声曰："赐同进士出身。"盖检讨三甲进士得馆选，故以此戏之也。

嘉庆癸丑科，一甲一名潘文恭公、二名陈远雯，二甲一名张春山，三甲一名马秋水。时人语曰："必正妙常双及第；春山秋水两传胪。"盖世传三甲第一名，为"玉殿传胪"也。

姚某在京雇一仆，因事遣之。仆父年六十余，哀求复役，又恐他人之乘间而入，愿代役以待其子来。或曰："是所谓爱怜少子也。"座有某君曰："惜不免牵率老夫耳。"相与抚掌，以为天生妙对。[1]

【1】参见上册《古今滑稽联话大观》"姚东石遣去一仆"条注释。

端午桥官工部时，同官有赵有伦者，京师富家儿也；目不识丁，以其舅张翼之援，入赀为郎，不数年历得要差，且充会典馆纂修。尝以千金购一妓归，大妇妒甚，立驱之出，赵不得已，赁别舍居之。妇知其谋，乃靳赵自由出门，归少晏，辄诟谇不已，赵甚苦之。一日，与端相遇于署中，端呼与语曰："菊曾（赵字），吾昨日偶作一联一额，君试为吾评骘之。联云：'一味逞豪华，若非暗地弓长，未许人称富有；千金买佳丽，除是明天弦断，方教吾去敦伦。'额曰'大宋千古'。"赵不知其谑，极口称赞不已，人咸匿笑之。

灵石何润夫乃莹，庚子岁官副宪，以拳匪头目革职。何初官庶常，散馆改部曹。夫人某氏，阃威甚厉，以何失翰林，怒甚，何长跪以谢，乃得释。既入工部，赍百金往拜满尚书某为师，某嫌其菲，怒斥之。端午桥为撰一联曰："百两送朱提，狗尾乞怜，莫怪人嫌分润少；三年成白顶，（庶吉士七品金顶，改部属则六品，须换白顶。）蛾眉构衅，翻令我作丈夫难。"额曰"何苦乃尔"。

道光朝一翰林，夙出潍县陈宜俊门下。陈丧偶，翰林为文以祭之，有"丧我师母，如丧我妣"之句。翰林妻又尝为许乃普之义女。有诋之者，集成语为联云："昔岁入陈，寝苫枕块；昭兹来许，抱衾与裯。"后为言官所知，登诸白简。人皆传为笑柄焉。

江宁顾秋碧，为钱竹汀高弟，性迂僻。尝自题其门曰："得过且过日子；半通不通秀才。"其风趣可想。

北京清凉庵，为庚子拳匪立坛之所，乱事后，有人仿滇南大观楼楹联，为撰一联云："五百石粮储，助来坛里，上名造册，乱纷纷香火无边。看师拜孙膑，技尊毛遂，乩托洪钧，礼崇杨祖，伸拳闭目，何嫌大众讥评。趁古刹平台，安排些席棚草铺，便书符念咒，遮蔽那铅弹钢锋。莫辜负腰缠黄布，首裹红巾，背绕赤绳，手持白刃；数万人性命，丧在团头，熟睡浓眠，明晃晃刀枪可怕。想焚毁教堂，搜剿民舍，秽污佛地，威吓官衙，张胆欺心，一任旁观笑骂。况劫财杀客，直自同疯狗贪狼，纵作怪兴妖，今已化飞禽走兽。只赢得律犯天条，身遭法网，神归地府，魂赴阴曹。"

刘忠诚祠落成时，外务部左丞某公，适充江南乡试副考官，撰一联云："可托六尺孤，可寄百里命，公无愧焉。君子欤？君子也；因保半壁地，遂妥九庙灵，功诚伟矣。如其仁？如其仁。"[1]款署"头品顶戴外务部左丞江南乡试副考官某某"。或仿其语嘲之云："本是外务部，来充副考官，运亦佳哉。头品欤？头品也；硬剥《论语》句，挂在忠诚祠，胆莫大焉。笑死人？笑死人。"

【1】上联语本《论语·泰伯》："曾子曰：'可以托六尺之孤，可以寄百里之命，临大节而不可夺也，君子人与？君子人也。'"下联后半，出《论语·宪问》："子曰：'桓公九合诸侯，不以兵车，管仲之力也。如其仁？如其仁。'"

德馨任江西巡抚，酷好声剧，署中除忌辰日，无日不箫管嗷嘈也。其女公子有国色，嗜好尤过乃父，且喜观《翠屏山》等淫剧。时新建县汪以诚，以武健严酷得大吏欢，至是益遣丁役，持重币，走四方，聘名伶来赣，躬为戏提调，日在抚署中布置一切。赣省官场有一联云："以酒为缘，以色为缘，十二时买笑追欢，永夕永朝酣大梦；诚心看戏，诚意看戏，四九旦登场夺锦，双麟双凤共消魂。"额曰"汪洋欲海"。四九旦、双麟、双凤，皆善演淫剧之伶人也。后德败，汪亦褫职。

明末礼部尚书钱谦益，于鼎革后归命清廷，复袭旧职。晚年大营第宅，题宴客之室曰"逸老堂"，盖犹自命为明之遗老也。有少年于夜间榜一联于其楣云："逸居无教则近；老而不死是为。"[1]

[1] 语本《孟子·滕文公上》："人之有道也，饱食，暖衣，逸居而无教，则近于禽兽。"《论语·宪问》："子曰：'幼而不孙弟，长而无述焉，老而不死，是为贼。'以杖叩其胫。"

柴桢，贵州人，曾任常德知府，有贤声。后升浙江盐运司，为盐政常德所陷，服大辟。有人集《四书》句成一联云："柴也愚，无罪而就死地，是谓过矣；[1]德之贼，不仁而在高位，亦曰殆哉。[2]"

[1] 语本《论语·先进》："柴也愚，参也鲁，师也辟，由也喭。"《孟子·梁惠王上》："王曰：'舍之！吾不忍其觳觫，若无罪而就死地。'"《论语·卫灵公》："子曰：'过而不改，是谓过矣。'"

[2] 语本《论语·阳货》："子曰：'乡愿，德之贼也。'"《孟子·离娄上》："惟仁者宜在高位。不仁而在高位，是播其恶于众也。"《大学》："《秦誓》曰：'……人之有技，媢嫉以恶之；人之彦圣，而违之俾不通，寔不能容，以不能保我子孙黎民，亦曰殆哉！'"

刘锦棠总督陕甘，有某布衣持朝贵书投谒。刘延见，某殊傲岸，议论空一世，口若悬河。刘语之曰："吾有一联，欲君为对。"即曰："持八行书，谒二等男，童生大胆称兄弟。"某应声曰："怀三字片，走千里路，布衣长揖傲王侯。"刘大称赏，赆以数百金。

某氏子，父死未几，遽行婚礼。时人嘲以联云："魂兮归来，报道佳儿得贤妇；弔者大悦，会看孝子作新郎。"

陆龟蒙《江湖散人传》"茶灶"二字，坊本误刻"茶龟"。何义门见之，笑曰："向以'尿鳖'二字未易对，今可以'茶龟'对之矣。"俗以溺器为尿鳖。何亦善谑哉！

汉口沙家巷，为土娼麕集之地。其土地祠联云："这一街许多笑话；我二老总不作声。"殊滑稽有味。

翁大司农同龢，喜豢鹤。有鹤飞去不返，翁自书赏格，招人代觅，大书"访鹤"二字，榜于正阳门瓮城。时人善其书，三易而三揭之。时有吴大澂者，喜谈兵事，甲午中东失和，吴上书万余言，历陈战之利。朝议令其督师赴东三省，至旅顺，大败而归。时人戏拟联讽之云："翁同龢三次访鹤；吴大澂一味吹牛。"

赵尔巽微时，有人潜书一联于其门云："尔小生生成刻薄；巽下断断绝子孙。"赵次日见之，因易数字，复榜于门曰："尔小生生来本性；巽下断断不容情。"[1]

【1】巽下断，出八卦歌诀："乾三连，坤六断；震仰盂，艮覆碗。离中虚，坎中满；兑上缺，巽下断。"

松江东门外顾某，性贪吝，身材矮小，人咸以武大目之。一日，值三十初度，乃张乐设筵，遍请亲友。家人忽于墙门中拾得一联，联云："身如武大长三寸；寿比颜渊少二年。"顾见而大愤，几乎晕倒，不数日竟构疾卒。

某氏子新婚，友人送一贺联云："国事维艰，卧榻岂容酣睡梦；时机已至，舞台大好造英雄。"语妙双关，真雅谑也。

留学生某，平日与人语喜作新名词。其妻颇艳丽，适暑假归家，足不出门者旬余。友人集新名词为联嘲之云："归去来兮，同时结秘密协约，实行交战团体，旁听人应严守局外中立；信可乐也，双方为意思表示，负担连带义务，当事者得以享分内自由。"读者无不失笑。

纪文达有中表亲牛稔文，其子坤娶妇。赠以一联云："绣阁团圞同望月；香闺静好对弹琴。"牛大赏之。次日纪往贺，指此联曰："吾用尊府典故何如？"

某君喜诙谐，尝筑室数楹，署一联云："德不润身，贫偏润屋，全反圣人之道；食无求饱，居必求安，半留君子之风。"

昆山归元恭，明季狂士也。家贫，瓮牖绳枢，安之若素，椅败不能坐，则以纬萧束缚之。除夕署门联云："一枪戳出穷鬼去；双钩搭进富神来。"

都中浴堂门联，无不书"金鸡未唱汤先热；红日初升客满堂"，联语千篇一律，已觉鄙俚可笑。有南妓赵金红者，貌娟好，生涯甚盛。有客即书此联以为赠，联首二字，适分嵌妓名，见者无不喷饭。

腐儒某，除八股外，一无所知，然性喜弄笔墨。有妓名梅仙者，颇嬺之，赠以一联云："梅花居三友，独传清淡之真，虽号为妻，无非是怜惜多情，喻随鹤子；仙女降九霄，仍著嫦娥之态，纵言落俗，亦不过姻缘有分，配访牛郎。"以时文体成联语，与吾尝从事与斯徒之七言诗，可谓异曲同工。

浙人吴鋆，官内阁中书。其婿某，会闱屡不获售，因亦劝其纳赀为中书。甫经报捐，吴遇同僚，辄以小婿亦将到署为言，人多厌之。时军机大臣为宝佩珩相国鋆，吴不敢与之同名，因呈请改名"均金"二字以避之。好事者赠以一联云："小婿头衔新内阁；大名腰斩老中堂。"琢句甚工，尤妙在"腰斩"二字。

蜀中某令有断袖癖，蓄一娈童，甚嬖之。既而纳某氏女为妾，女工梳掠，盘龙堕马，日日花样翻新，令宠之甚，不觉渐与童疏。童妒极而恨，一日令在书室微醉，忽又呼童至前，欲与之狎，童遽出小刀，将其阳物割伤，令痛极而号。有人戏撰一联云："爱妾新翻堕马髻；贤侯小试割鸡刀。"语工而俊。

有贾瑚者，字小乔，官京师时，有人赠以一联云："姓名疑入红楼梦；夫壻曾麈赤壁兵。"虽谑而不伤于虐。

光绪庚子拳匪之乱，巡视长江大臣李秉衡力言义民可用，一意主战，致酿不可收拾之祸。闻其巡抚山东时，颇以清介自负，然吏治则漫无起色。时人拟联嘲之云："秉节赴青齐，河海盐漕，无一不稀糟稀烂；衡才悬黑镜，智愚贤否，全都是糊里糊涂。"又有一联云："有愧知人之鉴；难登大雅之堂。"因李字"鉴堂"，故以此谑之也。

东抚杨某，性喜挥霍，尤癖嗜戏曲，署中无日不闻唱曲声。光绪帝大行未久，杨亦患病，当疾革时，犹唱《天水关》以自娱，仅唱"先帝爷"一句，遽尔气绝。同僚之媚之者，谓为因帝崩而殉节，身后易名，得"文敬"二字。滑稽者嘲以联云："何为文，戏文曲文，声出若金石；毋不敬，冰敬炭敬，用之如泥沙。"

光绪癸巳恩科，殷如璋、周锡恩典浙江试；榜发，士论颇不惬。或为联以谑之曰："殷礼不足征，已经如瞶如聋，漫诩文明操玉尺；周任有言曰，难得恩科恩榜，好凭交易集金钱。"[1]

【1】上联首句，本《论语·八佾》："子曰：'夏礼吾能言之，杞不足征也。殷礼吾能言之，宋不足征也。文献不足故也。足，则吾能征之矣。'"下联首句出《论语·季氏》："孔子曰：'求！周任有言曰："陈力就列，不能者止。"危而不持，颠而不扶，则将焉用彼相矣？'"

乌达峰尚书、恽次远学士，同典浙试。乌学问疏浅，而学士有烟癖。或以二人姓为联曰："乌不如人，胸中只少半点墨；军无斗志，身边常倚一条枪。"

有劳姓号"半野"者，为屯田郎中。时水部顾一江，与劳同年。一日，戏劳曰："半野屯其田，空劳碌碌。"劳应声曰："一江都是水，四顾茫茫。"

泰兴某巨绅，黑籍中人也。尝挽其中表于某曰："君病我衰，视群从昆季为苍老，平生姻旧，大半摧残，莽莽前途，剩有颓龄当世变；学勤力果，与十年废疾相撑持，一息尚存，百忧未已，茫茫遗恨，拚留热血在人间。"有好事者为之参改数字曰："君病我衰，视群从昆季为苍老，平生姻侣，大半维新，莽莽前途，剩有单枪当世变；学勤力果，与十年嗜好相撑持，一吸尚存，百呼未已，茫茫遗恨，拚留数盒在人间。"语极可噱，盖于亦学界中之瘾君子也。

如皋实业学堂学董沙某，某科太史也。堂中因侵占东岳庙房屋，添置西斋，庙僧不服，赴县诉之，沙嘱县令笞僧五百，逐出。好事者拟一联戏之云："东岳庙菩萨搬家，去到奈何天上；西学堂词林董事，如游华胥国中。"因沙素有烟瘾，尝于堂中设公座点名，忽瘾发，呵欠大作，故以是戏之也。

咸丰癸丑，贼困桂林，大府檄各官分门驻守。时有罗城令万金门，监守文昌门，勇卒不戒于火，轰烧火药，城楼全燬，万大令肢体被伤，幸勇丁护救得免。同时兴安县县尹蔡齐三，为贼所获，讹传业已殉难矣。某抚军督率合省寅僚，在城北武圣宫礼忏致祭。已而蔡君遇间脱归。有无名氏撰联云："文昌门火灾，几乎烧死万老四；武圣宫水忏，居然祭活蔡齐三。""祭活"二字，殊谐妙。

粤西呼差役为"差头"。有以此起家者，广营第宅，浼某君为书联语。某欣然书"善颂善祷；美奂美轮"八字与之。座客皆叹为雅切自然，而不知"善、美"二字之首，皆与"差"字同，盖诮其为差头也。

仿云南大观楼联语，以讥拳匪，前已记之。又有仿其联语嘲吃鸦片烟者云："五百两烟泥，赊来手里，价廉货净，喜洋洋兴趣无穷。看粤夸黑土，楚重红瓢，黔尚青山，滇崇白水，估成辨色，不妨请客闲评。趁火旺炉燃，煮就了鱼泡蟹眼，正更长夜永，安排些雪藕冰桃。莫辜负四棱响斗，万字香盘，九节烟枪，一镶玉嘴；数千金家产，忘却心头，瘾发神疲，叹滚滚钱刀何用。想名类巴菰，膏珍福寿，种传罂粟，花号芙蓉，横枕开灯，足尽平生乐事。尽朝吹暮吸，哪怕他日烈风寒，纵妻怨儿啼，都装作天聋地哑，只剩下几寸囚毛，半抽肩膀，两行清涕，一副枯骸。"语妙解颐,可谓形容尽致。

徐宗海挽蕣林妓长联,脍炙人口。岭南某仿其句嘲某童云:"试问数十天磨折,却苦谁来?如蜡自煎,如蚕自缚,没奈何学使按临,曾语人云:我固非枵腹者,不作第二人想也,呜呼!可以雄矣。忆昔至公堂上,明远楼前,饭夹蒲包,袋携茶蛋。每遇题牌之下,常劳刻板之抄,昌黎无此文,羲之无此字,太白无此诗。纵教运蹇时乖,拚他滚跌,犹妄想完场酒饭,得列前茅,况自家点点圈圈、删删改改;岂图两三次簸翻,竟抛侬去。望鱼常杳,望肉常空,料不定房科写落,爰为官计;彼自有衡文者,岂将后几排刷耶?噫嘻!殆其截欤?迄今照壁缘悭,辕门路断,羞贻婢仆,贺鲜亲朋。愁闻更鼓之声,怕听报锣之响,廪生勿能保,礼房勿能求,枪手勿能救。或者祖功宗德,尚有留贻,且可将长案姓名,进观后效,合有个袍袍帽帽、顶顶靴靴。"

余姚毛韫辉茂才,喜诙谐,与同里某相友善,均癖于饮,舌耕终岁,恒苦不给杯中需。尝告某云:"安得秫田三百亩,一生不作猢狲王。"某答曰:"嘻!秫田三百谈何易,要散猢狲树倒时。"里谚嘲蒙师为猢狲王也。一日,某卒,毛哭而挽之曰:"倘无馆坐君须返;若有酒沽我亦来。"哀情以谐语出之,见者无不匿笑。

某姓制一神龛,合祀药王、财神于内,挽某名士撰联。某立成云:"纵使有钱难买命;须知无药可医贫。"牵合写之,恰如其分,滑稽妙品也。

曾涤生相国与左季高宫保,幼同学,长相善也。左未遇时,傲兀不羁。咸丰初,曾以少司马视师江右,左时有匡襄,曾不以为然。迨九江失利,曾力请终制。一日,与左杯酒谈心,曾出一联嘲左曰："季子自命甚高，使气矜才，与我议论常相左。"左随答曰："藩臣以身许国，知难引退，问伊经济又何曾。"各以姓名相谑，亦足见名臣风趣也。

某处戏台有联云："你也挤，我也挤，此处几无立脚地；好且看，歹且看，大家都有下场时。"

又："凡事误当前，做戏争如看戏好；为人须顾后，上台终有下台时。"

又，某山上凉亭云："那条窄路儿，且须让一步，他过不去，你怎过得去；这等重担子，也要任几分，我做弗来，谁又做得来。"不特语意诙谐，且含有至理，不得以其浅俚少之也。

瑞麟，号清泉，督两粤时，巡抚为张兆栋，遇事皆受制于瑞，郁郁不得志。粤人为撰一联云："瑞气千重，且看他立在王者旁边，头戴三梁冠，身穿四叉袍，威赫赫十载专权，吁嗟麟兮，河清奚俟；张公百忍，可怜尔屈成弓儿模样，睁开半双眼，跷起一只脚，颤巍巍几声长叹，为之兆也，栋折难支。"

专制国官最尊严，上司下属之分，尤有九天九地之悬隔。某君即以此意自撰一联云："大人大人大大人，大人一品高升，升到三十六天宫，与玉皇上帝盖瓦；卑职卑职卑卑职，卑职万分该死，死落十八层地狱，为阎罗老子挖煤。"

有业医者杨姓，字保春，名志廉。某君戏赠一联云："尊氏若忘廉，宛似当年青面兽；大名如不保，遂成今日白花蛇。"

清侍郎郭嵩焘，湘人也，曾奉命使英。任满回国，拜广东巡抚之命，醉心欧化，首创变法自强之议。时朝野风气甚顽固，多不以郭说为然。有作联以嘲之者云："行伪而坚，言伪而辩，不容于尧舜之世；未能事人，焉能事鬼，何必去父母之邦。"盖其时呼各国人为"洋鬼子"，故以是谑之也。

郭嵩焘任粤抚未久，即被劾去官。归于湘，主讲岳麓书院，不孚众望，士论多反对之。一日，以"万物皆备于我"命题，有《说题旨》一篇，附榜以出，大旨谓诸生于题义看得太泛，"能以我作孟子现身说法，较为清切有味"。好事者嘲以联云："万物皆备孟夫子；一穷不通郭先生。"悬于榜之左右，阅者无不绝倒。

光绪己卯，山西主试，为胡君泰福、林君壬，以"子华使于齐"全章命题，是科元作传为话柄。其破题首句云："古道可风。"其中间两小比则曰："今夫泰山之云，不崇朝而雨徧天下，其量溥也；儒生之量，不出户而涵盖群生，其志大也。"肤泛甚为可笑。有人作联以赠之曰："林鸠乱唤泰山雨；胡马悲嘶古道风。"

某科顺天乡试策题，误者两处，主试不自行检举，御史亦未据以上劾。有落第生作一联曰："司徒托体姜嫄，可怜简狄凄凉，往事空征玄鸟瑞；拓跋建都统万，太息平阳寥落，几时对调赫连王。"盖"稷"误为"契"，而"平阳"误为"统万"也。或曰有联无额，殊不完全，为增四字曰"人地生疏"。

叶名琛被英人虏于海外后，有人撰联嘲之云："气慑蛮风，竟向天南吹叶去；名问〔闻〕夷裔，争传楚北献琛来。"

伶人汪笑侬，自号伶隐，以改良戏曲闻于时。寓济南日，自题所居为"天地寄庐"，而为之联曰："墨笑儒，韩笑佛，司马笑道，侬惟自笑也；舜隐农，说隐工，胶鬲隐商，伶亦可隐乎。"

有以《四书》篇名集成对联者曰："卫灵公遣公冶长，祭周泰伯于乡党中，先进里仁舞八佾；梁惠王命公孙丑，请滕文公在离娄上，尽心告子读万章。"

又有效搭截题故智成联者，曰："孟孙问孝于我我；赐也何敢望回回。"又云："父母干戈，朕琴朕抵朕二嫂；达尊三爵，一齿一德一朝廷。"工巧处令人颐解。

或云，《荆钗记》中有联云："尹公他驭孟姜女之女，入张子房之房，非奸即盗；闵子骞牵冉伯牛之牛，耕郑子产之产，为富不仁。"亦足发噱。

霍山县令毛某，性甚贪鄙。尝诡称五旬初度，传谕各董保，飞柬分投。董保仰承意旨，苛派勒索，闾阎骚然。好事者作联以嘲之云："大老爷做生，银也要，钱也要，钞票也要，红白兼收，何分南北；小百姓该死，麦未熟，稻未熟，杂粮未熟，青黄不接，有甚东西。"霍有南北市之分，向庄盖戳者为红票，否则白票，故上联云云。

某寺僧倩某名士书联，名士即撰联赠之云："凤（鳳）宿禾下鸟飞去；马在芦边草不留。"盖俗骂僧为"秃驴"，故分拆其字以戏之也。

柯巽庵名逢时，为赣抚日，办加赔款事，不理于众口。赠一联云："逢君之恶，罪不容于死；时日曷丧，予及汝偕亡。"又额云"执柯伐柯"。

张香涛有侍姬二，一名远山，一名近水，皆得宠幸。张薨后，某君戏作挽联云："魂兮归来乎，星海云门同怅望；死者长已矣，远山近水各凄凉。"上联盖指梁鼎芬、樊增祥二君，皆张南皮门下士，而素得信任者也。

张南皮薨后，日本留学监督田吴沼，与其孙张厚琬，开追悼会于东京本愿寺。有某生挽一联云："借公债以弥私亏，人人恨入骨髓；用旧学而办新政，事事袭其皮毛。"肆口谩骂，究少蕴藉。

日本伊藤博文勋业甚伟，然性好色，凡日本名妓，无不缱绻。某年被刺于哈尔滨。有人挽以联云："归骨从黑水白山，公真不朽；遗爱遍新桥赤坂，妓亦苍生。"新桥、赤坂，皆勾栏荟萃之地也。

张南皮在都门日，恒以诗钟为消遣，曾谓"烟惹御炉许久香"，颇难其对。一日忽得邮局一无名信，展阅之，系"图陈祕戏张之洞"七字，盖取《孽海花》小说中意也。张怒而焚之，然已遍传作笑谈矣。

英人谋占定海时，宁人陈政伦，号鱼门，办理渔团，因变马吊之法为麻雀牌，欲使渔人乐此，不致有怠惰离散之意。陈八十余岁时，狎一土妓名黄梅，亦好麻雀。死时，有人戏挽一联云："白板中风今绝响；黄梅细雨暗伤神。"

有某自挽联云："七十有二春，糊糊涂涂，官界耶，商界耶，流水无心，随他去罢；四月初三日，清清楚楚，醉醒了，梦醒了，拈花微笑，待我归来。"

又，有自挽者云："百年一刹那，把等闲富贵功名，付之云散；再来成隔世，是这样夫妻儿女，切莫雷同。"并题额云"这回不算"。亦旷达，亦诙谐，是真能了然于生死之际者。

一文人家贫，欲与其友人上寿，而苦无酒，但持水一瓶往贺。谓友人曰："君子之交淡如。"友应声曰："醉翁之意不在。"

戏台联有诙谐可笑者。一云："想当年那段情由，未必如此；看今日这般光景，或者有之。"虚字传神得妙。一云："虚弄干戈原是戏；又加妆点便成文。"实字分拆得妙。

清之季年，缩短国会之诏下，都中各戏园演庆贺戏五日。有人撰一联云："国会未能速开，无可消愁，且同看这台新戏；代表业已解散，再来请愿，真不值一个大钱。"

有一隶役，每言其子弟读书聪慧，今年定作秀才。会学使按临，竟误公被笞。或作联语谑之云："蓝衫未着孩儿体；赤竹先敲老父臀。"

丰润张佩纶，马江败绩后，入李文忠幕，适丧偶，文忠妻以幼女，遂宴居白下以终。有孙某戏挽以联云："三品功名丢马尾；一生佳运仗蛾眉。"

某宦于其亲出殡日，不穿丧服而反穿羔羊裘，足着青缎鞋。时论讥之，为联云："青缎鞋表而出之，吾见亦罕矣；白羊裘偏其反而，汝安则为之。"

皮工朱某丧一子，痛甚，乃倩其友代撰挽联，以志哀悼。友固喜滑稽者，因大书一联付之云："长子云亡，空作牛衣之泣；锥儿既失，难传朱氏之宗。"盖以"长"与"绽"，"朱"与"猪"，"宗"与"鬃"，均同音，故以此嘲之也。

有张麟年者，善作游戏联，世颇传诵之。如戏赠知县云：

"下官拼万个头，向上司磕去；尔等把一生血，待本县绞来。"赠知府云："见州县则吐气，见道臬则低眉，见督抚大人茶话须臾，只解得说几个是是是；有差役为爪牙，有书吏为羽翼，有地方绅董袖金赠贿，不觉的笑一声呵呵呵。"张又有赠哑妓一联，殊诙谐可喜。联云："真个消魂，千般旖旎谁传语；为郎憔悴，万种相思不忍言。"

清宗室宝竹坡侍郎廷，名士风流，不拘小节，所著诗集，题曰《宗室一家草》。某科典闽试归，纳江山船女为妾，获咎罢官。或嘲以联曰："宗室一家名士草；江山九姓美人麻。"下联谓桐严间之操船妓业者向有九姓，而宝所纳妓，则面有微麻也。

咸同时，某状元以道员榷厘税，多用私人。一官以四百金为贽，得委司榷。或戏为联曰："四百地丁分局宪；九重天子小门生。"语工而谑。

浙江绅宦字亚伯，不容于乡里。或嘲以联曰："包藏恶心，违父命，夺弟财，枉作京堂四品；圈成霸道，拜中堂，揖明府，得来洋饼三千。"所言事实，皆确有所指，特外人不能详耳。

刘凤诰督学浙江，有学胥某，家故业鹾，子颇聪慧。既入泮，谋乡试，会巡抚他出，奏以刘充监临。胥子遍贿诸官吏，既入闱，先以文稿呈刘，刘为改窜，无何果拟中元。外人侦知其事，物议沸腾，未揭晓，已榜胥子姓名于抚署。闱中惧，急削之，而事已传播。先是刘性躁，尝因巡夜，手扑号军。或戏为联曰："监临打监军，小题大做；文宗改文字，矮屋长枪。"

洪秀全据金陵时，大营宫室，征文人为联语。有人献一联云："一统江山，四十二里半；满朝文武，三百六行头。"洪怒甚，拘其人而杀之。

于晦若名式枚，褒衣博带，每见人作揖，极恭敬，必上至天顶、下至地平；同时有苏人汪药阶，举动甚迟缓。有人撰一联云："于晦若作揖一百八十度；汪药阶转身三十六分钟。"

泰兴令胡瑶，嬖一门子。坐堂时，见一吏挑之与偶语，令怒，欲责治之。吏漫云："渠是小人表弟，叙家常耳。"令遂出对云："'表弟非表兄表子'，汝能对免责。"吏曰："丈人是丈母丈夫。"令笑而释之。

一清客书门对曰："心中无半点事；眼前有十二孙。"有人续其下曰："心中无半点事，两年不曾完粮；眼前有十二孙，六对未经出痘。"

明万历中，湖广张孝廉，涎李屠儿之妻；方执手调笑间，李适归，锁闭其门，用杖击其胫。张哀求得脱，告屠儿于官，称往其家买盐被殴。县令已悉其情，乃批一联于状尾云："张孝廉买盐，自膊执其手；李屠儿吃醋，以杖叩其胫。"

滇南赵某，仕楚中为郡守，好出对句。一日，见坊役用命纸糊灯，遂出对云："命纸糊灯笼，火星照命。"思之未得对句。至岁暮，见老人高捧历日，叩头献上。赵拍案大叫，遂对前句曰："头巾顶历日，太岁当头。"老人疑其怒己，叩头乞哀，守语其故，笑而遣之。

有木匠颇知通文，自称"儒匠"。尝督工于道院，一道士戏曰："匠称儒匠，君子儒，小人儒？"匠遽应曰："人号道人，饿鬼道，畜生道。"

山阴张倬,明景泰初为昆山训导,年虽少而以聪敏闻。典史姜某,人极臃肿,尝戏倬曰:"二十三岁小先生。"倬应声曰:"三五百斤肥典史。"

苏州蒋焘,幼聪慧。一日,与父友某武员,同游佛寺。指殿上佛出对云:"三尊大佛,坐狮坐象坐莲花。"焘对曰:"一介书生,攀凤攀龙攀桂子。"出寺后,武员部下小军,牵焘衣问曰:"适对何语?"焘曰:"我对'一个小军,偷狗偷鸡偷芥菜'。"其捷于调戏如此,非生有夙慧不能也。

吴人马承学,性好乘马。同学友钱同爱戏之曰:"马承学学乘马,汲汲而来。"马即答云:"钱同爱爱铜钱,孜孜为利。"

惠安县令欧炎,与泉学赵教谕饮酒。欧将教谕姓氏为联云:"赵先生饮酒,一走便消。"教谕答云:"欧大尹征粮,合区全欠。"盖亦以姓为戏也。

苏东坡与僧佛印、妓琴操,每相往来,饮酒赓和。一日,佛印往苏家,见琴操卧于纱橱,因戏曰:"碧纱帐里睡佳人,烟笼芍药。"琴操即对曰:"青草池边洗和尚,水浸葫芦。"佛印大笑曰:"和尚得对娘子,实出望外。"

明弘治末,泉州府学教授某,南海人,颇立崖岸。一日,设宴于明伦堂,搬演《西厢》杂剧。翌日,有无名子书一联于学门云:"斯文不幸,明伦堂上,除来南海先生;学校无光,教授馆中,搬出西厢杂剧。"某出见之,赧然自愧而已。

东坡与子由夜话。子由曰:"尝见卖卜者云:'课卖六爻,内卦三爻，外卦三爻。'思之颇不易对。"一日同出，见戏场有以棒呈戏者云："棒长八尺，随身四尺，离身四尺。"东坡曰："此语正可对前日卖卜之语矣！"相与抚掌。

归安沈筠溪，少绝颖敏，弱冠补博士弟子员。与弟偕出，时风雨暴作，遇陈方伯兄弟于邸。方伯戏曰："大雨沉沉，二沈伸头难出。"沈即答曰："狂风阵阵，两陈摇尾不开。"

明初，某解元登第后，偕伴至妓馆。妓知其才名，欲试之。乃瀹茶止两瓯，仓皇谢过，即三分之以进，曰："三分分茶，解解解元之渴。"某即应曰："一朝朝罢，行行行院之家。"或曰此即解春雨学士事也。

永丰聂豹为华亭知县，三山郑洛书为上海知县，同时有俊声，然议论殊不相下。一日，同坐察院门侧，人言此次秋试，上海罕中式者。聂笑曰："上海秀才下第，只为落书。"郑应声曰："华亭百姓当灾，皆因孽报。"盖皆以名字之谐音为戏也。

李西涯子名兆先，字贞伯，性好声伎。西涯责之曰："今日柳巷，明日花街，诵诗读书，秀才秀才。"贞伯反嘲之云："前月骤雨，此月狂风，燮理阴阳，相公相公。"对语诚佳，然子对父而竟反唇相稽，亦异闻也。

卞焕吾面多胡须，坐间有尹生，相与嘲谑。卞乃出对曰："尹巽之杯，宁为饮器。"尹生对以"卞胡之嘴，实是便壶"，一座绝倒。

万历中，太监孙隆来苏，甚作威福。一日出行，一生从小巷出，误触前导，执之以归。讯知为生员，无可奈何，令其属对云:"手执夏扇,身著冬衣,不识春秋。"生即对云:"口食南禄,心怀北阙,少件东西。"

苏人金用元善戏谑,诗歌俳语,顷刻立就。一日,在文衡山斋中宴集,语侵蒙师潘某。潘愠谓曰:"吾有一语,能对甘侮。"因曰:"王大夫昆季筑墙,一土蔽三人之体。"用元即曰:"潘先生父子沐发,番水灌两牛之头。"满座大笑。

常州府同知吴、通判董,同赴无锡。一日,饮红白酒而醉。吴出对云:"红白相兼,醉后不知南北。"董云:"青黄不接,贫来卖了东西。"

边尚书廷实,继妻胡氏能通书义。廷实多侍姬,胡尝反目。一日宴客,客举令曰:"讨小老嫂恼。"廷实不能对,胡以片纸书"想娘狂郎忙",云:"何不以此对之?"坐客大笑。

徐尚书晞为郡吏,一日偶随守步庭墀中,见一鹿伏地。守得句云:"屋北鹿独宿。"思无以对,晞即对曰:"溪西鸡齐啼。"守大惊异,遂不以常礼待之。

铁冠道人张景华,江右方士,结庐钟山下。梁国公蓝玉携酒访之,道人野服出迎,玉以其轻己,不悦。酒行,戏曰:"吾有一语,请先生属对,云:'脚穿芒履迎宾,足下无礼。'"道人指玉所持椰杯为对云:"手执椰盅作盏,尊前不忠。"后玉竟以逆诛,道人盖已微窥之也。

储静夫弱冠游庠,不循矩度。学官示以句曰:"赌钱吃酒养婆娘,三者备矣。"储应声曰:"齐家治国平天下,一以贯之。"学官大惊异,后储果中成化癸卯解元,甲辰会试亦第一。

崇祯甲戌科，屈动、曾亨应二人，各以其姓举古人相谑。曾曰："屈到屈原，都为他屈天屈地。"屈曰："曾参曾点，好似你曾祖曾孙。"

陆式斋在成化时，留滞郎署最久。其迁职方也，李西涯戏之曰："先生其知几乎，曷为又入职方也。"式斋应声曰："太守非附热者，奈何只管翰林耶。"

祝枝山同沈石田出行，见尼姑收稻自挑。祝云："师姑田里挑禾上（音谐"和尚"。）。"沈云："美女堂前抱绣裁（音谐"秀才"。）。"彼此皆相视而笑。

有才士偶成一对云："冬夜灯前，夏侯氏读《春秋传》。"久未有对者。后请乩仙，以此问之。乩对云："东门楼上，南京人唱《北西厢》。"

有两吏员候选典史，欲南者得北，欲北者得南，因相争。文选司某，命对云："吏典争南北，南方之强欤，北方之强欤。"一典史对云："相公要东西，东夷之人也，西夷之人也。"闻者大笑。

合肥县知县甚瘦，一直指戏之曰："合肥知县因何瘦。"一时未有佳对。适芜湖典史以解物至，其人多须，县令一见即云："芜湖典史怎多胡。""肥"与"瘦"二字天然成对，而"芜湖"虽谐音"无胡"，然不免稍涉牵强。较之近时人"宰相合肥天下瘦；司农常熟世间荒"一联，工拙相去远矣。

《葵轩琐记》载：邗江旅壁有对云："邹孟子，吴孟子，寺人孟子，一男一女，一非男非女；周宣王，齐宣王，司马宣王，一君一臣，一不君不臣。"语颇解颐。

《耕馀博览》：虞集未遇时，为许衡门客。虞有所私，午后辄出馆，许每往不遇，病之，因书于简云："夜夜出游，知虞公之不可谏。"虞即对云："时时来聒，何许子之不惮烦。"

有花姓官提举，与鄞县学官颜某，交往颇密。尝戏出对云："鸡卵与鸭卵同窠，鸡卵先生，鸭卵先生。"颜应声云："马儿与驴儿并走，马儿蹄举，驴儿蹄举。"

汪圣锡为御书监时，食罢会茶，一同舍生就枕不起。或戏曰："宰予昼寝，于予与何诛。"【1】汪对曰："子贡方人，夫我则不暇。"【2】

【1】语出《论语·公冶长》："宰予昼寝。子曰：'朽木不可雕也，粪土之墙不可圬也！于予与何诛？'"

【2】语出《论语·宪问》："子贡方人。子曰：'赐也贤乎哉？夫我则不暇。'"

临江孙伟，貌与黎御史龙相类。或云："孙生面似黎龙。"伟对云："孔子貌类阳虎。"一日，伟穿公服而出，或戏云："孙穿公服。"适有周姓缝工，捧葛而过，伟即对云："周制夏衣。"

费宏官侍郎，其兄㝄为太常少卿。刘瑾以其少长易位，且宏为丑年生，戏出对云："费秀才以羊易牛。"宏答云："赵中贵指鹿为马。"瑾颇衔之。

歙县陈元弼与蔡昭远论文。陈云："所苦腹中无料耳。"蔡即其语讥之云："陈元弼腹中无料。"陈即答云："蔡昭远背上有文。"或询其故,曰:"君不记'山节藻棁'注乎?"【1】盖戏其姓也。

【1】《论语·公冶长》:"子曰:'臧文仲居蔡,山节藻棁,何如其知也?'"东汉末何晏《集解》:"蔡,国君之守龟,出蔡地,因以为名焉。"蔡指国君用于占卜的大龟。

某给谏子,已娶妇,为诸生,每遇岁试,辄倩人代作。学使者以其要人子,必置前列。及给谏假归,有所闻,亲送其子入试,试后亦不许通宾客。试题为"嫂溺不援"六句【1】,公子于题则书"豺狼"为"才郎","权也"为"犬也",于文则曳白无一字。文宗初不知为给谏子,置之六等。给谏怒,痛责之,妻惭而自缢。文宗例于试毕,始拜乡先生,及谒给谏,语及所书题,云诸生中有如此不通者。给谏云:"此即不肖子也。"文宗踧踖不安,随一揖别去,改置一等。次日,有人题一联于给谏门云:"权门生犬子;烈女嫁豺郎。"又号公子为"六一居士"云。

【1】参见上册《古今滑稽联话大观》"某给谏子已娶妇"条注释。

明制,翰林院学士惟一人,多或三五人。弘治壬戌,刘文靖健欲示惠于人,适修《会典》告竣,一时升学士者十人;内有倪进贤等五人,系成化戊戌万安以私意选为庶吉士,在翰林日未尝读书,馆课诗赋皆由人代作,众皆鄙贱之。又,礼部尚书,一时有六人,中有崔起者,系神乐观道士出身。京师有联云:"礼部六尚书,一员黄老。"或对以:"翰林十学士,五个白丁。"语谑而切。

《广莫野语》载:待诏周清诚八岁时,侍父与姨夫游山,下船时,二人齐脱去其衣。因出对云:"两个姨夫齐脱衣,想是连襟。"周应声曰:"一双女堉各拜节,果然令坦。"

《夷坚志》：汪仲嘉谪南康，尝招郡中僚佐饮宴，并唤营妓侑觞。有杨、李两妓，色艺均佳。理掾与李媺，户掾与杨媺。席间互相嘲谑。理掾顾谓户掾曰："尔爱其羊（杨），我爱其礼（李）。载之《鲁论》，我辈悉遵照圣经，无相笑也。"众大噱，而求所以为对者。时敖用卿麋，与汪对弈，麋争劫不已。星子县沈令从旁观局。汪曰："我已有对矣，旁观者审（沈），当局者迷（麋）。"

姚叔祥《见只编》，载宸濠怒一儒生，以铁笼笼之，置于后园。适园中开池，宁王身自营度，因向宾从出一对云："地中取土，加三点以成池。"宾从不能对，儒生在笼中曰："囚内出人，进一王而为国。"宁王大悦，释之。儒生自念囚内进王，语意不祥，少选必悟，因不至家而逸。未几，追者果至家，儒生已不知所之矣。

嘉兴钱箨石侍郎，奉命祭尧陵。既复命，上摺辨今尧陵之非，摺计二十七扣，奉旨申斥。又乾隆庚子，钱典江南试，取顾问作解首，三艺皆骈体，经礼部磨勘，罚停三科。时京师以此二事作联云："三篇四六短章，欲于亿万人中，大变时文之体；一摺廿七馀扣，直从五千年后，上追古帝之陵。"

谢金圃墉、吴玉纶、德定圃保、沈云椒初，同典某科试，颇不满于众口。滑稽者撰联云："谢金圃抽身便讨；吴玉纶倒口就吞。""德保人旁呆立；沈初衣里藏刀。"以姓名为戏，巧不可阶。

乾隆丙子科浙江乡试，两主考一姓庄、一姓鞠，庄公颠顸而鞠公不谨。有人集杜句嘲之云："庄梦未知何日醒；鞠花从此不须开。"鞠试毕回京，语陈句山太仆曰："杭人真欠通，如何'鞠'可通'菊'？"公不答，鞠诘之，公曰："吾适思《月令》

'鞠有黄华'耳。"鞠大惭。

有某君分校礼闱,试卷中有用《毛诗》"佛时仔肩"者,批云:"'佛'字系梵语,不可入文。"又有用《周易》"贞观"二字者,批云:"'贞观'系汉代年号,时文不可用。"滑稽者为联嘲之云:"佛时是西域经文,宣圣悲啼弥勒笑;贞观像东京年号,唐宗错愕汉皇惊。"

姚秋农典顺天乡试,有用《尚书》"率循大卞"者,批云:"'大卞'二字疑'天下'之误。"是科蒋秋吟充分校,有用《尚书》"不率大戛"者,批云:"'大戛'二字不典。"有人撰谑联云:"蒋径荒芜,大戛含冤呼大卞;姚墟榛莽,秋农一笑对秋吟。"

工部尚书周兆基卒于位,代之者为卢南石。周开丧日,顺天府府尹费西雍往吊,一哭而殂。京师有对云:"一品头衔让南石;三声肠断失西雍。"意甚诙谐,句尤工巧。

某寺弥勒佛殿有联云:"年年扯空布袋,少米无柴,只剩得大肚宽肠,为告众檀越,信心时将何物布施;日日坐冷山门,接张待李,但见他欢天喜地,试问这头陀,得意处有什么来由。"诙谐语含有禅机,故不嫌其俗。

公牍字义,有不可解者。如:"查",浮木也,今云"查究""查勘",有切实意;"吊",伤也,悯也,今云"吊卷""吊册",有索取意。沿用既久,不知倡者何人,惟一入官场,咸终日营营于此数字中而已。嘉应杨滋圃游幕南阳,作楹联云:"劳形于详验关咨移檄牍;寓目在钦蒙奉准据为承。"阅之无不失笑。今国体既更,公牍文字虽稍变动,然未能尽去旧习也。

宋洪平斋新第后，上史卫王书，自宰相至州县，无不指摭其短。大略云：昔之宰相，端委庙堂，进退百官；今之宰相，招权纳贿，倚势作威而已。凡及一职，必如上式，末俱用"而已"二字。时相怒之，十年不调。洪自作楹联云："未得之乎一字力；只因而已十年闲。"

道光中有两阁臣，一满一汉，皆入值枢廷，最承恩眷。每当召对时，或遇帝谴责，满阁臣惟碰头自谢曰："喳！喳！喳！奴才糊涂。"汉阁臣则流汗悚对曰："是！是！是！主子明鉴。"当时以为妙对。

相传纪文达最喜诙谐。有文士杨玉竹，浼人先容，拟往谒见。或告之曰：纪公颇喜见文人，惟入谒时，切不可作世俗谦退语，苟误犯，必为其揶揄。杨谨诺之。及谒纪，谈甚欢。临别，纪忽问曰："君现寓何处？"杨作谦词曰："小寓在樱桃街。"纪不觉大笑曰："吾向以'潘金莲大闹葡萄架'颇不易对，今'杨玉竹小寓樱桃街'，岂非天然妙对乎？"言次益笑不可抑。

纪文达尝谓天下无论何语，必可求对偶。或曰："'惟女子与小人为难养也'，能寻一对句否？"纪应声曰："有寡妇见鳏夫而欲嫁之。"盖此句亦《四书》注中语也。

某说部载：有人以"池中荷叶鱼儿伞"七字令人作对，一人应声曰："缸角落里砂角菱殻乌龟阿爹木屐。"盖以"池中"对"缸角落里"，"荷叶"对"砂角菱殻"，"鱼儿"对"乌龟阿爹"，"伞"对"木屐"。用意未尝不是，特不计字之多寡，致成此笑柄耳。

一书生与甲乙丙丁四人同席，四人皆不知文墨而喜属对。因倩书生出上联，书生曰："春雨如膏。"甲应声曰："夏雨似馒头。"盖误以"膏"为"糕"也。乙闻之曰："我对'周文王像塌饼'。"盖误"夏雨"为"夏禹"也。丙亦对曰："汉高祖骆驼春卷。"盖又误"像"为"象"也。丁闻之曰："我对'煎馄饨太太偷小粽子'。"盖又误以"汉高祖"为"熯糕的祖宗"，"骆驼春卷"为"落（吴语称私吞钱物曰"落"。）大春卷'"，故对以"煎馄饨太太偷小粽子"也。辗转传讹，愈堪发噱。

某师授两徒，均异常呆笨。一日出五字对云："子华乘肥马。"一徒对曰："太王嗜燻鱼。"盖"太王事獯鬻"之误。一徒对曰："尧舜骑病猪。"盖"尧舜其犹病诸"之误也。闻者莫不为之大笑。

方地山孝廉，尝集戏曲中说白成一联云："我想平儿，平儿不想我。"《打樱桃》戏中语也。对以"恁说石秀，石秀也说恁。"《翠屏山》戏中语也。"恁"字，北音读如"银"。

常州李伯元，自号"南亭亭长"，尝著《官场现形记》，读者咸称赏之。有人作连环对云："南亭亭长"对"中国国民"，"中国国民"对"西洋洋狗"，"西洋洋狗"对"北京京官"。

昔有狂士批评人文字，分为三等，曰："放狗屁，狗放屁，放屁狗。"第一等言人而放狗屁也，第二等言狗不吠而只放屁也，第三等言狗但能放屁，狗中之最贱者也。毒詈恶谑，令人难堪。或言此三语，字同而意各别，颇不易对。自前岁民军起义，人人提倡军国民教育，而编入国民军者尤多。滑稽者曰："'民国军，国民军，军国民'，此非可以对前语乎？"闻者称善，然未免谑而虐矣。

相传苏人有一联云:"大上老君,请大王大吃大菜。"对以"阿弥陀佛,问阿妈阿买阿膏。"凡四"大"字、四"阿"字,音义均不相同,但须以苏音读之,方见其妙耳。

有某都统者,识字无多,致书何秋辇中丞,"辇"字误作"辈"字,函中"究"字又误作"宄"字。何作一联嘲之云:"辇辈同车,夫夫竟作非非想;究宄同盖,九九难将八八除。"

又,有唐某者,留学生而得官者也,致何书称为"秋辇老伯",书中"草菅人命","菅"字又误作"管"。何以前联易其对句嘲之云:"辇辈同车,夫夫竟作非非想;管菅为官,个个多存草草心。"

又,有人将第一联改易数字,尤为刻薄。联云:"辇辈同车,人知其非矣;究宄同盖,君其忘八乎。"文人游戏,心思愈转愈幻,然未免太伤忠厚矣。

某大老风流自赏,曾效新台故事。一日宴客,谈及后辈不能振作,为之咨嗟太息。忽得一句云:"但愿子孙能跨灶。"而苦不得其对。时有狂生在坐,率然曰:"只须祖父莫扒灰。"大老变羞成怒,立驱狂生出门。

又,某甲亦有新台故事,每于广坐中被人讪诮。甲自作一联解嘲云:"我岂愿劳神,只缘小子无能,恐其绝后;人谁不打算,只为老妻故后,省得重婚。"厚颜至此,殆真不足与言矣。

有一县令到任后,贪酷异常,民皆怨之。一日,忽自题署外大门联云:"爱民如子;执法若山。"有滑稽者于夜间续书其后,成一长联云:"爱民如子,牛羊父母,仓廪父母,供为子职而已矣;[1]执法若山,宝藏兴焉,货财殖焉,是岂山之性也哉。[2]"

【1】语本《孟子·万章上》:"父母使舜完廪,捐阶,瞽瞍焚廪。使浚井,出,从而揜之。象曰:'谟盖都君咸我绩。牛羊父

母,仓廪父母,干戈朕,琴朕,弤朕,二嫂使治朕栖。'象往入舜宫,舜在床琴。象曰:'郁陶思君尔。'忸怩。舜曰:'惟兹臣庶,汝其于予治。'不识舜不知象之将杀己与?""公明高以孝子之心,为不若是恝。'我竭力耕田,共为子职而已矣,父母之不我爱,于我何哉?'"

【2】语本《中庸》(第二十六章):"今夫山一卷石之多,及其广大,草木生之,禽兽居之,宝藏兴焉。今夫水,一勺之多,及其不测,鼋鼍、蛟龙、鱼鳖生焉,货财殖焉。"及《孟子·告子上》:"孟子曰:'牛山之木尝美矣,以其郊于大国也,斧斤伐之,可以为美乎?是其日夜之所息,雨露之所润,非无萌蘖之生焉,牛羊又从而牧之,是以若彼濯濯也。人见其濯濯也,以为未尝有材焉。此岂山之性也哉?'"

旗人恒琛,曾任荆州知府,不孚民望,舆论沸腾。有人即其姓氏,戏作一联云:"难乎有,始有,少有,富有,莫不有;来献其,视其,观其,察其,恶在其。"

乾隆庚子岁,西藏活佛到京觐见,住雍和宫,远近僧徒参谒者,日以千计,活佛高坐受之,无少动也。未几以出痘死,好事者戏作挽联云:"渺渺三魂,活佛竟成死鬼;迢迢万里,东来不见西归。"时传为笑柄。

董文恭公有族人某,居京师者,厅事悬一旧人所书联云:"贤者亦乐此;卓尔末由从。"其字甚雄伟,甚珍异之。一日,纪文达偶过其家,诧曰:"此联殆不可挂也。"某诘其故,文达曰:"上联'贤'字,下联'卓'字,非君家遥遥两华胄耶?"某恍然悟,急命撤之。

张明经晴岚,除夕自题门联云:"三间东倒西歪屋;一个千锤百炼人。"盖自矜其贫而有气节也。适有锻铁者，求某名士书门联，某即戏书此二句与之。两家望衡对宇，见者无不失笑，二人亦因此成嫌隙焉。

漳浦赵从谊知独山州，州城极荒凉，衙署尤陋。赵自题楹柱一联云："茅屋三间，坐由我，卧由我；里长一个，左是他，右是他。"

南汇吴省钦，为和珅私人。嘉庆中视学浙江，浙人以其名为联云："少目焉知文字；欠金那得功名。"额曰"倒口便吞"。是年吴又主秋闱，二场题"离为日为火"，误书"日"字为"目"字，于是人又撰句云："少目题中多一目。"而苦无对。比榜发，解元为汤金钊，乃得对云："欠金榜首取双金。"吴之人品固不足取，而学问则颇渊博，联语云云，亦好事者一时之游戏，究非持平之论也。

祈雨求晴，亦迷信之一种。顾历代以来，官场奉行维谨，若谓此即官之尽心于民也。有某县久晴不雨，县宰招致僧道，设坛祈求，而雨师曾不税驾。时人作联云："妖道奸僧，三通鼓喝退风云雷雨；贪官污吏，九顿首求出日月星辰。"

某县令，王其姓、寅其名，性极贪鄙。有夜题其门云："王好货，不论金银铜铁；寅属虎，全需鸡犬牛羊。"

道光初，朝廷诏举孝廉方正，杂流并进，贤者咸羞与为伍。有题某君门云："曾是以为孝，恶能廉；可欺以其方，奚其正。"

闽县义屿乡，正月灯联最盛，每以谚语相嘲戏。有户族某调停某事，众疑其有私，某力辨其无。适赛神作灯联，某即以谚语解嘲焉。其联曰："烛问灯云：靠汝遮光作门面；鼓对锣曰：亏侬空腹受拳头。"

京师有某主事，家中失窃，告官求追。后经讯出，乃其家丁从内作弊。其同乡好事者制一联云："主事何堪为事主；人家切莫信家人。"

王楷堂老于部曹，家计甚窘。宅边马棚，门临大道，门柱悬有一联云："马骨崚嶒，吃豆吃麸兼吃草；车声历碌，拉人拉马不拉钱。"见者无不辗然。

严问樵以会试留京，暇日辄制新曲，付梨园歌之，彼中人多有以师事者。一日，严寿辰，同人戏以"桃李门墙"四字，书匾为祝。严自撰一联云："儒为戏，生旦净丑外副末，呼十门脚色，同拜一堂，重道尊师大排场，看破世情都是戏；学而优，五六工尺上四合，添两字凡乙（平声），共成七调，唱予和汝小伎俩，即论文行己同优。"同人争赏其滑稽，欢宴竟日。

冯定远班，嗜酒，适学使者岁试，扶醉以往，入号即据几酣睡，至放牌闻炮声始醒。《四书》题"今夫弈之为数，小数也"，冯作《弈赋》一篇、经文五篇而出，案发名列六等。冯大书一联于中堂云："五经博士；六等生员。"

某名士死时，自作挽联云："千苦备亲尝，想前生罪业所招，惟求速去；一言将上诉，纵异世遭逢或胜，不愿重来。"

清之季年，各省均设立咨议局，求通民隐。苏省咨议局开幕前，讨论会场礼节，有谓须穿缎套者，有谓只须着方褂、加一大帽者，争辩颇久。及开局，仇副议长提出议案，有禁止雀牌一条，嗣因各议员反对而止。有人集此两事，撰联嘲之曰："雀牌议案不须提，赌鬼颜欢，有教育界、法律家数十人竭力维持，从此空劳禁止；马褂问题何日决，旁观齿冷，费咨议局、筹办处一二日悉心探讨，临时仍复参差。"

上海《中国公报》，出版仅十八天，遽尔停止。编辑部之报告，谓"总理谢君夜分出逃，房内重要器具，悉行携去；办事编辑人等，均未开销；排字印刷，亦欠千余金"等语。玉影戏作挽联云："《民呼》九十号，《民吁》四十号，《中国公报》不过十八天，三报仓皇，逾月同遭凶短折；排字六百圆，印字八百圆，编辑帐房未付一文钱，空房寂寞，总理遽作逍遥游。"

又有挽总理某氏一联云："号召托文明，两三年所为何来，甫成功，即偾事，组织时大伤团体感情，纵不远离难久立；艰辛悲缔造，十八日奄然而逝，内道德，外社会，丧失者不仅个人信用，须知遗累正无穷。"

某处新岁悬一门联云："阳多匪，阴多鬼，我亦尘埃同靡靡，其呼我为牛马乎？唯唯；醉里卧，梦里歌，尔胡冠带犹峨峨，行将尔作牺牲矣！呵呵。"若嬉笑，若怒骂。或言有见之而面红耳热者，请即以移赠，何如？

有某戏班优人，与某西女结成夫妇。完姻时，好事者撰贺联云："运动黑蛮，开通红海；流传黄种，战胜白人。"

某学堂学生与某女士结婚。有人撰一联云："钻研新得殖民地；报告须防旁听生。"又云："作新新中国之伦理；同造造时势的英雄。"

有某统领好养马，草料刷洗之役，稍不周到，即将马夫鞭责,马夫甚苦之。有差官某,山东人,好大言。一日,又见马夫受责,谑之曰:"当马夫须学拍马屁,会者即不致受责矣!"马夫应声曰:"说我不会拍马屁;看你亦是吹牛皮。"闻者叹为妙对。

津妓小桂子,身材短小,或戏呼为"小金豆"。有王莲孙者,颇嬖之,常招令侑觞,酒酣,必呼之曰:"小金豆子,小金豆子。"桂子亦抚王之顶曰:"大脑瓜子,大脑瓜子。"王君固头大如瓜者,花界中曾送以"大脑瓜""大木瓜"之美号,故云。席间某君即其语,成一联云:"桂子小金豆;莲孙大木瓜。"座客皆鼓掌称善。

蜀中差役滋扰,酷于他省。凡窃案呈报后,差役百端需索,择被窃家之邻右殷实无权势者,诬指为窝户,拘押索贿,谓之"贼开花"。曩某典史刻堂联云:"若要子孙能结果;除非贼案不开花。"蜀人传为至言。

一日,某营弁宴客,客为候补员一、巨商一,又挽一幕友作陪。酒酣,清兴大作,约仿某典史联语,各抒所志。营弁首发言曰:"若要军营能结果;除非敌弹不开花。"巨商曰:"若要股金能结果;除非支账不开花。"末至补员,逡巡良久,言曰:"鄙人听鼓频年,得差缺难于蜀道,箧笥间物,类付长生库中,所余惟钿君小衣数袭耳。且晚不奉宪札,且作沟中瘠,何志之足言?"幕友鼓掌起曰:"得之矣,请为捉刀,可乎?"曰:"若要小衣能结果;除非大帽不开花。"

某邑宰贪酷异常,在任一年,囊资颇厚。所生一子,年已弱冠,忽构疾卒,令亦不介意。既而贪黩益甚,为人控于省,遂被撤任。卸篆之日,士民额手欢送之,并赠一联云:"独子身亡天有眼;一年署满地无皮。"令亦不怒,谓士民曰:"公等差矣!兄弟生平,长于生理学,而短于经济学。幸到贵邑,以一儿子而换数十百千之银子，何乐而不为。"闻者咸嗤之以鼻。

挽联有极可笑者，前已纪之。兹又得某君有挽嫖界中人一联云："得一天过一天，纵教国破种亡，管他做甚；嫖几个算几个，但愿夜阑人静，好自为之。"上款书"嫖学会诸君灵鉴"，下款书"中国有心人泣挽"。

某太史游戏三昧，每出语，一座绝倒。曾有戏拟挽某封翁一联云："笑书生有卵用，凡秀才、举人、进士、翰林诸通品，都愧勿如。始为千总，继陞游击，终封内阁中书，前武达，后文通。尤赖大儿子多才，钻狗洞，进衙门，唤灵了劣保刁差，下手便倾家，知县俨然居本地；做董事真头挑，算伯太、书之、缄翁、价老数巨绅，难比其阔。晋阶二品，积财廿万，享年七十有二，坏良心，生发背。可叹老太爷抱病，做好事，请郎中，枉费尽金银财宝，有钱难买命，阎王到底不容情。"以俗语联络成文，颇能自然，惟所用事实，阅者无由得知，但赏其滑稽满纸而已。

某老儒境遇奇窘，愤激之极，转作滑稽语以自遣。尝有自挽联云："这回吃亏受苦，都因入孔氏圈中，坐冷板凳，做老猢狲，只说限期易满，竟挨到头童齿豁，两袖俱空，书呆子真可怜矣；此去喜地欢天，必须到孟婆庄外，赏剑树花，观刀山瀑，可称眼界大开，再和些酒鬼诗魔，一尊常聚，南面王无以易之。"其滑稽可爱，其风趣尤可想也。

某甲向操管子女闾之业，积造孽钱甚丰。晚年弃其业，经营田宅，居然富家规模；且喜谬附风雅，以掩其丑行，人多窃笑之。既而甲卒，其子孙遍乞当代名人挽章。某文士或赠以联云："大可伤心，此老竟无千岁寿；何以报德，从今不画四灵图。"见者大噱。

徐某督学粤东，所取士皆少年美貌之流，因之不理于众口，一诗一谜，已倩管城子记之矣。兹又闻人传述一联云："尔小子整整齐齐，或薰香，或抹粉，或涂脂，三千人巧作嫦娥，好似西施同入越；这老瞎颠颠倒倒，不论文，不通情，不讲礼，十八省几多学士，如何东粤独来徐。"以郑重衡文之典，而竟以貌取人，宜乎士论之不平也。

崇川潘某，幼随父宦京师，弱冠成翰林，意得甚。旋里后，集诸少年为征逐游，甚至登场演剧。有人嘲以联云："京调唱昆腔，这翰林另有班子；斯文更曲谱，那秀才好个优生。"

直隶正定府属十四州县，好事者各缀二字，曰正定将军、行唐使者、元氏夫人、阜平老人、晋州客人、获鹿道人、井陉童子、灵寿仙官、赞皇丞相、无极大帝、平山大王、栾城公子、新乐公主、藁城草寇，如小说书中之绰号然。山左戴紫垣戏集成一联云："公子何翩翩也，喜仙官暗系赤绳，于是夫人议婚，老人主盟，彼童子无知，但凭使者行媒，聘定藏娇公主；大帝其巍巍乎，赖丞相借箸玉箸，因而客人享利，道人服教，虽草寇窃发，可卜将军报捷，削平恃险大王。"

乾隆间，简玉亭吏部昌璘，饮于柯给事瑾宅，为子约婚，托柯为媒，而柯嫌其礼物率略，笑曰："居简而行简。"[1]简以手指柯曰："执柯以伐柯。"[2]一坐辘然。

【1】语出《论语·雍也》："仲弓曰：'居敬而行简，以临其民，不亦可乎？居简而行简，无乃大简乎？'子曰：'雍之言然。'"

【2】语出《中庸》："《诗》云：'伐柯伐柯，其则不远。'执柯以伐柯，睨而视之，犹以为远。"

休宁县大道旁茶亭联云："南南北北，总须历此门头，且望断铁关限，备夏水冬汤，应接过去现在未来三世诸佛上天下地；东东西西，那许瞒了脚跟，试竖起金刚拳，击晨钟暮鼓，唤醒眼耳鼻舌身意六道众生吃饭穿衣。"是盖于游戏中含有禅理者。

有彭某者，某科传胪也。其父曾开鞋铺，颇不为乡里所尊敬。某年彭中进士，题为"子张问行"一章，中有云："绅之旁从申。"其乡人戏撰一联云："绅旁从申，五经无双许祭酒；鞋铺有子，二甲第一彭传胪。"

某茂才风流跌宕，尤长于诗词，既而因案牵涉，致被详革秀才。某因纳银十余两，捐一监生。元旦戏署于门云："秀而不实；监亦有光。"

某科进士朱履申，盖取《诗经》"福履绥之，福履申之"之意。一友戏之曰："'朱履申'可对'绿帽子'。"朱怒其谑，既而易以"朱冕孙"三字，友曰："仍可对'绿帽子'。"

某太守恃才傲物，同寅皆忌嫉之。会以卓异保荐入都，谒见某显者。显者鄙其家世微贱，因目之曰："之子骍且角。"太守应声曰："其人赤而毛。"盖显者面赤而满嘴胡须，故还谑之也。

贡院旧有联云："号列东西，两道文光齐射斗；帘分内外，一毫关节不通风。"或减数字，移用武闱云："号列东西，两道齐射；帘分内外，一毫不通。"盖武闱亦有内帘，为默写《武经》一场设也。

陈宝箴任湖南巡抚时，于幕友熊某，言听计从，颇为信任。

嫉之者戏撰一联云："四足不行，试问有何能干；一耳偏听，是个什么东西。"以姓为谑，巧不可阶。

江标视学湖南，提倡新学，不遗余力。观《沅湘通艺录》所选，无一非新颖之文。湖南之开风气，江与有力焉。顾甚不为守旧者所喜。时有一联云："作文不求工，只要进得水多，从此江河将日下；买学须现票，净是挑些木偶，任他标榜自风行。"

龚照屿行六，某年六十生日，有人献一联云："庆六旬寿，称六太爷，又逢六月六日良辰，不料张六先生，面目森严，口称六哥还旅顺；坐三年牢，陪三次斩，赢得三代三品封典，可怜达三故友，头颅冤枉，心伤三字赴泉台。"

清德宗朝，刚毅赴江苏搜括民财，上下皆怨之。王剑云撰一联云："保甲为当务之急，定要先裁，加厘金于廿九卡中，出新花头，未免刚愎自用；督销乃食盐而肥，岂容中饱，拨赈款抽六十万足，敲大竹杠，居然毅力能坚。"

清宗室双富，别号士卿，官至某省监司，以贪墨褫职。某太史尝集联嘲之云："士为知己；卿本佳人。"上句"士为知己者死"，咒诅之词也；下句用《北史》"卿本佳人，何为从贼"，詈其为匪党也。

某家新婚，滑稽者衣冠往贺，俟新郎行亲迎礼，潜至新房中，悬一谑联，人皆未及留意。入夜宾客麕集，始见之。联云："有妇人焉，椒椒然强而后可；彼丈夫也，洋洋乎欲罢不能。"

苏州于清之季年设师范传习所，以位置寒俊。授课分日、夜两班，其经费以三首县宾兴款拨充，总其事者为王太史、章主政。苏人有作联嘲之者云："传习所，栖流所，日夜两班，各得其所；王胜之，章式之，宾兴一款，分而食之。"按：苏城栖流所施给粥饭，亦分日、夜两班，联故以此谑之也。

某雉妓求客撰房中楹联，客转求诸某文士。文士为集宋玉《高唐赋》及《史记·陈涉世家》语成联云："朝行云，暮行雨；雌者霸，雄者王。"

沪上九华楼初开张时，凌晨必有三客联袂入座，风雨无间。三客为都转汤某、殿撰张某，一部曹未详其姓。三人在寓所共纂一书，以攘书坊之利，饮啖皆取偿焉。某君题其壁曰："三通考辑要；九华楼包房。"

京师各店往往合开，非拥厚资，鲜能独张门面也。某年元旦，某姓门上黏春联一副，其句为："帝德乾坤大；皇恩雨露深。"此联固习见不鲜，然谛观左邻为荷包铺，右为烟馆，南方称"荷包"为"袋"，而"乾坤袋"见于小说；至"雨露"二字含"清膏"之意，见者无不叹为切当。

又，某处马房门联云："老骥伏枥；流莺比邻。"盖是处左近皆系妓院，故云。

某君与某寺僧订方外交。夏日尝诣方丈围棋，弈毕，僧出一联云："揭谛揭谛，波罗揭谛。"某君应声曰："小生小生，我是小生。"对语盖用《十八扯》戏剧中说白也。两人口气，甚为吻合，闻者无不轩渠。

某县令素有惧内之名，外人皆妆点其词，以为笑柄。一日，与一秀才同席，令出联云："天不怕，地不怕，就是老婆也不怕。"秀才应声对曰："杀何妨，剐何妨，即使岁考又何妨。"

某生某年科考，得一陪优；某年乡试，又中副车。同人戏撰一联云："真得意居然两榜；好伤心都是半边。"

某科某省正主试，清之宗室也，两目如盲，素不辨文字优劣。凡房考荐卷，皆束置一旁，并不评阅。填榜日，随意抽取，及额而止。有人赠以联云："尔多士论运不论文，碰；我老子用手非用眼，抽。"末一字脱口如生，传神妙笔。

某科某省乡试正主考，仁和许姓，文理不通，而好师心自用；每中一卷，副主考辄与之断断辩论，许不服也。副主考因集一联嘲之云："天之将丧斯文也；吾其能与许争乎。"[1]

【1】语出《论语·子罕》："子畏于匡。曰：'文王既没，文不在兹乎？天之将丧斯文也，后死者，不得与于斯文也；天之未丧斯文也，匡人其如予何？'"《左传·隐公十一年》："夫许，大岳之胤也。天而既厌周德矣，吾其能与许争乎？"

广东各乡皆有公局，管理钱债、斗殴、口角等事，实操地方自治之权。无如绅董皆虎而冠者，遇事尤多武断。或坼"公局"二字戏撰为联云："八面威风，转个湾私心一点；尸居馀气，钩入去有口难言。"

湖北夏口厅胡慈圃，颇不理于人口。有人戏撰一联云："兹有心为生民害；甫开口非仁者言。"额曰"古月朦胧"。

陆某昆季，浙江某处学堂之走狗也。一终年患肺疾，面赤如喂血；一捐纳六品顶戴，时时夸耀于人。或戏赠以联云："红面轧红人，装就狗形拍马屁；白丁戴白顶，居然蛋壳罩龟头。"

金陵蔡某，暴发户也。尝辟园囿，遍植长松，名曰"松庄"。落成后，以巨金乞某名士撰楹联。名士戏集二语云："臧文仲居蔡；夏后氏以松。"见者辄笑不可抑。

某厂主以承修工程致富，报捐某省通判。归家后，以部照炫示其妻，相与展视。妾从旁睨之曰："我道是什么宝贝，原来是一张小小皮纸。"又，某大令与某观察同时领凭到省，后又同当一差，观察素讲体制，如"大人明鉴""卑职下情"等语言，稍如不合即大怒。滑稽者即两事戏撰一联云："什么大人，同是一张皮纸；可怜卑职，只少几两纹银。"

又，有人戏作捐局联云："发售各项功名，九品起码；拣选道地顶子，五色俱全。"

某狂生自诩奇才，目空一切，尝撰联悬斋壁云："大江南北无其偶；明月中间著此身。"意盖一夸其宏大，一表其高洁也。善谑者见之，大笑曰："此公何深自谦抑哉！"人问其故，答曰："上句非明明言'龟'，下句非明明言'兔'耶？"狂生闻之，遂撤其联。

某大员素以精于理财自负，官某省巡抚时，以经费支绌，创办妓女捐，分别上、中、下三等征费，凡妓院纳捐者，得受官厅保护。每月所收捐款，名为办理地方要政，实则大半饱私囊耳。有嘲以联者云："大中丞借花献佛；小女子为国捐躯。"

赠妓联，往往嵌妓名于联中，以示工巧。其中风华典雅者固多，然亦有勉强凑成、可发一笑者。如赠宝文联云："无事不登三宝殿；再来不值半文钱。"盖此客与妓初甚情爱，后缘他事与绝故云。又有妓名"小英"者，客作嵌字联赠云："此处不准小便；本店兑换英洋。"语虽粗俗，然颇有寓意。

一人浑名"四木头",盖比于《石头记》之"二木头"也。少时极寒素,既富,则高其闬闳,厚其墙垣,并乞某生为撰门联,以壮观瞻。生书二语与之云:"黍稷稻粱歌岁稔;椅桐梓漆庆年丰。"其人欣然,悬之中堂。有识者笑曰:"尔为某生所嘲弄矣!"问其故,曰:"上句盖诮汝为杂种,下句则明明言四木头也。"

卷　下

某省某科乡试，正主考陈姓，抱病入闱，携其弟入代阅卷。副主考杨某，曾两任主试，有贿买关节情事。撤棘后，有人集《四书》句谑之云："陈良之徒与其弟；杨氏为我是无君。"

士子赴京会试，边远之省，距京数千里，既苦跋涉，盘费尤不赀，故深以为累。某君在场内，作联自嘲云："四千里盘费花销，故里喜遄归，亏我此番熬过去；十三篇文章草率，今朝休盼望，请君下次早些来。"

某大令面如漆，人以"黑兄"呼之，大令亦嗷然应也。每出必携一犬，遇宴会，犬伺于旁，大令食，犬亦食。一日，大令穿羊皮外褂，赴某姓家致唁。或作一联嘲之云："黄犬作青衣，席上一呼，舞爪张牙惊客座；黑兄穿白套，灵前三叩，摇头摆尾入官厅。"

王文韶谨慎小心，为数十年承平宰相。其卒也，亲知所赠挽联，多颂德感恩之作。有与王不合者，戏作联云："承尘集鹡，耳聋闻牛，聪明不愧玻璃，速死毋成覆巢卵；鹿友乘轩，猿公恋栈，相业维堪伴食，攀髯去作素餐臣。"盖因王素有"玻璃蛋"之雅号，而其骑箕之日，去德宗升遐未久也。

广东学政徐某，按临各郡，不问文字优劣，但择年少貌美者取进，粤人多撰诗文联语讥之，已备载前卷。兹又得一联云：

"有成德者，有达材者，姑舍是；巧笑倩兮，美目盼兮，故进之。"亦可见当时粤人之口碑矣。

王某由同知官至臬司，精于会计。在任时创办粪捐，繁苛琐屑，人皆怨之。或献以联云："王司马，王观察，王廉访，平升三级；一条弄，一只船，一坑粪，遗臭万年。"

苏州吴某好大言，巡抚湖南时，开一"求贤馆"，绝无应者，盖阳招而阴拒之也。甲午中东之役，自告奋勇，以钦差大臣督师平壤，未临阵，兵已哗溃。湘人作联嘲之云："求贤馆少三千客；拜将台多五六公。"楚谚"五六公"，谓逃亡走失也。

某省臬司王仁骥，素好媚神而性甚鄙吝。臬署辕门外向有"李真人祠"，朔望必衣冠拈香，面谕庙祝：凡民间有到祠求签者，每签须索四文。至晚交入内署，手自检点，若缺一签，勒令庙祝照赔。其苛刻若是，人皆以"王叫化"呼之。一日入祠瞻拜，见有一联云："叫化叫化王叫化；真人真人李真人。"虽怒之，无如何也。未几，以贪墨去官。

海阳文风陋恶，每届童试，笑柄甚多。如以"子贱"为"鲁大夫"、"令尹"为"楚小吏"之类，不一而足。阅卷者亦无从挑剔也。某君以此二事戏成一联云："令尹降职楚小吏；子贱诰封鲁大夫。"

粤秀山五层楼中，合祀文昌、关帝。有联曰："万千劫危楼尚存，问谁摘斗摩天，目空今古；五百年故侯安在，使我倚阑抚剑，泪洒英雄。"有人戏套此联以赠烟友云："四五分烟滓尚存，看渠挖斗扒灰，口谈今古；二三吊铜钱安在，悯彼倚床对火，泪洒英雄。"

皖垣城隍庙有联云："任凭尔无法无天，到此孽镜悬时，还有胆否；须知我能宽能恕，且把屠刀放下，回转头来。"有仿其格赠开烟馆者云："任凭尔能说能行，到此大瘾发时，还有力否；须知我不赊不欠，且把长枪放下，快数钱来。"

某君独饮酒楼而隔座客甚众，嘈杂厌人，且有因琐事而互相争闹者。因就"妻太聪明夫太怪"一联戏改之云："一盘两碟之微，主太从容宾太急；四友三朋而外，人何寥落狗何多。"述之于人，无不大噱。

杭州府属钱塘、仁和两县，皆繁缺也。某年令钱塘者为熊姓，令仁和者为卞姓。熊善奔竞，卞尤贪墨。杭人就其姓作联嘲之云："能者多劳，奔断四条腿骨；下流忘返，难保一个头颅。"

广东香山县令，姓柴，号正庭，到任逾年，不理众口。一日，有人黏一联于大门云："山本名香，何期野芷蔓延，翻使香山成臭地；岭原似铁，只为干柴焰烈，可怜铁岭变飞灰。""铁岭"者，盖香山县之别名也。

某巨公治一园林，极幽邃。落成之日，招诸名士入园游览，并请分题联额。至一斗室，装潢尤精雅，巨公曰："此我憩息所也，上联可用成句曰：'山重水复疑无路。'[1]与此境颇合。"某名士口虽唯唯，而踌躇不得其对，适见小童捧烟具入，忽有所悟，遽曰："可对'烟消日出不见人'[2]。"巨公莞然。

【1】句出陆游《游山西村》诗："山重水复疑无路，柳暗花明又一村。"

【2】句出柳宗元《渔翁》诗："烟销日出不见人，欸乃一声山水绿。"

各处鸦片烟馆，无不簾幌深沉，盖防风之侵入也。某君为集旧句成一联云："重簾不捲留香久；短笛无腔信口吹。"凡曾入烟室者读此联，其情形犹如在目前也。

有集杜少陵句贺新婚者云："临风玉树茑萝上；承露金茎霄汉间。"[1]细细咀嚼之，无不哑然失笑，而下联尤耐寻味。
【1】现古诗词文献中未见"临风玉树茑萝上"句。杜甫《饮中八仙歌》有诗句："宗之潇洒美少年，举觞白眼望青天，皎如玉树临风前。"《秋兴八首》（其五）有诗句："蓬莱宫阙对南山，承露金茎霄汉间。"

桐城某君薄游金陵，昵一雏妓，彼此情意甚洽，奈鸨母欲壑难填，不能魂消真个。爰集《四子》句成一联云："今有璞玉于此；我岂匏瓜也哉。"意甚含蓄，令人忍俊不禁。

清光绪初，粤省总督为毛某，巡抚则郭某也，日以聚敛为事，民怨沸腾。值丁祭日，各官咸集，大成殿上忽发现一联云："人肉食完，莫辨虎豹犬羊之鞹；地皮铲尽，何有涧溪沼沚之毛。"郭虽震怒，然终莫得撰联者之主名也。

梁鼎芬任湖北汉阳府时，办理警政，不洽舆情，曾相率罢市者数日。或制联赠之云："一目不明，开口便成两片；草头割断，此身应受八刀。"语出游戏，虽不足为定评，然人言亦大可畏矣。

某大员素贪鄙，岁暮，嘱其记室某，改撰各处新楹联。记室于果品仓书"王戎李核；童贯梅仁"[1]八字黏之。大员见而盛怒，立命撤去，然语已遍传于外矣。
【1】南朝宋刘义庆《世说新语·俭啬》："王戎有好李，卖之

恐人得其种，恒钻其核。"此亦成语"卖李钻核"所本。丁传靖辑《宋人轶事汇编》："王仲嶷，字丰父……童贯时方用事，贯苦脚气。或云杨梅仁可疗是疾，丰父衷五十石以献之。"梅仁又谐音"没仁"。

粤抚派某赴日本为留学生监督。行抵横滨，适因取缔留学生事大起风潮，遂逗留横滨不进。有人赠以联云："纯盗虚声无实学；昌言公益饱私囊。"又云："东游原盛事，自称大帅假威权，身列附生，毒同生附；南海本多才，何物房书作代表，名为班长，实是长班。"按：第一联为近今数十年办事者之通病，固不独某为然也。第二联有事实可指，不能易之他人，特非局外者不易得其真相耳。

浙中某绅寿诞日，有候补人员蒋、杨二姓，登堂祝贺。蒋之诨号曰"蒋干"，杨之诨号曰"杨波"。席间彼此互嘲，竟至用武。佐杂某从中排解无效，至于下跪。或作联嘲之云："渡江定计，保国居忠，编成一部梨园，始信官场原是戏；上客挥拳，下僚屈膝，推倒两行画烛，从今海屋怕添筹。"

一贪墨吏任用丁役为爪牙，搜括民财，敲脂剥髓，不数年囊橐充盈，腰缠十万矣。民间恨之若仇，或呼为"中山狼"，或詈为"负隅虎"。某吏闻之，贪横如故。一日，有人赠以一联，展视之，则集《四书》语云："比而得禽兽；视君如寇雠。"[1]

【1】语出《孟子·滕文公下》："御者且羞与射者比；比而得禽兽，虽若丘陵，弗为也。"《孟子·离娄下》："孟子告齐宣王曰：'君之视臣如手足，则臣视君如腹心；君之视臣如犬马，则臣视君如国人；君之视臣如土芥，则臣视君如寇雠。'"

甲、乙、丙三人，行经某县署，见大门悬一联云："眼前皆赤子；头上有青天。"甲曰："此联尚须换却两字，曰：'眼前皆赤地；头上有黑天。'似较确切。"乙曰："仆则拟改：'腹中皆白字；头上有黄金。'可为若辈捐纳得官者写照否？"丙曰："仆所改为：'手中持白刃；头上戴红缨。'质之二君，以为何如？"相与鼓掌而散。

清嘉庆年间，大考翰林。有已开坊，因名在三等，改部曹者三人，惟白小山镕得免。内有彭宝臣，亦改部郎，后于乙丑年大魁天下。王楷堂为作一对云："三等状元，苦矣老聃辞柱下；五人郎署，危哉小白射钩边。"[1]

[1]《史记·老子列传》："老子者，……字聃，周守藏室之史也。……居周久之，见周之衰，乃遂去。"《史记索引》说："藏室史乃周藏书室之史""老聃为柱下史"。《史记·齐太公世家》："及雍林人杀无知，议立君，高、国先阴召小白于莒。鲁闻无知死，亦发兵送公子纠，而使管仲别将兵遮莒道，射中小白带钩。小白详死，管仲使人驰报鲁。鲁送纠者行益迟，六日至齐，则小白已入，高傒立之，是为桓公。"

清光绪庚子之变，两宫逃至西安，行在三大臣，一跛足，一歪头，一重听。在御前议事时，大堪发噱。后歪头者亦患耳聋，故三人之言，只一人听得也。跛者指手画脚，务欲使人听见，故尤费力。重听者只拱手不语，绝似戏场中并无口白之剧。谑者成一联悬云："俨然铁拐仙临凡，对影相怜，只是扭头摆脚；何怕克虏伯发响，瞠目不语，竟能化灰成烟。"按：所谓三大臣，盖指王文韶、鹿传霖、荣禄也。

正阳关督销总办徐某，到差二年，败坏淮北盐务，至不可收拾，商民怨之。有人潜以一联张于督销局照壁上云："骗湖贩，欺豫商，苟钱店，虐盐行，弥补饱贪狼，教他荡产倾家，方信老天还有眼；侵学款，败公益，假工厂，废恤局，搜罗穷穴鼠，任意吸脂敲骨，可怜引地已无皮。"

许贞干，字豫生，官场中能员也。既而因事降职。某君撰联嘲之云："权臬篆，两馆蹉纲，看如许头衔，作福作威，贞干以前真能干；降同知，再任县丞，竟倒持手版，愈趋愈下，豫生从此不聊生。"

清季外部某侍郎，有烟霞癖，兼之后房粉黛如云，疲于奔命，以致年甫五旬，真阴内戕，极畏寒冷，春夏天时和暖，犹非三裤不办。三裤者，一绒、一丝棉、一皮，重叠穿之，状殊臃肿，故时有"三裤大臣"之谑。或撰联赠之云："三裤大臣，依稀大泽羊裘，生怕热中来热客；一官小隐，预备小屏低榻，消磨清福吸清膏。"

某君深恶麻雀之戏，有劝以入局者，辄作陶士行语却之。一日因事外出，其侄广邀狎友，大开雀场。某君之友知之，手书楹联一副送往；某君归而展视，书法甚佳，喜而悬之书室。其联语为："四野桑麻春雨足；一庭鸟雀落花闲。"[1]他日，又有他友过之，熟视联语良久，谓某君曰："府上素不作雀戏，何联中明明嵌有'麻雀'二字乎？"某君细叩家中人，始知其侄果有此事，乃命撤去其联。

【1】语本宋吴渊《横碧堂》诗："半城杨柳春风满，四野桑麻雨露深。"明林弼《赠温县尹》（其一）诗："双溪水绕新县绿，溪上桑麻春雨足。"明李之世《题叶·溪隐居》诗："密筱丛篁三径合，落花啼鸟一庭闲。"明郭谏臣《病中口号》诗："一庭修竹红尘远，竟日唯闻鸟雀声。"南宋黄庚《春游次王修竹监簿韵》诗："春水断桥芳草碧，晓风啼鸟落花闲。"

广东、香港等处，向有奸商开办小闱姓，承缴赌饷，官吏利其资，允为保护。惟此种赌博，害人最剧，舆论无不反对之，故开禁未久，旋即停止。滑稽者戏拟小闱姓挽联二副，一云："白鸽竟登仙，天开地辟人生，一卷文书随火化；黑驴今失道，西盛南昌东利，三间厂屋被云封。"又云："君原八十位化身，忽然雁杳鱼沉，何日转轮重出世；客有四方墟托足，能不狐悲兔死，一朝结果亦归天。"

胡廷干罢官后，逗留某省，寓中失窃计三万金，当报地方官请缉。与胡有隙者，戏拟联额为赠，额云"胡不归"，联曰："辜负朝廷，纵使摩顶捐躯，难报万分之一；有何才干，只因热中媚外，酿成二月初三。"

某国方言称妓为"绵羊妇"，又华谚谓随母转嫁之女曰"拖油瓶"。某星使所娶夫人，系绵羊妇出身，而女公子则拖油瓶也。有人作一谑联云："绵羊妇亲递国书，士族裂眥华族笑；油瓶女欢迎使馆，伊郎沉醉桂郎醒。"所谓"伊郎""桂郎"，为某国之贵胄，而女公子之腻友也，然一醉一醒，其情景大可思矣。

"大雨沉沉，二沈伸头不出"一联，已纪于前。有事更巧而语更切者，客言：卞雅堂太守镌职家居，流连文酒，有二友雨中过访，互作谐谈。一友沈姓行二，旁有某君戏拈旧联为谑云："大雨沉沉，沈二缩头不出。"沈大窘，无以应。卞曰："我为代对何如？"即云："居官下下，卞三革顶而回。"众大噱，此与"狂风阵阵，两陈摇尾不开"之原联，似较俊妙也。

吴谚称人之蓝缕者曰"瘪衫码子"，其义殊不可解，亦不知果是此二字否也。或曰："瘪衫者，状其伛偻之形。"恐亦近于臆说。顾此二字之为社会所忌，则吴中到处皆然矣。苏闻某酒肆落成,请人题联,某君书"金樽酒满;碧山人来"为联,张诸壁间。沽饮者见之,哗然曰:"'碧山人来'者,'瘪衫人来'也,殆以为酒客皆瘪衫码子耶?吾辈不能任其揶揄也。"于是相戒裹足不前,未一月而肆闭。

荣文忠之薨逝也[1],哀挽之联,多于束笋,大抵皆歌颂功德之词。独有一联云:"天外尚有康梁[2],问此老全归,纵使笔底千言,几时论定;地下若逢刚启[3],话当年同事,只为腰缠万贯,一步来迟。"上联颇见滑稽之妙。

[1] 荣禄,字仲华,谥文忠;晚清大臣,在戊戌变法、己亥建储、庚子国变等晚清政治事件中扮演复杂角色。其女幼兰,是清逊帝溥仪的生母。

[2] 康梁,康有为和梁启超,二人为戊戌变法(又称"百日维新")领袖。

[3] 刚启,刚毅和启秀,均为晚清大臣,前者舆论谓之"搜刮大王"。

某君喜作谐语。尝遇友人于道,询以何往,曰:"闲行两三步耳。"已而遇之市上,距前谈话处,已二里许矣。讶而诘之,友曰:"此所谓逢人只说三分话也。"有顷,见友人寺烧香,某君戏语之曰:"我有一佳联赠君,曰:'逢人只说三分话;作恶空烧万炷香。'"友为喔噱不已。

相传清高宗南巡时,乘舆过通州,出联云:"南通州,北通州,南北通州通南北。"扈从诸大臣相顾不能对,纪晓岚独口奏云:"东当铺,西当铺,东西当铺当东西。"

客述涿州客店壁间有一联云:"为丛驱爵渊驱鱼,要保家须低头入教;不北走胡南走越,想发财当解组经商。"[1]若嘲若讽,慨乎言之，亦滑稽骂世之文也。

【1】联语上句，分别本《孟子·离娄上》："故为渊驱鱼者，獭也；为丛驱爵者，鹯也；为汤武驱民者，桀与纣也。"及《史记·季布栾布列传》："今上始得天下，独以己之私怨求一人，何示天下之不广也！且以季布之贤而汉求之急如此，此不北走胡即南走越耳。"

近年来鸦片烟、叉麻雀、打野鸡，最为上海社会所通行，游沪者无不沾染其习。有迂拘子偶谈及此，不觉欷歔叹息。既而微吟曰："三鸟害人鸦雀雉。"颇不易对。旁首轻薄者遽曰："四灵除尔凤麟龙。"

崔额驸之弟，尝居京师。一日，与王侍郎之子同谒一贵人。贵人方问姓名，王代崔答曰："崔驸马之弟，乃兄驸马，此为驸驴。"崔怒其轻薄，亦代王答曰："王侍狼之儿，伊父侍狼，兹殆侍狗。"

三六桥都护名多，满洲才子也。尝游上海，欲访友于三多里，逢人辄问。或嘲之曰："三多不识三多里。"苦未有对。适某君自京师来，爰足成下联云："百顺胡同百顺班。"可云巧合。

"想九宵"为伶人田际云之诨号，某名士深恶之。一日，同人聚谈，有誉及田伶演剧之种种佳妙，某名士忽然曰："'想九宵'真是'忘八旦'。"同人抚掌曰："妙对！妙对！"

"抓痒"者，某富室之小婢名也。婢甚聪慧，为主人爬搔背痒，无不如意，故名以示爱焉。狂生某为富室司会计，一日见抓痒于园内，艳其色，以言挑之，勿言亦勿拒。因谑之曰："痒痒抓抓，抓抓痒痒，越痒越抓，越抓越痒，怎医得我心坎儿上痒。"

婢若喻其意，因答之曰："生生死死，死死生生，先生先死，先死先生，却原来是饿鬼道中生。"狂生闻之，一笑而已。

一字数音，前已见太上老君一联。闻翁二铭学士亦有联云"孙行者挑行李上太行山"，罗茗香对以"服不氏穿不借走华不注"[1]，可与前联同一工巧。

【1】服不氏，《周礼·夏官》大司马之属，掌驯养猛兽及赞佐射仪。不借，粗麻鞋、草鞋。华不注山，又名华山、金舆山，在山东济南市东北角，位于黄河以南、小清河以北。此山为历史名山，古称"华不（fū）注"，取名于《诗经·小雅·棠棣》："棠棣之华，鄂不韡韡。"《山东通志》释"华不注"："喻此山孤秀，如华树之注于水者然。"

应宝时以举人入李合肥幕，历得优保，仕至江苏藩司。平日自高崖岸，动以圣贤礼法绳人，人亦道学目之。或言其微时，酷喜作狭邪游，兼嗜赌博，实闾巷间一无赖也。有作联嘲之者云："也受贿，也爱嫖，一跃龙门，翻转面皮谈道学；不知县，不知府，七临虎阜，全凭手脚署藩司。"

某科广东乡试，正主考刘福姚、副主考萨廉，监临则巡抚许振祎、总督谭钟麟也。榜发后，以所取闱墨不洽于士论。被黜者撰为联语云："公刘好货，菩萨低眉，六万两特放优差，广东被害；少许胜人，空谭误国，八十名循行故事，投北难宽。"

元和江建霞在京师日，新营一马厩，拟题一联于门，上句为"群空冀北"，已书就矣，久思不得其偶，遂漫书曰"家在江南"。或谑之曰："家在江南者，马之家耶？君之家耶？抑马与君可混合为一耶？"相与大笑。

某君以名孝廉出宰某县，迂拘忤世，遂辞职京居，四壁萧然，自甘淡泊。除夕自撰一联云："放千枝爆竹，把穷鬼轰开，数年来被这小奴才扰累俺一双空手；烧三炷高香，将财神请进，从今后愿你老夫子保佑我十万缠腰。"

某君以资郎入仕，家境富饶，而性甚悭吝，衣履故作寒酸态，恐人之暴其富名也。岁杪例换新联，乞某名士书一大门联语。某名士以"未若贫而乐；谁能出不由"[1]二语与之，过者皆窃笑。盖联末暗藏"富户"二字也。欲讳富而反令以"富户"皇然张之于门，亦可谓恶作剧矣。

【1】语本《论语·学而》："子贡曰：'贫而无谄，富而无骄，何如？'子曰：'可也。未若贫而乐、富而好礼者也。'"及《论语·雍也》："子曰：'谁能出不由户？何莫由斯道也！'"

薛慰农掌教金陵某书院时，偶作《白门新柳记》一书；风流韵事，本无关政要也。当事李公雨亭，以此书为风流罪魁，爰毁其板，致于书院扃试之时，各肆讥弹，一则命题"劝农词"，一则命题"仿喜雨亭记"，文字嫌隙，因此益深。白门人士戏撰一联云："喜雨亭记，劝农夫词，官场与词场，互肆讥评果谁是；绛帐生徒，白门杨柳，风流本风雅，偶然游戏亦何妨。"

合肥某巨公，李文忠之中表兄弟也。粤匪之乱，以诸生随营效力，累得优保，仕至苏州巡抚。适学政某丁艰，照例兼摄学篆，考正谊书院日，用学政仪仗，坐暖阁点名，士林多非笑之。又一日，招紫阳、正谊两书院山长宴饮，因争座位，各不相下。有人戏就此事成一联云："山长骂山长，正谊山长，紫阳山长，人各长其长；秀才考秀才，庐州秀才，苏州秀才，未知才不才。"

某令因公赴一乡村，憩于僧寺中。方入门，主僧已半酣矣，因前曰:"长官可同饮三杯否?"令怒叱之去,而僧犹哓哓不已,曰:"偶有佳酿,同饮三杯何妨?"令怒甚,饬曳出,枷示于门外,援笔于枷之左右成一联云:"谈何容易,邀下官同饮三杯;礼尚往来,请上人独吃一枷。"

某医喜属对,会隆冬大雪,出为某翁治疾。翁子,诸生也,待其立方既讫,因吟曰:"大地不分南北,遍洒梅花。"医应声曰:"小妾那件东西,倒悬药碾。"

刘武慎督直时,考试属官,有某大令文中用"鸡鸣狗吠"等字,"狗"字写作"蒟","鸡(雞)"字写作"雞"。时人集成一对云:"狗戴草帽;鸡穿钉鞋。"虽谑语,然亦工整。

《敝帚斋馀谈》云:己丑岁,三吴大旱。吴江令赵瑞明,命主簿入乡勘荒。至某村,投宿于车溪寺。寺僧有名"传衣"者,见门役而悦之,诱与为欢。门役憎其空手,绐之曰:"吾榻设在南厢。汝俟漏下,来就可也。"僧诺而去。役即说主簿曰:"后窗虽邃而湿。吾当移于彼处。请公卧南厢,以纳凉爽。"主簿喜从之。比夜饮潦倒就枕,更深后,传衣洪醉入室,迫床抚尻,乘锐深捣。主簿梦中受创,大声疾呼,其声四彻,传衣惊而狂奔。诸阇黎皆起。主簿大怒,谓:"何物铁锥刺吾肠?"执絷群髡,将诉之令,毁寺治罪。髡震惧乞哀,尽出所蓄,不足则以粟补之。主簿满载而归,赵令已先知其事,迎笑曰:"三长官暮年能以后庭博多金,可贺也。"簿不禁羞恶,叩首而已。吴江人因作联曰:"老主簿巧献屯田,荒岁供粮加倍入;痴和尚误钻库穴,祖传衣钵尽情抛。"盖以"屯"为"臀"、以"库"为"裤"也。

《后村诗话》云:高文虎作《西湖放生池记》,以"鸟兽鱼鳖咸若"为商王事,太学诸生为谑词哂其误。陈晦行草集贤制,用

"昆命元龟"事,闽帅倪侍郎驳之。陈累疏援引唐人及本朝命相,皆用此语,史擢陈台端,劾倪削秩罢去。或为一联云:"舍人旧错夏商鳖;御史新争舜禹龟。"【1】

【1】参见上册《古今滑稽联话大观》"高文虎作《西湖放生池记》"条注释。

《桐江诗话》云:元祐东平王景亮,与诸仕族无成者,结为一社,纯事嘲笑士大夫,无问贤愚,一经诸人之目,即被不雅之名,当时号曰"猪嘴关"。吕惠卿察访京东,吕天资清瘦,语以双手指画,社人目之曰"说法马留",又凑为七字曰:"说法马留为察访。"弥岁不能对。一日,邵篪因上殿泄气,出知东平。邵高鼻卷髯,社人目之曰"凄氛狮子"。乃对云:"凄氛狮子作知州。"惠卿衔之,讽部使者发以他事,举社遂为齑粉矣。

《复斋漫录》云:刘翰始为尉于洪之丰城,性不饮酒,饮则面色烘然。推官抵邑,能饮啖,与刘同会,以谚语戏刘云:"小器易盈真县尉。"刘答云:"贪囊难满是推官。"

《诗话总龟》云:蔡君谟与陈亚相友善,一日以谑语嘲其名云:"陈亚有心终是恶。"陈应声云:"蔡襄无口便成衰。"

《中山诗话》云:王荆公嗜谐谑,一日论沙门道,因曰:"投老欲依僧。"客遽曰:"急则抱佛脚。"王曰:"'投老欲依僧'是古诗。"客曰:"'急则抱佛脚'是俗谚,上去'投'为'老欲依僧',下去'脚'为'急则抱佛',岂非的对乎!"

《明道杂志》云:世传朱全忠作四镇时,一日与宾佐出游,全忠忽指一方地曰:"此可建一神祠,试召一视地工验之。"而召工久不至,全忠怒甚,见于词色,左右皆恐。良久工至,全忠指地视之。工再拜贺曰:"此所谓'乾上龙尾地',建庙固宜,然非大贵人不见此地。"全忠喜,薄赐而遣之。工出,宾僚或戏之曰:"'若非乾上龙尾;定当坎下驴头'矣!"盖东北人谓斫伐曰"坎"也。

《后山诗话》云:昔之黠者,滑稽以玩世,曰:彭祖八百岁而死,其妇哭之恸。其邻共解之曰:"人生八十不可得,而翁八百矣,尚何尤?"妇谢曰:"汝辈自不喻尔,八百死矣,九百犹在也。"世以痴为"九百",谓其精神不足也。又,有令新视事,而不习吏道,召胥魁问之,魁具道笞十至五十及折杖数。令遽止之,曰:"我解矣!笞六十为杖十四耶?"魁笑曰:"五十尚可,六十犹痴耶?"长公取为偶对曰:"九百不死;六十犹痴。"

《鹤林玉露》云:尤延之与杨诚斋为金石交。淳熙中,诚斋为秘书监,延之为太常卿,又同为青宫僚寀,无日不相从。二公皆善谑。尤延之尝曰:"有一经句请秘监对,曰:'杨氏为我。'"诚斋应曰:"尤物移人。"

《归田录》云:梅圣俞以诗知名,而浮沉三十年,终不得一馆职。晚年与修《唐书》,书成未奏而卒,士大夫莫不叹惜。其初受敕修《唐书》时,尝语妻刁氏曰:"吾之修书,亦可谓猢狲入布袋矣!"刁氏笑对曰:"君于仕宦,又何异鲇鱼上竹竿耶!"

蒲留仙《聊斋志异》云:有万福者,私一狐。其友孙得言善俳谐,狐亦工谑。一日,孙戏谓万曰:"有一联请君属之:'妓女出门访情人,来时万福,去时万福。'"合座不能对,狐笑曰:"我为代对何如?'龙王下诏求直谏,龟也得言,鳖也得言。'"

又云:灵山王勉,字龟斋,偶入仙人岛。岛中主人桓文若妻以女,长女名芳云,二女名绿云,均善文词,互相嘲谑,王常为所窘。桓尝出一对云:"王子身边,无有一点不似玉。"众未措词,绿云应声曰:"黾(黽)翁头上,再加半夕即成龟(龜)。"

卢楠与王云凤,同年相友善,彼此时作嘲谑。一日,卢出对云"鸟入风(風)中,衔出虫而作凤(鳳)。"王对云:"马来芦畔,吃尽草以为驴。"盖各以名姓相嘲也。

陈眉公《见闻录》云:西涯李公善谑。居政府时,庶士进见,公曰:"今诸公试属一对,句云:'庭前花始放。'"众哂其易,各漫应之。公曰:"总不如对'阁下李先生'也。"众一笑而散。

《尧山堂外纪》云:徐晞既贵,乘传归,守令率诸生郊迎。诸生以其不由科目出身,玩忽不成礼。郡守怒,因出句云:"劈破石榴,红门中许多酸子。"诸生对久不能属,晞代答云:"咬开银杏,白衣里一个大人。"

沈德符《野获编》云:楚中耿定向为南直提学御史,初莅任,即遣牌往松江,云欲观海。时徐文贞为首相,耿其讲学至交,实借此往拜其先祠也。云间士子为之语曰:"名虽观海,实则望湖,耿学使初无定向。"以文贞旧号"少湖"也,久而未有对者。适河南刘自强为应天尹,以户曹隶不逊,奋拳殴之,刘多力,至折隶齿几死。乃对曰:"府尹挥拳,衙役折齿,刘府主果能自强。"

又云:松江郡丞潘大泉,名仲骖,以名翰林谪外,傲睨侮人。华亭尹倪先荐者,谦和下士。松江士人为之对曰:"松江同知恣肆,合得重参;华亭知县清廉,允宜先荐。"各取姓名同音为谑也。

又云:有御史巡松江者,郡守故人,留之饮,因戏出对云:

"鲈鱼四腮一尾,独占松江。"守曰:"螃蟹八足两螯,横行天下。"御史知其谑己,亦为一噱。

王楷堂比部廷绍,一日进署,适无小马喝道,正在查问,忽报长中堂麟到。因得一对云:"司中无小马;堂上有长麟。"不觉高声朗诵,为长所闻,唤王上堂,责其"何以呼我名"。王答以在司中作对。诘以"云何",则曰:"名医惟扁鹊;良相有长麟。""良相""名医"对其意,"长"与"扁"取其字面之巧耳。长为䪽然,遂置不问。

一达官延某中翰,教其宠妾某学诗。中翰先令学作对,适斋僮烹茶将熟,因以"茶声"二字命对。某妾应声曰:"酒色。"中翰为之匿笑。

《滦阳消夏录》云:阳曲王近光言,冀宁道赵公署中,有两幕友,一姓乔,一姓车,合雇一骡轿回籍,赵戏以其姓作对云:"乔车二幕友,各乘半轿而行。"恰皆"轿"之半字也。时署中召仙,即举以请对,乩判曰:"此是实人实事,非可强凑而成。"越半载又召仙,乩忽判曰:"前对吾已得之矣。'卢(盧)马两书生,共引一驴(驢)而走。'"又判曰:"四日后辰巳之间,往南门外候之。"至期遣役侦视,果有两生,以一驴负新科墨卷赴会城出售,问其姓,则一为卢、一为马云,可谓巧谑矣。

某医士自夸工于属对。适游达官之门,方以大缎裁衣,因指缎令对曰:"一匹天青缎。"某立应曰:"六味地黄丸。"达官喜其工,款之内院,因以"避暑最宜深竹院"七字命对。某即对云:"伤寒莫妙小柴胡。"正应对间,忽闻风送花香一阵,又以"玫瑰花开,香闻七八九里"令对,即应云:"梧桐子大,日服五六十丸。"合座为之抚掌。或曰:"此是揶揄医士,盖先有对语,而后以出语就之也。"

百菊溪屏藩滇中时,眷一伶名荷花者,色艺俱佳。越数载,百总制两广,荷花适至,惟马齿加增、头发微秃矣。百戏之曰:"荷尽已无擎雨盖。"荷应声曰:"菊残犹有傲霜枝。"[1]

【1】句出苏轼《赠刘景文》诗:"荷尽已无擎雨盖,菊残犹有傲霜枝。一年好景君须记,最是橙黄橘绿时。"

有一人同友至家,值其妹在窗前扣虱,即出对云:"阿兄门外邀双月(朋)。"友对云:"小妹窗前捉半风(虱)。"

一学正与秀才,因争产事讼之官。官出对云:"学正不正,诸生皆以为歪。"秀才对云:"相公言公,百姓自然无讼。"

有村馆延师课子者。故事:每遇七夕,师若住馆,主人例设酒筵以娱客。师亦习闻其说。适遇七夕,师探知厨中并未备酒,因呼其徒命对云:"客舍凄凉,恰是今宵七夕。"徒不能对,以告其父。父知其意,笑曰:"我忘之矣。"因代对云:"寒村寂寞,可移下月中秋。"迨至中秋,仍寂然。师又出对云:"绿竹本无心,遇节即时挨不过。"其父又代对云:"黄花如有约,重阳以后待何迟。"师无如之何。待至重阳,又寂然。复出对云:"汉三杰:张良、韩信、狄仁杰。"其父大笑曰:"师误矣!三杰是汉人,狄仁杰是唐人,师奈何忘之?"师语其徒云:"我实不忘,汝父前唐、后汉记得许熟,乃逢节一席酒,却记不得了!"

两生同谒纪文达,一额有黑瘢,一左目已瞽。纪见之大笑不止,两生不解,请其故。纪笑曰:"吾偶集得杜句一联,分赠两君,盖一为'片云头上黑',一为'孤月浪中翻'也。"[1]

纪有门生某来谒,一见即跪地叩首,纪忽大笑。或问之,曰："吾忆夜来事，得一佳对耳。"询以对语云何，曰："今日门生头触地；昨宵师母脚朝天。"

【1】句出杜甫《陪诸贵公子丈八沟携妓纳凉晚际遇雨二首》（其一）："片云头上黑，应是雨催诗。"《宿江边阁》诗："薄云岩际宿，孤月浪中翻。"

塾师某令徒属对，必兽对兽、禽对禽、草木对草木，一字不许牵强，违则必遭扑责。一日出上联曰："秋练长江白。"一生对云："夏布短海青。"师呵之，生曰："'秋'对'夏'，'练'对'布'，'江'对'海'，'长'对'短'，'白'对'青'，非一字不牵强乎？"师不能难。

江督端午桥之婶母某太夫人，就养在署。值七十寿辰，皖抚嘱幕友撰一贺寿小启，中有"犹母世代龙纶"一语，读之不解。幕友自释之曰："侄为犹子，则婶为'犹母'，'世代龙纶'者，言累代受封诰也。"不觉连声骂曰："狗屁，狗屁！"又有一幕友在座，笑曰："'犹母世代龙纶'可对'老帅连声狗屁'。"

清德宗时，关榕祚以劾大僚，遂遭外放。上语王大臣曰："给他曲靖府，是曲全他的意思。"时人摭余寿屏事成一联云："余诚格无思恩思想；关榕祚以曲靖曲全。"

江海各埠，凡遇年节，各行号均以精印月份牌馈送，亦招徕生意之道也。有某为保险公司经理，一日倩友作月份牌两旁联语，友即书一联云："本公司快捷赔偿，专保各行货物等，可永无火烛之虞；凡贵商均宜保险，较诸任置危虞中，乃不啻天渊之别。"见者莫不大笑，以为文本天成、妙手偶得云。

制艺时代，鄂之黄州科名最盛，黄州人遂顾盼自雄，不可一世，有以籍贯叩者，必岸然曰："我黄州。"州城外有"放龟亭"，相传为东坡治黄时所建，后人因之点缀，颇称名胜。亭左右榜曰："山高月小；水落石出。"好事者续其下云："山高月小，照见他赤壁白鹤；水落石出，晒死你黄州乌龟。"

黄州府某公，以贪墨闻。有题放龟亭联云："昔日黄州何如，今日黄州何如，请君且自领略；这是赤壁亦可，那是赤壁亦可，何必苦为分明。"盖以赤壁旧迹所在，聚讼纷纭故也。南人涂改其联云："原告送钱若干，被告送钱若干，请君且自领略；这边有理亦可，那边有理亦可，何必苦为分明。"

《时报》馆为上海报界中声名卓卓者，总理系狄楚青南墅昆仲，编辑部则吴人包天笑为主任也。报之末幅，时有滑稽联语，颇为阅者欢迎。一日，有某某等数人闲谈，述及《时报》谑联。一人曰："'楚青南墅包天笑'，颇不易对。"座有某君，向在某县知事署充当科员，遽应曰："我有恰当之对语，为'漆黑东家括地皮'。""漆黑"者，一指其政治之黑暗，一指其胸次之糊涂，俗语所谓"漆皮灯笼"也。"楚"为木名，"漆"亦植物，余字亦无一不工。

京师有伶人名"扶云"者，色艺冠绝一时，瑞安黄漱兰学士颇赏之。一日，在酒座中，有客曰："'扶云老斗'，颇不易对。"京师称狎伶人之人为"老斗"。习于掌故者，谓伶人有"相公"之称，故目客为老斗，即"门斗"之意也。学士即应之曰："指日高升。"不数日学士果迁官，人以为语谶云。

"野鸡大王"者，粤人徐姓，尝充爱国学校奔走之役，兼售革命书，狂言无忌。后与某雉妓结不解缘，毒发而亡。有人戏挽以联云："野色苍茫，回首空馀爱国校；鸡鸣风雨，伤心长弔大王魂。"或谓大王之称,因徐曾开一"野鸡花榜",故得此美谥云。

张南皮在京时,寓锡拉胡同。自书门联云:"朝廷有道青春好;门馆无私白日闲。"一日退值归,见联旁缀有小字,细审其语,则"优游武汉青春贱;冠盖京华白眼多"也。南皮怒甚,亟命去其联,付之祝融氏。

瑚图礼、汪廷珍,同时为国子祭酒。瑚首课题"得天下英才而教育之",汪首课题"德之不修"一节。诸生为作一联云:"糊涂三乐;疙瘩四忧。""糊涂"与"瑚图"同音,汪顶有瘿,人称为"汪疙瘩"也。

某科会试复试,罚停科者十九人,下第者望大挑,具呈首揆,卒不允。有滑稽者作一联云:"大挑不挑,冤鬼三千,自投阿鼻狱;会试复试,凡胎十九,难上大罗天。"

仪征吴让之明经熙载,声名重一时,然贫甚,且子又不肖。晚年寄居僧寮,为联语自嘲云:"有子有孙,鳏寡孤独;无家无室,柴米油盐。"

宁波某店招牌云"出赁四季棉衣",某君见而异之,苦求对语不得。一日过苏市,又见店招曰"装塑三教佛像",大喜曰:"此可以对'四季棉衣'矣!"或曰:鄂市有招牌云"刷染杂色红坊",亦可对。

浙省崇文山长,向不住院,诸生见有空屋,即入居焉。榜一联于门云:"旷安宅弗居,是谁之过;[1]坏大门而入,舍我其谁。[2]"

【1】语本《孟子·离娄上》："仁，人之安宅也；义，人之正路也。旷安宅而弗居，舍正路而不由，哀哉！"《论语·季氏》："虎兕出于柙，龟玉毁于椟中，是谁之过与？"

【2】《左传·成公十年》："晋侯梦大厉，被发及地，搏膺而踊，曰：'杀余孙，不义。余得请于帝矣！'坏大门及寝门而入。"《孟子·公孙丑下》："如欲平治天下，当今之世，舍我其谁也？"

同治甲子，四川办理乡试，两首县送提调、监试门包，以平不足退回；补足呈上，又以银色不足退回，又加色送上始收。已而发题纸，则每百纸只九十五张，试士有不得题纸者，咸大哗，谓监场官必是帐房出身，故虽题纸，亦用折扣之法。场中人因为联云："题纸发来九五扣；门包退出两三回。"

湖南有陈海鹏者，积军功为总兵，然不之官，仍在本乡带兵数营。好结交士大夫，尝开筵宴客，饮馔颇精。湖南鸭多瘦，惟陈屯军新河，饲鸭颇肥。或戏为句云："欲吃新河鸭；须交陈海鹏。"陈殁后，其孙亦有祖风，谑者于前联增一字云："欲吃新河鸭子；须友陈海鹏孙。"

清官制，知州于通判为属员，公事须用中文，而通判又可升为知州。故为知州者，尝意轻通判，而称谓之间，又不得不稍自抑。尝有知州与通判争事，曰："俟汝升至卑职时，便知此事难处。"可谓奇谈。又自捐例广开，冗员大率不得差委。每岁终，藩司筹资分给各贫员，又分为"极贫""次贫"二种，极贫分银较多，求谋亦不易。若辈有得者，其侪辈见辄贺云："恭喜老兄，今年又得极贫！"或谓："'升到卑职'与'贺得极贫'，恰是妙对。"

某科会试，去取颇不协舆论。士子作一联云："一百馀名进士,开头便是一钱;二十一个考官,空手只有二保。"钱谓会元钱棨,二保谓德保、瑞保二主试也。

民国肇兴,改用阳历,而民间习惯,旧历仍不能废。于是有"新新年""旧新年"之分。某君戏拟一联云:"先过新新年,后过旧新年,新新年旧,旧新年新。"或对云:"未娶小小姐,已娶小大姐,小小姐小,小大姐大。"其意谓小小姐者,年最幼小之小姐也;小大姐者,闺女佣于人家谓之"大姐",因年尚幼小,故曰小大姐也;先娶为妻,后娶者为妾,故以此判大小也。

相传龚定庵入都,尝住魁星阁,戏撰一联云:"告北斗星君,有鲧在下;奉西方佛教,非法出精。"虽游戏语,亦名俊不凡。

张子青相国官江苏巡抚时,昵妓女张少卿,肩舆出入抚辕无忌,官场中颇有借此为终南捷径者。相国尝戏撰一联赠张妓云:"少之时不亦乐乎;卿以下何足算也。"[1]集《四书》甚自然。相传又有一联,述者已忘其上句,而下句为"卿以下必有圭田"[2],尤诙谐入妙。

[1] 语本《论语·季氏》:"君子有三戒:少之时,血气未定,戒之在色;……"及《论语·学而》:"学而时习之,不亦乐乎?"

[2] 语本《论语·子路》:"(子路)曰:'今之从政者何如?'子曰:'噫!斗筲之人,何足算也?'"及《孟子·滕文公上》:"夫仁政,必自经界始。……经界既正,分田制禄可坐而定也。夫滕,壤地褊小,将为君子焉,将为野人焉。无君子莫治野人,无野人莫养君子。请野九一而助,国中什一使自赋。卿以下必有圭田,圭田五十亩。……"下文下句,则为《孟子·滕文公上》原文。

客述某处设一妓院,倩名士题名曰"久敬堂"。或诘名士,妓居须用香艳名词,"久敬"二字,未免太觉迂阔。名士谓:"吾取'善于人交'[1]之意耳。朱注谓'人交久则敬衰',吾意'敬'字有两音,一宽紧之'紧',一劲力之'劲'。所谓'久而能敬',实含此二义。"并集成句为联语,上句传者已忘却,下句则"元精耿耿贯当中"[2]也。

【1】语出《论语·公冶长》:"子曰:'晏平仲善与人交,久而敬之。'"

【2】句出李贺《高轩过》诗:"二十八宿罗心胸,元精耿耿贯当中。"

科举时代,闽中漳泉地方,富家子弟无不名列胶庠,盖由代枪顶替来也。有同安举人吴江,与廪生王海,因事评讼。王遂以吴之举人系代倩而来,赴泉州府控告,并请郡守出题面试,以别真伪。守允其请。吴禀称:"举人久政理家,文理荒疏,请求免试。"守谕原、被告暂退,听候复审。于是吴江以五千金馈王,求勿再讼,并以万金为贽,拜钱为老师。钱乃预构一艺,密付与吴,令其面试时照誊,吴惶然失色,跪禀曰:"老师岂不足于门生耶?何以作难如是?"钱不解其故,吴复禀曰:"门生若再凑千金,尚不为难。若要门生写数百字,则性命危矣!"钱不能强,只得含糊结案。既而府署头门有人黏一联云:"岂有文章惊海;断无面目见江。"一时传以为笑。

某杂志载:有赠跛脚一联云:"世路尽羊肠,行行又止;先生移鹤趾,飘飘欲仙。"以颂为嘲,用笔绝妙。

或画纯阳像,作醉后酩酊之状,倚一大酒壶而睡。有狂生某题一联云:"怜小子穷尽穷光,还有甚生机,想起那万两黄金,竟欲借公一指;看先生醉来醉去,倒是个良法,剩得半壶白酒,何不豁他三拳。"

清之季年,各省库藏支绌,入不敷出,部中设清理财政处以监掣之。而浙抚增某,偏能巧立名目,多设局所,以位置私人;又凡有优差优缺,率广收贿赂,分等给值。时人作四字联嘲之曰:"增益其所;韫椟而藏。"[1]

【1】语本《孟子·告子下》:"故天将降大任于斯人也,必先苦其心志,劳其筋骨,饿其体肤,空乏其身,行拂乱其所为,所以动心忍性,增益其所不能。"《论语·子罕》:"有美玉于斯,韫椟而藏诸,求善贾而沽诸?"

某署幕友冯、熊二姓,颇不理于众口。熊仅喜效奔走,冯则颠倒黑白,人尤恶之。时有一联云:"能者多劳,跑断四条腿子;凭空作祟,费尽一片心机。"[1]

【1】"冯"通"凭"(憑)。

某君偶游乡间,至一村塾,问先生在家否。塾师虑某君之诘难也,自称为塾中学生,谓"吾师往城中购书去矣"。某君亦不再诘,坐于书案旁,随意翻阅。既而塾师手执《老子》一卷,带笑而来。知必将问难,即曰:"吾有一联,愿诸生对之,联云:'诗书易礼春秋,如许正经,还问老子。'"众不能对。某君自书云:"稻粱菽麦黍稷,这些杂种,谁是先生。"盖知塾师混于众中,故讥之也。

某乡有塾师,教书多读别字。如《礼记》"临财毋苟得,临难毋苟免","毋苟"均解作"母狗"。某君偶过其塾,为之正其误,塾师犹哓哓不服。既而以联课诸童云:"《春秋》别有公羊学。"诸童沉吟未对,某君戏为代对云:"《礼记》何来母狗文。"

左宗棠任江督时，阅兵至徐州，经过一小镇市。时有某烟馆主，年逾半百，新聘一十五龄之少女为妇。左近文生某，穷途落魄，兼嗜阿芙蓉，故时假宿于烟馆内。吉期既届，无可为礼，因撰联一副赠之。奈烟馆地狭，不能容此长联，只得贴于门外。联云："五十新郎，十五新娘，天数五，地数五，他年五子登科，始信枯杨生大有；[1]三两好土，两三好友，损者三，益者三，今日三星在户，聊将罂粟款同人。[2]"左公过门见之，讽诵再四，极赏其工，立命材官传烟馆主人并作此联者。时烟禁未弛，误认为官来捉捕也，逾垣潜遁。公久候不至，察知其故，复命材官持拜帖往邀某生，始敢来谒。接谈数语，大为称赏，延入幕中，位以上宾焉。

[1] 语出《易经·系辞上》："天一，地二；天三，地四；天五，地六；天七，地八；天九，地十。天数五，地数五。"《易经·大过卦·爻辞》："九二：枯杨生稊，老夫得其女妻，无不利。"

[2] 语本《论语·季氏》："孔子曰：'益者三友，损者三友。友直，友谅，友多闻，益矣。友便辟，友善柔，友便佞，损矣。'"《诗经·唐风·绸缪》："绸缪束楚，三星在户。"

翁笠渔大令，湖南人，官于江苏，由从九保升知县，历任金山、山阳、阳湖等县缺。有人拟一联云："金山县，山阳县，阳湖县，湖南从九，做到四五年知县。"此联之妙，因金山、山阳、阳湖为连环格，而湖南从九，仍上顶"湖"字；末句"四五年"，又暗扣定"九"字，欲求其偶，殊不易易。后有人对云："铁宝臣，宝瑞臣，瑞鼎臣，鼎足而三，都是一二品大臣。"非特字句工力悉敌，且皆系实事，其巧妙真不可思议也。

某年湖南因争论米粮出口，官场办理不善，致激成民变，莠民乘间而起，纵火焚烧，毁去民房甚多。时湘抚为岑某，藩司为庄某。湘人即其姓成一联云："众楚人咻，引而置之庄岳；一车薪火，可使高于岑楼。"其意谓以小事酿成大变，而又切地切姓，集成语如己出，工巧殊不可多得也。

江阴城中各家门对，大率有"世泽""家声"等语，上二字则切其姓也。前在南菁书院时，同人戏仿其意，互作联语以相嘲谑。如陈姓云："辟兄世泽；盗嫂家声。"上句谓陈仲子，下句谓陈平也。黄姓云："狗连世泽；狼脱家声。"黄狗连、黄狼脱，均吴中谚语。董姓云："肚脐世泽；屁股家声。"上句谓董卓，下句谓董贤。馀不能悉记，其巧妙多类此云。

阮文达为编修时，遭丧家居。会公宴，与吴祭酒锡麒同座，互论诗词。祭酒帽忽堕，阮出对云："吴祭酒脱帽谈诗，斯文扫地。"吴应声曰："阮太史居丧观乐，不孝通天。"

道咸之间，士大夫犹知好名，由科目进身者，耻不能古文，往往用八比法，杂案牍词语为之，时称为"京报古文"。曾文正公督两江时，人才荟萃。有何太史者，记问极博，下笔千言而无理法，曾公尝称为"土匪名士"。谑者谓：与"京报古文"可为的对。

同治初，许御史劾侍郎刘崐党附肃顺，崐坐此免职，其实崐并无与肃顺往来事也。他日御史之父某尚书，设筵宴客，刘亦与焉。酒半酣，刘忆前事，愤骂御史，且严诘尚书纵子胡为。御史惭噤，欲引去，刘奋起击之，碗拂其耳，羹酒污及衣服，众力劝乃止。久之，事颇上闻，皇太后察崐无他，复起用。或戏为联云："许御史为国忘亲，捐归党籍；刘侍郎因祸得福，打复原官。"

广东各善堂公款，多为人所把持，时有争竞攘夺之事，于是互讼于官，詈之曰"善棍"。又，从前各学堂与地方争款，学务中人，每为绅士所恶，尝斥之曰"学匪"。谑者谓："善棍"与"学匪"的是佳对。

清之季年，尝派柯逢时为膏捐大臣；此项差使，为向来所无。政府又尝考试东西洋留学生，各予以进士出身，中有牙科进士者，因曾得西洋牙科卒业文凭者也。"牙科进士"对"膏捐大臣"，亦新而工。

前清京师各衙署，有照例之套话，几可用留声机器，以代传说。有人即以其语成一联云："大人套车，中堂请轿；茶房开饭，苏拉倒茶。"千篇一律，殊可发噱，良由举朝唯诺成风，于应办要政，从不肯轻置一语也。

自欧化东渐，一般新学界中人，均病旧时婚礼之繁，喜仿西国文明结婚礼节。沪上张园、愚园、西园等处，均可借作结婚礼堂。除新人互换约指外，男女来宾，大率以校歌、颂词相祝贺。洋琴徐奏，其音泅泅移人，较之鼓乐喧哗、烛光炫耀者，其气象确有文野之别。

予尝仿云南大观楼楹联句法，作一联颂之云："五千年古俗，仿自周婆，纳采问名，乱纷纷许多旧法。笑诗咏弋凫，传称反马，记详奠雁，史重担羊，六礼须遵，大媒翁险乎忙煞。迨堂前合卺，听吉语鼓乐喧阗，更房内开筵，讲谑言声音嘈杂。只赢得三杯清酒，一袋水烟，数块花糕，几包喜果；四百兆同胞，染来欧化，删繁就简，光秃秃两个新人。忆自由握手，起点接唇，进步抱腰，极端换影，双方既洽，介绍者何等现成。况琴韵清扬，唱校歌只须同学，且证书互递，读颂词仅有男宾。祝从此热力增加，精神膨胀，爱情固结，团体坚凝。"是联次序井然，虽谑而不伤于雅，或尚可博阅者一笑也。

《七修类稿》：郎仁宝与群士会饮，共议行令，以犯盗事为对。一人曰"发冢"可对"窝家"，继者曰"白昼抢夺"可对"黑夜私奔"，众曰"私奔"非盗，继者争曰："原其情，非盗而何？"一人曰"打地洞"可对"开天窗"，众又曰"开天窗"决非盗，对者笑曰："今之敛民财而于公事者，克减其物，岂非盗乎？开天窗，即谚所谓'分子头'也。"又一人曰"三橹船"可对"四人轿"，众哄而笑，座有四轿者默然无言。

《代醉编》：宋陈绎好为敦朴之状，时谓"爇熟颜回"。熙宁中，台州推官孔文仲举制科，对策言事，有"痛哭""太息"语，执政恶而斥之。绎时官翰林学士，曰："文仲狂躁，真杜园贾谊。"王平甫笑曰："'杜园贾谊'，恰可对'爇熟颜回'。"众大笑。"杜园"、"爇熟"，皆当时俗语也。

《林居漫录》：王涵峰初入谏垣，例当建白，乃请行令各省，少印黄历，每图止给里长一本，而国民就观焉，以省国用。同时，某御史仿其意，请少印青由[1]，每图止给里长一张，而国民并列焉，以节冗费。都人为作对云："黄历给事；青由御史。"宋绍兴间，赵霈名"鹅鸭谏议"，见《昨非庵日纂》。成化中，胡汝宁号"虾蟆给事"，亦可为对。此皆乌台青琐中奇闻也。

【1】青由：征收田赋的通知单。

《丹铅录》：云南洱海"接官厅"，与"打劫湾"相近。有达官命童子作对，出上联云："接官厅上接官。"童应声曰："打劫湾中打劫。"

王荆公为相，每生日，朝士献诗为寿。光禄卿巩申，笼贮雀鸽，揭笏开笼，每放一雀一鸽，叩齿祝曰："愿相公一百二十岁。"时有边帅之妻病，虞侯割股以献者。滑稽子作一联云："虞侯为夫人割股；大卿与丞相放生。"

程师孟尝请于王介甫曰："公文章命世，某幸与公同时，愿得公为墓志，庶传不朽。"王问先正何官，程曰："非也。某恐不得常侍左右，预求以俟异日。"又，王雱死，张安国披发藉草，哭于柩前，曰："公不幸，未有子。今夫人有娠，某愿死，托生为公嗣。"京师嘲以联云："程师孟生求速死；张安国死愿托生。"

《倦游录》：王荆公子雱，为太常太祝，有心疾，娶妻庞氏，未尝相接，独居小楼，焚香礼佛，荆公怜而嫁之。时工部员外侯叔献，荆公门人也，再娶槐氏而悍。侯死，荆公恐其虐前妻之子，奏而出归母家。京师士人为作联云："王太祝生前嫁妇；侯工部死后休妻。"

唐原休受朱泚伪官，自比萧何，入长安日，首收图籍；时人目之曰"火迫鄷侯"。宋南渡，有郭某为将，自比诸葛，酒后辄咏"三顾频频，两朝开济"之句，屏风便面，一一书此。未几，败于江上，仓皇涕泣而匿；时谓之"尿汁诸葛"。与"火迫鄷侯"，正自佳对。

明成化中，南京国子监有鸥鹇。祭酒周洪谟，令监生能捕者放假三日，人目为"鸥鹇公"。其后刘俊为祭酒，好食蚯蚓，监生名之"蚯蚓子"。二事颇堪作对。

长洲吴原墅面麻而胡，蒲田王玉峰口歪而牙豹。王戏吴云："麻脸胡须，羊肚石倒栽蒲草。"吴答云："豹牙歪嘴，螺壳杯斜嵌蚌珠。"闻者鼓掌。

太仓陆孟昭，为刑部郎中。尝往一朝士家投刺，不书名姓，惟云："东海钓鳌客过。"朝士翌日亦往投一帖，云："西番进象人来。"盖孟昭面黑齿白，人皆嘲为"象奴"，故即以戏之也。

孟昭与丽水金文，同登景泰辛未进士，时时互为嘲谑。文尝嘲孟昭曰："黑象口中含玉齿。"孟昭应曰："乌龟背上嵌金文。"

咄咄夫《一夕话》载：有厕联数则，均甚滑稽。如云："古人欲惜金如此；庄子曾云道在斯。"又云："虎子难同器；龙涎不及香。"又云："被道轮回输五谷；可储笔札赋三都。"又云："含垢纳污知大度；仙风道骨验方肠。"又云："为文自昔称三上；作赋于中可十年。"又，某处抚署厕门联云："但愿生民无殿屎；不妨宰相受堂餐。"又云："官司不令多中饱；宴饮应知无后艰。"嬉笑成文，用典恰合。

各省皆有地讳，莫知所始。如畿辅曰响马，陕西曰豹，山西曰瓜，山东曰胯，河南曰驴，江南曰水蟹，浙及徽州曰盐豆，浙又曰呆，江西曰腊鸡，元时江南亦号腊鸡，福建曰癞，四川曰鼠，湖广曰干鱼，两广曰蛇，云南曰象。此数省人相遇，各喜以所讳为嘲谑。明成化中，司马陕西杨鼎，与司寇福建林聪会坐，林戏曰："胡儿十岁能窥豹。"以杨年少而多须故也。杨即曰："癞子三年不似人。"又，河南焦芳过李西涯邸，见檐曝干鱼，戏曰："晓日斜穿学士头。"西涯曰："秋风正贯先生耳。"以谚有"秋风贯驴耳"句也。廖明吾道南戏伦白山人曰："人心不足蛇吞象。"伦曰："天理难忘獭祭鱼。"又，蜀举子张士俨与广士某善，每见辄曰："委蛇委蛇。"某应声曰："硕鼠硕鼠。"又，李时尝以"腊鸡独擅江南味"戏夏言，言即答以"响马能空冀北群"。按：此种忌讳，大约系元、明间之事，今则无此忌讳，亦无此嘲谑矣。

李申甫布政湖南时，有梅姓官颇见信用。或戏为联云："螬食尚留井上果；鸦声啼杀墓门花。"台谏撱入弹奏，坐是免官。李雅有文才，留心经济，特以通脱不羁，为人所构，卒以一谑联致被吏议。此与续立人联意同，而事则异也。

道光庚子某省乡试，正主考文庆，副主考胡林翼。题为"论笃是与君子者乎"，场中文皆乔皇典丽，而两主司所取，皆注重虚神。榜发不餍时望。或戏为联云："何以文为，文理文心遭劫运；伊于胡底，胡言胡语得功名。"

乾隆时，朱某以县丞候补陕西，娶数年矣。衙参时，闻按察司有女甥择婿，心忽动，归即语其妻曰："闻卿母病危，奈何？"妻请归省。朱遣仆送之，密以六百金与仆，谓曰："人与金皆若有之，南北任所往，无为我累足矣。"仆大喜，窃载以奔。朱因倩客为媒，娶按察甥女，得此奥援，辗转营干，竟至封疆。朱行事率多类此，时称为"双料曹操"。同治间，有某官者，以巧佞邋跻权要，而鄙俗不文，人号为"半截严嵩"，亦巧对也。

道光壬寅，某国兵入沿海各省，朝廷以奕山为靖逆将军，奕经为扬威将军，分往广东、浙江等处御之，师久无功。时浙江巡抚刘韵珂，部署防守，颇竭谋劳，又令士民献破敌之策，咸虚心听受，即不用，亦厚赠之，时誉归焉。无名子撰联云："逆不靖，威不扬，两将军难兄难弟；波未宁，海未定，一中丞忧国忧民。"宁波、定海二海口，皆浙江要隘也。

常熟严相国讷，面麻；新郑高相国拱，作文常用腹稿。二相退食相遇，高戏严曰："公'豆生面上'。"俚语诮苏人曰"盐豆儿"，故以为戏。严答曰："公'草在腹中'。"盖河南向有"驴子"之俚谚也。闻者咸称为巧谑。按：此亦前记各省地讳之一证，惟前谓浙及徽州曰盐豆，此则谓苏人为盐豆，微有不同。

明万历庚辰会元汉阳萧汉冲，性早慧。七八龄时，入官舫谒一贵官，出句命对，应声如响。既而贵官适有他事，语仆云："尔去即来，廿四弗来廿五来，廿五弗来廿六来。"汉冲疑命作对语，即云："静极而动，一爻不动二爻动，二爻不动三爻动。"贵官大笑，颇赏其敏捷。

弘治中，刑部主事海清吴从岷，差还复命，鸿胪寺官语之曰："正选通政声音要洪大，起身不要背下。"至选日，吴果努力高声，又横走下御街，孝庙为之动颜。杨郎中茂仁作一联谑之云："高叫数声，惊动两班文武；横行几步，笑回万乘君王。"

《夷坚志》：王仲言有女，为父母所怜爱，而所以恼其父者非一，人目为"摩爷夫人"。淳熙中，仲言为滁州来安令。一少年悖慢其兄，兄殴之至伤，诉于县。仲言诘其故，忽拊案大笑，吏胥皆莫能测。至久乃云："三十年寻一对，今始得之。"呼兄前，语之曰："汝真'岂弟君子'，可与'摩爷夫人'作对。兄打弟，于刑律罪亦轻，自今不得复尔。"即遣出。"岂"音恺，北俗称殴打为"恺"，故云。

明莆田陈师召，擢南京太常，门生会饯，有垂泪者。李西涯戏之曰："师弟惜分离，不升他太常卿也罢。"师召应声曰："君臣幸际会，便除我大学士何妨。"一座绝倒。

唐状元皋出使朝鲜，其主出对云："琴瑟琵琶，八大王一般头面。"唐对以"魑魅魍魉，四小鬼各样肚肠"，朝人咸骇服。

从前闺阁女子，俱尚纤足，肤圆六寸者，辄为人所嘲笑。有赠大脚美人联云："敢说卿六寸肤圆，看竹挼稳垫、木屟高装，月下步香尘，争见弓鞋娇贴地；难为你两团肥肉，比粽子裹僵、馄饨包坏，夜来松臭带，放开绰板猛朝天。"

光绪中叶，大学士翁同龢，奉开缺回籍之谕。时适殿试榜发，状元为贵州麻哈之夏同龢。或戏为联云："翁同龢，夏同龢，常熟麻哈两同龢，一则以喜，一则以惧；旧修撰，新修撰，丙辰戊戌二修撰，彼归则出，彼出则归。"

沪上某小报，曾拟联语："三盏灯，四盏灯，共计七盏灯，灯灯相照，万盏灯外，再加电气灯。"皆一时戏院伶人名也。有人对以"洪如玉，李如玉，莫不颜如玉，玉玉生香，金如玉等，何如林黛玉"，亦皆一时北里名校书，虽不及出联之贯串，然以妓对优，且系同时之人，颇见巧思。

雉皋老名士顾朴斋，磊落不羁，涉笔成趣。有挽某茂才中秋日逝世联云："去年在棘闱里，今年在棺材里，两个中秋，两般过法；有命到芹水边，无命到桂宫边，一场大梦，一笔勾消。"

杭垣有饮酒者八人，彼此相角，如渴骥奔泉，兴极豪迈，春秋佳日，时时相聚，已十余年矣。既而陆续化去六人，仅余甲、乙二友，对酌寡欢，不胜悲感。嗣甲又下世，乙撰一联挽之云："座中只剩两人，悲君又去；泉下倘逢六友，说我就来。"以达语写悲怀，益增凄感。

某甲喜狎邪游，其妻浓妆艳抹，亦从而效之，未免惹蝶招蜂，为某所觉，密为防闲。妻笑出一对云："浪子尽多情，断无骑马又寻马。"某知其诮己，即对云："佳人虽薄命，应知嫁鸡且随鸡。"颇与针锋相对。

某知府蓄一婢,欲置诸金钗之列,婢嫌其年老,不允。某谓之曰:"我有联语,能对则为汝另觅佳婿。联云:'小婢何知,自负红颜违我命。'"婢应声曰:"大人容禀,须防绿顶戴君头。"遂笑而遣之。

某学校肄业生十余人,皆翩翩少年。校之东为某公馆,有姊妹花一株,瓜字年华,丰神艳逸。小姑居处,不惯无郎,日久与校中某某数生,目成心许。只以东家之墙,高逾数仞,遂致西厢之月,难效双飞。女乃异想天开,效匡衡凿壁故事。一日,红娘寄简,误投文案室,春光泄漏,为监督所知,暗中查有学生六人,与之有连,立将其名开除,以示炯戒。好事者成一联云:"一孔能容,西墙小拓殖民地;六人被斥,东家应有坠楼人。"

某道员姬妾盈前,疲于奔命,精神耗散,渐不能支。乃出巨金,选道地药材,秘制春药。因药甚贵重,倩乃弟监之;乃弟疑系补剂,窃食少许,是夜不能耐,私奔婢室。婢大呼,家人环集,弟乃潜遁。知其事者,为作一联嘲之云:"打下属秋风,多分朱卷;窃上房春药,私就青衣。"上句谓乃弟捷秋闱时,观察为代分朱卷于各僚属,希冀有所馈赠也。

上海有命题征联者,其题云:"某皮匠与捉牙虫女子于正月十五日假某茶馆结婚。"用意甚诙谐,应征者甚多,惜佳者不易觏。兹择其组织工稳者云:"户对门当,喜一样江湖游艺,乃郎如诸葛,亮可分身,(谚云:"三个臭皮匠,抵得一个诸葛亮。")妾比夷吾,怨忘没齿,(借用管仲夺伯邑事。)际此三星在户,月图益形□花好,茶热更兼以香湿,浑不似坼轧纷烦,才华阳楼,又松风阁;(沪谚有"松风阁轧姘头,华阳楼坼姘头"之语。)男贪女爱,早两人道路倾心,况甲乙堂中,伯工炼铁,(《笑林》:有兄弟两人,一皮匠,一铁匠,某赠以匾额曰"甲乙堂",取其象形也。)丁卯桥上,伴有缝穷,居然六礼粗完,茗客固尽是来宾,堂倌亦堪充婚证,何必羡文明结合,非安垲第,即哈同园。"

又云:"早谙足下工夫,喜恰逢元夜风光,好结同心到老;别有个中滋味,试领略一壶春色,定教没齿难忘。"又云:"看今宵花烛明时,更恰逢天上初生一轮月,月影团团,疑君有补天填海之能,修成圆镜;料是夜绣衾展后,似微闻牙根低度几声莺,莺啼呖呖,喜卿来鬻茗卖茶之地,润透娇喉。"又云:"夫壻本多情,看今朝茶社人来,婚结自由,革命英雄岂皮相;家庭享幸福,喜此夕星桥锁启,灯张不夜,牙床锦帐贺针神。"又云:"时值岁之春,趁元宵灯烛交辉,刀卷韦囊,老夫无暇杀秦桧;(杭谚谓"皮郎儿杀秦桧"。)客来茶当酒,尽大众觥筹分献,筐倾梅实,新人不患病杨妃。"各联均有思致,于题意亦面面俱到,谐联中上乘也。

美国人环龙君,著名飞行家也。前数年,在上海试行飞艇,至跑马厅旷地,机器受损,忽然堕下,当时即行毙命。有人拟挽联云:"天际仰环龙,争夸双叶飞机,升降悉从心,博得数万遊人,齐声鼓掌;场中停跑马,瞥睹一身坠地,须臾成隔世,消受一千重赏,聊慰幽魂。"又云:"如列子之御风,奇技始从中国试;当乃公之堕地,伤心不独外人多。"又云:"机下云端,魂归天上;誉存海内,哀动寰中。"古今挽联多矣,若环龙君之半空殒命,实为中国开辟以来创举,宜乎联语之离奇变幻,竞为人传说也。

环龙君乘飞行机殒命时,正值清廷议责任内阁之制,充总理者为宗室庆亲王,不免为人攻讦,自行辞职。时人即此二事戏成一联云:"争看陆地小游仙,忽堕尘寰,三万人同时拍手;莫羡天家长乐老,总持国务,四五月便许抽身。"

某郡有富绅,诨名"王二花子",曾有爱妾,已生子矣,忽下堂求去,仍操卖淫业。既而其子游于庠,喜信至家,翁已于先一日病逝。有滑稽者挽以一联云:"王子竟成仙,想当年妾入章台,空遗下龟头绿帽;花郎真薄命,痛此日儿游泮水,难亲见雀顶蓝衫。"亦可谓谑而虐矣。

二十余年前,《申报》曾以"客上天然居,居然天上客"十字征联。"天然居"者,京师酒楼名也。十字回环读之,各有意义,对者颇不易易。其时应征者有十余联,以"船下河泊所,所泊河下船"一联为最佳,因"河泊所"为广东地名,倒读亦另有一义,足与出联工力悉敌也。

越十余年,上海《时事新报》又以此联征,人仿其句法为对偶,投稿者多至数百人,其中颇有诙谐可诵者,兹择尤录之。如:

皖江不才子云:"多钱得好官,官好得钱多。"

酒肥诗疲客云:"老大之中国,国中之大老。"

某君云:"轻生死乱世,世乱死生轻。"

王毓生云:"人造自来血,血来自造人。"

方正云:"山东出大木,木大出东山。"

吞笋云:"城开不夜天,天夜不开城。"

深养云:"钱洋人骗去,去骗人洋钱。"

黄须儿云:"不知君念苦,苦念君知不。"

一言云:"堂中挂好画,画好挂中堂。"

信口生云:"本日大卖出,出卖大日本。"(日本语,减价卖便宜物谓之"大卖出"。)

小糊涂云:"东洋车甚快,快甚东洋车。"

常熟陶君云:"势分三足鼎,鼎足三分势。"

休道人云："图画学生来，来生学画图。"
程起争云："多情人可爱，爱可人情多。"
某君云："民国负债重，重债负国民。"
师尚云："心醉共和党，党和共醉心。"
舜剑生云："爱人人爱我，我爱人人爱。"
林凤文云："民国国民捐，捐民国国民。"

以上诸联均回环可诵，义不重复。惟征联者之意，重在一句环转化成两义，而与原联字面之对否不甚讲求，故各联平仄类多不谐，句调又不一致，此与第一次征联者相异之点，而藻思浚发，层出不穷，则后更胜于前也。

北京某女校悬有楹联云："学贯全球，迎去九天玄女降；艺通中外，能教三岛鬼神惊。"不伦不类，见者咸以为奇。

荣庆长学部时，都人士以乔树枏与孟庆荣，合成一联云："壳子并吞双御史；黻翁倒挂老中堂。"乔树枏籍隶四川，川中人谓浮夸不实者为"壳子"，树枏向有"乔秃子"之称。双御史，一名高树，一名高枬，恰并为"树枏"二字。孟庆荣，字黻臣，倒其名即"荣庆"两字也。

某君戏撰一联云："红烛泪流，莫非火烧心痛；铜钟声吼，想来木击腰疼。"颇足发笑。

李合肥以爱女许配张幼樵，久为社会之谈柄。当时有人作谑联云："老女配幼樵，无分老少；东床即西席，不是东西。"按：合肥之女许张时，年方及笄，所谓"老女"者殊不实；张亦未充李西席。作者强题就我，聊博一笑而已，非实录也。

某塾师与一武员相善。武员先谑之云："读什么四书五经，五句书中讹四句。"塾师应声曰："看近来千军万饷，万名粮内扣千名。"或谓此犹是有学问塾师、有操守武员也，若今之塾师、武员，恐怕"四句书先讹五句；万名粮扣剩千名"。

横泖镇有秀才名"月锄"者，与镇上女子"玉兰"有秘密交涉，为女之妍夫撞破，合镇播扬。滑稽者戏贺以联云："月镜团圆，锄花得意；玉环和合，兰梦同心。"署款为"某某仁兄巫山之喜"。亦可谓恶作剧矣。

某省学政考试时，不论文章优劣，但论门第高低。凡世家子弟，文虽劣，亦予入泮；若寒士，纵行行金玉、字字珠玑，无由采芹香也。或嘲以联云："学政秉公，公子公孙皆入学；童生怨恨，恨爷恨祖不为官。"

有借古人为联云："眼朱子，鼻孔子，朱子向在孔子上；眉先生，须后生，先生那及后生长。"颇谐而工。

洪秀全据南省时，有郭镐者，皖之贡生也，被执，遂降为官。时洪氏以八月三十日为中秋节，郭拟一联榜于门云："明中秋月暗，暗中秋月明，好教我不明不暗。"翌日有人投以下联云："长头发日短，短头发日长，试问你谁短谁长。"

无赖某甲，身家素不清白，有积造孽钱，营一新屋。落成后，倩某名士书门联，名士慨然允之。其联语为："一二三四五六七；孝悌忠信礼义廉。"见者讶其不伦不类，以询某名士，答曰："上句言忘八，下句言无耻也。"

某姓有喜庆事，宾朋咸集，堂中悬一联为："吉人辞寡；君子慎独。"款为某达官所书。一客见而诧曰："鳏寡孤独，为人生至苦之境，今联已占其二，不祥孰甚，奈何犹悬之耶？"主人亦愤愤，急令人撤去之。

钱牧斋以明臣降清，颇为人所诟病。尝自铭其行杖云："用之则行，舍之则藏，惟我与尔有是夫。"或对以："危而不持，颠而不扶，则将焉用彼相矣。"[1]语妙双关，为时传诵。

【1】见上册《古今滑稽联话大观》"明虞山钱牧斋"条注释。

有屠夫逝世，一名士挽以联云："此去定能成佛果；从今不忍过君门。"运典无迹，可云雅谑。

前清官场种种腐败，不堪枚举。其有势力、善于运动者，人兼数差，否则欲觅一啖饭之地，势比登天尤难。故宦海之可怜虫，每多失意怨愤。某处官厅上，有人黏一谑联云："有甚心儿，且向别处去；无大面子，莫到这里来。"语谐而意甚确。

有老童生应童子试，至八十余岁，尚不能博一衿。某学政见而怜之，因曰："汝不必作文，余出一联，汝能对，即与汝一秀才。"老童领之。学政出上联云："缩脚为老，伸脚为考，老考童生，童生考到老。"童应声云："二人为天，一人为大，天大人情，人情大似天。"学政大笑，因许入泮。

某塾师性诙谐，一日以"人能宏道"课徒作对，童对以"狗无恒心"。塾师笑曰："此语出自何书？"童曰："'狗无恒心，放辟邪侈'，非见于《孟子》书耶？"师笑曰："此一'苟'也，汝一'狗'也，相距千里，汝殆校勘《孟子》之神童乎？"

无锡秦艺庭，工六法，名重京师，以京官殁于旅邸。同邑华君笛秋以联挽之，联中多用虚字白话，颇为创格。联云："总说要还乡,最记挂的天际归舟,到如今乃忽焉绝望;何愁无了局,纵短少那人间画债,知此去已悉数还清。"

有以俗话为联云:"高升高升高高升,批哩扒拉嘣;嗳唷嗳唷嗳嗳唷,齐格隆冬锵。"上联为鞭爆之声,下联系锣鼓声也。然系吴音,他省人不能知其妙。

德清俞曲园尝题西湖花神祠联云:"翠翠红红,处处莺莺燕燕;风风雨雨,年年暮暮朝朝。"叠字成联,久已脍炙人口。近有仿其体作报馆联云:"好好歹歹,事事详详细细;非非是是,天天说说谈谈。"戏园联云:"武武文文,出出吹吹打打;男男女女,人人听听看看。"茶馆联云:"鸨鸨鸡鸡,个个兜兜搭搭;烟烟茗茗,朝朝碌碌忙忙。"虽不及原联之自然,亦颇有意致。

沪妓陆素娟,香名藉藉,曾占花榜状头,某君昵之甚。既而患喉症死,海上文人,为开追悼会于某番菜馆。所赠挽联甚多,吴君跰人一联,最为滑稽,联云:"此情与我何干,也来哭哭;只为怜卿薄命,同是惺惺。"

悼亡联佳者甚多,若聘而未娶,既无爱情,即难措语。某君有挽未婚妻一联颇佳,联云:"尔何人,我何人,无端六礼相成,惹出这番烦恼;生不见,死不见,倘若三生有幸,愿图来世姻缘。"语似旷达,意却哀感。

教官联,诙谐者多,前记两则,久为人传诵。兹又有一联云:"读书人惟这重衙门,才准何妨出入;作官的即此间公事,也须有些作为。"谐中带庄,尤觉有味。

虎丘画春册店门联云:"一阴一阳之谓道;此时此际难为

情。"以俗语对经，与道士新婚联同一谐妙。

某君五十自寿联，极诙谐嘲笑之妙。联云："内无德，外无才，并无好无恶、无是无非，更无点些些产业，直弄到无米无柴，五十载光阴荏苒；老有母，长有兄，且有妻有女、有子有孙，还有个小小功名，也算得有福有寿，两三代骨肉团圞。"

予四十时，亦有一联云："古人四十曰强仕，而无闻焉，而见恶焉，此后光阴，概可知矣；世界三千皆是幻，如泡影耳，如石火耳，当前风景，幸勿失之。"语不能工，亦一时写怀之作也。

上海医生徐某，因行凶杀人，被控到官，平日受其害者，咸思乘间报复。徐极力运动，幸免死罪。谑者预拟挽联云："空中妙手急中施，是毒手，是辣手，谁知此手何如，撒手送君行。记曾手腕轻扬，爰烦援以手乎，手段千秋，抗手井边休握手；前世封头今世见，非铜头，非铁头，为问汝头在否，当官凭我击。想到头颅拚掷，是真冤有头矣，头衔五品，断头台上不回头。"

前清杨士骧，素以滑稽著名。任山东巡抚时，一日首县某晋谒，提及某县令现丁外艰，闻其老太太病亦垂危，怕要接丁。杨笑曰："'接丁'大可对'连甲'。"时连为山东臬司也。又一日，仆人以点心进，杨曰："刚吃过点心，何以再用点心？"仆对曰："这是午点心。"杨曰："这是'午点心'，快传'丁达意'。"时丁为山东济南道。仆闻杨言，茫然不解所谓，急趋出，令人往请丁道。杨大笑曰："不必往请。我盖谓'午点心'可对'丁达意'也。"

某处新开饭肆，某君戏为题一门联云："富似石崇，不带半文休请客；辩如季子，说通六国不容赊。"虽谑语，亦确中世情也。

以绝不相干之事，凑集成联，或谓之"羊角对"。近有仿此联者云："岑春萱拜陆凤石；川冬菜炒山鸡丝。"上联系同时之人，下联则饭馆确有此菜，尤为巧不可阶。或曰此太仓许弼丞作也。

迩来文人颇喜作羊角对，其佳者殊滑稽可喜。如云：
"米占元"（前清统领）对"麦加利"（国名）
"鹿传霖"（前清两江总督）对"龙取水"（俗语）
"陆凤石"（清状元）对"双龙园"（浴堂名）
"李柳溪"（清学部侍郎）对"荷兰水"（食物名）
"李象寅"（书家）对"杨猴子"（伶人）
"岑春萱"（清总督）对"川冬菜"（食物名）
"汤蛰仙"（浙路总理）对"油炸鬼"（食物名）
"林步青"（唱摊簧者）对"江趋丹"（前《时事报》总理）
"龙葆三"（清统领官）对"马泊六"（《水浒》语）
"黄体芳"（前清江苏学政）对"乌须药"（药名）
"朱逌然"（人名）对"赤奋若"（《尔雅》）
"张香涛"（前清军机大臣）对"开臭沟"（京师谚语）
"乌拉布"（满人名）对"红绣鞋"（物名），或对"蚕吐丝"（《三字经》）
"高心夔"（人名）对"矮脚虎"（《水浒》混名）
"单束笙"（苏人，前清商部丞）对"双夹棍"（前清刑法名词）
"祝兰舫"（无锡人，怡和买办）对"开果盘"（妓院新年典礼）
"朱树人"（上海人，求新厂经理）对"乌烟鬼"（俗称）
"张鹤龄"（前清提学使）对"拍马屁"（俗语）
"李次青"（清道咸时人）对"查初白"（清初人）
"易宗夔"（资政院讲员）对"丧家狗"（《家语》）
"陈树楷"（议员）对"撞木钟"（俗谚）；"籍忠寅"（议员）对

"书呆子"（俗谚）

　　"劳乃宣"（时人名）对"穷斯滥"（《论语》）

　　"沈林一"（时人名）对"洋菜单"（大餐馆菜单）

　　"陆宗舆"（驻日本使）对"二人轿"（俗言）

　　"汪荣宝"（议员）对"海朝珠"（戏名）

　　"公法人"（法律名词）对"私生子"（俗语）

　　"私法人"（法律名词）对"公输子"（古人名）

　　"戴天仇"（时人名）对"告地状"（俗谓）

　　"汤蛰仙"（前浙路总理）对"酒醉鬼"（俗谓）

　　"杨杏城"（皖人）对"桐华馆"（妓女名）

　　"李木斋"（前驻日公使）对"葡萄架"（《金瓶梅》语）

　　"叶誉虎"（工商部次长）对"醋溜鱼"（食品）

　　"梁燕孙"（时人名）对"木鳖子"（药名）

　　"鸡犬豕"（《三字经》）对"熊凤凰"（熊内阁别名）

　　"海藏楼"（郑苏戡所居楼名）对"江摇柱"（食品）

　　"朱草衣"（清初隐士）对"紫花布"（用物）

　　"马相伯"（时人名）对"牛魔王"（《西游记》）

　　"龙济光"（时人名）对"马浪荡"（俗谓）

　　"陆凤石"（前清状元）对"海虎绒"（洋货名）

　　"黄石斋"（明朝人）对"红冰阁"（妓女）

　　"陆维李"（时人）对"二度梅"（戏名）

　　"张竹君"（广东人，女医生）对"采桑子"（戏名）

　　"樱桃口"（白香山诗"樱桃樊素口"）对"葡萄牙"（国名）

　　"解语花"（陆放翁诗"花如解语还多事"）对"俾思麦"（德国宰相）

　　"咸水妹"（广东妓女别称）对"甜酒娘"（食物名）

　　"星期日"（即礼拜日）对"雷遇春"（时人名）

　　"金向辰"（前邮传部官）对"银托子"（《金瓶梅》小说中语）

　　"陆宗舆"（时人名）又对"十字架"（西教中语）

"李烈钧"（时人名）对"梅大锁"（伶人）

"段芝贵"（时人名）对"穆桂英"（小说女人名）

"梁任公"（时人名）对"川练子"（药名）

"严范孙"（时人名）对"软帮子"（土妓别名）

"许九香"（时人名）对"忘八蛋"（俗谚）

"青莲阁"（上海茶楼名）对"白兰地"（外国酒名）

"一言堂"（上海南京路市招）对"双泪碑"（小说名）

"陈碑通"（时人名）对"杀子报"（戏剧名）

"谢汝翼"（时人名）对"报君知"（器物名）

"樊云门"（时人名）对"吟月阁"（妓女名）

"吕公望"（时人名）对"阎婆惜"（《水浒传》人名）

"丁韪良"（西人）对"丑表功"（戏剧名）

"鸦片烟鬼"（俗谚）对"燕窝糖精"（食物名）

"白虹贯日"（《史记》）对"金鸡纳霜"（西药名）

"额勒和布"（满人名）对"腰园战裙"（俗谚）

"金华火腿"（食物名）对"玉树神油"（药名）；"额勒精额"（满人名）对"头痛救头"（俗谚）

"张弧辞职"（张为全国盐务总理）对"打棍出箱"（戏名）。

"斜风细雨"（张志和词）对"正月繁霜"（《诗经》）

"山人足鱼"（见子书）对"水母目虾"（亦见子书，水母即俗名海蜇）

"金吾不禁夜"（执金吾，汉时官名，如清制九门提督）对"铁尔克达春"（满人名）

"鸿飞遵远渚"（《文选》诗）对"乌拉喜崇阿"（满人名）

"黄胖蛇黄兴"（黄胖蛇，黄兴之诨号）对"白日鼠白胜"（《水浒》人名）

"白狼韩紫石"（上言狼匪，下三字时人名）对"黑虎赵玄坛"（神名）

"马眉叔顾鳌"（两时人名）对"阿胡子吃蟹"（俗谚）

"九亩地野鸡"（九亩地，上海新辟之商场）；对"廿块底麻雀"（俗语）

"顾鳌蒋作宾孙眉"（三时人名）；"打狗要看主人面"（俗谚）

"公门桃李争荣日"（古诗）；"法国荷兰比利时"（三国名）

"将军下笔开生面"（唐诗）；"狂士如琴张牧皮"（《四书》句）

"烂污长三板幺二"（妓院流行语）；"混帐忘八打一千"（官场流行语）

"欲慰苍生须作雨"（诗句）；"相思黄疸急惊风"（病名）

"杨三已死无昆曲"（杨三，伶人名）；"李二先生是汉奸"（指合肥相国）

"树已千寻休纵斧"（时人诗）；"果然一点不相干"（俗谚）

"好马不吃回头草"（俗谚）；"宫莺衔出上阳花"（唐诗）

"又要马儿不吃草"（俗谚）；"始知秦女善吹箫"（古诗）

"天下老鸦一般黑"（俗谚）；"王母桃花千遍红"（古诗）

"吃饭不知牛辛苦"（俗谚）；"树木犹为人爱惜"（古诗）

"相欺虾子没得血"（俗谚）；"归有渔郎来问津"（古诗）

"鸡肚不知鸭肚事"（俗谚）；"雏凤清于老凤声"（古诗）

"春光未觉花心动"（近人诗）；夏礼能言杞足征"（用《论语》典）

"欲解牢愁须纵酒"（近人诗）；"兴观群怨不离诗"（撰句）

"又要马儿弗吃草"（俗谚）；"始知人老不如花"（岑嘉州诗）

古今滑稽联话

范左青 / 撰

序

诗词联对,文章小道,余自幼喜之特甚。忆龆时夏日纳凉,有族长口述古人巧对数则,余喜而笔之;族长嘉之,乃为更诵谐联数则以去,是为余搜集韵语之嚆矢。厥后有闻见,辄录之,其途渐广,举凡有兴趣之诗词杂文,无不辑眷,名其册曰《珊瑚网》。十余年来,积卷盈尺。枕中之秘,固未尝示人也。家贫,连年奔走,衣食卒卒,无须臾之隙可以整比公世。至客岁,始编诗词一部分,题名《古今滑稽诗话》,付海上会文书局印之,亦聊以寄托穷愁,消遣则个。出版后,流行颇广,窃喜海内同嗜者之尚不乏人也。

友人中多怂恿再出,乃复将所辑联对覆审一过,虽语涉纤佻,无关宏恉,而意趣所适,嬉笑怒骂,萃于一编,汰砾存金,略具类别。凡庆吊赠答、箴勉讽颂诸作,或言情说理、纪事状物之体,古人无心而作,余亦信手而录之。茶余酒后,浏览及之,觉其中掌故如数家珍,名胜可资卧游,莫不措辞隽永、对仗精工,益人神智也。

夫楹联选本多矣,大都皆夸多斗靡,雅郑错见。本编一以清丽诙谐为主,意在令人触睹解颐,抛愁释倦,因隅曲而见大道,化臭腐以为神奇。盖时至今日,科学日繁,文字仅占一小部分,取足达意,不暇为高深奥赜之境,至联话则尤小之小矣。余编此集,亦只用单简之笔述之,不妄加评断。其有不忆出处者阙之,以示存慎。仍命名《古今滑稽联话》,用质鸿达,览而教之。

嗟嗟!廿年搜辑,可存者仅得此数,不其难乎?回首龆年族长前红袴跳地之状,不禁感慨系之。栽青自序。

山阴杜尺庄先生煦,道咸间以名孝廉家居,潜心文学掌故,著书甚多,与宗越岘山人齐名。余于友人处,得其寿钮云庄夫妇八十、五十合庆联,上下各自叶韵,极端庄流丽之致。钮氏世居城中诸善衕,时在大善寺设醮,故联中云云。是联,友人得诸会稽沈翼心明经镜煌口述。明经积学之士,亦当日越中名宿,所传决无讹敚,然士林绝未得耳目也。联云:"云庄八秩寿,尺庄千晋酒,酒后开怀读庄子,逍遥游八千岁春秋;诸善五旬仙,大善百宝筵,筵前合掌颂善哉,兜率天五百尊罗汉。"

缪莲仙《文章游戏》载,某处财神庙一联云:"果然冷面寡情,只才是守钱奴,倒要与他几个;若使扶危济困,竟成了耗财鬼,休来想我分文。"过激之言,不可为训,不如《联语汇选》中所载某君一联,蕴藉有味。联云:"只有几文钱,你也求、他也求,给谁是好;不作半点事,朝亦拜、夕亦拜,教我为难。"

昔人谓,作怀古诗须翻陈出新,方能醒目。联对何独不然?李秀峰题岳阳楼云:"吕道人甚无味,八百里洞庭,飞过去、飞过来,一个神仙谁在眼;范先生殊多事,数十年寒士,偶为将、偶为相,万家忧乐空关心。"脍炙人口,有以哉!

吾乡灸社诗人某廪生,五十自寿一联,诙谐入妙,人多诵之。句云:"嫖无闲,赌无钱,试为无赖,气力如绵,无过可寻,检点何劳蘧伯玉;[1]进过学,补过廪,取消过后,南无结顶,平心一想,功名早于朱买臣。[2]"

【1】蘧伯玉,春秋时期卫国大臣、贤人,孔子之友。《淮南子·原道训》:谓"蘧伯玉年五十而知四十九年之非。"

【2】朱买臣,西汉大臣。早年穷困微贱,但坚持读书学习,被发妻嫌弃离婚。五十岁后,朱买臣终于做官,并升到高位。

泰县某甲嗜鸦片,就家祠中设灯售吸。或赠联云:"与祖宗呼吸相通,方是香烟一脉;叹子孙诗书未读,也知灯火三更。"以"烟、灯"两字分柱,语谐而刻矣。

南皮张文达抚江苏时,值粤乱初定,国家方粉饰承平,士大夫相率从事于文讌。吴中为莺花薮泽,文达又知名士,东山丝竹,不减谢傅风流。有名妓张少卿者,为文达所昵,为撰一联云:"少之时不亦乐乎;卿以下何足算也。"[1]此联久已脍炙人口。后有勒省旂者,方伯少仲之公子也,风雅能诗,所眷妓亦名少卿,为联赠之云:"少之时戒之在色;卿不死孤不得安。"[2]同一集句,一则风流自喜,一则偈傥不羁,两人身分口吻,亦各肖其所肖云。

【1】语本《论语·学而》:"学而时习之,不亦乐乎?"《论语·子路》:"子曰:'噫!斗筲之人,何足算也?'"

【2】语出《论语·季氏》:"孔子曰:'君子有三戒:少之时,血气未定,戒之在色;及其壮也,血气方刚,戒之在斗;及其老也,血气既衰,戒之在得。'"《三国志·吴书·吴主传》裴松之注引《吴历》曰:"曹公出濡须,……喟然叹曰:'生子当如孙仲谋,刘景升儿子若豚犬耳!'权为笺与曹公,说:'春水方生,公宜速去。'别纸言:'足下不死,孤不得安。'曹公语诸将曰:'孙权不欺孤。'乃彻军还。"

曩阅孙诗樵《馀墨偶谈》,曾见一联,仿云南大观楼长联体,嘲嗜鸦片烟者,描写尽致,虽画不如。联云:"五百两烟泥,赊来手里,价廉货净,喜洋洋兴趣无穷。看粤夸黑土,楚重红瓤,黔尚青山,滇崇白水。估成辨色,不妨请客闲评。趁火旺炉燃,煮就了鱼泡蟹眼,正更长夜永,安排些雪藕冰桃,莫辜负四楞响斗,万字香盘,九节老枪,三镶玉嘴;数千金家产,忘却心头,瘾发神疲,叹滚滚钱财何用。想名类巴菰,膏珍福寿,种传罂粟,花号芙蓉。横枕开灯,足尽平生乐事。伫朝吹暮吸,那怕他日烈风寒,纵妻怨儿啼,都装做天聋地哑,只剩下几寸囚毛,半抽肩膀,两行清涕,一副枯骸。"

大观楼联,系滇人孙髯所题,一纵一横,大气盘旋,为古今有数之作。虽非滑稽,录之以便阅者对照:"五百里滇池,奔来眼底,披襟岸帻,喜茫茫空阔无边。看东骧神骏,西翥灵仪,北走蜿蜒,南翔缟素。高人韵士,何妨选胜登临。趁蟹屿螺洲,梳裹就风鬟雾鬓,更苹天苇地,点缀些翠羽丹霞,莫孤负四围香稻,万顷晴沙,九夏芙蓉,三春杨柳;数千年往事,注到心头,把酒凌虚,叹滚滚英雄谁在。想汉习楼船,唐标铁柱,宋挥玉斧,元跨革囊。伟烈丰功,费尽移山心力。伫珠帘画栋,卷不及暮雨朝云,便断碣残碑,都付与苍烟落照,只赢得几杵疏钟,半江渔火,两行秋雁,一枕清霜。"

吾乡陶稷山先生,工北魏书,然不肯轻作。虞山蒋某乞得一联,至长跪以谢。有嘲之者云:"蒋子七言弯狗腿;陶公五斗惮虾腰。"

清宫某苑有两戏台联,比喻警切,思想新奇,口气之大,尤得未曾有。相传均出某太监手笔,辞句亦大同小异。一云:"尧舜净,汤武生,桓文丑旦,古今来几多脚色;日月灯,云霞彩,风雷鼓板,宇宙间一大戏场。"一云:"尧舜生,汤武净,五霸七雄丑末耳。伊尹太公便算一只耍手,其余拜将封侯,不过摇旗呐喊称奴婢;四书白,六经引,诸子百家杂说也。杜甫李白会唱几句乱弹,此外咬文嚼字,大都沿街乞食唱莲花。"

近人汪笑侬题戏剧学校联云:"尧舜老生,昌发武生,宋齐梁陈不过丑末耳!千古帝王,上台下台真似戏;经传正板,子史散板,诗词歌赋其犹二六乎?一堂教育,新剧旧剧学而优。"似从上联脱胎，然相去远矣。

江西万立钧知新阳县，以严酷闻；士绅苦之。其去任也，有某君构成一上联，方唯一君续之，送于万之舟次。联曰："无恻隐，无羞恶，无辞让，无是非，政令虎苛，南武之民何罪；是混沌，是穷奇，是梼杌，是饕餮，货贿狼藉，西江有子不才。"[1]强对颇见力量。

【1】参见上册《古今滑稽联话大观》"江西万立钧知新阳县"条注释。

徐侍郎某督学粤东，所取皆翩翩年少，不重文而重貌。当时粤人颇讽刺之，某君联云："尔小子整整齐齐，或熏香，或抹粉，或涂脂，三千人巧作嫦娥，好似西施同入越；这老瞎颠颠倒倒，不论文，不通情，不讲礼，十八省几多学士，如何东粤独来徐。"

民国初元改用阳历，民间颇不一致。好事者于阴历元旦，书一联悬土地祠云："男女平权，公说公有理，婆说婆有理；阴阳合历，你过你的年，我过我的年。"又，同时某报载有一联云："摄政王兴，摄政王亡，一代兴亡两摄政；[1]中华国民，中华国土，千年民土本中华。"皆有讥讽，可以代表多数之民意也。然阳历纪年实较阴历为准，并此讥之，未免太守旧矣。

【1】清初，多尔衮在太宗皇太极死后，以辅政王身份辅佐皇太极第九子福临即帝位（清世祖），指挥清兵入关，清朝入主中原，多尔衮先后封叔父摄政王、皇叔父摄政王、皇父摄政王。清末，清逊帝溥仪生父载沣，在宣统年间任监国摄政王，宣统三年，辛亥革命爆发，被迫辞去摄政王职，次年被迫同意溥仪退位。

吴下某生，性嗜读而遇殊蹇，年三十犹未青一衿，人多嗤之。生发愤，遂于是年四月入泮，秋即连捷举于乡。其友缪心如，赠以联云："端午以前，犹是夫人自称曰；重阳而后，居然君子不以言。"[1]脚缩"小童""举人"四字，殊趣。

【1】语出《论语·季氏》："邦君之妻，君称之曰夫人，夫人自称曰小童；邦人称之曰君夫人，称诸异邦曰寡小君；异邦人称之亦曰君夫人。"《论语·卫灵公》："子曰：'君子不以言举人，不以人废言。'"

杭州某寺，有弥勒佛联云："年年扯空布袋，少米无柴，只剩得大肚宽肠，为告众檀越，信心时将何物施佈；日日坐冷山门，接张待李，但见他欢天喜地，试问这头陀，得意处著甚么来由。"游戏三昧，所谓禅悦文字也。要之，作此等联，亦只好如此。夫论道德既不免于迂，论果报又不免于诬，且二者皆非佛氏之极则也，舍此必谈空说有矣。而谈空说有，又嫌于陈陈相因、千篇一律也。故欲求新奇，不得不尔。

奉新姚鸿元，落拓不偶，开馆邨中文昌庙，其右则冶工肆也。一游士赠联云："设帐近洪炉，不怕诸生顽似铁；传经依古庙，方知夫子教如神。"语奇而切，字字如生铁铸成。

长沙杨卓夫，赠妓小如联云："小住为佳，得小住且小住；如何是好，欲如何便如何。"

朱建三生于七月七日，所居之里名百花巷。李笠翁寿以联云："七夕是生辰，喜功名事业从心，处处带来天上巧；百花为寿域，羡玉树芝兰绕膝，人人占却眼前春。"清圆流丽，余最喜之。

笠翁芥子园，门前二柳、门内二桃，风景清幽，任人游赏。

桃熟时，游人辄摘取之。因戏书一联于门云："二柳当门，家计逊陶潜之半；双桃钥户，人谋虑方朔之三。"

"嘴尖肚大柄儿高，才免饥寒便自豪。量小不堪容大物，两三寸水起波涛。"此郑板桥借茶壶讥斗筲者之诗也。余已编入《滑稽诗话》矣。兹于友人处，得其六十自寿一联，极风流潇洒，可作本编材料。联云："常如作客，何闻康宁，但使囊有馀钱，瓮有馀酿，釜有馀粮，取数叶赏心旧纸，放浪吟哦。兴要阔，皮要顽，五官灵动胜千官，过到六旬犹少；定欲成仙，空生烦恼，只令耳无俗声，眼无俗物，胸无俗事，将几枚随意新花，纵横穿插。睡得迟，起得早，一日清闲似两日，算来百岁已多。"

康熙时，广东诗僧某住海珠寺，交通公卿。寺塑金刚与弥勒环坐像，法身之大，倍于他寺。滑稽者为题联云："莫怪和尚们这般大样；请看护法者岂是小人。"

《熙朝新语》云：浙江乾隆丙子科乡试，两主考一姓庄、一姓鞠，庄颠顸而鞠不谨。有集杜句嘲之云："庄梦未知何日醒；鞠花从此不须开。"[1]鞠试毕回京，谓陈句山太仆云："杭人真欠通，如何'鞠'可通'菊'？"公不答，鞠诘之。公曰："吾适思《月令》'鞠有黄华'耳。"鞠大惭，未几死，人以为语谶。

又，道光时，某公分校礼闱。卷中有用《毛诗》"佛时仔肩"者，则批云："佛字系梵语，不可入文内。"[2]复有用《周易》"贞观"二字者，则又批云："贞观是汉代年号，不可入文内。"因有为之对者云："佛时是西域经文，宣圣悲啼弥勒笑；贞观系东京年号，唐宗错愕汉皇惊。"如此试官，真堪绝倒。

【1】参见上册《古今滑稽联话大全》"乾隆丙子浙江乡试两主考"条注释。

【2】《诗经·周颂·敬之》："敬之敬之，天维显思，命不易

哉。无曰高高在上，陟降厥士，日监在兹。维予小子，不聪敬止。日就月将，学有缉熙于光明。佛时仔肩，示我显德行。"其中，"佛"读为"弼"，义为辅助；"时"读为"持"，义为扶持；"肩"，义为肩任；"仔"，义为负任。佛教在东汉明帝时期（约公元1世纪）才传入中国。

《三山笑史》云：有村馆延师课子者，故事：每遇七夕，师若住馆，主人例设酒筵款之。师习闻其说。至七夕，竟寂然。因呼其徒命对云："客舍凄清，恰似今宵七夕。"徒不能对，以告其父。父知师意，笑曰："我忘之矣。"因代对云："寒村寂寞，可移下月中秋。"师笑颔之。迨至中秋，以为必设矣，而又寂然。因复命对云："绿竹本无心，遇节实时挨不过。"其父笑曰："我又忘之矣，奈何？"仍代对曰："黑花如有约[1]，重阳以后待何迟。"师无如之何，听之而已。讵至重阳，又寂然也。师不能忍，仍出对命徒云："汉三杰，张良韩信狄仁杰。"其父闻之，大笑曰："师误矣！三杰是汉人，狄仁杰是唐人。师忘之乎？"师语其徒曰："我实不忘。汝父前唐、后汉记得许熟，乃一饭而屡忘之乎？"

【1】此处"黑花"，当为"黄花"。参见上册《古今滑稽联话大观·庆吊》，及本册《文苑滑稽联话》卷下。

有开烟室者，年五十始娶，而新娘则年仅十五也。某茂才为撰喜联云："五十新郎，十五新娘，天数五、地数五，五位相乘，莫笑枯杨占大过；三两好土，两三好友，益者三、损者三，三生有幸，聊将罂粟请同人。"[1]人争诵之。闻于彭宫保玉麐，邀入幕中，且为保举一知县云。

【1】参见本册《文苑滑稽联话》"左宗棠任江督时"条注释。

吾乡孙彦清先生德祖《题檞福墨》载：同治甲子，先生寓内家吴融钟氏。钟族有名澄四者,居邻村,业酿而好饮,以六十初度,招先生就麯筵。酬酢方酣,出楹帖,索致语。先生倚醉濡笔,戏问:"君寿当得几何?"澄曰:"二百岁可得耶。"因狂草三十四字云:"君是酒中仙,定此后称觞,还须一百四十度;我为座上客,似今朝大醉,何妨三万六千场。"主人得之狂喜,每见文人,辄举其词,津津若有余味云。

又,某生儭于秋初,纳名妓爱金为箎室,欲作联,苦二字难偶。先生走笔为成二十四言云:"爱月夜眠迟,不信爱卿胜皓魄;金风秋信早,好营金屋贮青娥。"组字熨贴,颇见匠心。

某县令居官清廉,萧然四壁。尝于除夕作联自嘲,其语颇趣。联云:"放千枚爆竹,把穷鬼轰开,数年来被这小奴才,扰累俺一双空手;烧三枝高香,将财神请进,从今后愿你老夫子,保佑我十万缠腰。"

咸丰间,江苏某君为发匪所获。匪首闻其有才名,留司笔札,且嘱题联。某君题曰:"说什么天主教,妄称天父天兄,绝天理、灭天伦,把青天世界闹得天昏。有一日天讨天诛,天才有眼;看这些地方官,都是地匪地棍,掘地平、挖地坑,将大地山河弄成地狱。还要抽地丁地税,地也无皮。"又大书一额曰"斌尖傀卡",盖讥其文不像文、武不像武,人不像人、鬼不像鬼也。匪首不解文义,见联中有"天父天兄"字样,以为必系颂祷之辞也,因大喜,厚礼之。后遇其同类之识字者,为之解释,始大怒,以被絮渍油裹某生而火之,名曰"烧大蜡烛"。亦云惨矣。

龙阳才子易哭厂,老名士中之鼎鼎者也。晚年酷好戏剧,属意于女伶鲜灵芝,诗词称扬,不遗余力,灵芝之名,因以大噪。易死后,长沙某君戏代灵芝作挽云:"灵芝不灵,百草难医才子命;哭厂谁哭,一生只惹美人怜。"

贺新婚联用谐谑语，最恶作剧。然亦因人而异，如施诸优妓，则未始不可也。往年海上某舞台男伶某旦新婚，欧阳元贺以联云："安能辨我是雌雄，想华月金樽，也曾脂粉登场，为他人作嫁；毕竟可儿好身手，趁椒风锦帐，莫把葫芦依样，舍正路弗由。"语极佻达而不嫌者，以题目同而人不同也。

天地间物，苟从乐观，大而日星河岳，固属可喜；小而虫禽草木，亦无一非乐景也。昔何燕泉幼时，随父乘凉郊野，父命对曰："蛙鼓萤灯蚯蚓笛，芳塘夜夜元宵。"燕泉对曰："莺簧蝶拍鹧鸪词，香陌年年上巳。"是即其明证也。否则鹧鸪、蚯蚓之声，正离人思妇之所畏恶者，安得组成如此巧丽之对乎？

《葵轩琐记》载，邗江旅壁一对云："邹孟子，吴孟子，寺人孟子，一男一女，一非男非女；周宣王，齐宣王，司马宣王，一君一臣，一不君不臣。"[1]

【1】参见上册《古今滑稽联话大观》"陈景若九岁时"条注释。

《古今巧对录》云：苏长公偕释佛印、妓琴操，泛舟赏月。佛印酒酣，出船头撑篙为戏。琴操云："和尚撑船，篙打江心罗汉。"佛印云："佳人汲水，绳牵井底观音。"佛印又曰："一个美人映月，人间天上两婵娟。"琴操云："五百罗汉渡江，岸畔波心千佛子。"

又一日，东坡与秦少游出游，见岸上一醉汉骑驴，摇摇欲堕。苏云："醉汉骑驴，颠头簸脑算酒帐。"秦亦即景对云："艄公摇橹（櫓），打恭作揖讨船钱。"

杨维桢与虞集至一妓家，见妓悬两镜梳头。杨云："两镜悬窗，一女梳头三对面。"虞云："孤灯挂壁，二人作揖四躬身。"

高季迪留姚孝广同饮，出一妓佐酒，貌甚明艳。姚戏之云："虞美人穿红绣鞋，月下行来步步娇。"高代对曰："水仙子持碧玉箫，风前吹出声声慢。"[1]

【1】虞美人、红绣鞋、步步娇、水仙子、碧玉箫、声声慢，均为词曲牌名。

解大绅与同僚在舟中饮酒，有青蛙跃出水面。同僚云："出水蛙儿穿绿袄，美目盼兮。"时解方食虾，即举以对云："落汤虾子着红袍，鞠躬如也。"

光绪间，阎丹初相国柄政，与张子青相国，俱逾八旬；又乌少云、孙莱山二公亦年老，奉使莅鄂查办某事。都下有联云："丹青不知老将至；云山况是客中过。"[1]集句讬讽，蕴藉可喜。凡作滑稽联者，当以此为正宗矣。

又，李鸿章在相府，翁叔平绾度支时，都中亦传一联，嵌二公本籍县名，虽含蓄稍逊，而警策过之。联云："宰相合肥天下瘦；司农常熟世间荒。"

【1】句出唐杜甫《丹青引赠曹将军霸》诗："丹青不知老将至，富贵于我如浮云。"及李颀《送魏万之京》诗句："鸿雁不堪愁里听，云山况是客中过。"

《红楼梦》寓言八九，可有可无，指往事以实之，已觉可笑；乃妓女中竟有袭其名号以相号召者，更无谓之极矣。然作赠联者，正可因此而得佳句焉。某君赠林黛玉云："我为黄浦江边客；卿是红楼梦里人。"

又有号"贾筱樵"者，本非袭名《红楼》，而所欢以其姓贾，且"筱樵"二字声同"小乔"，戏赠一联，组织更巧。联云："姓名疑在红楼梦；夫婿曾烧赤壁兵。"

平湖令某，无锡人，有才名，而贪于货贿。巡方将劾之，怜其才，讽以对云："平湖湖水水平湖，未餍所欲。"令会其意，对曰："无锡锡山山无锡，空得其名。"巡方颔之，遂罢劾。

又，某生以赝银市物，被控至官。郡守某出对云："使假银买真货，弄假成真。"生应声曰："遇凶徒见吉星，逢凶化吉。"守立释之。

又，有三女同通于一人者，事发到官，出对云："三女为奸（姦），二女皆从长女起。"盖欲重按其长也。长女对曰："五人共伞（傘），小人全仗大人遮。"官薄惩之。

三对皆出于仓卒，有剖辨祈哀之意，行虽无取，才固足称，所谓"人皆欲杀，我意独怜"者也。

唐伯虎召乩仙，戏出对云："雪消狮子瘦。"乩郎书曰："月满兔儿肥。"又云："七里山塘，行到半塘三里半。"乩云："五溪蛮洞，经过中洞五溪中。"

时刑部郎中黄暐在座，亦请对云："羊脂白玉天。"乩云："问丁家巷田夫。"众疑其妄，往试之，见一耕者锄黄土，问之，曰："此'鳝血黄泥地'也。"五字的对，众始骇服，谓为真仙云。按：此对《聊斋志异》亦收载之，惟改"鳝血"为"猪血"，觉更工整。

《聊斋志异》中载谐联甚夥。如，《三朝元老》之："一二三四五六七；孝弟忠信礼义廉。"上隐"忘八"，下隐"无耻"，颇滑稽含蓄。其他如《狐谐》之"妓女出门访情人，来时万福，去时万福；龙王下诏求直谏，龟也得言，鳖也得言"，《仙人岛》之"王子身边，无有一点不是玉；黾（黽）翁头上，再着半夕即成龟（龜）"，又"戊戌同体，腹中只欠一点；已巳连踵，足下何不双挑"等，皆诙谐可喜，双关入妙，为吾《滑稽联话》之极好资料也。

陆文量与陈启东饮。陈年老发稀，陆戏之曰："陈先生数茎头发，无计可施。"陈云："陆大人满脸髭髯，何须如此。"陆又笑曰："两猿截木山中，这猴子也会对锯（句）。"陈曰："有犯，幸公勿罪。'匹马陷身泥内，此畜生怎得出蹄（题）。'"相与抚掌，竟日而散。按：此种恶谑，虽云箭在弦上、不得不发，然总不可尚也。

嘉靖间，御史毛汝砺公宴，承差某斟酒太溢，毛曰："承差差矣乎。"边廷实时为副使，亦在座，应声曰："副使使之也。"四字上下异音，天然的对。

归安沈筠溪，少绝敏颖，有辩才。一日，与弟偕出，值风雨暴作，过陈方伯兄弟邸中暂避。方伯戏曰："大雨沉沉，二沈伸头难出。"答云："狂风阵阵，两陈摇尾不开。"

明初，某解元登第后，偕伴二人至某妓寮。妓闻其有才名，欲试之，适进茗者以不知客数，茶只两瓯。妓伴谢过，即二分之以进[1]，曰："三分分茶，解解解元之渴。"某解元应声曰："一朝朝罢，行行行院之家。"或曰即解春雨事，不知然否。然对句殊不见佳，视妓当有逊色。

【1】此处"二分"，《古今滑稽联话大观·方技》及《文苑滑稽联话》等，均作"三分"。

三衢人某，淫其里锻工之女，为工捉获，以铁钳钳去左耳，纵之。诸理斋为集成句一联云："君子将有为也，载寝之床；匠人斫而小之，言提其耳。"[1]

【1】参见上册《古今滑稽联话大观》之"有铁匠妻与人奸"条注释。

全椒王生,淳于髡之流亚也,敝衣垢貌,虮虱缘襟上行,效王景略故事,发一语,辄令人绝倒,人戏呼为"王虱子"。【1】居之邻有寺,寺之僧亦好诙谐者,与王友善,时相嘲谑。一日,僧摘瓜架下,王适至,出对曰:"葫芦种(上声),葫芦种(去声),葫芦种得葫芦用。葫芦架下摘葫芦,葫芦撞着葫芦痛。"僧笑应曰:"虱子长(平声),虱子长(上声),虱子长成虱子痒。虱子身上捉虱子,虱子掐得虱子响。"

【1】淳于髡,战国时齐国人,身材不高,滑稽多辩,数度出使诸侯,未尝屈辱。王猛字景略,前秦大臣。家贫如洗,身处乱世,负奇才却不出仕。东晋桓温北伐,驻军灞上,关中父老争迎。王猛身穿麻布短衣,至大营求见,大庭广众之下,一面捉衣上虱子,一面从容纵论天下。桓温认为王猛才干东晋无人能比,但王猛没有跟随南下。后来,王猛与前秦主苻坚一见如故,辅佐苻坚,前秦大治。王猛临终叮嘱苻坚不可征伐东晋,苻坚违言,淝水之战大败,终致国灭身死。

西湖花神庙,旧有联云:"翠翠红红,处处莺莺燕燕;风风雨雨,年年暮暮朝朝。"刘树屏仿之,题愚园花神阁云:"花花叶叶,翠翠红红,惟司香尉着意扶持,不教雨雨风风清清冷冷;鲽鲽鹣鹣,生生世世,愿有情人都成眷属,长此朝朝暮暮喜喜欢欢。"【1】

后人更广其途,作报馆联云:"好好丑丑,事事详详细细;非非是是,天天说说谈谈。"茶馆云:"捣捣鸡鸡【2】,个个兜兜搭搭;烟烟茗茗,朝朝碌碌忙忙。"梨园云:"武武文文,出出吹吹打打;男男女女,人人听听看看。"剃头店云:"暮暮朝朝,洗洗梳梳剃剃;停停歇歇,光光挖挖敲敲。"赠妓紫云云:"紫紫红红，花花叶叶；云云雨雨，暮暮朝朝。"

【1】参见元乔吉《天净沙·即事》曲："莺莺燕燕春春，花花柳柳真真。事事风风韵韵。娇娇嫩嫩，停停当当人人。"

【2】捣捣鸡鸡：《古今滑稽联话大观·屋宇》及《新编绝妙滑稽联话》，均作"鸨鸨鸡鸡"。

联对正格，不能有重复字，然亦有故意重复以见长者。某君五十自寿云："内无德，外无才，并无好无恶、无是无非，更无点些些产业，直弄到无米无柴，五十载光阴荏苒；老有母，长有兄，并有妻有女、有子有孙，还有个小小功名，也算有福有寿，两三代骨肉团圆。""有、无"二字凡九重，垒垒贯珠，愈觉可爱。

寇莱公在中书，与同列戏云："水底日为天上日。"众未有对。会杨大年至，乃对曰："眼中人是面前人。"

刘贡父善属对。王安石曰："'三代夏商周'，可对乎？"贡父曰："'四诗风雅颂'。"荆公拊髀曰："天造地设也。"

古时各省皆有地讳，莫知所始。如畿辅曰响马，陕西曰豹，山西曰瓜，山东曰膀，河南曰驴，江南曰水蟹，浙及徽州曰盐豆，浙又曰兽，江西曰腊鸡（元时江南亦号腊鸡），福建曰癞，四川曰鼠，湖广曰干鱼，两广曰蛇，云贵曰象。苟不知而误犯之，必为土人所厌恶矣。然亦有明知故犯，特以此为嘲戏者。

成化中司马陕西杨鼎，与司寇福建林聪会坐。林以杨多须且年少，戏曰："胡儿十岁能窥豹。"杨曰："癞子三年不似人。"

又，河南焦芳过李西涯邸，见檐曝干鱼，戏曰："晓日斜穿学士头。"西涯曰："秋风正灌先生耳。"以谚有"秋风灌驴耳"之句也。

又，廖鸣吾戏伦白山曰："人心不足蛇吞象。"伦曰："天理难忘獭祭鱼。"

又，蜀中张士俨，与广东王某善，每见辄曰："委蛇委蛇。"王应声曰："硕鼠硕鼠。"

又，李时尝以"腊鸡独擅江南味"戏夏言，言亦以"响马能空冀北群"七字报之。

诸如此类，不胜枚举，要皆明知而故犯者。今则不闻有此矣。

一清客书门对云："心中无半点事；眼前有十二孙。"有人续其下曰："心中无半点事，两年不曾完粮；眼前有十二孙，六个未经出痘。"见者绝倒，真滑稽之尤矣。

万历中，湖广张孝廉某，悦李屠儿之妻，方执手调笑，屠儿适归，乃扃户操杖击伤其胫。哀求得脱，告屠于官，称往渠家买盐被殴。县令已悉前情，因署一联于状尾而掷还之。联云："张孝廉买盐，自牖执其手；李屠儿吃醋，以杖叩其胫。"[1]

【1】参见上册《古今滑稽联话大观》"有铁匠妻与人奸"条注释。

西湖花神庙旁月老祠，有金书旧联云："愿天下有情人，都成了眷属；是前生注定事，莫错过姻缘。"盖集《西厢》《琵琶》两院本成句也。

江苏某处有一庙，正殿奉关帝，左右祀火神、龙神。彭文勤公过之，题句云："心之光明犹火也；神而变化其龙乎。"就地起义，移他处不得。

广东省城真武庙，有一联云："逞被发仗创威风，仙佛焉耳矣；有降龙伏虎手段，龟蛇云乎哉。"语气岸异。相传为苏文忠公手笔。

安徽育婴堂落成，陶云汀宫保题联云："父兮生，母兮鞠，俾无父母有父母，此之谓民父母；子言似，孙言续，视犹子孙即子孙，所以保我子孙。"

又，各省育婴堂，有旧传通用一联云："子不子，亦各言其子，委而弃之，是可忍也孰不可忍也，先王斯有不忍人之政；[1] 幼吾幼，以及人之幼，比而同之，有以异乎曰无以异也，大人不失其赤子之心。"[2] 集语颇能浑成。不知作者何人也。

【1】语本《论语·先进》："颜渊死，颜路请子之车以为之椁。子曰：'才不才，亦各言其子也。鲤也死，有棺而无椁，吾不徒行以为之椁。以吾从大夫之后，不可徒行也。'"《孟子·公孙丑下》："城非不高也，池非不深也，兵革非不坚利也，米粟非不多也，委而去之，是地利不如人和也。"《论语·八佾》："孔子谓季氏：'八佾舞于庭。是可忍，孰不可忍。'"《孟子·公孙丑上》："孟子曰：'先王有不忍人之心，斯有不忍人之政矣。以不忍人之心，行不忍人之政，治天下可运之掌上。'"。

【2】语本《孟子·梁惠王上》："老吾老，以及人之老；幼吾幼，以及人之幼；天下可运于掌。"《孟子·滕文公上》："夫物之不齐，物之情也。或相倍蓰，或相什百，或相千万。子比而同之，是乱天下也。"《孟子·梁惠王上》："孟子对曰：'杀人以梃与刃，有以异乎？'曰：'无以异也。''以刃与政，有以异乎？'曰：'无以异也。'"《孟子·离娄下》："孟子曰：'大人者，不失其赤子之心者也。'"

滇南赵某，仕楚中为郡守，好出对句。一日，见坊役用命纸糊灯，得句云："命纸糊灯笼，火星照命。"思对未得。至岁暮，有老人高捧历日，叩头献上，猛然触机，拍案大叫，对前句云：

"头中顶历日，太岁当头。"老人大骇，误为怒己，叩头乞哀不止。守语其故，厚赏令出，然已饱受虚惊矣。岂真如俗语所云"太岁当头"欤？一笑。

泰兴令胡瑶，昵一门子。坐堂时，见一吏挑之，与偶语，令怒，欲责治之。吏漫云："渠是小人表弟，叙家常耳。"令乃出对云："'表弟非表兄表子'，汝能对，免责。"吏曰："丈人是丈母丈夫。"令笑而释之。

唐原休受朱泚伪官，自比萧何，入长安日，首收图籍，时人目之曰"火迫郑侯"。宋南渡，有郭某为将，自比诸葛，酒后辄咏"三顾频烦，两朝开济"之句，屏风、便面，一一书此。未几败于江上，仓皇涕泣而逃，时谓之"尿汁诸葛"。遥遥数百年，一将一相，正堪作对。

《代醉编》载：宋陈绎好为敦朴之状，时号"蔫熟颜回"。熙宁中，台州推官孔文仲举制科，对策言事，有"痛哭""太息"语，执政恶而斥之。时陈绎为翰林学士，语同官曰："文仲狂躁，真杜园贾谊也。"王平甫笑曰："'杜园贾谊'，可对'蔫熟颜回'。"同官皆大笑，绎面赤而退。按：蔫熟、杜园，皆当时之俗语也。

草木之名，繁而难识。钱塘谢浩然，尝集花名对若干则，博考群书，搜罗宏富。卒后其稿散轶，甚可惜也。余游杭时，曾一见之，忆其中云：闽中有花号石独者，状似牡丹；又有号山单者，状似芍药。"石独；山单"，天然对偶。顷阅《人寿轩随笔》，载宋翁点一对云："拆破磊文三石独；分开出字两山单。"分合字面，嵌以花名，则更巧矣。

《七修类稿》载：明高皇帝好微行。一日，遇一监生，同饮于酒家。问其乡里，曰："四川重庆人。"高皇曰："千里为重，重水重山重庆府。"监生对曰："一人成大，大邦大国大明君。"高皇大喜别去，明日召入，命为按察使。

又某日，高皇偕刘三吾，入一村店小饮。无物下酒，出对曰："小村店，三杯两盏，无有东西。"三吾未及对，店主对曰："大明国，一统万方，不分南北。"高皇欲官之，店主以元人，固辞乃罢。

又，《闲居笔记》云：南京有佛刹曰"多宝"者。高皇游幸，见幢幡上尽书"多宝如来"，高皇曰："寺名多宝，有许多多宝如来。"时江怀素以翰林学士扈从，对曰："国号大明，更无大大明皇帝。"越日骤升吏部尚书云。

李空同督学江右，唱名时，有一生与同名，因出对云："蔺相如，司马相如，名相如，实不相如。"生曰："魏无忌，长孙无忌，彼无忌，此亦无忌。"奇巧不可方物。然亦幸而有此现成名字也。

《坚瓠集》曰：张桓侯翼德，显应蜀中，时降灵附童子身，语祸福事，应如响。有某生者不修，出联请对曰："人是人，神是神，人岂可为神也。"童未尝学，竟应声曰："尔为尔，我为我，尔焉能浼我哉。"事甚怪诞，未可为信。然本编论对，佳则录之，其他非所计也。

弘治中，泉州府学教授某，南海人，颇立崖岸。一日，设宴于明伦堂，扮演《西厢》杂剧。翌日，有无名子书一联于学门云："斯文不幸，明伦堂上，除来南海先生；学校无光，教授馆中，扮出西厢杂剧。"某出见之，赧然自愧，故态顿去。

苏东坡与僧佛印、妓琴操，常相往来，饮酒赓和，脱尽形迹。一日，佛印过东坡，见琴操假寐纱橱中，戏之曰："碧纱帐里睡佳人，烟笼芍药。"琴操云："青草池边洗和尚，水浸葫芦。"佛印大笑曰："和尚得对娘子，实出望外。"

陆浚明幼善属对。尝同陆象孙，至父执某君处。父执方饮酒，与一人对局，因出对曰："围棋赌酒，一着一酌。"浚明对曰："坐漏观书，五更五经。"对弈人亦对曰："弹琴赋诗，七絃七言。"皆佳。

《倦游录》载：王荆公之子雱，为太常太祝，有心疾。娶妻庞氏，未尝相接，荆公怜而嫁之。时工部员外侯叔献，荆公门人也，再娶槐氏甚悍。侯死，荆公恐其虐前妻之子，奏而出归母家。京师为之谚曰："王太祝生前嫁妇；侯工部死后休妻。"事奇语奇，颇堪发噱。

弘治中，江阴曹野塘宰分宜。严嵩方成童，曹识而拔之，令与其子弘同治举业，宿食官舍。见严所握扇，画鱼游景，构对语云："画扇画鱼鱼跃浪，扇动鱼游。"严即对云："绣鞋绣凤凤穿花，鞋行凤舞。"一夕曹偶思家，口占曰："关山千里，乡心一夜雨绵绵。"严又对曰："帝阙九重，圣寿万年天荡荡。"曹俱称赏，谓他日必成大器。一日，偶与偕出，见城上堆垜，戏曰："雉堞巉巉何所似。"严云："倒生牙齿咬青天。"曹恶其奸险，遂稍稍疏远之。小时了了，大未必佳，其严嵩之谓矣。

永乐中，尚书夏忠靖公，偕给事周大有，赴苏松治水，同宿天宁寺。给事晨起如厕，行甚急。夏戏之曰："披衣鞁履以行，急事急事。"周曰："弃甲曳兵而走，尝输尝输。"[1]

【1】此联"急事急事""尝输尝输"：《古今滑稽联话大观》

及《文苑滑稽联话》"(明)兵部尚书夏原吉"条，均分别作"给事急事""尚书常输"。

凡有数目字之对，往往相犯，难以见巧。"五行金木水火土；四位公侯伯子男。"天造地设也，其他则无如此现成矣。曩某报以"三鸟害人鸦雀鸽"征对，展期数月，无人应征。最后某君以"四灵除汝凤麟龙"对之，虽奇巧滑稽，得未曾有，然不免于矫揉造作矣。

又有移易偏旁，谐声见巧者，曰："移椅倚桐同玩月；点灯（燈）登阁各攻书。"

一士人以非辜至讼庭，守不直之。士人愤懑，大声称屈。守怒，出对曰："投水屈原真是屈。"士人曰："杀人曾子又何曾。"守喜，遂释之。

赠妓之联，都用嵌字。冠首曰"凤顶"，如红玉云："红拂名留三侠传；玉环艳占六宫春。"二曰"燕颔"，如文玉云："卓文君兴来贳酒；苏玉局老去看花。"三曰"凫颈"，碧云云："试将碧玉年华数；犹是云英未嫁身。"四曰"鸳肩"，文卿云："交海内文章魁首；是花中卿子冠军。"五曰"蜂腰"，金喜云："有躬肯许金夫见；解带应教喜子飞。"六曰"鹤膝"，玉兰云："垂子乱翻雕玉佩；前身应是杜兰香。"七曰"雁足"，竹君云："虚心到地方成竹；放胆如天只为君。"

诸联或为特撰，或系集句，皆尚稳恰，然不如不露字面，摹取虚神，尤见用意。如梅仙云："疏影暗香傍水月；琼琚玉佩响天风。"又："世外岂无林处士；人间尚有许飞琼。"素琴云："姹紫嫣红羞与伍；高山流水许知音。"雪卿云："一年光景风花月；四海交游士大夫。"又姗姗云："来到迟时思更苦；秀从骨里写偏难。"此以二字分诠，而暗藏春色者。

更有俚俗之称，羌无故实，《小名》之录，从未搜罗，因难见巧，以无法之法为之。若阿二云："顾影直输花第一；问名未到月初三。"大块头云："但得文章容我假；何难地位出人多。"十五云："蟾光最爱团圞好；鸾韵刚分上下平。"此是浑写。又，有长联赠金珠云："床头易尽，屋里难藏，是几许鲍叔分来，消受春宵时刻；掌上可擎，胸中有智，纵豪似石崇独得，须知秋露光阴。"玉琴云："历冰霜刦，太璞能完，从知奇宝落人间，弗求鼎鼎盛名，自增卞氏山中价；作濠濮观，无絃亦妙，何意好风送天半，细领惜惜静趣，恍触成连海上情。"此亦分诠，尤觉工力兼臻，匠心独运。

他如清季时，某督抚刱办妓捐，有嘲以联云："大中丞借花献佛；小女子为国捐躯。"又有妓院名"介福堂"者，其鸨颇有积蓄，大启屋宇，倩人书旧额而题新联。某客书赠云："现世为人，尽在两行脚下；半生食禄，都是一亩田中。"则皆诙谐入妙者矣。

吴柳堂侍御，以立嗣事殉清穆宗，直声震天下。少时倜傥好狎游，计偕入都，日游行北里中。会试不第，留京候试，恋一妓，不忍离。数月后，资斧渐罄，座师某公劝令出城僦居九天庙，谓："地僻远城市，可一意读书。"侍御从其言，幞被往，甫三宿，郁郁不自得，俄然曰："人生行乐耳。"反入城，仍宿妓家。金既尽，为妓白眼，困甚，犹不忍去。乡人士资以金，要之仍居九天庙，否将不与，遂不得已而去之。一时都人群呼之为"吴大嫖"云。初，京师菊部向推"四喜""三庆"，后"四喜"不振，诸伶多散佚。余三胜自江南归，悉橐中金重新之。都人为语云："余三胜重兴四喜班。"而难其对。或曰："可对'吴大嫖再住九天庙'。"

《壶斋随笔》载：江右某君精绘事，藏书甚富。有自题斋壁联云："沧海日，赤城霞，峨眉雪，巫山云，洞庭月，彭蠡烟，潇湘雨，广陵潮，庐山瀑布，合宇宙奇观，绘吾斋壁；少陵诗，摩诘画，左氏传，马迁史，薛涛笺，右军帖，南华经，相如赋，屈子离骚，收古今绝艺，置我山窗。"想见图书四壁之乐也！

有僧名闲云者，与某庵尼尤月，私相往来。好事者撰一联赠之，中嵌"闲云""尤月"四字，运用入化，了无痕迹，僧竟不之觉也。联云："此地迥非凡，闲听一曲渔歌，留云久住；夕阳无限好，尤爱三更人静，待月归来。"

咸丰间一旗员某，素不知文。奉命典试川省，评定甲乙时，饬差由城隍庙中迎神像数尊到院，将考生姓名，一一书于竹签之上，插入一巨筐筒中，捧跪像前摇之，如乡人赴庙求签者然。某签首落地，即以某为第一名，挨次递下，额满为止。不半日工夫，而甲乙以定。时人为撰一联云："尔等论命莫论文，碰；咱们用手不用眼，摇。"语妙天下，末一字尤趣。

又，康熙五十年辛卯江南乡试，副主考赵画山，与总督噶礼，朋比为奸，大通关节。总督分贿至四十万金，事破伏法。是科正主试为左界园副宪必蕃，于衡鉴非所长，任赵所为而已，案定得末减。当时亦传一联云："赵子龙一身是胆；左丘明两目无珠。"

某司马罢官后，寓公湘上。尝眷一妓，不意该妓又与交好之某绅昵。一日遇于该妓家，绅有不豫色，遽曰："仆有俚语，公能属对，当以此娟娟者相让。"遂忻然笑曰："吃醋，坐冷板櫈，把你当二百五。"司马应声曰："咬盐，趁热被窝，管他仰十三千。"皆湘谚也。对仗工整，可谓天造地设也。

前清某孝廉有子，翩翩少年，缔姻于某大姓。会有好事者，传播新郎是天阉。媒妁窘甚，邀同新郎沐浴，薄而观之，始释疑。成婚之夕，孝廉为撰一联云："好事多磨，毕竟难磨成好事；登科有兆，即今预兆大登科。"亦近代结婚中一段佳话也。

嘉靖壬辰，北直学院胡明善，待士惨刻，庠序甚怨。以私取房山所窠石为碑，事发，拟侵盗园林树木罪，以石窠近皇陵故也。是年七月间，彗星见东井，自辛卯至是已三见。有旨令大臣自陈，张少傅孚敬遂致仕。或为句以纪其事云："石取西山，胡明善殃从地起；星行东井，张孚敬祸自天来。"又曰："彗字扫除无驻足；石碑压倒不翻身。"

储静夫弱冠游庠，不循矩矱。学官示以句云："赌钱吃酒养婆娘，三者备矣。"储即续云："齐家治国平天下，一以贯之。"后举成化癸卯解元，甲辰会试亦第一。

沈石田尝宴吴原傅宅，与陈启东同席。启东强之酒，石田固辞。启东云："如辞饮，须对句可准。"时解元贺恩字其荣首席，启东云："恩作解元，礼合贺其荣也。"次座为陈进士策，字嘉谟，石田因对曰："策登进士，职当陈嘉谟焉。"合座为浮一大白云。以此下酒，当胜《汉书》矣。

祝枝山《猥谈》云：弘治中，夷使入朝，以一偶语请馆伴对，曰："朝无相，边无将，气数相将。"典客不能对，李西涯教之曰："天难度，地难量，乾坤度量。"夷使乃愧服。

白水漈者，上杭县之水名也。旧有句云："白水漈头，白屋白鸡啼白昼。"未有对者。后潮阳林天钦修撰过此，问地名，得黄泥垄，因对曰："黄泥垄口，黄家黄犬吠黄昏。"

浙江花提举，与鄞县学官颜某交往。戏出对云："鸡卵与鸭卵同窠，鸡卵先生，鸭卵先生？"颜曰："马儿偕驴儿并走，马儿蹄举，驴儿蹄举。"

吴人马承学好骑，善驰骤。同学钱同爱戏之曰："马承学学乘马，汲汲而来。"马曰："钱同爱爱铜钱，孳孳为利。"

刘、李两生初次会面，互通姓氏。李曰："骑青牛过关老子李。"刘曰："斩白蛇起义高祖刘。"

祝枝山与沈石田出行，见一尼在田中收稻。祝云："师姑田里挑禾上（和尚）。"沈对曰："美女堂前抱绣裁（秀才）。"

陈洽八岁时随父出游，见两舟竞行，一迟一速。父命对云："两船并行，橹速（鲁肃）不如帆快（樊哙）。"洽云："八音齐奏，笛清（狄青）难比箫和（萧何）。"

某君偶成一对云："冬夜灯前，夏侯氏赞《春秋传》。"久未有对。后请乩仙叩之，对曰："东门楼上，南京人唱《北西厢》。"

有两吏员候选典史，欲南者得北，欲北者得南，因相争。铨部命对曰："典史争南北，南方之强与，北方之强与？"一典史对曰："相公要东西，东夷之人也，西夷之人也。"

杨邃庵十二岁中举，至京师，某国公与某尚书，同设席邀饮。席间尚书、国公齐递酒两盏，问曰："手执两杯文武酒，饮文乎、饮武乎？"杨并受之，对曰："胸藏万卷圣贤书，希圣也、希贤也。"

吴县陆天翼幼聪颖，其父以资窘，欲送为僧，其母欲送为道士，而天翼之志则欲读书。有人戏出对曰："一子难兼三教，儒释道盍言尔志。"天翼对曰："七篇能中五魁，解会状必得其名。"父异之，遂令潜心肄业，后入县学，有声庠序云。

明末辛巳、壬午间，江苏亢旱，赤地千里。当事者计无所出，惟督率僧道，日祈祷于龙王庙，而天意难回，甘霖不作。滑稽者作一联云："妖道恶僧，念退风云雷雨；贪官污吏，拜出日月星辰。"

某僧喜花卉，盆盎罗列，充塞阶除；更辟方塘十亩，植莲其中，花香如海，盛观也。一士人出对云："河内荷花，和尚采来何处戴？"时寺中一柿树结实垂熟，士人摘一枚尝之，僧因对曰："寺中柿子，士人摘去自家尝。"四叠谐声，贯穿不易。

吾乡马水臣先生尝举一对，与此类似，上云："霜降降霜，孀妇伤心双足冷。"偶忘下联，思之不得。余戏续云："日食食日，术家述理十人歧。"当场水臣先生颇为赞许，但不知与原句相较何如耳，录此以质知者。

蜀南北山隐者，有挽袁世凯联三十副，嬉笑怒骂，皆成文章，无一泛语懈笔，健才，亦史才也。兹摘录如下：

"天下殆哉，溯人民国家四年以来，佛言不可说不可说；先生休矣，问子孙帝王万世之业，子曰如之何如之何。"

"一世之雄，今安在也；六合以内，谁其恫乎。"

"承运殿中悲往事；新华宫里赋招魂。"

"满廷优遇，宠锡侯封，重泉倘见清德宗，自居何等；举国不容，逃归地府，冥路若逢梅特涅，定与同游。"

"天意如斯，黄屋白宫成泡影；民情可见，苍生黎庶早伤心。"

"由总统而皇帝，由皇帝而总统，为日纵无多，备收人世尊荣，虽死亦瞑目；是国民之中国，是中国之国民，仔肩原甚重，凡有奸魔出现，欲得而甘心。"

"假冒共和虚名，别具肺肠同路易；倘讲君臣大义，有何面目见德宗。"

"可惜好雄才，帝梦未成，定入幽冥为厉鬼；从今入地狱，仇雠犹在，应提诉讼向阎罗。"

"总统府，新华宫，生于是、死于是；推戴书，劝进表，民意耶、帝意耶。"

"鹿逐中原，浩劫徧延廿二省；龙飞何处，伤心惟有十三人。"

"曹操云毋人负我、宁我负人，惟公能体斯意；桓温谓不能留芳、亦当遗臭，后世自有定评。"

"国事如斯夫，回思政事堂中，大典宫仪何日备；死者长已矣，怅望新华宫内，宸旒御座化烟飞。"

"劝进有书，劝退有书，葩经云进退维谷；造祸由己，造福由己，太上曰祸福无门。"

"公生则人民死，公死则人民生，生死相环，互为因果；天视自我民视，天听自我民听，视听洞澈，不爽毫厘。"

又有王壬秋一联，更觉诙谐可喜。其联云："民犹是也，国犹是也，何分南北；总而言之，统而言之，不是东西。"此联袁氏未死时有所忌讳，仅传其上二句，卒后全联始传，脍炙人口云。

元宵赛灯，由来久矣。考吾越童谣，有"正月灯，二月鹞，三月上坟，船里看娇娇"等语，想其由来亦已久矣。某书载，康熙时张茂典先生有一对云："月月有月，无如上元月上，银灯映月月增光。"无人能对，仍自续云："更更点更，孰若长至更长，玉漏传更更递永。"观此，则清初此风亦盛也。

宋靖康之乱，有中涓挈一宫人南奔[1]，侨寓平江，称夫妇，潜蓄美男，饰以钗钏，佯为婢，使与宫人生子。未几中涓死，宫人孷居，偕婢抚其子。他年宫人又产女，邻人闻于官，讯之吐实，以闻上，诏给配，赐婢名宦成，遂洗妆而衣冠为丈夫。其后更有二子，皆举进士，长者为奎章阁待制，父母荣封焉。待制尝宴客，壁间悬三教图，或出对云："夫子天尊大士，头上不同。"赵祕书彦中对曰："宫娥宦者官人，腰间各别。"举座匿笑。待制引满觞之曰："可谓一网打尽矣。"

【1】中涓：宫中主管清洁洒扫的太监，后世也代指宦官。

元祐间，苏子由使辽。辽耳其名，思以奇困之。其国旧有对曰："三光日月星。"凡以数言者，必犯其上一字，久无有能对者。首以请于子由，子由唯唯，谓其介曰："我能而君不能，非所以全大国之体。'四诗风雅颂'，天生对也。盍先以此复之？"辽叹服。子由又徐对曰："四德元亨利。"辽众睢盱，欲起辨。子由曰："尔等谓我忘其一耶？谨阖尔口。两朝兄弟邦，卿等为外臣，此固仁庙之讳也。"[1]辽出不意，遂骇服不敢辨。

【1】《易·乾》首句"乾，元亨利贞"，《文言》为："元者，善之长也；亨者，嘉之会也；利者，义之和也；贞者，事之幹也。"唐李鼎祚《周易集解》："《子夏传》曰：'元，始也；亨，通也；利，和也；贞，正也。'"皆以元亨利贞为四德。仁庙，即宋朝第四位皇帝赵祯，庙号仁宗。苏子由（苏辙）意思是，为避宋仁宗名讳，不言"贞"。

《挑灯集异》载：江苏蒋焘，幼聪慧。一日，与父友武官某同游佛寺。父友指殿上佛像出对曰："三尊大佛，坐狮坐象坐莲花。"焘对曰："一介书生，攀凤攀龙攀桂子。"游毕出寺，武官部军牵焘衣问曰："适对何句？"焘曰："我对：'一个小军，偷狗偷猫偷芥菜。'"其捷于调戏如此。某书亦载其一对云："冻雨洒窗，东两点，西三点；切瓜分片，上七刀，下八刀。"

一士馆于某姓，其家无僮仆，惟一女奴给使令。日久渐狎，执其手调之，女逃去，诉于主人。主人因出对云："奴手为拏，以后莫拏奴手。"士人对曰："人言是信，从今休信人言。"

古对以文字分合者，如："鉏麑触槐，甘作木边之鬼；豫让吞炭，终为山下之灰。""半夜生孩，子亥二时难定；百年匹配，己酉两命相当。""人曾为僧，人弗可以为佛；女卑为婢，女又可以为奴。"拈对之妙，颇见巧思。惟语助之字多同，似非正格。略貌取神，当求之于牝牡骊黄之外也。

董生某，逸其名，聪慧善对。十岁时，其外祖诞日，试对曰："六十八翁，有数十人，子妇女婿并外孙，称觞庆寿，便拚一醉何妨。"董曰："百世一师，集三千士，颜曾闵冉及子夏，论道传经，继统万年无已。"时座客见壁上挂象棋枰，亦出对云："车马象士并卒炮，都来护卫将军。"董云："吏户刑工及礼兵，一齐辅弼圣主。"

漳浦赵从谊知独山州，州极荒凉，无仆隶，惟一里长充役使。因题柱曰："茅屋三间，坐由我、卧由我；里长一个，左是他、右是他。"

《泊宅编》载：关子容为推官，才俊而貌丑。偶过南徐客次，见一绯衣朝士倨坐，关揖而问之。朝士疑为攫徒，谑之曰："太子洗马高垂鱼。"良久乃转询关，关曰："某之官，'皇帝骑牛低钓鳖'。"朝士骇曰："是何官位？"关笑曰："且欲与君对偶亲切耳。"

一富翁乡居，求杨南峰书门对。此翁之祖，曾为人仆，南峰题曰："家居绿水青山畔；人在春风和气中。"上列"家人"二字，见者无不匿笑。

又有王某者，以铁匠起家，构华屋，请南峰题额，大书"酉斋"二字与之。或不解，问出处，答曰："'酉'字，横看是个风箱，竖看是个铁墩。"

苏州刘逸少，年十一，文辞精敏，有老成体。其师潘阅，携见长洲宰王元之、吴县宰罗思纯。二公试之，与对句，略不淹思。罗曰："无风烟焰直。"对曰："有月竹阴寒。"王曰："风雨江城暮。"对曰："波涛海市秋。"罗曰："月移竹影侵棋局。"对曰："风递花香入酒樽。"王曰："一回酒渴思吞海。"封曰："几度诗狂欲上天。"凡数十联，无不奇妙。二公惊异，闻于朝，赐进士及第。

瑞安高则诚明，少辩慧，善属对。年六岁，父宴客，明从桌边攫食。客曰："令郎捷对，敢请试之。"曰："小儿不识道理，上桌偷食。"明对曰："邻人有甚文章，中场出题。"客曰："细颈壶儿，敢向腰间出嘴。"明曰："平头梭子，却从肚里生缡。"及长，下笔成章，文名顿盛。

吴鲍庵未第时，与友二人，同至韦苏州庙祈梦。梦韦公揖入中堂，见右扉开转，左扉上有句云："金马玉堂三学士。"觉而大喜。后鲍庵联登会状，至礼部尚书。而二人者犹潦倒诸生，以为不验，复往祈之，梦至旧处，左扉已开，右扉上有句云："清风明月两闲人。"觉而爽然，始悟前梦之被神绐云。

《西园杂记》载：新淦范氏早寡，读书能诗。杨东里过淦村塾，见案上一对云："墨落杯中，一片黑云浮琥珀；梳横枕上，半轮残月照琉璃。"问谁所对，学子不答。固诘之，曰："家母。"东里惊异。后朝廷欲选女学师，东里在馆阁，因荐之，召入禁中数年。一日，题《老妇牧牛图》云："贵妃血溅马嵬坡，出塞昭君怨恨多。争似阿婆牛背稳，笛中吹出太平歌。"宣庙见之，曰："彼不乐居此矣。"封为夫人，厚赉而遣归之。

昔人以"成也萧何，败也萧何"，对"一则仲父，再则仲父"，成语能此，亦云工矣。偶阅《万姓统谱》云："毛弘为给事中，慷慨激烈，奏疏无虚日。英宗厌苦之，有'昨日毛弘，今日毛弘'语。"以对"仲父"句，更为切当。

绍兴乙卯，以旱祷雨。谏议大夫赵霈上言："自来祈祷断屠，只禁猪羊，今请并禁鹅鸭。"胡致堂在西掖见之，笑曰："可谓'鹅鸭谏议'矣。闻虏中有'龙虎大王'，请以'鹅鸭谏议'当之。"又，明成化中，胡汝宁请禁食虾蟆，时号"虾蟆给事"，更堪作对也。

《渑水燕谈录》云：王琪、张亢，同在晏元献幕。亢肥大，琪以"太牢"目之；琪瘦小，亢以"猕猴"目之。一日，有米纲至八百里村，水浅，当剥载。亢往督。琪曰："所谓'八百里剥也'。"亢曰："未若'三千年精矣'。"又，琪尝嘲亢曰："张亢触墙成八字。"亢应声曰："王琪望月叫三声。"

有木匠颇知通文，自称"儒匠"。尝督工于道院，一道士戏曰："匠称儒匠，君子儒、小人儒？"匠厉声曰："人号道人，饿鬼道、畜生道。"

苏小妹尝食爆栗，出对云："栗破凤凰见。"言壳破而黄见也。东坡思之竟日，不能对。适佛印来，遂语之，对曰："藕断鹭鸶飞。"言节断则丝飞也。佛印复曰："正如'无山得似巫山耸'，此亦同音两意。"坡曰："可对'何叶能如荷叶圆'。"子由曰："不若云'何水能如河水清'。以山对水，最为的对。"

又，子由语东坡曰："尝见鬻术者云：'谋卖六爻，内卦三爻，外卦三爻。'思之，未易对。"一日，兄弟同出，见戏场有以棒呈技者，云："棒长八尺，随身四尺，离身四尺。"东坡曰："此语正可还前日之对。"子由曰："触机而发，诚巧对也。"

解大绅滑稽善对。尝与某君坐，某君曰："有一书句，甚难其对。"解问之，曰："色难。"解曰："容易。"某君不悟，促之曰："既云易矣，何久不对？"解曰："适已对矣。"某君始悟"色"对"容"，"难"对"易"。为之一笑。

王雪邨善召乩，每吟咏有窘阻，则叩乩续之。一日，与马鹤窗泛西湖，偶得一对，思久未续，鹤窗因请召之。乩乱动。问仙何名，书曰："有事但问，问毕告名。"鹤窗曰："有一对，请仙对之：'捧瑶觞南国佳人，一双玉手。'"乩即书曰："跌宝座西方大士，丈六金身。"乩运如飞，俄顷复成一律。盖钱塘苏小小也。诗与本对无关，不录。

又，某书载雪邨一对云："三个半钟钟半酒；一边双陆陆双星。"亦佳。

莆田陈师召，性宽坦，夫人欲试之。会客至，呼茶，曰："未煮。"师召曰："也罢。"又呼干茶，曰："未买。"师召曰："也罢。"客为捧腹。时人呼为"陈也罢"。尝自翰林擢南京太常，门生会饯，有垂涕者。大学士李西涯戏曰："师弟重分离，不升他太常卿，也罢。"师召应声曰："君臣难际会，便除我大学士，何妨。"一座绝倒，服其敏给。

解大绅幼时随父执某公，游南京金水河、玉阑干诸胜，成一对云："金水河边金线柳，金线柳穿金鱼口；玉阑干外玉簪花，玉簪花插玉人头。"父执大奇之。

程墩篁以神童至京，李学士某欲妻以女。因留饭，指席间果出对曰："因荷（何）而得藕（偶）。"程曰："有杏（幸）不须梅（媒）。"李大称赏，遂以长女字之。

又一日，程与李西涯过采石。李得句云："五风十雨梅黄节。"程即续云："二水三山李白诗。""梅黄"对"李白"，生动极矣。

长洲陈启东训导分水时，有人题桥云："分水桥边分水吃，分分分开。"久未得对。启东过之，续曰："看花亭下看花回，看看看到。"看花亭即在分水桥边，即景生情，诚佳对也。

李西涯，字宾之；江朝宗，字东之。其时翰林有句云："宾之访东之，东之宾之。"无能对者。适陈启东谒选至京，吴文定即以叩之，答曰："回也待由也，由也回也。"文定为之击节。

又一日，西涯思对"细颈葫芦"四字，未就。方浴而得"空心萝卜"，天生对也。喜而一跃，浴盆顿破。

唐守之出使朝鲜，其国王出对曰："琴瑟琵琶八大王，一般头目。"守之云："魑魅魍魉四小鬼，各样肚肠。"

"烟锁池塘柳"，古人之绝对也，句中嵌金、木、水、火、土五行。近人某君以"茶烹凿（鑿）壁泉"对之，虽不敌原句，亦难能矣。

又有"妙人儿倪家少女"，"西子颠倒为子西，须辨吴头楚尾"，"一张琴上七条弦，弹出五音六律"，"四山出出，崑崙嵩岱峨嵋"，"六木森森，松柏梧桐杨柳"等句，则迄未有对。谁谓小道，可忽乎哉？

前清某都御史太夫人寿辰，有嵌一之十数目为联者，颇觉自然。联曰："一品太夫人，备三从四德，五世同堂，恭值二宫齐介寿；六旬都御史，统七宾八师，九畴献寿，欣逢十月好称觞。"

某训导兴致风流，老而弥笃。有赠淡云、美云二女友各一联云："莫嫌老圃秋容淡；除却巫山不是云。""匪女之为美；于我如浮云。"[1]
【1】参见《古今滑稽联话大观》"某训导赠淡云妓联"条注释。

李文忠居相府，有自书一联，榜于座右，识者谓真宰相语也。联曰："受尽天下百官气；养就胸中一段春。"

昔曾文正公在天津办理教案，未洽舆情。有撰一联以讽之者，曰："僧去曾留，将人丢尽；因崇作祟，引鬼进来。"僧指僧王，崇则国戚崇某也。

戏台联滑稽者甚夥，余已收入不少矣。顷又于友人处得一联云："看我非我，我看我我亦非我；装谁像谁，谁装谁谁就像谁。"一意化两，是白描之好手也。

前清戊戌变政，湖南陈佑民中丞暨徐学使两公，父子同被严议。时人以联语调之曰："不孝等罪孽深重，不自殒灭，祸延显考，陈氏父子，徐氏父子；维新党末学肤浅，罔识忌讳，干冒宸严，礼部侍郎，兵部侍郎。"一作："陈陈相因，徐徐云尔，不孝罪孽深重，不自殒灭，祸延显考；孳孳为利，迟迟吾行，微臣末学新进，罔识忌讳，干冒宸严。"传闻异词，不知谁为当日原本。但第二联对句，孳孳、迟迟，肤泛不切，应以前联为胜。

　　嵌字联不露痕迹，已非易易；若嵌字而兼集句，且能浑成者，则尤难之又难矣。尝见天涯恨人赠别都中名妓春美联云："独有宦游人，秋月春花等闲度；[1]与君离别意，良辰美景奈何天。[2]"嵌"春美"二字，天衣无缝，非所谓"文章本天成，妙手偶得之"者耶？

　　恨人又有赠雪珠一联，与上则工力悉敌。联云："晓风杨柳，初日芙蕖，怜取眼前人，雪肤花貌参差是；[3]歌馆楼台，秋千院落，不知身是客，珠箔银屏迤逦开。[4]"

　　【1】句出唐杜审言《和晋陵陆丞早春游望》诗："独有宦游人，偏惊物候新。"白居易《琵琶行》诗："今年欢笑复明年，秋月春风等闲度。"

　　【2】句出唐王勃《送杜少府之任蜀州》诗句："与君离别意，同是宦游人。"明汤显祖《牡丹亭·游园》："良辰美景奈何天，赏心乐事谁家院。"

　　【3】语出宋柳永《雨霖铃》词句："今宵酒醒何处？杨柳岸，晓风残月。"《南史·颜延之传》："延之尝问鲍照己与灵运优劣，照曰：'谢五言如初发芙蓉，自然可爱。君诗若铺锦列绣，亦雕缋满眼。'"唐元稹《莺莺传》："后数日，张生将行，又赋一章以谢绝云：'弃置今何道，当时且自亲。还将旧时意，怜取眼前人。'"白居易《长恨歌》诗句："中有一人字太真，雪肤花貌参差是。"

　　【4】语出宋苏轼《春宵》诗句："歌管楼台声细细，秋千院落夜沉沉。"南唐李煜《浪淘沙令》词句："梦里不知身是客，一晌贪欢。"白居易《长恨歌》诗句："揽衣推枕起徘徊，珠箔银屏迤逦开。"

《坚瓠集》载古名人幼时巧对多则，皆奇妙难能，不可有二。何古人之幼慧耶？抑好事者之伪托与？姑选录之。

一云，杨文忠公庭和七岁时，父月夜宴客。一客云："有三更矣。"一客云："半夜矣。"一客云："五更有一半矣。"时公亦在坐侧，客出对云："一夜五更，半夜五更之半。"公曰："三秋八月，中秋八月之中。"

又，王彝幼时同友人游佛寺，友出对云："弥勒放下布袋，释迦难陀。"王曰："观音失却净瓶，寒山拾得。"

又，松江吏胥徐某之子，幼聪慧。县令顾某试之曰："花无百日红，紫薇独占。"对曰："松有万年青，罗汉常尊。"令大喜，俾就学，后有声庠序。

又，刘贡父至一友人家，见群鸡啄食，友云："鸡饥吃食，呼童拾石逐饥鸡。"刘对云："鹤渴抢浆，命仆将枪惊渴鹤。"诘屈聱牙，可作一则拗口令。

又，白圻数岁时，其师见雷电交作，命一对，眼前景界，造语甚奇；白圻对句，亦工力悉敌。对曰："电掣云边，火焰拽开金络索；月沉海底，碧波涌出水晶球。"

又，董文玉八岁时，一御史闻其名，招至舟中，曰："久慕汝神童也，今试一对，果佳，当奏知朝廷。"因曰："船载石头，石重船轻轻载重。"对曰："弓量地面，地长弓短短量长。"御史叹赏，奏之朝，赐入太学。后榜眼及第。

又，顾九和幼时，随父出游，见新柳啼莺，父命对云："柳线莺梭，织就江南三月锦。"对曰："云笺雁字，传来塞北九秋书。"字字工稳，铢两悉称，即求之成人，恐亦未易多得。

又，王汝玉九岁时，值寒食节，师出对云："冢上烧钱，灰逐微风成粉蝶。"王对："池边洗砚，墨随流水化乌龙。"

又，万历时，汉阳萧汉冲，年十五榜眼及第，仕至祭酒。性蚤慧，七龄时入官舫谒一贵官，出句命对云："官舫夜光明，两轮王烛。"对曰:"皇都春富贵,万里金城。"时贵官适有他遗,语去使曰:"尔去即来,廿四弗来廿五来,廿五弗来廿六来。"汉冲疑又出对,即曰:"静极而动,一爻不动二爻动,二爻不动三爻动。"贵官骇笑,深叹赏之。

又,诸大绶幼敏捷。一日,师出对曰:"泾渭同流,清斯濯缨,浊斯濯足。"大绶曰:"炎寒异态,夏则饮水,冬则饮汤。"

又,一客指知府冯驯语某童曰:"冯二马,驯三马,冯驯五马诸侯。"童对曰:"伊有人,尹无人,伊尹一人元宰。"

又,朱亦巢所居,相近田中有巨石,名"石牛",旁有僧庵名"石牛庵"。巢幼时,偶同父执某步至其处,某出对曰:"石牛庵畔石牛蹲,畊得石田收几石。"朱即对曰:"金鸡墩上金鸡宿,衔来金弹值千金。"以所居相近有地名金鸡墩也。父执又曰:"山童采栗用箱承,劈栗扑箩。"仓卒未就,适有农人提菱一篮经过,遂得句曰:"野老买菱将担倒,倾菱空笼。"妙在语意连贯,又拟音传神。

赭山湾、白塔洋、桃花渡、藕缆桥,皆宁波地名也;命名固雅,风景亦佳。清初,某宗师岁考至其处,出对曰:"赭山湾上浪高低,橹扳橹速(鲁班、鲁肃)。"士莫能对,因自对曰:"白塔洋前风缓急,帆快帆迟(樊哙、樊迟)。"[1]又曰:"一点红脂,俨似桃花渡口;数茎白发,浑如藕缆桥头。"

未几,宗师至绍,又以城中大善塔、小江桥成一对云:"大善塔,塔顶尖,尖如笔,笔写青天;小江桥,桥洞圆,圆似镜,镜照绿波。"又曰:"北海、鲤鱼、谢公、钓。"四者皆本城桥名,无能对者。某君以城外山名"南山、狮子、鲍郎、骑"对之,亦尚工稳。

【1】此联"鲁班鲁肃、樊迟樊哙",为"橹扳橹速""帆快帆迟"之谐音。原文只有所谐文字,今试补出字面文字。

卞焕若多须善谑。尝会客，座间有名"智父"者，卞戏之曰："智父之头，宁为饮器。"智父曰："卞胡之嘴，实是便壶。"一座绝倒。所谓出尔反尔也。【1】

【1】参见上册《古今滑稽联话大观》"卞焕若多髭善谑"条注释。

铁冠道人张景和，江右方士也，结庐钟山下。梁国公蓝玉携酒访之，道人野服出迎。玉以其轻己，不悦。酒行，戏出对曰："脚穿芒鞋迎宾，足下无履（礼）。"道人指玉所持椰杯，对曰："手执椰瓢作盏，尊前不盅（忠）。"

徐尚书晞为郡吏日，偶随守步庭墀中，见一鹿伏地，守得句云："屋北鹿独宿。"五字皆叠韵，颇难其对。晞代续云："溪西鸡齐啼。"守惊喜，遂不以常礼待之。

又，某书载，边尚书廷实多侍姬，妻胡氏通书而妒，常反目。一日，尚书宴客，座有知其事者，戏出对云："讨小老嫂恼。"边不能对，胡隔屏传片纸云："何不曰'想娘狂郎忙'？"边举以对，座客大哗。

甲、乙二生，共饮红白酒而醉。甲曰："红白相兼，醉后不知南北。"乙固寒士，因对云："青黄不接，贫来卖了东西。"现身说法，殊趣。非此不成的对。

胡默林在浙招致诸名士，如徐文长辈，皆在幕中。一日，胡与一同乡尊官周姓者，饮于舟中，执壶者偶失手，倾其酒。周出对云："瓶倒壶（胡）撒尿。"盖胡幼有失溺之疾，周尝同学，故嘲之。胡一时无以复，左右急传入幕中，即为对就，私达于胡。及发船，故令舟人以柁作声，胡乃曰："吾有对矣：'柁转舟（周）放屁。'"对既工，适足答其侮也。

江湖术士有所谓召鬼演戏者,以八九岁小儿为之,忽尔才子佳人,莺謌(歌)燕舞;忽尔乱臣贼子,波谲云诡,啼笑悲欢,变态百出。嘉兴冯某尝召试之,至夜半,忽一童自称西楚霸王,持巨木而舞,势甚威猛。众恐肇祸,乃出一对难之曰:"西水驿西,三塔寺前三座塔。"童忽仆地,迟久复起,大言曰:"'北京城北,五台山上五层台。'吾为此对,几游徧天下矣。"又半晌乃苏。

昔有"翰林学士浑身湿;兵部尚书彻骨寒"之句,以为佳对。明季一合肥知县,瘦且骨立,直指戏之曰:"合肥知县因何瘦。"一时未有佳对。适芜湖典史以解务至,其人多须,尹一见即云:"芜湖典史怎多须。"直指大笑。

尝见村庙戏台一联云:"逢场作戏,把往事今朝重提起;及时行乐,破工夫明日早些来。"[1]集句颇佳。然村庙戏台,未必日日有戏,下联尚未恰妥也。若移而置之戏馆中,则可矣。

又,某处云:"六礼未成,顷刻洞房花烛;五经不读,霎时金榜题名。"似较切当,然亦嫌于旧矣。

【1】"把往事今朝重提起",出《荆钗记·男祭》;"破工夫明日早些来",出王实甫《西厢记》第四本第一折。

《耕馀博览》载:虞集未遇时,为许衡门客。虞有所私,午后辄出馆。许每往不遇,病之,书于简云:"夜夜出游,知虞公之不可谏。"虞归,续书其后云:"时时来聒,何许子之不惮烦。"

《雪涛谐史》载:一生员送广文节仪,辄用三分银子。广文嫌少,出对云:"竹笋出墙,一节须高一节。"生曰:"梅花逊雪,三分只是三分。"同时某广文,因生员节仪只一分五厘,亦有署门一对云:"即使梅须逊雪,也该三分;唯其青出于蓝,故减一半。"则更一蟹不如一蟹矣。

万历中,太监孙隆织造至苏,甚作威福。尝春暮出游,一生从小巷出,误触前导,执之。讯知是生员,无可如何,始出对云:"手执夏扇,身着冬衣,不识春秋。"生曰:"口食南禄,心怀北阙,少件东西。"孙不敢轻待,放之。或曰,生即吾乡徐文长先生,不知然否。

营业中之最秽浊者,莫如肥料公司,其臭恶之气,令人不可向迩。乃有为之撰联者曰:"曾说佛头原可着;只愁名士不能担。"既典且雅,可谓化臭腐为神奇矣。

曩阅咄咄夫《一夕话》,其中载古人围联多则,无独有偶,忆录之。一云:"古人欲惜金如此;庄子曾云道在斯。"又:"虎子难同器;龙涎不及香。""莫道轮回输五谷;可储笔札赋三都。""纳垢含污知大度;仙风道骨验方肠。"

太仓陆孟昭为刑部郎中,尝往一朝士家投刺,不书名,惟云:"东海钓鳌客过。"朝士知为陆也,亦递一帖云:"西番进象人来。"盖孟昭面黑齿白,人皆呼为"象奴"云。

又,丽水人金文嘲孟昭曰:"黑象口中含玉齿。"孟昭曰:"乌龟背上嵌金文。"亦趣。

戴大宾五岁时,往应童子试。同辈见其年少,谓曰:"小朋友,就要做官,做到何官?"答曰:"阁老。"众戏之曰:"未老思阁老。"戴应声曰:"无才做秀才。"众哄笑,知反为所伤也。

江苏吴原墅,面麻而多须;莆田王五峰,面歪而眇一目。二人同部,王戏云:"麻脸横须,羊肚石倒栽蒲草。"吴云:"歪腮白眼，螺壳杯斜嵌珍珠。"

某处三义阁祀刘、关、张兄弟，一白面、一红面、一黑面，庄严威猛，颇有气势。其庭柱一联，亦极端庄流丽。句云："若傅粉，若涂朱，若点漆，谁谓心之不同如其面；忽朋友，忽兄弟，忽君臣，信乎圣不可知之谓神。"

又，某处关庙联云："赤面秉赤心，乘赤兔追风，间关中无忘赤帝；青灯观青史，仗青龙偃月，隐微处不愧青天。"复字错落有致。

弘治丙辰科进士，有名孟春、季春、夏鼎、周鼎者。李西涯即席成对曰："孟春季春惟少仲；夏鼎周鼎独无商。"

《广莫野语》载：周清诚八岁时，随其父与姨夫某，同往游山。归途热甚，各卸衣。父出对曰："两个姨夫齐脱衣，想是连襟。"诚曰："一双女婿各拜节，果然令坦。"

一金陵词客侨寓吴门，家蓄粉头为业，俗名"养瘦马"。门上春联书杜工部"岂有文章惊海内；漫劳车马驻江干"句。偶开罪于一士，改为："岂有红颜惊海内；漫劳白镪贮门庭。"粘于上，见者绝倒。

《夷坚志》载：汪仲嘉谪南康，尝招郡僚燕集，营妓咸至。有姓杨及李者，色艺颇佳。理掾主李，户掾主杨，席间时相戏嘲。理掾顾谓户曰："'尔爱其羊（杨），我爱其礼（李）'。载之《鲁论》，无相笑也。"众大笑，而求所以为对者。时汪与请客米某对弈，一沈姓者从旁观局，汪曰："我得对矣：'傍观者审（沈），当局者迷（米）。'"众击节。

一举子在旅店中，闻楼下一人出对云："鼠偷蚕茧，浑如狮子抛球。"爱其奇而不能对，至成心疾而死，魂常往来楼中，诵此对语，人不敢上。一士子不信，独上居之，中夜果闻。乃代对曰："蟹爪鱼脍，却似蜘蛛结网。"鬼遂长啸而去。

清初，宁波一秀士失馆，无聊闲走，偶闯府道。吏拘见，府诘其故，士以实告。因出对曰："湖山倒影，鱼游松顶鹤栖波。"士曰："日月循环，兔走天边乌入地。"府大叹赏，即为荐馆。

又，某生亦失馆，蹈其辙闯入府道。府亦出对曰："遍地是先生，足见斯文之盛。"生曰："沿街寻弟子，方知吾道之穷。"府亦荐之。

一士人夜出迷道，假宿山家。其家有女方待字，窥士貌美，悦之。出对曰："客官寄宿穷家，寒宵寂寞。"俱取"宀"字头也。士曰："可以借得一点否？"女许之。乃对曰："冢宰安宁富宅，宇宙宽宏。"女大喜，遂嫁之。按："穷"字从"穴"不从"宀"，对句亦甚平平，想好事者伪之也。

吴文之，初名济，少敏悟，与张济同学。客闻其才，出对曰："张吴二济联床读。"文之对曰："严霍同光间世生。"客善绘事，因曰："画草发生，顷刻工夫非为雨。"文之曰："灯花开落，须臾造化不关春。"客又曰："画上行人，无雨无风常打伞。"对曰："屏间飞鸟，有朝有暮不归巢。"皆妙。

施状元槃，幼善属对。随父商于淮上，从师读书，主罗铎家。有都宪张某来，铎命其子与盘偕见。张出对云："新月如弓，残月如弓，上弦弓，下弦弓。"盘应声曰："朝霞似锦，晚霞似锦，东川锦，西川锦。"铎子遂不对。

《见只编》载：宁庶人濠，怒一儒生，以铁笼笼之，置于后园。适园中凿池，庶人身自营度，因向宾从出一对云："地中去土，加三点以成池。"宾从不能对，儒生在笼中对曰："囚内出人，进一王而成国。"庶人大悦，释之。儒生自念：囚内进王，语似戏弄，少选必追我矣。因不至家而逸。未几，追者果至家，而儒生不可得矣。

县官某入一僧寺，主僧独酌，已半酣矣。见县官入，前请曰："长官可同饮三杯？"县官怒，斥责之。好事者为作一联云："谈何容易，邀下官同饮三杯；礼尚往来，请上人独吃八棒。"

松江丘氏，尝以疾召乩仙。一坐客曰："近有一对云：'胆瓶斜插四枝花，杏桃梨李。'请大仙对之。"乩即书云："手卷横披一轴画，松竹梅兰。"字字工整。

有冯某者，妻宋氏，奇悍，冯畏之如虎。人或谐之曰："无若宋人然。"冯应声曰："是为冯妇也。"

松陵富人某，性鄙吝，绰号"叫化子"。康熙中，援例加纳县令，需次得某邑。同时有某者，以善讴著，谒选得某郡教职。里人为之对曰："乞丐分符，教化大行乎郡邑；优伶秉铎，絃歌遍沐于胶庠。"遐迩传诵。

江苏顾岩叟先生宗孟、姚现闻先生希孟、文湛持先生震孟，皆以文章节义砥砺一时。又，范长白先生允临、陈古白先生元素，及董思白先生其昌，皆工临池艺，著名于世。崇祯中，诸先生相继死亡，惟范长白先生独存。时为对曰："顾宗孟、姚希孟、文震孟，三孟俱亡，莫非命也；董思白、陈古白、范长白，一白虽存，亦曰殆哉。"

歙县陈元弼,与蔡昭远论文。陈曰:"所苦腹中无料耳。"蔡即其语,戏之曰:"陈元弼腹中无料。"陈曰:"蔡昭远背上有文。"

东坡与黄山谷在松下弈棋。偶风过,落松子于棋局中,东坡得句曰:"松下围棋,松子每随棋子落。"黄云:"柳边垂钓,柳丝常伴钓丝悬。"

又,明太祖与刘青田对局,亦传一对云:"天作棋盘星作子,日月争光。"刘云:"雷为战鼓电为旗,风云际会。"两人口吻,各各肖其身分也。

明文皇帝在燕邸宴群臣,时天寒甚,文皇曰:"天寒地冻,水无一点不成冰。"姚广孝曰:"国乱民愁,王不出头谁是主。"盖乘间讽之也。

李东阳与友人听蝉树下,得句云:"蝉以翼鸣,不啻若自其口出。"友人云:"龙从角听,无乃不足于耳与。"《山海经》谓"龙听以角,不以耳",故云。

某县令传杨溥之父充役,父忧之。时溥年九岁,乃往县代父求免,出言英辩。令奇之,出对云:"四口同图(圖),内口皆从外口管。"溥云:"五人共伞(傘),小人全仗大人遮。"令大叹赏,遂如所请免之。对与"三女为奸(姦)"则同,不知谁先谁后。

偶于友人处,见上海某函授校《国文周刊》中,载有某君戏代岳武穆墓前所跪之秦桧、王氏二人互相埋怨一联,颇堪捧腹。

代秦桧云："咳！我纵丧心，有贤妇必不如此。"代王氏云："啐！吾虽长舌，无奸夫何至于斯。"

太平天国洪秀全，尝自撰正殿联云："维皇大德曰生，用夏变夷，待驱欧美非澳四洲人，归得版图一乃统；于文止戈为武，拨乱反正，尽没蓝白红黄八旗籍，列诸藩服万斯年。"又寝殿云："马上得之，马上治之，造亿万年太平天国于弓刀锋镝之间，斯诚健者；东面而征，西面而征，救廿一省无罪良民于水火倒悬之会，是曰仁人。"颇有气势。充其量，可与拿破仑第一相伯仲。

自挽联多醒世语。吴才九先生云："放眼千秋，说甚么天上人间，到此无非幻境；回头一笑，历多少尘途魔劫，而今还我前身。"应简人先生云："忽然有，忽然无，纵勉成上寿百年，莫非做梦；何处来，何处去，倘果有轮回一说，更要伤心。"夫吾侪不幸而为人身，居娑婆世界，受诸苦恼恶浊，既牺牲其一生矣，倘轮回之说果有，则生生不已、死死无穷，是诸苦恼恶浊之无尽止也。伤心者，岂独一应简人哉！

又，俞曲园亦有自挽一联云："生无补乎时，死无关乎数，辛辛苦苦著二百五十馀卷书，流播四方，是亦足矣；仰不愧于天，俯不怍于人，浩浩荡荡历数半生三十年事，放怀一笑，吾其归乎。"看似旷达，实则名心未尽也。

民国二年，北京某公团为清隆裕太后开追悼会。易实甫代统一党挽一联云："本来生生世世不愿入帝王家，从黑暗中放绝大光明，全力铸共和，普造金身四万万；以后岁岁年年有纪念圣后日，为青史上现特别异彩，同情表追悼，各弹珠泪一双双。"

温生才、陈敬岳二烈士殒黄花冈时，有人挽之云："生经白刃头方贵；死葬黄花骨亦香。"名句为烈士生色。

上海徐园有一联云："无事棊酒著酗；有时琴诗弹谈。"可作俱乐部之普通联用。

某处弥勒佛联曰："大肚能容，了却人间多少事；满腔欢喜，笑开天下古今愁。"可作修身养性之格言读。

萧山岳庙柱联云："茹荼良善莫灰心，也须知六道轮回，今生作者来生受；漏网奸雄休得志，试请看两廊地狱，活时容易死时难。"又城隍庙云："为人果有良心，初一十五何用你烧香点烛；作事若昧天理，三更半夜须防我铁链钢叉。"善善而劝，恶恶而严，为中人以下说法，不得不尔。

又，吾乡曹娥庙一联，通明蕴藉，能使人人点头，相传是乩仙所题。云："事父未能，入庙倾诚皆末节；悦亲有道，见我不拜也无妨。"

祝枝山与沈石田观荷，见游鱼往来戏于叶底。祝云："池中荷叶鱼儿伞。"沈云："梁上蛛丝燕子帘。"

陈晋著九岁能诗，且善属对。客试之云："杜诗汉名士，非唐朝杜甫之杜诗。"陈曰："孟子吴淑姬，岂邹国孟轲之孟子。"

解缙七岁时，随父出游，见一妓女吹箫。父命对云："仙子吹箫，枯竹节边生玉笋。"对曰："佳人张伞，新荷叶底露金莲。"

吴文泰欲造器，某工师为求大木，用两人扛归。吴出对云："二人拾木归来（來），木长人短。"时丁逊学在坐，因对曰："四口兴工造器（嚣），工少口多。"

陈起宗幼时随师出游，见马行沙上，师曰："马足蹈开岸上沙，风来复合。"对曰："橹梢拨破江心月，水定还圆。"

一士人姓叶者，见僧舍荷花已结莲子，出对曰："莲子已成荷长老。"僧云："梨花未放叶先生。"

偶于香烟片中得一对云："绿水本无忧，因风皱面；青山原不老，为雪白头。"喜其工，而不知出处。后阅《解人颐》，方知是沈义甫幼时对句也。

卢柟戏王云凤云："鸟（鳥）入风（風）中，衔出虫而为凤（鳳）。"王云："马（馬）来芦（蘆）畔，吃尽草以成驴（驢）。"

一学正与秀才争田，讼之官。官不直之，戏曰："学正不正，诸生皆以为歪。"秀才对曰："相公言公，百姓自然无讼。"

某教官老而穷。学中某姓兄弟二生，纨袴子也，嘲之曰："穷老师，老老师，穷当益坚，老当益壮，穷老坚壮一老师。"教官答曰："大少爷，小少爷，大则以王，小则以霸，大小王霸两少爷。"

昔人有嘲首县联云："东奔西驰，满街上带了一群化子；前呼后拥，四轿内抬着两个债精。""借债办公，债愈多而亏空愈大；择缺清累，缺甚苦而弥补甚难。""论亏空原不要命；望调剂苟且偷生。""问心天理少；掣肘地方多。"盖首县与上司衙门接近，科派将迎，首当其冲，往往亏累，不获已而搜刮民财，以轻己之负担。迫而使然，非尽首县之罪也。今则武夫擅政，挽粟飞刍，罗掘既穷，借债度日。凡属文官，同感此苦，大可移赠此联也。然要其结果,终苦吾侪小民耳。噫!

西湖"仙乐处"酒家悬一联云:"翘首仰仙踪,白也仙,林也仙,苏也仙,我今买醉湖山里,非仙也仙;[1]及时行乐地,春亦乐,夏亦乐,秋亦乐,冬来寻诗风雪中,不乐亦乐。"飘飘欲仙,不知何人手笔。

【1】白、林、苏即唐白居易、宋林逋和苏轼,三位均曾在西湖活动,留下很多遗迹和传说。《旧唐书·白居易传》引白居易《与元九书》言:"知我者以为'诗仙',不知我者以为'诗魔'。"白居易在当时亦有"诗仙"之称。林逋隐居西湖,不仕不娶,惟喜植梅养鹤,相传其亦已成仙。辛弃疾《念奴娇·西湖和人韵》词言:"遥想处士(林逋)风流,鹤随人去,老作飞仙伯。"苏东坡自号"玉堂仙",仰慕者称之"坡仙"。宋张矩《应天长》词句:"换桥渡舫,添柳护堤,坡仙旧迹今续。"金元好问《奚官牧马图息轩画》诗句:"奚官有知应解笑,世无坡仙谁赏音。"

清高宗乾隆五十五年秋,上寿八旬,同堂五世,廷臣制联晋祝,皆不称意。惟纪文达联独邀奖饰。联曰:"龙飞五十有五年,庆一人五数合天,五数合地,五星呈,五云现,五代同堂,祥开五凤楼前,五色斑烂辉彩帐;鹤算八旬刚八月,祝万岁八千为春,八千为秋,八元进,八恺升,八方从化,歌舞八鸾队里,八仙会绕咏霓裳。"

又,高宗五旬时,某巨公上一联,亦善颂善祷。辞曰:"四万里皇图,伊古以来,从无一朝一统四万里;五十年圣寿,自今而后,尚有九千九百五十年。"两两相较,自以文达联词藻华富,后来居上也。

某书载,石达开少时题剃头店云:"磨砺以须,问天下头颅几许;及锋而试,看老夫手段何如。"确是大盗口吻。

又，某君亦有一联云："虽然毫末生意；却是顶上工夫。"则纤弱矣。

某凉亭有卖浆酒者，一士过之，就解渴，称便利，为题一联而去。联曰："为名忙，为利忙，忙里愉闲，吃杯茶去；谋衣苦，谋食苦，苦中作乐，拿壶酒来。"

海上有哑妓者，嫣然善笑。某君赠以联云："多少苦衷，不忍明言同息妫；有何乐趣，勉将默笑学婴宁。"

"你何人，我何人，只因六礼相传，惹出今朝烦恼；生不见，死不见，倘若三生有幸，愿谐来世姻缘。"此淮安高某挽未婚妻联也。作此等联最难着笔，亲之不可，远又不能。此联依事直书，情文兼到，而又恰切身分，故佳。

程道州自题医室门云："但愿人皆健；何妨我独贫。"大公无我，蔼然仁者之言也。

谢一夔与吕原饮，有歌而侑觞者，吕吹洞箫和之。谢云："吕先生品箫，须添一口。"吕云："谢状元射策，何吝片言。"

沈义甫同友人坐草堂，出对曰："草堂中蛙唱蚓歌，和出鼓声笛韵。"友云："雪地里鸡行犬走，踏成竹叶梅花。"

唐六如与张灵友善，二人皆善饮，每见必设杯酌，至醉乃已。时人传其一对云："贾岛醉来非假倒；刘伶饮尽不留零。"

"日晒雪消，檐滴无云之水；风吹尘起，地生不火之烟。""新月带星，银弹弓加金弹子；长虹贯日，绣球缏系锦球儿。"

"水车车水水随车,车停水止;风扇扇风风出扇,扇动风生。""绣鞋低罩绿罗裙,鸳鸯戏水;金钗斜插青丝鬓,鸾凤穿云。"皆古人切事切景之巧对也,以无关宏恉,略其事。

李西涯在翰林时,见一指挥祭神,出对云:"指挥烧纸,纸灰飞上指挥头。"指挥对曰:"修撰进馔,馔饱充修撰腹。"

某处有史、蒋二举人,好财好货,朋比为奸;一治酒请柴行经理,一演戏邀肉铺主人,盖欲联络奸商,以罔市利也。有作一联嘲之者曰:"史春元整席宴柴行,且救燃眉之急;蒋孝廉演剧邀屠户,遂成刎颈之交。"

《笑林广记》载:一塾师与一医生对对,医生之对句甚趣,兹节录之。塾师曰:"碧桃万树柳千丝。"医生曰:"红枣二枚姜一片。"塾师曰:"避暑最宜深竹院。"医生曰:"伤风应用小柴胡。"塾师曰:"丹桂香飘,遍满三千界。"医生曰:"梧桐子大,每服四十丸。"可谓语不离宗矣。

一乞丐与一老妓,穷极无聊,对对排遣。丐曰:"千舍万有,万舍千有,我的多福多寿老太太。"妓曰:"朝思暮想,暮思朝想,奴的知情知义小哥哥。"

某大令系孝廉方正出身,性好赌,莅任年余,日以樗蒲从事。一日正推牌九,忽中风倒毙。某君为撰挽联云:"举孝廉方正以为官,未及三年任满;翻天地人和而聚赌,可怜一命呜呼。"

前清一童生,年逾花甲,犹赴院应试。学使怜其老,提堂命题,令其默经,意欲借此以成全之。讵老童记忆多时,竟不能成一字。学使笑赠一联云:"行年六秩尚称童,可云寿考;到老五经犹未熟，不愧书生。"

从前专制时代，属员之见上司，称呼"卑职"，恬不为怪。某书载一联云："大人大人大大大人高陞，陞到卅六天宫，为太上老君盖瓦；卑职卑职卑卑职该死，死入十八地狱，替夜叉小鬼挖煤。"可谓穷形尽相矣。

某甲尝于月夜出对云："天上月圆，人间月半，月月月圆逢月半。"一八龄童子对曰："今朝年尾，明朝年头，年年年尾接年头。"

某君弥留时，自撰挽联云："百年一刹那，把等闲富贵功名付诸云散；再来成隔世，望这般夫妻儿女切莫雷同。"又书一额曰："这回不算。"

甲乙二人同乡、同学，甲惧内而乙好嫖，常以此互相嘲谑。甲云："嫖小娘生杨梅疮，甘心。"乙曰："怕老婆吃栗子块，苦脑。""苦脑"二字新。

相传太白楼有联云："荐汾阳再造唐家，并无尺土酬功，只落得采石青山，供当日神仙笑傲；喜妃子能谗学士，不是七言感怨，怎脱去名缰利锁，让先生诗酒逍遥。"下联翻陈出新，未经人道，遂觉通体精神为之一振。

楼中联句，向以王有才"吾辈此中堪饮酒；先生在上莫题诗"为最著，然如："诗酒神仙，天自梦中传綵笔；楼台花月，人从江上拜宫袍。""狂到世人皆欲杀；醉来天子不能呼。""脱身依旧仙归去；撒手还将月放回。""公昔登临，想诗境满怀、酒杯在手；我来依旧，见青山对面、明月当头。"或写景，或言情，亦各有其妙处也。[1]

【1】联语涉及太白荐郭汾阳、杨贵妃进谗,以及梦笔生花、诗酒逍遥与仙去、后世诸端,可参《新唐书·李白传》等。郭子仪为答唐名臣,平定安史之乱,抵抗回纥、吐蕃入侵,居功至伟,受封汾阳郡王。唐裴敬《翰林学士李公墓碑》载:"(李白)客并州,识郭汾阳于行伍间,为免脱其刑责而奖重之。后汾阳以功成官爵,请赎翰林,上许之,因免诛,其报也。"杜甫《饮中八仙歌》诗:"李白一斗诗百篇,长安市上酒家眠。天子呼来不上船,自称臣是酒中仙。"五代王仁裕《开元天宝遗事·梦笔头生花》:"李太白少时,梦所用之笔头上生花,后天才赡逸,名闻天下。"五代王定保《唐摭言》载:"李白着宫锦袍,游采石江中,傲然自得,旁若无人;因醉入水中捉月而死。"《新唐书·李白传》:"白晚好黄老,度牛渚矶至姑孰,悦谢家青山,欲终焉。及卒,葬东麓。元和末,宣歙观察使范传正祭其冢,禁樵采。访后裔,惟二孙女嫁为民妻,进止仍有风范,因泣曰:'先祖志在青山,顷葬东麓,非本意。'传正为改葬,立二碑焉。"

又,吴山尊学士亦有一联云:"谢宣城何如人,只凭江上五言诗,要先生低首;韩荆州差解事,肯让阶前盈尺地,容国士扬眉。"【1】或云楼系一守、一令重葺,守姓谢,令姓韩,山尊特借以寓意云。果尔,则亦滑稽矣。

【1】参见上册《古今滑稽联话大观》"旧传一守姓谢一令姓韩"条注释。

曾涤生国藩,尝戏左季高宗棠云:"季子敢言高,与余意见常相左。"左云:"藩臣徒误国,问君经济有何曾。"嵌字无痕,针锋相对,至今犹传诵人口。

又,文正尊人,有自述一联云:"粗茶淡饭布衣裳,这点福老夫享了;齐家治国平天下,那些事儿子承当。"封翁口吻,颇得优游之乐。

一塾师偕学生出关，夕阳未下，而关已闭。乃宿逆旅，出对曰："开关迟，关关早，阻过客过关。"学生急切未有对，乃曰："出对易，对对难，请先生先对。"不对之对，妙语解颐。

嘉庆时一总督乌姓者，与新科翰林某同席。翰林年未三十，身短且瘦。乌戏之曰："鼠无大小皆称老。"盖翰林不论年齿，人例呼为"老先生"，故特戏之。某翰林初若不闻，既乃指乌语同座曰："龟有雌雄总姓乌。"

前清官吏至清苦，莫如学老师，而谐联亦以嘲学老师者为最多。兹又于友人处得两联云："百无一事可言教；十有九分不像官。"一云："动地惊天，脱裤打门斗五板；穷奢极欲，连篮买豆腐半斤。"

吴中汤某，偕友人游于市，见酒肆悬一方灯，四面各书一"酒"字，盖借以为夜中之市招者。汤因之触发一对云："一盏灯四个字，酒酒酒酒。"时夜已深，击柝者出，友指汤曰："吾有对矣：'二更鼓两面锣，汤汤汤汤。'"

某县令尝书一联，榜诸大堂，曰："爱民若子；执法如山。"然夷考其行，则贪墨滥法，与言大相反背也。有滑稽者，夜偷书其联下曰："爱民若子，牛羊父母，仓廪父母，供其子职而已矣；执法如山，宝藏兴焉，货财殖焉，是岂山之性也哉。"[1]

【1】语本《孟子·万章上》，及《中庸》（第二十六章）、《孟子·告子上》。参见本册《文苑滑稽联话》"有一县令到任后"条注释。

改成句移置他处，而能恰切不移者，如赠妓院春联，改"天增岁月人增寿；春满乾坤福满门"，为"天增岁月娘增寿；春满乾坤爷满门"。又有改"万事不如杯在手；人生几见月当头"，为"万事不如枪在手；人生几见日当头"，赠嗜阿芙蓉者，亦巧而可喜。

戏场联须正喻夹写，方见游戏三昧之妙。全椒薛时雨慰农，有一联云："休羡他快意登场，也须夙世根基，才博得屠狗封侯、烂羊作尉；姑借尔写言醒世，一任当前炫赫，总不过草头富贵、花面逢迎。"

昔有某妇挽夫云："无不开之船，荡桨扬帆，君已脱离苦海；有未了之戏，卷旗息鼓，吾今收拾残场。"超逸有林下风。求之男子中，得此盖少。

曩阅《时报》，载有老彭君戏拟《梁财神去思碑序》，并联五则，语甚诡谲，并兹录之。

序曰："昔魏武氏有言：'大丈夫不能流芳百世，亦当遗臭万年。'斯言也，邃古以来，惟舜与跖之伦，足以副之。粤东梁公，性工狐媚，心切狼贪，民国初充税务处督办，猿氏倚为心膂。凡所施设，多骇听闻，略举数端，以备逸史：首创帝制，拥猿氏为八十三天大皇帝，一也；创设苛税，顿致家财八千万，都中尊为财神，二也；纸币停兑，为猿氏汇存美国六千万银，三也；发起十三省联盟，为帝制派保全禄位，四也。凡此四端，鹊网密布，四野既无遗财；兔窟深藏，一己更无后患，诚不负为昂藏七尺之大丈夫也。至于流芳、遗臭，千载以后，二者必有一于此。余故论而著之，寿诸贞珉。匪惟表公德而系去思，正以愧天下后世之手揽利权，丝毫不知染指者。"

联曰："金穴深藏，铜山忽倒，财神千古，饿鬼千古；洪宪忠臣，共和败类，兴邦一人，亡国一人。""我辈乃曾经搜括馀生,碑口同镌,愿君子雕梁长踞;今日是再造共和盛世,野心未死,望继统金匮重封。""丹扆设座,黄袍加身,八十天拍马吹牛,帝令何在;税创印花,币兴光纸,廿二省罗雀掘鼠,民不能忘。""勃勃野心,贪永年安富尊荣,金钱筹划联盟策;哀哀黔首,沐大恩剥削搜括,膏血凝成堕泪碑。""剥肤槌髓地无皮,只留得短碣千秋,翘首岘山齐堕泪;捉怪拿妖天有眼,忽听到令牌一拍,埋头港海倍惊心。"

甘肃某庙戏台悬一联,为左文襄手笔。左时已入相,写戏台,亦自写也。联云:"都想要拜相封侯,却也不难,这里有现成榜样;最好是忠臣孝子,看来容易,问他做几许工夫。"

曾文正公挽名妓春燕一联,人多传诵;而其赠春燕一联,则知之者鲜。今并录之。挽云:"未免有情,忆酒绿灯红,一别竟伤春去了;似曾相识,知梁空泥落,几时重见燕归来。"赠云:"报道一声春去也;似曾相识燕归来。"语意略同,赠以简胜。

有人集骨董铺及药肆招牌成一联,曰:"博古斋,揭表唐宋元明古今名人字画;同仁堂,发兑云贵川广生熟地道药材。"不假雕琢,自成排偶,所谓"文章本天成"也。

纪晓岚先生有贺牛姓者新婚联云:"绣阁并肩春望月;红楼对面夜弹琴。"暗切"牛"字,调侃不少。

烟台某观察,赠名妓张小凤嵌字集句联云:"小生无宋玉般情、潘安般貌;凤凰非竹实不食、梧桐不栖。"

津沽女伶金玉兰,以妖媚之姿,演淫靡之剧,论者颇疑其不贞,实则犹是云英未嫁身也。往岁献艺宣武门,唱《玉堂春》一出，归寓即染猩红热不起，年仅二十馀岁。一时顾曲大雅，题赠挽联，烟霏露集。然大都以媟云亵雨之词，为怨蕙愁兰之句，滑稽轻薄，殊不称于玉兰也。惟江宁孙谷纫两联，一表其贞，一指其病，颂无溢美，哀而不淫，可称玉兰知己。一云："顾曲我情移，最难绛树双声，碧玉毫无小家气；盖棺卿论定，杜尽铄金众口，木兰犹是女儿花。"一云："《玉堂春》竟作尾声，这回宣武城南，真个曲终人不见；《广陵散》从兹绝响，莫过上阑门外，只馀花落水流红。"

陕西省城有饭铺名"天然居"者，一过客出一对云："客上天然居，居然天上客。"语巧回环，对颇不易。或曰："人过大佛寺，寺佛大过人。"或曰："图成地中海，海中地成图。"皆不敌也。

江西湖口石钟山，奉祀洪杨之役湘军阵亡诸将士。飨殿一联，系彭玉麟撰，豪迈堂皇，是大手笔。联曰："忠臣魄，烈士魂，英雄气，名贤手笔，菩萨心肠，合古今天地之精灵，同此一山结束；彭蠡湖，溢浦月，浔江涛，匡庐瀑布，马当斜阳，极南北东西之画景，全凭两眼收来。"

安徽定远县城隍庙大殿一联，何维谦学政撰。上嵌五味，下嵌五色，对仗甚为工整。联曰："泪酸血咸，悔不该手辣口甜，只道世间无苦海；金黄银白，但见得眼红心黑，哪知头上见青天。"

京师女伶某于三月死，其生日则二月十一日也。某君挽云："生在百花前，万紫千红齐俯首；春归三月暮，人间天上总销魂。"缠绵清丽，可称绝妙好辞。

湘乡王壬秋先生逝世，某君戏挽一联云："先生本自有千古；后死惟嫌迟五年。"时论韪之。

清西太后七十寿，大兴土木，蠹蚀吾民之脂膏无算。时人撰一联刺之，语颇谐趣。曰："今日幸颐和，明日幸南海，何日再幸古长安？亿万兆膏血全枯，只为一人歌庆有；五十割交趾，六十割台湾，七十更割辽阳地！念馀省封圻渐蹙，每逢万寿祝疆无。"

顾嘉蘅守南阳时，与藩司陈某不洽，使离任。及陈去，而继陈者为朱寿镛氏，知顾冤，又使回任。顾因题卧龙冈一联云："陈寿何人，也评论先生长短；文忠特笔，为表明当日孤忠。"[1] 借题写感，句句说孔明，亦句句说自己也。

【1】参见上册《古今滑稽联话大观》"顾嘉蘅守南阳"条注释。

某太守，清苑人，曾令泾县，以贪酷闻。一日晨起，见厅事贴一联云："彼哉彼哉，北方之学者何足算也；[1]戒之戒之，南人有言曰其无后乎。[2]"

【1】语出《论语·宪问》："或问子产，子曰：'惠人也。'问子西，曰：'彼哉，彼哉！'"《孟子·滕文公上》："陈良，楚产也，悦周公、仲尼之道，北学于中国。北方之学者，未能或之先也。彼所谓豪杰之士也。"《论语·子路》："曰：'今之从政者何如？'子曰：'噫！斗筲之人，何足算也？'"

【2】语本《孟子·梁惠王下》："曾子曰：'戒之戒之！出乎尔者，反乎尔者也。'"《论语·子路》："南人有言曰：'人而无恒，不可以作巫医。'善夫！'不恒其德，或承之羞。'"《孟子·梁惠王上》："仲尼曰：'始作俑者，其无后乎。'"

郭嵩焘使英回国，巡抚粤东，醉心欧化，首创变法自强之议。其时朝野多不以郭说为然，传有一联云："行伪而坚，言伪而辩，不容于尧舜之世；[1]未能事人，焉能事鬼，何必去父母之邦。"

【1】语出《礼记·王制》："行伪而坚，言伪而辩，学非而博，顺非而泽以疑众，杀。"《孟子·告子上》："孟子曰：'不教民而用之，谓之殃民。殃民者，不容于尧舜之世。'"

【2】语出《论语·先进》："季路问事鬼神。子曰：'未能事人，焉能事鬼。'"《论语·微子》："直道而事人，焉往而不三黜？枉道而事人，何必去父母之邦？"

京都某道士羽化，滑稽者挽以联云："吃的是老子，穿的是老子，一生到老，全靠老子；唤不灵天尊，拜不灵天尊，两脚朝天，莫怪天尊。"

宋蔡襄与陈亚友善，尝以谑语嘲其名曰："陈亚有心终是恶。"陈曰："蔡襄无口便成衰。"

虞长孺曰："天地一梨园也。"陈眉公曰："佛氏者，朝廷之大养济园也。"某君戏演其义，成一联云："佛门大养济，将鳏寡孤独为僧尼，亿千万人徧受十方供养；世界小梨园，牵帝王师相作傀儡，二十一史演成一部传奇。"

某君斋壁悬一联云："倩人抓背，上些上些再上些，真痛痒全凭自己；对客猜拳，着了着了又着了，好消息还在他家。"不知是何命意。

尤延之与杨诚斋，为金石交。淳熙中，诚斋为秘书监，延之为太常卿，又同为青宫寮寀，无日不相从。二人皆善谐，延之尝曰："有一经句，请秘监对，曰'杨氏为我'。"诚斋应声曰："尤物移人。"众皆叹其敏确。事见《鹤林玉露》。

《桐江诗话》云：元祐时，东平王景亮，与诸仕族无成者，结为一社，专事嘲笑。士大夫无问贤愚，一经诸人之目，即被不雅之名，当时号曰"猪嘴关"。吕惠卿察访京东，吕天资清瘦，语时辄以双手指画，社人目之曰"说法马留"，又凑为七字曰："说法马留为察访。"久不能对。一日，邵篪因上殿泄气，出知东平。邵高鼻卷须，社人目之曰"凑氛狮子"。乃对曰："凑氛狮子作知州。"惠卿衔之，讽部使者发以他事，举社遂为齑粉。

戏场为雅俗共集之地，作联者借题醒世，语贵透彻。如："问谁入世不谐容，泽粉涂脂，识破总非真面目；何物吓人真恶态，磨拳擦掌，看来尽是假威权。""人情到底好排场，耀武扬威，任尔放开眉眼做；世事原来仍假局，装模作样，惟吾踏实脚跟看。""老的少的、村的俏的，睁睁眼看他怎的；歌斯舞斯、哭斯笑斯，点点头原来如斯。""你也挤、我也挤，此处几无立脚地；好且看、歹且看，大家都有下场时。"诸联虽灶妪亦能解也。

亦有以含蓄见长者，如扬州某神庙云："是耶非耶，其信然耶；秦欤汉欤，将近代欤。"

又有对演戏人说法者，如某君题女戏园云："本是好女儿身，慧业生成，编将绝妙好辞，为优孟衣冠别开生面；岂竟如春婆梦，逢场作戏，揽取当前风致，数芳龄豆蔻莫负韶华。"

昆山归元恭庄，明亡，佯狂肆志，与顾亭林炎武齐名，所居在丛冢之间，时号"归奇顾怪"。尝自榜其门曰："入其室空空如也；问其人嚣嚣然曰。"[1]又曰："两口寄安乐之窝，妻太聪明夫太怪；四邻接幽冥之地，人何寥落鬼何多。"

【1】语本《论语·子罕》："有鄙夫问于我，空空如也，我叩

其两端而竭焉。"《孟子·万章上》:"汤使人以币聘之,嚣嚣然曰:'我何以汤之聘币为哉?岂若处畎亩之中,由是以乐尧舜之道哉?'"

李碧舫孝廉侨居佛山。咸丰甲寅,土寇毁其室,事平乃重葺之。落成日,署门云:"修我墙屋;反其旄倪。"[1]用成语颇切。
【1】语出《孟子·离娄下》:"寇退,则曰:'修我墙屋,我将反。'寇退,曾子反。"《孟子·梁惠王下》:"王速出令,反其旄倪,止其重器,谋于燕众,置君而后去之,则犹可及止也。"

闻喜杨漪川侍御,在都时寓闻喜馆,榜其门曰:"何居我未之闻;见似人者而喜。"

休宁金正希先生,明末督乡兵与清战,不敌,殉焉。其未达时,家贫苦读,尝题联曰:"读律书惧刑,读战书惧兵,读儒书兵刑不惧;畊尧田忧水,畊汤田忧旱,耕心田水旱无忧。"想见平日之学养矣。

黄石斋先生被执拘禁中,洪承畴往视之,先生闭目不视。及洪出,乃奋笔书一联云:"史笔流芳,虽未成名终可法;洪恩浩荡,不能报国反成仇。"字挟风霜,愧死长乐一流人物![1]
【1】参见上册《古今滑稽联话大观》"洪承畴六十初度"条注释。

梁茞邻中丞,引疾侨居浦城,购地数分,缚茅架屋。宅左有园,园中池上草堂,为会客之所,悬手题一联云:"客来醉,客去睡,老无所事吁可愧;论学粗,论政疏,诗不成家聊自娱。"颇得优游林下之乐云。

吴让之书法，入魏晋之室，累于家务，有寡媳甚悍，取求无厌。让之避居僧寺，有自署一联云："有子有孙鳏寡孤独；无家无室柴米油盐。"

楹联至百余字，即多累坠，极难出色。偶阅《水窗春呓》，载湘阴徐海宗茂才眷一妓，号云香，益阳人，侨居省城。回家数月，迟之不至，后闻其死，作联挽之，多至二百余字，畅所欲言，无不如意，洵佳构也。联曰：

"试问十九年磨折，却为谁来，如蜡自煎，如蚕自缚，没奈何罗网频加。曾语予云：君固怜薄命者，忍不一援手耶？呜呼可以悲矣！忆昔芙蓉露下，杨柳风前，舌妙吴歌，腰轻楚舞，每值酡颜之醉，常劳玉腕之扶，广寒无此游，会真无此遇，天台无此缘。纵教善病工愁，怜渠憔悴，尚恁地谈心深夜，数尽鸡筹，况平时袅袅婷婷、齐齐整整；不图二三月欢娱，竟抛侬去，问鱼常杳，问雁常空，料不定琵琶别抱。然为卿计：尔岂昧夙根者，而肯再失身也？若是殆其死乎！迄今豆蔻香销，蘼芜路断，门犹崔认，楼已秦封，难招红粉之魂，枉堕青衫之泪，少君弗能祷，精卫弗能填，女娲弗能补。但愿降神示梦，与我周旋，更大家稽首慈云，乞还鸳牒，或有个夫夫妇妇、世世生生。"

吴趼人挽妓女沈丽娟云："此情与我何干，也来哭哭；只为怜卿薄命，同是惺惺。"拙朴语，令人发笑。

某太守有一婢，貌美而慧，守欲纳之，婢峻拒。乃命对云："小婢何知，自资红颜违我命。"婢云："大人容禀，恐防绿顶戴君头。"对语颇趣，亦真言也。凡老夫娶少妇者，皆须防此一着。

某君赠妓如意联云："都道我不如归去；试问卿于意云何。"语有神韵，非斫轮之老手不办。

一新婿挽岳云："泰山其颓乎，吾将安仰；丈人真隐者，我至则行。"

顾家相《五馀读书廛随笔》载烟馆联云："贤者亦乐此；乡人皆好之。""澄光不是文光，偏能射斗；洋药非同火药，也可开枪。"又，某书亦载两则云："重帘不卷留香久；短笛无腔信口吹。"[1]"非翰林莫入此馆；是枪手乃能进场。"均尚雅切，尤以第三则集句为最佳。

[1] 句出陆游《书室明暖终日婆娑其间倦则扶杖至小园戏作长句二首》（其二）："重帘不卷留香久，古砚微凹聚墨多。"宋雷震《村晚》诗："牧童归去横牛背，短笛无腔信口吹。"

某剃头店有联云："大事业从头做起；好消息自耳传来。"

又，友人何斐斋为诵一联，亦佳，曰："到门尽是弹冠客；此处应无搔首人。"

民国初年，禁鸦片甚急。杭州《浙江潮》报征对云："因火为烟，若不撇开总是苦。"其时国会议员党派纷歧，动生龃龉。余因对曰："言义成议，傥无党见即完人。"及揭晓，共录五人，余列第二。第一名云："采丝为彩（綵），又加点缀便成文。"第四名云："少女为妙，大来（來）无一不从夫。"第三名已忘却，第五名似云："舛木为桀，全无人道也称王。"

友人文会友，尝自绘小照一帧，传神维肖，甚宝之。欲配以联，得契尾成句云："恐后无凭，立此存照。"而难其对，嘱余成之。余曰："当今之世，舍我其谁。"强对不粘不脱。文大喜，称谢而去。

沈德符《野获编》载：明袁文荣炜，撰世庙斋醮联云："洛水玄龟初献瑞，阴数九、阳数九，九九八十一数，数通乎道，道合元始天尊，一诚有感；岐山丹凤两呈祥，雄声六、雌声六，六六三十六声，声闻于天，天生嘉靖皇帝，万寿无疆。"又一本云："掇灵蓍之草以成文，天数五、地数五，五五二十五数，数生于道，道合元始天尊，尊无二上；截嶰竹之笛以协律，阳声六、阴声六，六六三十六声，声闻于天，天生嘉靖皇帝，帝统万年。"词句大同小异，传是夏贵溪言手笔。

《七修类稿》云：陈敏之木，天台人也，任徽州歙县训导，书一联于衙曰："四万八千丈山中仙客；三百六十重滩上闲官。"天生切对也。

《敝帚斋谈馀》云：尝于都下见一罢闲中贵，堂间书一对云："无子无孙，尽是他人之物；有花有酒，聊为卒岁之欢。"用乔行简词中语，颇自然。

又，某书载，嘉靖末年，南京城守门宦官高刚，于堂中书春联云："海无波涛，海瑞之功不浅；林有梁栋，林润之泽居多。"盖谓刚峰、念堂二公也。宦者知重谏官如此，可谓贤矣。[1]

【1】参见上册《古今滑稽联话大观》"嘉靖间官南京城守门宦官高刚"条注释。

《齐东野语》云：某孝廉家贫嗜酒，常至一邮店赊饮，积负累累不能偿，店中人甚恶之。一夜天雪，孝廉又至，店中人诈言炉熄，以冷酒与之，且出对云："冰冷酒，一点两点三点。"孝廉不能对，归家即病不起，死后化为怪鸟，仍往来邮店左右，哀鸣对语。后学使者过，闻其事，为代对云："丁香花，百头千头万头。"鸟遂长鸣数声飞去。

戏剧中演考试事，辄以一对了之，其语多鄙陋不足称。惟某齣中一对，口气阔大，造语亦奇，因录之。对云："玉帝行兵，雷鼓云旗天作阵；龙王开宴，山肴海酒地为筵。"

稗史载，宋洪平斋俞，新第后上史卫王书，自宰相至州县，无不指摘其短。大略云：昔之宰相，端委庙堂，进退百官；今之宰相，招权纳贿，倚势作威而已。凡及一联，必如上式，末俱用"而已"二字。时相怒之，十年不调。洪自署桃符云："未得之乎一字力；只因而已十年闲。"

《簪云楼杂说》云：春联之设，自明孝陵昉也。时太祖都金陵，于除夕忽传旨：公卿士庶家门上，须加春联一副。太祖亲微行出观，以为笑乐。偶见一家独无之，询知，为阉豕苗者，尚未倩人耳。太祖为大书曰："双手劈开生死路；一刀割断是非根。"投笔径去。嗣太祖复出，不见张贴，因问故，答云："知是御书，高悬中堂，燃香祝圣，为献岁之瑞。"太祖大喜，赍银三十两，俾迁业焉。

泉唐丁剑南，余友也；斋中悬其祖乃文太守一联，云："车千乘，马千匹，强弩千张，统百万雄师，指麾如意；酒一斗，茶一瓯，围棋一局，约二三知己，畅叙幽情。"字写北魏，甚雄浑，与语相称。然必如孔明之纶巾羽扇、叔子之缓带轻裘，方能当之无愧也。

梁章钜《楹联丛话》云：乾隆中，每岁巡幸热河，必于中秋后一日进哨（即木兰围场也），重阳前后出哨。跸路所经，有所谓"万松岭"者，满山皆松，为重九日驻跸登高之所，岁以为常。庚戌岁，上进哨时驻此，周览行宫，顾谓彭文勤公："合将旧悬楹帖，悉易新语，期以出哨登高时亲阅。"公连日构思，偶于行殿正中得句云："八十君王，处处十八公，道旁介寿。"谓贴万松岭也，而难其对。因以片纸驰价，属纪文达公成之。文达公笑曰："芸楣又来考我乎？"即令来价立待，封纸付还。文勤公启视，则已就馀纸写成对语矣。句云："九重天子，年年重九节，塞上称觞。"叹曰："晓岚真捷才也！"回銮日，此联果邀称赏，各赐珍物数事云。

富阳緱岭，即王子晋吹笙处[1]。旧有关帝庙，邑人葺而新之，复题联云："此吴地也，不为孙郎立庙；[2]今帝号矣，何须曹氏封侯。[3]"孙权为富阳产，故出句云尔。

【1】姬晋，字子乔，东周灵王之子，天资聪颖，品德高尚，奏乐声优美如凤凰鸣唱，惜因病而英年早逝。其子宗敬，改为王姓。唐厉玄有《緱山月夜闻王子晋吹笙》诗："緱山明月夜，岑寂隔尘氛。紫府参差曲，清宵次第闻。韵流多入洞，声度半和云。拂竹鸾惊侣，经松鹤对群。蟾光听处合，仙路望中分。坐惜千岩曙，遗香过汝坟。"

【2】浙江富阳，三国时属孙吴所辖。

【3】明神宗朝，关羽被尊为"三界伏魔大帝神威远镇天尊关圣帝君"，其后明、清皇帝多次尊加帝号。

有作关夫人庙联者云："生何氏，没何年，盖弗可考矣；夫尽忠，子尽孝，得不谓贤乎。"颇著于人口。按：此事羌无故实，不得不用活笔。然据冯公山景所记关侯祖墓碑文，称侯娶胡氏，则夫人固自有姓也。事详《筠廊偶笔》，作者未之考耳。

燕子矶永济寺，有观音大士柱联云："音亦可观，方算聪明无二用；佛何称士，须知儒释有同源。"殊有妙悟。

袁简斋《续同人集》，载有自嘲一联云："不作公卿，非无福命都缘懒；难成仙佛，为爱文章又恋花。"

庐山虎溪三笑亭，有唐蜗寄先生联云："桥跨虎溪，三教三源流，三人三笑语；莲开僧舍，一花一世界，一叶一如来。"

桂林吕月沧郡丞，随其父在戍所，十五年始赦归。成进士后，观政浙中，初知庆元县，题大堂一联，现身说法，可作健讼人当头棒喝。联云："我也曾为冤枉，痛久心来，敢胡涂忘了当日；汝不必逞机谋，争个胜去，看终久害着自家。"

溧阳史氏，自康熙丁未史鹤龄入翰林后，子孙相继，科第之盛，古今所罕。其宗祠中悬一联云："祖孙父子，兄弟叔侄，四世翰苑蝉联，犹有舅甥翁婿；子午卯酉，辰戌丑未，八榜科名鼎盛，又逢己亥寅申。"

纪文达尝诵某君诗云："浮沉宦海如鸥鸟，生死书丛似蠹鱼。"戏谓"此二句，可作我他年挽联"。刘文清公云："此惟陆耳山副宪足以当之。"未几而陆讣至。盖方被命赴沈阳覆校四库书，以天气骤寒，裘衣未到，冻僵于旅寓中也。时以为语谶云。

有集《四书》语为典肆联云："以其所有，易其所无，四境之内，万物皆备于我；或曰取之，或曰勿取，三年无改，一介不以与人。"[1]亦自稳切。

【1】参见上册《古今滑稽联话大观》"有集《四书》为典肆联云"条注释。

缪莲仙《涂说》云：一廪膳生得钦赐副榜，自书一堂联云："说甚功名，只免得三年一考；有何体面，倒少了四两八钱。"四两八钱，谓廪禄也。殊趣。

纪晓岚《续消夏录》云：张明经晴岚，除夕前自题门联云："三间东倒西歪屋；一个千锤百炼人。"适有锻铁者，求彭信甫书门联，信甫戏书此二句与之。两家望衡对宇，见者无不失笑。二人本辛酉拔贡同年，颇契厚，坐此竟成嫌隙。所谓凡戏无益，此亦一端也。

又，《茶馀客话》载：鲁亮侪观察自署一联云："两间东倒西歪屋；一个南腔北调人。"词意略同，不谋而合。

《柳南随笔》云：昆山归元恭先生，狂士也。家贫甚，扉破至不可阖，椅败至不可移，则俱以纬萧缚之，书一扁曰"结绳而治"。又除夕，署其门联曰："一枪戳出穷鬼去；双钩搭进富神来。"其不经，多类此。时人呼为"归痴"云。

相传明末倪鸿宝诣吕晚邨，吕揭一联于堂楣云："囊无半卷书，惟有虞廷十六字；目空天下士，只让尼山一个人。"后吕诣倪，倪亦揭一联于堂云："孝若曾子参，才足当一字可；才如周公旦，容不得半点骄。"[1]吕爽然若失。两人之优劣见矣。

【1】参见上册《古今滑稽联话大观》"明末倪鸿宝诣吕晚村"条注释。

有延师课子者，于本宅近处，另辟精舍一区，听馆师出入自便。其师好嬉游，日私出，至城外某戏园。居停访之，辄不晤。因书陶句于门云："园日涉以成趣；门虽设而常关。"师归见之，即幞被而去。

弥勒佛终日嬉笑，作联者亦因之诙谐百出。杭州某寺一联，传诵人口，余已录于上矣。顷又于友人处，得邛州人余昂一联云："终日解其颐，笑世事纷纭，曾无了局；经年坦乃腹，看胸怀洒落，却是上乘。"

某处药王庙戏台联云："名场利场，无非戏场，做得出泼天富贵；冷药热药，总是妙药，医不尽徧地炎凉。"颇有慨乎其言。

又，某处关庙云："顾曲小聪明，当日可怜公瑾；挝鼓大豪杰，至今犹骂曹瞒。"确是关庙戏台语。若移置他处，则不成话矣。

福州城外，由江达海之路，以罗星塔为关键。塔据山巅，四面皆波涛汹涌，其由闽县达长乐，则必以罗星塔山下为暂泊候潮之所，盖海潮由此而分也。塔上旧有七字联，不知何人所撰，其句云："朝朝朝朝朝朝夕；长长长长长长消。"过客皆不知所谓。康熙中，有一道士到此，读而喜之。众请其说，道士笑曰："上句第三、第五两'朝'字，读下平声，通作'潮'；又将下句第三、第五两'长'字，读作上声，即得。不过是朝汐长消而已。"

吴门陈竹士之室金纤纤，才女也，著有《瘦吟楼诗稿》。年二十一卒，其女友汪宣秋挽以联云："入梦想从君，鹤背恐嫌凡骨重；遗真添画我，飞仙可要侍儿扶。"可谓倾倒极矣。竹士继室王梅卿，亦工诗，合卺之夕，汪又戏贺一联云："几生修得到；一日不可无。"雅谑解颐。何吴门之多才女耶！

蔡佛田家贫嗜酒，而性滑稽。当四十九岁时，自集宋句为联云："四十九年穷不死；三百六日醉如泥。"[1]

[1] 参见上册《古今滑稽联话大观》"蔡佛田四十九岁时"条注释。

某县令姓王名寅，性极贪鄙。有夜题其门一联者，句云："王好货，不论金银铜铁；寅属虎，全需鸡犬牛羊。"

道光初元，江南有嘲举孝廉方正者，大书于其门云："曾是以为孝，恶能廉；可欺以其方，奚其正。"[1]

【1】参见上册《古今滑稽联话大观》"严问樵曰"条注释。

王楷堂老于曹郎，家计甚窭，宅近马棚，门临大道。自撰一联，悬于门柱，云："马骨崚嶒，吃豆吃麸兼吃草；车声历碌，拉人拉物不拉钱。"

吴江任子湘秀才，为寿板铺春联云："梦且得官原瑞物；呼之为寿亦佳名。"二句分咏，语殊温雅，可作寿板铺之普通联用。

纪晓岚家中，屡为庸医所误，恨之次骨。适有为医家求题扁额者，立书"明远堂"三字与之。或询其说，纪曰："不行焉，可谓明也已矣；不行焉，可谓远也已矣。[1]此等医生，只当祝其不行，便是无量功德也。"或曰："然则彼来求联，更将何以应之？"纪曰："我有撰成五言、七言两联。一系乙转孟襄阳诗字云：'不明才主弃；多故病人疏。'一系集唐人诗句：'新鬼烦冤旧鬼哭；他生未卜此生休。'[2]"问者大笑而去。可谓挖苦极矣。

【1】语本《论语·颜渊》："子张问明。子曰：'浸润之谮，肤受之愬，不行焉，可谓明也已矣。浸润之谮，肤受之愬，不行焉，可谓远也已矣。'"

【2】句出杜甫《兵车行》诗："新鬼烦冤旧鬼哭，天阴雨湿声啾啾。"李商隐《马嵬》（其二）诗："海外徒闻更九州，他生未卜此生休。"

闽县某君，为族中排解一讼事，而有所偏徇。众疑其受私，某力辩不能明。适其乡赛神作灯联，某乃以谑语解嘲云："烛问灯云：靠汝遮光作门面；鼓对锣曰：亏侬空腹受拳头。"

有项某，自署其门联云："一门三学士；四代五尚书。"客见之，疑近代显宦中无此姓，意其先世或居是官，因造门而问焉。项对曰："吾家父子三人，并弟子员，各占杭州、仁和、钱塘一学；且祖若父，生前曾举明经，合四代，皆习《尚书》，故曰一门三学之士、四代有五人习《尚书》耳。君无读破句别字也。"问者大笑而退。

《明道杂志》云：世传朱全忠作四镇时，与宾佐出游，全忠指一地曰："此处可建神祠，试召一视地工验之。"而召工久不至，全忠怒甚，见于辞色。左右皆恐。良久工至，全忠指地示之，工再拜贺曰："此所谓乾上龙尾地，建庙固宜。然非大贵人，不能见此地。"全忠喜，薄赐而遣之。工出，宾僚或戏之曰："若非'乾上龙尾'，定当'坎下驴头'矣。"盖东北人谓所伐曰"坎"也。

沈作喆《寓简》云：杨文公危言直道，独立一世，嫉恶如仇。在翰苑日，有新幸近臣以邪言进者，意欲攀公入其党中，乘间语公曰："君子知微知彰，知柔知刚。"[1]公正色疾声答曰："小人不耻不仁，不畏不义。"[2]幸臣大沮。
【1】语出《易经·系辞下》："君子知微知彰，知柔知刚，万夫之望。"
【2】语出《易经·系辞下》："小人不耻不仁，不畏不义。不见利不劝，不威不惩。"

《金陵琐事》云：顾东桥巡抚湖广时，衙斋菊开，邀数门生赏之。一狂生拣花之好者，摘两三枝，戴于头上。东桥不悦，因出对曰："赏菊客来，两手擘残彭泽景。"张太岳对云："卖花人过，一肩挑尽洛阳春。"东桥曰："此语已佳，不必更对矣。"遂酌酒尽欢而罢。

《稗史类编》云：长乐马状元铎，少时梦一人语之曰："雨打无声鼓子花。"不省所谓。后与同郡林志，同举进士。志乡、会皆第一，殿试时，忽梦马踏其首，以是怏怏，争于上前。上曰："朕有一对，对佳者，状元也。曰：'风吹不动铃儿草。'"马即对以梦语，而志思竭不能对，铎于是得状元。

祝枝山《猥谈》载：梁文康公储，髫龄时，随父浴于小沼中。父出对曰："晚浴池塘，涌动一天星斗。"公对曰："早登台阁，挽回三代乾坤。"

《尧山堂外纪》云：徐晞既贵，传乘归，守令率诸生郊迎。诸生以其不由科甲出身，玩忽不成礼节。守令因出对云："擘破石榴，红门中许多酸子。"诸生思久不能对，晞代答云："咬开银杏，白衣里一个大人。"诸生惊服，遂相率请罪。

又载陆浚明一对云："枣（棗）棘为薪，截断劈开成四束；阊门起屋，移多补少作双间。"构思固巧，而笔画间遂不免稍有假借矣。

黄印《梁溪识小录》云：莫天祐绰号老虎，守无锡时，残忍嗜杀；每出入，人皆走匿。有稚子沈龙者，负笈趋塾，误冲节幢，为所执。天祐曰："汝为学生，能对乎？"曰："能。"天祐曰："有人称我为'至勇至刚能文能武无上将军'者，汝能对则赏；不能对，断汝头。"龙略不畏惧，整容对曰："大慈大悲救苦救难观音菩萨。"天祐喜，赏银一锭，为之止杀者累月。

又云：明嘉靖间，一内珰衔命入浙，与司北关南户曹、司南关北工曹，及工部郎中某君等饮宴。珰欲侮缙绅，乘酒酣为对云："南管北关，北管南关，一过手、再过手，受尽四面八方商商贾贾,辛苦东西。"此珰故卑微,曾司内阁,工部君所素识者,因答云:"我须相报,但勿嗔乃可。"遂云:"前掌后门,后掌前门,千磕头、万磕头,叫了几声万岁爷爷娘娘,站立左右。"珰怒愤攘臂,至欲自戕,二司力劝乃止。

《野获编》云:贾宪使实斋,以名儒里居。一日雪后,披貂裘立门前。有一邻舍少年,号"倪麻子"者,颇少慧,好侮人。贾见其着屦弄雪,呼前曰:"我有一对,汝能属句否?"因曰:"钉鞋踏地泥麻子。"倪曰:"对则能之,但不敢耳。"贾曰:"吾不汝罪。"倪乃对曰:"皮袄披身假畜生。"贾面赤,咄嗟诟詈而入。

又一则云:楚中耿天台定向,为南直提学御史。初莅任,即遣牌往松江,云欲观海。时徐文贞少湖为首相,耿其讲学至交,实借此往拜其先祠也。云间士子为之语曰:"名虽观海,实则望湖,耿学使初无定向。"久而未有对者。适河南刘自强为应天尹,以户曹隶不逊,奋拳殴之。刘多力,至折隶齿几死。乃得对曰:"京卿攘臂,衙役折齿,刘府尹果能自强。"同时,松江有郡丞潘大泉,名仲骖,以名翰林谪外,傲睨侮人;华亭尹倪先荐者,谦和下士。松江士人又为之对曰:"松江同知恣肆,合得重参;华亭知县清廉,允宜先荐。"各取姓名同音也。

《文行集》云:郑洛书,莆田人,正德丁丑进士,为上海知县;同时永丰聂豹,为华亭知县,并有政声。一日,同坐察院门,适人来报上海秋试脱科。聂笑曰:"上海秀才下第,只为落书(洛书)。"郑应声曰:"华亭百姓遭灾,皆因孽报(聂豹)。"

陈眉公《见闻录》云:西涯李公善谑。居政府时,庶士进见。公曰:"今日诸君,试属一对。句曰:'前庭花始放。'"众哂其易,各漫应之。公曰:"总不如对"'阁下李先生'也。"众一笑而散。

长洲韩慕庐先生菼，为秀才时，曾落四等，后登会状。故其家有"四等秀才；一甲进士"门联。当未第时，尝授读蒙馆，而馆主人识丁不多，复强作解事，往往干与馆政，将经书句读点破。韩偶与争，即谓："汝是四等秀才，能得甚事？"韩亦忍受而已。一日，生徒读《曲礼》"临财毋苟得，临难毋苟免"，"毋"字误读作"母"字。有吴中名下士适过门，闻而窃笑，不知是主人所授，非先生意也。遂高声作七字讥之，曰："《曲礼》一篇无母狗。"令作对语。韩应声曰："《春秋》三传有公羊。"其人大服，询姓名而去。或云吴士即健庵先生也。

相传钱虞山有一杖随身，自制铭刻其上，云："用之则行，舍之则藏，惟我与尔有是夫。"及入清朝，此杖失去已久，一日忽得之，已有人续铭其旁云："危而不持，颠而不扶，则将焉用彼相矣。"钱为之惘然。[1]

【1】参见上册《古今滑稽联话大观》"明虞山钱牧斋"条注释。

对句有以文字分合见巧者。某书载，陈元孝与梁药亭诸公夜饮唱酬，以"夕夕多良会"对"人人从夜游"。又，某公为巡河道，即景云"少水沙即露"，对"是土堤方成"。又："此木成柴山山出；因火为烟夕夕多。""二人土上坐；一月日边明。""人从门内闪；公向水边泜。"

某君徘徊溪畔，得一对云："独立小桥，人影不随流水去。"久无对句。一友闻之，欣然曰："孤眠旅馆，梦魂曾逐故乡来。"

古人对句，有用口头常语，而对仗极工稳者。如："兔走乌飞，地下相逢评月旦；雁来燕去，途中偶遇说春秋。"又："杨柳花飞,平地上滚将春去;梧桐叶落,半空中撒下秋来。"

乾隆某年,工部署被火,金尚书简奉命督修。一朝士出对曰:"水部火灾,金司空大兴土木。"久无能对者。适有新选中书科中书某君,状貌魁梧,自负为南人北相。纪文达闻之,辗然曰:"'南人北相,中书科甚么东西。'可借伊属对矣。"

又,河间某道士娶妻,有作贺联者,先得出句云:"太极两仪生四象。"[1]下句不属。时纪晓岚尚幼,从旁诵苏句足之曰:"春宵一刻值千金。"[2]

【1】语本《易经·系辞上》:"易有太极,是生两仪,两仪生四象,四象生八卦,八卦定吉凶,吉凶生大业。"

【2】句出苏轼《春宵》诗:"春宵一刻值千金,花有清香月有阴。"

某塾师年老健忘,出一对自嘲云:"书生,书生问先生,先生先生。"或对:"步快,步快追马快,马快马快。"塾师嫌其"马快"对"先生",虚实未称,然舍此亦无佳句也。他如:"念兹在兹,释兹在兹,名言兹在兹。"[1]对:"揭谛揭谛,波罗揭谛,波罗僧揭谛。"[2]亦取其以经对经,灵妙可喜,不必以字句差互绳之也。

【1】语出《尚书·大禹谟》:"帝念哉!念兹在兹,释兹在兹。名言兹在兹,允出兹在兹,惟帝念功。"

【2】语出《般若波罗密多心经》:"即说咒曰:'揭谛揭谛,波罗揭谛,波罗僧揭谛。菩提萨婆诃。'"

某达官延一老诸生,教其宠妾某学诗。诸生令先学作对。适斋僮烹茶将熟,因以"茶声"二字命对,妾应声曰:"酒色。"诸生为之匿笑。

吉林某氏弟兄，同时为江、浙民政长，凡有优差美缺，无不位置亲戚故旧、同乡僚属。当时有人以联语嘲之云："好官自为之，试看半壁东南，难兄难弟同开府；居上后来者，从此一班龌龊，议亲议故尽弹冠。"

某邑史茂才，性喜诙谐。适邻居有一医生尤姓，年老讳言死。一日，史戏之曰："尤郎中直脚便为犬。"医生大怒，几欲挥拳。茂才曰："子毋然，看我对来。"因自嘲云："史先生脱口不成人。"

泰州某校算术教员，程度不甚高，平日对于学生，严厉无比。此次四年级生毕业，某生特书一联于该教员卧室门上，其联云："上数次讲堂，板板居然六十四；演几条算术，真真活出幺二三。"

纪晓岚《滦阳消夏录》云：冀宁道赵公署中，有两幕客，一姓乔，一姓车，合雇一骡轿回籍。赵公戏以其姓作对曰："车乔二幕客，各乘半轿而行。"恰皆"轿"之半字也。时署中召仙，即举以请对。乩判曰："此是实人实事，非可强凑而成。"越半载，又召仙，乩忽判曰："前对吾已得之矣：'卢（盧）马两书生，共引一驴（驢）而走。'"又判曰："四日后辰巳之间，往南门外候之。"至期遣役侦视，果有卢、马两生，以一驴负新科墨卷，赴会城出售。赵公曰："巧则诚巧，然两生之受侮深矣。"此所谓"箭在弦上，不得不发"，虽仙人亦忍俊不禁也。

贺耦庚中丞有一对云："天近山头，行到山腰天更远；月浮水面，捞将水底月还沉。"眼前光景，说来殊有理致。

"鸡犬过霜桥，一路梅花竹叶。"此古人绝对也。缪莲仙以

"燕莺穿绣幕,半窗玉剪金梭"对之,字面虽尚工稳,然非天然之景矣。

徐兴公《榕阴新检》载:林太史某善雅谑,尝戏皷山僧瑶公云:"风吹罗汉摇和尚。"瑶应声曰:"雨打金刚淋大人。"

嘉兴夏绿树君,闻余编《滑稽联话》,寄示古人巧对多则,不知所据何书。姑录如下:

一云唐六如尝出对曰:"眼前一簇园林,谁家庄子。"陈白杨对曰:"壁上几行文字,那个汉书。"

一云有偶见篱边两犬相视者,因取卦名作对云:"大畜革(隔)离(篱)观小畜;家人临困(睡也)涣(唤)同人。"

一云某君偕友至家,值其妹在窗前扪虱,因出对云:"小妹窗前捉半风(風)。"妹应声曰:"阿兄门外邀双月(朋)。"

一云蜀中有一奇童应试,太守见其袖底有红花一朵,乃出对云:"书生袖里携花,暗藏春色。"童对云:"太守堂前秉鉴,明察秋毫。"

一云通州项炯,幼时随其师舟行,见云起不雨,师出对曰:"密云不雨,通州水不通州〔舟〕。"对云:"巨野有秋,即墨田多积麦。"

一云徐阶幼时应考,适风吹鹊巢落地,宗师命对云:"风落鹊巢,二三子连窠及地。"徐对云:"雨淋猿穴,众诸侯待漏朝天。"

一云万安幼时,有客出对曰:"日出东,月出西,天上生成明字。"万对云:"子居左,女居右,世间定配好人。"

一云林大钦幼时,喜作大言。师出对云:"议论吞天口。"大钦对曰:"功名志士心。"

一云唐伯虎与友人闲行郊野,即景得句云:"嫂扫乱柴呼叔束。"友对云:"姨移破桶令姑箍。"

一云有塾师出对云:"《论语》二十篇,惟《乡党篇》无'子曰'。"一童子对云:"《周易》六四卦,独乾坤卦有《文言》。"

以上诸对,虽各有巧思,然其细已甚矣。

清季长沙某太史,将东岳庙改为小学堂,兼课西文。好事者撰一联云:"东岳庙菩萨搬家,直向奈何天去;西学堂翰林董事,如在华胥国中。"

某县令与某观察,均以捐班出身,同当某局差使。观察好讲体制,见面时,如"大人""卑职"等称呼,偶一疏忽,辄瞪目以示不怿。令厌苦之,戏缀一联于门云:"什么大人,同是一张皮纸;可怜卑职,只少几两纹银。"

或嘲嗜鸦片烟者联云:"一榻长眠,哪管他地裂山崩、海枯石烂;半生虚度,总有日烟消火灭、灯尽油干。"

某处潘、何二姓结婚。或贺以联云:"有水有田兼有米;添人添口又添丁。"

又,某书载寿孟母何氏一联,嵌姓亦稳。联云:"人间贤母公推孟;天上仙姑本姓何。"

萧山某秀才,于中秋日下世。其友顾朴斋挽以联云:"去年在棘闱里,今年在棺材里,两个中秋,两般过法;有命到泮水边,无命到云路边,一场大梦,一笔勾消。"

某书载彭刚直哭子一联,语多不经,恐系伪托,姑录之,以质知者。联云:"怎能觳踏破天门,直到三千界,请南斗星、北斗星,益寿延年将簿改;恨不得踢翻地岳,闯入十八重,问东岳庙、西岳庙,舍生拚死要儿回。"

西湖无祀木主庙有一联，自叹自慰，足为穷鬼解嘲，不知何人手笔也。联云："咳，可怜穷性命做鬼无依，禁不住放声大哭，苦雨凄风，萤火三更摇惨碧；呸，你看好儿孙克家有几，倒不如异姓同堂，秋霜春露，义田万古荐馨香。"

某君题城隍庙联云："你的算计非凡，得一步，进一步，谁知满盘都是错；我却胡涂不过，有几件，记几件，从来结账总无差。"

又，杨兰坡题倒坐观音像云："问大士缘何倒坐；恨世人不肯回头。"

寿联皆铺张雕绘，求其颂无溢美者，盖不可多得。番禺许拜庭封翁，五代同堂。孟蒲生孝廉赠以联云："事祖事父，祖事祖事父，父事祖事父；有子有孙，子有子有孙，孙有子有孙。"如此大题，不赞一辞，真白描之好手也。使骋才使气者为之，必将乱填故实，闹成许多浮话矣。

西湖花神庙叠字联，生面别开，脍炙人口，本编已录入之。顷又于友人处，得吴中网师园一联，写当时艳冶风流之景，如在目前，亦佳构也。联云："风风雨雨，暖暖寒寒，处处寻寻觅觅；莺莺燕燕，花花叶叶，卿卿暮暮朝朝。"

又，某书载上海豫园，旧有僧寄尘所题一联云："莺莺燕燕，翠翠红红，处处融融冶冶；风风雨雨，花花草草，年年暮暮朝朝。"

苏州新修沧浪亭成，应敏斋廉访题一联，语甚超脱，亦极浑成。联云："小子听之，濯足濯缨皆自取；先生醉矣，一邱一壑自陶然。"

"青春鹦鹉,杨柳楼台。"司空表圣《诗品》句也。陈曼生司马,集二句对云:"绿绮凤凰,梧桐庭院。"注云:"张子野词。"请梁山舟学士为书楹帖。学士爱其工丽,欣然书之。后遍查子野词,并无此二句,盖竟属司马杜撰云。才人好事,亦趣闻也。

光绪己丑恩科,殷如璋、周锡恩典试浙江。浙人某太史请假在籍,因与殷有年谊,以私函具万两银票,为某某等及其子六人通关节,约于试帖尾联用"皇仁茂育"四字。遣粗工某,赍函至苏州投递。时两主试泊舟阊门外,副主考方过正主考船中闲话。殷公得信,暂庋一旁,谈笑如常。而副主考久坐不去,送信人不耐,哗曰:"似此万金干系,岂并不给回信耶?"副主考乃攫来信阅之,殷不能隐,因执送信人发苏州府讯问,奏参某太史革职逮捕。杭人为作联云:"年谊藉贪缘,稳计万金通手脚;皇仁空茂育,伤心一信送头颅。"又讥两主考云:"殷礼不足征,既已如聩如聋,安识文章量玉尺;周任有言曰,难得恩科恩榜,早来交易度金针。"

按:杭人好事者,每科必有对联,嵌主试姓名,语皆嘲讽;即无口实可藉者,亦必循例为之。如"庄梦未知何日醒;鞠花从此不须开"等,余已汇录于前矣。又有乌达峰尚书,与恽次远侍郎典试时,一联云:"乌之不如,只为胸中无点墨;军原可夺,岂知身外有偏心。"达峰文名本逊,上联语出有因;恽则但切姓氏而已。

又,梁晋竹《两般秋雨盦随笔》载:谢金圃、吴玉纶、德定圃保、沈云椒初,典试颇不满于众口。或作对云:"谢金圃抽身便讨;吴玉纶倒口就吞。""德定圃人傍呆立;沈云椒衣里藏刀。"双关拆字,亦殊巧不可阶。

又,某书载江右某君嘲梁仲衡云:"不用文章分伯仲;全凭阿堵定权衡。"媵以匾曰"梁上君子"。

"子建之才八斗，我得一斗，天下共分一斗。"论斗分才，奇矣。《西堂杂俎》载汤卿谋句云："古今只有万斛愁，而我独得九千斛。"论斛分愁，更奇。有曹姓人，为彭泽令，其友人赠一对云："二分山色三分水；五斗功名八斗才。"运典恰切。

公牍中字义，有不可解者。查，浮木也，今云查理、查勘，有切实义；弔，伤也、感也，今云弔卷、弔册，有索取义；绰，宽也，今云巡绰、查绰，有严紧义。当有所本，未之考也。嘉应杨滋圃游幕南阳，戏作楹帖云："劳形于详验关咨移檄牒；寓目在钦蒙奉准据为承。"亦所谓以不解解之也。又，州县署中向有口号曰："卑职小的何日了；等因奉此几时休。"亦趣。

浙人某君，咸丰中在都供职，颇不理于众口。达官陈公，为某君座师，值丧偶，某君挽联有"丧师娰如丧我娰"之语，一时传为笑柄。又，许滇生尚书患病，某君遣其夫人数往问疾，人亦讥其不避嫌疑。因撰联语云："昔岁入陈，寝苫枕块；[1]昭兹来许，抱衾与裯。[2]"可谓谑而虐矣。

【1】语出《左传·宣公十二年》："令尹孙叔敖弗欲，曰：'昔岁入陈，今兹入郑，不无事矣。战而不捷，参之肉其足食乎？'"《仪礼·既夕礼》："居倚庐，寝苫枕块。"

【2】语出《诗经·大雅·文王之什·下武》："昭兹来许，绳其祖武。"《诗经·国风·召南·小星》："嘒彼小星，维参与昴，肃肃宵徵，抱衾与裯，寔命不犹。"

历城汪蘅舫，以名进士出宰州县，所至有政声，而遭逢侘傺，终于邑侯。尝再任临川，撰一联自嘲云："凫舄重来丁令鹤；牛刀再割子游鸡。"最后任南昌首县颇久。光绪乙酉，德晓峰中丞初莅豫章，监临乡闱，甚器重之。闱场例设供给所，由两首县督办。某日内监试处，应进猪肉，缺少三斤。司事开条饬补，因江西市肆每书猪肉为"亥"，遂从俗书"亥三斤"。蘅舫又作联曰："大中丞遇事包容，见面未碰丁一个；内监试多方挑剔，关心惟在亥三斤。"一时传为笑柄云。

吴清卿开府湖南，讲求武备。尝系近视镜演放洋枪，能命中于百步之外，沾沾自喜，以为虽古名将不如也。中东事起，请缨北上，统军至朝鲜界，一战而溃。时常熟当国，以乡谊故，竭力周旋，得免严谴，仍回湖南本任。湘人作联云："一去本无奇，多少头颅抛塞北；再来真不值，有何面目见江东。"湘军素有威名，是役无尺寸之功，而生还者殊少，宜湘人之怨之也。

有妓女欲取堂名，某君为题"介福"二字，并系以联曰："甚么人家，全靠两条大腿；有何衣禄，只凭一口低田。""介福"二字本无恶义，而一经诠释，令人棒腹矣。

联有暗嵌字面，似褒实贬者，粗心人往往忽之。安徽宋某，官于浙，某巨公赠联云："大宋文章，小宋经济；之江循吏，皖江名儒。"扁额曰"公生明"。宋得之大喜，常诵于人，识者皆忍俊不禁。盖联中两嵌"宋江"字，而额又申明之。宋竟不察，反以为荣，真莽夫矣。

清季，粤西朱绍霞为南昌令，中丞、藩臬皆信任之，凡委州县缺，必由绍霞先为拟议，而后院司见诸施行，于是植党营私，擅作威福。群指南昌县署为"下议院"。同官曾某，因公事少与龃龉，即设法使离去之。有石某者，因趋附绍霞，得委优缺。时人为作联曰："曾忽见憎，只为良心犹未昧；石将成跖，居然捷足许先登。"

某中丞初以微员筮仕直隶，官西路厅司狱，洊保知县，升昌平州、天津府、登莱青道，遂跻两司，抚湖北，监临文闱。时人作联嘲之曰："监生作监临，斯文扫地；巡检升巡抚，脉理通天。"盖君善医理，尝召入宁寿宫，为西太后诊脉，以是受知，故官阶特顺云。

纪上则竟，忆某书载，乾隆时萍乡刘金门宫保，代办某科监临，以细故亲坐堂，笞责号军；又诸生交卷时，宫保索阅其文，有未妥处，亲为指正，饬令更改。时人亦有一联语，颇相类上则，或即从此脱胎也。联云："监临打监军，小题大做；文宗改文字，矮屋长枪。"按：宫保以探花及第，尝视学吾浙。按试台州时，阮文达为巡抚，亦以巡阅至台，相约同游天台山，题"刘阮重来"字于石壁。韵人韵事，今浙人犹艳称之也。[1]

[1] 南朝宋刘义庆《幽明录》，载东汉人刘晨、阮肇共入天台山而遇仙。此处同游天台者一刘一阮，故云"刘阮重来"。

丁戊生《小联话》载：某君赠沪滨冶叶小脚阿毛一联，寥寥十四字，形容其美，切合其名；而一般登徒子之消魂，真个亦跃跃如见，可风可警，洵佳构也。联云："万古云霄珍片羽；几人性命等轻鸿。"

云间吴太史某，少年登第，其封翁尚困于小试。泥金报至，贺客盈堂。封翁戏题一联云："谁谓进士难，小儿取之如拾芥；莫道秀才易，老夫望之若登天。"

前清泉唐朱太史某，未第时，为叔婢多多写团扇，录宫词于上。为叔所见，谓太史曰："汝爱多多，待汝登第后，当以为媵。"既而采芹攀桂，连捷南宫，乞假归，恳叔践约。叔曰："汝以'多多'二字作一联为聘，可乎？"太史立成"一心只念波罗蜜；三祝难忘福寿男"[1]十四字。叔大喜，即日命多多归之。事见某君笔记。

【1】佛经词语"波罗蜜"，亦译为"波罗蜜多"。《庄子外篇·天地》："尧观乎华。华封人曰：'嘻，圣人！请祝圣人寿……圣人富……圣人多男子。'"此缩脚联，上、下联均隐含"多"字。

明思宗时，一谢姓侍郎请假省亲。上问："卿家中有几口？"对曰："父母妻子共四口。"上出对曰："四口心思，思父思母思妻子。"侍郎即应声对曰："寸身言谢，谢天谢地谢君王。"

乐生恶死，人之常情也，故谚曰"好死不如恶活"。清季一诸生，以困于场屋，授徒终老，作联自挽云："这回吃亏受苦，都因入孔氏牢门，坐冷板櫈，作老猢狲，枉说顶上加高，竟挨到头童齿豁，两袖空空，书呆子毫无生趣；此去喜地欢天，必须走孟婆村道，看尖刀山，浴血污池，也算眼前乐境，再和些酒鬼诗魔，一堂叙叙，阴秀才着实开心。"是乐死而恶生矣，较之西国人之"不自由，毋宁死"，为更进一筹也。一笑。

"细柳何细哉，腰细眉细凌波细，且喜心思更细；高郎诚高矣，品高志高文字高，但愿寿数尤高。"此《聊斋志异》细柳娘与其夫高生之戏对也。意思颇佳，不徒以字面之组织工妙见长也。

近人有名高浓者，仿而赠妓好卿云："好卿真好哉，身材好举止好，体肤内尤好。"好卿亦仿而对云："浓君诚浓矣，情意浓言语浓，衾席上更浓。"婢学夫人，雅俗判如霄壤。

吴步韩早衰善病，年五十，已如六七十岁人。有自寿一联，颇旷达有趣。联云："学昌黎百无他长，只这般视茫茫、发苍苍，齿牙动摇；慕庄周万有一似，可能縠梦蘧蘧、觉栩栩，色相皆空。"上只切名、下只对仗，亦好。[1]

【1】参见上册《古今滑稽联话大观》"吴步韩年五十"条注释。

作寿联者夥矣，或自寿，或寿人，从未闻有父而寿子者。往岁樊樊山之子令某邑，值年五十，樊老给以联曰："我亦痴翁，愿再抚汝五十年，寿汝乎，抑自寿也；身临大邑，岂独有民数万户，保民者，则天保之。"亦庄亦谐，亦创见也。

西湖飞来峰冷泉亭，旧有董香光联云："泉自几时冷起；峰从何处飞来。"某君更作转语云："泉自冷时冷起；峰从飞处飞来。"禅语作联，颇有妙悟。

李济华赠友联云："事到眼前皆雪亮；人如足下亦风流。"以"眼前"对"足下"，极灵活。

赠妓之联，多尚嵌字，钩心斗角，抽秘骋妍，颇有令人发笑者。如赠爱侬云："不才谢多娇错爱；外间大有人图侬。"采珠云："欲采不采隔秋水；大珠小珠落玉盘。"盼仙云："明月不来盼复盼；好花如笑仙乎仙。"莲卿云："管甚莲似郎好、郎似莲好；为问卿怜我多、我怜卿多。"喜凤云："这般可喜娘罕曾见；遇着那凤姐出了神。"水子云："水哉水哉，胡然而天也，胡然而帝也；子兮子兮，如此良人何，如此良夜何。"[1]

又有不用明嵌者，尤滑稽蕴藉，令人绝倒。赠阿毛云："杨子拔一而不可；宋襄禽二又何妨。"[2]小桃云："卿是武陵源消恨种子；我乃东方生滑稽之流。"[3]

【1】上联语本《孟子·离娄下》："徐子曰：'仲尼亟称于水，曰："水哉，水哉！"何取于水也？'"及《诗经·鄘风·君子偕

老》："胡然而天也！胡然而帝也！"下联语本《唐风·绸缪》："子兮子兮，如此良人何？"及苏轼《后赤壁赋》："风清月白，如此良夜何！"

【2】语本《孟子·尽心上》："孟子曰：'杨子取为我，拔一毛而利天下，不为也。……'"《左传·僖公二十三年》："宋襄公曰：'君子不受伤，不禽二毛。'"禽，擒拿；二毛，指头发斑白者。

【3】武陵源，即陶渊明《桃花源记》所记桃花源。东方生，即汉武帝时人东方朔，以滑稽多智著称。

王文濡《联对大全》载，无名氏自题门联云："阳多匪，阴多鬼，我亦尘埃同靡靡，其呼我为牛马乎，唯唯；醉里卧，梦里歌，尔胡冠带犹峨峨，行将尔作牺牲矣，呵呵。"和光同尘，曳尾泥涂，作者殆老庄之流亚欤？

《四书》集对，昉自清初。相传吴梅村过访某公，某适著《四书讲义》，至《孟子》"将朝王章"，未能下笔，面有愠色。吴云："夫子若有不豫色然。"某曰："先生何为出此言也。"【1】相与抚掌大笑，竟夕成《四书对语》一册。其书今不传，兹选缪莲仙等所集若干则，以备一格。

三言云："笑百步；拔一毛。"【2】"天作孽；人不知。"【3】

四言云："哀此茕独；反其旄倪。"【4】"好行小惠；则乱大谋。"【5】"我虽不敏；王请勿疑。"【6】

五言云："何如其知也；无乃为佞乎。"【7】"犹为弃井也；宜若登天然。"【8】"得众则得国；有土此有财。"【9】"人病不求耳；女安则为之。"【10】"季康子患盗；齐宣王问卿。"【11】

六言云："非直为观美也；又从而礼貌之。"【12】"今有璞玉于此；吾岂匏瓜也哉。"【13】

七言云："百官牛羊仓廪备；园囿污池沛泽多。"【14】"鱼鳖不可胜食也；牛羊又从而牧之。"[15] "求水火无弗与者；于禽兽又何难焉。"[16] "曰士师不能治士；由弓人而耻为弓。"[17] "人亦孰不欲富贵；水信无分于东西。"[18] "人未有自致者也；我不识能至否乎。"[19]

八言云："故曰尔为尔、我为我；信如君不君、臣不臣。"[20] "未有小人而仁者也；然则夫子既圣矣乎。"[21] "毋意毋必，毋固毋我；如切如磋，如琢如磨。"[22]

九言云："王顺长息，则事我者也；管仲晏子，犹不足为与。"[23]

十言云："杀之而不怨，利之而不庸；安而后能虑，虑而后能得。"[24]

十一言云："博也厚也，高也明也，悠也久也；劳之来之，匡之直之，辅之翼之。"[25] "身修而后家齐，家齐而后国治；天时不如地利，地利不如人和。"[26]

【1】语出《孟子·公孙丑下》："孟子去齐，充虞路问曰：'夫子若有不豫色然。前日虞闻诸夫子曰："君子不怨天，不尤人。"'"《孟子·离娄上》："孟子曰：'子亦来见我乎？'曰：'先生何为出此言也？'"

【2】语本《孟子·梁惠王上》："孟子对曰：'王好战，请以战喻。填然鼓之，兵刃既接，弃甲曳兵而走。或百步而后止，或五十步而后止。以五十步笑百步，则何如？'"《孟子·尽心上》："杨子取为我，拔一毛而利天下，不为也。"《孟子·公孙丑上》："《太甲》曰：'天作孽，犹可违。自作孽，不可活。'此之谓也。"《论语·学而》："人不知而不愠，不亦君子乎？"

【3】语出《诗经·小雅·正月》："佌佌彼有屋，蔌蔌方有谷。民今之无禄，天夭是椓。哿矣富人，哀此惸（茕）独。"《孟子·梁惠王下》："王速出令，反其旄倪，止其重器，谋于燕众，置君而后去之，则犹可及止也。"

【5】语出《论语·卫灵公》："群居终日，言不及义，好行小

惠。难矣哉!""巧言乱德,小不忍则乱大谋。"

【6】语出《孟子·梁惠王上》:"王曰:'吾惛,不能进于是矣。愿夫子辅吾志,明以教我。我虽不敏,请尝试之。'""故曰:'仁者无敌。'王请勿疑。"

【7】语出《论语·公冶长》:"子曰:'臧文仲居蔡,山节藻棁,何如其知也?'"《论语·宪问》:"微生亩谓孔子曰:'丘何为是栖栖者与?无乃为佞乎?'"

【8】语出《孟子·尽心上》:"孟子曰:'有为者辟若掘井,掘井九轫而不及泉,犹为弃井也。'"

【9】语出《大学》:"《诗》云:'殷之未丧师,克配上帝,仪监于殷,峻命不易。'道得众则得国,失众则失国。是故君子先慎乎德,有德此有人,有人此有土,有土此有财,有财此有用。德者本也,财者末也。"

【10】语出《孟子·告子下》:"夫道若大路然,岂难知哉?人病不求耳。子归而求之,有余师。"《论语·阳货》:"女安,则为之。夫君子之居丧,食旨不甘,闻乐不乐,居处不安,故不为也。今女安,则为之。"

【11】语出《论语·颜渊》:"季康子患盗,问于孔子。孔子对曰:'苟子之不欲,虽赏之不窃。'"《孟子·万章下》:"齐宣王问卿。孟子曰:'王何卿之问也?'"

【12】《孟子·公孙丑下》:"非直为观美也,然后尽于人心。"《孟子·离娄下》:"公都子曰:'匡章,通国皆称不孝焉。夫子与之游,又从而礼貌之。敢问何也?"

【13】语出《孟子·梁惠王下》:"今有璞玉于此,虽万镒,必使玉人雕琢之。"《论语·阳货》"子曰:'然,有是言也。不曰坚乎,磨而不磷;不曰白乎,涅而不缁。吾岂匏瓜也哉,焉能系而不食?'"

【14】语出《孟子·万章上》:"帝使其子九男二女,百官牛羊仓廪备,以事舜于畎亩之中。"《孟子·滕文公下》:"尧舜既

没，圣人之道衰，暴君代作。坏宫室以为污池，民无所安息；弃田以为园囿，使民不得衣食。邪说暴行有作，园囿、污池、沛泽多而禽兽至。及纣之身，天下又大乱。"

【15】语出《孟子·梁惠王上》："不违农时，谷不可胜食也；数罟不入洿池，鱼鳖不可胜食也；斧斤以时入山林，材木不可胜用也。"《孟子·告子上》："牛山之木尝美矣，以其郊于大国也，斧斤伐之，可以为美乎？是其日夜之所息，雨露之所润，非无萌蘖之生焉，牛羊又从而牧之，是以若彼濯濯也。人见其濯濯也，以为未尝有材焉，此岂山之性也哉？"

【16】语出《孟子·尽心上》："孟子曰：'易其田畴，薄其税敛，民可使富也。食之以时，用之以礼，财不可胜用也。民非水火不生活，昏暮叩人之门户求水火，无弗与者，至足矣。圣人治天下，使有菽粟如水火。菽粟如水火，而民焉有不仁者乎？'"《孟子·离娄下》："仁者爱人，有礼者敬人。爱人者，人恒爱之；敬人者，人恒敬之。有人于此，其待我以横逆，则君子必自反也：我必不仁也，必无礼也，此物奚宜至哉？其自反而仁矣，自反而有礼矣，其横逆由是也，君子必自反也：我必不忠。自反而忠矣，其横逆由是也，君子曰：'此亦妄人也已矣。如此，则与禽兽奚择哉？于禽兽又何难焉？'"

【17】语出《孟子·梁惠王下》"曰：'士师不能治士，则如之何？'王曰：'已之。'"《孟子·公孙丑上》："不仁、不智、无礼、无义，人役也。人役而耻为役，由弓人而耻为弓、矢人而耻为矢也。如耻之，莫如为仁。"

【18】语出《孟子·公孙丑下》："季孙曰：'异哉子叔疑！使己为政，不用，则亦已矣，又使其子弟为卿。人亦孰不欲富贵？而独于富贵之中，有私龙断焉。'"《孟子·告子上》："孟子曰：'水信无分于东西。无分于上下乎？人性之善也，犹水之就下也。人无有不善，水无有不下。今夫水，搏而跃之，可使过颡；激而行之，可使在山。是岂水之性哉？其势则然也。人之可使为不

善，其性亦犹是也。'"

【19】语出《论语·子张》："曾子曰：'吾闻诸夫子：人未有自致者也。必也亲丧乎？'"《孟子·公孙丑下》："孟仲子对曰：'昔者有王命，有采薪之忧，不能造朝。今病小愈，趋造于朝，我不识能至否乎。'"

【20】语出《孟子·万章下》："故曰：'尔为尔，我为我，虽袒裼裸裎于我侧，尔焉能浼我哉？'"《论语·颜渊》："善哉！信如君不君、臣不臣、父不父、子不子，虽有粟，吾得而食诸？"

【21】语出《论语·宪问》："子曰：'君子而不仁者有矣夫，未有小人而仁者也。'"《孟子·公孙丑上》："宰我、子贡善为说辞，冉牛、闵子、颜渊善言德行。孔子兼之，曰：'我于辞命，则不能也。'然则夫子既圣矣乎？"

【22】语出《论语·子罕》："子绝四：毋意，毋必，毋固，毋我。"《论语·学而》："子贡曰：'《诗》云："如切如磋，如琢如磨。"其斯之谓与？'子曰：'赐也，始可与言《诗》已矣，告诸往而知来者。'"

【23】语出《孟子·万章下》："费惠公曰：'吾于子思，则师之矣；吾于颜般，则友之矣；王顺长息，则事我者也。'"《孟子·公孙丑上》："管仲以其君霸，晏子以其君显。管仲、晏子犹不足为与？"

【24】语出《孟子·尽心上》："孟子曰：'霸者之民驩虞如也，王者之民皞皞如也。杀之而不怨，利之而不庸，民日迁善而不知为之者。夫君子所过者化，所存者神，上下与天地同流，岂曰小补之哉？'"《大学》："知止而后有定，定而后能静，静而后能安，安而后能虑，虑而后能得。"

【25】语出《中庸》："天地之道，博也、厚也、高也、明也、悠也、久也。"《孟子·滕文公上》："放勋曰劳之来之，匡之直之，辅之翼之，使自得之，又从而振德之。圣人之忧民如此，而暇耕乎？"

【26】语出《大学》:"物格而后知至,知至而后意诚,意诚而后心正,心正而后身修,身修而后家齐,家齐而后国治,国治而后天下平。"《孟子·公孙丑下》:"天时不如地利,地利不如人和。"

谚语各处皆有,多古人经验之言,即小可以悟大。周遵道《豹隐记谭》、郎瑛《七修类稿》、沈德符《野获编》、冯犹龙《谈概》、缪艮《文章游戏》、寅半生《天花乱坠》,及近日坊间所出各种楹联书等,载浙谚集对甚夥,惟工而能趣者少。兹汇录自二言至十三言各数则如下,存什一于千百也。

散福;道喜。
笔直;镜光。
老辣;寒酸。
藤韧;索脆。
倒灶;坍台。
收拾;放肆。
雪亮;风流。
挖天窗;打地洞。
揿菜蕻;龈瓜皮。
养雄鹅;看老鸭。
戴炭篓;拖油瓶。
倒庙角;爬山头。
烂屁股;贱骨头。
小结构;大排场。
隔壁富;转湾亲。
赔眼泪;修肚皮。
臭老鼠;贱骆驼。
吃食户;讨饭坯。
望门寡;搁笔穷。

看看看；来来来。
咬耳朵；打嘴巴。
白果眼；香瓜头。
娇嫡嫡；腐腾腾。
泥菩萨；瓦将军。
尖头蚱蜢；长脚鹭鸶。
豆腐架子；灯草拐儿。
手忙脚乱；目定口呆。
麻皮擦痒；豆腐开荤。
快活公子；邋遢婆娘。
吹糠见米；脱裤换糖。
冤哉枉也；古而怪之。
花脸和尚；草头郎中。
见风使帆；挑雪填井。
糊高头壁；穿俉脚裤。
狗头军师；猫脚女婿。
引狗入寨；调虎离山。
悬空八只脚；倚出三画须。
小狗落污坑；曲蟮游太湖。
蛤蟆填床脚；虎蚁扛鳌头。
滚汤泼老鼠；砻糠换小狗。
苍蝇跟雁鹅；老虎餂蝴蝶。
毛头小伙子；瘪嘴老太婆。
毛头小伙子；空心大老官。
懒人试重担；穷汉养娇儿。
饿鬼抢羹饭；老虎拖蓑衣。
灶山上跑马；火筒里煨鳗。
舌头上打滚；脚底里搽油。
顺口波罗蜜；随手萨摩诃。

口甜心里苦；眼饱肚中饥。"

若要宽，先了官；教得会，不做队。

山门前骂贼秃；毛坑头跳加官。

井栏圈当班指；灯笼壳做枕头。

寒虫鸣，懒妇惊；喜鹊叫，远人到。

贼不偷，魃摇头；婆欢喜，公中意。

单怕忘八打官话；只见和尚吃馒头。

吃了五谷想六谷；把得千钱要万钱。

好看好看真好看；不通不通又不通。

吃的是鸡头鸡脚；晓得你狗心狗肝。

死棋肚里有仙着；强将手下无弱兵。

笔管里煨鳅，直死；墙头上种菜，没缘。

拳头上立得人起；棺材里伸出手来。

缺嘴口里咬跳蚤；癞痢头上拍苍蝇。

事不关心，关心者乱；人无下贱，下贱自生。

穷和尚遇着急门徒；熟皂隶打得重板子。

近朱者赤，近墨者黑；久病成医，久嫖成龟。

叫化子骑马，零碎多；产妇娘撒屁，孩儿气。

若要俏，冻的装鬼叫；没得忧，买间破屋修。

强盗画喜容，贼形难看；阎王出告示，鬼话连篇。

不管你娘的娘、爷的爷；弄得来死不死、活不活。

脚趾头抓三抓也是令；眼睛梢带一带便有颜。

各人各法，各庙各菩萨；讴爹讴娘，讴屈讴地方。

叫化子吃死蟹，双双好的；老道士放急屁，句句真言。

蚂蝗钉了鹭鸶脚，无血也不放；蜻蜓飞入蜘蛛网，有命总难逃。

多得不如少得，少得不如现得；大事化为小事，小事化为无事。

脚不定，手不定，胎里做成老毛病；这边羞，那边羞，脸上挂片大猪油。

公一碗,婆一碗,姑娘嫂嫂合一碗;新三年,旧三年,补补衲衲又三年。

腊月廿三日谢灶司,要早不得早;大年三十夜卖门神,再迟无可迟。

新编绝妙滑稽联话

董坚志 / 撰

此编专纪古今才子诙谐入微之联语,其间有讽世之作、讥诮之作、谐谑之作、游戏之作,皆属天衣无缝,随手拈来,字字工稳、字字发噱,真可谓"毫端有仙气,腕下得神助"者是也。细玩一过,开发人之妙思、添益人之机智不少,岂独仅足以资人谈助、博人一粲也哉?

岁首,江苏全省人家盛行春联,户上皆拈贴红签,题以吉利语。然商家多似通非通之作,大抵嵌以牌号,令人莫明其妙。余见某学塾门首,高拈一联,能独标新异。其联云:"四万万同胞;一个个昏蛋。"余理想:此中主人翁,必愤世嫉俗之士;然某学究,独非四万万中之一分子,而得辞"昏蛋"之诮耶?

玉峰归元恭[1],玩世不恭,人皆以"归痴"呼之。其自撰除夕春联云:"一枪戳出穷鬼去;双钩搭进富神来。"其出语不经如此。又室中器具,破碎不全,皆以草绳绾系。元恭不以为贫,大书一匾,悬诸堂上,云"结绳而治"。见者无不捧腹大笑。

[1] 归庄,一名祚明,字玄恭(避康熙帝玄烨讳,改字"元恭")、尔礼,号恒轩,清初文学家。

归痴又自署书室名曰"穷居",题一联云:"三间东倒西歪屋;一个南腔北调人。"又题花园门曰:"一身寄安乐之窝,妻太聪明夫太怪;四境接幽冥之宅,人何寥落鬼何多。"观其磊落胸襟,大有迥出人寰之概焉。

清晚,那拉氏当国,牝鸡司晨,即为亡国之张本。有一好事者,改成语嘲之曰:"励精图乱;发愤为雌。"贴切事实。

有倪某者,面多花疤,小有才,喜侮人。其同学贾某,屡受其谐谑，欲报复而无辞令。一日，见倪穿木屐缓步而至，贾触机即成一联，语倪某云："钉靴踏地泥麻子。"倪知诮己，即应声对曰："皮袄穿身假畜生。"贾某面赤，无以应。"假、贾"，"泥、倪"，均属谐音，调侃得妙。

湘绮老人[1]，诙谐玩世。民国改革后，有联云："民犹是也，国犹是也；总而言之，统而言之。"又云："男女平权，公说公有理，婆说婆有理；阴阳合历，你过你的年，我过我的年。"妙语天成，诙谐入微。

【1】王闿运，字壬秋、壬父，号湘绮，晚清经学家、文学家。

某君有代某翁作谐联云："我岂欲爬灰？只缘小子无能，恐其绝嗣；人谁不打算？端为老妻已故，省得重婚。"将其新台之隐[1]，和盘托出，说得头头是道，真绝妙好词也。

【1】《诗经·邶风·新台》，旧说以为春秋时期卫国人作，讽刺卫宣公。卫宣公本给儿子娶齐国僖公之女为妻，但见到女子十分美丽，竟在黄河边构筑新台，自娶此女，从而导致后来卫国内乱。后世谓公公自娶儿媳为"新台之隐"。

清季有某知府莅任，诸生因其捐纳出身[1]，颇不为礼。后于宴会之际，知府出联云："擘破石榴，红门中许多酸子。"座中有聪敏者，应声而起，曰："此联可对：'咬开银杏，白衣里一个大人'。"知府叹服。

【1】参见上册《古今滑稽联话大观》"李莼客少负才名"条注释。

晚近催妆联句，有应用新名词者。某君一联云："方针直射中心点；压力横施大舞台。"又曰："不破坏安有进步；大冲突方生感情。"可称谑而虐矣！

又，某君集成语贺新婚云："頩頩然强而后可；洋洋乎欲罢不能。"真无赖之尤者矣！

何某与周某，在舟中谐谑，周出一联云："瓶倒壶撒尿。"何不能对，少间忽闻篙工偶捩柁作声，何触机应声曰："柁响舟放屁。""壶、舟"二字，谐"何、周"二姓，锋针相对，工力悉敌。

松江杨了公先生[1]，滑稽之雄。前在宝山任某科事，县令何某，与了公意见不合。了公自粘一联于门，曰："了公公不了；何令令如何。"倔强甚矣。
【1】杨锡章，字几园、子文、至文，号了公、蓼功、了王、紫雯、乳燕，以号行，室名藕斋，晚清民国初书法家、诗人。

姚某削发为僧，有故友林某新任御史。一日相见，友出一联调之云："风吹罗汉摇和尚。"姚即对云："雨打金刚淋大人。""姚、摇"，"淋、林"，亦属谐音，殊妙。

某医生工偶语。一日过某公之门，公戏之曰："'一尺天青缎'，试对何语？"医生曰："六味地黄丸。"某公大激赏，请其内坐，又以"避暑最宜深竹院"命续。医不假思索即曰："伤寒莫妙小柴胡。"某公又曰："玫瑰花开，香闻七八九里。"医曰："梧桐子大，日服五六十丸。"妙在不脱本行，锋针相对。

巧联有拆字格者，妙在天衣无缝，信手拈来。如云："踏破磊桥三块石；分开出路两重山。""夕夕多良会；人人从夜游。"皆传诵一时。又以"人曾为僧，人弗可以成佛"，对"女卑曰婢，女又不妨称奴"，亦佳妙。

陈亚与蔡襄谐谑。蔡嘲之曰:"陈亚有心总是恶。"陈应声曰:"蔡襄无口便成衰。"颇自然。

又有某君出一联征对云:"王子身边,无一点不是玉。"后有一小女子名绿云者,对云:"黾(黽)翁头上,加半夕即成龟(亀)。"可云敏捷之至。[1]

[1] 此联出自《聊斋志异·仙人岛》,原联:"王子身边,无有一点不似玉;黾翁头上,再着半夕即成龟。"

有人过某学塾门首,闻学生读《礼记》"临财毋苟得"句,"毋苟"两字读作"母狗",不禁发噱,以为塾师误教,遂高声作七字句云:"《曲礼》一篇无母狗。"适为塾师所闻,即报之曰:"《春秋》三传有公羊。"[1]其人大激赏,入内谢过,订为文字之交。

[1] 参见上册《古今滑稽联话大观》"清初长洲韩慕庐"条注释。

又拆字格云"半夜生孩,子亥二时难定",对"百年匹配,己酉两命相当"。又以"枣(棗)棘为薪,截断分开成四束",对"闾门起屋,移多补少作两间"。真巧不可阶矣!

又云:"奴手为拏,以后莫拏奴手","人言为信,从今莫信人言",亦天成好对。

某姓姊妹三人并婢女,二人同犯奸案。官出联云:"三女为奸(姦),二女都从一女起。"盖其意欲重惩长者而宥其他。长女即对云:"五人共伞(傘),小人全仗大人遮。"言在意外,敏捷之至。

纪晓岚先生,滑稽之雄也。一日,有学生某向之叩首,纪忽大笑不止。学生不解,叩其故。纪曰:"某有一联,巧不可阶。"即朗诵曰:"今日门生头着地;昨宵师母脚朝天。"学生闻诸,内笑不已。

有人以星家[1]所批之命书,糊作灯笼。一客见之,以此作一联云:"命纸糊灯笼,火星照命。"久无以对。后见一老者头顶历本,即曰:"头巾顶历本,太岁当头。"巧极。

【1】星家,星相家,以星命相术为职业者。

清季有某学使,初下江南时,途中经长江,立船头眺望,见前面亦有一巨艇鼓帆先行。询之舟子,谓中坐某武弁。学使愤然曰:"朝间只有文武,应让余舟先行。"某武弁隔舟微闻诸,乃故缓其舟,相与并行。学使必欲令其落后以辱之。武弁探首语学使曰:"某固不文,然有联请对。如有以报,吾当退避三舍;否则,恐未便让步。"言已,即授过一纸,上书:"两艇并行,橹速不如帆快。"(联中谐古人"樊哙、鲁肃"名,隐寓文不如武也。)学使搜索肚肠,久无以应。武弁语谓学使曰:"岂朝间文士,乃胸无点墨耶?若是,乃公不汝待,先行矣!"学使面颊无以应,伪作不闻,任其先去。

后学使莅考场,先期邀集诸生征偶此联,结果皆无佳句。及送客之际,音乐齐奏,有一小秀才触机所得,返见学使曰:"巧对得诸矣!"即写"八音齐奏,笛清那比箫和"。(亦谐"狄青、萧何"二人名,亦寓武不如文意。)学使拍案赞赏,曰:"此仙笔也,足为老夫吐气扬眉已!"

有人以"左丘明两目无珠",对"赵子龙一身是胆",亦属天衣无缝,巧不可阶。

某塾师馆于乡间某巨室,主人啬吝无比,每膳供苜蓿[1],不能下咽。塾师于放学之际,大书一联于壁上,云:"青菜缝中藏肉屑;黄荠顶上露肝油。"可谓刻划入微、描写尽致者焉。

【1】五代王定保《唐摭言·闽中进士》:"时开元东宫官僚清淡,令之(薛令之)以诗自悼,复纪于公署曰:'朝旭上团团,照见先生盘。盘中何所有?苜蓿长阑干。余涩匙难绾,羹稀箸易宽。何以谋朝夕,何由保岁寒?'"后以"苜蓿盘"指私塾教师或小吏生活清贫。

又有某村塾塾师,年龄甚小。冬日同诸生在场中曝阳。有某孝廉过此,戏出一联云:"稻粱菽麦黍稷,许多杂种,不知谁是先生?"中有一人应声而起曰:"诗书礼易春秋,尽是正经,何必问及老子!"孝廉大惊,急谢过。此联上下均应用蒙经,富有含蓄,真佳构也。

某县知事,名叫"向辰",不准民间用"向来""向日"等字样。尝有某秀才,有意挑拨,故拟一联,将知事字名嵌入,语颇解颐。其联曰:"向来想做好官,吁!清字难哉,而今目炫宝山,试看腰贯满缠,得意便思骑鹤去;辰下居然富贵,嘻!老夫耄矣,转瞬魂归阴府,请问地皮刮尽,到头还有几张存。"

某邑秀才,恃才傲物,不肯让人。一日行经垅亩间,遇一农担泥,路窄而田有水,各不相让。生云:"我乃秀才,履袜楚楚;尔乃农夫,赤脚扒田,应当相让。"农夫曰:"尔既称秀才,想胸中必有文才。仆有一对,能对则我让尔;如不能,则尔当脱履让我。"联云:"一担重泥遇子路。"(换言之:"一旦仲尼遇子路。"文语双关,而农以师自尊也。)生不能对,赧颜俯首,解袜脱履,走下水田让之。积有三年,总无下联。一日偶至一处,见浚河工竣,方在决坝,堤开水决,奔荡声响,两岸浚河夫工,大笑而散。生恍然悟曰:"得之矣!"遂续前联曰:"两堤夫子笑颜回。"

前清咸同年间，大司寇赵光之女，许字光缉甫观察为室，当时称"赵光三小姐"，通国皆知，亦巾帼中之须眉也。相传有人出一上联云："赵光之女光赵氏。"久未得对。适福建浦江某孝廉，以大挑知县，出宰宁省之江浦县，遂续成下联云："江浦知县浦江人。"妙有事实凑合，否则至今犹虚悬无偶也。

对联之巧，必有事实发生，才能凑合者。如："裕禄禄万钟；张勋勋二位。"妙在一"裕"字、一"张"字，饶有意味。

近人新得一联云："物华天宝，启秀一时，朱启钤梁启超；圣君贤相，世续弗替，徐世昌袁世凯。"世续、启秀，均为人名，亦颇新构也。

曾文正趋访李次青，时次青方看妾洗脚。文正调之以句属对曰："看如夫人洗脚。"次青随口对曰："赐同进士出身。"文正大笑，不以为侮[1]。

[1] 明清科举殿试，进士录取分为三甲：一甲三人，即状元、榜眼、探花，赐进士及第。二甲若干人，赐进士出身。三甲若干人，赐同进士出身。各甲待遇有差别。曾国藩获二甲第四十二名，赐同进士出身。史载，曾国藩于此耿耿于怀。同进士出身者无资格进入翰林院，运气好者能在京中六部等混个低等职位，运气差者可能被派偏远小县为令。

同里许芝瑛，风雅士也，于病榻弥留之际，尚拟句挽一联。其联云："既死莫伤心，好料理身后事宜，莫弄得七颠八倒；再来还是我，且抛下生前眷属，重去寻三党六亲。"滑稽异常，读之令人捧腹。

吴县山塘街某马口铁店，今年岁首，高贴一联云："非锡非铜,终日经营修马铁;得钱得米,新年欢喜赚龙洋。"寓意谐谑,不知何人手笔。

余友王君,系某校之高才生,醉心新文学,喜作白话文。于今年岁首,贴一春联于门云:"上上下下,男男女女,老老少少,都添一岁;家家户户,说说笑笑,欢欢喜喜,各过新年。"此种妙联,不知他如何想出。

苏郡士人甲某,少负不羁才。就童试,辄不录。与同邑某友乙某,喜樽酒论文,两人各述抱负,气概几不一世。每逢县、府考,两人必同椁而往。试题甫下,两人必辩论津津。及案出,皆列卷外,两人必对语慰藉,愤愤抱屈。然两人亦不以命运之迍邅,而隳其志也。甲年六十一,乙年五十九,乃同获一衿[1]。泮宫[2]之上,两人游焉,握手语旧,得意自鸣。有滑稽生揶揄之曰:"适撰一联,敢以持赠?"两人皆拱听焉。生曰:"对我已成三白发;亏君追到二黄泥[3]。"两人知其谑己,遂不欢而散。

【1】获衿:获得功名。青衿为古代秀才之服,着青衿说明已有一定功名。

【2】泮宫:原指古代国家高等学校,后来意义延展,官办学校均可称为泮宫。清朝府、州、县治所都设文庙奉祀孔子等圣人,文庙隔壁是泮宫,正式称呼为府学、州学、县学,秀才(生员)在泮宫内学习和考试。

【3】黄泥:带沙的黄土,引申指黄泉、阴间。

某甲设帐授徒。娶妇大家女,知书识字,尝为夫代庖。某甲行三,其兄弟俱授读于家。惟五弟甚顽皮,节近端阳,窃粽于怀,私下食之。嫂知而不言,出一联曰:"五月五日,五叔怀揣五粽。"五弟苦思不得对句,时已夜分,徘徊檐下,忽闻嫂房窸窣有声,潜窥之,恍然悟。诘朝对曰:"三更三点,三嫂身抱三兄。"嫂忸怩点首微笑。

余前见某家门之春联云:"西拜佛,东拜神,妇女烧香忙碌碌;着新衣,戴新帽,儿童拍掌笑呵呵。"若此种春联,亦独标新异也。

某甲挽妻联云:"婚姻数十年,朝也愁,暮也愁,都把你苦死了;抛却万千事,男不管,女不管,倒比我快乐些。"若此种挽联,可谓谑而虐矣。

李百万,家巨家〔富〕,号称百万,当代人士,均以"李百万"称之。每中膳必具燕窝。其长男甫五龄,必以小碗分甘。一日,李百万致函于友人,倩其代购暹罗上品,中略云:"犬子羸弱,非此品不能滋补。"却将"犬"字一点,误点在下面,致成一个"太"字,一时传为笑柄。

其后李百万嫁妹,匝月归宁,特邀族官某甲者燕饮,拟借重族〔官〕,增其声势,并炫耀于新婚之家。当时各书一帖,分投去请。不料老仆目不识丁,竟将"恭迓鱼轩"[1]帖子,误投于族官家。有滑稽生集一联云:"燕菜赐娇儿,犬子移点为太子;鱼轩邀贵族,大人添画作夫人。"闻者无不捧腹。

【1】恭迓鱼轩:用于邀请女性的套语。鱼轩,古代贵族妇女所乘之车,以鱼皮装饰。

前清侍读学士荣光,因争设津浦铁路车站,未洽舆论,是以褫职津门。某报馆出联曰:"荣光争设站,求荣反辱面无光。"一时对者纷纭。其前列三名为最妙,其一云:"胜保妄谈兵,未胜先骄身莫保。"其二云:"载振为藏娇,千载一时名大振。"其三云:"达赖乞外援,欲达终穷行近赖。"以时人对时人,殊觉显露可笑。

有马快求某名士书联，名士怏怏，乃强为书。援笔落纸，大书"及时雷雨龙"五字，佯作色曰："下应'舒龙甲'，今误将龙字颠倒，曰'及时雷雨龙舒甲'。"意欲换纸。马快云："先生书法高妙，文虽颠倒无妨。"乃续书"舒甲"两字。其下联"得意风云快马蹄"句，因亦倒"马"字于"快"字之上，为"得意风云马快蹄"。可谓谑而虐矣。

常熟县查光华、李文解，先后继任，均是爱财若命。邑人撰联曰："前七月初八，后七月初八，笑他接印同期，未见得文光射斗；去一个木头，来一个木头，只是爱财若命，恐怕担子难挑。"按：查、李二姓，皆从"木"头，先后履任，均为七月初八日。是联撮合天然，而文光、担子，亦灵巧有趣云。

某县有宋、刘二姓，富而骄者也。科举时代，二姓或贿买官吏，或雇用枪手，盗取功名。某年县试，知县张哝刘之贿，而刘姓子弟尽列前茅。府考时，太守管受宋之托，而宋姓亦皆列前茅。众大不平，因赠联以嘲之曰："头场刘，二场宋，宋进去，刘出来，彼此同业；知府管，知县张，张得开，管勿紧，上下皆松。"语妙双关，令人绝倒。

某屠妇，家小康；夫故后，其子读书已入学。某年为母寿，大开筵宴。同里某太史，戏撰一联曰："祝圣寿于夏六月，祝慈寿于冬十月，祝尔母寿于秋八月，三寿同登，一龙一凤一猪，岂非笑话；有贤子在庠序中，有贤孙在襁褓中，有贤夫在地狱中，群贤毕至，可喜可歌可泣，何以为情。"屠子因浼人[1]，以三百金为太史寿，乃寝其事。光绪以六月廿八日生，慈禧以十月初十日生，故曰六月、十月也。

【1】浼人：请托他人。

红羊之难[1]，广西有知县蔡齐三者，城破逃去，不知所之。疑其死于难，皆痛惜之。难既定，抚宪为设水陆忏于武圣宫，以超度其亡魂。讵蔡不自爱惜，卷土重来，欲觅啖饭所，一时传为笑柄。是时文昌门火药局，忽兆焚如，延及其邻沈四先生家。沈虽幸获身免，然亦吃惊不小矣。时有东方流亚[2]，戏成一联云："文昌门火灾，几乎烧死沈老四；武圣宫水忏，居然祭活蔡齐三。"属对工稳，传诵一时，然而蔡羞愧死矣。

【1】红羊之难：即"洪杨之难"，指洪秀全、杨秀清等发动的太平天国运动，战乱多年，灾祸延及大半个中国，死人无数。

【2】东方流亚，汉朝东方朔一类的滑稽之人。

某乡之庙，供奉财帛星君与医灵大帝，门贴一联云："纵使有钱难买命；须知无药可医贫。"极交互之妙用矣。

文章本天成，妙手偶得之。游戏之作，何独不然？曾见厕所联云："在坑满坑，在谷满谷[1]；夜不闭户，路不拾遗。"

【1】谷：古称直肠到肛门的一部分为"谷道"。

某甲于年少时，曾以军功保举五品衔，遇事必晶顶蓝翎，夸耀于里党，甚自得也。后为洋烟之累，贫困不堪，为更夫，喊"火烛小心"以餬（糊）口。有人戏赠以一联云："头戴水晶大顶；口呼火烛小心。"闻者无不绝倒。

沈石田征君[1]，与练塘凌震、吴江史西邨明古、曹顒若孚，俱以品学重于时，号"四大布衣"。西邨，仲彬裔孙[2]，与石田尤莫逆。一日，石田以探梅之便访西邨，西邨曰："沈石田踏雪寻梅，寒酸之士。"时西邨适坐廊下吃饭，石田即应声曰："史西邨对日吃饭，温饱之家。"当时以为绝对。

【1】明代书画家沈周，字启南，号石田等。后三人凌震、史鉴（字明古，号西村）、曹孚（字颙若），均为明代文人。

【2】史仲彬，字清远，明初任翰林院侍书。传为史仲彬所著《致身录》，说建文帝剃发扮作僧人逃出宫中，后来遇到史仲彬，并几次到史仲彬家乡躲藏。

清同治初，御史许某劾侍郎刘崐党肃顺，崐坐免。崐实不知肃顺。先数日，御史父尚书某招饮，始共杯酒，御史不知也。他日相遇于戏园，崐发愤骂御史，且质尚书前事。御史惭嗫，欲引去，崐奋起击之碗，拂其耳，羹酒染衣，众环救乃解。久之，事颇上闻，复起用崐。或戏为联曰："许御史为国忘亲，捐归党籍；刘侍郎因祸得福，打复原官。"

归元恭尝自榜其门云："入其室空空如也；问其人嚣嚣然曰。"若此等门联，亦可谓别开生面矣。

江西官场腐败，种种不堪枚举。其有势力、善于运动者，人每数差【1】；否则，欲觅一啖饭之地，势比登天尤难。故宦海之可怜虫，每多失意怨愤，至各署内，均贴有砵书联语云："有甚心儿须向别处去；无大面子莫到这里来。"见者颇为莞然。是虽失意之语，亦江西官场之事实也。

【1】数差，多次得到委派任职。

同治甲子，四川办理乡试，两首县送提调、监试门包，以平不足退回；即补足呈上，则又以银色不足退回；又加色送上，已而发题纸，则每百纸才九十五帧。试士有不得题纸者，咸大哗，诮监场官必是帐房出身，故虽题纸，亦用折扣之法。场中人因为对曰："题纸发来九五扣；门包退出两三回。"

某公兵燹前,尝于杭州书肆,见一刻本试诗帖,是以杭州俗谚作题目者,犹犯"毛坑里跳加官"题。有一联曰:"十年犹有臭;一品竟当朝。"又某题一联云:"旺家飞鹁鸽;倒树散猢狲。"皆可诵。

某乡某学究,八股大家。门下桃李,恒二十余株,以笔耕砚耨之资,供喷云吸雾之戏。尝谓人曰:"宁可食无肉,不可日无烟。"一日上堂授课,众生环立其侧,甫启齿,辄咳嚏交作,伏几酣睡。诸生戏录一联,贴附壁际,联曰:"灯光不是文光,亦堪射斗;竹器原非兵器,岂可名枪。"

泰兴县令胡遥,嬖一门子。一日,忽见一掾挑之,与密语。令问掾何语,掾急遽云:"渠是小人表弟,语家事耳。"令即出一对云:"'表弟非表兄表子',汝能对,免责。"掾即应声曰:"丈人是丈母丈夫。"令笑赏以酒。

崔永龄中榜末,寄父书云:"至矣尽矣,方知小子之名;颠之倒之,反在诸公之上。"亦一妙联也。

李西涯在翰林,见一武职指挥祭神,因戏出一对曰:"指挥烧纸,纸灰飞上指挥头。"武职即对曰:"修撰进馔,馔馈饱充修撰腹。"

唐伯虎同友人行郊外,见村妇扫柴,呼叔束去。唐云:"嫂扫乱柴呼叔束。"友云:"姨携破桶叫姑箍。"亦佳联也。

鄂中某家婚娶,门前悬喜联一对。上联曰:"十五新娘,五十新郎,卜他年五子登科,莫谓枯杨生稊晚。"下联曰:"两三好友,三两好士,喜今朝三星在户,聊将婴粟款同人。"[1]盖其家素业烟铺，主人年半百，始行新婚，而新娘年恰妙龄。是日，一般老主顾咸来道贺。主人为投好起见，不设筵宴，仅供客吞云吐雾，饱餐烟霞而已。上下两联，皆记实也。句既新颖确切，字又婀娜挺秀，瘦不露骨。作者为一落拓秀才，亦以鸦片而获交于主人者也。

【1】婴粟：即罂粟，其提取物即鸦片。

清光绪初，湖州太守杨公，勤政爱民，以卓异进京。继任者为钟相文，大反前任所为，专事剥削，怨声载道。会传闻杨公有重任之信，时人乃戏拟一联云："杨老再来天有眼；钟儿不去地无皮。"语亦巧隽。

某厂主以承修工程致富，报捐通判。归以部照炫其妻，妻睨而哂之曰："我道是件怎么宝贝，原来是一张旧小的皮纸。"又，某大令与某观察同时领凭；到省后，又同当一差。观察素讲体制，如"大人明鉴""卑职下情"等官样文章，见面时偶一疏忽，辄瞠目以示不怿。大令厌苦之，因戏缀一联，揭于门外，曰："什么大人，同是一张皮纸；可怜卑职，只少几两纹银。"

某生有狂病，喜讥刺世事。一日，为某捐局戏撰一联云："发售各项功名，九品起码；拣选道地顶子，五色俱全。"

某君于十月初二日完姻。其友远道往贺，舟为风阻，初三日始到，乃援笔书一联云："雪压梅花，昨夜不知五六出；灰飞葭管，小阳初入二三分。"时以十月为小阳春，喜期为初二日，书联时为初三，用"二三分"字样，可谓工稳绝伦。

京中有达寿其人者，富家翁也。一日为庆寿开筵，有某秀才戏赠一联云："五道并驰新赤兔；千年不死老乌龟。"可谓工稳之极矣。

英人谋占定海时，甬人陈政伦，号鱼门，为陈康祺之叔。时编渔团[1]，因变马吊之法为麻雀牌，欲使渔人乐此，不至怠惰离散之意。陈八十余岁，好一土妓，名黄梅，又好麻雀。死时，有人送以挽联云："白版中风今绝响；黄梅细雨黯伤神。"

【1】渔团，即渔民组成的民团。

守财奴某甲，生子不肖。前年因做投机卖买，一生血汗金钱，均断尽不肖子手中。于是登报声明，脱离父子关系。于岁首贴一春联于门，词句滑稽，颇可发噱，且切事实，尤属难得。上联云："放几千爆竹，把穷鬼轰开，几年来被这小畜生弄得我一双空手。"下联云："点数炷清香，将财神请进，从今后愿你老人家保佑俺十万缠腰。"

某名士于岁首，作一春联云："放一夜花爆，轰出新年，闹闹热热，大家想过好日子；开两扇大门，请进喜神，齐齐整整，小孩预备出风头。"词句虽俗，工对确切，洵一佳联也。

某政客于临终时，作一自挽云："做不完身修心正工夫，愿来生百行无亏，五伦克尽；尝遍了国难家愁滋味，到今日一肩可卸，两手空归。"

又某名士作一自挽云："无虑无忧，老夫去矣；克勤克俭，小子勉之。"字虽不多，寓意却深。

某富翁语言无味，面目可憎，俗所谓"土老儿"也。居恒妄自尊大，其洋烟之瘾甚大。每日下午，必入书场听评话，口衔旱烟管，衣袋中怀有鼻烟壶，一童持水烟袋随之。旱烟毕，则水烟，连缀不断，又频频出鼻烟嗅之；唤其童必曰"来"，人皆匿笑之。好事者书一联，榜书场以嘲之，曰："水烟、旱烟、鼻烟、鸦片烟，无烟不满；土气、臭气、脾气、牛臊气，其气难闻。"

相传纪文达有笑癖，笑口一开，辄不能止。尝典春官试，第一人曰刘玉树；榜发后谒公，公询其寓址，刘以"芙蓉庵"对，公忽笑不可抑，旋入内第，久久不出。刘无聊而返，心颇惴之，或有问罪之处。他日转询于人，始知公闻刘语后，即心成一联云："刘玉树小住芙蓉庵；潘金莲大闹葡萄架。"大喜过望，遂忍俊不禁也。

江阴炮台之变，其台官曰吴祖裕。平时驾驭不严，对于所部军队，尝以利歆动之。未几，台兵哗变，吴竟被戕，时新历四月十三日也。吴之祖仲铭，于咸丰庚申，督乡兵御贼殉难，为旧历四月十三日。有人因作联云："正款一万二千，杂款一万二千，好兄好弟大家来，青天鹅肉（江阴谚语也。）；阴历四月十三，阳历四月十三，乃祖乃孙同日死，泰山鸿毛。"斯联滑稽中寓贬褒，颇饶趣味。

中日之役，吴大澂奋发有为，屡上奏章，激昂慷慨，一若大敌指日可平。及不战而溃，丧师辱国，朝野讥骂。时翁松禅在都中，深自韬晦，不谈理乱。尝豢一鹤，越藩而出，翁大书"访鹤"二字，张于域闉，旋为人揭去。翌日，又书此二字，再揭再张，卒成逸鹤。时人为之对曰："吴大澂一味吹牛；翁同龢三次访鹤。"

康南海前在督署[1]，秘书某为人书联，故书"老而不死是为贼"，盖奚落康也。康一见，乃援笔续其下联，曰"乐夫天命复奚疑"。一座叹服，以为总是"圣人"口吻云。

【1】康有为，广东南海人，人称"康南海"。康幼时开口辄

曰"圣人",乡人称之"康圣人";康后来更以"圣人"自居,喜欢人称其"圣人"。

西安人民,因康有为盗取佛经佛像,于其行时,公送白布挽联一付,书:"圣人不死,大盗不止;[1]吾闻其语,又见其人。[2]"一时传为笑柄。

【1】语出《庄子·胠箧》:"圣人已死,则大盗不起,天下平而无故矣。圣人不死,大盗不止。"

【2】语出《论语·季氏》:"子曰:'见善如不及,见不善如探汤。吾见其人矣,吾闻其语矣。隐居以求其志,行义以达其道。吾闻其语矣,未见其人也。'"

武昌黄鹤楼,吾国名胜之区也。楼中楹联颇多,有一联极豪雄,云:"谁曾将此楼一拳打碎;我也在上头大胆题诗。"[1]

【1】李白《江夏赠韦南陵冰》诗有句:"我且为君槌碎黄鹤楼,君亦为吾倒却鹦鹉洲。"后又作《醉后答丁十八以诗讥余捶碎黄鹤楼》诗。《唐才子传》载,李白登黄鹤楼,本欲题诗,见崔颢题诗而大是折服,谓"眼前有景道不得,崔颢题诗在上头",为之搁笔。

辛亥冬,青岛、大连湾两地,多逊国功臣。有狂生,大书某老大门曰:"君在臣何敢死;寇至我则先逃。"衮衮诸公,其知愧乎?

淮北有教员龚象衡者,教法綦严,学生恨甚。黠生某,乘其既卧,于房门上书横额曰"鱼龙变化",题其门之左右曰:"龟为首,豕为身,不可与共;龙其头,鱼其腹,难以偕行。"全就姓名上拆字为联,诚戏谑矣。

姜宸英为清初大古文家。某年与李某同典顺天乡试。榜放，落第者造为蜚语，传播宫闱。顺治帝闻之大怒，下姜于狱。当时所传诵者，只有一联，云："老姜全无辣味；小李大有甜头。"

虞集[1]未遇时，为许衡[2]门客，有所私，午后辄出馆。许每往不遇，自书于简曰："夜夜出游，知虞公之不可谏。"虞回，即对云："时时来扰，何许子之不惮烦。"

【1】虞集，字伯生，号道园，世称"邵庵先生"、青城樵者、芝亭老人，元朝官员、学者、诗人。

【2】许衡，字仲平，号鲁斋，世称"鲁斋先生"，金末元初官员、理学家。

昔京都有坤角名梅君者，著艳名。有士人某集句，嵌"梅君"二字赠之云："梅香春欲动；君子意如何？"已属天然工稳。又与某名士相昵，朝夕弗离。一日梅君出笺，索书一联，某遂以成句歇后语赠之，云："几生修得到；[1]一日不可无。[2]"上下暗合，较之明嵌"梅君"二字，尤为聪颖绝伦；但"春欲动"三字，颇狎亵。

【1】宋谢枋得《武夷山中》诗有句："天地寂寥山雨歇，几生修得到梅花？"

【2】《世说新语·任诞》记王羲之子王徽之（字子猷）事："王子猷尝暂寄人空宅住，便令种竹。或问：'暂住何烦尔？'王啸咏良久，直指竹曰：'何可一日无此君？'"宋黄庭坚《观崇德墨竹歌》诗有句："所爱子猷发嘉兴，不可一日无此君。"曾几《钱生遗筇竹斑杖戏作》则曰："一日不可无此君。"

一学正与秀才争产，讼之官。官曰："学正不正，诸生皆以为歪。"秀才应曰："相公言公，百姓自然无讼。"将拆字集句，尤属难得。

有两吏见候选典史，伏南者得北、北者得南[1]。两人争之，文选司命对曰："典史争南北，南方之强与，北方之强与？"[2]一典史对曰："相公要东西，东夷之人也，西夷之人也。"[3]见者绝倒。

[1] "伏"字应误，《古今滑稽联话大观》作"代"，《文苑滑稽联话》作"欲"。

[2]《礼记·中庸》："子路问强，子曰：'南方之强与？北方之强与？'"

[3]《孟子·离娄下》："孟子曰：'舜生于诸冯，迁于负夏，卒于鸣条，东夷之人也。文王生于岐周，卒于毕郢，西夷之人也。'"

一才子偶成一对云："冬夜灯前，夏侯氏读《春秋传》。"无有能对者。后请乩仙对云："东门楼上，南京人唱《北西厢》。"

有张孝廉奸李屠儿之妻，方执手，屠儿适归见之，用竹杖击伤孝廉之足。孝廉告屠儿于官，官悉得其情，乃署一对于状尾云："张孝廉买奸，自牖执其手[1]；李屠儿吃醋，以杖叩其胫[2]。"

[1]《论语·雍也》："伯牛有疾，子问之，自牖执其手，曰：'亡之，命矣夫，斯人也而有斯疾也！斯人也而有斯疾也！'"

[2]《论语·宪问》："原壤夷俟，子曰：'幼而不孙弟，长而无述焉，老而不死，是为贼。'以杖叩其胫。"

某孝廉未领乡荐时，极穷乏，有所假贷，亲友辄拒绝之。既成孝廉，后撰一联，榜其门。其上联曰："回忆去岁饥荒，五六七月间，柴米尽焦枯，贫无一寸铁，赊不得，欠不得，虽有近戚远亲，谁肯雪中送炭？"下联曰："侥幸今年科举，头二三场内，文章皆合式，中了五经魁，名也香，姓也香，不拘张三李四，都来锦上添花。"

某才子戏拟一联，其上联云："有女怀春，怀元春三春，托一点春心，恨春煊不容情，怕三春冤缘相报。"下联云："愿人多寿，多增寿德寿，开八方寿寓，仗寿年作留守，祝万寿永保无疆。"可谓婉而多讽矣。

某太守恃才傲物，寅属皆嫉妬之。会以卓异保荐入都，道出天津，谒见某督。知其家世微贱，因目之曰："之子骍且角。"太守大恚，见某督面颒而有须髯，因对曰："其人赤而毛。"可谓天衣无缝。[1]

[1] 参见上册《古今滑稽联话大观》"镇江赵某以保举将入都"条注释。

崔额驸之弟，尝居京师，与王侍郎子同游。一日与王同往谒一贵人，贵人方问姓名，王代崔曰："崔驸马之弟，乃兄驸马，此弟驸驴。"崔闻之，亦代王答曰："王侍郎之儿，乃父侍郎，此儿侍狗。"贵人抚掌称善。

归安卞太守，去职家居，流连文酒。有二客雨中过访，忽作谐谈。一友沈姓、行二，一客戏出上联曰："大雨沉沉，沈二缩头不出。"沈客大窘，卞曰："我为代对：'居官下下，卞三革顶而回。'"

有举古人名字，牵合为偶者，上联曰："尹公他拖孟姜女之女，入张子房之房，非奸即盗。"下联曰："闵子骞牵冉伯牛之牛，耕郑子产之产，为富不仁。"妙语天然。

善化俞敕华，以反对葬陈天华、姚宏业事，被湘中人士拿获于某妓家之草席中，剥去衣服，丑不可状。某生戏赠一联云："其死也荣，其生也哀，天华千古，敕华千古；载寝之地，载衣之裼，新化一人，善化一人。"喧传极一时焉。[1]

【1】注见上册《古今滑稽联话大观》"善化俞敕华"条。姚宏业，字剑生，近代民主革命家、教育家。

某甲守财奴，子孙盈膝，而多在外游荡，不务正业。某甲年虽高迈，却颇风流自赏，闲居无事，喜为缩脚韵诗以消遣。一日宴客，某甲谈及后辈不如己意，忽得一联句云："愿子孙能跨。"而苦不得下句。时有狂生在座，率对云："须祖父莫扒。"某甲面顿赤，恼羞成怒，立驱狂生出门去。

某君好恶作剧。一友新婚，衣冠往贺。迨友往行亲迎礼，某潜至洞房，袖出红笺对，持锤代为张挂。比友返，则主宾杂沓，哄然入，欲睹新妇容。蓦见壁悬一联云："有妇人焉，赧赧然，强而后可；彼丈夫也，洋洋乎，欲罢不能。"

杭州府属钱塘、仁和两县，皆繁缺也。某年，令钱塘者为熊某，令仁和者为卞某。熊善奔竞，能博上宪欢；卞贪墨，且有帷薄不修情事。彼都人士，制为联语，绝妙。联曰："能者多劳，恐断四条腿骨；下流无耻，难保一个头颅。"见者无不道绝。

富室女婢名"搔痒"者，为主人爬搔背际痒，高低如意，故名，遂爱之。主人年高无嗣，以为义女；齿既长，勿令嫁也。狂生某为富人司计，且课其犹子，偶见搔痒，私讶其艳；挑之，弗答弗拒，惑焉。尝侵晨起，遇搔痒摘花篱下，因微吟曰："痒痒抓抓，抓抓痒痒，越痒越抓，越抓越痒，怎医得我心坎儿上痒。"搔痒若微喻之，曼声答曰："生生死死，死死生生，先生先死，先死先生，却原来是饿鬼道中生。"狂生闻之，竟无如何也。

陈宝箴任用一名士，即熊某也。妒者撰联以讥之曰："四足不行，试问有何能干；一耳偏听，是个怎么东西。"关合"熊、陈"两姓，颇有巧思。

山东栖霞令黄太史杨镳，公余之暇，兼及诗酒。一日宴客，适厨鸡脱缚飞去，公令衙役捕之，狂追不及。公戏出一联云："衙役赶鸡，狗腿不如鸡腿快。"（俗呼衙役为"狗腿"。）座中有富僧，乘马预宴。名士某应声曰："和尚骑马，驴头更比马头高。"（俗呼和尚为"秃驴"。）合座为之哄堂。

中国以科举旧制考试留学生，无论其为何种科学，一经入选，皆授之以官。于是有学兽医而作知县，学工艺而得翰林者。其怪现相，不可以缕数。某年，有留学生徐某，以牙科得进士。湘中王绁秋先生，亦以著书同时赏翰林，有自哂一联云："愧无齿录称前辈；幸与牙科步后尘。"斯二语颇解颐。

江浙各乡，于七八月之间，愚民迷信，恒设醮为祈福计。每值醮坛所在，僧道辈舞蹈唪经，铙钹笙箫，聒噪耳鼓。乡间青年妇女，插花带柳，做出百般娇态，集座围观。而登徒子一流，亦复届时麕集，附耳蹑足，浪语批评。其中有艳质超群者，则共加以"观音菩萨"之徽号。某诙谐士，值乡人延道设醮，为书一联于坛云："道德五千言，无论或唱或随，莫欺老子；莲台六七座，试看在左在右，谁是观音。"

某侍郎，满洲人，曾放乌里雅苏台参赞。侍郎喜唱《打金枝》"金乌东升玉兔坠，景阳钟三下响把王催"一段，书法极怪险。都人士乃撰成一联云："忽然高唱，金乌玉兔之声；偶尔挥毫，牛鬼蛇神之字。"

某观察，以某公大力，候补江宁。其人素不识丁，且惧内。拟以千金购钓鱼巷某妓，其大妇闻之，怒曰："除非明日我死，才许汝干此糊涂事也！"观察大震而止。某君撰联赠云："一世逞豪华，不仗暗地弓长，焉能人生富有；千金买佳丽，除非明天绞断，方许我去敦伦[1]。"联亦平平，然末二字颇有趣味，宜注意。

【1】敦伦，此指夫妻行房事。清袁枚《答杨笠湖书》有云："李刚主（李塨）自负不欺之学，日记云：'昨夜与老妻敦伦一次。'至今传为笑谈。"

毛鸿宾、郭嵩焘抚粤时，日以征敛为事。有某志士，值丁祭，榜一楹联于广府学宫门口，云："人肉吃完，莫辨虎豹犬羊之鞹；地皮铲尽，何有涧溪沼沚之毛。"毛、郭见之，赫然震怒，严饬缉人，终亦无从弋获云。

广东香山县令，姓柴号芷舲。一日，有人大书一联于头门曰："山本名香，何期野芷蔓延，翻使香山成臭地；岭原似铁，只为干柴欲烈，可怜铁岭变飞灰。"

金陵蔡某，暴发户也。尝辟园囿，遍植长松，名曰"松庄"。落成后，以巨金丐某名士撰联。名士思有以戏之，为集《四书》二句云："臧文仲居蔡[1]；夏后氏以松[2]。"见者辄笑不可抑。

【1】《论语·公冶长》："子曰：'臧文仲居蔡，山节藻棁，何如其知也？'"蔡，周朝诸侯国名、地名（在今河南上蔡、新蔡一带），因其地产大龟可用以占卜，故又称大龟为蔡。居蔡，给大龟建造居室。

【2】《论语·八佾》："哀公问社于宰我。宰我对曰：'夏后氏以松，殷人以柏，周人以栗……'"社，祭祀土地神所设之木牌位。

近人喜谈新学，口头禅耳，其实皆不能贯通融会。某处赛神演剧，其粘贴各处楹联，可供一笑，照录于下。戏台联，上联云："开场便番王寇边，呼两三枭将，拥百万喽啰，势燄猖狂，到底非授首则投降，居政府而握军机，莫虑四郊皆敌国。"下联云："回朝看公爷摆驾，树大帅旌旄，佩上方宝剑，声威震慑，何必要议和且割地，斩内奸而除外患，果然一柱足擎天。"

某志士挽妻联云："七八载夫妻，少米无柴空嫁我；三二个儿女，大啼小哭乱呼娘。"语虽粗俗，然切事颇深，尤属难得之佳什也。

又见某甲挽妻联云："苦我尽头，只馀薄命糟糠，犹归天上；劝君来世，不是封侯夫婿，莫到人间。"寓意颇深，亦妙对也。

京师人家门联，多有佳制。近新名词流行，往往以之入词章，罕相称者。今年春初，见后门外一家联云："生活根据地；居住自由权。"颇觉有趣。

光绪己卯，山西主试为胡泰福、林壬，以"子华使于齐"全章命题。是科之作，传为话柄。其破题首句云："古道可风。"其中间二小比，则曰："今夫泰山之云，不崇朝而雨遍天下，其量溥也；儒生之量，不出户而涵盖众生，其志大也。"有人作联以赠之曰："斑鸠乱唤泰山雨；胡马悲嘶古道风。"十四字工稳简当，下语如铸，亦可谓谑而虐也。

皖有能吏毛某，夤缘署霍山县事。霍四面皆山，距六安九十里，产物颇富，茶麻竹木、茯苓石斛诸出品，岁入以数百万。某心羡其肥，搜刮无所不至。尝诡称五旬初度，谕各董保飞柬分投。董保仰承意旨,苛派勒索,闾阎骚然。有好事者,作联以嘲之。其上联云:"大老爷做生,银也要,钱也要,钞票也要,红白兼收,何分南北。"下联云:"小百姓该死,麦未熟,稻未熟,杂粮未熟,青黄不接,有甚东西。"盖霍有南、北市之分,向庄盖戳者为红票,否则白票,故上联云云。事为上台所闻,立即撤任,将登白简。适皖城光复,毛竟漏网。

有以《四书》篇名,集成对联者。上联云:"卫灵公遣公冶长,祭泰伯于乡党中,先进里仁舞八佾。"下联云:"梁惠王命公孙丑,请滕文公在离娄上,尽心告子读万章。"可谓钩心斗角,鬼斧神工。

刘相国塽继正揆席,人皆呼为"小诸城"。性滑稽,一日在政事堂上早饭,忽朗吟一联曰:"但使下民无殿屎(呻吟也。);何妨宰相有堂餐。"一座为之喷饭。

南浔巡检苏荫培,广东人也,以贪污卑鄙劾去。另调一安徽人方祖培,来署斯缺。讵料方之行为,较苏尤为无耻。以故绅民恨之刺骨,因大书一联,题其署门曰:"苏荫培、方祖培,培入培出天有眼;广东人、安徽人,人来人往地无皮。"一时见者,莫不鼓掌。

某君,文雅士也,尝创为联社,令人属对。其高列者,贻之楮墨。曾拟上句曰:"一行孤雁连天起。"俄而揭晓,弁首者为:"半只烧鸭满地游。"

著者去年担任苏州某报主笔时,曾拟上句:"京货店,广货店,杂货店,京广杂货店。"略备酬品,广征应对。一时投函者有数千余封,均无天然之对。只有住居山塘西街之周德芳女士,对以苏州街名集成者，天衣无缝，颇为自然。其对联云："卫前街，道前街，观前街，卫道观前街。"盖联中之四种街名，一字未易，尤属难得也。

某老儒境甚落寞，愤激之极，发为文章，笑骂兼之矣。其自挽联云："这回吃亏受苦，都因入孔氏牢门，坐冷板凳，作老猢狲，只说限期弗满，竟挨到头童齿豁，两袖俱空，书呆子何足算也；此去喜地欢天，必须假孟婆村道，赏剑树花，观刀山瀑，可称眼界别开，和些酒鬼诗魔，一堂常聚，南面王无以加之。"

有人为袁世凯总统作一联，颇极灵妙。联云："四世公卿绳祖武；一朝总统继孙文。"

杭州秦磵泉殿撰【1】，偕友游西湖。至岳王墓，友人戏指秦桧铁像曰："君此人后裔也。"嘱题秦桧联。磵泉援笔书曰："人从宋后少名桧；我到墓前愧姓秦。"可谓善于措词矣。
【1】秦大士，字鲁一、鉴泉，号磵泉、秋田老人，清朝乾隆年间状元，宋秦桧后裔。

有一隶役，每言其子读书聪慧，今年定作秀才。会学使按临，因误公被笞。或作联语嘲之，云："蓝衫未著孩儿体；青竹先敲老父臀。"闻者皆绝倒。

胡文忠林翼开府鄂州，整饬吏治，爱惜人才，一时弊绝风清，治行为各省之冠。有候补府续立人者，充省城保甲总局会办，性严正，嫉恶如仇。一日黎明出门，其肩舆中，有悬联一，张诸左右，其辞曰："尊姓原来貂不足【1】；大名倒转豕而啼【2】。"续见之怒甚，即刻上院，诉诸文忠。文忠亦以此风万不可长，应札饬著府县严拿重惩。越数日，续又谒文忠。文忠一见，即趋前拱手，极口道歉。续错愕不知所对，文忠乃徐徐云："此联为某所撰。如此美才，而令沉沦于下，是吾过也。已罗而致之幕下矣！"

【1】《晋书·赵王伦传》载，赵王司马伦篡权后，为笼络人心，大肆封官，"奴卒厮役亦加以爵位。每朝会，貂蝉盈坐，（当时规定，高官官帽上插貂尾为装饰；但官太多，貂尾不足用，乃以狗尾代替。）时人为之谚曰：'貂不足，狗尾续。'"后来，人们亦用成语"狗尾续貂"表示续作不佳。

【2】《左传·庄公八年》："齐侯……见大豕（大猪）……射之。豕人立而啼。"

又有仿前联，戏赠医生云："尊氏若忘廉，宛似当年青面兽；大名如不保，遂成今日白花蛇。"盖医生名志廉，字保春也。以《水浒》天罡对地煞，巧不可阶矣。

某科顺天乡试，策题误者两处，主试不自行检举，御史亦未闻据以上劾也。有落第生作一联曰："司徒托体姜嫄，可怜简狄凄凉，往事空征玄乙瑞；建都统万，太息平阳寥落，几时对调赫连王。"盖"稷"误为"契"，而"平阳"误为"统万"也。[1]

【1】此联又作："司徒托体姜嫄，可怜简狄凄凉，当日虚征玄鸟瑞；拓跋建都统万，试问平城寥落，何年改作赫连王。"所误者，一则将商朝发祥之"简狄"误为"姜嫄"，又误元魏建都之"平城"为"统万"，主试为翁同龢。玄鸟，即燕子，又名玄乙。

张文襄在都门，恒以诗钟遣日。丁未之岁，浙江争铁路诸公入都，中有王胜之太史同愈、许久香观察鼎林。文襄曾以"烟惹御炉许久香"对句征联。阅数日，文襄忽得一无名信，内书一联云：“图陈秘戏张之洞；烟惹御炉许久香。”文襄阅之大怒，掷之炉火中，然已喧传都下矣。

山西何乃莹，以翰林散馆得部曹，备就夫人叱责，何长跪乞免。遂以百金拜某当道为师，某嫌其菲，有后言。端午桥[1]为联嘲之曰：“百两送朱提，狗尾乞怜，莫怪人嫌分润少；三年成白顶，蛾眉构衅，反教我作丈夫难。”匾云：“何苦乃尔。”可谓谑矣。

【1】端方，字午桥，号陶斋，清末大臣、金石学家。

余友某君，性滑稽，善属对。一日，余偕其游，行市上，过一塑佛店，其招牌上大书"三教佛像"，余请其作对。时适过衣庄，便应声曰："四季棉衣。"诚巧极也。

南京初辟马路时，当道拟创行人力车。某庠生具禀，愿备车辆出租，乞免捐税，而自愿粪除马路为报效。时人为之集一联云："斯文扫地；大雅扶轮。"工切典雅，谑而不虐，传诵一时。

某学使尝考某处生童，皆不作试帖诗，题为"竹多夏生寒"，句云："人来加暖帽；客至戴皮冠。"某学使见而大圈特圈，谓其"气象光昌，的是高人口吻"。

沪上萧某，老白相也，性谐诙，好滑稽。尝挽龟奴一联，颇堪发噱。上联云："大可伤心，此老竟无千载寿。"下联云："何以报德，从今不画四灵图。"是亦天赋别才，非学问所能到者。

某君述一联，极有趣味，录之于下。云："于晦若作揖一百八十度；汪药阶转身三十六分钟。"盖讥一转身迟，一揖必恭敬，上至天顶、下至地平也。

余一日在汪公馆应酬。主人安徽人，好言京话，性躁急。一仆因讹购食物，汪大骂："混帐东西王八旦。"（京人谓"忘八蛋"。）余思可对以"读书上下可千年"，亦一巧对也。

清咸丰间，高碧湄心夔，以诗名而应试。作诗以十三元韵，以出韵不得馆选。高自为联云："平生两四等；该死十三元。"此与洪平斋联风味颇近。

东坡先生有"三光日月星；四诗风雅颂"之对，人多知之。不知更有一事，与之绝类者。元时邱机山，性狂放。尝至福州，讥其地秀才不识字。众怒，思有以难也，出联云："五行金木水火土。"邱应声曰："四位公侯伯子男。"其机敏固不亚东坡云。

某塾师仅识之无，曾将"见于面，盎于背"，误读为"角于面，盆于背"。一日晨起，其门贴有一对云："背上加盆，伛偻真如龟相；面中有角，峥嵘亦类畜生。"塾师于是始知为别字，大惭，辞馆而去。

吾郡某女学校，延聘一男教员，与女生某，结不解缘。春风一度，豆蔻含胎。无何，彭享欲动。为同校生所讥笑，遂回里。未几，宁馨儿呱呱堕地。有好事者，书二语于校门云："教育……教育；学生……学生。"此谑而虐也。

都主〔下〕近有一联云："中古三更生，中垒、北江、南海【1】；宇宙一长物，孔兄、佛郎、墨哥。【2】"可谓巧对，以孔、墨、佛皆教主也。

【1】三更生：汉代刘向，本名更生，官中垒校尉，世称"刘中垒"；清洪亮吉，曾改名更生，号北江，世称"北江先生"。清

末戊戌变法失败后流亡海外，曾改名更生（姓），广东南海人，世称"康南海"。

【2】孔兄，即孔方兄；墨哥，墨西哥银币；佛郎，即法郎。

荣禄签押房悬有楹联一付，句云："到怎么地步说怎么话；做一日和尚撞一日钟。"观于此，其得过且过之心，跃然而出。荣真随机应变之人哉！

北京大内戏台，榜一联云："尧舜生，汤武净，五霸七雄丑末耳，其余创业兴基，大都摇旗呐喊称奴婢；四书引，六经白，诸子百家杂说也，以外咬文嚼字，不过沿街乞食闹莲花。"相传出自清高宗御笔，其口气之阔大，宜哉！

有某翁自挽联句曰："七十有二春，糊糊涂涂，官界耶，商界耶，流水无心，随他去罢；四月初三日，清清楚楚，醉醒了，梦醒了，拈花微笑，待我归来。"旷达得妙。

又有一达官某，自撰挽联云："百年一刹那，把等闲富贵功名，付之云散；再来成隔世，是这样夫妻儿女，切莫雷同。"并题额云"这回不算"。诙谐得妙。

昔有侍御二人，一为秦人，一为楚人。因劾某某二大吏，致互相诘难，而有违言。都下好事者，集成语作楹联云："薛征于人，宋征于鬼；伯氏吹埙，仲氏吹篪。"【1】

【1】联语分出《左传·定公元年》及《诗经·小雅·何人斯》。

纪晓岚先生，以滑稽著称。乾隆戊申，工部署被火，特命尚书金简，鸠工修复。有朝士出一对句，曰："水部火灾，金司空大兴土木。"久无能对。适先生入朝，朝房中新选中书科中书者，状貌魁梧，自负为"南人北相"。先生闻之，辗然曰："'南人北相，中书科甚么东西。'可以属对也。"一座哄然。

昔有文士，不知检束，专事敲诈，时人目为"破靴党"。一日，闯入赌场索诈，博徒以赌具"天地人和""一二三四"八字为题，令其联句。应声曰："一丛人影三弓地，四面和风二月天。"妙切其时其地。众服，遂赠以巨款。

纪文达公尝言，《四书》中语，无不可成偶者。或举"惟女子与小人为难养也"，令公属对，公应声曰："有寡妇见鳏夫而欲嫁之。"缪莲仙集《四书》作对，可谓天衣无缝，然未有若此之可笑者。

《东坡问答录》载：东坡一日携眷游西湖，因往灵隐，适见佛印临涧掬〔掬〕水，怡然忘机。坡诘之，答曰："闻此中有花纹小蚌可爱，欲得数枚，置之盆池间，以供闲玩，犹恨未便。"东坡戏之曰："佛印水边寻蚌吃。"佛印应声曰："子瞻船上带家来。""蚌"与"家"二字借意也[1]。
【1】"蚌"与"家"二字借意，指谐音"棒"和"枷"。

祝枝山《猥谈》云：有一童善对。一客指知府冯驯，出对曰："冯二马，驯三马，冯驯五马诸侯。"童对曰："伊有人，尹无人，伊尹一人元宰。"

张谊《宦游记（纪）闻》云：安南使入朝，出一对云："琴瑟琵琶，八大王一般头面。"隐夸小邦王，与大国王同此身分。程篁墩对云："魑魅魍魉，四小鬼各样肚肠。"亦暗中揶揄也。

又云：陆文量参政浙藩，与陈启东饮。见其寡发，戏曰："陈教授数茎头发，无法可施。"启东曰："陆大人满脸髭须，何须如此。"陆大赏叹，笑曰："两猿截木山中，这猴子也会对锯？"启东曰："有犯，幸公弗罪。"乃云："匹马陷身泥内，此畜生怎得出蹄？""锯、蹄"二字，乃"句、题"二字之谐声也。

某乡有邱焦生者，读书园中。宵分，有二美人来，焦知其狐，拒之。女知不可动，乃曰："君名下士，妾有一联，请为属对。能对，我自去。"出句云："戊戌同体，腹中只欠一点。"焦凝思不能就。女笑曰："名下士固如此乎？我代对之可矣。'己巳连踪，足下何不双挑？'"一笑而去。"己巳连踪"，狐自喻姊妹二人也；"足下"，称焦生也。"何不双挑"，喻姊妹二人均有情而来，何不双挑，反拒之也？此等双关文字，可谓绝妙。

清乾隆间，镇郡城隍庙重建戏台。有人书上联曰："尧舜生，汤武末，桓文净丑，古今来多少角色。"使人属对，久无人对。后郑板桥对云："日月灯，江海油，风雷笛鼓，天地间一大戏场。"

严问樵先生曰：道光癸未、甲申间，余以会试留都，暇日辄制新曲，付梨园歌之，倾动一时，彼中人多有以师事者。余尝有句云："偶像我作逢场戏；竟累人为举国狂。"记实也。一日逢余初度，群优毕集，同人戏以"桃李门墙"四字，书匾为祝。余笑曰："有匾可无对乎？"因大书一长联云："儒为戏，生旦净丑外副末，呼十门角色，同拜一堂，重道尊师大排场，看破世情皆是戏；学而优，五六工尺上四合，添二字凡乙，共成七调，唱余和汝（擅歌善唱）小伎俩，即论文行已兼优。"

某名士赠中华民国联云："南南北北，文文武武，争争斗斗，时时杀杀砍砍，搜搜刮刮，看看干干净净；户户家家，女女男男，孤孤寡寡，处处惊惊慌慌，哭哭啼啼，真真惨惨悽悽。"颇切事实，洵佳什也。

某遗老于光复时，集古文句，拟一联云："此中人不知有汉；（《桃花源记》）举世浊惟我独清。（《离骚》）"此老可云倔强甚矣。

某知县之堂上，本有"爱民若子；执法如山"之对联。奈该知县贪赃枉法，无所不为，当地人民，恨之如刺骨。有好事者，在该联下增加数字，以至见者均为捧腹。上联云："爱民若子，牛羊父母，仓廪父母，供其子职而已矣。"下联云："执法如山，宝藏兴焉，货财殖焉，是岂山之性也哉。"

扬州有二举人，欲专小民之利，一治酒请柴行，一演戏邀屠户。有人作对以嘲之云："史春光整席要柴行，且救燃眉之急；蒋孝廉演剧邀屠户，遂成刎颈之交。"

某甲性滑稽。一日到僧舍，见僧，嘲之云："和尚头光，光似琉璃光佛。"僧曰："道官部老，老如太上老君。"

唐伯虎同祝枝山入乡，见农夫车水。祝云："水车车水水随车，车停水止。"唐云："风扇扇风风出扇，扇动风生。"此联颇佳，传诵一时。

某塾师与马快，同席饮酒。马快嘲塾师云："书生书生问先生，先生先生。"塾师亦回嘲云："步快步快追马快，马快马快。"塾师嫌其"马快"对"先生"，虚实未称，然舍此亦无佳句也。

某氏兄弟，同时为江浙县知事。凡有优差，无不荐以亲友，以至人民恨之入骨。有滑稽生某，嘲之以联云："好官自为之，试看半壁东南，难兄难弟同开府；居上后来者，从此一班龌龊，议亲议故尽弹冠。"

里中有史某者，滑稽生也。适邻居有一医生姓尤，史某便嘲之以联曰："尤郎中（俗语"医生"也。）直脚便为犬。"医生大怒，亦回嘲云："史先生脱口不成人。"天衣无缝，诚巧对也。

某校算术教员，粗通文理，倚老卖老。某生大为不服，特书一联于该教员卧室门上云："上数次讲堂，扳扳居然六十四；演几条算术，真真活出一二三。"

某君题城隍庙联云："你的算计非凡，得一步进一步，谁知满盘都是错；我却糊涂不过，有几件记几件，从来结账总无差。"见者大为喷饭。

某富翁五代同堂，有名士某甲，代作寿联，上联云："事祖事父，祖事祖事父，父事祖事父。"下联云："有子有孙，子有子有孙，孙有子有孙。"如此大题，不赞一辞，真白描之好手也。

吴中网师园，有叠字联，别开生面。上联云："风风雨雨，暖暖寒寒，处处寻寻觅觅。"下联云："莺莺燕燕，花花叶叶，卿卿暮暮朝朝。"写当时艳冶风流之景，如在目前，亦佳构也。

又上海豫园，旧有僧寄尘所题一联云："莺莺燕燕，翠翠红红，处处融融洽洽；风风雨雨，花花草草，年年暮暮朝朝。"写景亦妙。

有妓女某，欲取堂名。某甲题"介福"二字，并代作一联云："什么人家，全靠两条大腿；有何衣禄，只凭一口低田。"

"介福"二字，本无恶义，而一经诠释，令人捧腹矣。

某甲赠吴中名妓之冶叶[1]阿毛，一联云："万古云霄珍片羽；几人性命等轻鸿。"寥寥十四字，形容其美，切合其名。而一般登徒子之销魂，真个亦跃跃如见。可凤可惊，洵佳构也。

【1】冶叶，原形容婀娜多姿的杨柳枝叶，后比喻任人玩赏攀折的花草枝叶，代指娼妓。

《聊斋志异》有细柳娘与其夫高生之戏对。上联云："细柳何细哉？腰细眉细凌波细，且喜心思更细。"下联云："高郎诚高矣！品高志高文字高，但愿寿数尤高。"意思颇佳，不徒以字面之组织工妙见长也。

近来有名"朱浓"者，仿而赠妓"好第"云："好，卿真好哉！身材好，举止好，皮肤内尤好。"好第亦仿而对云："浓，君诚浓矣！情意浓，言语浓，衾席上更浓。"婢学夫人，雅俗判如霄壤。

海上名妓有爱侬者，倩某名士书联。某名士故意调侃，联云："不才谢多娇错爱；外间大有人图侬。"联中嵌"爱侬"两字，钩心斗角，颇有令人发笑者。

尝于都下，见一罢闲中贵，堂间书一对云："无子无孙，尽是他人之物；有花有酒，聊为卒岁之欢。"用乔行简词中语，颇自然。

某狂生屡向酒肆赊饮，积负累累不能偿，肆主甚恶之。一夜天雪，狂生又至。店主诈言炉熄，以冷酒与之，且出对云："冰（氷）冷酒，一点两点三点。"狂生应声曰："丁香花，百头千头万头。"

春联之设，自明孝陵昉也。时太祖都金陵，于除夕忽传旨：公卿士庶家门上，须加春联一付。太祖亲微行出观，以为笑乐。偶见一家独无之，询知为阉豕苗者，尚未倩人耳。太祖为大书曰："双手劈开生死路；一刀割断是非根。"投笔径去。嗣太祖复出，不见张贴，因问故，答曰："知是御书，高悬中堂，燃香祝圣，为献岁之瑞。"太祖大喜，赉银三十两，俾迁业焉。

桂林吕月沧郡丞，随其父在戍所，十五年始赦归。成进士后，观政浙中，初知庆元县，题大堂一联云："我也曾为冤枉痛入心来，敢糊涂忘了当日；汝不必逞机谋争个胜去，看终久害着自家。"现身说法，可作健讼人当头棒喝。

吴县某典肆，有集《四书》一联云："以其所有，易其所无，四境之内，万物皆备于我；或曰取之，或曰无取，三年无改，一介不以与人。"亦自稳切。

一廪膳生，得钦赐副榜，自书一堂联云："说甚功名，只免得三年一考；有何体面，倒少了四两八钱。"四两八钱，谓廪禄也。殊趣。

归元恭，狂士也。家贫甚，扉破至不可阖，椅败至不可移，则俱以苇萧缚之。于除夕之夜，署一春联云："一枪戳出穷鬼去；双钩搭进富神来。"见之者为大喷饭云。

某处药皇庙，新建戏台落成，倩某名士为之书联，云："名场利场，无非戏场，做得出泼天富贵；冷药热药，总是妙药，医不尽遍地炎凉。"颇有慨乎其言。

某甲家贫，嗜酒，而性滑稽。当四十九岁时，自集宋句为联云："四十九年穷不死；三百六日醉如泥。"见者莫不失笑。

某县令姓王名寅，贪赃枉法，无所不为。人民敢怒不敢言，均恨之如刺骨。有好事者，题一联于其门云："王好货，不论金银铜铁；寅属虎，全需鸡犬牛羊。"县令见之，亦无可如何也。

某生为族中调解一讼事，而有所偏徇。众疑其受私，某力辩不能明。适其乡赛神作灯联，某乃以谑语解嘲云："烛问灯云，靠汝遮光作门面；锣对鼓曰，亏侬空腹受拳头。"

前清官吏中，最清苦者，莫如学老师；而以谐联讽嘲者，亦以学老师为最多。今于某书中录下二则，一云："百无一事可言教；十有九分不像官。"云："惊动天地，脱裤打门斗五板；穷凶极欲，连篮买豆腐半斤。"

汤某偕友游于市，见酒肆悬一方灯，四面各书一"酒"字，盖借以为夜中之市招者。汤因之触发一对云："一盏灯，四个字，酒酒酒酒。"时夜已深，敲更者出，友指汤曰："吾有对矣！'二更天，两面锣，汤汤汤汤。'"

昔有某妇挽夫云："无不开之船，荡桨扬帆，君已脱离苦海；有未了之戏，卷旗息鼓，吾今收拾残场。"超逸有林下风，求之男子中，得此盖少。

某君戏赠梁财神[1]一联云："金穴深藏，铜山忽倒，财神千古，饿鬼千古；洪宪忠臣，共和败类，兴邦一人，亡国一人。"当时刊于某报，见者均为大笑不止。

【1】梁士诒，字翼夫，号燕孙，清末民初官员、银行家，有

"活财神""二总统"之称。

左文襄书甘肃某庙戏台联云:"都要你拜相封侯,却也不难,这里有现成摆样;最好是忠臣孝子,看来容易,问他做几许工夫。"

某名士书某城隍庙一联云:"泪酸血咸,悔不该手辣口甜,只道世间无苦海;金黄银白,但见了眼红心黑,哪知头上见青天。"上嵌五味,下嵌五色,对仗甚为工整也。

某君戏挽王壬秋先生一联云:"先生本自有千古;后死惟嫌迟五年。"时论韪之。

有滑稽生某,挽道士一联云:"吃的是老子,穿的是老子,一生到老全靠老子;唤不灵天尊,拜不灵天尊,两脚朝天莫怪天尊。"妙在"老子、天尊"二句。

某君雅士也,惟其室中,壁悬一联,词句滑稽,见之令人失笑。上联云:"倩人抓背,上些上些再上些,真痛痒全凭自己。"下联云:"对客猜拳,著了著了又著了,好消息还在他家。"不知其何命意。

某遗老之会客室中,悬有一联云:"客来醉,客去睡,老无所事殊可愧;论学粗,论政疏,诗不成家聊自娱。"颇得优游林下之乐云。

吴让之书法,入魏晋之室,累于家务。有寡媳甚悍,取求无厌。让之避居僧寺,有自署一联云:"有子有孙,鳏寡孤独;无家无室,柴米油盐。"见者大为捧腹。

某名士挽名妓云："此情与我何干？也来哭哭；只为怜卿薄命，同是惺惺。"拙朴之语，令人发笑。

某甲富而不仁，守财奴也。有一美婢，貌艳而慧。某欲纳之以妾，婢峻拒不从。乃命对云："小婢何知，自负红颜违我命。"婢云："大人容禀，恐防绿顶戴君头。"对语颇趣，亦真意也。

某才子戏拟烟馆联云："灯光不是文光，偏能射斗；洋药非同火药，也可开枪。"词句雅切，尤属难得。

余见某理发店，悬有一联云："大事业从头做起；好消息自耳传来。"见之者均为狂笑，不知何人手笔也。

某生尝自绘小照一帧，传神维肖，甚宝之。欲配以联，得契尾成句云："恐后无凭，立此存照。"而难其对。后为某名士代对云："当今之世，舍我其谁。"强对不粘不脱，亦可谓绝对也。

明时，袁文荣撰世庙斋醮联云："洛水玄龟初献瑞，阴数九，阳数九，九九八十一数，数通乎道，道合元始天尊，一诚有感；岐山丹凤两呈祥，雄声六，雌声六，六六三十六声，声闻于天，天生嘉靖皇帝，万寿无疆。"

某君戏代岳武穆墓前所跪之秦桧、王氏二人互相埋怨一联，颇堪捧腹。代秦桧云："咳！我纵丧心，有贤妇必不如此。"代王氏云："啐！吾虽长舌，无奸夫何至于斯。"

俞曲园自挽云："生无补乎时，死无关乎数，辛辛苦苦，著二百五十馀卷书，流播四方，是亦足矣；仰不愧于天，俯不怍于人，浩浩荡荡，历数半生三十年事，放怀一笑，吾其归乎。"看似旷达，实则名心未尽也。

苏州某庵，有弥勒佛龛。上有一联，云："大肚能容，了却人间多少事；满腔欢喜，笑开天下古今愁。"语虽诙谐，然可作修身养性之格言读也。

某城隍庙大殿上，悬有一联云："为人果有良心，初一十五，何用你烧香点烛；作事若昧天理，三更半夜，须防我铁链钢叉。"善善而劝，恶恶而严，为中人以下说法，不得不尔。

某教官老而穷。学中某姓兄弟二生，纨袴子也，嘲之曰："穷老师，老老师，穷当益坚，老当益壮，穷老坚壮一老师。"教官答曰："大少爷，小少爷，大则以王，小则以霸，大小王霸两少爷。"

狂生某，嘲县令联云："东奔西驰，满街上带了一群化子；前呼后拥，四轿内抬着两个债精。"传诵一时，均为赞美也。

清高宗乾隆五十五年秋，上寿八旬，同堂五世。廷臣制联晋祝，皆不称意。惟纪文达联，独邀奖饰。联曰："龙飞五十有五年，庆一人五数合天，五数合地，五星呈五云，现五代同堂，祥开五凤楼前，五色斑斓辉彩帐；鹤算八旬刚八月，祝万岁八千为春，八千为秋，八元进八恺，升八方从化，歌舞八鸾队里，八仙会绕咏霓裳。"词藻华富，尤为难得之佳什也。

石达开少时，曾题剃头店联云："磨砺以须，问天下头颅几许；及锋而试，看老夫手段何如。"确是大盗口吻。又某君亦有一联云："虽然毫末生意；却是顶上工夫。"则纤弱矣。

都中某凉亭,有卖浆酒者。一士过之,就解渴,称便利,为题一联而去。联曰:"为名忙,为利忙,忙里偷闲,吃杯酒去;谋衣苦,谋食苦,苦中作乐,拿碗茶来。"联中寓意大切,洵一别开生面之广告也。

某塾师,与某医生为知交。一日席间,互相对对,医生之对句甚趣,兹节录如下。塾师曰:"碧桃万树柳千丝。"医生曰:"红枣二枝姜一片。"塾师曰:"丹桂香飘,遍满三千界。"医生曰:"梧桐子大,每服四十丸。"可谓语不离宗矣。

上海某里,为乞丐麇集之所。一日,有风流丐某,与一老妓,穷极无聊,对对排遣。丐曰:"千舍万有,万舍千有,我的多福多寿老太太。"妓曰:"朝思暮想,暮思朝想,奴的知情知义小哥哥。"对仗工整,洵非易事。

某才子见前清专制时代,属员见上司,称呼"卑职",恬不为怪。特嘲之一联云:"大人大人大大人高陞,陞到卅六天宫,为太上老君盖瓦;卑职卑职卑卑职该死,死入十八地狱,替夜叉小鬼挖煤。"可谓穷形尽相矣。

某校有甲乙二生,同乡、同学。甲惧内而乙好嫖,常以此互相嘲谑。甲云:"嫖小娘生杨梅疮,甘心。"乙曰:"怕老婆吃栗子块,苦脑。""苦脑"二字新。

某名士有自述一联云:"粗茶淡饭布衣裳,这点福老夫享了;齐家治国平天下,那些事儿子承当。"封翁口吻,颇得优游之乐。

某省总督乌某,与新科翰林某同席。翰林年未三十,身短且瘦。乌戏之曰："鼠无大小皆称老。"盖翰林不论年齿，人例呼为"老先生"，故特戏之。某翰林初若不闻，既乃指乌语同座曰："龟有雌雄总姓乌。"

某甲尝于月夜出对云："天上月圆，人间月半，月月月圆逢月半。"一八龄童子对曰："今朝年尾，明朝年头，年年年尾接年头。"天衣无缝，诚巧对也。

前清某都御史太夫人寿辰，有嵌一之十数目为联者，颇觉自然。上联曰："一品太夫人，备三从四德，五世同堂，恭值二宫齐介寿。"下联云："六旬都御史，统七宾八师，九畴献寿，欣逢十月好称觞。"

昔曾文正公在天津，办理教案，未洽舆情。有选一联以讽之者，上联曰："僧去曾留，将人丢尽。"下联云："因崇作祟，引鬼进来。"僧指僧王，崇则国戚崇某也。

有滑稽生某，代某戏园之戏台上，作一对联，颇堪发噱："看我非我，我看我，我亦非我；装谁像谁，谁装谁，谁就像谁。"一意化两，是白描之好手也。

前清戊戌变政，湖南陈右民中丞暨徐学使两公父子，同被严议。时人以联语调之曰："不孝等罪孽深重，不自殒灭，祸延显考，陈氏父子，徐氏父子；维新党末学肤浅，罔识忌讳，干冒宸严，礼部侍郎，兵部侍郎。"亦一绝对也。

杨文忠公廷和七岁时[1]，父月夜宴客。一客云："有三更矣。"一客云："半夜矣。"一客云："五更有一半矣。"时公亦在座侧，客出对云："一夜五更，半夜五更之半。"公曰："三秋八月,中秋八月之中。"奇妙难能,洵巧偶矣。

【1】杨廷和,字介夫,号石斋,谥"文忠",明朝名臣、政治改革家。

王彝幼时,同友人游佛寺。友出对云:"弥勒放下布袋,释迦难陀。"王曰:"观音失却净瓶,寒山拾得。"调趣菩萨,颇为工雅。

刘贡父至一友人家,见群鸡啄食。友云:"鸡饥吃食,呼童拾石逐饥鸡。"刘对云:"鹤渴抢浆,命仆将枪惊渴鹤。"诘屈聱牙,可作一则拗口令。

万历时,汉阳萧汉冲,年十五,榜眼及第,仕至祭酒。性蚤慧,七龄时,入官舫谒一贵官,出句命对云:"官舫夜光明,两轮玉烛。"对曰:"皇都春富贵,万里金城。"时贵官适有他遣,语去使曰:"尔去即来,廿四弗来廿五来,廿五弗来廿六来。"汉冲疑又出对,即曰:"静极而动,一爻不动二爻动,二爻不动三爻动。"贵官骇笑,深叹赏之。

某生性滑稽,室中悬有一联云:"山童采栗用箱承,劈栗扑箴;野老买菱将担倒,倾菱空笼。"见者莫不失笑。

卞某多须,善谑。尝会客,座间有名"智父"者,卞戏之曰:"智父之头,宁为饮器。"智父曰:"卞胡之嘴,实是便壶。"一座绝倒,所谓出尔反尔也。【1】

【1】参见上册《古今滑稽联话大观》"卞焕若多髭善谑"条注释。

某甲多侍姬,妻某氏通书而妒,常反目。一日某甲宴客,座有知其事者，戏出对云："讨小老嫂恼。"某甲不能对，某氏隔屏传片纸云："何不曰'想娘狂郎忙'？"某甲举以对，座客哄然大笑。

胡、周二生，吴中才子也。一日，胡与周饮于舟中，执壶者偶失手倾其酒。周出对云："瓶倒壶撒尿。"盖胡幼有失溺之疾，周尝同学，故嘲之。胡一时无以复，左右急传入幕中，即为对就，私达于胡。及发船，故令舟人以柁作声，胡乃曰："吾有对矣：'柁转舟放屁。'"对既工适，足答其侮也。

某生员送广文节仪[1]，辄用三分银子。广文嫌少，出对云："竹笋出墙，一节许高一节。"生曰："梅花逊雪，三分只是三分。"同时某广文，因生员节仪只一分五厘，亦有署门一对云："即使梅须逊雪，也该三分；唯其青出于蓝，故减一半。"则一蟹不如一蟹矣。

【1】广文：清苦闲散的儒学教官。

某大公司经理，面麻而多须；协理某，面歪而眇一目。同事中有好事者，戏嘲以联云："麻脸横须，羊肚石倒栽蒲草（经理）；歪腮白眼，螺壳杯斜嵌珍珠（协理）。"

周清诚八岁时，随其父与姨夫某，同往游山。归途热甚，各卸衣。父出对曰："两个姨夫齐脱衣，想是连衿。"诚曰："一双女婿各拜节，果然令坦。"[1]天衣无缝，洵巧偶也。

【1】令坦，女婿。注见《古今滑稽联话大观》之"刘位坦有三婿"条。

有朱生者，颇负时誉，滑稽多才。代某富翁作一堂联云："鼠偷蚕茧，浑如狮子抛球；蟹抓鱼罾，却似蜘蛛结网。"见之者莫不喷饭。

某生失馆[1],无聊闲走。偶闯府道,吏拘见。府诘其故,士以实告。因出对曰:"遍地是先生,足见斯文之盛。"生曰:"沿街寻弟子,方知吾道之穷。"府大叹赏,即为荐馆。

【1】失馆,指私塾先生失业。旧时读书人,若不能通过科举中式出仕做官,大多只好以当私塾教师为生;寻找教职称"寻馆",得到教职称"得馆",辞去教职称"辞馆"。

某君好作北里游[1],某夜出迷道,假宿山家。其家有女,方待字,窥士貌美,悦之,出对曰:"客官寄宿穷家,寒宵寂寞。"俱取"宀"字头也。某君曰:"可以借得一点否?"女许之,乃对曰:"冢宰安宁富宅,宇宙宽宏。"女大喜,遂嫁之。按,"穷"字从"穴"不从"宀",对句亦甚平平,想好事者为之也。

【1】北里游,即寻花问柳。唐朝盛期京城长安附近有平康、北里两处花柳寻欢作乐之地,颇负盛名。

某君挽袁世凯云:"由总统而皇帝,由皇帝而总统,为日纵无多,备收人世尊荣,虽死亦瞑目;是国民之中国,是中国之国民,仔肩原甚重,凡有奸魔出现,欲得而甘心。"又挽一联云:"公生则人民死,公死则人民生,生死相环,互为因果;天视自我民视,天听自我民听,视听洞澈,不爽毫厘。"[1]嬉笑怒骂,均成巧偶,甚非易事也。

【1】下联首二句,出《尚书·泰誓》,意谓"上天所见,均来自民众所见;上天所闻,均源于民众所闻"。

王壬秋先生挽袁世凯一联云:"民犹是也,国犹是也,何分南北;总而言之,统而言之,不是东西。"更觉诙谐可喜。

吴中蒋某,幼聪慧。一日与父友武官某,同游佛寺。父指殿上佛像，出对曰："三尊大佛，坐狮坐象坐莲花。"蒋对曰："一介书生，攀凤攀龙攀桂子。"游毕出寺，武官部军，牵蒋衣问曰："适对何句？"蒋曰："我对'三个小军，偷狗偷猫偷芥菜'。"其捷于调戏如此。

某才子室中，悬有一联云："冻雨洒窗，东两点，西三点；切瓜分片，上七刀，下八刀。"语虽滑稽，然对仗甚工，不知何人手笔也。

漳浦赵从谊，知独山州。州极荒凉，无仆隶，惟一里长充役使。因题柱曰："茅屋三间，坐由我，卧由我；里长一个，左是他，右是他。"

某生少辩慧，善属对。年六岁，父宴客，生从桌边攫食。客曰："令郎捷对，敢请试之。"曰："小儿不识道理，上桌偷食。"生对曰："客人有甚文章，当场出彩。"客曰："细颈壶儿，敢向腰间出嘴。"生曰："平头梭子，却从肚里生纑。"及长，下笔成章，文名颇盛。

有木匠某，颇知通文，自称"儒匠"。尝督工于道院，一道士戏曰："匠称儒匠，君子儒，小人儒？"匠人厉声曰："人号道人，饿鬼道，畜生道？"道人自讨没趣，亦无可如何也。[1]

【1】参见上册《古今滑稽联话大观》"有木匠自称儒匠"条注释。

李空同督学江右，唱名时，有一生与同名。因出对曰："蔺相如，司马相如，名相如，实不相如。"生曰："魏无忌，长孙无忌，彼无忌，此亦无忌。"奇巧不可方物，然亦幸而有此现成名字也。

苏东坡与僧佛印、妓琴操，常相往来，饮酒赓和，脱尽形迹。一日，佛印过东坡，见琴操假寐纱橱中，戏之曰："碧纱帐里睡佳人，烟笼芍药。"琴操曰："青草池边洗和尚，水浸葫芦。"佛印大笑曰："和尚得对娘子，实出望外。"

前清某督抚，刱办妓捐，有嘲以联云："大中丞借花献佛；小女子为国捐躯。"可谓谑而虐矣。

咸丰间，一旗员某，素不知文，奉命典试川省。评定甲乙时，饬差由城隍庙中，迎神像数尊到院，将考生姓名，一一书于竹签之上，插入一巨管筒中，捧跪像前摇之，如乡人赴庙求签者然。其签首落地，即以某为第一名，挨次递下，额满为止。不半日工夫，而甲乙以定。时人为撰一联云："尔等论命论莫文，碰；咱们用手不用眼，摇。"语妙天下，末一字尤趣。

某甲罢官后，寓公湘上，尝眷一妓，不意该妓又与交好之某绅昵。一日遇于该妓家，绅有不豫色，遽曰："仆有俚语，公能属对，当以此娟娟者相让。"遂忻然笑曰："吃醋坐冷板凳，把你当二百五。"某甲应声曰："咬盐趁热被窝，管他仰十三千。"皆湘谚也。对仗工整，可谓天造地设也。

某生弱冠游庠，不循矩矱。学官示以句云："赌钱吃酒嫖婆娘，三者备矣！"生即续云："齐家治国平天下，一以贯之。"后举某科解元。

上杭县有白水漈者，旧有句云："白水漈头，白屋白鸡啼白昼。"未有对者。后潮阳林天〔大〕钦[1]修撰过此，问地名，得黄泥坳，因对曰："黄泥坳口，黄家黄犬吠黄昏。"

【1】林大钦，字敬夫，号东莆，明朝嘉靖时状元，曾任翰林院修撰。

浙江花提举，与鄞县学官颜某交往。戏出对云："鸡卵与鸭卵同窠，鸡卵先生，鸭卵先生。"颜曰："马儿偕驴儿并走，马儿蹄举，驴儿蹄举。"

刘、李两生初次会面，互通姓氏。李曰："骑青牛过关老子。（李）"刘曰："斩白蛇起义高祖。（刘）"联中寓意，洵非易事也。

祝枝山与沈石田出行，见一尼在田中收稻。祝云："师姑田里挑禾上。（谐音"和尚"也。）"沈对曰："美女堂前抱绣裁。（谐音"秀才"也。）"寓意甚暗，且有双关文字，不虚才子之手笔也。

某僧喜花卉，盆盎罗列，充塞阶除；更辟方塘十亩，植莲其中，花香如海，盛观也。某才子出对云："河内河花，和尚採来何处戴？"时寺中一柿树，结实垂熟，才子摘一枚尝之。僧因对曰："寺中柿子，士人摘去自家尝。"四叠谐声，贯穿不易。
后有某君尝举一对，与此类似。上联云："霜降降霜，孀妇伤心双足冷。"下联云："日食食日，术家述理十人歧。"亦巧对也。

邗江旅壁，有一对云："邹孟子、吴孟子、寺人孟子，一男一女，一非男非女；周宣王、齐宣王、司马宣王，一君一臣，一不君不臣。"【1】不知何人手笔。事见《蔡轩琐记》。

【1】参见上册《古今滑稽联话大观》"陈景若九岁时"条注释。

苏东坡偕和尚佛印、妓琴操，泛舟赏月。佛印酒酣，出船头撑篙为戏。琴操云："和尚撑船，棒打江心罗汉。"佛印云："佳人汲水，绳牵井底观音。"佛印又曰："一个美人映月，人间天上两婵娟。"琴操云："五百罗汉渡江，岸畔波心千佛子。"

又一日，东坡与秦少游出游，见岸上一醉汉骑驴，摇摇欲堕。苏云："醉汉骑驴，颠头簸脑算酒账。"秦亦即景对云："艄公摇橹，打恭作揖讨船钱。"

某君赠林黛玉[1]联云："我为黄浦江边客；卿是红楼梦里人。"洵为天衣无缝之巧对也。

【1】清末民初沪上名妓陆金宝，艺名"林黛玉"。

吴中名妓贾筱樵，本非袭名《红楼》，而所欢以其姓贾，且"筱樵"二字，声同"小乔"，戏赠一联，组织更巧。联云："姓名疑在红楼梦；夫婿曾烧赤壁兵。"可谓谑而虐矣。

某生以赝银市物，被控至官。郡守某出对云："使假银，买真货，弄假成真。"生应声曰："遇凶徒，见吉星，逢凶化吉。"守立释之。

谐联以《聊斋志异》中为最多，如《三朝元老》之"一二三四五六七；孝弟忠信礼义廉"，上隐"忘八"，下隐"无耻"，颇滑稽含蓄。其他如《狐谐》之"妓女出门访情人，来时万福，去时万福；龙王下诏求直谏，龟也得言，鳖也得言"等，皆诙谐可喜，双关入妙，为吾《滑稽联话》之极好资料也。

嘉靖间，御史毛某公，宴承差某，斟酒太溢。毛曰："承差差矣乎？"边廷实时为副使，亦在座，应声曰："副使使之也。"四字上下异音，天然的对。

某甲淫其里锻工之女，为工捉获，以铁钳钳去左耳，纵之。某名士为集成句一联，上云："君子将有为也，载寝之床。"[1]下云："匠人斲而小之，言提其耳。"[2]

【1】语出《周易·系辞上》及《诗经·小雅·斯干》。
【2】语出《孟子·梁惠王下》及《诗经·大雅·抑》。

全椒王生，淳于髡之流亚也。敝衣垢貌，虮虱缘衿上行，效王景略故事。[1]发一语，辄令人绝倒，人戏呼为"王虱子"。居之邻有寺，寺之僧，亦好诙谐者，与王友善，时相嘲谑。一日，僧摘瓜架下，王适至，出对曰："葫芦种（上声），葫芦种（去声），葫芦种得葫芦用，葫芦架下摘葫芦，葫芦撞着葫芦痛。"僧笑应曰："虱子长（平声），虱子长（上声），虱子身成虱子痒，虱子身上捉虱子，虱子掐得虱子响。"

【1】参见本册《古今滑稽联话》"全椒王生"条注释。

某君代报馆作叠字联云："好好丑丑，事事细细详详；非非是是，天天说说谈谈。"又代茶馆作一联云："鸨鸨鸡鸡，个个兜兜搭搭；烟烟茗茗，朝朝碌碌忙忙。"又代戏馆作一联云："武武文文，出出吹吹打打；男男女女，人人看看听听。"又代理发店作一联云："暮暮朝朝，洗洗梳梳剃剃；停停歇歇，光光挖挖敲敲。"又赠妓紫云云："紫紫红红，花花叶叶；云云雨雨，暮暮朝朝。"均是巧联也。

某君五十自寿云："内无德，外无才，并无好无恶、无是无非，更无点些些产业，直等到无米无柴，五十载光阴荏苒；老有母，长有兄，并有妻有女、有子有孙，还有个小小功名，也算有福有寿，两三代骨肉团圆。"对联正格，不能有重复字，然亦有故意重复，以见长者。此联即重复之一，联中"有、无"二字，凡九重，叠叠贯珠，愈觉可爱。

一清客，书门对云："心中无半点事；眼前有十二孙。"有人续其下曰："心中无半点事，两年不曾完粮；眼前有十二孙，六个未经出痘。"见者绝倒，真滑稽之尤矣。

明高皇帝好微行。一日遇一监生，同饮于酒家。问其乡里，曰："四川重庆人。"高皇曰："千里为重，重水重山重庆府。"监生对曰："一人成大，大邦大国大明君。"高皇大喜，明日召入，赏以官爵。

某才子戏拟财神庙一联云："果然冷面寡情，只才是守钱奴，倒要与他几个；若使扶危济困，竟成了耗财鬼，休来想我分文。"可谓谑而虐矣。

里中某生，又戏赠财神一联云："颇有几文钱，你也求，他也求，给谁是好；不作半点事，朝亦拜，夕亦拜，教我为难。"见之者均为绝倒。

某廪生戏拟五十自寿一联云："嫖无闲，赌无钱，试为无赖，气力如棉，无过可寻，检点何劳蘧伯玉；进过学，补过廪，取消过后，南无结顶，平心一想，功名早于朱买臣。"诙谐入妙，人多诵之。[1]

【1】参见本册《古今滑稽联话》"吾乡氽社诗人某廪生"条注释。

某生作一长联，嘲嗜鸦片烟者。上联云："五百两烟泥，赊来手里，价廉货净，喜洋洋兴趣无穷，看粤夸黑土，楚重红瓤，黔尚青山，滇崇白水，估成辨色，不妨清客闲评。趁火旺炉燃，煮就了鱼泡蟹眼，正更长夜永，安排些雪藕冰桃。莫辜负四楞响斗、万字香盘、九节老枪、三镶玉嘴。"下联云："数千金家产，忘却心头，瘾发神疲，叹滚滚钱财何用？想名类巴菰，膏珍福寿，种传罂粟，花号芙蓉，横枕开灯，足尽平生乐事。尽朝吹暮吸，哪怕他日烈风寒，纵妻怨儿啼，都装做天聋地哑。只剩得几寸囚毛、半抽肩膀、两行清涕、一副枯骸。"此联描写嗜鸦片者，形容尽致，虽画不如也。

徐侍郎某，督学粤东，所取皆翩翩年少，不重文而重貌。当时粤人，颇讽刺之。某君联云："尔小子整整齐齐，或薰香，或抹粉，或涂脂，三千人巧作嫦娥，好似西施同入越；这老瞎颠颠倒倒，不论文，不通情，不讲理，十八省几多学士，如何东粤独来徐。"

民国改用阳历，有某公戏作春联一付云："男女平权，公说公有理，婆说婆有理；阴阳合历，你过你的年，我过我的年。"

杭州某寺，有弥勒佛联云："年年扯空布袋，少米无柴，只剩得大肚宽肠，为告众檀越，信心时将何物施布；日日坐冷山门，接张待李，但见他欢天喜地，试问这头陀，得意处著怎么来由。"游戏三昧，所谓禅悦文字也。

某寺住持僧某，交结公卿。寺塑金刚与弥勒环坐像，法身之大，倍于他寺。滑稽者为题联云："莫怪和尚们这般大样；请看护法者岂是小人。"见之者均为大笑不止。

咸丰年间，吴中才子某生，为发匪所获。匪首闻其有才名，留司笔札，且嘱题联。某生题曰："说怎么天主教，妄称天父、天兄，绝天理，灭天伦，把青天世界闹得天昏，有一日天讨天诛，天才有眼；看这些地方官，都是地匪、地棍，掘地平，挖地坑，将大地山河弄成地狱，还要抽地丁地税，地也无皮。"又大书一额，曰"斌尖傀卡"，盖讥其文不像文、武不像武，人不像人、鬼不像鬼也。匪首不解文义，见联中有天父、天兄字样，以为必系颂祷之辞也，因大喜，厚礼之。后遇其同类之识字者，为之解释，始大怒。以破絮渍油，裹某生而火之，名曰"烧大蜡烛"，亦云惨矣！

海上名旦某甲，于上年新婚。有滑稽生贺以联云："安能辨我是雌雄，想华月金樽，也曾脂粉登场，为他人作嫁；毕竟可儿好身手，趁椒风锦帐，莫把葫芦依样，舍正路弗由。"语极佻达而不嫌者，以题目同而人不同也。

某生与友人，同至一妓家。见妓悬两镜梳头，生云："两镜悬窗，一女梳头三对面。"友曰："孤灯挂壁，二人作揖四躬身。"亦一巧联也。

某绅与同僚，共在一舟饮酒。有青蛙跃出水面，同僚云："出水蛙儿穿绿袄，美目盼兮。"时某绅方食虾，即举以对云："落汤虾子着红袍，鞠躬如也。"

平湖县令某，无锡人，有才名，而贪于货赇。巡方将劾之，怜其才，讽以对云："平湖湖水水平湖，未餍所欲。"令会其意，对曰："无锡锡山山无锡，空得其名。"巡方颔之，遂罢劾。

明初某解元登第后，偕伴二人，至某妓寮。妓闻其有才名，欲试之。适进茗者以不知客数，茶只两瓯。妓佯谢过，即三分之以进曰："三分分茶，解解解元之渴。"某解元应声曰："一朝朝罢，行行行院之家。"或曰即解春雨事[1]，不知然否。然对句殊不见佳，视妓当有逊色也。

【1】解缙,字大绅、缙绅,号春雨、喜易,明初文人、官员。

寇莱公在中书,与同列戏云:"水底日为天上日。"众未有对,会杨大年至,乃对曰:"眼中人是面前人。"对仗甚工,洵巧偶也。

西湖花神庙旁月老祠,有金书旧联云:"愿天下有情人,都成了眷属;是前生注定事,莫错过姻缘。"盖集《西厢》《琵琶》两院本成句也。

广东省真武庙,有一联云:"逞被发仗剑威风,仙佛焉耳矣;有降龙伏虎手段,龟蛇云乎哉。"语气岸异,相传为苏文忠公手笔。

陶云汀宫保题育婴堂联云:"父兮生,母兮鞠,俾无父母有父母,此谓民父母;子言似,孙言续,视犹子孙即子孙,以保我子孙。"

又,各省育婴堂,有旧传通用一联云:"子不子亦各言其子,委而弃之,是可忍也,孰不可忍也,先王斯有不忍人之政;幼吾幼以及人之幼,比而同之,有以异乎,曰无以异也,大人不失其赤子之心。"集语颇能浑成,不知何人所作也。【1】

【1】参见本册《古今滑稽联话》"安徽育婴堂落成"条注释。

唐原休,受朱泚伪官【1】,自比萧何;入长安日,首收图籍。时人目之曰"火迫酂侯"。宋南渡,有郭某为将,自比诸葛,酒后辄咏"三顾频烦,两朝开济"之句【2】,屏风便面,一一书此。未几,败于江上,仓皇涕泣而逃。时谓之"尿汁诸葛"。遥遥数百年,一将一相,正堪作对。

【1】朱泚，唐代中期将领、高官，但心怀不轨，被哗变士兵拥立为帝，并率军围攻唐皇，兵败被部将所杀。

【2】语本杜甫《蜀相》诗句："三顾频烦天下计，两朝开济老臣心。"

闽中有花号"石独"者，与牡丹相似；又有号"山单"者，与芍药相似。"石独"与"山单"，天然对偶也。顷阅《人寿轩随笔》，载宋翁点一对云："拆破磊文三石独；分开出字两山单。"分合字面，嵌以花名，则更巧矣。

明高皇偕刘三吾入一村店小饮，无物下酒，出对曰："小村店三杯两盏，无有东西。"三吾未及对，店主对曰："大明国一统万方，不分南北。"高皇欲官之，店主固辞，乃罢。

又，高皇游南京多宝佛刹，见幢幡上尽书"多宝如来"，高皇曰："寺名多宝，有许多多宝如来。"时汪怀素以翰林学士扈从，对曰："国号大明，更无大大明皇帝。"越日，骤升吏部尚书云。

弘治中，泉州府学教授某，南海人也，颇立崖岸。一日，设宴于明伦堂，扮演《西厢》杂剧。翌日，有无名子书一联于学门，云："斯文不幸，明伦堂上除来南海先生；学校无光，教授馆中扮出西厢杂剧。"某出见之，赧然自愧，故态顿去。

陆浚明幼善属对，尝同陆众〔象〕孙至父执某君处。父执方饮酒，与一人对局，因出对曰："围棋赌酒，一着一酌。"浚明对曰："坐漏观书，五更五经。"对弈人亦对曰："弹琴赋诗，七絃七言。"均是巧对也。

一士人以非辜至讼庭，守不直之。士人愤懑，大声称屈。守怒，出对曰："投水屈原真是屈。"士人曰："杀人曾子又何曾。"守喜，遂释之。

吴柳堂侍御以立嗣事殉清穆宗，直声震天下。少时倜傥好狎游，计偕入都日，游行北里中。会试不第，留京候试，恋一妓，不忍离，数日后资斧渐罄。座师某公劝令出城僦居九天庙，谓"地僻远城市，可一意读书"。侍御从其言，襆被往；甫三宿，郁郁不自得。俄然曰："人生行乐耳！"反入城，仍宿妓家。金既尽，为妓白眼，困甚，犹不忍去。乡人士资以金，要之仍居九天庙，否将不与，遂不得已而去之。一时都人群呼之为"吴大嫖"云。初京师菊部，向推"四喜""三庆"，后"四喜"不振，诸伶多散佚。余三胜自江南归，悉橐中金重新之。都人为语云："余三胜重兴四喜班。"而无其对。或曰："可对'吴大嫖再住九天庙'。"

有僧名"闲云"者，与某庵尼尤月私相往来。好事者撰一联赠之，中嵌"闲云""尤月"四字，运用入化，了无痕迹，僧竟不之觉也。联云："此地迥非凡，闲听一曲渔歌，留云久住；夕阳无限好，尤爱三更人静，待月归来。"

吴人马承学，好骑，善驰骤。同学钱同爱戏之曰："马承学学乘马，汲汲而来。"马曰："钱同爱爱铜钱，孳孳为利。"

杨邃庵十二岁中举[1]。至京师，某国公与某尚书同设席邀饮。席间，尚书、国公齐递酒两盏，问曰："手执两杯文武酒，饮文乎？饮武乎？"杨并受之，对曰："胸藏万卷圣贤书，希圣也，希贤也。"

【1】杨一清，字应宁，号邃庵、石淙，明朝名臣。

某生挽袁世凯联云："总统府，新华宫，生于是，死于是；推戴书，劝进表，民意耶，帝意耶？"颇切事实。

一士馆于某姓，其家无僮仆，惟一女奴给使令。日久渐狎，执其手调之。女逃去，诉于主人。主人因出对云："奴手为拏，以后莫拏奴手。"士人对曰："人言是信，从今休信人言。"天衣无缝，洵巧对也。

董生某，逸其名，聪慧善对。十岁时，其外祖诞日，试对曰："六十八翁，有数十人，子妇女婿并外孙，称觞庆寿，便拚一醉何妨。"董曰："百世一师，集三千士，颜曾闵冉及子夏，论道传经，继统万年无已。"时座客见壁上挂象棋枰，亦出对云："车马象士并卒砲，都来护卫将军。"董云："吏户刑工及礼兵，一齐辅弼圣主。"

苏州刘逸少，年十一，文辞精敏，有老成体。其师潘阆，携见长洲宰王元之、吴县宰罗思纯。二公试之，与对句，略不淹思。罗曰："无风烟焰直。"对曰："有月竹阴寒。"王曰："风雨江城暮。"对曰："波涛海市秋。"罗曰："月移竹影侵棋局。"对曰："风递花香入酒樽。"王曰："一面酒渴思吞海。"对曰："几度诗狂欲上天。"凡数十联，无不奇妙。二公惊异，闻于朝，赐进士及第。

关子容为推官，才俊而貌丑。偶过南徐客次，见一绯衣朝士倨坐，关揖而问之。朝士疑为攫徒，谑之曰："太子洗马高垂鱼。"良久，乃转询关。关曰："某之官'皇帝骑牛低钓鳖'。"朝士骇曰："是何官位？"关笑曰："且欲与君对偶亲切耳。"

新淦范氏早寡，读书能诗。杨东里过淦村塾，见案上一对云："墨落杯中，一片黑云浮琥珀；梳横枕上，半轮残月照琉璃。"问谁所对，学子不答。固诘之，曰："家母。"东里惊异。后朝廷欲选女学师，东里在馆阁，因荐之。

苏小妹尝食爆栗，出对云："栗破凤凰见。"言殻破而黄见也。东坡思之竟日，不能对。适佛印来，遂语之。对曰："藕断鹭鸶飞。"言节断则丝飞也。佛印复曰："正如'无山得似巫山耸'，此亦同音两意。"坡曰："可对'何叶能如荷叶圆'。"子由曰："不若云'何水能如河水清'，以山对水，最为的对。"

又，子由语东坡曰："尝见鬻术者云：'课卖六爻，内卦三爻，外卦三爻。'思之未易对。"一日兄弟同出，见戏场有以棒呈技者云："棒长八尺，随身四尺，离身四尺。"东坡曰："此语正可还前日之对。"子由曰："触机而发，诚巧对也！"

解大绅幼时，随父执某公，游南京金水河、玉阑干诸胜，成一对云："金水河边金线柳，金线柳穿金鱼口；玉阑干外玉簪花，玉簪花插玉人头。"父执大奇之。

长洲陈启东训导分水时【1】，有人题桥云："分水桥边分水吃，分分分开。"久未得对。启东过之，续曰："看花亭下看花回，看看看到。"看花亭即在分水桥边，即景生情，诚佳对也。

【1】分水，地名，即今浙江省桐庐县。又，分水，以江河作为地区的分界。

李西涯，字宾之；江朝宗，字东之。其时翰林有句云："宾之访东之，东之宾之。"无能对者。适启东谒选至京，吴文定即以叩之。答曰："回也待由也，由也回也。"【1】文定为之击节。

又一日，西涯思对"切颈葫芦"四字，未就；方浴而得"空心萝卜",天生巧对也。喜而一跃,浴盆顿破。

【1】回也、由也,即孔子的弟子颜回(颜渊)和仲由(子路、子由)。联中第二"宾"字、"回"字,别是一义。

松江吏胥徐某之子,幼聪慧。县令顾某试之曰:"花无百日红,紫薇独占。"对曰:"松有万年青,罗汉常尊。"令大喜,俾就学,后有声庠序。

董文玉八岁时,一御史闻其名,招至舟中曰:"久慕汝神童也,今试一对,果佳,当奏知朝廷。"因曰:"船载石头,石重船轻轻载重。"对曰:"弓量地面,地长弓短短量长。"御史叹赏,奏之朝,赐入太学,后榜眼及第。

王汝玉九岁时,值寒食节,师出对曰:"塚上烧钱,灰逐微风成粉蝶。"王对:"池边洗砚,墨随流水化乌龙。"字字工稳,铢两悉称,即求之成人,恐亦未易多得。

宁波有赭山湾、白塔洋、桃花渡、藕缆桥等地名,命名固雅,风景亦宜。清初某宗师,岁考至其处,出对曰:"赭山湾上浪高低,鲁班鲁肃。"士莫能对。因自对曰:"白塔洋前风缓急,樊哙樊迟。"【1】又曰:"一点红脂,俨似桃花渡口;数茎白发,浑如藕缆桥头。"

未几,宗师至绍,又以城中大善塔、小江桥成一对云:"大善塔,塔顶尖,尖如笔,笔写青天;小江桥,桥洞圆,圆似镜,镜照绿波。"又曰:"北海鲤鱼谢公钓。"四者皆本城桥名,无能对者;某生以城外山名"南山狮子鲍郎骑"对之,亦尚工稳。【2】

【1】"鲁"谐音"橹","肃"谐音"速","樊"谐音"帆","哙"谐音"快"。

【2】桥名北海桥、鲤鱼桥、谢公桥、钓桥;山名南山、狮子

山、鲍郎山、骑山。

甲、乙二生，共饮红、白酒而醉。甲曰："红白相兼，醉后不知南北。"乙固寒士，因对云："青黄不接，贫来卖了东西。"现身说法殊趣，非此不成的对也。

江湖术士，有所谓召鬼演戏者，以八九岁小儿为之。忽尔才子佳人，莺歌燕舞；忽尔乱臣贼子，波谲云诡；……啼笑悲欢，变态百出。嘉兴冯某，尝召试之。至夜半，忽一童自称西楚霸王，持巨木而舞，势甚威猛。众恐肇祸，乃出一对难之曰："西水驿西，三塔寺前三座塔。"童忽仆地，迟久复起，大言曰："'北京城北，五台山上五层台。'吾为此对，几遊遍天下矣。"又半晌乃甦。

尝见某庙戏台一联云："逢场作戏，把往事今朝重提起；及时行乐，破工夫明日早些来。"[1]集句颇佳。然村庙戏台，未必日日有戏，下联尚未恰妥也。若移而置之戏馆中，则可矣。

又某处云："六礼未成，顷刻洞房花烛；五经未读，霎时金榜题名。"似较切当，然亦嫌于旧矣。

【1】"把往事今朝重提起"，出自《荆钗记·男祭》；"破工夫明日早些来"，出自《西厢记》第四本第一折。

万历中，太监孙隆，织造至苏，甚作威福。尝春暮出游，一生从小巷出，误触前导，执之。讯知是生员，无可如何，始出对云："手执夏扇，身着冬衣，不识春秋。"生曰："口食南禄，心怀北阙，少件东西。"孙不敢轻待，放之。

某才子，代肥料公司作一联云："曾说佛头原可着；只愁名士不能担。"[1]既典且雅，可谓化臭腐为神奇矣。

【1】参见上册《古今滑稽联话大观》"粪行联云"条注释。

太仓陆孟昭,为刑部郎中。尝往一朝士家投刺,不书名,惟云"东海钓鳌客过"。朝士知为陆也,亦递一帖云:"西番进象人来。"盖孟昭面黑齿白,人皆呼为"象奴"云。

又丽水人金文,嘲孟昭曰:"黑象口中含玉齿。"孟昭曰:"乌龟背上嵌金文。"亦趣。

戴大宾五岁时,往应童子试。同辈见其年少,谓曰:"小朋友,就要做官,做到何官?"答曰:"阁老。"众戏之曰:"未老思阁老。"戴应声曰:"无才做秀才。"众哄笑,知反为所伤也。

某处三义阁,祀刘、关、张兄弟,一白面,一红面,一黑面,庄严威猛,颇有气势。其庭柱一联,亦极端庄流丽。句云:"若傅粉,若涂硃,若点漆,谁谓心之不同如其面;忽朋友,忽兄弟,忽君臣,信乎圣不可知之谓神。"

又某处关庙联云:"赤面秉赤心,乘赤兔追风,间关中无忘赤帝;青灯观青史,仗青龙偃月,隐微处不愧青天。"复字错落有致。

汪仲嘉谪南康,尝招郡僚燕集。营妓咸至,有姓杨及李者,色艺颇佳。理掾主李,户掾主杨,席间时相戏嘲。理掾顾谓户曰:"'尔爱其羊(杨),我爱其礼(李)。'载之《鲁论》,无相笑也。"众大笑,而求所以为对者。时汪与清客米某对弈,一沈姓者从旁观局,汪曰:"我得对矣:'傍观者审(沈),当局者迷(米)。'"众击节不止,叹为绝对之巧偶也。

吴文之,初名济,少敏悟,与张济同学。客闻其才,出对曰:"张吴二济联床读。"文之对曰:"严霍同光间世生。"[1]客善绘事，因曰："画草发生，顷刻工夫非为雨。"文之曰："灯花开落，须臾造化不关春。"客又曰："画上行人，无雨无风常打伞。"对曰："屏间飞鸟，有朝有暮不归巢。"对仗甚工，颇为绝妙。

【1】严霍：指严光、霍光，二人均名"光"。霍光为西汉重臣，严光为东汉隐士，故云"间世生"。

施状元槃，幼善属对。随父商于淮上，从师读书，主罗铎家。有都宪张某来，铎命其子与槃偕见。张出对云："新月如弓，残月如弓，上弦弓，下弦弓。"槃应声曰："朝霞似锦，晚霞似锦，东川锦，西川锦。"铎子遂不对。

县官某入一僧寺，主僧独酌，已半酣矣。见县官入，前请曰："长官可同饮三杯？"县官怒，斥责之。好事者为作一联云："谈何容易，邀下官同饮三杯；礼尚往来，请上人独吃八棒。"

松江邱氏，尝以疾召乩仙。一座客曰："近有一对云：'胆瓶斜插四枝花，杏桃梨李。'请大仙对之。"乩即书云："手卷横披一轴画，松竹梅兰。"字字工整。

歙县陈元弼，与蔡昭远论文。陈曰："所苦腹中无料耳。"蔡即戏语之曰："陈元弼腹中无料。"陈曰："蔡昭远背上有文。"亦一巧对也。

明太祖与刘青田对局，亦传一对云："天作棋盘星作子，日月争光。"刘云："雷为战鼓电为旗，风云际会。"两人口吻，各肖其身分也。

明文皇帝在燕邸，宴群臣时，天寒甚。文皇曰："天寒地冻，水无一点不成冰（氷）。"姚广孝曰："国乱民愁，王不出头谁是主。"盖乘间讽之也。

某县令传杨溥之父充役，父忧之。时溥年只九岁，乃往县代父求免，出言英辩。令奇之，出对云："四口同图（圖），内口皆从外口管。"溥对云："五人共伞（傘），小人全仗大人遮。"令大叹赏，遂如所请，免之。

太平天国洪秀全，尝自撰正殿联云："维皇大德日生，用夏变夷，待驱欧美非澳四洲人，归得版图乃一统；于文止戈为武，拨乱反正，尽执蓝白红黄八旗籍，列诸藩服斯万年。"好大口气！

又在寝殿作一联云："马上得之，马上治之，造亿万年太平天国于弓刀锋镝之间，斯诚健者；东面而征，西面而征，救廿一省无罪良民于水火倒悬之会，是曰仁人。"颇有气势，充其量，可与拿破仑第一相伯仲。

某君自拟挽联云："忽然有，忽然无，纵勉成上寿百年，莫非做梦；何处来，何处去，倘果有轮回一说，更要伤心。"语多醒世，传诵一时云。

易实甫代统一党，挽清隆裕太后一联云："本来生生世世不愿入帝王家，从黑暗中放绝大光明，全力铸共和，普造金身四万万；以后岁岁年年有记念圣后日，为青史上现特别异彩，同情表追悼，各弹珠泪一双双。"

温生才、陈敬岳二烈士殡黄花冈时，有某名士挽以联云："生经白刃头方贵；死葬黄花骨亦香。"名句为烈士生色。

曩阅天津《益世报》，有署名"直民"者，赠吴大头联二付[1]。其一云："先生何许人？不怕骂，不知羞，气昂昂闯入会场，把铜铃振起，定要坚持到底，方肯甘心。叱咤变风云，直至头破血流，犹疾呼议院事小、国家事大；彼辈皆异己，好寻仇，好泄愤，雄赳赳离开席次，将墨盒抛来，倘若胜负未分，焉能罢手。存亡争顷刻，似此魂飞胆破，总像是利权太重、性命太轻。"其二云："议长本英雄，挨打时不哭不叫不号，虽云勉强支持，足见饶有血性；法官真黑闇，被创处又长又阔又深，反说轻微伤害，未免太没良心。"形容绝倒，见之者均为捧腹大笑。

【1】吴景濂，字莲伯，号述唐、晦庐、抱冰老人，绰号"吴大头"，民国时期官员，曾四次出任国会议长。

浙江才子某生，偕友出游，见一美女吹箫。友出对云："仙子吹箫，枯竹节边生玉笋。"对曰："佳人张伞，新荷叶底露金莲。"天衣无缝，洵巧对也。

里中叶某，设馆授徒。一日见僧舍荷花已结莲子，便出对曰："莲子已成荷长老。"僧云："梨花未放叶先生。"可谓谑而虐矣。

西湖"仙乐处"酒家，悬一联云："翘首仰仙踪，白也仙，林也仙，苏也仙，我今买醉湖山里，非仙也仙；及时行乐地，春亦乐，夏亦乐，秋亦乐，冬来寻诗风雪中，不乐亦乐。"飘飘欲仙，不知何人手笔。

清高宗五旬时，某巨公上一联，善颂善祷。联曰："四万里皇图，伊古以来，从无一朝一统四万里；五十年圣寿，自今而后，尚有九千九百五十年。"

吴中有妓女哑声者，嫣然善笑。某甲赠以联而嘲之云："多少苦衷，不忍明言同息妫；有何乐趣，勉将默笑学婴宁。"[1]

【1】参见上册《古今滑稽联话大观》"赠哑妓联云"条注释。

苏州李生，挽未婚妻一联云："你何人，我何人，只因六礼相传，惹出今朝烦恼；生不见，死不见，倘若三生有幸，愿谐来世姻缘。"作此等联，最难着笔，亲之不可，远又不能。此联依事直书，情文兼到，而又恰切身份，故亦妙对也。

程道州自题医室门云："但愿人皆健；何妨我独贫。"大公无我，蔼然仁者之言也。

谢、吕二生，知友也。一日同饮于酒肆，有歌而侑觞者，吕吹洞箫和之。谢云："吕先生品箫，须添一口。"吕云："谢教员射策，何吝片言。"对仗甚工，亦妙绝也。

某大令系孝廉方正出身，性好赌，莅任年余，日以樗蒲从事。一日，正推牌九，忽中风倒毙。某才子为撰一挽联云："举孝廉方正以为官，未及三年任满；翻天地人和而聚赌，可怜一命呜呼。"

前清一童生，年逾花甲，犹赴院应试。学使怜其老，提堂命题，令其默经，意欲借此以成全之。讵老童记忆多时，竟不能成一字。学使笑赠一联云："行年六秩尚称童，可云寿考；到老五经犹未熟，不愧书生。"此联形容太过，未免谑而虐矣。

曾国藩尝戏左宗棠云："季子敢言高，与余意见常相左。"左云："藩臣徒误国，问君经济有何曾。"嵌字无痕，针锋相对，至今犹传诵人口。

一塾师偕学生出关，夕阳未下，而关已闭，乃宿逆旅。出对云："开关迟，关关早，阻过客过关。"学生急切未有对，乃曰："出对易，对对难，请先生先对。"不对之对，妙语解颐。

全椒薛时雨慰农，代某戏场作一联云："休羡他快意登场，也须夙世根基，才博得屠狗封侯、烂羊作尉；[1] 姑借尔寓言醒世，一任当前炫赫，总不过草头富贵、花面逢迎。"此联系正喻夹写，方见得游戏三昧之妙。

【1】屠狗封侯、烂羊作尉，用樊哙、刘玄典。《史记·樊哙列传》："舞阳侯樊哙者，沛人也，以屠狗为事。"《后汉书·刘玄传》："其所授官爵者，皆群小贾竖，或有膳夫庖人，多著绣面衣、锦袴、襜褕、诸于，骂詈道中。长安为之语曰：'灶下养，中郎将。烂羊胃，骑都尉。烂羊头，关内侯。'"

某公戏赠梁财神一联云："丹扆设座，黄袍加身，八十天拍马吹牛，帝今何在；税创印花，币兴光纸，廿二省罗雀掘鼠，民不能忘。"财神首创帝制，拥袁氏为八十三天大皇帝；创设苛税，顿致家财八千万，都中尊为"财神"；纸币停兑，为袁氏汇存美国六千万银。此联按事颇切，传诵一时。

某甲集骨董店及药材店招牌语，成一对联。上联曰："博古斋，揭裱唐宋元明古今名人字画。"下联曰："同仁堂，发兑云贵川广生熟道地药材。"不假雕琢，自成排偶，所谓文章本天成也。

某生赠名妓叶小凤嵌字集句联云："小生无宋玉般情，潘安般貌；[1] 凤凰非竹实不食，梧桐不栖。[2]"寓意颇深，洵巧对也。

【1】句出《西厢记》第一折。
【2】句出《太平御览》卷九一五引《诗疏》。

纪晓岚先生，有贺牛姓者新婚联云："绣阁并肩春望月；红楼对面夜弹琴。"暗切"牛"字，调侃不少。

津沽坤角金玉兰，以妖媚之姿，演淫靡之剧。论者颇疑其不贞，实则犹是云英未嫁身也。往岁献艺于宣武门，唱《玉堂春》一剧，归寓即染猩红热不起，年仅花信时[1]。一时捧角家大为悼惜，均为题赠挽联。然大都以媟云亵雨之词，为怨蕙愁兰之句，滑稽轻薄，殊不称于玉兰也。惟江宁孙谷纫两联，一表其贞，一指其病，颂无溢美，哀而不淫，可称玉兰知己。一云："顾曲我情移，最难绛树双声，碧玉毫无小家气；盖棺卿论定，杜尽铄金众口，木兰犹是女儿花。"一云："《玉堂春》竟作尾声，这回宣武城南，真个曲终人不见；《广陵散》从兹绝响，莫过上阐门外，只馀花落水流红。"

【1】旧时女子二十四岁称为"花信之年"。女子正处在年轻貌美之时者亦可称"花信年华""花信时"。

陕西省城，有饭铺名"天然居"者。一过客出一对云："客上天然居，居然天上客。"语巧回环，对颇不易。或曰："人过大佛寺，寺佛大过人。"或曰："图成地中海，海中地成图。"皆不敌也。

某太守，清苑人，曾令泾县，以贪酷闻。一日晨起，见厅事贴一联云："彼哉彼哉，北方之学者，何足算也；戒之戒之，南人有言曰，其无后乎？"[1]

【1】参见上册《古今滑稽联话大观》"某太守清苑人"条注释。

郭嵩焘使英回国，巡抚粤东，醉心欧化，首创变法自强之议。其时朝野，多不以郭说为然。传有一联云："行伪而坚，言伪而辩，不容于尧舜之世；未能事人，焉能事鬼，何必去父母之邦。"

宋蔡襄与陈亚友善，尝以谑语嘲其名曰："陈亚有心终是恶。"陈曰："蔡襄无口便成衰。"

某君代某戏场作一联云："你也挤，我也挤，此处几无立脚地；好且看，歹且看，大家都有下场时。"此联虽灶妪亦能讲解，亦有以含蓄见长也。

某公嘲养媳妇，作一联云："公一碗，婆一碗，姑娘嫂嫂合一碗；新三年，旧三年，补补衲衲又三年。"旧式家庭，确有其事。此联切事颇当，洵巧对也。

某甲戏集俗谚，作一联云："不管你娘的娘、爷的爷；弄得来死弗死、活弗活。"又有一联云："叫化子吃死蟹，只只是好；老道士放屁，句句真言。"滑稽之至，见者均为绝倒。

黄石斋先生被执，拘禁中，洪承畴往视之。先生闭目不视，及洪出，乃奋笔书一联云："史笔流芳，虽未成名终可法；洪恩浩荡，不能报国反成仇。"字挟风霜，愧死长乐一流人物。[1]

[1] 参见上册《古今滑稽联语大观》"洪承畴六十初度"条注释。

湘阴徐海宗茂才，眷一妓，芳名"云香"，益阳人，侨居省城。回家数月，迟之不至，后闻其死，作联挽之，多至二百余字，畅所欲言，无不如意，洵佳构也。

上联曰："试问十九年磨折，却为谁来？如蜡自煎，如蚕自缚，没奈何罗网频加。曾语予云：君固怜薄命者，忍不一援手耶？呜呼，可以悲矣！忆昔芙蓉露下、杨柳风前，舌妙吴歌、腰轻楚舞。每值酡颜之醉，常劳玉腕之扶。广寒无此游，会真无此遇，天台无此缘。纵教善病工愁，怜渠憔悴，尚恁地谈心深夜，数尽鸡筹，况平时袅袅婷婷、齐齐整整。"

下联云："不图二三月欢娱，竟抛侬去。问鱼常杳，问雁常空，料不定琵琶别抱。然为卿计，尔岂昧凤根者，而肯再失身也。若是，殆其死乎？迄今豆蔻香销、蘼芜路断，门犹雀认、楼已秦封。难招红粉之魂，枉堕青衫之泪。少君弗能祷，精卫弗能填，女娲弗能补。但愿降神示梦，与我周旋，更大家稽首慈云，乞还鸳牒，或有个夫夫妇妇、世世生生。"

凡楹联至百余字，即多累赘，极难出色。独此联迥乎不同，洵天才也。

某君赠一名妓，芳名"如意"者，一联云："都道我不如归去；试问卿于意云何。"语有神韵，非斲轮之老手不办。

某生甫新婚，即耗岳父之丧，即挽以一联云："泰山其颓乎，吾将安仰；丈人真隐者，我至则行。"见者莫不失笑。

某君戏代理发店作一联云："到门尽是弹冠客；此处应无搔首人。"

某生因民国初年禁烟颇急，便出对云："因火为烟，若不撇开总是苦。"一时不得下联。适其时国会议员党派纷歧，动生龃龉，因即续下曰："言义成议，傥无党见即完人。"天衣无缝，洵巧对也。

嘉靖末年，南京城守门官高刚，于堂中书春联云："海无波涛，海瑞之功不浅；林有梁栋，林润之泽居多。"盖谓刚峰、念堂二公也。宦者知重谏官如此，可谓贤矣。

戏剧中演考试事，辄以一对了之，其语多鄙陋，不足称。惟某出中一对，口气阔大，造语亦奇，因录之。对云："玉帝行兵，雷鼓云旂天作阵；龙王开宴，山肴海酒地为筵。"

丁太守室中，悬有一联云："车千乘，马千匹，强弩千张，统百万雄师，指麾如意；酒一斗，茶一瓯，围棋一局，约二三知己，畅叙幽情。"此联语气雄浑，然必如孔明之纶巾羽扇、叔子之缓带轻裘，方能当之无愧也。

燕子矶永济寺，有观音大士殿，柱联云："音亦可观，方算聪明无二用；佛何称士，须知儒释有同源。"殊有妙悟。

虎溪有一石亭，名为"三笑亭"。亭柱悬有一联云："桥跨虎溪，三教三源流，三人三笑语；[1]莲开僧舍，一花一世界，一叶一如来。[2]"相传为唐蜗寄先生之手笔也[3]。

[1] 虎溪在江西庐山东林寺前。相传东晋僧慧远居东林寺时，送客不过溪，否则溪畔之虎辄号鸣。一日，陶潜（陶渊明）、道士陆修静来访，与语甚契，相送时不觉走过溪，虎号鸣，三人大笑而别。后人于此建三笑亭。

[2] "一花一世界，一叶一如来"，并非佛教经典中原语，是作对联者综合多种经典说法而拟撰。

[3] 唐英，字俊公，号蜗寄老人，清代陶瓷艺术家，能文善画，雍正、乾隆年间，任督陶官，管理景德镇御窑厂二十余年，致力制瓷工艺，推动其仿古和创新，成就巨大。

明末，倪鸿宝诣吕晚村。吕揭一联于堂楣云："囊无半卷书，惟有虞廷十六字；目空天下士，只让尼山一个人。"[1]后吕诣倪，倪亦揭一联于堂云："孝若曾子舆，才足当一字可；才如周公旦，容不得半点骄。"吕爽然若失。二人之优劣见矣。

【1】参见上册《古今滑稽联语大观》"明末倪鸿宝诣吕晚村"条注释。

某甲延师课子，于本宅近处，另辟精舍一区，听馆师出入自便。其师好嬉游，日私出至城外某戏园居停，访之辄不晤。因书陶句于门云："园日涉以成趣；门虽设而常关。"[1]师归而见之，即襆被而去。

【1】句出陶渊明《归去来兮辞》。

杭州某寺弥勒佛龛，有一滑稽联云："终日解其颐，笑世事纷纭，曾无了局；经年坦乃腹，看胸怀洒落，却是上乘。"因弥勒佛终日嬉笑，作联者亦因之诙谐百出也。

王楷堂老于曹郎，家计甚窘，宅近马棚，门临大道。自撰一联，悬于门柱曰："马骨崚嶒，吃豆吃麸兼吃草；车声历碌，拉人拉物不拉钱。"见者莫不失笑。

吴江任子湘秀才，为寿器店作一春联云："梦且得官原瑞物；呼之为寿亦佳名。"二句分咏，语殊温雅，可作寿器店之普通用联也。

纪晓岚家中，屡为庸医所误，恨之次骨。适有为医家求题匾额者，立书"明远堂"三字与之。或询其说，纪曰："不行焉，可谓明也已矣；不行焉，可谓远也已矣。此骂医生，只当祝其不行，便是无量功德也。"或曰："然则彼来求联，更将何以应之？"纪曰："我有撰成五言、七言两联，一系乙转孟襄阳诗字云：'不才明主弃；多故病人疏。'一系集唐人诗句：'新鬼烦冤旧鬼哭；他生未卜此生休。'"问者大笑而去，可谓挖苦极矣。

滑稽生某自署其门联云："一门三学士；四代五尚书。"过客见之，疑近代显宦中无此姓，意其先世或居是官，因造门而问焉。生对曰："吾家父子三人，并弟子员，各占杭州、仁和、钱塘一学；且祖若父生前曾举明经，合四代皆习《尚书》。故曰一门三学之士，四代有五人习《尚书》耳。君无读破句别字也。"问者大笑而退。

杨文公危言直道【1】，独立一世，嫉恶如仇。在翰苑日，有新幸近臣，以邪言进者，意欲攀公入其党中，乘间语公曰："君子知微知彰，知柔知刚。"公正色疾声答曰："小人不耻不仁，不畏不义。"幸臣大沮。

【1】杨亿，字大年，谥"文"，故称"杨文公"，北宋大臣、诗人，"西昆体"诗歌代表作家，为人个性耿介，崇尚气节。

梁文康于髫龄之时【1】，随父浴于小沼中。父出对云："晚浴池塘，涌动一天星斗。"公对曰："早登台阁，挽回三代乾坤。"

【1】梁储，字叔厚，谥文康，明朝名臣、文学家。

明嘉靖年间，有一内珰衔命入浙【1】，与司北关南户曹、司南关北工曹，及工郎部中某君等饮宴。珰欲侮缙绅，乘酒酣为对云："南管北关，北管南关，一过手，再过手，受尽四面八方商商贾贾，辛苦东西。"此珰故卑微，曾司内阍，工部君所素识者，因答云："我须相报，但弗瞋乃可。"遂云："前掌后门，后掌前门，千磕头，万磕头，叫了几声万岁爷爷娘娘，站立左右。"珰怒愤攘臂，至欲自戕。二司力劝乃止。

【1】内珰，即太监。

郑洛书，莆田人，正德丁丑进士，为上海知县；同时永丰聂豹，为华亭知县，并有政声。一日同坐察院门，适人来报上海秋试脱科。聂笑曰:"上海秀才下第,只为落书。(与"洛书"同音。)"郑应声曰:"华亭百姓遭灾,皆因孽报。(与"聂豹"同音。)"事见《文行集》。

钱虞山有一杖随身,自制铭,刻其上,云:"用之则行,舍之则藏,惟我与尔有是夫。"及入清朝,此杖失去已久,一日忽得之,已有人续铭其旁曰:"危而不持,颠而不扶,则将焉用彼相矣。"钱为之悯然。[1]

【1】参见上册《古今滑稽联语大观》"明虞山钱牧斋以逸老名堂"条注解。

对句有以文字分合见巧者。某书载,陈元孝与梁药亭诸公夜饮唱酬,以"夕夕多良会",对"人人从夜游"。又,某公为巡河道,即景云"少水沙即露",对"是土堤方成"。又,"此木成柴山山出;因火为烟夕夕多。"又,"二人土上坐;一月日边明。"又,"人从门内闪;公向水边淞。"

某生徘徊溪畔,得一对云:"独立小桥,人影不随流水去。"久无对句。一友闻之,欣然曰:"孤眠旅馆,梦魂曾逐故乡来。"

河间某道士娶妻,有某生作贺联以赠之。先得出句云:"太极两仪生四象。"下句不属。时纪晓岚尚幼,从旁诵苏句足之曰:"春宵一刻值千金。"

某达官延一老诸生,教其宠妾某学诗;诸生令先学作对。适斋僮烹茶将熟,因以"茶声"二字命对,妾应声曰:"酒色。"诸生为之失笑。

冀宁道赵公署中有两幕客,一姓乔,一姓车,合雇一骡轿回籍。赵公戏以其姓作对云："车乔二幕客，各乘半轿而行。"恰皆"轿"之半字也。时署中召仙，即举以请对。乩判曰："此实人实事，非可强凑而成。"越半载，又召仙，乩忽判曰："前对吾已得之矣：'卢马两书生，共引一驴而走。'"又判曰："四日后辰巳之间，往南门外候之。"至期遣役侦视，果有卢、马两生，以一驴负新科墨卷，赴会城出售。赵公曰："巧则诚巧，然两生之受侮深矣。此所谓箭在弦上，不得不发，虽仙人亦忍俊不禁也。"事见纪晓岚《滦阳消夏录》。

贺耦庚中丞有一对云："天近山头，行到山腰天更远；月浮水面，捞将水底月还沉。"眼前光景，说来殊有理致。

唐六如尝出对云："眼前一簇园林，谁家庄子？"陈白阳对曰："壁上几行文字，那个汉书？"

某甲偶见篱边两犬相观者，因取卦名作对云："大畜革（隔）离（篱）观小畜；家人临困（睡也）涣（唤）同人。"亦可谓巧联也。

某君偕友至家，值其妹在窗前扪虱，因出对云："小妹窗前捉半风（風）。"妹应声曰："阿兄门外邀双月。"对仗甚工，洵为巧偶。

整理后记

对联原本于实用,因而一般多以用途分类,诸如春联、喜联、寿联、挽联,以及堂联、祠宇联、名胜联,等等。此外也有以风格命名类别者,谓之"趣联""谐联"乃至"滑稽联"等。这种"趣联",经历代累积、创制,晚近以来,已蔚成大观。于是也便有人广为搜采,衷辑成册,以"联话"形式面世。其间名谓,又多冠以"滑稽"二字,本书所录即是。

本书辑录的四种《滑稽联话》,均产生在民国前期,梓行先后跨越二十多年。粗略查核,雷瑨《文苑滑稽联话》似刊行最早,为《文苑滑稽谈》之第一部分,其序署"民国三年"。不过,鉴于丁楚孙《古今滑稽联话大观》体例较为完备(有分类、有题解),且篇幅也最大,故首列之;其后雷瑨、范左青、董坚志三种,则次以先后。

应该说,滑稽联话题材相对有限,集中辑录四种,势必有所重复。这一点,自然是整理者所注意到的。只是题材类同,行文表述乃至释说解读,则可能有所不同。如此,相互间也便有了补益作用。雷瑨《大观》,上、下卷之外,并有"补遗",其中就有重复者,而作者往往如此说明:"此已见前,以微有不同,故重录之"(方技),"此已见前录而未详,故重记之"(职官),"此已见前,句不同且无事实"(幼慧)。

此外尚可援例说明:学正与秀才争田一联,学正"讼之官",紧接"官不直之"一句,是非随即瞭然;赵从谊知独山州一联,有"惟一里长充役使"一句,下联"里长一个,左是他、右是他"也便有了着落。(二例均见范左青本。)谐音鲁肃樊哙、萧何狄青一联,加以"隐寓文不如武""亦寓武不如文意"的释说,情境显然豁亮多了。而两典史争南北一联,"伏"字的误、"代"字的涩、"欲"字的显,则可谓"相形益彰"了。

此次整理,均以民国年间刊行各本(包括原书、影印本)为底本,简体横排、新式标点之外,还做了些文字、格式处理,并适当加了注释。

文字方面,一般行文尽可能使用规范字,联语则多保留异体字。必要的异体字、古体字,随文加()注出规范字;联语中需要参看繁体才能瞭然之处,随文加注了繁体字。原本的随文简注或括注按语,则均以楷体字呈现。原书的误植,随文以〔〕注出正字。至于句读,明显错误或未尽合适者,均径改而不另说明。

注释方面,主要指向对联语的理解。多数读者理解联意所应知晓,但可能并不知悉的典故、人物、事件等,尽可能加以简注;特别对儒家经典和诗词引语等,予以较多注释,以见前人对经典熟悉运用之妙。而对理解联意无关紧要处,则省却注释。

整理的四种《滑稽联话》中,个别条目有其历史的局限性,但为不损害故籍的资料价值,仍保留原貌而不妄加删改,相信读者诸君必能以公允的态度鉴别批判,而不会用今日之标准去苛求前人。

由于学识和时间所限,整理中难免有错漏欠妥之处,尚请方家不吝赐教。

崔人元
癸卯孟春于衡水学院